U0140708

未完成的启蒙

明清时代的早期启蒙思潮

施亮——著

SPM 南方传媒 广东人民出版社

·广州·

图书在版编目（CIP）数据

未完成的启蒙：明清时代的早期启蒙思潮 / 施亮著. —广州：广东人民出版社，2023.5

ISBN 978-7-218-15612-5

Ⅰ. ①未… Ⅱ. ①施… Ⅲ. ①启蒙主义—文艺思潮—研究—中国—明清时代 Ⅳ. ①I209.4

中国版本图书馆CIP数据核字（2021）第267427号

WEI WANCHENG DE QIMENG：MINGQING SHIDAI DE ZAOQI QIMENG SICHAO
未 完 成 的 启 蒙：明 清 时 代 的 早 期 启 蒙 思 潮
施 亮 著

出 版 人：肖风华

责任编辑：钱飞遥
责任技编：吴彦斌　周星奎

出版发行：广东人民出版社
地　　址：广州市越秀区大沙头四马路10号（邮政编码：510199）
电　　话：（020）85716809（总编室）
传　　真：（020）83289585
网　　址：http://www.gdpph.com
印　　刷：恒美印务（广州）有限公司
开　　本：787毫米×1092毫米　1/16
印　　张：35　　字　　数：570千
版　　次：2023年5月第1版
印　　次：2023年5月第1次印刷
定　　价：128.00元

如发现印装质量问题，影响阅读，请与出版社（020-87712513）联系调换。
售书热线：（020）87717307

序　言

叶君远

　　我和施亮兄相识于20世纪70年代中期，当时我从插队的地方回到北京二中，担任语文教师，与施亮兄在同一个教研组，并且在同一个年级组，交往自然很密切。当年他只有20岁左右，印象中他心地澄澈，极有教养，敏感、善思而口讷。与我很谈得来，很快成为莫逆之交。"文革"中，社会风气很乱，学生受影响，不认真读书，就连北京二中这样的传统名校秩序也变坏。施亮兄太过善良与温和，加上年轻，镇不住学生，后来被调离了教学岗位。"文革"之后，他调到团中央《辅导员》杂志担任编辑。

　　北京二中出过好几位作家，老一辈著名的有韩少华、刘绍棠，其后施亮兄无疑也是佼佼者。有意思的是他们都没有上过大学，但都才华出众。二中资深名师赵庆培先生慧眼识人，很早就发现了施亮的写作天才，逢人说项，大加揄扬。施亮在二中时就发表过作品，调入《辅导员》杂志后，文学创作喷涌，陆续出版了《小铁哥们儿》《歌与哭》《黑色念珠》《胡同》等长篇小说，以及中篇小说《无影人》、短篇小说集《南子的诱惑》、长篇纪实文学《教育与思考》等。此外他还撰写了大量散文发表于报刊，后来结成散文集《前思后量》《吃的风度》付梓。我很早也离开了北京二中，但是与施亮兄交往不断。我一直关注着他的写作，他每有新著出版，必惠赠我，所以我比较了解他这些年来写作的变化。早期他倾力于小说创作，后来随着社会阅历增加，开始分出精力撰写纪实性散文，早年随父母到五七干校生活的经历、父辈与同辈文人的轶事、逗留法国时的见闻、醇酒香茗美食文化等，一一纳入笔端。再后来，他又对中国古代文化思想史产生了浓厚兴趣，集中阅读了一批书籍，重点关注那些具有离经叛道思想的历史人物，体味其人生悲苦，感悟其内心世界，以文学的笔法描述了他们的荣辱沉浮与不屈的思想探索，有十几篇之多，合成了一部历史随笔集《异端思想的背后》。

前不久，他告诉我刚刚完成了一部书稿《明清时代的早期启蒙思潮》，说想请我帮忙看看，提提意见。当我拿到像砖头一样沉甸甸的打印稿，并细细阅读之后，着实吃了一惊。这是一部五十万字左右的专门性的学术著作，是对明清时代早期启蒙思潮的一次系统梳理。由形象思维转到理论思维，由单篇散文和历史随笔转为结构宏大的思想史专著，施亮兄的这一次"跨界"出人意料，但又出手不凡，做得游刃有余，书中旁征博引，辨析精当，脉络清晰，文笔一如既往地灵动流畅，让人叹服。读罢书稿，感受最深的是那些几百年前的启蒙思想家精神与人格的力量，随着作者娓娓道来，我仿佛看到了他们坚定沉毅、挑战黑暗的身姿，听到了他们"破块启蒙"、振聋发聩的呐喊。那个时代腐朽势力的衮衮诸公早已化为粪土，被人唾弃，而这些具有卓识的思想家却将永远被后人景仰与怀思。

早期启蒙思潮发生于明朝嘉靖到清朝道光年间，也就是从 16 世纪上半叶到 19 世纪上半叶，将近三百年。那些最具有代表性的启蒙思想家则相对集中地出现在晚明、清初和晚清三个阶段，也就是说，他们生活在衰世和乱世之中。在这样的时代，统治者被重重社会危机包围，腾不出手对意识形态领域实施严密的控制。于是，在各种因素的交互作用下，启蒙思潮得以破空而出，留下了巨大而持久的历史回响。

本书作者认为，早期启蒙思潮经历过"自由精神"和"理性批判精神"两个浪峰。"自由精神"浪峰出现在晚明阶段。彼时中国就已经进入了封建社会的末期。社会丧失了自主更新的机制，吏治窳败，民生凋敝，作为封建统治思想基础的程朱理学更加僵化，散发着酸腐的气息。统治大厦已经不像盛世那样完整坚固，而是千疮百孔。商品经济于是在原经济体系的罅漏中不断滋长，城镇工商业趋向繁荣，使得以自然农业经济为主体的社会机制发生了变化。市民阶层壮大，自主意识增强，新的思想观念萌发，再加上西方传教士带来了全新的自然知识和宗教思想、哲学理念，犹如从令人窒息的黑屋子的裂隙中透进来一股清凉之风，使得士大夫阶层中一部分精英人物的文化心理发生了微妙变化。背离正统、悖逆纲常礼教的学说兴起，反映市民生活与感情的文艺作品涌现，追求异调新声的风气流行。作者认为，在这种背景之下，早期启蒙思潮的出现可说是一种历史的必然。最具代表性的是泰州学派与李贽的个性解放主张，以及徐光启等"由儒入耶"一派人物的中西文化会通的理念与践行。这股"自由精神"浪峰，推动了反传统、反权威、反专制的思想解放潮流，冲击了摇摇欲坠的明朝专制统治。

及至清初，则出现了"理性批判精神"浪峰。代表人物有黄宗羲、顾炎武、王夫之及"颜李学派"中人。他们经历了国破家亡的巨变，有人还亲历兵燹与逃亡，目睹了清兵烧杀淫掠、百姓涂炭的悲惨景象。痛定之后，他们开始思考导致"社稷沦亡，天下陆沉"的深层历史原因，以一种理性批判的精神，揭示君主专制制度的荒谬与罪恶，揭露统治者蒙蔽百姓的种种说教与手法，对于维护黑暗统治、反人性的"三纲五常"的批判尤其入木三分。在批判的基础上，他们提出了包含早期民主意识的社会政治理想与经济改革主张。其思考深入到哲学层面，提出了经学致用的实学思想，阐明了新的理气观、道器观、义利观，以及进化的自然史观、人类史观，等等。其思想的广度与深度，大大超越了以往任何一个时代。

到了晚清，"自由精神"和"理性批判精神"在龚自珍、魏源那里得到了继承与发展，而他们的文化视野较之先贤更加开放与开阔，批判的武库里增加了今文经学外衣包裹下的新的思想武器。龚自珍对衰世社会病状的描述和非下改革猛药无法起死回生的诊断，以及开出的疗治的药方；魏源的《海国图志》明确提出的"师夷"思想等，均石破天惊，发蒙启蔽，成为中国近代改革变法思想运动的先声。

对明清时代早期启蒙思潮做出如上的脉络清晰而又重点突出的专门化的系统梳理，可以说是这部书稿最显著的特色。通过作者的述评，读者会对早期启蒙思想史有全面深入的了解。你会觉得，就是到了今天，那些启蒙思想家激扬有力的言论仍然虎虎有生气，其思想中的精华仍然不乏启发民智的巨大价值。一些老革命家多次说过，当代旧的封建思想残余并没有完全肃清，要防止它们以各种伪装复辟，要警惕它们卷土重来。因此，重温那些明清时期启蒙思想家的思想学说也是有着现实意义的。作者在书稿中批判了某些学者认为中国文化的"俗世化"已经完成，所以无须启蒙的论点，他说："早期启蒙的思想，他们'破块启蒙'的任务，不仅仅是'俗世化'的问题，也不仅仅是重启古文化研究的复古问题，甚至从根本上说，也不是理性与信仰的对峙问题。思想启蒙的核心问题其实是解除那种'使人不成为人'的古代专制文化桎梏，将被歪曲被异化的传统人文思想重新改造与更新。它所面对的最大敌人是古代文化专制主义，而当时中国社会里的古代文化专制主义就是由儒家中最保守最顽固的程朱理学和王权专制主义结合而形成的。"我很赞同他的观点，中国思想启蒙最主要的是针对传统的专制主义，也同意他对中国"未完成思想启蒙"的基本判断。

这部书稿还有一个重要特色，就是并非单一地阐述哲学思想，而是结合论述了与"自由精神"阶段和"理性批判精神"阶段紧密相连的晚明市民文学运动和清代文学中的人文主义思潮。作者引用德国作家托马斯·曼的话说，他对感情过程比对理智过程更感兴趣，对无意识的灵魂生活比对有意识的内心生活更感兴趣。因为，在人的精神世界越来越复杂的社会背景下，文学艺术作品要比哲学著作更能认识人的深邃特性。晚明市民文学中的一批优秀作品的产生，如冯梦龙的"三言"、凌濛初的"二拍"及市民小说《金瓶梅》等，是对社会黑暗面的抨击与揭露，是对束缚人性的传统伦理道德的批判，也体现了市民阶层的新价值观、"新义利观"，具有追求自由与个性的美好理想。它们是以泰州学派和李贽的个性解放的自由理念为精神依托的。而在清代中叶以后，文学中的人文主义思潮进一步发展成为新型的人文主义精神，石涛和八大山人的绘画、之后"扬州八怪"的绘画、袁枚的文艺理论与文言小说《子不语》、蒲松龄的文言小说《聊斋志异》、吴敬梓的社会讽刺小说《儒林外史》，尤其是清中叶产生的划时代天才巨作《红楼梦》，都已经深深浸润了早期启蒙思潮的新人文主义精神。清代中叶，早期启蒙思潮的哲学探索已进入低潮，但它并不是水过无痕，悄然而逝，而是影响了一大批艺术家和文学家。过去曾经有人诧异，我们国家的长篇小说发展并不是很繁荣，甚至有些冷清寥落，作品的艺术水准也不是很高，怎么突然冒出了一部具有天才艺术表现力的巨作《红楼梦》呢？《红楼梦》的思想艺术水平是超越时代的，我们只有了解了早期启蒙思潮的形成和发展，才能真正明白曹雪芹这位世界文学巨匠产生的社会环境和历史缘由。

明清时期的思想家众多，学说繁芜，新旧杂陈，非常复杂，文献资料也浩如烟海，所以此书涉及面很广，思想主旨不易把握，有些主题难以展开，对一些启蒙思想家的论述流于平面化，简单化，另外，由于过多地引述史料，反而将自己的观点淹没于众多背景叙述中，这些都是本书的不足之处。但是，我认为这部书仍然是值得一读的。它不是对具体的学术问题做学究式的考证，也不仅仅是对中国思想史上一个时期内不同的思想流派、不同的观点进行辨析，而是有着对现实的关切和文化寓意的。作者梳理明清时代早期启蒙思潮的理论，正是为了坚持启蒙主义，发掘传统文化中反对专制的思想资源，以期对复兴中华文化与创造新时代文化有所贡献。在今天，那些启蒙思想家的不少哲理观念、精辟言论，也确实不乏启迪与警策意义，不乏现实针砭意义。

2021 年 10 月于北京

（作者是中国人民大学前国学院院长、明清文化史专家）

目 录

第一章　绪论：早期启蒙思潮的两个圆圈 / 1

第二章　王学分化出的启蒙思想 / 17

　　一、王阳明心学的崛起与分化 / 17

　　二、王艮与泰州学派 / 27

　　三、赤手搏龙蛇之士 / 32

　　四、张居正的改革与何心隐之死 / 39

　　五、启蒙思潮与禅宗哲学 / 44

第三章　异端的自由思想家李贽 / 52

　　一、李贽的生平及著述 / 52

　　二、"颠倒千万世之是非" / 59

　　三、李贽的"新义利观"与市民阶层意识 / 65

　　四、李贽的个性解放思想与自由精神 / 70

　　五、李贽的启蒙思想与晚明新文学运动 / 75

第四章　晚明新文艺潮流中的启蒙思想 / 81

一、徐渭：自我意识的痛苦挣扎 / 81

二、公安派袁氏三兄弟的文学变革运动 / 88

三、汤显祖：在"情"与"理"的对立中陷入困惑 / 94

四、小说的兴起 / 102

五、晚明新文学潮流中的四个重要特点 / 108

第五章　由儒入耶的士大夫们 / 117

一、西学东渐与早期启蒙思潮 / 117

二、"世界之人"徐光启 / 124

三、"儒耶柱石"李之藻 / 130

四、杨廷筠："儒耶合一"的新伦理观转变 / 139

五、王徵与中西文化会通 / 147

第六章　历史灾难前后的思想动荡 / 155

一、早期启蒙思潮的初次退潮与王学修正运动 / 155

二、东林党人政治改良失败的教训 / 163

三、明清易代之际的士人思想困惑 / 172

四、清初早期启蒙思潮的复起 / 178

第七章　民主启蒙思想家黄宗羲 / 187

一、黄宗羲平生之"三变" / 187

二、早期民主意识中的政治经济改革思想 / 193

三、历史主义的学术史观 / 202

四、黄宗羲的哲学观念与近世思维 / 208

五、黄宗羲的文学理论与数学、历法等学术成就 / 216

第八章 "用脚做学问"的大师顾炎武 / 222

　　一、顾炎武事略 / 222

　　二、提倡"众治"的早期民主意识与开明的经济思想 / 228

　　三、顾炎武的个性解放精神与爱国思想 / 234

　　四、高扬经世致用的实学主义旗帜 / 243

　　五、伟大的诗人与渊博的学者 / 251

第九章 具有"理性批判精神"的哲学家王夫之 / 261

　　一、"东方黑格尔"的生命之旅 / 261

　　二、王夫之的理性批判哲学 / 267

　　三、进化的自然史观与进步的人类史观 / 274

　　四、含有启蒙性质的社会政治理想 / 283

　　五、充满近世色彩的人性论 / 289

第十章 反理学的颜元、李塨学派 / 300

　　一、颜元平生"三变"的思想探索之路 / 300

　　二、颜元对宋明理学进行批判的理性主义倾向 / 307

　　三、颜元的实学主义思想 / 315

　　四、颜元的新义利观与具有启蒙色彩的政治理想 / 324

　　五、李塨对颜元思想的继承与改良 / 330

第十一章 启蒙思想家之群落 / 337

　　一、流亡海外的学者朱之瑜 / 337

　　二、会通中西古今的思想家方以智 / 345

　　三、开创诸子研究的学者傅山 / 355

　　四、提倡平民儒学的思想家李颙 / 366

　　五、寂寞的民主启蒙思想家唐甄 / 375

第十二章　戴震的理性精神：早期启蒙思潮的最后余波 / 386

　　一、戴震所处的时代及其生平 / 386

　　二、"以理杀人"的强有力社会批判 / 394

　　三、从自然哲学到理性思维方式 / 400

　　四、理性哲学中的知性精神 / 409

　　五、新人文主义的人性论 / 420

第十三章　清代文学艺术领域中的人文主义思潮 / 429

　　一、早期启蒙思潮对清代艺术的浸润 / 429

　　二、《聊斋志异》的花妖狐魅人世情 / 438

　　三、袁枚的启蒙思想与文言小说《子不语》 / 447

　　四、指摘时弊的讽刺小说《儒林外史》 / 456

　　五、划时代的天才巨作《红楼梦》与晚清文学 / 464

第十四章　龚自珍与魏源：但开风气不为师 / 478

　　一、龚自珍与魏源事略 / 478

　　二、龚自珍、魏源的启蒙哲学思想 / 487

　　三、龚自珍的辛辣社会批判与改革更法思想 / 498

　　四、魏源的政治改革新思维 / 506

　　五、龚自珍和魏源的诗歌艺术成就与其他学术成就 / 514

第十五章　结语：未完成的思想启蒙 / 528

后记 / 546

第一章

绪论：早期启蒙思潮的两个圆圈

　　明朝的嘉靖、隆庆、万历年间（16世纪上半叶至17世纪上半叶），至清朝的乾隆、嘉庆、道光年间（18世纪上半叶至19世纪中叶），跨越三个世纪两个朝代，这一个历史阶段是古老中国尝试着走出古代专制社会的黑暗而迈向近代文明的一段艰难思想行程，也是早期启蒙思潮开始形成的时期。

　　它的重要时代特征是，中国的古代专制社会已经进入晚期，发展至烂熟且腐败衰象已现，社会矛盾错综复杂，潜伏着政治、经济与文化的多重危机。明代的嘉靖、隆庆年间，土地日益集中在少数皇族和大地主手中，至万历年间更是有了恶性发展。皇帝带头扩展皇庄，开设皇店，凭其专制权势兼并土地，造成大批农民破产流亡；而贵族勋戚及地方官吏也竞相掠夺土地，如大官僚徐阶一家就占有土地24万亩，有数万亩以上土地的官僚大地主比比皆是。这些皇族及官僚大地主同时利用手中掌握的权势转嫁赋税重担，使得无权无势的中、小地主纷纷破产，广大农民更加贫困化。顾炎武在《日知录》中感慨地论及晚明时的此种衰象说："吴中之民，有田者什一，为人佃作者十九。其亩甚窄，而凡沟渠道路，皆并其税于田中。"[1]而北方农民们生活则更为窘迫困苦，王公贵戚、功臣勋旧及至有权势的宦官依靠皇权几乎占有京畿附近的所有土地，北直隶地区的土地也被他们掠夺尽净，北方各地农民们多是只能糊口的佃户长工，生活困苦，除缴租外仅能维持半饥半饱生活，哪里有余力发展副业及农舍工业？这便形成南北经济的倾斜落差之势。"明代的手工业，最为发达的纺织与陶瓷，以及造纸、漆器工业，由于自然条件，多在南方，尤其东南的闽粤地区。棉花产于北方，而纺织工业却在南方。南方气候温和，日照时间长，雨量较丰沛，农业生产量已高于北方，更何况南方还有许多手工业的产品。因此，南北经济分歧的落差，已不再能够拉近。"[2]

当时，我国古代专制社会后期的母胎中已孕育出新的经济变动之趋势，自给自足的自然经济濒于瓦解，社会经济开始向商品经济倾斜。例如在经济发达的江南地区，仅苏州一地，以雇佣劳动为特点的手工业工场就有不少处，一家手工业工场即雇佣工人数千之多。中国传统结构的社会内"原始工业化"（即近代工业化前的工业化）已经有了蓬勃发展。顾炎武在《天下郡国利病书》中谈及明朝中叶的经济状况时称："寻至正德末、嘉靖初，则稍异矣。出贾既多，土田不重。操赀交接，起落不常。能者方成，拙者乃毁；东家已富，西家自贫。高下失约，锱铢共竞；互相凌夺，各自张皇。于是诈伪萌矣，讦争起矣，纷华染矣，靡汰臻矣。"[3]他所揭示的，不仅是明代社会中、晚期南北经济的巨大贫富落差，而且，整个社会的贫富分化的落差都在迅速形成。以后西北地区频年发生自然灾害，饥民们的武装暴动此起彼伏，农民军的队伍纷纷向富裕的南方地区侵扰。晚明农民战争其实也就酝酿在这种社会贫富分化中，最终造成了明末社会大崩溃、大动荡的局面。

晚明时期，江南及沿海地区的工商业繁盛，民间私人海外贸易也冲破明

---

[1]顾炎武：《日知录》，卷十，苏松二府田赋之重。

[2]许倬云：《江河万古：中国历史文化的转折与开展》，第六章，进入世界体系的中国上篇（15世纪—17世纪），湖南人民出版社，2017年11月第1版，第364页。

[3]顾炎武：《天下郡国利病书》，卷三十二，《江南二十》。

代统治者制定的海禁政策有了极大发展，很多做海外贸易的中国商人与西方商人角逐于东、西洋，海外贸易的顺差给中国的国内市场带来了大量的西班牙银元货币收入，再加上大批的西方天主教传教士进入中国，中西方经济、文化的交流和冲突也揭开了历史的序幕。这一切，带来了民情世态的剧烈变化。市民阶层的思想文化也开始展示其力量，拜金逐利，锱铢必争，厌常喜新，去朴从艳，成为社会文化时尚的潮流；此外，重利忘义，恃强凌弱，尊卑颠倒，奢侈浪费，则称为时代风气。曾经被中国古代专制社会看不起的商贾、优伶等低贱阶层，也大模大样走上时代舞台，他们与一部分士大夫们相结合，也在社会上张扬其个性，讲学结社，鼓吹利欲，更主张讲求个人性情与越礼逾制的思想。在思想文化领域，则产生了大量的市井文化，如《金瓶梅》及短篇小说"三言""二拍"，等等，各种类型的通俗文艺如评话戏剧、俚曲小调也是家喻户晓，传唱不绝。士大夫阶层的思想也产生了分裂，一部分儒士提倡以情反理和及时行乐，他们以惊世骇俗之举，公然发泄蔑视礼法的真意，或拥妓歌舞，沉浸其间；或甘为优伶，如傅粉墨；或男扮女装，酗酒疯狂。晚明士林中诲淫导欲之风喧腾一时，固然有士人们狭促变态心理作怪，但更多的是对名教的叛逆。传统的政治已经凝固，腐败的统治者压抑新的思想的正常发展，士人们无力把握稍纵即逝的社会变革机会，使得他们充满了焦虑心态，感到迷惘与徘徊，思想深处也交织着困顿与痛苦，这是晚明士风颓靡与纲纪陵夷的根本原因，也是明末清初大崩溃、大灾难的重要缘由之一。

自从明朝中叶以来，各种思想文化潮流汹汹而来，互相激荡。社会动荡更导致了思想动荡，它是中国思想史的一个重要时期。

黑格尔曾经将人类思想哲学运动比作一个"圆圈"。他认为，人类思想的发展进程经历着种种曲折反复，其中肯定与否定，由浅至深，由片面到全面，是螺旋式曲线上升的，更近似一串小圆圈组成的大圆圈。黑格尔的这个精彩比喻，又与思想家斯宾格勒在《西方的没落》一书中所提出观点，即历史不是简单地线形轨迹递进式发展的，而是一种从文化到文明的循环方式发展的思想，相映成趣。斯宾格勒的观点，即认为某一社会群落的文化是充满生机与创造能力的，而文明则是文化的僵化时期，其循环与没落的命运不可避免。文明在走向没落衰败后则又是新的一轮历史循环的开始。[1]当然，此观念似乎尚可商榷，但是，我们从中国历史文化进程也可以看到，当某种文化思想对社会的凝聚与推动作用日益衰微，其新陈代谢能力也越来越趋于薄弱时，历史也确实往往不免进入某种固定与僵化模式的循环时期。这个时候，倘若旧文明不经过改造，思想圆圈的循环也就难以突破。

倘若用黑格尔的思想"圆圈"比喻，可以将儒家思想比喻成一个大圆圈，这个圆圈又是由"汉儒"与宋明理学两个圆圈组成。从先秦的原创性的孔孟学说传到"天人合一"的汉儒董仲舒，原始儒学被抹上一层宗教色彩，成为儒学发展的第一个圆圈。而到了宋明理学阶段，儒家学者们又将佛、道思想引入儒学，在宋儒周敦颐、程颢、程颐、朱熹、陆九渊及明儒王阳明的改造下，儒学又被抹上了哲理色彩，使得这个儒学思想的大圆圈更加完备精致了。而宋明理学其实也有两个圆圈，程颢、程颐及朱熹的理学是一个圆圈，它是以朱熹的学说为基本核心的；而陆九渊、王阳明的心学又是一个圆圈，其思想理路则基本以王阳明的学说为核心。朱熹的哲学思想体系十分丰富，他在理气论，心性论，宇宙本体论，天理人欲论，道心与人性论，敬、静之论，涵养省察之论，格物穷理论，克己立志之论，以及关于禅学、经学、四书学籍文史等诸方面都有较深的探索研究，且有很多承先启后的透辟之论。朱子之学成为理学的代表，后来儒学家将朱熹捧为仅次于孔孟的圣贤。而程朱理学也成为儒学史上的第三种历史形态，对宋元以后的中国及至周边的东亚国家都有巨大影响。王阳明的心学，虽然反对程朱理学的"心与理为二"的观点，也反对朱熹"知先行后"的主张，但王阳明哲学思想的核心，则针锋相对地提出了"知行合一"与"致良知"的思想，无非是期望人们将旧传统的道德伦理观念更落实到行为上，他的"破心中贼"就是指破除那些不符合儒家规范的行为。

当代学者李泽厚先生认为，整个的宋明理学由三个主要人物的主张构成。张载建立理学，以"气"为核心的哲学范畴由宇宙论转向伦理学；而朱熹理学则以"理"为核心，标志着整个理学的哲学体系的建立；王阳明心学则以

---

[1]（德）斯宾格勒：《西方的没落》，云南人民出版社，1998年版。

"心"为哲学命题，潜藏着某种近代趋向的理学。[1]这是一个具有概括性的总结。宋明理学中最关键的人物是朱熹与王阳明，他俩各自所代表的程朱理学与陆王心学促使儒家文化发展到了某种成熟期，将佛、道思想精华引入儒学，使得儒学成为当时的"新儒学"。诚如李泽厚先生所言："陆王与程朱同样是为了建立伦理学主体性的本体论，都要'明天理去人欲'，其不同处在于，程朱以'理'为本体，更多地突出了超感性现实的先验规范，陆王以心为本体，更多地与感性血肉相连。"[2]王阳明严重地忧虑明王朝已走向了危机，那时腐败黑暗的社会已经千疮百孔，他将这些危机归结为人心日坏，更希望孔孟之道能够浸润到人心里。他因此主张教化人心，以良知代替私欲，建立普世的新儒学。但是，时代生活中的悖论却是，由于王阳明企图将自己的理论体贴近人心，将儒学更进一步普世化，倒使得其理论被时代所异化，不知不觉中"人欲"倒是战胜了"天理"，人们的思想挣脱了传统专制主义的缰绳，跑到了另一条"邪路"上去。这是王阳明始料未及的。"尽管王阳明个人主观上是为'破心中贼'以巩固封建秩序，但客观事实上，王学在历史上却成为了通向思想解放的进步通道。它成为明中叶以来的浪漫主义的巨大人文思潮（例如表现在文艺领域内）的哲学基础。"[3]王阳明自己也曾经说"人人有个圆圈在"，但是，他的这个"哲学圆圈"，既是整个儒学大圆圈及宋明理学圆圈中的最后一个圆圈，却又成为早期启蒙思潮中的头一个圆圈的起源。实质上，与其说他是在"哲学圆圈"中，毋宁说是在一个激烈动荡时代的"迷圈"里。

明朝"以理学开国"，其典章制度多是因循前朝。传统史家也大都认为明朝没有什么自己的特点，除明太祖与明成祖外，明代各朝的皇帝也皆是凡庸之辈。明代初期的一些理学名家亦是因袭程朱理学旧说，从未补充什么新内容，仅是显赫的官学与科场规范教本，是儒生们谋取功名的敲门砖。直到明朝中叶以来社会发生一系列变动，越来越多的士人深感程朱理学的僵化与压抑，纷纷把关注目光又转向陆王心学，尤其是王阳明的哲学体系，倡立新说，鼓动海

---

[1]李泽厚：《中国古代思想史论》，人民出版社，1986年3月第1版，第240页。
[2]同上书，第244页。
[3]同上书，第251—252页。

内，客观上起到冲破旧传统思想禁锢的作用，统治者对此种文化动向也无可奈何。《明史》记载："宗守仁者曰姚江之学，别立宗旨，显与朱子背驰，门徒遍天下，流传逾百年，其教大行，其弊滋甚。嘉、隆而后，笃信程、朱，不迁异说者，无复几人矣。"[1] 王阳明之心学在明代中后期风靡一时，打破程朱理学一统天下的格局，整个明代思想文化界的局面为之一变。

在王阳明心学体系当中，确实有很多矛盾对立的认识，其理论构架中即潜伏了自我否定的因素。它的哲学基础建立在禅理的思维方式上，以此来深化儒学的价值立场，用宗教性的"顿悟"法门来解释哲学性问题。这种禅理的思维方式，常容易从直觉主义走向神秘主义，再到极端的相对主义，但是，其不自觉的思维理路也更容易打破旧道统教条格套的拘束，其中可孕育出思想自由的契机。尤其是王阳明心学理论强调"本心"，尊重个人思考的独创性，这与早期启蒙思潮的个性解放是有着某种传承关系的。在西欧思想启蒙运动中，就特别提倡个人思考的独创性，强调"自由精神"与"理性精神"。法国启蒙思想家帕斯卡尔说："思想形成人的伟大。"而且说："人不过是一根苇草，是自然界最脆弱的东西，但他是一根能思想的苇草。……因而，我们全部的尊严就在于思想。正是由于它而不是由于我们所无法填充的空间和时间，我们才必须提高自己。因此，我们要努力好好地思想，这就是道德的原则。"[2] 在浑浑噩噩的中国古代专制社会中，也正是因为"左派王学"的一部分启蒙思想家提倡个性解放，主张尊重个人思考的独创性，才开启了早期启蒙思潮初始的"自由精神阶段"。

王阳明去世后，王学在晚明时期迅速分化，其中，浙中王门与江右王门虽然兴盛一时，但是，他们因袭了王学的保守一面，其影响力很快就衰退了。王艮主导的泰州学派，其理论则发展了王学中的积极因素，带来了一股清新的进步思想气息。王艮的"淮南格物论"是以"安身立本"为核心的，蕴涵了争取人的生存权利与维护人的尊严的意义。王艮与泰州学派的一批士大夫文人

---

[1]《明史》，卷二百八十二，列传一百七十，儒林一，中华书局，1974年4月第1版，第7222页。

[2]（法）帕斯卡尔：《思想录》，何兆武译，第六编，商务印书馆，1985年11月第1版，第157—158页。

如王栋、王襞、颜山农、何心隐、罗汝芳等，虽然思想观点略有差异，却都具有独到的新思想意识，他们继承了王阳明关于"格物致知"人人皆可做到的主张，否认宋儒所强调的"道"的神圣性，也反对程朱理学的教条格套，要求社会平等，提倡个性解放与独立思考，肯定人的物质欲望，主张百姓与圣贤并无区别。他们活跃于贩夫走卒、农工商贾间，企图把自己的思想化为普世学说。他们的主张反映了当时社会经济激烈变动中的城市市民之诉求。

这就是王阳明心学所引发的早期启蒙思潮中首先发展出的泰州学派，以王艮为首，从者甚众，其思想继承王学余绪，被后人称为"左派王学"，还有其后的发扬者李贽，正是顺应了这股社会潮流，将个性解放的精神大大发扬，大胆地评判儒家经典，主张社会平等，所以造就了"非名教所能羁络"的思想冲决力，在晚明士大夫中流布一时，成为早期启蒙思潮第一阶段的"自由精神时期"基本思想的重要部分。

1784 年，德国哲学家康德在出版了《纯粹理性批判》（1781 年第一版）三年之后，又在当时的《柏林月刊》杂志第 12 期发表了《答复这个问题："什么是启蒙运动？"》一文，康德的第一段话是："启蒙运动就是人类脱离自己所加之于自己的不成熟状态。不成熟状态就是不经别人的引导，就对运用自己的理智无能为力。当其原因不在于缺乏理智，而在于不经别人的引导就缺乏勇气和决心去加以运用时，那么这种不成熟状态就是自己所加之于自己的了。"[1]欧洲的思想启蒙运动的旗帜，上面就大书着"自由精神"与"理性精神"，这是近代欧洲经过文艺复兴、宗教改革之后进入了一个新的历史时期的思想解放运动。18 世纪的启蒙哲学借助马丁·路德宗教改革中反对外在教条权威的思想，展示了自由精神与理性精神的新面貌：理性与外在权威决裂，形成自身的内在权威，也就因此达成了自由精神与理性精神的同一性。

中国的早期启蒙思潮与欧洲的思想启蒙运动也有着共同点：首先，需要有认识自己的勇气，必须永远有运用自己理性的自由；有着处于自己又回归自己、摆脱外在权威支配的自由精神，因此，这也是反对专制主义的思想解放运

---

[1]（德）伊曼努尔·康德：《历史理性批判文集》，何兆武译，天津人民出版社，2014 年 10 月第 1 版。

动；再者，需要有对人类社会进行艰苦又锲而不舍的独立探索、独立思考，不断用理智摆脱僵化教条等各类旧传统观念的羁绊，不断用理智来代替不成熟。这里再重新借用黑格尔的比喻，如果说人类哲学思想运动是一个"圆圈"，也可以将明清时期的早期启蒙思潮看作一个"大圆圈"，这个启蒙哲学思想的大圆圈更是曲折反复，由浅至深，且是螺旋式上升的。这个"圆圈"也由两个"圆圈"组成，第一个是"自由精神"阶段的圆圈，再一个则是"理性批判精神"阶段的圆圈。

早期启蒙思潮的第一个"圆圈"即"自由精神"发展阶段，它的哲学意识观念的主要部分由王学分化出的泰州学派与李贽的反传统异端思想所组成，也包括了晚明文学思潮所焕发出的个性解放精神，还有由儒入耶的一部分士大夫对西学的探索。它代表了一条新的思想理路，一种企图挣脱旧传统礼教桎梏的自由精神，一股独立思考与自主探索的思想解放潮流，一种寻求中西文化会通的精神。它以王阳明心学为源头，基本上以禅宗哲学为基础。但是，它代表了那个时代士大夫阶层中的一些思想精英企图摆脱"不成熟状态"的自主诉求，也是对程朱理学乃至旧传统礼教思想的激烈反抗。程朱理学要定名分，而他们的思想核心却是要破名分，主张个性解放与独立思考，歌颂人的价值，还提出了社会平等的进步思想。这股自由精神更具有新时代特征，其思想实质是反传统、反权威与反专制。这股自由精神在中国思想界留下深远的历史影响，其代表人物李贽的言论及著述，给沉闷的中国古代专制社会吹来了清新、明朗的思想解放之风，震动了晚明的文人士大夫阶层，文学界更是争相附和，从者甚众。李贽后来虽然被明王朝统治者迫害致死，其著述在明、清两代也多次遭禁，可其思想影响却未能够被彻底禁绝，顾炎武在《日知录·李贽》中便承认，"而士大夫多喜其书，往往收藏，至今未灭"[1]。李贽的思想学说甚至流传到海外，日本明治维新运动中，一部分思想先驱也利用其学说为资本主义改良运动造舆论。在中国现代史的五四运动中，李贽之学说更成为进步思想界的理论武器，很多新文化运动的学者也纷纷引用他的观点。李贽的反传统思想对晚

---

[1] 顾炎武:《日知录》，卷十八，"李贽"。

明的新文学运动影响最大，尤其是他所倡导的"童心论"，希望恢复人的"本心"与"童心"，呼唤在旧传统文化的"天理"重压下的被压抑的"人欲"，代表了市民阶层反专制、反传统的自由呼声。他的思想启迪了"公安派"的袁氏三兄弟及相当一批士大夫，促进了晚明文学艺术潮流中的改良运动的发生，一批伟大的文学家与艺术家如徐渭、汤显祖、冯梦龙、凌蒙初等相继涌现，他们坚持个性解放与人格独立的新价值观，向束缚个性、泯灭自由的专制主义意识发起挑战，使得新的艺术、新的通俗文学与市民文学勃兴起来。同时，明代中叶及末期，中西文化会通的潮流也涌动出来。一些西方传教士如利玛窦等人采取联儒尊孔的策略，用原始儒学思想解释基督教义，迎合了士大夫们厌常喜新的社会风气，于是，文人儒士争相学习与探索西学与科技知识，其中被称为"儒耶三柱石"的徐光启、李之藻、杨廷筠，以及王徵等人，都对西学有着广泛与深刻的了解，他们不仅大量翻译西方的自然科学著作，而且有意识地企图以近代西方文化来诠释、论述及重构中国的儒家传统文化，企图努力使刚传入的西学与中国文化相会通。他们在接受新知识、新思想等方面走在了时代前列。在晚明的早期启蒙思潮中，李贽的异端思想，晚明的新文学潮流，以及中西文化会通的思潮，形成了"自由精神"阶段的第一个圆圈，由此形成了早期启蒙思潮的一个很高的思想浪峰。

可这股浪峰下去，便是大规模的退潮。晚明的天启、崇祯年间，社会危机进一步加深，农民暴动汹涌澎湃，满族崛起，边患严重，灾荒不断，明帝国有土崩瓦解之势，士大夫阶层对当时的政治发展形势感到恐慌，主流思潮立即由原来的反传统和要求政治变革迅速退缩为保守与改良。以顾宪成、高攀龙为首的东林党人及后继者以张溥为首的复社文人集团，他们的思想倾向便由王阳明心学回归到程朱理学，且在学术上遏制反传统的激进言行，企图弥合陈旧的传统文化已经出现的裂缝。历史是充满了曲折和复杂性的，中国的早期启蒙思潮也有着其特殊的思想路线。东林党人固然在学术思想上是回归传统的，其主要学术主张更接近于保守的程朱理学，但晚明时期个性解放的新风尚又对他们有所浸润，并且他们也很难将程朱理学的那一套再运用到明末大动荡的社会环境中去。因此，他们实际上难以成为新思想、新意识的反对派，而只能成为

"修正派"。他们希望以改良政治为己任，严正操守，挽救时艰，重振社会上的伦理道德之风。东林党人虽然强烈地代表士大夫们革新政治的要求，也多少反映了新兴市民阶层发展自由经济与争取个人权利的自主愿望，可是，由于历史文化背景苍白所造成的软弱缺陷性格，他们难以把握稍纵即逝的社会改革机会，只能将自己所有的政治改良希望寄托在独裁君主身上，因此，明末政局大崩溃的历史命运已经注定了。

明清易代之变，在儒家士大夫们看来，是一场天崩地坼之变。在这场历史大灾难中，整个时代充满了残酷的"戾气"。连绵不断的战火，灭绝人性的一次次屠城，满洲人的剃发令、圈地行为等，更使得清初的社会动荡不已。在大动荡的时代里，以儒家思想为正统观念的士大夫阶层的内心世界，更是充满了困惑、徘徊与痛苦，尤其是大部分不得不腼颜仕清的士大夫，心里更是羞惭、恐惧与苦闷相交杂，他们是儒家伦理道德观念的守护者，可又不得不成为儒家伦理道德观念的事实上的叛逆者。其实，恰是儒家伦理道德观念其本身的虚伪与空洞造成了他们思想的尴尬境地。而另一些矢志不与清统治者合作的遗民，也是极少数的民族思想精英，他们隐居乡里，著书立说，渴望运用自己的理性批判精神，深刻地反思与总结历史教训，企图摆脱旧传统文化所造成的各种思想禁锢，更企图摆脱自己的"不成熟"状态。虽然，历史文化背景所造成的局限性，让他们的突破创新观念难以彻底冲出旧传统文化造成的"围城"，但这一批思想精英仍然孜孜以求地艰难求索，正是在这一代人的思想求索中，早期启蒙思潮的第二个大圆圈又开始形成了。

第二个大圆圈就是"理性批判精神"发展阶段。当然，这种理性批判精神的新思想萌芽，仍然以阐述儒家经典的形式出现，难以彻底摆脱先秦诸子及程朱理学所设下的观念迷圈，其中既含有新的幼芽也混有旧的残渣，不过，他们针对专制旧文化的批判精神与政治上的革新要求，以及早期民主主义意识、经世致用的学说等，可以说又形成了早期启蒙思潮的一个又一个新的思想浪峰，最终汇成了早期启蒙思潮。

在这个大圆圈中，一批启蒙思想家著书立说，卓然成家，各有侧重地从思想史、自然史、社会史等各个方面突破传统的旧思维模式，开拓出了理性批判精神的新领域。比如，启蒙思想家黄宗羲另辟学术途径，通过对宋、元、明各个朝代的思想史进行评论，对中国古代专制社会的君主独裁给予了猛烈揭露与抨击，并对道学思想予以深刻批判；又如，启蒙思想家顾炎武提出"经世致用"的学说，也将批判矛头直指宋明理学，主张限制君权，反对独裁专制，提出"工商皆本"的进步经济思想；又如，启蒙思想家王夫之，在哲学思想上多有建树，在理气、心物、天人等认识范畴，综合了诸子百家的哲学成果，在理论上做出了卓越贡献；又如，启蒙思想家颜元、李塨对宋明理学的大胆批判，要比黄宗羲、顾炎武、王夫之更加直接，更毫无保留，其思想锋芒直指程朱理学，已经有了近世思想的雏形，尤其是颜元，提倡富国强兵，主张功利主义，抨击玄谈之风，他的理性批判精神发挥得淋漓尽致。这一时期，中国士大夫的精英们似乎战胜了自己思想上的怯懦与惰怠，因为亡国惨祸已经临头，不能不对"仁义充塞""率兽食人、人将相食"的亡天下悲剧以警醒了。这些思想家的理性批判精神是与他们的爱国主义传统与民族气节紧密相连的，更反映出相当一部分士大夫企望革新政治、革新思想文化的强烈要求。

中国当时的思想界又一次出现各种思想潮流相互激荡的哲学繁荣局面，一批又一批启蒙思想家涌现，群星璀璨，异彩斑斓，继往开来，推陈出新，除了黄宗羲、顾炎武、王夫之及颜元等四大家以外，还有朱之瑜、方以智、傅山、李颙、唐甄，以及稍后的激烈反理学思想的戴震。这一股早期启蒙思潮可谓汹涌澎湃，且带有反对专制主义与反对蒙昧主义的进步倾向，也显然具备着早期民主主义萌芽意识，从各个侧面都已经包含酝酿了近世思维的社会意识。这一阶段的启蒙思想家们的理论观念已经是有系统的了，他们的治学规模博大宏伟，学术观点新颖深刻，更大胆地发挥了理性批判精神，且具有求实的学风，这股理性批判精神的社会思潮更加气势磅礴，哲学基础也更加深刻与牢固，涉及的各类思想文化领域更加宽阔，汲取传统文化的资源与材料也更为丰富，对中国思想史所做出的历史贡献也更大。他们激烈地批判宋明理学，抨击古代的政治专制制度，提倡经世致用，由于这些启蒙思想家较多地生活在东南沿海地区，与工商业发展有着特殊的感情联系，因此哲学思想上也萌发了早期民主主义的意识幼芽。

　　虽然，这股早期启蒙思潮在中国思想史上已经达到前所未有的高度与水平，可终究有着其历史局限性，它的单一方面反传统激进主义常常沦入远古社会的空想桃花源，探索与研究社会经济的目光也仍然局限于儒家经典与古代的兵刑钱谷，虽然激烈抨击君主独裁的专制政治，却又找不出改造这种腐朽社会制度的好方法来。而且，"由于中国近代的长期难产，这一哲学发展的逻辑进程，未能达到它的理论终结，而到十九世纪初叶历史又转入了另一个时代"[1]。历史是曲折与变幻莫测的。明末清初的早期启蒙思潮，在18世纪的历史洄流中几乎夭折，直至以后由于国内外矛盾激烈，近代救亡图存的呼声渐高，近代启蒙思潮才得以复苏。著名学者侯外庐先生在《近代中国思想学说史》中总结，17世纪的早期启蒙思潮，气象博大，影响深远，但到了18世纪，由于清朝乾嘉时期对外封闭、对内安定的政策，思想潮流则转为了汉学运动，也就是纯粹为学术而学术了。戴震的反理学思想学说不过是早期启蒙思潮的余绪而已。侯外庐先生不同意梁启超先生所认为的清代为古代哲学极盛时代的观点。笔者个人更赞同侯先生的看法，也就是说，清代中期及晚期的哲学思潮，如戴震的反理学思想及魏源、龚自珍19世纪初的近世思维，其实是早期启蒙思潮的最后一个小圆圈了，但他们对近代的启蒙哲学运动产生了深刻的启迪作用，又可以说是近代的新思想启蒙运动的第一个小圆圈。从思想史的角度来看，这又与王阳明的心学过去所起的承前启后作用有异曲同工之妙。

　　著名历史学者许倬云先生也认为，"明代文化发展的各个领域，自由与理性的诉求均已显露可见"[2]，其思想哲学、文学艺术、科学技术甚至包括对民主政治的追求都突破了宋代文化的伦理政治的藩篱，其自由精神的反传统、反权威的风气从明代的中、晚期开始就在思想文化领域有很大扩展，而理性的学风及科学精神也在很多士人之中得以体现。他也认为，"若以明晚期这一发展方向与欧洲近代启蒙运动相比，二者都有相似的轨迹，然则何以欧洲启蒙运动终于开启了现代的西方文化？举凡科学、政制、经济，各个范畴的欧洲现代特色

---

[1] 萧萐父、李锦全主编《中国哲学史》（上卷），人民出版社，1982年12月第1版，第13页。

[2] 许倬云：《历史大脉络》，第二十四章，明末清初的思想界，广西师范大学出版社，2009年2月第1版，第160页。

都可追溯到启蒙运动,而明代的大变化却似夭折,并未增长增高?"[1]他分析道,这与李约瑟讨论的中国科技文明未能够进一步发展的原因及马克斯·韦伯所论述的西方资本主义发展历程的两大命题相关联。还有一些重要原因是:首先,清王朝实行极端的专制政治统治,抑制自由思想,大搞文字狱,打压坚持反清立场的士大夫,其文化政策向程朱理学全面回归,变得更加保守与复古,使得明代中、晚期以来的历史进步趋势被阻遏。其次,明代晚期的狂禅末流的放诞无忌、学风空疏的坏影响,使得以后清朝的学术发展出现"钟摆"现象,从虚妄之学反弹至考证训诂学兴起,清朝中叶后的学术空气变得凝固呆滞,思想潮流则转为了汉学运动,也就是纯粹为学术而学术了。再次,举国读书人大多追求利禄,把一生沉浸在科举闱墨中打转,他们全心全力地泡在制艺范文里,企图通过科举考试来彻底改变自己的命运。而科举考试命题中则强调程朱理学的正统性,使得一代士人们的思想意识都被桎梏于其中,如此,明、清的自由、理性的启蒙精神岂能延续?最后,明、清两代的读书人都被拘泥于书本之中,不注重实学,不问世事,不亲庶务,只会坐而论道,且与社会的工农商贾无紧密联系。这些原因都严重妨碍早期启蒙思潮在士人们中的广泛传播。[2]

在明清时代的早期启蒙思潮中,中西文化的会通与交流也是一项重要内容。在欧洲近代的思想启蒙运动中,一些启蒙思想家如伏尔泰、莱布尼茨等人都对中国文化很感兴趣,莱布尼茨还与康熙皇帝通过信。这缘于明末清初,西方以利玛窦为首的一批传教士到中国传教,曾经采取尊孔联儒的策略,为了取悦中国士大夫阶层,努力地钻研中国古代经典著作,以后又将孔孟老庄的著述翻译介绍到欧洲,这些翻译著作竟在欧洲的进步思想界风行一时,还在某种程度上影响了欧洲的思想启蒙运动。当时,这批欧洲的天主教传教士甚至改易儒服,学习中国的语言,尽力适应中国的风俗习惯,在官绅及士大夫中馈赠西洋器物,介绍西洋文明,以传播科技知识为先导,大力推进传教事业。恰逢晚明社会士林中流行厌常喜新的时代风尚,追求与探索新的思想道路,由此便产生

---

[1]许倬云:《历史大脉络》,第二十四章,明末清初的思想界,广西师范大学出版社,2009年2月第1版,第160页。

[2]同上书,第159—162页。

了一批由儒入耶、儒耶结合的新型士大夫，较著名的有徐光启、李之藻、杨廷筠、王徵等人。此时是中西方文化会通的开启阶段，中西文化的互相交流、对彼此的认知，尚处于较浅层次的阶段。

在写作此书时，笔者深深怀念已故的著名学者陈乐民先生，他在晚年的学术思想探索中已经特别注意到"中西文化会通"的问题，曾经深入地研究过晚明启蒙思想家徐光启。他在《徐光启、利玛窦及十七世纪中西文化会通与冲突》一文中深刻指出，17世纪到18世纪天主教内关于中国的礼仪之争，以及明神宗与清朝康熙帝两次下谕禁教的历史，实质上反映了中西文明的剧烈冲突，中西文化彼此一时间很难真正融合，常常阻碍多于会通。但我们也可以看到，当时中国具有进步思想的士大夫们对"中西文化会通"抱着一种很积极的态度。不仅是那些由儒入耶的士大夫们，那些具有启蒙意识的思想家们也对西学充满了兴趣，他们显示出一种历史的自觉性。比如，早期启蒙思潮"自由精神"阶段的启蒙思想家李贽，他与西方传教士利玛窦曾经有过两次相会，他们虽然宗教信仰不同，但是李贽很赞佩利玛窦所写的《交友论》，还抄写下来给湖广一带的弟子们传阅。[1]后来，李贽被捕入狱，利玛窦也曾经为他在朝中进行过营救活动。而在早期启蒙思潮的第二个阶段"理性批判精神"中，清初的一批启蒙思想家如黄宗羲、顾炎武、王夫之、颜元、李塨等，以及朱之瑜、方以智、傅山、李颙、唐甄等人也对新传入的西学表示出欢迎态度和浓厚的求知兴趣，这与他们突破旧传统的理性批判精神与政治上的革新要求分不开，他们的早期民主主义意识与那些欧洲启蒙思想家的很多主张不谋而合。比如启蒙思想家方以智就积极主张借西学精华来发展科技文化，他在《通雅》中提出："坐集千古之智，折中其间。"[2]而且，他赞扬已传入的西方文化"质测颇精，通几未举"[3]。当时，那些思想开明的士大夫无一不赞成"欲求超胜，必须会通，会通之前，先须翻译"[4]的主张。方以智还计划编纂一部"总为物理"的

---

[1]（日）平川祐弘：《利玛窦传》，刘岸伟、徐一平译，光明日报出版社，1999年1月第1版，第298页。

[2]方以智：《通雅》，卷首一。

[3]方以智：《通雅》，卷首二。

[4]徐光启：《历书总目表》，载《徐光启集》卷八，上海古籍出版社，1984年，第374页。

"格致全书"，这与西欧思想启蒙运动的"大百科全书派"的理想是一致的，但可惜的是方以智并未能实现自己的凤愿。

17世纪中西文化的会通与交流，尤其是中国知识界汲取西方科技知识、翻译西方文化和宗教著作等学术活动，曾经也盛极一时。譬如，徐光启翻译过《几何原本》，而李之藻曾经翻译《经天该》《浑盖通宪图说》《乾坤体义》《同文算指》等书籍，将西方古典数学、天文学与地理学知识等引入中国，李之藻甚至在晚年还抱病译书，翻译了《历指》《测量全义》《比例规解》等书，可称得上是晚明的翻译大师。李之藻在《刻职方外纪序》一文记载，明熹宗天启元年（1621年）天主教传教士金尼阁、傅汎际、汤若望等一次便携来西方文化书籍七千余部，不单是天文、历算、舆地、音韵类的几门学问，还涵盖了水利、工艺、测量等更多专业知识，甚至包括了教育学、伦理学等方面的学术著作。西学的广泛输入，其学术思想及治学方法都对中国士大夫文人们有着深刻影响，例如清初的经世致用思想即从中得到启发。西学东渐，也让闭关自守的中国人初步了解到世界知识，"异方殊俗，引起不少兴趣，如利氏的《万国舆图》、艾儒略的《职方外纪》……绘图立说，中国人之知有五洲万国自此始"。[1]

很可惜，到了18世纪上半叶的清朝雍正、乾隆时期，中西文化会通的潮流被人为禁止了。同时，早期启蒙思潮也与其同盛同衰，启蒙思潮主流近于干涸，仅剩下丝丝余绪。而清朝统治者则凭借着传统专制制度回光返照的余威，对外闭关锁国，对内文化专制，使一切自由的思想与文化窒息了。历史在洄流中旋转，使我们民族整整停滞了一百年。这一百年，又恰是西方近代启蒙运动飞速进展，带动整个西方社会跃入资本主义的全盛时期。相比之下，中国仍然沉浸在末世的歌舞升平的奢靡生活中。当代学者萧萐父先生总结这个历史教训时沉痛地说："从晚明直至五四运动的三百年，如果把这一历史阶段视为中国走出中世纪而迈向近代的思想行程，并采取把西学东渐视为中国近代文化代谢发展的杠杆的视角，则可看到这三百年的文化运动经历了许多曲折而呈现

---

[1]嵇文甫:《晚明思想史论》，第八章，西学输入的新潮，东方出版社，1996年3月第1版，第159页。

为一个大 '马鞍形'。"[1] 没有向世界全面开放的襟怀，也就不可能有政治、经济和文化的全面深刻改革；而没有思想启蒙的推进，也不可能改变人们封闭蒙昧的状态。因此，思想启蒙与中西文化会通是密切相关的，也与中华文明的复兴紧密相连。这也是我们从早期启蒙思潮的历史回顾中得来的一条珍贵的历史经验。

1784 年，康德在当时的《柏林月刊》第 12 期发表了《回答这个问题："什么是启蒙运动？"》一文，他写完此文后，才发觉《柏林月刊》第 9 期已经发表了犹太哲学家默西·门德尔松的同主题文章《关于什么叫启蒙？》，康德因此在自己文章后面加了小注，说倘若他在完稿后就能够读到此文，便会扣发自己的文章，"现在本文只在于检验一下偶然性究竟在多大程度能带来两个人的思想一致"。总的来说，康德是认同门德尔松的基本哲学思想观点的。门德尔松的那篇谈启蒙的文章，将启蒙、文化与教养都做了一番区分，他认为启蒙重在理论，文化重在实践，而教养则是二者的综合。门德尔松在文章中还特别提到了一个重要观点，即任何高尚而臻于完美的事物，当它腐败后就更形于丑陋，凋落残花必定更丑陋于朽木之形，人尸也丑陋于兽尸。他警醒人们，一个失去了新陈代谢机制的古老文化系统，好比封闭在古墓中的木乃伊，一旦门户打开遇到空气，便会立即从僵化发展到腐朽。他的这个比喻，其实也是人类历史文明发展中很多民族所经历过的沉痛教训，因此我们民族必须永远铭记。

---

[1] 萧萐父：《十七世纪中国学人对西方文化传入的态度》，载《文化：中国与世界》（第二辑），生活·读书·新知三联书店，1987 年 10 月第 1 版，第 142 页。

第二章

王学分化出的启蒙思想

一、王阳明心学的崛起与分化

明朝中叶后，中国古代专制社会的发展已至烂熟，自给自足的小农经济在衰落中也酝酿出新经济萌芽，商品市场有较大规模发展。工场手工业迅速崛起，市民阶层迅速壮大。新的经济动向也对文化思想界产生影响。天下之士的厌常喜新成为潮流。相当多的儒士们厌倦了程朱理学的僵化、教条与压抑，他们企图冲破思想桎梏，走出传统意识形态的困境，寻求、探索新的思想出路。此时，王阳明的心学（或称姚江之学）也就应运而生了。

王守仁（1472—1529 年），字伯安，浙江余姚人，因筑室攻学于阳明洞，世称阳明先生。他于明朝弘治十二年（1499 年）举进士，历任刑部、兵部主事，左佥都御史，巡抚南赣、汀、漳等处，官至南京兵部尚书，获封新建伯。他的著作，由他的学生汇编成《王文成公全书》三十八卷。王阳明心学开创后，风靡士林，鼓动海内，其学说得到了士大夫及学者们的普遍响应。《明史》

记载："宗守仁者曰姚江之学，别立宗旨，显与朱子背驰，门徒徧天下，流传逾百年，其教大行，其弊滋甚。嘉、隆而后，笃信程、朱，不迁异说者，无复几人矣。"[1]

王阳明在本体论上反对程朱理学"心与理为二"的思想，他继承了陆九渊"心即理"的观点，主张"心外无物""心外无理"，人心便是宇宙的本体。他认为："人者，天地万物之心也；心者，天地万物之主也。心即天，言心，则天地万物皆举之矣。"[2]《传习录下》一则记载："先生游南镇，一友指岩中花树问曰：'天下无心外之物，如此花树在深山中自开自落，于我心亦何相关？'先生曰：'你未曾看此花时，此花与汝心同归于寂，你来看此花时，则此花的颜色一时明白起来，便知此花不在你心的心外。'"[3]这是一段著名对话，许多现代学者们纷纷引用，且将这个观点与英国哲学家巴克莱的"存在就是感知"之理论相比较，还有学者认为其说法与存在主义的祖师海德格尔的思想有相通处。其实，王阳明未必是寻找所谓"认识论"的哲学命题，他是用禅宗理路来为"心即理"预设前提，即所谓诸相皆非相，花亦花，花非花，花便是人们心中的"心花"。倘若无人，或无人的感知，便是无花。也就是他所说："天没有我的灵明，谁去仰他高？地没有我的灵明，谁去俯他深？"[4]

他在知行的问题上也反对朱熹的"知先行后"理论，创立了"知行合一"学说。他认为，知而不行，只是未知。比如说，某人知孝，某人知悌，那是指这人已经行了孝悌，因此，"知"与"行"是不能分开的，也应该是合一的。他认为"知先行后"的理论容易把认识与行动分离开来，他说："古人所以既说一个知，又说一个行者，只为世间有一种人，懵懵懂懂任意去做，全不解思惟省察，也只是冥行妄作，所以必说个知，方才行得是。又有一种人，茫茫荡荡悬空去思索，全不肯着实躬行，也只是个揣摸影响，所以必说一个行，方

[1]《明史》，卷二百八十二，列传第一百七十，儒林一，中华书局，1974 年 4 月第 1 版，第 7222 页。

[2]《王文成公全书》，卷六，《答季明德》。

[3]《王文成公全书》，卷六，《答季明德》，《传习录下》。

[4]《王文成公全书》，卷六，《答季明德》。

才得知真。此是古人不得已补偏救弊的说话。"[1]当时，程朱理学是士人们谋取功名利禄的敲门砖，所谓性理之学乃口头空话，士人们抓住朱熹"知先行后"的理论，就在那里坐而论道，知而不行已成为儒士们的通病，使得那些儒家的大道理都成了"话语游戏"。所以，王阳明尤其强调要用"知"来指导"行"，认为没有"行"的"知"，便不是"知得真"，而没有"知"的"行"，就是"冥行妄作"。他又说："某尝说，知是行的主意，行是知的功夫。知是行之始，行是知之成。若会得时，只说一个知，已自有行在。只说一个行，已自有知在。"[2]当然，他的"知行合一"论不过是其整个心学体系的组成部分，而"知"与"行"，两者还是要归结本心。但是，他已经敏锐地注意到实践活动对于思想认识的形成与升华是起到决定性影响的，因此他强调"知"与"行"的相互渗透、相互转化的辩证关系："知之真切笃实处便是行，行之明觉精察处便是知。若知时，其心不能真切笃实，则其知便不能明觉精察，不是知之时只要明觉精察，更不要真切笃实也。行之时，其心不能明觉精察，则其行便不能真切笃实，不是行之时只要真切笃实，更不要明觉精察也。"[3]后世的启蒙思想家王夫之不赞同王阳明的"知行合一"论，认为这个理论"销知以归知""以知为行"，认为此观念有混淆"知"与"行"界限的倾向。[4]王夫之的批判固然很深刻，但王阳明在论述"知行合一"论时，还是强调了二者间的互相转化关系的。王夫之后来提出"知行相资"的主张，可惜却不如"知行合一"学说传播得广泛。

王阳明提出的"知行合一"学说，其中所说的"知"，已经不仅是感知了，更是一股引导行动的精神，其完整的哲学表述应该是"存在就是行为"。如此说来，"知"也是人的一种决断，必定会引起行为。这也是他的人生哲学。王阳明不仅是卓有建树的哲学家，还是精明干练的政治家。明朝正德十一年（1516年），他在南京受到兵部尚书王琼的特荐，升任都察院佥都御史，巡抚

---

[1]《王文成公全书》，卷六，《答季明德》，《传习录上》。

[2]《王文成公全书》，卷六，《答季明德》，《传习录上》。

[3]《王文成公全书》，卷六，《答季明德》，《答友人问》。

[4]王夫之：《尚书引义》，卷三。

南赣、汀、漳等处，被委派去平定江西、福建、广东、湖广等地的农民与少数民族的暴动。当时各地民变频繁，王阳明到任后立即整顿吏治，推行所谓"十家牌法"（类似后来的保甲制度），又积极选练民兵，整顿官军，备战以待。战争一起，福建、广东的几路官军都溃败后，他却指挥一支精悍的官军奇袭农民军，一战即告成功。他镇压了赣南农民暴动后，又剿抚并用，很快平定了南康等地民变。而藩封在南昌的宁王宸濠勾结正德皇帝身旁的亲信太监，招揽人才，集聚武装力量，早蓄有反意。王阳明虽然洞悉宁王有异志，可他佯装不知，派人去宁王府虚与委蛇，同时也紧盯时局变化。朝廷内一些大臣也对此预做防范与谋划，朝廷以讨山贼名义授予王阳明提督军务之权，四省三司的军队均听其节制。正德十四年（1519 年），宁王造反。王阳明率领的官军开始时处于劣势，但他从容指挥，处变不惊，多次使用诈术使得宁王上当。叛军疲于奔命，未能攻下南京，终被王阳明打败。

王阳明慨言："破山中贼易，破心中贼难。"[1] 他意识到明王朝所面临的严重危机，朝廷政治越来越趋于黑暗腐败，传统道德伦理也处于瓦解与崩溃中，官僚贪婪，士风堕落，民变四起，他惊呼："今天下波颓风靡，为日已久，何异于病革临绝之时！"[2] 他明白，要拯救这个王朝，首先要救人心。他根据"心即理"的思路，提出"立诚""格其非心"。他又花费了极大气力追究，从《孟子·尽心上》寻出了"良知"一词，他认为"良知"就是超越人的私心、有限心的，具有本然品格的无限心、恒照之心，也就是"天理"所在。他将《大学》的"致知"与孟子的"良知"结合起来，创新出"致良知"的理论，并将其作为主要的思想纳入他的心学体系。他认为："致良知者，孟子所谓是非之心人皆有之者也，是非之心，不待虑而知，不待学而能，是故谓之良知。"[3] 他不赞同朱熹的"格物致知"论，即所谓"致知在格物，物格而后知至"的看法，而提出与之相反的"致知格物"论，因为"无心外之物，无心外之理""天下之物本无格者，其格物之功只在身心上做"。也就是，他主张以

---

[1]《王文成公全书》，卷四，《与杨仕德薛尚谦书》。

[2]《王文成公全书》，卷四，《与杨仕德薛尚谦书》，卷二一，《答储柴墟书》。

[3]《王文成公全书》，卷四，《与杨仕德薛尚谦书》，卷二六，《大学问》。

"致良知"为道德修养，以"性善"之心、"良知"之心去战胜"不能不昏蔽于物欲"的"人欲"之心与"性恶"之心。

著名历史学者顾颉刚先生曾经概括地总结"致良知"的学说，人有"初一念"和"次一念"。"初一念"是善的，是为人的，便是"良知"。"次一念"是恶的，是为己的，也就是私欲念。王阳明以为，"良知"是天生的，人见了父母，自然知道要孝；见了兄长，自然知道要敬；见了小孩掉进井里，自然怜悯要去救出来。这些"初一念"是天然意念，由此出发的行为即"天能"，天然的"良能"。"良知"包括父子之亲、君臣之义、夫妇有别、长幼有序、朋友有信等三纲五常的伦理，亦包括人的恻隐之心、羞耻之心、谦让之心、是非之心等道德观念。王阳明分析社会上人们的心态，一方面认为，良知良能，愚夫愚妇与圣人同，众人是相同的；另一方面又说，愚夫愚妇们的"次一念"太重，"利害念"太大，个人欲望太多，难以保持"良知"。王阳明提出"致良知"的办法，即是"存天理，去人欲"，便是不能用"次一念"压倒"初一念"，不能用"利害念"压倒"是非念"，不能用恶念压倒善念，去其个人私欲，方可保持"良知"。[1]

王阳明的"致良知"，也就是"心理合一"之义，冯友兰先生则更明确说，"致良知就是明明德，明德是'天地万物一体之仁'，所以明明德就在实行仁"[2]。他又解释王阳明《传习录》中一条语录释义的儒家的仁与墨家的"兼爱"不同，"盖儒家所谓之仁，乃所谓恻隐之心之自然发展。非如墨家兼爱，乃以功利主义为其根据。在所谓恻隐之心之自然发展中，其所及自有先后厚薄之不同，此即所谓'良知上自然的条理'也"[3]。蔡元培先生与冯友兰先生都引用过王阳明的一段话："明明德者，立其天地万物一体之体也；亲民者，达其天地万物一体之用也。故明明德必在于亲民，而亲民乃所以明其明德也。是故亲吾之父，以及人之父，以及天下人之父，而后吾之仁实与吾之父，人之父与

---

[1] 顾颉刚口述，何启君整理《中国史学入门——顾颉刚讲史录》，中国青年出版社，1983 年 7 月第 1 版，第 150—151 页。

[2] 冯友兰：《新原道：中国哲学之精神》，第九章，道学。

[3] 冯友兰：《中国哲学史》（下），第十四章，重庆出版社，2009 年 11 月第 1 版，第 313 页。

天下人之父而为一体矣。实与之为一体，而后孝之明德始明矣。亲吾兄，以及人之兄，以及天下人之兄，而后吾之仁实与吾之兄、人之兄与天下人之兄而为一体矣。实与之为一体，而后弟之明德始明矣。君臣也，夫妇也，朋友也，以至于山川鬼神鸟兽草木也，莫不实有以亲之，以达吾一体之仁，然后吾之明德始无不明，而真能以天地万物为一体矣。"[1] 对于王阳明的这种"明明德"的仁爱观，蔡元培先生赞曰："孔子所谓我欲仁斯仁至，孟子所谓人皆可以为尧舜焉者，得阳明之说而理益明……苟寻其本义，则其所以矫朱学末流之弊，促思想之自由，而励实践之勇力者，其功固昭然不可掩也。"[2]

王阳明到了晚年已经绝少提"知行合一"，而更多地强调"致良知"，他甚至说："吾生平讲学，只是'致良知'三字。"[3] 这是为了避免士人们陷入一般认识论方面的争执，在"知"与"行"的问题上纠缠不已。他严重地忧虑明朝政权已经千疮百孔、腐败黑暗，将走向更深的危机。他想要补天，想要救人心，希望他的"致良知"学说能为"去人欲"服务。可他却未曾想到，以后却是"人欲"更加泛滥的时代，是自由精神进一步发扬的时代，也就是追求个性解放的叛逆思潮滚滚而来的时代。他学说的某些部分，竟然成为这股潮流的活水源头。

王阳明晚年还曾经将其思想宗旨化为四句话："无善无恶心之体，有善有恶意之动，知善知恶是良知，为善去恶是格物。"[4] 他对这"四句教"未做更详尽阐发，这是因为他更有意地强调人的主观能动性，有着要求人们独立思考的意味，更强调人们本身即具有判断是非与善恶的良知。他的弟子们则对"致良知"有了各自见解。"天泉证道"的王门一重公案，便体现了他们的思想分歧。王畿与钱德洪都是晚年王阳明的高足，同属"浙中王门"学派，可他俩却对那"四句教"理解不同。王畿说"此恐未是究竟话头"，心体、意、知与物都是无善无恶，他主张"四无"，把"良知"引向禅学。钱德洪则坚持师说，主张

---

[1]《王文成公全书》，卷二六，《大学问》。

[2] 蔡元培：《中国伦理学史》，第十二章，东方出版社，1996年3月第1版，第112页。

[3]《王文成公全书》，续编一，《寄正宪男手墨二卷》。

[4]《王文成公全书》，卷三四，《年谱三》。

"四有"，只补充了王阳明的某些说法。当晚，两人坐在天泉桥请老师王阳明裁决。而王阳明恰好要出征思田平叛，他调和了二者看法，言："二者之见，正好相资为用，不可各执一边。"他说，有两种人，一是利根之人，"一悟本体，即使功夫"；再是"有习心"之人，则需要"在意念上实落为善去恶"。[1]

黄宗羲在《明儒学案》中说王学流传如按地域分共有七派，即浙中学派、江右学派、南中学派、楚中学派、北方学派、粤闽学派、泰州学派。他认为："泰州、龙溪时时不满其师说，益取瞿昙之秘而归之师，盖挤阳明为禅矣。"[2]他从王学正统的立场上分析这三派，认为江右学派才是真正王学嫡传，而王畿的浙中学派实是"近禅"，而王艮的泰州学派则是"狂禅"了。吕思勉先生总结这七派道："其崭然见头角者，实惟浙中、江右、泰州。江右最纯谨，浙中之龙溪，泰州之心斋，天分皆极高。然其后流弊皆甚。论者谓阳明之学，得龙溪、心斋而风行天下，亦以龙溪、心斋故，决裂不可收拾。"[3]

钱德洪，名宽，字德洪，后改字洪甫，浙江余姚人。他与王畿皆是王阳明在家乡的心学传人，《明史》记载："王守仁自尚书归里，德洪偕数十人共学焉。四方士踵至，德洪与王畿先为疏通其大旨，而后卒业于守仁。"[4]所以，他是王阳明最亲信的弟子之一。他于明嘉靖十一年（1532年）举进士，"累官刑部郎中"[5]。因郭勋案，钱德洪主张处死，遂与嘉靖皇帝旨意不合，被下入狱中，仍然讲学不辍，后又被削职为民。他下野后三十年，走遍江、浙、宣、歙、楚、广等地，以流布王学为己任，极力恢宏心学之学说。但他谨守师说，对于王学没有什么创新与发展，仅是在王阳明学说基础上做一些大同小异的修补。黄宗羲认为他是谨守王学原旨的，虽无大得亦无大失。钱德洪是浙中学派较为保守的学者。

王畿，字汝中，别号龙溪，浙江山阴人。他是王阳明有较大影响力的弟

---

[1]《传习录下》,《龙溪全集》卷一,《天泉证道记》。

[2] 黄宗羲:《明儒学案》, 卷三十二, 泰州学案, 载《黄宗羲全集》第七册, 浙江古籍出版社, 2005 年版, 第 820 页。

[3] 吕思勉:《理学纲要》, 篇十三 "王门诸子", 东方出版社, 1996 年 3 月第 1 版, 第 188 页。

[4]《明史》, 卷二百八十三, 列传一百七十一, 儒林二, 钱德洪小传, 中华书局, 1974 年 4 月第 1 版。

[5] 同上。

子之一。他少年时狂荡不羁，很看不起方巾衣冠的儒士们，虽然王阳明回乡讲学声名极盛，他也不肯去受学。"弱冠举于乡，跌宕自喜。后受业王守仁，闻其言，无底滞，守仁大喜。"[1]王阳明曾经为王畿设一静室，王畿在室内居住，心智遂大开。他入门虽晚，却特别受王阳明赏识。王阳明出征思、田时，就专门留王畿与钱德洪留守书院。王阳明死，王畿与钱德洪"筑室于场，以终心丧""持心丧三年"[2]。他与钱德洪同年高中进士，授南京兵部主事，进郎中。可在官场上受到上司和同僚的排挤，致仕两年即辞职，遂将全部精力投入讲学。"先生林下四十余年，无日不讲学，自两都及吴、楚、闽、越、江、浙，皆有讲舍，莫不以先生为宗盟。年八十，犹周流不倦。"[3]直至他86岁逝世。《明史》亦记载，他的讲演艺术非常高妙，"善谈说，能动人，所至听者云集。每讲，杂以禅机，亦不自讳也"[4]。王畿的学术思想确实受禅学影响很深，其认识方法更玄虚神秘，发展了更为精细的一套心学理论。冯友兰先生在《中国哲学史》中不满意黄宗羲在《明儒学案》中的观点，认为王畿的思想实质上要比王艮的思想更近于禅宗，其看法有一定道理。在王门诸子中，王畿的思想其实最近禅宗；而王艮的思想则是借用禅宗，离早期启蒙思潮更近，因此"佛谛"少了，"俗谛"更浓了。黄宗羲及一部分学者之所以认为王艮比王畿更近禅宗，那是想当然地认为离宋明理学远，便一定就是离禅宗近。将泰州学派的一班人看成是"狂禅派"，是将复杂的问题简单化了。王畿由于近禅，他更强调顿悟，主张把"凡心习态"全部扫除，"在混沌处另立根基"。因此，他讲的"良知"虽然神秘虚幻，却不再是简单的"天理"人格化。他认为王学提倡的"良知"即是"无知""无不知"，"良知即是独知"，"独知便是本体，慎独便是工夫"。[5]他反对在传统道德伦理的格套下寻求"良知"，实质也就把"良知"与"天理"剥离，而取代于"天然""天则"，"良知是天然之灵窍，时时从天机运

---

[1]《明史》，卷二百八十三，列传一百七十一，儒林二，王畿小传。

[2]《明史》，卷二百八十三，列传一百七十一，儒林二。

[3]黄宗羲：《明儒学案》卷十二，浙中王门学案二，郎中王龙溪先生畿，载《黄宗羲全集》第七册，浙江古籍出版社，2005年版，第269页。

[4]《明史》，卷二百八十三，列传一百七十一，儒林二，王畿小传。

[5]《龙溪先生集》，卷十三，《欧阳南野文选序》。

转。变化云为，自见天则，不须防检，不须穷索，何尝照管得？又何尝不照管得？"[1]这也就是"以良知致良知"之法。

江右学派是王学在江西地区的传人。这一学派分为两个系统，一系以聂豹、罗洪先为首，主张以修静存心为入德工夫，被称为"良知归寂派"；另一系以邹守益、欧阳德为首，强调"戒慎恐惧"，不赞同王畿的"良知现成"说，被称为"良知修正派"。他们以恪守王学正宗为己任，遵守"存天理、灭人欲"的正统理学观念。黄宗羲在《明儒学案》中将"江右学派"当作王阳明的嫡系传人，看成是王学正宗："姚江之学，惟江右为得其传，东廓、念庵、两峰、双江其选也，再传为塘南、思默，皆能推原阳明未尽之意。是时越中流弊错出，挟师说以杜学者之口，而江右独能破之，阳明之道赖以不坠。盖阳明一生精神俱在江右，亦其感应之理宜也。"[2]

良知归寂派的主要代表人物聂豹，字文蔚，号双江，江西永丰人。他曾经两次与王阳明通信问学，王阳明俱回信，以后笃信王学，称门生。在他任职陕西按察使时，遭辅臣夏言迫害，被逮系诏狱，"先生之学，狱中间久静极，忽见此心真体，光明莹彻，万物皆备。乃喜曰：'此未发之中也。守是不失，天下之理智从此出。'及出，与来学立静坐法，使之归寂以通感，执体以应用。"[3]这是他建立"良知归寂派"学说之始。聂豹之学开始多受同门诘难，最初仅罗洪先赞同其学说，刘文敏则后来才归服。他们认为心体虽无动静，但只有归寂才能存心，以修身静寂为"致良知"的法门。

罗洪先，字达夫，号念庵，江西吉水人。他少年时期即笃信王学，15岁便通读王阳明《传习录》，欲投奔王阳明门下，但被其父阻止。他是后来被公认最能继承王阳明思想的学者。可他并未见过王阳明。他站在正统王学的立场上与王畿争论最多，大多集中在"致良知"的问题上。王畿认为依良知而行

---

[1] 黄宗羲：《明儒学案》，卷十二，江右王浙中王门学案二，郎中王龙溪先生畿，载《黄宗羲全集》第七册，附：王畿语录，浙江古籍出版社，2005年版，第276页。

[2] 黄宗羲：《明儒学案》，卷十六，江右王门学案，载《黄宗羲全集》第七册，浙江古籍出版社，2005年版，第377页。

[3] 黄宗羲《明儒学案》，卷十七，江右王门学案二，贞襄聂双江先生豹，载《黄宗羲全集》第七册，浙江古籍出版社，2005年版，第427页。

便是致良知，罗洪先却不赞同这样的看法，而是认为归宗于静。所谓"主静"，就是一种戒慎恐惧的工夫，他最不满意王畿的放荡，王畿也看不上他的枯寂。他俩互相对立，"一个说，只要见得良知主体，静也好，动也好；一个说，非主静则良知无从致。两人所争只在这一点"。[1]其观点的分歧实质是王学的保守派与革新派之争。

邹守益，字谦之，号东廓，江西安福人。他是王阳明较为亲信的弟子之一，曾经跟随王阳明平定了宁王宸濠的叛乱。黄宗羲称赞他："先生之学，得力于敬。敬也者，良知之精明而不杂以尘俗者也。"[2]邹守益认为，良知虽然清灵精明，却要戒惧谨慎之心才能证得，因此对王畿等"浙中学派"理论极不以为然，最不满意浙中学派与泰州学派的放纵自由。他说："诸君试验心体，是放纵的？不放纵的？若是放纵的，添个戒惧，却是加了一物，若是不放纵的，则戒惧是复还本体。"吕思勉先生评价说："此即是所谓'一念不发，兢业中存'。盖以保其循理之静也。"[3]

欧阳德，字崇一，号南野，江西泰和人。他与邹守益的学术思想大致相同，也是良知修正派的代表人物。但这个修正，是将禅宗拉回儒家，正统儒家观念的士大夫如徐阶便称赞他"能守其师传而不疑，能述其师说而不杂"[4]。欧阳德精于讲学，一次在京师灵济宫讲学，他与聂豹等人主盟，学徒云集千人，盛况空前。他在士林中很有威望，《明史》称："德器宇温粹，学务实践，不尚空虚。晚见知于帝，将柄用，而德遽卒。"[5]

嵇文甫先生在《晚明思想史论》中说，黄宗羲在《明儒学案》里把王门诸子分为七派是按地域分配的，但实际各家主张不能以地域为限。他举例浙中学派的王畿与钱德洪，他俩的观点就是对立的，其他各学派亦有此相同情形。因此，他将王学分为左派王学与右派王学，王畿、王艮属左派王学，聂豹、罗

---

[1] 嵇文甫：《晚明思想史论》，第二章，王学的分化，东方出版社，1996年3月第1版，第37—43页。

[2] 黄宗羲：《明儒学案》，卷十六，江右王门学案一，文庄邹东廓先生守益，载《黄宗羲全集》第七册，浙江古籍出版社，2005年版，第381页。

[3] 吕思勉：《理学纲要》，篇十三，"王门诸子"，东方出版社，1996年3月第1版，第180页。

[4] 徐阶：《经世堂集》，卷十九，《欧阳公神道碑》。

[5]《明史》，卷二百八十三，列传第一百七十一，儒林二，欧阳德小传。

洪先属右派王学，"王学的发展过程，同时也就是它向左右两方面分化的过程，左派诸子固然是'时时越过师说'，右派诸子也实在是自成一套。他们使王学发展了，同时也使王学变质而崩溃了，王学由他们而更和新时代接近了"[1]。这也是时代的激烈变化使然。晚明社会已居不得不变之势，处于大分化中。左派王学与右派王学之争，实际是革新与保守之争，一个背靠禅学，一个背靠理学。而左派王学的健将王艮（心斋）及其泰州学派不仅是通禅，而是通向早期启蒙思潮。他们不过是借禅宗为思想武器，狂狷地与古代专制统治思想相对抗，造成了"已非名教所能羁络"的形势。

二、王艮与泰州学派

黄宗羲在《明儒学案》中称："阳明先生之学，有泰州、龙溪而风行天下，亦因泰州、龙溪而渐失其传。"[2]左派王学确实背离了王阳明的心学之道。严格地说，已经开始走上了离经叛道的道路。它由反对传统到反对正统，由反对一切权威到锋芒直指古代独裁专制的统治，后期已进入到反抗儒家伦理纲常的境界，其思想的号召力不仅影响到一部分激进的士大夫文人，且扩展到民间底层的贩夫走卒之中。

王艮（1483—1541年），字汝止，号心斋，泰州安丰场（今江苏东台市安丰镇）人。他的原名叫王银，拜王阳明为师后，王阳明为他更此名，取《周易》"艮，止也"之义。他出身于煮盐为业的灶丁家庭，7岁入学，11岁因家贫辍学。其父做灶丁，"冬晨犯寒役于官。艮哭曰：'为人子，令父至此，得为人乎！'出代父役，入定省，惟谨"[3]。他是个孝子，自幼即主动肩负家庭重担，后又随父经商，家境才渐渐富裕。王艮好读儒家经典，时常将《孝经》《论语》《大学》带在身边，并不拘泥于程朱理学的那些格套教条，好学又好问，且善于思考，多个人体会及颖悟。他在贩盐行医时，不忘钻研学问，时

---

[1] 嵇文甫：《晚明思想史论》，第二章，王学的分化，东方出版社，1996年3月第1版，第16页。
[2] 黄宗羲：《明儒学案》，卷三十二，泰州学案，载《黄宗羲全集》第七册，浙江古籍出版社，2005年版，第820页。
[3] 《明史》，卷二百八十三，列传第一百七十一，儒林二，王艮小传。

常默坐静思，对儒家经典形成了一整套自身的感悟心得。他年轻时曾经做一个异梦："一夕梦天堕压身，万人奔号求救，先生举臂起之，视其日月星辰失次，复手整之，觉而汗溢如雨，心体洞彻。"[1]自此以后，他慨然以拯救天下人心为己任，意欲救国救天下救人心。他曾经无所畏惧地抗议正德皇帝率领太监及随从至安丰场围猎，向当地百姓勒索鹰犬，他愤然道："鹰犬，禽兽也，天地间至贱者。而至尊至贵者，孰与吾人？君子不以养人者害人，今以其至贱而贻害于至尊至贵者，岂人情乎？"[2]他讲学授徒，不分老幼贵贱贤愚，听其讲学者众多。后有听讲学徒说，他的讲学思路与王阳明很像，王艮久闻王阳明大名，便决定前去拜访请教。

王艮此时已38岁。他按《礼经》记载，自制五常冠，着深衣，系大带，手持笏板，前去进见王阳明。"以古服进见，至中门举笏而立。阳明出迎于门外。始入，先生据上坐。辩难久之，稍心折，移其坐于侧，论毕，乃叹曰：'简易直截，艮不及也。'下拜自称弟子。"[3]可他回去后又后悔自己轻易拜师，次日又见王阳明，王艮极坦诚地告知其悔意，却得到王阳明赞许，又复为上座继续辩论。久之，王艮始大服，遂为弟子如初。王阳明很高兴自己接受了一个极有天分的弟子，他对门生说："向着吾擒宸濠，一无所动，今却为斯人动矣。"[4]王艮从38岁至46岁，一直紧随王阳明，成为他的著名弟子之一。他时常在阳明书院讲学，且独立思考，进一步阐发良知之学。他在明嘉靖二年（1523年），模仿孔子周游列国，自制一辆蒲轮车，携仆人至京城讲学。"所过招要人士，告以守仁之道，人聚观者千百。抵京师，同门生骇异，匿其车，趣使返。守仁闻之，不悦。艮往谒，拒不见，长跪谢过乃已。"[5]这是师徒间发生的一次较大冲突。其实，王阳明对王艮的忧虑，不单是他招摇过市，惹人议

---

[1]黄宗羲：《明儒学案》，卷三十二，泰州学案一，处士王心斋先生艮，载《黄宗羲全集》第七册，浙江古籍出版社，2005年版，第828页。

[2]加润国：《中国儒教史话》，第五章，河北大学出版社，1999年10月第1版，第294—295页。

[3]黄宗羲：《明儒学案》，卷三十二，泰州学案一，处士王心斋先生艮，载《黄宗羲全集》第七册，浙江古籍出版社，2005年版，第829页。

[4]同上。

[5]《明史》，卷二百八十三，列传第一百七十一，儒林二，王艮小传。

论，也不仅犹黄宗羲所言"阳明以先生意气太高，行事太奇，痛加裁抑"[1]，而是王阳明已经多少发现其弟子王艮的异端思想倾向。这既使他恼火，也使他恐惧。王阳明是一位极老练的政治家，他的文论中极少有直接议论政治的文字，而是通过其哲学思想传达着迂回曲折的内涵，这也是当时专制统治的时代氛围使之。王阳明的避祸心态是很明显的。[2]

王阳明去世后，王艮独立讲学，四方前往从学者众多，泰州学派逐渐形成。其子王襞称："窃以为先君之学，有三变焉。"他认为，王艮在 37 岁以前，自学摸索，"其始也，不由师承，天挺独复，会有悟处"，此为王艮的第一阶段，也就是初变；王艮 38 岁拜王阳明为师，"契良知之传，工夫易简"，"通古今于一息"，著《乐学歌》，宣扬王学时且有深悟，开始建立自己的思想体系，此为第二阶段，亦是"二变"；王艮 46 岁后开始创立泰州学派，其学说中的民本思想色彩愈加浓重，反抗"君臣父子""尊卑有序"的传统伦理道德观念的自由精神愈加高昂，延至颜山农、罗汝芳、何心隐等人，遂成为早期启蒙思潮的一股源头活水，此为第三阶段，亦是"三变"。[3]

王艮是从社会最底层奋斗起来的，他不仅从书本寻找知识，且关注穷苦百姓的生活。他的学说简捷明快，更贴近大众，贴近社会生活。他 19 岁与父亲一起贩盐至山东拜谒孔庙，就有了"人人可为圣人"的思想萌芽，立志将儒学深入工商贩夫之中，使其成为"人人共明共同之学"。后来，他进一步发扬了王阳明的"致知格物"人人皆可以做到的人性平等学说，并将其发展为"百姓日用即道"的观点。他说"即事是学，即事是道"，"愚夫愚妇，与知能行使是道"。"圣人之道，无异于百姓日用"，"百姓日用即道"。[4]他实质上否认了所谓"道"的神圣性，认为"道"并非只有"君子"才可占有，"愚夫愚妇"及卑微的小民同样可以占有。因此，"百姓日用"是"道"的核心，也是"道"

---

[1] 黄宗羲：《明儒学案》，卷三十二，泰州学案一，处士王心斋先生艮，载《黄宗羲全集》第七册，浙江古籍出版社，2005 年版，第 828 页。

[2] 关于这一点，著名学者余英时先生论及过。参阅余英时著《历史人物与文化危机》一书中，《中国史上的政治分合的基本动力》一文的最后部分。

[3] 加润国：《中国儒教史话》，第五章，河北大学出版社，1999 年 10 月第 1 版，第 296 页。

[4]《明儒王心斋先生遗集》卷一语录。

的准则。"圣人之道，无异于百姓日用。凡有异者，皆是异端。""圣人经事，只是家常事。""百姓日用条理处，即是圣人之条理处。圣人知，便不失；百姓不知，便会失。"[1]他还说："天理者，天然自有之理也，才欲安排如何，便是人欲。"[2]因此，他肯定饮食男女是"自然天则"，认为人欲就是"天理"，而且尖锐地指出，"人有困于贫而冻馁其身者，则亦失其本而非学也"[3]。也就是说，人若因饥寒困苦失去起码的生存权利，便是"失本"，便非真正的"圣学"，也是违背"天理"的。可见王艮因出身于贫苦的灶丁家庭，所以更提倡百姓之"道"，百姓之"天理"。其根本宗旨，与宋明理学"存天理、灭人欲"的禁欲主义根本对立。其子王襞继承其思想，也提出："鸟啼花落，山峙川流，饥食渴饮，夏葛冬裘，至道无余蕴矣。"[4]也就是认为，穷苦百姓之温饱的生存权利，才是"天理"至道。

王艮的学说中，另一重要思想是"淮南格物论"。"安身立本"之说，又是他对"格物"的独特解释。他认为："物格，知本也。知本，知之至也，故曰'自天子以至于庶人，壹是皆以修身为本'也。修身，立本也。立本，安身也。"[5]吕思勉先生总结其学说道："心斋格物之说，以身与天下国家为物。身为本，天下国家为末。行有不得，皆反求诸己，是为格物工夫。故齐治平在于安身。知安身者必爱身敬身。爱身敬身者，必不敢不爱人，不敬人。爱人者人恒爱之，敬人者人恒敬之，而身安矣。一家爱我、敬我则家齐。一国爱我、敬我则国治。天下爱我、敬我则天下太平。"[6]嵇文甫先生在《晚明思想史论》中评价"淮南格物论"说："这样讲法，个人地位特别重要。帅天下以仁，帅天下以让，……这是一种大我主义，一种健全的个人主义，也正是一种时代精神的表现。"[7]王艮提出这种学说，蕴含着对个人价值的肯定与对个人尊严的维护

---

[1]《明儒王心斋先生遗集》卷一语录。

[2]同上。

[3]同上。

[4]黄宗羲：《明儒学案》，卷三十二，泰州学案一，处士王东崖先生襞，载《黄宗羲全集》第七册，浙江古籍出版社，2005年版，第839页。

[5]《心斋先生全集》卷三，《答问补遗》。

[6]吕思勉：《理学纲要》，篇十三，王门诸子，东方出版社，1996年3月第1版，第186页。

[7]嵇文甫：《晚明思想史论》，第二章，王学的分化，东方出版社，1996年3月第1版，第24页。

的双重意义，也有着追求人人平等与个性解放的启蒙思想意味。他希望个人的人身不被侵犯，而自己本身也不应受功名利禄的引诱而害身害己，人应当有自己的独立思想与意志，对他人也应当平等相待。这种人人平等、正己正物的美好社会理想，其实是与儒家"上智下愚""上下有别，尊卑有序"的纲常伦理观念相冲突的。他的学说观念虽然粗疏，且有些虚幻，但这股生气勃勃的新思想则与晚明时期的经济发展相适应，代表一部分市民阶层的社会理想，在一部分士大夫中与民间有着广泛的影响作用。王艮也企望自己的学说观念能够传播，他专门作了一首《乐学歌》供人们传诵。

泰州学派共传五世，共计487人。黄宗羲在《明儒学案》中所列的主要代表人物就有18位，所提及记载的还有十余人。其信众既有社会上层的官员、士大夫，也有农民、樵夫、工匠、商贩等。黄宗羲还特地在王襞的小传中描绘了三位出自底层的信徒。一樵夫朱恕，以砍樵为生养母，喜听王艮讲学，砍柴后稍有余暇就立在阶下旁听，"听毕则浩歌负薪而去"。一富人欲借其数十金，要他"别寻活计"，朱恕不为所动，"遂掷还之"。有学使高官闻其名，"召之不往，以事役之，短衣徒跣入见"。还有一个陶瓦匠韩贞，他是朱恕的门徒，也是王襞的学生。"粗识文字，有茅屋三间，以之偿债，遂处窑中。"真可谓贫无立锥之地。直至中年未婚娶，王襞的弟子们凑钱为其完婚。他以宣学讲道传播王艮学说为己任，"随机指点农工商贾，从之游者千余。秋成农隙，则聚徒谈学，一村既毕，又之一村，前歌后答，弦诵之声，洋洋然也"。他们喜欢王艮学说的简明直接，且贴近下层百姓的实际人生。又譬如，繁昌的农夫夏廷美是一老叟，他认为王艮之学"乃是正学"。"今人读孔、孟书，只为荣肥计，便是异端，如何又辟异端？"又道："天理人欲，谁氏作此分别？侬反身细求，只在迷悟间。悟则人欲即天理，迷则天理亦人欲也。"有儒者李士龙奉一僧人讲经，"叟至会，拂衣而出"，斥责李士龙"以学术杀人"，"又谓人曰：'都会讲学，乃拥一死和尚讲佛经乎？作此勾当，成何世界？'"[1]由此可见，王艮学说已经不仅仅是一种"狂禅"，它是一种有别于宗教道德的社会改革理想，也是

---

[1] 黄宗羲：《明儒学案》，卷三十二，泰州学案一，处士王东崖先生襞，载《黄宗羲全集》第七册，浙江古籍出版社，2005年版，第840—842页。

早期启蒙思潮的发端。它强调社会平等，强调人的价值与尊严，提倡独立思考与个性解放的自由精神，肯定人们正当的物质欲望，其思想哲学已经冲破了传统儒教的文化桎梏，反映了当时社会经济激烈变动中的底层百姓的呼求，也更强烈地体现出那些从事工商经济活动的市民的愿望。

三、赤手搏龙蛇之士

王阳明晚年主要讲"致良知"，而王艮则多讲"良知致"。王阳明的"良知"，是"天理"的人格化。而王艮的"良知"，则是"百姓日用之道"。王艮认为良知自成自在，提倡独立思考精神，主张充分发扬人的个性。其子王襞说："万物皆备于我，而仁义礼智之性，果有外乎？率性而自知自能，天下之能事毕矣。""良知之灵，本然之体也。"[1]王艮的族弟王栋则称："诚意工夫在慎独，独即意之别名，慎即诚之用力者耳。意是心之主宰，以其寂然不动之处，单单有个不虑而知之灵体，自作主张，自裁生化，故举而名之曰独。"[2]继承王艮学说的一批泰州学派学者还有，王艮的弟子林春、徐樾等，其后的赵贞吉、颜钧、罗汝芳、何心隐、邓豁渠、管志道等人。他们都否认理学家捏造的所谓人性的先天差别，认为民众百姓与圣贤贵族没有什么根本的区别，并且肯定人们正当的物质需求欲望，大胆地怀疑儒家经典中一些说法，泰州学派学者们的许多思想主张与明朝中叶以来一部分文人士大夫及市民追求个性和发展自主经济的潮流是相符合的，其理论学说含有强烈的早期启蒙思潮色彩，已经有了脱离正统儒学樊篱的倾向。黄宗羲在《明儒学案》中评价他们说："泰州之后，其人多能以赤手搏龙蛇，传至颜山农、何心隐一派，遂复非名教之所能羁络矣。"[3]

---

[1]黄宗羲：《明儒学案》，卷三十二，泰州学案一，处士王东崖先生襞，载《黄宗羲全集》第七册，浙江古籍出版社，2005年版，第840—842页。

[2]黄宗羲：《明儒学案》，卷三十二，泰州学案一，教谕王一庵先生栋，载《黄宗羲全集》第七册，浙江古籍出版社，2005年版，第857页。

[3]黄宗羲：《明儒学案》，卷三十二，泰州学案，载《黄宗羲全集》第七册，浙江古籍出版社，2005年版，第820页。

颜钧，字山农，江西吉安人。他曾经师从王阳明之弟子、江右学派的刘师泉，无所得，乃改从王艮的弟子徐樾。徐樾有"见成良知"之说，"谓人心自然明觉。起居食息，无非天者。又从而知觉之，是二知觉也"[1]。颜钧非常信奉其师说，而自身也颇具游侠精神，主张率性而行，纯任自然。"山农之学，大致谓：人心妙万物而不可测者也。性如明珠，原无尘染，有何睹闻？着何戒慎？平时只是率性，所行纯任自然，便谓之道。及时有放逸，然后戒慎恐惧以修之。凡儒先见闻，道理格式，皆足以障道。"[2]颜钧率性而行之事迹有一例颇为传神，据说在儒者们聚集的一次讲会上，颜钧忽然立起，就地打一个滚儿，道："试看我良知！"颜钧是一个好急人之难的大丈夫，泰州学派的学者赵贞吉多次得罪权相严嵩，被贬职流放，颜钧毅然与之同行，沿途照料他。他的老师徐樾在云南任布政使，平息当地土酋叛乱时以身殉职，颜钧千里迢迢赶到当地战场寻找其骸骨归葬。也因为他直爽磊落的性格，被一群宵小恶徒及贪官污吏视为眼中钉，寻事诬陷将其逮入狱中。颜钧的学生罗汝芳为解救自己的老师，在官职任上不赴廷对六年，且变卖了自己的田产，照顾监狱中的颜钧。经过多方营救，颜钧以80余岁的衰病之身，总算免于流放而出狱，而罗汝芳被罢官。

罗汝芳，字惟德，号近溪，江西南城人。他是明朝嘉靖三十二年（1553年）进士，曾任太湖知县，擢升刑部主事，后任宁国知府、东昌知府、云南副使及参政等职。他15岁即有志于学问，读薛瑄的《读书录》后在静坐息念上下功夫，"闭关临田寺，置水镜几上，对之默坐，使心于心镜无二，久之而病心火"[3]。后遇颜钧聚众讲学，听之良久大喜曰："此真能救我心火！"他向颜钧述说了自己静坐息念而患心火的经历："山农曰：'是制欲，非体仁也。'先生曰：'克去己欲，复还天理，非制欲，安能体仁？'山农曰：'子不观孟子之论四端乎？知皆扩而充之，若火之始燃，泉之始达，如此体仁，何等直截！故子

---

[1] 吕思勉：《理学纲要》，篇十三，王门诸子，东方出版社，1996年3月第1版，第187页。
[2] 嵇文甫：《晚明思想史论》，第二章，王学的分化，东方出版社，1996年3月第1版，第53页。
[3] 黄宗羲：《明儒学案》，卷三十二，泰州学案三，参政罗近溪先生汝芳，载《黄宗羲全集》第八册，浙江古籍出版社，2005年版，第2页。

患当下日用而不知，勿妄疑天性生生之或息也。'先生时如大梦得醒。明日五鼓，即往纳拜称弟子。"[1]罗汝芳自此得王艮之学真传，他终身待颜钧如父，不离左右，一茗一果必亲进之，连他的子孙都以为有些过劳，他却说："吾师非汝辈所能事也。"

罗汝芳对王艮的学说又有所发展，他提出了"赤子之心"的观念。"故圣贤之学，本以赤子之心以为根源，又征诸庶人之心以为日用。""天初生我，只是个赤子。赤子之心浑然天理，细看其知不必虑，能不必学。果然与莫之为而为，莫之致而至的体段，浑然打得对同过。"[2]在他看来，"赤子之心"本身就具备了"知"与"能"的力量，因此完全不必钻在理学的格套教条中作茧自缚，他以为在"赤子之心"的真性情中，在"百姓日用即是道"的平常心里，方可得到圣贤之学的真谛。他还认为，六经的嘉言善行及至孔孟之学都可归结为三字——"孝悌慈"，化民成俗，希圣希天都靠它。他不仅总结出这套理论，到处奔走讲学，且真心实意地去实践它。罗汝芳在39岁时成进士，以后转辗于官场数十年，历任知县、知府等地方官，在其官职任上有不少轶事。《明史》记载："民兄弟争产，汝芳对之泣，民亦泣，讼乃已。"[3]"先生过麻城，民舍失火。见火光中有儿在床，先生拾拳石号于市，出儿者予金视石。一人受石出儿，石重五两，先生依数予之。其后先生过麻城，人争睹之，曰：'此救儿罗公也。'"[4]罗汝芳在政治思想上尤其强调"人为贵""民为贵"，他以为圣贤之学就是遵循"天地之性，民为贵"之原则，知天命且敬畏天命，为孝为悌为慈，使人人率其性，不敢怠忽也不敢伤残生命，由一人至一家，由一家至天下，则天下太平矣。罗汝芳口才极好，时人称："龙溪（五畿）笔胜舌，近溪舌胜笔。"他游走四方讲学，宣扬王艮之学与自己的"赤子之心"理论，无论在书院、寺庙、道观、讲会场所，或是诉讼公堂，或是田间里间，他都毫

---

[1]黄宗羲：《明儒学案》，卷三十二，泰州学案三，参政罗近溪先生汝芳，载《黄宗羲全集》第八册，浙江古籍出版社，2005年版，第2页。

[2]同上。

[3]《明史》，卷二百八十三，列传一百七十一，儒林二，罗汝芳小传。

[4]黄宗羲：《明儒学案》，卷三十二，泰州学案三，参政罗近溪先生汝芳，载《黄宗羲全集》第八册，浙江古籍出版社，2005年版，第2页。

无势利之心，不拘听众身份。李贽赞曰："至若牧童樵竖，钓老渔翁，市井少年，公门将健，行商坐贾，织妇耕夫"，或是"白面书生，青衿子弟，黄冠白羽，缁衣大夫，缙绅先生"等，"是以车辙所至，奔走逢迎。先生抵掌其间，坐而谈笑。人望丰采，士乐简易。解带披襟，八风时至"。嵇文甫先生在《晚明思想史论》中称赞罗汝芳："微谈剧论，所触若春行雷动。虽素不识学之人，俄顷之间，能令其心地开明，道在眼前。一洗理学肤浅套话之气，当下便有受用。"他尤其赞赏罗汝芳"与天地万物同体"的"生机主义"，"看他无论讲'仁'，讲'乐'，都只是从生机上讲。就从这'生机'二字上，他推演出多少微言妙谛来，我们简直可称他为生机主义者"。"他看全宇宙是一个大生命，是一个生命之流，即显即微，即天即人，纵横上下，沦浃融贯，全无丝毫间隙，既亲切恳到，又广大深远，从来讲孔家哲学的还没有讲得这样彻骨彻髓。这可真是一种唯生论。"[1] 确实，罗汝芳的"唯生论"与欧洲近代哲学家的思想观点很相似，他打破传统儒学的束缚，走向生活，走向民众，走向社会，"解缆放船，顺风张棹"，由此得到这一思想理论成果。

颜钧的另一个学生是何心隐。何心隐是他后改的名字，原名叫梁汝元，字夫山，吉州永丰（今江西吉安永丰）人。他少年时代就藐视权威，当时吉州有几位名耆宿儒，自称对儒学深有研究，何心隐诘难之，发现他们不过是腹中空空的"理学草包"。他读《大学》，谓治国平天下先应齐家，便在家乡梁坊村建立"萃和堂"。何心隐主动审理一族之事，主持办理同族男女们的婚葬嫁娶、祭祀、赋役等事务，"一切通其有无，行之有成"[2]。后因地方官赋外加征，以苛捐杂税苦待民众百姓，何心隐写信抗议。县令大怒，诬陷其抗税，将何心隐逮捕入狱。泰州学派的同门好友程学颜恰在某高官处任幕府，遂设法将何心隐解救出狱。何心隐与程学颜、罗汝芳、耿天台入京同游，"心隐在京师，辟各

---

　　[1] 嵇文甫：《晚明思想史论》，第二章，王学的分化，东方出版社，1996年3月第1版，第27、29—30页。

　　[2] 黄宗羲：《明儒学案》，卷三十二，泰州学案，载《黄宗羲全集》第七册，浙江古籍出版社，2005年版，第821页。

门会馆，招来四方之士，方技杂流，无不从之"[1]。他参与了徐阶等人掀倒权相严嵩父子的"倒严运动"，授予密计，利用嘉靖皇帝佞信道士的心理，以扶乩方术降语，称严嵩为奸臣，使"倒严运动"成功，严嵩、严世蕃父子被治罪，家产被抄没。但何心隐从此被朝廷中严党一派官吏仇视。他只好改名更姓，隐逸江湖，行踪不定，所游半天下。张居正柄政后，也忌惮何心隐反对他，遂令地方官通缉。何心隐后被湖广巡抚王之垣逮捕，半年后死于狱中。

何心隐的思想锋芒直指程朱理学"存天理、灭人欲"的宗旨，他认为物质欲望是人们的合理需求，因此说："性而味，性而色，性而声，性而安逸，性也。"[2]也就是说，味、色、声、安逸等欲求，是人之天性。他既主张发展人之天性的欲求，又希望对欲望有所节制，而不是程朱理学禁欲主义的"无欲""绝欲"，所以，他主张"寡欲"，曾经以此命题写过一篇文章，曰："寡欲以尽性也。尽天之性以天乎人之性，而味乃嗜乎天之味以味……凡欲所欲，而若有所节，节而和之，自不戾乎欲于欲之多也。非寡欲乎？"[3]他还提出应当培养及满足个人合理需求欲望的"育欲"主张，"昔公刘虽欲货，然欲与百姓同欲，以笃前烈，以育欲也。太王虽欲色，亦欲与百姓同欲以基王绩，以育欲也，育欲在是，又奚欲哉？"[4]他的这番言论，最让理学的卫道士们惊骇，但也反映了当时新经济变动的时代趋势下，商品经济已经有了较大发展，市民阶层希望满足自己利欲的一种心理状态。因此，他的主张在社会上也颇有影响。后来，东林党人顾宪成批评他的"育欲"主张说，"心隐辈坐在利欲膠漆盆中，所以能鼓动得人，只缘他一种聪明，亦自有不可到处"。东林党人是反对"育欲"之说的，但也意识到这是一种较普遍的社会心态，认为何心隐以此鼓动人心是"一种聪明"，有无可奈何之感。

何心隐还提出了"农工商贾可超而为士"的社会平等思想，以及"凡有血气之莫不亲莫不尊"的博爱思想。何心隐写过《论友》一文，他认为在夫

---

[1]黄宗羲：《明儒学案》，卷三十二，泰州学案，载《黄宗羲全集》第七册，浙江古籍出版社，2005年版，第822页。

[2]《何心隐集》卷二，《寡欲》。

[3]同上。

[4]《何心隐集》卷三，《聚和老老文》。

妇、父子、昆弟、君臣、友朋五种伦理关系中，唯友朋之道为大，前四种伦理关系有某种狭隘性，而友朋之交才是至大广博的天地之交，天地之交尽于友，天地之道亦尽于友，因此友朋之交应该大于君臣之交。而且，友朋关系乃是政治伦理的基础，从表面看固然是天下统于君臣，实质上则是天下统于友朋，所以，"君臣友朋，相为表里"。这其实是他的博爱思想的重要组成部分。何心隐的主张有着某种现实针对性，中国旧传统的伦理主义，是以君臣、父子的家国观念为原则的，而明朝历代专制独裁君主更是以此为其治国的政治纲领，他们压制士人们讲学，压制言论自由，所以，何心隐的"君臣友朋，相为表里"的主张，其主旨是要求有布衣干政的自由，要求有士人清议的自由，要求有普遍政治参与的自由。他对中国古代专制社会长期固有的尊卑观念、等级制度均发起了激烈挑战。清初，具有浓厚东林党人色彩的启蒙思想家黄宗羲，虽然在《明儒学案》中也对泰州学派反名教的行为颇有微词，但他对他们看重友朋情谊，特别是"天下统于友朋"（何心隐言）的观点是充满赞赏之情的。当时，在以家族制度和三纲五常伦理思想为基础的古代专制社会里，那些早期启蒙思想者们于"五伦"中更重视友朋之道，甚至将其置于君臣之伦以上，是有着独特的历史进步意义的。在家族制延伸的中国古代专制政体下，那些具有革新思想的早期启蒙人士只有抱团取暖，才能共同抗争专制淫威的压迫。因此主张师友之道、友朋之道，其实也是追求自由、平等的早期民主意识之萌芽。

著名历史学者许倬云先生尤其赞赏何心隐追求社会平等的"理想国"意识，认为已经具有某种社会民主主义的味道了。他说："何心隐在家乡创办'聚众堂'（即《明儒学案》中的'萃和堂'），组织宗族共同体，试图建立一个理想世界。在聚众堂中，冠婚、丧祭、赋役等事务合族共理，财产互通有无，救济鳏寡孤独，试图缩小贫富差距。他也开办学校，不分本姓外姓，长幼远近，都可以入学。这样的组织，打破传统以君臣为首的五伦关系，表现出何心隐对于社会平等的主张。"[1]确实，在泰州学派诸学者中，何心隐是一位具有浓厚启蒙思想色彩的思想家，也是为了实践自己理想而奋不顾身勇猛前进的前

---

[1]许倬云:《历史大脉络》，第二十四章，明末清初的思想界，广西师范大学出版社，2009年2月第1版，第160页。

驱者。

还有邓豁渠与管志道二人，其思想解放可谓又进一步。邓豁渠，初名鹤，号太湖，四川内江人。他是泰州学派学者赵贞吉的学生，但后来赵贞吉嫌其思想激进，脱离了孔孟之道，斥其为荒谬。邓豁渠对一切看破，曾经遍访学者，后来索性落发为僧。黄宗羲总结其思想理路道："渠学之误，只主见性，不拘戒律。先天是先天，后天是后天；第一义是第一义，第二义是第二义。身之与性，截然分为二事。言在世界外，行在世界内。人但议其纵情，不知其所谓先天第一义者，亦只得完一个无字而已。"[1]邓豁渠的思想行程轨迹，以禅理为哲学基础，寻求其自由精神的终点，但却堕入佛教的虚无主义空谷中。而管志道等人也是走了同样的思想道路。管志道，字登之，号东溟，江苏太仓人。他长期为明朝官吏，曾经任刑部主事、广东佥事等职。他曾经受业于耿天台，继承了泰州学派的思想学说，著书数十万字，其学说主张也是企图打破当时"独尊儒术"的局面，甚至大胆打破孔子之偶像形象。黄宗羲在《明儒学案》里撮述其思想观点之要旨曰："其为孔子阐幽十事，言'孔子任文统不任道统，一也；居臣道不居师道，二也；删述六经，从游七十二子，非孔子定局，三也；与夷惠易地则为夷惠，四也；孔子知天命，不专以理，兼通气运，五也；一贯尚属悟门，实之必以行门，六也；敦化通于性海，川流通于行海，七也；孔子曾师于老聃，八也；孔子从先进，是黄帝以上，九也；孔子得位，必用桓文做法，十也'。"[2]这些直接打破儒学定论的言论，当时可谓是大胆激进。一些学者认为其言论具有历史超前性，可直追近代启蒙思想家。

泰州学派诸学子还有何心隐的好友程学颜，何心隐死后与其葬于同一墓穴，以酬二人遗愿。还有何心隐的另一好友钱同文，以及方湛一等人。他们都是豪杰之士，犹如黄宗羲所言，是"掀翻天地，前不见古人，后不见来者"，也是"赤手搏龙蛇""非名教所能羁络"的勇猛者。黄宗羲的文字描绘，既秉承了儒家正统观念，对泰州学派诸子抱着某种不以为然的态度，同时又情不自

---

[1]黄宗羲：《明儒学案》，卷三十二，泰州学案，载《黄宗羲全集》第七册，浙江古籍出版社，2005年版，第824页。

[2]同上书，第826页。

禁地流露出钦敬之意。

四、张居正的改革与何心隐之死

明代的政治暴虐，为传统史家所公认。开国的明太祖即大肆滥杀士人，明成祖朱棣更是仿效其父做法，不仅任意杀戮士人，而且钳制自由言论与社会批评，大搞莫须有的"文字狱"，甚至屡次取缔士人们的讲学结社、封闭禁毁书院。明朝除了信用太监宦官以乱政外，还大搞特务政治，培植了东厂、西厂及锦衣卫，所谓"信外臣不如信内臣"，历代明朝皇帝皆将此视为传统执政准则。

明朝的嘉靖年间，政治腐败黑暗，社会危机深重。泰州学派诸子，大都是有血气的敢言之士，便免不了抨击时政，与朝廷中执政的腐败恶势力斗争，黄宗羲称"诸公赤身担当，无有放下时节"，他们也确实体现了古代儒家士人前所未有的担当精神。可这也就决定了，他们的经历必定是艰难坎坷的，必定是悲剧性的。曾任朝廷高官的徐樾与赵贞吉就是明显例子。徐樾因居官正直，不肯与贪官污吏同流合污，被上司和同僚排挤，在云南土司叛乱时，被设计怂恿去招降，他只得毅然前往，遂被害。赵贞吉直言敢谏，多次上书指摘奸相严嵩、严世蕃父子，后被贬职充军。而颜钧是个敢于打抱不平的汉子，被当地官吏与恶势力串通陷害，遭受牢狱之灾。罗汝芳倾全力救援，变卖田产，动用各类社会关系，才算是将险些被判死刑的老翁颜钧营救出狱。泰州学派诸子最重朋友情义，李贽即非常赞赏何心隐此风范，"人伦有五，公舍其四，而独置身于师友圣贤之间"[1]。其实，这也是不得已的。在那个充满暴戾气息的时代里，有正义感的泰州学派诸子只有亲密抱团，才能共同对付社会腐败黑暗势力的攻击。

何心隐被迫害致死，是晚明思想界的一个重要事件。此事发生在张居正为首辅的柄政时期，当时的士人们都认为是张居正唆使的。《明儒学案》记载，

---

[1] 李贽：《焚书》卷三，《何心隐论》。

何心隐被程学颜营救出狱后，在与罗汝芳、耿天台等游京师期间，一次在某僧舍遇到张居正。那时，张居正仅是国子监司业的年轻官员，何心隐试探其才学，故意问："公居太学，知大学道乎？"张居正认为他是轻薄狂生，冷峻答道："尔意时时欲飞，却飞不起也！"此次偶遇，竟给何心隐留下不祥预感，他对友人言："此人日后必当国，当国必杀我。"何心隐的预言后来果然成真了。何心隐有一种政治上的敏锐直觉，他看清楚张居正抱有雄心大志，且刻薄严苛，方有此语。张居正当国后，士人们对其钳制言论的做法颇不满，称张居正是"与读书人为难"，舆论汹汹。张居正亦深知自己处境艰难，颇注意士人的动向。他得知何心隐在士人间很有威望，浪迹江湖，结交天下豪杰，并且留意时政。张居正对何心隐极不放心，当然是想把何心隐除掉的。张居正的门生湖北巡抚陈瑞，据说得张居正密令在万历四年（1576年）发布了通缉令，何心隐不得不逃往泰州避难。万历七年（1579年），万历皇帝下诏禁止儒士们聚徒讲学及私创书院。何心隐不服，作《原书原讲》，以孔孟聚徒讲学为例，阐明讲学的益处，向当局请愿开放学术。这年三月，他被湖广巡抚王之垣逮捕，在公堂上对王之垣厉言道："你岂敢杀我？又怎能杀我？杀我者张居正也！"半年后即惨死于狱中牢卒的乱杖之下。

李贽后来在给友人邓林材的信中论及此事，却说："何公死，不关江陵事。"[1]他以为，两人年轻时见面虽有过言语冲突，可时隔多年，张居正未必还记得何心隐，而是何心隐"自许太过""终日有江陵在念"。杀何心隐，不过是官场的那些谗佞之士为了取悦张居正而干出来的。因此，他深责何心隐的朋友耿天台明哲保身，未尽友人应尽的救援义务。李贽向来钦佩张居正政治改革的气魄与才干，对张居正此举颇有偏袒出脱之意。他既崇敬何心隐敢作敢为的豪迈之气，又佩服张居正政治经济改革方面的政略与政绩，遗憾两人却成为政敌。他认为张居正与何心隐都非俗流，都是豪杰，也都可以奉为师表。他俩的矛盾不过是"所谓两雄不并立于世者，此等心肠是也"。且慨叹曰："何公布衣之杰也，故有杀身之祸；江陵宰相之杰也，故有身后之辱。不论其败而论其

---

[1] 李贽:《焚书》卷一,《答邓明府》。

成，不追其迹而原其心，不责其过而赏其功，则二老者皆吾师也。"[1]张居正死后，那些谄媚以晋身要职的宵小之徒，顺着万历皇帝心意诬陷攻击张居正而青云直上；另一些被张居正提拔的精干官员如戚继光、张学颜等则被削职罢官。万历皇帝更加腐败昏聩，阁辅权臣或是尸位素餐，或是结朋树党，明王朝处于新一轮政治危机中。李贽与友人写信时发出感慨："些小变态，便仓皇失措，大抵古今一局耳，今日真令人益思张江陵也。"[2]

嵇文甫先生在《晚明思想史论》里推崇张居正，称赞"他的政治建树实是以学术为根柢的"，且在书中专设了一章"异军突起的张居正"，认为张居正不仅是一位优秀的政治家，也是一位思想家。"他痛斥那班讲学家的流毒，骂他们为'虾蟆禅'。他教人就在自己职守以内去学，而不要'舍其本事，别开一门以为学'。他教人'足踏实地''崇尚本质''遵守成宪''诚心顺上'，真可谓卑之无甚高论，然而他却认为虽孔子复生也必须如此立教。"[3]与北宋时期的改革家王安石相比，张居正的改革思想仿佛更保守一些，不在改制上多下功夫，也不主张提出太多的新法令与章程，而是以整饬纲纪为主，只说其大政方针是"遵守成宪"，即按祖宗旧制去改良，但要循名要核实，改革的步伐缓慢而扎实。他推行了一系列的政治经济改革措施，澄清吏治，裁撤冗官，建立起完整的稽查制度，使得从中央到地方各级政府的行政效率大大提高。他加强边防，整顿军事，任用良将，训练精兵，提拔戚继光、李成梁等名将镇守边防，数十年未发生大的战争。他抑制贵族豪强，改革赋役制度，清丈田亩，实行"一条鞭法"，缓解了嘉靖以来赋税不均的状况。十年新政，国泰民安。他上任时，国库亏空700多万两银子。他死时，国库却有了1300万两银子。"综观江陵生平言行，尊主威，振纲纪，明赏罚，核名实，讲富强，重近代，孤立一身，任劳任怨。纯是法家路数。"[4]其实，李贽与张居正的政治思想基本是相近的，他们都推崇法家的王霸之道，推崇申韩之法，推崇韩非、李斯的"以法为

---

[1] 李贽：《焚书》卷一，《答邓明府》。

[2] 李贽：《焚书》卷二，《答陆思山》。

[3] 嵇文甫：《晚明思想史论》，第四章，异军突起的张居正，东方出版社，1996年3月第1版，第76页。

[4] 同上，第79页。

教，以吏为师"的主张，主张法后王，主张贵今主义。张居正勇于任事，以天下为己任，好像是一个卖力的纤夫，一步一步用力气去拉，企图把那一艘已经千疮百孔的明帝国之舟拉出险滩。

张居正既然主张法家的王霸之道，其思想的局限性就是只相信手中掌握的权力，只相信以严刑峻法来推行政令，看不到手中的绝对权力会发生异化，也看不到政治、经济、军事等实质上是文化的表层现象，没有一个根本的总变革是难以医治衰竭的明王朝痼疾的。他过去也曾经留意于王学，还与泰州学派的重要人物罗汝芳、耿天台等人是好友。张居正在政坛上未腾达时，还曾赠罗汝芳诗《送罗比部守宁国》，诗中云："三十二峰明月满，思君当在最高头。"两人还互通信函，诉说抱负，张居正对罗汝芳的一些治政举措表示赞赏。但张居正接任首辅后，与罗汝芳却仅仅会见两回。第一回是两人相对；另一回有一友人陪同。他俩再也找不到共同语言了。罗汝芳自称伤感，张居正问缘由，罗汝芳说百姓的生活疾苦不能一一上达。张居正则认为就是那些历史上著名贤臣在世也未必能尽达民意，尽求民隐。[1]他俩后来还有间接来往。罗汝芳在云南颇有政绩，兴修水利，平定土司叛乱。罗汝芳在万历五年（1577年）又赴北京，"进表，讲学于广慧寺，朝士多从之者，江陵恶焉"[2]。张居正忌惮罗汝芳在士人们中威望极高，且政见与己不合，遂暗中指使言官弹劾罗汝芳，勒令其致仕归乡。

由此看来，张居正厌恶泰州学派诸子，他罢罗汝芳的官，杀何心隐，禁止讲学与私创书院，唯恐自由言论影响其政令的实施，他也就更不可能以开明恢宏的政治姿态对待异见者。但是，张居正在世时，犹可利用巨大权势压制士大夫阶层对他的不满，甚至利用镇压手段控制政治局面，可他难以最终平定政坛上的反对势力。另一方面，他其实也受到贵族豪强们的嫉视，《明史·张居正传》记载："居正以江南贵豪怙势及诸奸猾吏民善逋赋，选大吏精悍者严行

---

[1] 关于罗汝芳与张居正交往事，《明儒学案》较模糊提及。本书参阅罗伽禄著《汤显祖与罗汝芳》第三章，江西高校出版社，2016年10月第1版，第157—160页。

[2]《何心隐集》卷二，《寡欲》。

督责。赋以时输，国藏日益充，而豪猾率怨居正。"[1]也就是说，张居正的改革触犯了许多富豪权贵的利益，尤其是推行均平赋役的政策，更开罪了一大批官僚地主贵族，惹来他们的怨恨。而那些既得利益集团的官僚们虽表面奉承他，实则也企图将他赶下台。万历五年，朝野所出现的"夺情风波"，即是一场"倒张"的政治风波。那一年，张居正父亲去世，按照明代丁忧制度，张居正须回乡守制，可朝廷哪里离得开他，皇帝下诏旨令其不得解职，即所谓"夺情"。另一些顽固守旧派及各种利益集团却想趁机赶走他，就打着"孝悌"的幌子说事儿，事情越闹越不可收拾，以至于万历皇帝发怒，廷杖一些闹事官员，张居正也处于极其尴尬的处境。据说，翰林院掌院学士王锡爵约齐了十几位高官，企图劝说张居正解救那些"夺情"风波中被廷杖的官员，彼此争执起来，"语未讫，居正屈膝于地，举手索刃作刎颈状曰：'尔杀我，尔杀我。'锡爵大惊，趋出"[2]。张居正为何如此情绪激动？也就是，他作为一个老练的政治家，深知自己进行政治经济改革的危险性。他曾说"虽万箭攒体，亦不足畏"，因此他将"遵守成宪"立为改革纲领，只说按祖宗旧制改良政治制度，要循名，要核实，企图使自己尽量不被守旧派抓住政治把柄，但是他最终仍然不能避免改革必定失败的结局。他其实已经隐约看到"夺情"风波背后的政治险恶，也多少预感到自己将成为政治牺牲品的悲惨命运。果然，万历十年（1582年），张居正病死，死后即遭到朝野官僚们的攻讦，万历皇帝也对他不满，他的家被抄，家人亦被拷掠致死，他所推行的一系列政治经济改革措施也被罢止了。

历史学家黄仁宇先生惋惜地说："张居正是政治家，李贽是哲学家，他们同样追求自由，有志于改革和创造，又同样为时代所扼止。"又说："张居正在政治上找不到出路，其情形类似李贽在哲学上找不到出路。"[3]他的这种对比，是很有意思的。张居正所处的时代，恰是中国思想史上早期启蒙思潮涌动的时期。泰州学派诸子大力鼓吹自由精神，以利欲鼓动人，他们的主张已经冲破了

---

[1]《明史》，卷二百十三，列传第一百一，张居正传。

[2]《明史纪事本末》，卷六十一，"江陵柄政"。

[3]（美）黄仁宇：《万历十五年》，第七章，中华书局，1982年5月第1版，第230—231页。

儒家思想的传统樊篱，有着强烈追求个性解放、发展自主经济的诉求；而张居正的政治经济改革，尤其是"一条鞭法"及改革赋役和清理田赋等经济措施，客观上是有利于商品经济发展的。张居正十年新政，吏治澄清，边防巩固，国家财政情况也明显好转，暮气沉沉的明王朝统治一度出现了中兴景象。但是，很可惜当时的时代不具备接受改造的条件，正如顾炎武所说，这样的改革"利于下，不利于上，利于编氓，不利于士夫"[1]，也就注定了张居正改革必然失败的结局。而泰州学派的那些"赤手搏龙蛇之士"也是四顾茫然，一片凄凉，李贽的思想学说不过是仅仅引起了文化界的一阵波澜而已，随即又是一片死水。

回顾这一段历史教训，我们遗憾地看到，当时早期启蒙思潮未能够与政治改革的潮流相交汇，两派人士甚至还充满了思想隔阂与猜忌仇视，其结果是这两股潮流变成了两道潺潺小溪，流入到了传统的古代专制的政治沙漠中，最后干涸了。所有的一切，实质是当时中国封闭僵滞的社会环境所导致的，尤其是晚明时期的整个政治氛围更为恶劣，它将独裁专制者的淫威覆盖到社会的每个角落，而将民众与知识分子的个人理智与创造性压缩到最小的限度内，自由精神与政治改革都难以进一步发展壮大。

五、启蒙思潮与禅宗哲学

晚明时期，"狂禅"之风在士大夫们当中很有市场，此时的禅宗哲学比前代禅宗哲学更为激进狂放。这种"狂禅"哲学，十分注重个性自由，要求顺应个人的本性生活，其理论与泰州学派的思想相结合，推动了嘉靖、万历年代士人中那股自由叛逆精神的发扬。晚明文人沈德符《万历野获编》记载，当时东南地区有两位名重一时的著名禅师，一位是莲池禅师，另一位是紫柏达观禅师。莲池禅师谨守佛教戒律，比较传统与保守；而紫柏达观禅师则属于叛逆型，聪明超悟，言语充满机锋。据说，他写了一幅血书的对联："若不究心，坐禅徒增业苦；如能护念，骂佛犹益真修。"也就是说，佛教徒修业的真谛在

---

[1] 顾炎武：《天下郡国利病书》，卷八十，《江西二》。

"本心"和"护念"，而任何权威及束缚都不应当有，即使生活不拘小节，也不妨碍心内留有"心佛"。紫柏达观禅师与李贽并称，被"狂禅派"士大夫们奉为"二大教主"，紫柏达观禅师的文人名士好友很多，其中就有泰州学派的罗汝芳，还有袁宏道、焦竑、汤显祖及陶望龄等。紫柏达观禅师后来还参与了一批正直的士大夫反对万历时期宦官们横征暴敛矿税的斗争，被官府拘捕至狱中，受尽摧残拷掠而死。当时，类似的"狂禅派"禅师还有很多，例如憨山大师德清，雪浪大师洪恩等。[1]

禅宗在中国佛教史上占有极其重要的地位。它首兴于盛唐时期，此后其社会影响越来越大。唐武宗灭佛后，佛教各宗均受到沉重打击，唯有禅宗凭借着百丈禅师怀海建立的丛林制度，在民间扎下根基，屡衰屡兴，在中国思想界产生巨大影响。"在中国后期封建社会中，无论是程朱理学派或是陆王心学派，都直接从禅宗或华严宗（二者到唐以后基本合流）的哲学中吸取了重要思辨材料，从而把封建统治思想由粗糙的宗教形态提升到了精巧的哲学形态，这就促使以后的哲学斗争逐步由天人、形神问题转到心物、能所问题上来，斗争的双方都提高了理论思维的水平。"[2]禅宗的重要宗旨，即破除一切外在的权威及偶像，然后将佛移入人的主体心中。所以说，它是"心"的宗教，一以贯之追求的目标是"自心即佛性"。无论是北宗禅，还是南宗禅，在重视"心"的这一点上并无二致。南宗禅自六祖惠能后掀起了一场革命，适应中国的风土人情，摆脱烦琐的经典教条与宗教仪式的束缚，采取了"直指人心"的通俗说教，贴近生活，深入浅出，形式活泼，王公贵族、文人学士至平头百姓，都可以修学，更增加了宗教的吸引力。它确立自我主体性，认为只要主体自悟得法，当下即可得道成佛，禅宗的这一思想恰与孟子"人皆可以成为舜尧"与"尽心则知性知天"的主张相契合。后来，王阳明的心学就汲取与发扬了它的精髓，从而起到打破古代专制主义桎梏的重要作用。

在早期启蒙思潮中，泰州学派的主张基本是以禅宗哲学为理论基础的。比如，泰州学派的口号"百姓日用即是道""嬉游笑舞就是功夫""满街都是

---

[1] 沈德符：《万历野获编》（下），卷二十七，中华书局，1959年2月第1版，第689—694页。
[2] 萧萐父、李锦全：《中国哲学史》（上卷），人民出版社，1982年12月第1版，第462页。

圣人"等，与禅宗的口号是多么相似！又如，从"佛学无用功处，只是平常事""运水搬柴无非佛事""万类之中，个个是佛"中可以看出泰州学派的主张，无非是禅宗的观念旧样翻新而已。禅宗将"佛谛"与"俗谛"的距离缩短了，甚至相混淆，这就给早期启蒙思潮中的那些思想者汲取了追求社会平等的精神养料。此外，禅宗哲学宣传主观精神力量的重要性，强调蔑视绝对权威，怀疑传统，主张"上天下地，惟我独尊"，自称"负冲天意气，做无位真人"，这些思想观念对弘扬早期启蒙思潮中的自由精神也是起到了积极的启发作用的。

胡适先生在 1934 年做过演讲，题目是《中国禅学之发展》，他引用科克与尼尔逊的论述，认为："只有沿着进化论的路线，才有可能对宗教信仰和习俗进行研究。"他对禅宗哲学思想的发展史有一个基本估价，就是"这种禅学运动，是革命的，是反对印度禅、打倒印度佛教的一种革命……解放、改造、创立了自家的禅宗，所以这四百年间禅学运动的历史是很光荣的"[1]。后世的一些学者笑谈胡适先生是"禅外说禅"，得出这样的结论未免过于简单和轻率。比如，著名思想史学者葛兆光先生就认为："如果从宗教的观点来看，这里没有意义上所谓的'落后'与'先进'。"[2]确实，与其说是中国禅学思想获得了胜利，倒不如说那种在禅宗史上日渐膨胀的自然主义才是事实上的胜利者。惠能、神会、马祖对禅宗理论的发展，犹如葛先生所做的风趣比喻，好像过河者却不断拆除脚下的桥板，实质反造成了禅宗的自我瓦解。禅宗思想其实担当不了社会意识形态的重任，它虽然有时确实可能起到某种"革命作用"，但由于其终极意义与自觉意识的泯灭，由于其相对主义与直觉主义的哲学思路，由于其充满了矛盾与虚幻的神秘主义，它本身必然会变得虚弱，甚至造成一种道德水平与人生价值的贬抑。为何禅宗本意是强化佛理而实际效果反倒破坏宗教根基？为何心学的启迪也是企图加强"理"的权威，而其发展却又导致了"欲"的泛滥？为何在早期启蒙思潮第一次涤荡后，泰州学派思想却又不得不突然退

---

[1]葛兆光:《中国禅思想史——从 6 世纪到 9 世纪》，北京大学出版社，1995 年 12 月第 1 版，第 17 页。

[2]同上书，第 18 页。

潮？为何这种自由精神最终难以向历史文化的纵深处发展？这些历史的问题都是值得我们深刻思索的。

当然，禅宗的哲学思想是丰富与复杂的。由于禅宗是纯粹中国佛教的产物，它在哲学理念中注意汲取老庄之学的养料，尤其是庄周知识论中的相对主义和直觉主义。比如庄周即否认宇宙有包罗一切的绝对真理与绝对差别，当然，他也不否认一定范围内的种种差别，但他认为人类永远达不到最后的绝对真理。《秋水》篇中，庄周与惠施的"子非鱼，安知鱼之乐"的对答，则表明庄周认为人对当前事物的一定直感知识，承认感知亦是知的原因。禅宗哲学充分地吸收了这些哲学思想，因此，日本学者铃木大拙即认为，"禅悟"是针对以二元论为特征的理性主义的反驳，它企图使人类回到"原初之思"。我们也可以看到，禅宗哲学及老庄思想确实与理性主义相对立，认为宇宙中有言意不能穷尽的部分，这与现代哲学的解构主义有着相似及相通之处。20世纪50年代，法国年鉴派历史学家费尔南·布罗代尔就认为，世界只是"部分有序"，或者说，它表现出某种比结构更松散的形式，故称之为"聚合体形态"。他的主张到雅克·德里达那里就形成了哲学上的解构主义学派。解构主义学派的思想理论家巴赫金说："世上尚未发生过任何总结性的事情，也无人说过针对世界，或关于世界的最终总结。这世界是开放自由的，所有一切仍有待于将来，而且永远如此。"解构主义是当今世界互联网哲学的起点之一。这说明它的哲学理念在现代社会还在发展。

不少禅宗的灯录书籍，如《祖堂集》《景德传灯录》《五灯会元》等，都记载了禅宗始祖达摩与梁武帝见面后的一场对话。梁武帝问："朕一生造寺度僧，布施设斋，有何功德？"达摩说："实无功德。"梁武帝又问："如何是圣谛第一义？"达摩答："廓然无圣。"梁武帝又问："对朕者谁？"达摩答："不识。"据说，这场谈话的结果是不欢而散，梁武帝逐走了达摩。梁武帝萧衍是中国古代历史上最著名的崇佛皇帝，曾经宣布佛教为国教，并且他自己三次入寺出家，大臣们花了大量的钱财才将他赎出。但是，梁武帝即使崇佛，也对"廓然无圣"的说法不以为然。他之所以崇佛，是希望既做人间的皇帝又当宗教的神明，未必是企图皈依宗教完成某种救赎，因此，达摩的话当然不会让他满意。这其实也是中国多数专制君主对宗教的态度。而达摩的"廓然无圣"的宗旨，更不会得到儒家的同意。

儒家反佛的理论根据，即伦理道德、王道政治和夷夏之辨三个方面，尤其是前二者最使历代的专制统治者们动心。佛家所谓"廓然无圣"与"众生平等"的宗教观念，实际上否定了儒家"尊卑有序"的"君臣、父子"伦理观，也否定了儒家以"圣王政治"为核心的社会学说体系。因此，儒与佛或儒与禅在终极价值观念上，实质是难以做到更深层次的有机融合的。这必定导致佛谛的异化。在中国古代专制社会中，即使禅宗的信仰者们面对这些尴尬主题时，也不得不改变自己的信仰价值观，不得不匍匐在皇权之下，他们将"廓然无圣"的思想搁置一边，转为颂扬吹捧"圣王"，鼓吹为"圣王"效力。比如禅宗六祖惠能的重要弟子神会，胡适称他为"南宗的急先锋，北宗的毁灭者"，甚至断定神会才是《坛经》的真正作者，这显然有些过分高估。不过，神会确实为奠定南宗禅的历史地位立下了显赫功勋。神会并不是因与崇远法师滑台寺那一场宗教辩论才声名远扬的，而是在安史之乱中，神会以70多岁高龄，靠出卖度牒及香火钱，为朝廷筹措军饷，助朝廷平息叛乱有功。他又趁此机会为达摩申请谥号，为六祖惠能供养穿法袈裟，这才使南宗禅在历史上的地位得以确定。再举一个例子，明朝初年，被称为"国初第一宗师"的禅学大师梵琦，他在禅宗史上地位崇高，既受到元顺帝的尊崇，也受到明太祖朱洪武的恩遇，《楚石梵琦禅师语录·水陆升座》记载："洪武元年，九月十一日，钦奉圣旨，于蒋山禅寺水陆会中升座。师云，'……将此深心奉尘刹，是则名为报国恩！'……"下面还有一段极肉麻的"法语"，其中两次称"臣僧梵琦"，而梵琦所引的那两句诗，其实出于《楞严经》（卷三），原句完全相同，只是梵琦将"佛恩"改为"国恩"，仅一字之改，便说明在梵琦心中其实是"国恩"重于"佛恩"，这与禅宗原旨已经完全相异。[1]

禅宗思想在现实生活中的这种异化是有某种必然性的。钱锺书先生在《管锥编》里有一段议论谈及释、道两家关系，说佛教刚刚进入中国时，其实

---

[1] 郭朋：《明清佛教》，上篇·明代佛教，第二章第二节，福建人民出版社，1982年12月第1版，第46—61页。

是依傍道教的，因信奉老庄之学的道教在很多理论问题上与佛教的教义相合，二者"气味相近"，因此佛教"得朋自固"，但以后佛教在中国越来越兴盛，其声势超过道教，反而由"同道相谋变为同行相妒"，信奉佛教的僧人又反转过来攻击道教。钱先生举例如佛经《摩诃止观》《法华玄义》等鄙视老庄之言，"谓'以佛法义，偷安邪典，押高就下，推尊入卑'，'庄老与佛，如周璞、郑璞，贵贱天悬'"，《摩诃止观》又讨好儒教，"称'孔丘、姬旦'为'世智之法'，'世法即是佛法'，几与《颜氏家训·归心》篇印可"。钱先生嘲笑道："其斥老、庄乃柱下书史、漆园小吏，故不得与释迦之贵为太子比数，最令人笑来，亦见高僧不免势利，未尝以平等观也。"[1]也就是说，原来佛教的"众生平等"之说，实质上却成了高僧的势利之见，尤其是后来佛教极力讨好儒教，更是佛教放弃其教旨而向权力膜拜的表现。

当论及西方宗教世俗化，即宗教与社会文化、教育、经济各方面的分离（这也是马丁·路德宗教改革的原动力之所在）时，诚如葛兆光先生所言，由于中国宗教始终不曾有过西方宗教的那种世俗权力，也就无所谓"分离"了。在中国，更多的时候是宗教向世俗思想靠拢，传教过程中更注意如何使宗教与世俗生活、心理习惯接轨，所以中国宗教的重要特点之一是在内在思想理路里去发掘适合于生活的因子。禅宗思想根本不可能成为绝大多数中国士大夫的社会意识形态，他们更不可能摆脱儒家思想的束缚，最终放弃他们心灵中积淀已久的权力至上的意识。南宗禅对陆王心学有直接影响，晚明时期社会变化又使得一部分士大夫企图以禅宗哲学为思想武器，推进个性解放的自由精神潮流。但是，禅宗哲学中的那些支离破碎的相对主义观念，那些纯任自然与自由的思想，及其神秘主义的自我否定因素，也必定"使信仰无所附丽，而成为禅宗自己所说的'不系之舟'，虽然很自由却永远也没有停靠的港湾"[2]。这也是后来早期启蒙思潮"第一个圆圈"的"自由精神"阶段迅速退潮的重要原因。

禅宗文化在中国古代士大夫文人中具有某种深刻的影响，却并不是那种

---

[1] 钱锺书：《管锥编》（第四册），一五四、全晋文卷一三四，中华书局，1986年6月第2版，第1242页。

[2] 葛兆光：《中国禅思想史——从6世纪到9世纪》，北京大学出版社，1995年12月第1版，第349页。

具有人生寄托的宗教信仰，而仅仅是个人生活态度与生活情趣上的影响。士大夫文人中很少有人真正去研究禅学义理，甚至对老庄之学与佛教各派的学说也不加以区别，而是将谈禅说玄当成一码事，是生活中的一种潇洒状态，也是一种可卖弄的哲理。他们将参禅当作生活情趣，月下访僧，夜话禅机，既是暂息尘劳的调心之法，也是"自然适意"的人生境界，而禅宗文化也适应士大夫们的人生需要，可以缓解他们在艰难仕途中难以承受的心理重负，所以，不少名禅师就去充当王公贵族及高官显宦的幕僚角色。而在古代中国社会，禅文化也只能在一部分儒家士大夫中产生影响。这些士大夫们的人生观大都是功利式的，儒家思想在他们心中积淀得实在是太深厚、太沉重，他们对宗教、神明与上帝从来没有真正信仰过，常常是半信半疑、若即若离的。葛先生还将士大夫文人们的儒家思想比作筛子，"当一种异己的思想进入心灵的时候，它总要对这种思想进行选择，尽管我们说到中唐禅宗大盛，对文人士大夫影响甚大，但这种直接的影响多在个人的人生态度与个人情趣上，一旦它进入了文人的理智抉择与社会的意识重建，那道筛子就只容合于《易》《论语》的内容通过了"[1]。

明末清初社会大崩溃的历史局面，进一步显示了中国古代士大夫们的这一精神局限性及软弱的心态。而作为精神武器的禅宗思想，在此时则是完全无力的。当时代需要一种思想意识形态来重建秩序和约束人心时，它却无法起到历史作用，倒是从它那里汲取了佛教理论的新儒家思想，心性理论逐渐成为历史与时代的选择。无论是中唐到北宋的那段历史，还是晚明早期启蒙思潮的第一个圆圈"自由精神"的衰落阶段，或是明末清初的早期启蒙思潮的第二个圆圈"理性批判时期"，禅宗内在理路的缺陷及新儒家思想内在理路的变化都是历史与时代抉择的一个重要原因。士大夫们往往不由自主地回归儒家，"是因为儒家还防守着心灵的最后也是最重要的防线"，它既是个人的安身立命处，亦是防邪杜恶的道德堡垒，也是社会的共存秩序的保证，"在社会政治意识形态的抉择中，中国士大夫们无法消除儒家影响，特别是禅宗哲学走到瓦解一切

---

[1] 葛兆光：《中国禅思想史——从6世纪到9世纪》，北京大学出版社，1995年12月第1版，第346页。

的自然主义时，它的社会政治意识形态功能也就消失殆尽了，虽然它给中国文人士大夫留下相当多的人生与艺术的精彩思想，但毕竟它充当不了古代中国这个极为重视意识形态的思想世界的主流"。[1]

　　但是，禅宗哲学在早期启蒙思潮中起到了巨大的作用，尤其是在初始阶段的"自由精神"时期，它成为反传统、反权威、反专制的主要思想理论基础。虽然这个思想哲学基础并不扎实深厚，是很容易变形和被颠覆的，可它曾经起到的历史作用却是不容讳言的。

---

[1] 葛兆光:《中国禅思想史——从 6 世纪到 9 世纪》,北京大学出版社,1995 年 12 月第 1 版,第 352 页。

第三章

异端的自由思想家李贽

一、李贽的生平及著述

李贽是追求自由理想的启蒙思想家，是传统儒学的离经叛道者，也是追求个性解放与人格独立的勇敢者。随着晚明时期商品经济的繁荣与社会风气的更新，他的启蒙思想在泰州学派诸子反传统的基础上，又大大地前进一步，在早期启蒙思潮的"自由精神"发展阶段形成了一个理论高峰。

李贽，生于明嘉靖六年（1527 年），卒于明万历三十年（1602 年），号卓吾，又号笃吾、宏甫、温陵居士、龙湖叟等，福建泉州人。泉州为海外贸易重要港口，宋朝即设市舶司。李贽出身于海外贸易商人世家，至父亲一代家境已经困窘。他出生不久，母亲便去世，不得不在童年时期就自己料理生活。他7 岁时随父亲读书，仅 12 岁就试作《老农老圃论》，针对《论语·子路》中的"樊迟请学稼"提出了自己的独到见解，做出新的解释，使人们啧啧称奇。李贽在 16 岁时入府学，登记的姓名为林载贽。他的家族本来姓林，他大约就在这一年改姓李。[1] 元代时，其先祖林闾因避战乱长年寄居外婆家，受林家活命之恩，遂将原来李姓改为林姓。李贽后来则恢复了祖先所更改的姓氏。李贽在府学中较多地习诵朱熹的《四书章句集注》，他对此很不感兴趣。后来，他回顾这一段读书时光，兴味索然地自嘲道："稍长，复惯惯，读传注不省，不能契朱夫子深心，因自怪，欲弃置不事。而闲甚，无以消岁月。"[2] 他 21 岁成婚，家庭穷困，不得不离开家乡外出谋生，四处奔波。他回忆，一次，"天寒，大雨雪三日，绝粮七日"，幸遇好心主人，"主人怜我，炊黍饷我，信口大嚼，未暇辨也"。[3] 吃过之后，他竟不知这顿饭是稻粱还是黍稷。经过生活的磨炼，李贽形成了刚硬坚强的性格，他说："余自幼倔强难化，不信学，不信道，不信仙、释，故见道人则恶，见僧则恶，见道学先生则尤恶。"[4]

李贽厌恶科举，亦厌恶程朱理学。但他得担负家庭的生活重担，为生计不得不干自己所不愿意干的事。应考前，他一气背诵了五百篇八股文，考试时他寻章摘句，凑成一文便交卷了。他后来自嘲说："此直戏耳！但剽窃得滥目足矣，主司岂一一能通孔圣精蕴者耶？"[5] 明嘉靖三十一年（1552 年），他中举后，不愿再去京城参加会试，认为做一个低层小官吏糊口也够了。四年后，他先在河南辉县任教谕，任职五年，又升任南京国子监博士。到职数月，因父亲去世而丁忧守制，回乡期间正逢倭寇入侵，李贽率领乡亲登城守卫。战争造成饥荒，他的全家经常处于饥饿之中。明嘉靖四十三年（1564 年），李贽赴北京任国子监博士，不久祖父又逝世，他只好将妻子黄氏与三个女儿安顿在河南辉县，购买数亩薄田以耕作谋生自食，自己回家乡奔丧。可那年河南大灾荒，两个女儿相继饿死了。三年后他回到辉县与家人相聚，不禁黯然泪下。

明嘉靖四十五年至隆庆四年（1566—1570 年）李贽在北京补礼部司务，开始接触与研究王阳明学说。他的同僚礼部郎中徐用检，以禅理解释儒学颇有

---

[1]《清源林李宗谱》卷四《恩纶志》记载："老长房李讳贽，原姓林，入泮学，册系林载贽。旋改姓李。"因此，袁中道著《珂雪斋近集》里的《李温陵传》中称："李温陵者，名载贽。"

[2] 李贽：《焚书》卷三，《卓吾论略》。

[3] 李贽：《焚书》卷三，《子由解老序》。

[4] 容肇祖：《李贽年谱》。

[5] 李贽：《焚书》卷三，《卓吾论略》。

心得，常随泰州学派的赵贞吉讲学。后来，李贽结识了另一位王门信徒李逢阳，由他引见，又结识王阳明的再传弟子李见罗，李贽从此与王学结下不解之缘。李贽后来回忆这段日子，很感激这几人对他思想的影响："昔在京师时，多承诸公接引，而承先生接引尤勤。发蒙启蔽，时或未省，而退实沉思，既久，稍通解耳。师友深恩，永矢不忘，非敢佞也。"[1]

明隆庆四年至万历五年（1570—1577年）李贽调职南京，任南京刑部员外郎。他开始有意识地交往信奉王学的学者们。他先认识焦竑，后成为终生好友。黄宗羲称焦竑是李贽的推崇者与信仰者，"而又笃信卓吾之学，以为未必是圣人，可肩一狂字，坐圣门第二席"。[2]李贽还认识了学界有声望的学者耿定向及其弟弟耿定理。他还有幸拜见了左派王学的代表人物王畿，虽然只见了两次，谈话也不多，却使他的思想与王学更接近了。可是，他不赞同王阳明的"四有论"，而对王畿的"四无说"持赞成态度。李贽认为，"四无说"将使心学在对心之本体的认识上更进一步，把心学引入新的境界。他说："然非龙溪先生五六十年守其师说不少改变，亦未必靡然从风，一至此也。"[3]他在讲学著述中更加推崇王畿，认为他是心学的几个圣人之一，高度评价道："圣代儒宗，人天法眼，白玉无瑕，黄金百炼。今其没矣，后将何仰！……虽生也晚。居非近，其所为凝眸而注神，倾心而悚听者，独先生尔已。……我思古人实未有如先生者也。"[4]李贽在南京的刑部任上，又进一步接受了泰州学派王艮学说的影响，曾经拜王艮之子王襞为师。他对恩师崇敬有加，却在文章和信函中提及较少。李贽平生最喜义烈男子，他由此而特别赞佩泰州学派这一干"赤手搏龙蛇之士"，他叙述王艮平生时称："独有心斋为最英灵！"又赞美其门徒徐樾、颜钧说："山农以布衣讲学，雄视一世而遭诬陷；波石（徐樾）以布政使请兵督战，而死广南。云龙风虎，各从其类，然哉！盖心斋真英雄，故其徒亦英雄也。"他又历数这些英烈之士，赵大洲、邓豁渠、颜山农、罗近溪、何心隐、

---

[1] 李贽：《焚书》卷一，《答李见罗先生》。
[2] 黄宗羲：《明儒学案》，卷三十五，泰州学案四，文端焦澹园先生竑。
[3] 李贽：《续焚书》卷一，《答马历山》。
[4] 李贽：《焚书》卷三，《王龙溪先生告文》。

钱怀苏、程后台，"一代高似一代。所谓大海不宿死尸，龙门不点破额，岂不信乎！心隐以布衣出头倡道而遭横死，近溪虽得免于难，然亦幸耳，卒以一官不见容于张太岳。盖英雄之士，不可免于世而可以进于道"[1]。诸儒只把泰州学派诸子当成怪物，而李贽却将他们认作是英雄同道与学问知己，真可谓远见卓识矣！

明万历五年（1577年），李贽出任云南姚安知府，他深刻了解社会底层的贫穷困苦，也明白社会矛盾的复杂激烈，所以，他主张无为而治，为官原则是"一切持简易，任自然，务以德化人，不贾世俗能声"[2]。针对此地"边方杂夷"，彝族与白族村落中还残留着原始部落习俗，他向上司提出了宽法缓征的建议。可是，他的建议不但未被采纳，反倒触怒了其上司云南巡抚王凝。王凝以为其建议与当时朝廷"刑民""剿夷"的镇压政策不合拍，便时常予以斥责。李贽却我行我素，平日频繁与僧人接触，脾性耿介，清廉正直，坚决不行"剿""压"之政，为政方针坚持顺民之性，导民以礼，由此深得民心。万历八年（1580年），李贽即将满任三年，他即下定致仕决心，远走大理，躲入鸡足山中，研读《藏经》。当时，巡按云南的御史刘维，考察其政绩，百姓们有口皆碑；他正拟奏报朝廷给李贽加恩晋级，可李贽坚决反对，慨言不愿做"非其任而居之"的"旷官"。李贽索性在任满的两个月前就提出辞职。巡按御史刘维知道李贽去意已决，遂与布政使和按察司商议，奏明朝廷，允其致仕。李贽卸任后，因为官清廉，行李寥寥无几，"囊中仅图书数卷，士民遮道相送，车马不能前进"[3]。

万历九年（1581年），李贽自此开始了流寓讲学著述，此后也是他的思想学说发展的最重要时期。他致仕后并未归乡，而是到湖北黄安（今江安县），住到好友耿定理处，埋头读书写作。耿定理也是泰州学派的门徒，曾从学于方湛一、邓豁渠及何心隐，有着较高的学理造诣。但不久，耿定理病逝。李贽与其兄耿定向在思想上多有分歧，难以相处，遂与之分手。万历十三年（1585

---

[1] 李贽：《焚书》卷二，《为黄安二上人三首·大孝一首》。

[2] 李贽：《焚书》卷二，《又书使通州诗后》，所附顾养谦：《赠姚安守温陵李先生致仕去滇序》。

[3] 出自《光绪姚安府志·循吏》。

年），李贽将妻子女儿送回家乡，自己却搬到距离麻城三十里的龙湖芝麻院居住，他"自称流寓客子"，开始读书写作，寻求自己的"超悟"境界，同时逐步建立起自己的理论学说系统。至此地三年后，即万历十六年（1588年）夏日的一天，李贽嫌天气热，索性将头发剃掉，落发出家。他的这个举动让周遭的朋友们惊骇。他未曾举行皈依佛门的宗教仪式，既未炙顶，也不穿袈裟，头顶光秃秃，下巴却蓄有长须，且又在佛堂中挂孔子像。他与友人通信道："陡然去发，非其心也。"[1]后来，他又在文章中称自己"实儒也"。他虽然入佛门却并未遁入空门，此举动未必是企图通过皈依佛教而达到宗教救赎之目的，而是以禅理为思想武器来打破礼法的束缚与禁锢，更进一步阐扬其个性解放意识。在这一段时间内，他写下大量文章，抒发自己的思想情感，以尖锐的批判锋芒来揭露那些欺世盗名的伪道学君子们。万历十八年（1590年），李贽的重要著作《焚书》出版了，其中就收录了与道学家耿定向论战的七封信。由此亦引发了李贽与耿定向的一场大论战。耿定向为了辩驳李贽，不仅自己写文章，而且发动其门徒弟子纷纷写文章对李贽发起围攻。其中的很多文章充满诽谤之言，如诬蔑李贽"引诱良家女子""左道惑众"等。袁中道后来说起这场李、耿论战："与耿公往复辩论，每一札累累万言，发道学之隐情，风雨江波，读之者高其识，钦其才，畏其笔。"[2]《焚书》出版后，士人们争相阅读，袁宏道写诗赞此书为"空谷音"。[3]汤显祖亦给友人写信恳切地求得《焚书》。[4]李贽在论战中言辞犀利，不假辞色，但他还是很有人情味儿的。他与耿定向的这场争论属于义理之争，虽然思想决裂，但仍然怀念当年居住在耿家时兄弟俩对他的情谊。万历二十二年（1594年）秋，耿定向病重，李贽在家属伴随下前往探望。两位老人噙泪相望，耿定向说："卓吾老矣！"李贽道："天台（耿定向）瘦矣！"李贽在耿定向家住了两个月，祭拜了好友耿定理，且写下了《耿楚倥先生传》。不过，此次相会后，双方都没有放弃自己观点。耿定向在病中继续

---

[1] 李贽：《焚书》卷二，《与曾继泉》。

[2] 袁中道：《珂雪斋近集》卷三，《李温陵传》。

[3] 袁宏道：《袁中郎全集》卷六，《得李宏甫先生书》。

[4] 汤显祖：《玉茗堂尺牍》，《寄石楚阳苏州》，载徐朔方笺校《汤显祖全集》（二），北京古籍出版社，1999年1月第1版，第1325页。

组织其弟子门徒写围攻《焚书》的文章，以示其卫道立场之坚定。李贽照旧刊刻《焚书》再版，与耿定向论战的文章一篇也不撤。

明万历二十四年（1596年），李贽听闻都察院左副都御史、吏部右侍郎刘东星友善，遂往山西沁水刘东星的老家与其相会，每晚两人热烈讨论学问，李贽有许多精妙的见解，刘东星之子刘用相及侄子刘用健将李贽的这些议论都记录下来，集成《明灯道古录》一书，共两卷二十四章。李贽后又至山西大同与身任大同巡抚的梅国桢相见，住了一些时候，又到北京与焦竑聚会，且编辑了另一部重要著作《藏书》。两年后，即万历二十六年（1598年），李贽又赴南京，次年终于将《藏书》公开刊刻出版。在南京，李贽初识意大利传教士利玛窦。先是在一次关于佛教与天主教教义的辩论会上，名僧雪浪大师与利玛窦就人性善恶、实证论思辨方法等进行辩论，到会约有数十人。次日，利玛窦回访李贽，并赠其著作《交友论》，李贽后命其弟子将此文誊抄若干份，寄给各地的朋友及门徒。当时，李贽亦回赠礼品，且赠诗一首："逍遥下北溟，迤逦向南征。刹利标名姓，仙山纪水程。回头十万里，举目九重城。观国之光未，中天日正明。"[1]一年后在山东济宁，李贽在其好友时任漕运总督刘东星的府上，与利玛窦又一次见面。两人结下友谊，虽然彼此宗教信仰不同，但最主要的是，他俩都抱有个性解放的自由思想，追求真率坦诚的人格精神，互相印象很好。[2]李贽后来被逮捕入狱，利玛窦还曾经在京城奔走营救。

万历二十八年（1600年），李贽返回龙湖，当地的一些官僚士绅更加紧了对他的诽谤与迫害，大造舆论，说什么"逐游僧、毁淫寺""维持风化"，叫嚷着要把李贽递送回原籍老家。这年冬天的一个早晨，地方官吏派一群衙役打手纵火烧毁芝佛寺，李贽准备用于安放自己遗体的藏骨塔也遭焚烧而倒塌，他的住所变成了一片瓦砾残垣。那些凶残的衙役打手还四处搜捕李贽及门生友人。事先，李贽被朋友接到另一处寺院隐藏才幸免于难。芝佛寺被烧毁后，李贽在麻城已无栖身之地。这位74岁的老人为了避开守旧势力的迫害，不得不一路

---

[1] 李贽：《焚书》卷六，《赠利西泰》。

[2] 关于李贽与利玛窦的第一次见面，日本学者平川祐弘著《利玛窦传》认为是在南京焦竑的家中，其实是在李贽与焦竑共同前往那一次关于释、耶教义的辩论会上。这里主要根据许建平先生著《李卓吾传》，第12章，东方出版社，2004年3月第1版，第349—357页。

颠簸北上，寄居于河北通州的好友马经纶处。他在通州住了一年多，体弱多病，且预感自身将遭遇不测，于是写下身后遗嘱约 20 多页，交代自己的后事。此时他虽身体孱弱不堪，时常卧病在床，可仍然孜孜不倦研读《易经》，在病榻上写下心得《九正易因》，还举办了几次讲学活动。

万历三十年（1602 年），在朝廷中一群守旧派官僚的怂恿下，礼科给事中张问达上疏弹劾李贽，说他刊刻《焚书》《藏书》等书籍，惑乱人心，随意贬低圣贤，还诬蔑他在麻城勾引士人妻女、挟妓女白昼同浴，败坏乡俗。此疏，捕风捉影，构词陷害，用心及手段是很卑鄙的。明神宗朱翊钧见奏折后，立即下旨："李贽敢倡乱道，惑世诬民，便令厂卫五城严拿治罪。其书籍已刊未刊者，令所在官司尽搜烧毁，不许存留，如有党徒曲庇私藏，该科及各有司访奏来，并治罪。"[1] 这年，二月二十二日拂晓，厂卫人员至马经纶住所，将卧在病榻的老人李贽用门板抬进监狱，李贽一路昏迷，入狱后又躺在台阶上接受审问，他态度倔强，审问官亦无可奈何。三月十五日，李贽用剃刀自刎，次日气绝身死，时年 76 岁。

李贽一生著述甚多，各类版本也很多。撮其要作述之，有诗文集《焚书》六卷，间杂书信、杂论等。他在《焚书·自序》中称："所言颇切近世学者膏肓，既中其痼疾，则必欲杀我矣，故欲焚之，言当焚而弃之，不可留也。"李贽死后，又有其学生编成《续焚书》五卷。历史著作《藏书》六十八卷，主要内容取材于先秦至元末历代史料中的各种历史人物八百名；《续藏书》二十七卷，取材于明代人物传记及文稿，取人物约四百名。李贽用自己的历史观点将这些人物分类，并写评语及专论，表达他富有怀疑批判精神的自由思想观点。李贽亦自知此书与时论相隔，自称："吾姑书之而姑藏之，以俟夫千百世之下有知我者。"此外，其著作还有《初谭集》《李氏丛书》《易因》等，另有评点著作《史纲评要》三十六卷，《批评忠义水浒传》一百卷等。

---

[1] 张问达奏疏与明神宗批语，见《明神宗实录》卷三六九。

二、"颠倒千万世之是非"

李贽与耿定向的那一场论战，是他思想发展过程中的转折点。在这以前，他只是专意读书，研修学问，即便与别人思想见解不合，他也用忍耐化解。但这一次却忍耐不住了，他胸中所积郁的对伪道学的愤怒爆发出来，同时又在激烈论战中磨砺了自己的思想武器，深化与系统化了自己的观点和学说。他与耿定向的争论，不是个人意气之争，而是他向旧礼教与伪道学的批判之始，他摆开"堂堂之阵"，举起"正正之旗"，充满了"正兵在我""交战而不败"的勇敢精神。

万历九年（1581年），李贽致仕后与妻子家人就居住在好友耿定理家中，亦与丁忧守制在家的耿定向交往密切。他们共同信仰王阳明的心学，都具有泰州学派色彩，可三人的学术旨趣却相异。三年后，耿定向赴京上任，被朝廷起用为北京都察院左佥都御史。耿定向离家后不久，其弟耿定理遽然病逝。此后，耿定向与李贽的思想分歧也日趋严重。耿定向认为其子耿克明无意于功名，就是受了李贽影响，几次在给其友人的信中责怪李贽："因他超脱，不以功名为重，故害我家儿子。"[1] 他且以泰州学派中出家为僧的邓豁渠为反面教材人物："渠父老不养，死不奔丧，有祖丧不葬，有女逾笄不嫁，髡首而游四方……其子间关万里来省而不之恤，其于情念，诚斩然绝矣。"[2] 他斥责弟子吴少虞不该读邓豁渠的书，说其书是穷人欲、灭天理之书。

李贽与耿定向的辩论开始是围绕孔子之"为仁由己"的命题，李贽以为："夫天下之人得所也久矣，所以不得所者，贪暴者扰之，而'仁者'害之也。"[3] 恰是那些"假仁假义"的虚伪说教，反造成"不仁"的行为。他以为君子不必以己强加于人。李贽还为邓豁渠抱不平，认为耿定向不配为其友，且不知其真心。"阿世之语，市井之谈耳，何足复道之哉！然渠之所以知公者，其责望亦自颇厚。渠以人之相知，贵于知心，苟四海之内有知我者，则一钟子足

---

[1] 李贽：《焚书》卷一，《答耿司寇》。
[2] 耿定向：《耿天台先生文集》卷三，《与吴少虞》。
[3] 李贽：《焚书》卷一，《答耿中丞》。

矣，不在多也。以今观公，实未足为渠之知己。"[1] 几轮辩论后，李贽看清楚了耿定向的伪道学面目。他忍不住揭露了何心隐之死的真相，何心隐入狱，武昌城数万人为其鸣冤，而耿定向作为何心隐的好友，他是有力量救朋友的，可耿定向唯恐得罪权势者，一句公道话不说。事后，他假惺惺落几滴眼泪，给何心隐所作的《招魂辞》中，还将自己喻为东郭先生。李贽愤然驳斥道："东郭先生……不避恶名以救同类之急，公其能此乎？我知公详矣，公其再勿说谎也！"[2]

李贽与耿定向的这场争论持续了很长时间，在士林中影响很大。耿定向不仅自己写信向李贽驳难，还唆使门生子弟轮番挑战，甚至散布许多诽谤谣言，却都被李贽批驳得落花流水，无言以对。黄宗羲对李贽是怀有某种偏见的，他在《明儒学案》中未给李贽以一席之地，显然认为李贽已非儒者了，他在评论此事时说："先生（指耿定向）因李卓吾鼓倡狂禅，学者靡然从风，故每每以实地为主，苦口匡救。然又拖泥带水，于佛学半信半不信，终无以压服卓吾。乃卓吾之所以恨先生者，何心隐之狱，唯先生与江陵厚善，且主杀何心隐之李义河，又先生之讲学友也，斯时救之固不难，先生不敢沾手，恐以此犯江陵不说学之忌。"[3] 文字间其实也揭露了此事件的真相，隐晦地表示了对耿定向的鄙视。

李贽平生最恨伪道学。他宦游二十四年，辗转于官场中，见识了无数伪善的道学先生，他们打着程朱理学纲常伦理的幌子，口里空谈义理，骨子里却是功名利禄，"此所以必讲道学，以为取富贵之资也"[4]，"其流弊至于今日，阳为道学，阴为富贵，被服儒雅，行若狗彘然也"[5]。李贽真是看到他们骨子里去了，他们并无真才实学，只是嘴上说得好听，谓之"巧言君子"。"讲道学者但要我说得好听耳，不管我行得行不得也。既行不得，则谓之巧言亦可，然

[1] 李贽：《焚书》卷一，《答耿中丞》。
[2] 李贽：《焚书》卷一，《答耿司寇》。
[3] 黄宗羲：《明儒学案》，卷三十五，泰州学案四，恭简耿天台先生定向。
[4] 李贽：《初谭集》卷十一，《三教归一》。
[5] 同上。

其如'鲜矣仁'何哉！"[1]"道学，其名也，故世之好名者必讲道学，以道学之能起名也。无用者必讲道学，以道学之足以济用也。欺天罔人者必讲道学，以道学之足以售其欺罔之谋也。噫！孔尼父亦一讲道学之人耳，岂知其流弊至此乎！"[2]这些伪道学家满脑子升官发财，心存卑鄙，道德沦丧，却又满口"仁义礼智信"，李贽愤恨地指斥他们："败俗伤风者，莫甚于讲周、程、张、朱者也。"[3]他认为，明代中叶以后，社会动荡，灾荒不断，倭寇入侵东南沿海，北方边境也是异族外患不绝，流民遍野，怨声载道，明帝国已经是千疮百孔，可以道学家为主的整个官僚阶级却是玄虚相尚，"平居无事，只解打恭作揖，终日匡坐，同于泥塑，以为杂念不起，便是真实大圣大贤人矣"[4]。国家稍有变化，他们则束手无策，"面面相觑，绝无人色，甚至互相推诿，以为能明哲"[5]。此辈人等大都是庸官，最信奉程朱理学那一套。李贽索性将批判矛头转向这些人心目中的"圣贤"朱熹，朱熹生在内忧外患频仍的南宋王朝，李贽嘲讽地说："吾意先生必有奇谋异策能使宋室再造，免于屈辱。"可朱熹却是一堆空谈，并未拿出"嘉谋嘉猷入告"。朱熹所称"夫仁者，正其谊不谋其利，明其道不计其功"，李贽认为更是一派违心之论，倘若正其义，本身就要为得其利。若不谋利，又何必去正它？若道已明，其功亦毕矣，而不计其功，道又如何明呢？[6]他认为朱熹一生善于作伪，明明是结党谋权之徒，却要装出圣贤的模样。

程朱理学的信仰者提出了"道统论"，自称其"道统"是尧、舜传孔子，再传孟子，以后就长期中断了，而只有程朱学派才是继承孟子，才是"道统"的正脉。李贽斥其论调"真大谬也"，"道"是不能离开人的历史而存在的，"人无不载道"，因此程朱学派的那种"道统论"是站不住脚的。李贽说："前三代，吾无论矣；后三代，汉唐宋是也。中间千百余年，而独无是非者，岂其

---

[1] 李贽：《初谭集》卷十一，《三教归一》。
[2] 李贽：《初谭集》卷十一，《道学》。
[3] 李贽：《焚书》卷二，《又与焦弱侯》。
[4] 李贽：《焚书》卷四，《因记往事》。
[5] 同上。
[6] 李贽：《藏书》卷三二，《德业儒臣传》。

人无是非哉？"[1]他对那些道学家们奉为传家法宝的家规、师训、官场禁例及各种礼仪，也进行辛辣的讽刺与批评，认为那是窒息人性的桎梏，是捆绑人性的绳索；他更赞赏"力田作者""作生意者"等被儒家视为"小人"与下等阶层的人们，认为他们比君子更言行一致。

他还质疑理学思想中"理能生气"的观点，认为世界本原不是那些道学家所称的什么天地之先有什么"太极"，或是凌驾于"气"上的"天理"，初始只有天地，只有阴、阳二气的对立。他这些看法，实质上是批判与反对道学的哲学基础，在思想史上有着重要意义。他尤其对理学的"存天理，灭人欲"之宗旨表示蔑视，并痛加批驳。他与泰州学派诸子的看法相同，"穿衣吃饭即是人伦物理，除却穿衣吃饭，无伦物也"[2]。他还说："夫圣人亦人耳，既不能高飞远举，弃人间世，则自不能不衣不食，绝粒衣草而自逃荒野也。故虽圣人不能无势利之心。"[3]所以，不应该讳言人的物质欲望，也不该讳言人的私心。自私是人的天性，无论怎样用天理去灭，都是灭不掉的。因此，他与那些启蒙思想家一样，主张一种新的"义利观"，顺应人们的私心与物质欲望，崇尚功利，发展生产，实质上也是代表市民阶层意识的新道德观念。他极度鄙夷没有真才实学的腐儒们，一针见血指出："儒臣虽名为学，而实不知学。往往学步失故，践迹而不造其域，其实不可以治天下国家。"他然后加以详尽的分析，认为孔子即以"尝学俎豆不闻军旅"，而向卫灵公辞职，如此无能之举，"遂为邯郸之妇女所证据，千万世之儒皆为妇人矣。可不悲乎！"后世那些空论孔孟之道的儒士们，只会袖手谈玄，武不能带兵，文不能理政，"呜呼！托名为儒，求治反以乱，而使世之真才实学，大贤上圣，皆终身空室蓬户已也，则儒者之不可以治天下国家信矣"[4]。他索性把那些欺世盗名的腐儒们的伪装剥个干干净净，揭露他们只会装模作样、骗取厚禄的丑态，尤其是陷在儒家教条里的那些道学先生，只会媚上压下、作揖打躬，实则是难以担当治国抚民之大任的。

---

[1] 李贽：《藏书·世纪列传总目前论》。

[2] 李贽：《焚书》卷一，《答邓石阳》。

[3] 李贽：《道古录》卷上，《虽圣人不能无势力之心》。

[4] 李贽：《藏书·纪传总目后略论》。

古代专制社会的统治者历来把孔孟捧为精神偶像，将他们的言论看成是万古不变的教条，那些宋明道学家们对四书五经的注释则被指为官方定本，句句神圣，一字不能逾越。李贽对此种扼制人们独立思考的文化专制现象极为反感，他揭露这样的蒙昧状况道："人人非真知大圣与异端也，以所闻于师父师之教者熟也。父师非真知大圣与异端也，以所闻于儒先之教者熟也，儒先亦非真知大圣与异端也，以孔子有是言也。……儒先亿度而言之，父师沿袭而诵之，小子蒙聋而听之，万口一词，不可破也；千年一律，不自知也。"[1]他以为，所谓六经、《论语》、《孟子》不过是"有头无尾""得后遗前"的残缺笔记，其所记录的孔子与孟子言行，也不过是他们当时的看法，不应该将其看成是不可更动的至理名言。他还将统治者们奉为神圣经典的六经的地位从云端拉回尘世，他认为这些书"大半非圣人之言"，"纵出自圣人，要亦有为而发，不过因病发药，随时处方"，"岂可遽以为万世之至论乎？"[2]李贽还尖锐地指出，那些尊孔的儒者们其实也未必深知孔子的令人尊敬处，不过是"矮子观场，随人说研，和声而已"，譬如"前犬吠形，亦随而吠之，若问以吠声之故，正好哑然自笑也已"[3]。李贽的批判是辛辣的，也是深刻的，在当时更是需要有极大思想勇气的。

李贽坚决反对以孔子之是非硬当成今人的是非，效颦学步，机械地一味复古学古，把孔孟之道当作是万古不变的绝对真理，他说："咸以孔子之是非为是非，故未尝有是非耳。"[4]

他在《藏书·世纪列传总目前论》中索性风趣地致语读者："览则一任诸君览观，但无以孔夫子之定本行赏罚也。"[5]由此，他提出了"是非无定质，无论定"的观点。他说："人之是非，初无定质；人之是非人也，亦无定论。无定质，则此是彼非，并育而不相害；无定论，则是此非彼，亦并行而不相悖

---

[1] 李贽：《续焚书》卷四，《题孔子像于芝佛院》。

[2] 李贽：《焚书》卷三，《童心说》。

[3] 李贽：《续焚书》卷二，《圣教小引》。

[4] 李贽：《藏书·世纪列传总目前论》。

[5] 同上。

矣。"[1]他提出了真理的相对性问题，但他是用"颠倒千万世之是非"的怀疑批判精神来反对蒙昧主义，对古代专制统治者所开设的"孔家店"发出置疑。他又说："夫是非之争也，如岁时然，昼夜更迭，不相一也。昨日是而今日非矣，今日非而后日又是矣，虽使孔子复生于今，又不知作何是非也，而可遽以定本行赏罚哉！"[2]他的这个观点在中国古代士大夫中尤其难能可贵。他以为历史是发展的，人们的德性是"今日新也，明日新也，后日又新也"[3]，世界根本不曾有过一成不变的僵化教条与价值观。当然，李贽反对将孔孟之道的价值观绝对化，也是反对当时思想文化专制的局面，他并不排斥孔孟之道的所有是非观："舜惟终身知善之在人，吾惟取之而已。耕稼陶渔之人既无不可取，则千圣万贤之善，独不可取乎？又何必专学孔子而后为正脉也？"[4]因此，他又提出"以吾心之是非为是"的主观真理论，将泰州学派诸子的个性解放思想又推进了一步。

当然，由于整个历史时代的限制，他的很多言论思想虽已突破了传统儒学的藩篱，却并未在大的历史观上彻底超越传统。他在《藏书》中对历史人物有不少"异端"的评价，如称秦始皇为"千古一帝"，赞扬吕不韦为智谋名臣，称李斯为才力名臣，认为陈胜、吴广是"匹夫所倡、古所未有"，并为五代时历事五朝的冯道翻案，且称赞小说《水浒传》中的梁山好汉是"大力圣贤有忠有义之人"，可他的那些"异端"思想并未从根本上脱离儒家思想，他在基本历史观中仍然承认"君父大义"，反对"篡逆奸贼"。他认为西汉末期的王莽是"篡逆奸贼"，斥责黄巾、张鲁、赤眉、黄巢为盗贼、妖贼，这一切也可看出李贽的历史观如同他的理论学说一样，也是矛盾复杂又新旧相杂的。很多学者认为李贽实质上是一个传统的反传统主义者，此话不无道理。当代学者黄仁宇先生评价李贽说："十分显然，李贽没有创造出一种自成体系的理论，他的片段式的言论，也常有前后矛盾的地方。读者很容易看出他所反对的事物，但不容

[1] 李贽：《藏书·世纪列传总目前论》。
[2] 同上。
[3] 李贽：《明灯道古录》卷一。
[4] 李贽：《焚书》卷一，《答耿司寇》。

易看出他所提倡的宗旨。"这就是因为他的宗旨虽然在当时人们看来是"异端"的，但其基本观念仍然未脱"六经之旨"的色彩，所以，"几个世纪以后，对李贽的缺点，很少有人指斥为过激，而是被认为缺乏前后一致的完整性。他的学说破坏性强，建设性弱。他没能够创造一种思想体系代替正统的教条，原因不在于他缺乏决心和能力，而在于当时的社会不具备接受改造的条件。和别的思想家一样，当他发现自己的学说没有付诸实施的可能，他就只好把它美术化或神秘化"[1]。

三、李贽的"新义利观"与市民阶层意识

明嘉靖、万历年间，江南地区等地的社会经济趋向繁荣，城镇林立，商贾云集，譬如当时苏州的商业活动就很活跃，"货物辐散，四方流寓之人皆在其地开张字号行铺"[2]。一位商人描述苏州的经济，"聚货缎匹外，难以尽述，凡人一身诸行日用物件，从其所欲"[3]。苏州当时已是有相当规模的商业城市了。富饶的长江三角洲一带，靠丝织业发展起来的商业市镇也越来越多，小说家冯梦龙描述，那里"络纬机器杼之声通宵彻夜，那市上两岸绸丝牙行有千百余家，远近村纺织成绸匹，俱到此上市，四方商贾来收买的，蜂攒蚁集，挨挤不开，路途无伫足之隙"[4]。像这样的新兴城镇很多，如浙江的崇德县石门镇，以发达的榨油业而成为数千家的大镇；又如嘉善的千家窑镇，"民多业陶，甃埴繁兴，迁移贸日伙"[5]；再如"罗店、嘉定巨镇，商贾之凑，人多机利"[6]。这些城镇超出地区限制，大力促进各地商业贸易交流。尤其是明万历初年，张居正实行一系列经济改革措施，使得社会经济进一步繁荣发展。徽商、晋商等资本雄厚的商业团伙迎来发展黄金时代，其经济活动不仅遍布国内，且扩

---

[1]（美）黄仁宇：《万历十五年》，第七章，中华书局，1982年5月第1版，第223页。

[2]《古今图书集成·食货典》，《赋役部·苏松浮赋役》。

[3]黄汴：《一统路程图记》，《江南水路》卷七。

[4]冯梦龙：《醒世恒言》卷十八，《施润泽滩阙遇友》。

[5]《嘉定县志》卷二，清朝光绪年修撰。

[6]归有光：《震川集》卷二十。

张至海外。

中国古代专制社会也渐渐地开始活跃起社会变革的因素及新的意识。在东南沿海的经济发达地区，社会思潮与时尚也发生变化，代表了早期市民阶层思维观念的"自然人性论"，对旧的传统伦理道德意识发起了冲击，早期启蒙思潮中首先活跃发展的是泰州学派诸子，如何心隐便反对"无欲""绝欲"的禁欲主义，提出应当培养与满足个人合理欲望的"育欲"主张，可惜现存有关何心隐的文献资料不多，只能知其理论的大致轮廓。泰州学派的另一位重要人物焦竑，则写出文章《书盐铁论后》，明确提出"即功利而条理之则为义"的观点，他反对"猥以仁义功利歧为二途"，主张义利统一观，尤为厌恶那些只会讲废话与假话的道学家，他与李贽是挚友，甚至称李贽是"即未必是圣人，可肩一'狂'字，坐圣门第二席"[1]。此外，黄绾《明道编》、吴廷翰《吉祥斋漫录》中也有关于新义利观的论述。其中信奉王阳明心学的黄绾提出"义利并重论"，他认为道学"迂阔不近人情"，因此以"执中之旨"来调和理欲与义利的关系。吴廷翰则认为，"义利原是一物"，应将义与利统一起来，只有肯定了人们正当的物欲，才能达到义之境界。这也是对儒家的"义利之辨"的突破与发展。曾为抗倭名将戚继光部下的陈第，与焦竑交好，他也在文章中论述义利问题，鲜明提出了"义在利中，道理则在财货之中"的观点。他是当时很有才能的军事将领，也有反道学的思想倾向，特别厌恶那些以"仁义"为幌子谋私利的腐儒，他反对"益己损人""厚己薄人"的见利忘义恶行，强调以"公"为基础、家与国各遂其利的"新义利观"。由此可见，"新义利观与'工商皆本'的经济思潮相呼应，构成了明代中晚期早期启蒙思潮的鲜明时代特征"[2]。

李贽是这些启蒙思想家的代表人物之一，他的"新义利观"的论述更为详尽，也具有系统性和逻辑性，体现出近代启蒙思潮家的远见卓识，且有着与旧的传统观念相决裂的时代特点。他驳斥那些道学家"无私""无欲""灭欲"之说，认为"人必有私"，"私"是人们的自然天性，他说："夫私者，人之心

---

[1] 朱国桢：《涌幢小品》，中华书局，1959年版，第369页。
[2] 萧萐父、许苏民：《明清启蒙学术流变》，上篇：抗议权威，挣脱囚缚，人民出版社，2013年11月第1版，第95页。

也，人必有私而后其心乃见，若无私则无心矣。"[1]他举例说，农夫种田期待秋天丰收，耕田才能努力；一家之主，希望能够多储存粮食，才算是治家有方；儒生企盼完成科举之业，读书才能用功；做官的人渴求利禄，才能为国家竭诚服务。他甚至以孔子为例，"虽有孔子之圣，苟无司寇之任，相事之摄，必不能一日安其身于鲁也决矣。"也就是说，当年孔子若不是鲁国的国君委任他以大司寇及鲁国相事之高爵显位，他也不可能安身于鲁国。李贽总结道："此自然之理，必至之符，非可架空而臆说也。然则为无私之说者，皆画饼之谈，观场之见，但令隔壁好听，不管脚跟虚实，无益于事。只乱聪耳，不足采也。"[2]他直面人生，反对宋明理学的禁欲主义，主张大胆地追求人世间的幸福与快乐，应该顺应人们自私的天性，引导而使之充分发展。他挑战古圣贤的传统言论与思想观念，说明人的私心乃是社会生活和社会发展的基本动力，不应当用那些空谈、玄言、假话来压制它。倘若抽去为一己谋利的私心，也就不可能调动人们的积极性与创造性。顺其私心，允许个人利益相联系的"私"，便可坐致太平；反之，违反其私心，只是讲那些"不管脚跟虚实"的大话与"好听话"，则天下大乱。他认为这就是"百姓日用之道"，只有如此，才能倾听民众的呼声，才能够关心民间的疾苦。他还说："凡今之人，自生至老，自一家以至万家，自一国以至天下，凡迩言中事，孰待教而后行乎？趋利避害，人之同心，是谓天成，是谓众巧，迩言之所以为妙也。"[3]百姓们的"迩言"，也就是百姓们的"日用之道"，一言以蔽之曰，"趋利避害"。这是"人之同心"的常情，是人们在社会生活中的本能，也便是伦理道德的基础。李贽多次以孔子为例，以说明孔子也难逃"趋利避害"的势利之心。他说，孔子虽讲"视富贵若浮云"，但也说"富与贵人所欲也"。孔子在鲁国摄相事仅三月，"素衣霓裘、黄衣狐裘、缁衣羔裘等，正富贵享也。御寒之裘，不一而足"（《论语·乡党》

---

[1] 李贽:《藏书·德业儒臣后论》。
[2] 同上。
[3] 李贽:《答邓明府》，载《李贽文集》第一卷，社会科学文献出版社，2000年5月第1版，第38页。

中有记载），因此"谓圣人不欲富贵，未之有也"。[1]

从汉儒的董仲舒到程朱理学的那些道学家，大多是主张非功利主义的。董仲舒就提出："正其谊而不谋其利，明其道而不计其功。"李贽针锋相对地驳斥道："今观仲舒不计功谋云云，似矣；而以明灾异下狱论死，何也？夫欲明灾异，是欲计利而避害也；今既不肯计功谋利矣，而欲明灾异者，何也？既欲明灾异以求免于害，而又谓仁人不计利，谓越无一仁，又何也？所言自相矛盾矣！"他一针见血指出董仲舒之"明灾异"本身就是一种"趋利避害"的行为，董仲舒自称的"不谋其利""不计其功"，其实是谎言。李贽认为："天下曷尝有不计功谋利之人哉？若不是其实知有利益于我，可以成吾之大功，则乌用正义明道为邪？"[2]所以，他明确指出，"正其谊"和"明其道"实质都是为了"计功谋利"，他认为汉儒董仲舒及宋儒那些道学家自称的非功利主义是虚伪之言。

当时社会出现的这种"新义利观"，其实反映了晚明时期工商业者与市民阶层要求发展自主经济的社会心理，也是早期启蒙思潮的重要思想内容之一。李贽是这种观点的集成者和创新者。"李贽的新义利观，以现实的人性和天下无不追逐私人利益的事实来对抗虚伪的道德说教，明确地肯定私人利益，并且初步意识到这种私人利益对经济发展的动力作用，不仅在哲学上推倒了排斥私人利益的非功利主义观念，而且也为萌芽中的资本主义市场经济奠定了'自然法则'的基础。"[3]譬如，李贽关于"天下尽市道之交"的论述，其实是从商品经济交换的角度去考察社会中的人际关系。李贽甚至认为，孔子与其门徒七十二子，彼此不过是另类的"市道之交"，与市井交易的市井之货不同，圣人有圣人之货，其货就是他的"圣学"及学问。当然，孔子卖圣人之货亦不必非议市井，但圣人之货更应该名副其实，不能挂羊头卖狗肉，更不能"以圣人

---

[1]李贽：《道古录》卷上，载《李贽文集》第七卷，社会科学文献出版社，2000年5月第1版，第357页。

[2]李贽：《贾谊》，载《李贽文集》第一卷，社会科学文献出版社，2000年5月第1版，第189页。

[3]萧萐父、许苏民：《明清启蒙学术流变》，上篇：抗议权威，挣脱囚缚，人民出版社，2013年11月第1版，第95页。

而兼市井",应将市井中的纯粹金钱关系引入教育、政治和文化领域。他的这个看法是很深刻的。

李贽的家乡是福建泉州,那里是当时我国仅有的几处海外贸易重要港口之一,在宋代、元代就堪称世界大港,马可·波罗与伊本·白图泰都在游记中盛赞此地"万船集奇货"的繁荣景象。李贽则出身于从事海外贸易的商人世家,后来他受到了江南沿海地区商品经济迅猛发展的影响,因此,李贽摒弃了儒家重农抑商的旧传统观念,更同情那些民间工商业者和新兴的市民阶层,他在给焦竑的信中说:"商贾亦何鄙之有?挟数万之赀,经风涛之险,受辱于关吏,忍垢于市易,辛勤万状,所挟者重,所得者末。"[1] 他对古代专制社会中遭受统治者压迫与剥削的工商业者与市民阶层是抱有强烈的同情心的。当时,在明王朝的专制统治下,法令严苛,特务横行,宦官们挖空心思敛财取贿,巧立名目剥削新兴的工商业者与市民阶层,市民们的抗争波澜迭起。明万历二十九年(1601年)苏州城中,苏杭织造太监孙隆豢养地痞流氓滥收赋税,激起了民变,这是当时轰动一时的重大事件。这年,全国各地还发生了江西景德镇民变、江西上饶民变、广东新会民变等多起事件。而前前后后的数年,武昌发生了两次民变,江西广昌、辽宁辽阳、福建福州、云南多地也屡次发生罢市抗议、驱赶税监宦官的事件。[2] 李贽内心深处是站在工商业者与市民阶层一边的。他不仅为他们打抱不平,为他们争取社会地位,而且认为他们要比那些虚伪的道学先生要光明磊落得多,他批判耿定向时,就揭露那些官僚们"名心太重也,回护太多也"。他们身处腐败官场的氛围中,就不得不口是心非,装出一副仁义道德假面目,"反不如市井小夫,身履是事,口便说是事。做生意者但说生意,力田作者但说力田。凿凿有味,真有德之言,令人听之忘厌倦矣"。[3] 在他看来,儒者们所鄙视的工商业者与市民阶层,要比那些伪道学家们更真实可敬。他认为,只有发展互相竞争的商品经济,靠勤俭致富,靠诚实劳动,才

---

[1] 李贽:《焚书》卷二,《又与焦弱侯》。

[2] 王春瑜、杜婉言:《明代宦官与经济史料初探》,中国社会科学出版社,1986年9月第1版,第362—364页。

[3] 李贽:《焚书》卷一,《答耿司寇》。

能实现社会的繁荣与稳定。他将彼此竞争的自由市场经济看成是"天道"，他称赞靠工商业起家的那些巨富商人，如陶朱公等人，"天与以致富之才，又借以致富之势，畀以强忍之力，赋以趋时之识"，这些人是新兴市民阶层的榜样，而市场经济的"自然法则"即"强者弱之归，不归则并之；众者寡之附，不附则吞之"[1]是圣贤们不能违背的。

李贽思想是具有浓厚的市民阶层意识的。他主张抒发自然感情，顺自然之性而行，厌恶伪道学，提倡率真坦白，他所提倡的"新义利观"也是当时新兴的市民阶层的共同呼声。市民阶层希望有发展自主经济的宽松社会环境，能够允许人们靠个人努力及诚实劳动致富，能够较大程度地满足人们的物质欲望，能够许可个性的自由发展，"只就其力之所以能为与心之所欲为，势之所必为者以听之，则千万其人者各得其千万人之心，千万其心者各遂其千万人之欲，是谓物各付物"，这才是他心目中的理想社会目标，也就是"天下之民，各遂其生，各获其所望"的社会。[2]李贽的"商贾亦何鄙之有"的质问，其实也是对新兴的工商业者与市民阶层的同情，这也是缘于明中叶以后社会经济结构变动引起一部分进步开明士大夫的思想发生变化，他们"推倒了自古以来荣宦游而贱商贾，视商贾为小人以及重农轻商的传统偏见，为中国的商人做了一篇极大的翻案文章"[3]。应该说，这篇翻案文章亦是早期启蒙思潮的重要思想内容之一，是其自由精神思想体系的重要组成部分。

四、李贽的个性解放思想与自由精神

当代思想家、经济学家顾准先生说，中国古代知识分子在礼法与文化专制的桎梏下十分痛苦，思想被禁锢后又不甘心，唯有像贾宝玉那样"逃禅"。"明代思想家如李卓吾，不是因为失恋，而是实在不甘心这一套桎梏，晚年入

---

[1] 李贽：《道古录》卷下，载《李贽文集》第七卷，社会科学文献出版社，2000年5月第1版，第375页。

[2] 李贽：《明灯道古录》卷上。

[3] 萧萐父、许苏民：《明清启蒙学术流变》，上篇：抗议权威，挣脱囚缚，人民出版社，2013年11月第1版，第108页。

空门，狱中死留语还自称老衲。"他认为西方知识分子有自由思想者，在专制的社会氛围里，尚可以隐居以研究科学或写哲学著作，而"中国，除了伦常礼教没有学问，专心知识、研究宇宙秘密不是出路，要逃避王权，只好走老庄禅佛一路"。[1]确实，李贽作为中国古代专制社会的启蒙思想家，他有着一种难以言喻的思想矛盾及人生痛苦。他企图努力摆脱礼法之束缚，有发弃发，未必是斩断尘缘而遁入空门，而更多的是企图用禅学来改造这个虚伪的旧世界；他竭力争取脱离官场仕宦的羁绊，有官辞官，也不单是对现实政治的灰心丧气，而更多的是企图构筑一个更为完善的理想社会；他奋不顾身打算解去俗世的纷扰，有家离家，并非完全是想卸掉家庭的责任与承担，而更多的是追求思想与个性的自由发展；他流寓四方，漂泊讲学，追求真理，揭示真相，对现实人生充满了热诚，可他身处矛盾复杂的社会环境里，举步维艰，满眼荆棘，使得他的内心充满了迷惘、焦虑与痛苦。袁中道曾经记载李贽有洁癖，天性爱扫地，日日不停洒扫庭院，不住地洗衣洗澡，且讨厌与俗客来往。有现代学者分析，"李贽无休止的强迫性洒扫、拭洗，把自己身边搞得一尘不染，这实际上是他品行高洁，容不得人世间的龌龊与污垢，渴望从俗务与世情中解脱出来，追求一种自由自在的人生境界的焦虑心态的外化"[2]。这种强迫性洁癖也是强迫性神经官能症引起的，是患者焦虑过度造成的。它深刻揭示了这位反对儒家传统的"狂人"在思想意识深处的无奈与痛苦。

李贽的反传统言行已经突破了以宋明理学为核心的旧儒学藩篱。朱熹认为，人的气的清浊即决定人的命运，人的生死、贵贱、智愚、圣凡等是由"天理"及"天命"决定的。程朱理学派因此认为，圣人即"性善"，凡人即"情恶"。人有气质之身，便有五伦之事；人心中有"天理"的遗传信息，便有五伦之理；圣王设教，就可以齐家、治国、平天下。这都是凡人难以企及的。王阳明虽然提倡良知说，认为凡人可简捷地超凡入圣，但仍然将圣人之言当成良知的标准。泰州学派的王艮、颜钧、罗汝芳诸子宣传"满街都是圣人""百姓

---

[1] 顾准：《顾准文稿》，《要确立"科学和民主"，必须彻底批判中国的传统思想》，中国青年出版社，2002年1月第1版，第372页。

[2] 周初：《晚明士人心态及文学个案》，第四章第二节，李贽：激情与谵妄，东方出版社，1997年8月第1版，第229页。

日用即是道"，主张凡人之道与圣人之道平等。而李贽则充分发展了泰州学派的观点，干脆抹掉了那道传统儒家设下的不可逾越的界限，他认为，圣人与凡人都是平等的人，圣人与凡人都可有"道性善"的人性，所以他说："尔勿以尊德性之人为异人也，彼其所为亦不过众人之所能为而已。人但率性而为，勿以过高视圣人之为可也。尧舜与途人一，圣人与凡人一。"圣人的道也是出自其本人而已，"道本不远于人，而远人以为道者，是故不可以语道。可知人即道也，道即人也。人外无道，而道外亦无人。"[1]他将圣贤的炫人神秘装饰抹去了，又将圣贤拉回到凡人世界，其实是古代专制社会"尊卑有序、贵贱有别"的等级偏见造就了所谓圣贤的地位，他认为人在社会中应当都是平等的，"人见其有贵有贱，有高有下，而不知其致之一也，曷尝有所谓高下贵贱哉"[2]。

李贽主张社会平等，因此他也反对中国古代专制社会根深蒂固的"男尊女卑"思想。他在妇女问题上的观念是进步的，也是具有超越性的。他以为，人的见解长短、学道深浅，主要是人们积累学问的主观努力所致，并不在于男女差别。"余窃谓欲论见之长短者当如此，不可止以妇人之见为见短也。故谓人有男女则可，谓见有男女岂可乎？谓见有长短则可，谓男子之见尽长，女子之见尽短，又岂可乎？"[3]他在《藏书》中就称赞中国历史上第一个女皇帝武则天有"知人之明"，是一个"聪明主"，他以为男女在智慧上并无长短之分，一些妇女的蒙昧及识见不够，是由于传统礼法的束缚而不能充分学习读书。他在芝佛寺时，曾经与朝廷高官梅国桢之女梅澹然保持着密切联系，两人互通书信。梅澹然认李贽为师长，探讨各类学问及禅学；李贽在信中也称呼其为"澹然师"，他后来解释说："梅澹然是出世丈夫，虽是女身，然男子未易及之。今既学道，有端的识见，我无忧矣。……故凡答彼请教之书，彼以师称我，我亦以澹然师答其称，终不欲犯此不为人师之戒也。"[4]他与梅澹然这些女子的交往是光明磊落的，而且将她们的信函收入自己的集中，表明男女交往不避外

---

[1] 李贽：《道古录》卷上，第十一章，《人之德性》。
[2]《李氏丛书》丑，《老子解》下篇。
[3] 李贽：《焚书》卷二，《答以女人学道为见短书》。
[4] 李贽：《焚书》卷四，《豫约·早晚受塔》。

人，也不惧怕社会上那些流言蜚语的污蔑，更不畏惧那些虚伪的道学家的造谣攻击。他还主张男婚女嫁应当自由，寡妇可以根据个人意愿再嫁。西汉富人之女、寡妇卓文君与司马相如恋爱，后来被那些虚伪的儒士们大加指摘，李贽则在《藏书·司马相如传》里赞扬卓文君"忍小耻而就大计""归凤求凰，安可诬也"。他在《批评红拂记》第十出《侠女私奔》的批注中赞道："这是千古以来的第一个嫁法！"且指摘那些礼法之士的诬蔑，"岂可以淫奔目之"。

李贽一方面以"天赋平等"的思想反对古代专制社会的尊卑等级观念，主张人人平等的社会观念；另一方面又提出个性解放的主张，认为人有不同的个性，应该得以充分发扬，并努力地使个性的思维摆脱礼法名教的束缚。他与耿天台的那场辩论，实质便是耿天台秉持的传统的"圣人，人伦之至"的名教论与李贽所提倡的"圣人，未发之中"的个性解放论的一场大争辩。在这场争辩中，李贽彻底认清了那些道学家们的虚伪真面目，他们用名教礼法的僵化教条遮蔽了人们的本来之心，使得人们失却了"真心"而成为"假人"。李贽写了《童心说》一文，他在其中说："童心者，真心也。若以童心为不可，是以真心为不可也。夫童心者，绝假纯真，最初一念之本心也。若失却童心，便失却真心，失却真心，便失却真人。人而非真，全不复有初矣。"[1]古圣贤们论人性，有性善说，有性恶说，也有非善非恶说，而李贽则于此三说中另立新说，以为人之初，性本真，不以善恶论人性，而以真假论人。他论述说，人为何失去"本心"——也就是"童心"呢？是由于"道理闻见日以益多，则所知所觉日以益广，""夫道理闻见，皆自多读书识义理而来也"。[2]换句话说，也就是古代专制社会中宣扬流布的伦理道德蒙蔽了人的"本心""童心"。他要求恢复人的"最初一念之本心"，也就是呼唤在"天理"重压下的"人欲"的觉醒，呼唤人们的自然之性。这是完全区别于"存天理、灭人欲"假道学的另一种道学，李贽称之为"自然真道学"。他说："自然之性，乃是自然真道学也。岂讲道学者所能学乎？"[3]

---

[1]李贽：《焚书》卷三，《童心说》。
[2]同上。
[3]李贽：《孔融有自然之性》，《李贽文集》第1卷，第87页。

王学也就是心学，王阳明及王学各派都注重在"心"上做文章。王阳明提出了"致良知"之说，"良知"即是"义理"，是否合乎"天理"，要以"良知"为准则。从某种程度上说，"良知"即是"天理"与"道"的人格化。到了泰州学派的罗汝芳，则提出了"赤子之心"说，他认为不必钻进理学格套中作茧自缚，应该在"百姓日用即是道"的平常心中体现。但他又认为，圣贤之学是以"赤子之心"为根源的，将孔孟之道的"孝悌慈"化成民俗，即可得"赤子之心"。而李贽虽然受到了罗汝芳之说的一定影响，但他更进一步否定了"天理"，否定了"道心"，认为那些"义理"被道学家们一次次加工已经失真了，"义理"蒙蔽了"童心"，因此，"义理"被塞到人心里越多，人也就变得假模假式，"童心"也就越来越少了。他以"童心"为标准，反对包括孔子学说在内的所有权威传统观念的束缚，反对僵硬的旧伦理道德的格套、教条，反对虚伪的假道学思想的矫饰与模拟，主张言私言利，以为人的物质需求欲望是正当的，即使圣贤也不可能摒弃一切欲望，每个人都有各自的价值，也有着可贵的真实诉求，遮蔽了这些价值与诉求，便是遮蔽了"童心"，人会变成假人，事会变成假事，言会变成假言，"盖其人既假，则无所不假矣"。[1]因此，李贽的"童心说"是一种心灵觉醒，代表了市民阶层反专制、反传统的自由呼唤，是具有启蒙性质的个性解放思想。

李贽不仅是发出这些尖锐的言论，在现实生活中也是按照自己的理想去行的。他一生强调个人自由，做人处世也是一片真率之情。袁中道称他"直气劲节，不为人屈""若好刚使气，快意恩仇"[2]，沈德符也称赞李贽"聪明盖代，议论间有过奇，然快谈雄辩，益人益智不少""此老猖性如铁，不足污也"[3]。李贽虽然落发出家，但他声称，不是厌世虚无，也不是待价而沽，而是如陶渊明一样，不愿摧眉折腰事权贵，因此他"不持斋素而事宰杀，不处山林而游朝市，不潜心内典而著述外书"[4]。李贽一直热切地关注着时政，

---

[1] 李贽：《焚书》卷三，《童心说》。
[2] 袁中道：《珂雪斋近集》卷三，《李温陵传》。
[3] 沈德符：《万历野获编》（下册），卷二十七，二大教主，中华书局，1959年2月第1版。
[4] 袾宏：《竹窗三笔》。

他憧憬能够有一种"因乎人者，恒顺与民"的善政，他反对那些"教条之繁""刑法之施""旌别淑慝之令"的专制酷恶之政，[1]这其实代表了晚明时期的新兴市民阶层的一致愿望。李贽的"童心说"及思想见解也受到当时很多士大夫们的欢迎，其弟子汪本钶说："海以内无不读先生之书者，无不欲尽先生之书而读者。"[2]就连不赞同他的思想观点的顾炎武也承认："士大夫多喜其书，往往收藏。"[3]李贽的著作书籍虽然遭到明、清历朝统治者的多次禁毁，可屡次禁毁后又屡次有人翻印，仍然流传下来。

五、李贽的启蒙思想与晚明新文学运动

20 世纪 30 年代，周作人将他的演说词《中国新文学的源流》修改成书公开出版后，在当时的文化界引起一定反响。学术界开始对明代小品文及袁氏三兄弟的作品产生了浓厚的兴趣，周作人由此总结道："今次的文学运动，其根本方向和明末的文学运动完全相同。"他又说："现在的用白话的主张也只是从明末诸人的主张内生出来的。"周作人赞赏公安派袁氏兄弟"独抒性灵，不拘格套"的文学主张，认为假如减去胡适的那些西方色彩的哲学思想，"那便是公安派的思想和主张了"。"而他们对于中国文学变迁的看法，较诸现代谈文学的人或者还要清楚一点。理论和文章都很对很好，可惜他们的运气不好，到清朝他们的著作便都成为禁书了，他们的运动也给乾嘉学者所打倒了。"[4]

当代学者朱维之先生后来发表文章表示基本赞同周作人的看法。但是，他认为"公安派底文学主张由卓吾启发的，公安派底文学运动由卓吾指导的"，公安派所发起的文学改革运动，其文学理论坚定地反对明代前后七子的复古主义，主张"不拘格套、独抒性灵"之说就是汲取了李贽的"童心说"主张。公安派主要代表人物袁宏道曾经受业于李贽，深受李贽的启蒙思想熏陶。朱维之

---

[1] 李贽：《焚书》卷三，《论政篇》。

[2] 汪本钶：《续刻李氏书序》，载李贽著《续焚书》。

[3] 顾炎武：《日知录》卷十八。

[4] 周作人：《儿童文学小论：中国新文学的源流》，北京十月文艺出版社，2011 年 5 月第 1 版，第 25 页。

先生认为，李贽是有着自己独特而系统的文学理论的，这也是他的启蒙思想的重要组成部分，而且对晚明文学变革运动发展起到了深刻的影响作用。[1]我们加以总结，认为李贽的新文学理论共包括五个重要方面。

其一，李贽主张"自然说"，这个思想既是他的人生哲学，也是他的政治哲学，也贯穿在他的文学理论中。他的"自然说"与西欧启蒙思想家卢梭的"返于自然"相合。李贽不仅善于写文章，而且对文学艺术规律有着自己独特的见解。他在《读律肤说》一文中认为真能文者不做文之奴，真能诗者不做诗之奴。"拘于律则为律所制，是诗奴也，其失也卑，而五音不克谐。不受律则不成律，是诗魔也，其失也亢，而五音相夺伦。不克谐则无色，相夺伦则无声。盖声色之来，发于情性，由乎自然，是可以牵合矫强而致乎？……惟矫强乃失之，故以自然为美耳。"[2]他认为一部优秀的文学作品，不应该被形式所拘，也不应该做作，要反映作者的真性情："又非于情性之外，复有所谓自然而然也。故性格清彻者，音调自然宣畅；性格舒徐者，音调自然疏缓；旷达者，自然浩荡；雄迈者，自然壮烈；沉郁者，自然悲酸；古怪者，自然奇绝。有是格，便有是调，皆情性自然之谓也。"[3]而这些真性情的自然流露是不可牵强的，"然则所谓自然者，非有意为自然而遂以谓自然也。若有意为自然，则为矫强何异？故自然之道未易言也"[4]。也就是说，李贽既主张"自然说"，但也反对那些装模作样的自然主义，为自然而自然，则无自然。他的这个文学观点至今仍然有着启迪意义。

其二，李贽主张写文章"不求庇与人"。他说："大人者，庇人者也，小人者，庇于人者也。凡大人见识力量与众不同者，皆从庇人而生，日充日长，日长日昌；若徒荫于人，则终其无有见识力量之日矣。"他由此引申到作文章："为文章则求庇荫于班、马，种种自视，莫不皆自以为男儿，而其实则皆孩子

---

[1] 朱维之:《李卓吾与新文学》，载吴承学、李光摩编《晚明文学思潮研究》，湖北教育出版社，2002年10月第1版，第146页。

[2] 李贽:《焚书》卷三,《读律肤说》。

[3] 同上。

[4] 同上。

而不知也。豪杰凡民之分，只从庇人与庇荫于人处识取。"[1]李贽这段话的意思，朱维之先生以为与公安派的"不剿袭古人"的宗旨相合。固然，这是其中一层意思。但是，笔者个人理解，更深层的意思是希望作文章的人要有独立思考精神，既不抄袭古人的文章，也不被流行的时论所迷惑，更不屈服于那些障蔽人们真心的礼法教条，如此方是顶天立地的堂堂男儿丈夫。有独立的人格，才能有着独立思考精神，才能写出真正有见识力量的文章。

其三，李贽认为一个时代有一个时代的文学。同时，那个时代也有着其特定的文学形式和艺术标准。"诗何必古选，文何必先秦？降而为六朝，变而为近体，又变而为传奇，变而为院本，为杂剧，为《西厢曲》，为《水浒传》，为今之举子业，大贤言圣人之道，皆古今至文，不可得而时势先后论也。"[2]李贽的这个文学观点，对中国文学史影响很大。清代学者焦循即在《剧说》中介绍了李贽的观点。李贽还认为，文学形式与文学内容都应该与时俱进："然以今视古，古固非今；由后观今，今复为古。故曰，文章与时高下。高下者，权衡之谓也。权衡定乎一时，精光流于后世，曷可苟也？夫千古同伦，则千古同文，所不同者，一时之制耳。"[3]但是，李贽注意到文学发展亦有其特殊规律，他在《李梦阳传》中说："昔人言文章与时高下，不其然哉！"[4]他也看到了文学的发展有时候未必就与时代同步，国家的政治、经济强盛，文学未必就繁荣；此外，文学的发展也有其曲折性，也未必是一代必然就比一代强。当然，从总的历史趋势看来，文学必定是向前发展的，可它又确乎有着自己独特的发展轨迹。笔者认为，李贽是真正懂文学的，尤其深刻认识到文学发展的特殊规律，其中的认识甚至至今仍然有借鉴意义，不愧为晚明新文学运动的理论指导者。

其四，李贽一贯主张文章应该有真实的内容，要写出真人，写出真事真相，写出内心的真实感触。他以自己的"童心说"来指导文章写作，劝诫人

---

[1] 李贽：《焚书》卷二，《别刘肖川书》。
[2] 李贽：《焚书》卷三，《童心说》。
[3] 李贽：《焚书》卷三，《时文后序》。
[4] 李贽：《续焚书》卷二六，《李梦阳传》。

们不要被旧伦理道德的那一套滥说辞蒙蔽了"童心"，不要人云亦云、词不达意。他说："夫学者既以多读书识义理障其童心矣，圣人又何用多著书立言以障学人为耶？童心既障，于是发而为言语，则言语不由衷；见而为政事，则政事无根柢；著而为文辞，则文辞不能达。非内含以章美也，非笃实生辉光也。欲求一句有德之言，卒不可得。"[1] 人，事，言，一切皆假，那么，文也必假。在古代专制社会里，在旧的传统伦理道德观念的乌云黑雾遮盖下，做假人、干假事、说假话反倒成了常态，真人真话真心真事则被遮盖。"然则虽有天下之至文，其湮灭于假人而不尽见于后世者，又岂少哉？"[2] 他尤其主张好的文学作品应该抒发个人的真情实感，优秀作品应该体现作者的真性情。"且夫世之真能文者，比其初皆非有意于为文也，其胸中有如许无状可怪之事，其喉间有如许欲吐而不敢吐之物，其口头又时时有许多欲语而莫可所以告语之处，蓄极积久，势不能遏，一旦见景生情，触目兴叹。夺他人之酒杯，浇自己之块垒，诉心中之不平，感数奇于千载。"[3] 这是一种内心的喷涌，"流涕恸哭，不能自止。宁使见者闻者切齿咬牙，欲杀欲割，而终不忍藏于名山，投之水火"[4]。

其五，李贽对晚明新文学运动发展的另一功绩，是他对戏曲小说的点评。朱维之先生说李贽此举先于陈眉公、金圣叹："我们只知道金圣叹是中国的小说戏曲提倡者，是新文学批判的先驱，却不知道李卓吾是更伟大的先驱者。"[5] 李贽将《水浒传》与《西厢记》跟先秦散文、六朝诗歌同样排列，都看作古今至文，在程朱理学统治明代文化的时代是一个创见。他对戏曲《西厢记》与《琵琶记》都给予较高的评价："《拜月》、《西厢》，化工也；《琵琶》，画工也。夫所谓画工者，以其能夺天地之化工，而其孰知天地之无工乎？今夫天之所生，地之所发，百卉具在，人见而爱之矣，至觅其工，了不可得，岂其智

---

[1] 李贽：《焚书》卷三，《童心说》。

[2] 同上。

[3] 李贽：《焚书》卷三，《杂说》。

[4] 同上。

[5] 朱维之：《李卓吾与新文学》，载吴承学、李光摩编《晚明文学思潮研究》，湖北教育出版社，2002年10月第1版，第148页。

固不能得之欤？要知造化无工，虽有神圣，亦不能识知化工之所在，而其谁能得之？由此观之，画工虽巧，已落第二义矣。"[1] 李贽根据他的艺术标准，认为《西厢记》和《拜月亭》在艺术上要比《琵琶记》更高一筹。李贽还在《忠义水浒传序》评价："《水浒传》者，发愤之作也。"对于李贽评点《忠义水浒传》，胡适先生曾经发表《水浒传新考》，认为李贽的评点是后人假托的。但朱维之先生与很多学者都不赞同胡适先生的看法。而且，李贽在晚年给老友焦竑的一封通信中说："《水浒传》批点得甚快活人。《西厢》、《琵琶》涂抹改窜得更妙。"[2] 此信中之语也足以证明李贽确实在当时评点过《水浒传》。

明代中叶以来，由于社会经济酝酿着重大变化，文学艺术领域也相应出现革新与改变，例如小说、木刻等市民文艺的现实主义与反抗伪古典的浪漫主义彼此渗透，形成了一股新文学的改革运动，而李贽则是其中的核心人物，他以"童心说"为自己的文学理论和原则，评点了当时流传在市井间的各种小说和戏曲。据统计，他评点剧本约有十五种多，还评点了几部著名的小说。这是一股奋力摆脱道统桎梏的举动，李贽重视民间文艺，尤为重视反映人情世俗的现实文学作品，实质上开启了新人文主义的文学潮流。虽然，晚明的新文学还处于萌芽阶段，它在很多地方还是不尽如人意，但它又确实让人能够感受到，中国文学自此将进入一个揭示真实人生、表现社会生活的新时代。当然，李贽的早期启蒙思想是有不少局限性的，他的学说缺乏前后一致的完整性，批判旧传统的思想锋芒锐利，整体理论的建设性则较弱，且因为受禅学理论的影响，常常沦入神秘主义的虚幻中，其思想理论也总是陷入新旧杂陈、互相矛盾的窘困之境。但是，李贽仍然是一位新思想的开拓者，一位启蒙思潮的先驱者，他的学说主张对后世文人有着深远的影响和启蒙，而且是渗入几代文学家的文脉中的。譬如，有学者就认为，李贽的社会理想及创作原则就给曹雪芹以巨大的思想影响。在《红楼梦》里，一系列描写所体现的以情格理、厌恶模拟、提倡创新等文学原则，以及书中对传统礼教的批判态度，都反映出曹雪芹与李贽的心灵相通。当代学者任访秋先生也曾撰文认为，《红楼梦》中的反礼教叛逆思

[1] 李贽：《焚书》卷三，《杂说》。
[2] 李贽：《续焚书》卷一，《与焦弱侯》。

想的产生，不是偶然的。在左派王学诸子的学说主张中，在李贽的思想理论里，都已见端倪。李贽所宣扬的个性解放思想，深斥道学家们蒙蔽人心的虚伪道德，主张男女平等，提倡做真人、说真话的"童心说"，还有其任情使性与率性而为的自由精神，以及他对戏曲与通俗文学的推崇及肯定，自然会对少数有思想的开明士大夫以深刻影响，读一读《红楼梦》我们就可以感觉到，曹雪芹的思想见解与李贽几乎多数都是相同的。[1]

对于李贽的早期启蒙思想的研究，早在清末及民国初期已经被一部分学者所重视，如黄节、刘师培等学者就曾经介绍过李贽的学说。"五四"前夕，吴虞发表了《明李卓吾别传》，对其思想主张进行了较全面的介绍与阐释。到了20世纪30年代，一批著名学者又重新对李贽思想进行研究，容肇祖先生写作了一部《李卓吾评传》，其中有年谱、思想介绍、文学见解三部分，对李贽思想各方面成就进行了全面研究。周作人甚为推崇李贽，将李贽奉为与王充、俞理初并列的中国思想史的三盏明灯，也在很多文章里称赞与介绍李贽的思想。此后，《晚明思想史论》的作者嵇文甫先生也开始注意研究李贽的思想，认为其学说主张充分反映了左派王学的精神实质。随后，又有吴泽先生与萧公权先生或撰写文章，或在专著中介绍和研究李贽的思想学说。中华人民共和国成立后，对李贽思想的研讨及评论掀起了一波又一波新热潮，容肇祖、侯外庐、冯友兰等著名学者纷纷热心于对李贽思想进行进一步研讨。虽然在20世纪70年代中期，由于政治需要曾经给他涂抹上了"法家代表人物"的色彩，但很快地这种时代涂抹的色彩便被擦拭掉，而对李贽思想近代性特点的研讨，对其市民意识及经济思想的研讨，以及对其美学思想的研讨，等等，则开始进入新的阶段，更多学者进一步深入地对李贽的思想理论展开了全面研究。

李贽已经远去。但李贽宽厚的背影并未消失于当代人的视野。这个越来越宽厚的背影是由其坚韧不屈的刚直人格、反专制的独立精神、追求个性解放的自由理想所组成的。

---

[1] 任访秋：《从〈红楼梦〉中的叛逆思想谈到李贽的叛逆思想》，载《教学研究汇刊》，1955年第8期。

第四章

晚明新文艺潮流中的启蒙思想

一、徐渭：自我意识的痛苦挣扎

　　明朝中叶以后，中国古代社会的农业型自然经济结构出现瓦解迹象，越来越向商品经济倾斜。一批新兴城镇崛起，市民阶层也随之壮大，商品经济对旧的传统农业社会结构发起冲击，当然也就影响了社会风气的变化，市民阶层意识影响到各个社会阶层，除了前文所述的"新义利观"对士大夫们的影响外，市井文学也大行其道。民间俚曲、评话、戏剧等艺术形式也在社会上繁荣起来。士大夫们的观念也纷纷发生变化，晚明社会弥漫着越礼逾制之风、厌常喜新之风、逐利奢靡之风，士人们也开始追求狂放不羁的人格，以蔑视礼法为荣耀，寻求个性解放的途径，企图摆脱传统纲常礼教与伦理道德的枷锁。文人的古怪衣冠，戏曲的异调新声，书法的狂纵草书，俚曲中的浮词艳句，小说里对男女之情的露骨描写，形成了浸染市民阶层意识的新社会时尚之风，其中又酝酿出晚明社会的新文学思潮。

这股新文学思潮是反映日常世俗生活的小说等市民文学的现实主义与士大夫中反伪古典的浪漫主义彼此渗透而形成的，其主导理论是以李贽"童心说"思想为核心的。晚明新文学思潮中的美学主旨已具有近世色彩，可说是中国近现代美学理论的先导。当代学者廖可斌认为美学理论分为三个层次，第一个层次是倡导一种自由精神，反抗黑暗的社会现实，揭示主体与客观世界的分裂，大量的作品开始揭露当时社会的丑恶阴暗面，反映专制政治和社会秩序的残暴与荒谬，同时亦描写世人对色欲的疯狂追求，这体现在晚明的公案小说与色情文学盛行上；第二个层次是张扬感性自我，也是对"济苍生""安社稷"的传统主体道统价值的叛逆，认为丑陋、荒诞的现实是虚幻的，主张一种唯我主义，认为世界唯一的价值观念就是追求自我满足，这也反映了世人们对现实政治的幻灭；第三个层次，当他们张扬"感性自我"遭遇失败与挫折时，只有一种选择，"即在否定客观社会现实、否定主体理性的基础上再进一步，否定主体的感性存在，即完全否定自我人生，以达到对客观社会现实的彻底摆脱，获得主体精神的绝对独立"[1]。他们看不到新时代的曙光，只能在禅学的幻觉中寻找主体自我，其结局与代价往往是惨重的。李贽的思想历程是一例证，卓有才华的艺术家徐渭也是一个典型范例。

徐渭，生于明正德十六年（1521年），卒于明万历二十一年（1593年），初字文清，改字文长，号天池山人、田水月、青藤道士等，浙江山阴（今绍兴市）人。其父徐鏓，曾任四川夔州同知，生母是侍女纳妾。徐渭出生百日后其父病亡，生母便被逐出家门。徐渭长到14岁，抚育他长大的苗夫人逝世，他只好托庇于异母长兄门下。他自幼性格孤僻，饱尝"骨肉煎逼，其豆相燃"[2]的世间炎凉百态，胸内充满了"日夜旋顾，惟身与影"[3]的凄怆心态。徐渭聪颖好学，"性绝警敏，九岁能属文。年十岁，仿扬雄《解嘲》作《释毁》"[4]，

[1]廖可斌：《晚明浪漫文学思潮美学理想的三个层次》，载吴承学、李光摩编《晚明文学思潮研究》，湖北教育出版社，2002年10月第1版，第412页。

[2]徐渭：《上提学副使张公书》，载《徐渭集》第四册，"徐文长佚草"卷三，尺牍，中华书局，1983年4月第1版，第1107页。

[3]同上。

[4]陶望龄：《徐文长传》，载《徐渭集》第四册"附录"，中华书局，1983年4月第1版，第1339页。

其童年即以才华横溢为人称赞。他 10 岁时，山阴县令刘昺曾勉励他："多读书，期于大成，勿徒烂记程文而已。"这番话影响了徐渭的一生，他厌弃取题于"四书五经"的八股文，更注重经史百家，但也因此科举屡遭失意，一连八次乡试落第。徐渭曾经师事王阳明的弟子季布，对王学有深入研究，亦兼通佛道，其思想是比较复杂的。据其友人陶望龄称，徐渭曾有"注《庄子内篇》《参同契》《黄帝素问》《郭璞葬书》各若干卷，《四书解》《首楞严经解》各数篇，皆有新意"[1]。但这些学术著作大多数未流传下来。徐渭一生是坎坷艰难的。他 21 岁时，因家境困窘入赘岳父潘家，可婚后仅五年，妻子分娩后死于肺病，他再也无法寄居岳父家。他本可以继承长兄遗产，却因入赘潘家而诉讼失败，家财被有权势的族人霸占。妻子潘氏去世后，他无产无业，只得以教授私塾为生。

明嘉靖三十六年（1557 年），徐渭为了谋生只得投入浙闽总督胡宗宪的幕府中。入幕后，胡宗宪颇看中他的才略，给他以优厚待遇，"渭角巾布衣，长揖纵谈。幕中有急需，夜深开戟门以待。渭或醉不至，宗宪顾善之"[2]。胡宗宪深有韬略，积极平定东南沿海的倭寇之乱，徐渭也参与其事。徐渭机警过人，懂军事，善韬略，参与定计擒获徐海与王直两个勾结倭寇作乱的大海盗之事，建有奇功。但是，胡宗宪是奸相严嵩的重要党羽。徐渭深恨严嵩，其亲戚沈錬即为严嵩所迫害，可入幕后徐渭代胡宗宪典文书五年，又不得不草拟那些阿谀奉承的文字，他的内心是煎熬的。他自哀道："渭于文不幸若马耕耳，而处于不显不隐之间，故人得而代之。在渭亦不能避其代。"[3]他深深感觉这样的日子很无聊。

明嘉靖四十一年（1562 年），奸相严嵩被御史邹应龙弹劾而倒台，胡宗宪亦受参劾，被解京治罪，但以抗倭之功暂时免受罪。次年十月，胡宗宪再次被

---

[1] 陶望龄：《徐文长传》，载《徐渭集》第四册"附录"，中华书局，1983 年 4 月第 1 版，第 1341 页。

[2]《明史》，卷二百八十八，列传第一百七十六，文苑四，徐文长传，中华书局，1974 年 4 月第 1 版，第 7387 页。

[3] 徐渭：《抄代集小序》，载《徐渭集》第二册，"徐文长三集"卷十九，序，中华书局，1983 年 4 月第 1 版，第 536 页。

朝廷逮捕，死于狱中。胡府幕僚多受牵连。徐渭日夜担心自己受胡案牵涉，他充满恐惧，终至精神崩溃，"遂发狂，引巨锥剚耳，深数寸，又以锥碎肾囊，皆不死"[1]。他前后自杀达九次之多，后又在心理畸变状态下出现幻觉，怀疑后娶的妻子张氏不贞，竟将她杀死，以致入狱达七年之久。徐渭多舛的命运及心理畸变导致的自残行为，与荷兰画家梵高多有相似之处，梵高也是在精神失常的状态下割下自己耳朵，这不单是巧合，而是他们身为艺术家却经历人生苦难的折磨，遂将现实黑暗看得更清楚，充满愤世嫉俗和痛苦、不平的纠结，遂以自残发泄其绝望之感。

明万历元年（1573年），徐渭坐牢达七年后已经53岁，在老友张天复之子张元忭等人疏通下，得保释出狱。三年后，他游历吴越。后应友人之邀买舟北上，居北京，又至居庸关、宣化等塞北要塞巡考。后来，他又回家乡养病。万历八年（1580年），徐渭又返京居住三年，他的住所与张元忭相近，颇感谢其力救之恩，可他厌恶周围那些高谈礼法的道学之士。"然性纵诞，而所与处者颇引礼法，久之，心不乐，时大言曰：'吾杀人当死，颈一茹刃耳，今乃碎磔吾肉。'遂病发，弃归。"[2]也就是说，他宁死也不肯放弃其"自我意识"，即他在艺术上所张扬的"感性自我"。万历十年（1582年），其长子徐枚又把他接回家乡。

徐渭晚景颇凄凉，可他仍然勤于写诗文作画，其磊落不平之气浸染笔端。他靠卖字画、典卖书籍衣物为生。"晚年愤益深，佯狂益甚，显者至门，皆拒不纳，当道官至，求一字不可得。"[3]他将自己所藏的数千卷书及身边物品变卖殆尽，贫病交加，落魄至极。万历二十一年（1593年），徐渭73岁辞世，临终前仅一犬相伴。

徐渭修养广博，有着奇崛的艺术才华。《明史》称："渭天才超轶，诗文绝

---

[1]《明史》，卷二百八十八，列传第一百七十六，文苑四，徐文长传，中华书局，1974年4月第1版，第7387页。

[2]陶望龄：《徐文长传》，载《徐渭集》第四册"附录"，中华书局，1983年4月第1版，第1340页。

[3]袁宏道：《徐文长传》，载《徐渭集》第四册"附录"，中华书局，1983年4月第1版，第1343页。

出伦辈。善草书，工写花草竹石。尝自言：'吾书第一，诗次之，文次之，画又次之。'"[1]他不仅诗文书画无所不能，且精通民间戏曲创作，著有明杂剧《四声猿》与《歌代啸》两种。徐渭的艺术作品充满了个性解放的精神。比如，他的书法即与其性格相统一，富于变革创新精神，多取苏轼的浑朴，早年学黄山谷之苍劲，晚年似米芾的纵放，后人称誉"其书如人"。徐渭现存诗作约有两千一百首，文、赋等八百余篇，其诗文艺术风格奇峭，极富于个性才华的展露。他反对李攀龙、王世贞为首的"后七子"所谓"文必秦汉，诗必盛唐"的口号，反对剽窃模拟的复古主义，主张"诗本乎情"。其诗文艺术风格也与他的性格相合，有着"辄疏纵不为儒缚"[2]的精神，如他的祝寿诗《四张歌》从老友张子锡写到张果老，又言汉代张良、唐代名相张苍，[3]语言诙谐生动，想象奇特诞放，比喻纵恣绝妙，诗句活泼清新，读来让人拍案称绝。而他的咏物诗也卓有特色，充满了张扬"感性自我"的慨叹，折射出其蕴藏胸中的磊落不平之气。比如，其画作《墨葡萄》的题诗就表达了"笔底明珠无处卖，闲抛闲掷野藤中"的孤愤情绪；而在《牡丹》一诗中，他抒发了"五十八年贫贱身，何曾妄念洛阳春"的高洁情怀；在《王元章倒枝梅画》一诗中，他又倾吐了"皓态孤芳压俗姿，不堪复写拂云枝"的独立品格。[4]徐渭的狷狂也是对当时黑暗社会丑陋现实的抨击，他蔑视那些肥马轻裘的达官贵人，认为这些人大多是尸位素餐之人，"大抵能言者多在下，不能察而用者多在上。在上者冒虚位，在下者无实权，此事之所以日敝也"[5]。所以，他在乐府诗《六昔》中揭露官僚恶吏盘剥百姓凶残如虎："昔官府，驺与虞，不得已，今为虎。"[6]袁宏

[1]《明史》，卷二百八十八，列传第一百七十六，文苑四，徐文长传，中华书局，1974年4月第1版，第7387页。

[2]徐渭：《自为墓志铭》，载《徐渭集》第二册，《徐文长三集》卷二十六，中华书局，1983年4月第1版，第639页。

[3]徐渭：《四张歌》，载《徐渭集》第一册，《徐文长三集》卷五，中华书局，1983年4月第1版，第155—156页。

[4]徐渭所画《墨葡萄》及题诗，现存故宫博物院。《牡丹》及《王元章倒枝梅画》两诗，见《徐渭集》第二册，《徐文长三集》卷十一，《牡丹》，第396页，《王元章倒枝梅画》，第386页。

[5]徐渭：《陶宅战归序》，载《徐渭集》第二册，《徐文长三集》卷十九，中华书局，1983年4月第1版，第529页。

[6]徐渭：《六昔》，载《徐渭集》第一册，《徐文长三集》卷二，乐府，中华书局，1983年4月第1版，第53页。

道就极为赞赏徐渭的诗文："文长奇才，一字一句自有风裁，愈粗莽，愈奇绝，非俗笔可及，慎勿描画失真，为世大痛。"[1] 又论其诗文："其所见山奔海立、沙起云行、风鸣树偃，幽谷大都、人物鱼鸟，一切可惊可愕之状，一一皆达之于诗。"[2]

诸多评论家认为，徐渭的书画艺术成就最大，也最富于创新精神。他的花鸟画，汲取了吴门画派写意花鸟的长处，却又别开户牖，一反恬静适意的格调，赋予画作中的花卉果木以强烈主观情感，它们在似与不似之间，笔法恣肆淋漓，任意挥洒泼墨，颇有大气磅礴之势。如现藏于南京博物院的画作《杂花图卷》，全部画卷纸连十幅，画有牡丹、石榴、荷花、梅花、梧桐、芭蕉、水仙等四季花草果木十数种，以书法之狂草笔法入画，气势连贯，笔走龙蛇，形简神逸，形象与表现完美结合，颇似一篇完美的草书构图，抑扬超脱变化中有着音乐的节奏韵律之美。在中国古典写意花鸟画中，徐渭别开生面的艺术风格成为一座里程碑，他将写意花鸟画推向了可抒发作者内心强烈情感的极高境界，既在生宣纸上充分挥洒，又能随意控制笔墨，他的画风深刻影响了后世的画家，如石涛、八大山人、"扬州八怪"等，清代画家郑板桥就刻了一枚"青藤门下走狗"的印章，以示对徐渭的高度尊崇。

民间戏曲方面，徐渭不仅有深入的理论研究成果，且有创作的作品。他著有《南词致录》一书，提出强调本色、反对时文气的戏曲创作理论，这与他诗文写作中倡导发扬自我意识、反对模拟复古的文学主张是一致的。他创作的《四声猿》由一三五出不等的四个独立剧组成，其主题立意取于《水经注·江水注》中的民谣——"巴东三峡巫峡长，猿鸣三声泪沾裳"，也就是猿鸣四声更使人愁肠欲断，这是人生之悲鸣。其中的独立剧《狂鼓史》，写祢衡击鼓骂曹操的故事，用以影射自身所处的黑暗社会，表现自己猖狂愤世的精神；而这部剧作的艺术形式也很新颖独特，生旦合唱，长短不一，有其艺术创新特色。《歌代啸》则是一出讽刺喜剧，漫画式描写了一个昏庸专横的贪官，抨击了乌

---

[1] 商维濬：《刻徐文长集原本述》，载《徐渭集》第四册"附录"，中华书局，1983 年 4 月第 1 版，第 1347 页。

[2] 袁宏道：《徐文长传》，载《徐渭集》第四册"附录"，中华书局，1983 年 4 月第 1 版，第 1343 页。

烟瘴气的社会。还写了两个和尚，一个是荒淫之徒李和尚，撒谎骗人，却在社会上为所欲为；另一个是安分守己的张和尚，心地善良，却在平日生活中处处受气。此剧本以嬉笑怒骂的笔调揭露了官府之腐败，社会之混乱。徐渭写的这两个剧本以夸张的艺术手法塑造人物形象，揭露了现实人生的丑恶阴暗面，抒发其胸中积郁的磊落不平之气，体现了他寻求自由、公正的社会意识。徐渭的戏曲作品很受推崇，明代学者陈继儒、虞淳熙、钱谦益等就将徐渭与著名戏曲家汤显祖并列，而汤显祖也甚为激赏《四声猿》，甚至说："《四声猿》乃词场飞将，辄为之唱演数通。安得生致文长，自拔其舌。"[1]

　　徐渭生前文名不显，仅有少数与他接触较亲密的友人慕其才华。他在明代文坛享有盛誉是在逝世四年后，文坛巨子袁宏道到绍兴，在友人陶望龄家里，无意间读到徐渭的诗集，"恶楮毛书，烟煤败黑，微有字形"[2]。袁宏道阅读徐渭的诗数首，不禁连连拍案称奇，于是搜集徐渭的遗作出版。此后，徐渭的书法、绘画作品也被当时的文人士大夫们所推崇，他的艺术家才名也在晚明文坛享誉一时。如祁彪加就在《远山堂曲品·能品》中评《玉簪记》时引徐渭之语："便如徐文长所云。"而黄宗羲则在《南雷余集》（《风雨楼丛书》本）及《胡子藏院本序》称："锦糊灯笼，玉镶刀口，非不好看，讨一毫明快，不知落在何处矣！"钱锺书先生风趣地评价说是"全本徐语"。[3]由此可见，徐渭的文学名望在明末清初士大夫们中已经是无可置疑了。

　　徐渭与袁宏道素不相识，可他的作品却被袁宏道所激赏，这是因为他俩的文学主张是一致的。他俩都倡导在文学作品中强调自我，倡导讲自己胸臆中流出的真心话，厌恶拾人牙慧，尤其反对李攀龙、王世贞为首的"后七子"的文学复古主义，"当嘉靖时，王、李倡七子社，谢榛以布衣被摈，渭愤其以轩冕压韦布，誓不入二人党"[4]。徐渭后来在《叶子肃诗序》中讥讽那些模仿古人

---

[1] 徐朔方：《汤显祖和晚明文艺思潮》，载吴承学、李光摩编《晚明文学思潮研究》，湖北教育出版社，2002年10月第1版，第204页。

[2] 袁宏道：《徐文长传》，载《徐渭集》第四册附录，中华书局，1983年4月第1版，第1343页。

[3] 钱锺书：《管锥编》第五册，管锥编增订之二，中华书局，1986年6月第2版，第25页（补充注释1420页）。

[4] 《明史》，卷二百八十八，列传第一百七十六，文苑四，徐文长传，中华书局，1974年4月第1版，第7387页。

诗文的"今之为诗者"，批评他们"不出于己之所自得，而徒窃于人之所尝言，曰某篇是某体，某篇则否，某句似某人，某句则否"，他将这样的写作形式比喻为"鸟之为人言"[1]。可以说，徐渭的文学立场与公安派袁氏三兄弟的文学变革运动的宗旨是完全一致的，正是晚明时期新文学运动的先声。

二、公安派袁氏三兄弟的文学变革运动

明代嘉靖年间，继李梦阳、何景明等"前七子"之余绪，以李攀龙、王世贞为首的"后七子"兴起，他们将文学复古运动推向高潮，主张"文必西汉，诗必盛唐"，甚至说天宝（或作大历）以后书勿读，公然以模拟来代替文学创作。他们互相吹捧，作风霸道，其势利习气亦被后世文人所不齿。譬如，结诗社时，是以布衣谢榛为首倡，后王、李官位上升，文名大盛，竟把谢榛排斥出"七子"之外。李攀龙还写了一封致谢氏的绝交信。所以，艺术家徐渭和戏曲家汤显祖都对李攀龙、王世贞为首的"后七子"颇不满，不但鄙夷他们的品行格调，更反对他们的复古主义与形式主义。此外，晚明文坛亦有以唐顺之、归有光、茅坤、王慎之为首的唐宋派，也对"后七子"的文学复古运动进行反抗，可他们的影响不大。直到明朝万历时期，公安派的文学理论提出，针锋相对地反对前后七子的复古主义，猛烈抨击复古派的种种谬论，进一步地推进了晚明的文学变革运动。

公安派袁氏三兄弟，即长兄袁宗道，生于明嘉靖三十九年（1560年），卒于明万历二十八年（1600年），字伯修，号玉蟠，又号石浦，万历十四年（1586年）进士，选庶吉士，授编修，官至太子右庶子，著有《白苏斋集》二十二卷；次兄袁宏道，生于明隆庆二年（1568年），卒于明万历三十八年（1610年），字中郎，一字无学，号石公，又号六休，万历二十年（1592年）进士，历任吴县知县、礼部主事、吏部验封司主事、稽勋郎中、国子监博士等职，著有《袁中郎全集》；三弟袁中道，生于明隆庆四年（1570年），卒于

---

[1] 徐渭：《叶子肃诗序》，载《徐渭集》第二册，《徐文长三集》卷十九，序，中华书局，1983年4月第1版，第519页。

明天启三年（1623 年），字小修，一字少修，成年后科场考试几经落第，万历四十四年（1616 年）中进士，授徽州府教授、国子监博士，官至南京吏部郎中，著有《珂雪斋集》。他们三兄弟都是湖北公安人，在明代文学史上，公安派袁氏三兄弟反对复古、模拟，标举"独抒性灵，不拘格套"的文学创新旗帜，世称"公安派"。袁氏三兄弟中，就他们的诗文成就与社会影响而言，名声最著的是袁宏道。明末学者钱谦益说："中郎（宏道）之论出，王、李之云雾一扫，天下之文人才士始知疏沦心灵，搜剔慧性，以涤荡摹拟涂泽之病，其功伟矣。"[1]

公安派的新文学理论，直接受到了启蒙思想家李贽的影响。在袁中道所写的《柞林纪谭》中，就说到袁氏三兄弟各依其禀赋资质而受到李贽思想不同程度的影响。他们都钦佩李贽，认为李贽有着老庄式的超凡脱俗。明万历十九特同舟为王以明先生龚散木家伯修俱同访龙湖著（1591 年），袁宏道在湖北武昌洪山拜见了李贽，并向李贽求学请教。李贽极看重袁宏道，与其同游三月，仍不舍离去。此后，袁氏兄弟频繁拜访李贽，互写赠答诗文，如袁宏道的《袁中郎全集》中就有诗作《怀龙湖》《将发黄时》《龙潭》《别龙湖师八首》，而其弟袁中道的《珂雪斋近集》中也有《李温陵传》等文章，李贽的文集中也有一些与袁氏兄弟唱和的诗作。他们之间的关系是极其密切的。袁中道即坦白承认，其兄袁宏道的文学理论是受李贽启发而形成的："先生（袁宏道）既见龙湖（李贽），始知一向掇拾陈言，株守俗见，死于古人语下，一段精光不得披露，至是浩浩焉如鸿毛之遇顺风，巨鱼之纵大壑，能为心师，不师于心；能转古人，不为古转。发为言语，一一从胸襟流出。"[2]

过去，唐宋派的唐顺之、归有光等人，以及李贽、徐渭和汤显祖等文人士大夫都曾经有着不满"后七子"复古主义的言论，但是，因为各种条件还没有成熟，未能对"后七子"的拟古、模古之风进行有效打击。袁宏道则集中了李贽等人思想，加以进一步发展，形成了整套较为系统的文学理论，这对抨

---

[1]钱谦益：《袁稽勋宏道小传》，载《列朝诗集小传》，上海古籍出版社，1983 年 10 月第 1 版，第 567 页。

[2]袁中道：《妙高山法寺碑》，载《珂雪斋文集》卷九，上海书店重印，1982 年 11 月版。

击复古派、推进晚明的文学变革有着极大影响。袁宏道认为，文学应该反映时代生活，且随着时代的发展，各个时代都有其各自的时代特色。他说："文之不能不古而今也，时使之也。……夫古有古之时，今亦有今之时，袭古人语言之迹，而冒以为古，是处严冬而袭夏之葛也。骚之不袭雅也，雅之体穷于怨，不骚不足以寄也。后之人有拟而为之，终不肖也，何也？彼直求骚于骚之中也。"[1]他反对厚古薄今，尤其厌恶剽窃模拟之风，尖刻地讽刺当时诗坛以拟古抄袭为时尚："且公所谓古文者，至今日而敝极矣，何也？优于汉，谓之文，不文矣；奴于唐，谓之诗，不诗矣；取宋元诸公之余沫而润色之，谓之词曲诸家，不词曲诸家矣。大约愈古愈近，愈似愈赝，天地间真文渐灭殆尽……今之所谓可传者，大抵皆假古董赝法帖之类也。"[2]而那些假古董的制造者其实未必真能够创作出诗文来，他们没有自己的思想见解，不过是人云亦云地舞文弄墨而已，企图掩饰诗文中的虚空，抄袭古人的词句为自己壮声势。他认为，真正有价值的诗文应该是有自己的独立思想见解，有自己的独特艺术风格，不依傍古人，不附庸风雅，自由地表现其个性与创造精神，这才是真正"顶天立地"的大丈夫气度，才是真正的诗人风范。他说："昔老子欲死圣人，庄生讥毁孔子，然至今其书不废；荀卿言性恶，亦得与孟子同传，何者？见从己出，不曾依傍半个古人，所以他顶天立地。今人虽讥讪得，却是废他不得。不然，粪里嚼查（渣），顺口接屁，倚势欺良，如今苏州投靠家人一般。记得几个烂熟故事，便曰博识；用得几个见成字眼，亦曰骚人。计骗杜工部，囤扎李空同。一个八寸三分帽子，人人戴得。以是言诗，安在而不诗哉！"[3]他在文中抨击当时文人的懦弱无耻性格，其中一句"如今苏州投靠家人一般"真入木三分，把他们"顺口接屁，倚势欺良"的奴性特点也揭露得淋漓尽致。

　　袁氏三兄弟各有所长，但他们反对"后七子"复古主义的目标是一致的。《明史》云："先是，王、李之风盛行，袁氏兄弟独心非之。宗道在馆中，与同

----

[1]袁宏道：《雪涛阁集序》，载袁宏道著、钱伯诚笺校《袁宏道集笺校》卷十八，上海古籍出版社，1983年7月第1版。

[2]袁宏道：《与友人论时文》，载《袁中郎全集》卷二十一。

[3]袁宏道：《张幼于》，载《袁宏道集笺校》，第501—502页。

馆黄辉力排其说。于唐好白乐天，于宋好苏轼，名其斋曰白苏。"[1]袁宗道所著的《白苏斋全集》中，其《论文》上、下两篇，观点精辟，看法独到，弥补了其兄袁宏道长于论诗而拙于论文之不足，他在晚明文坛的影响虽不及袁宏道，但确实给其弟以很多启迪。而袁中道在《珂雪斋全集》中，进一步阐述了袁宏道的很多文学观点，尤其是《李温陵传》一文，使得后人了解了袁氏兄弟与李贽的传承关系，他在文后评价李贽"其人不能学者有五，不愿学者有三"，特别赞扬李贽之品格，"公直气劲节，不为人屈，而吾辈怯弱，随人俯仰"。[2]他不仅坦诚这是自己的弱点，且称"吾辈"，也就是说这是公安派诸子及多数文人士大夫的弱点，其实，这也是对当时的文化专制主义的某种无声抗议。

公安派文学理论中最有建树的是袁宏道，他在《叙小修诗》中论述其弟袁中道的诗作时说："大都独抒性灵，不拘格套，非从自己胸臆流出，不肯下笔。"[3]此后，"独抒性灵，不拘格套"就成了公安派的口号，也成了他们为文的宗旨。他们希望能够在文学创作中充分发挥自己的个性，用笔端写出自己要说的话。公安派的文学宗旨即是从李贽的"童心说"变化发展而来的，想要真正抒发一个创作者的"性灵"，自然需要一种独立的人格，一种个性解放的精神力量，一种不同于凡俗的思想见解，如袁宗道所言："文章亦然，有一派学问，则酿出一种意见。有一种意见，则创出一般言语。"[4]在写作方法上，袁宏道倡导有自己的独创性，"以无法为法"。他说："或今闾阎妇人孺子所唱《擘破玉》《打草竿》之类，犹是无闻无识真人所作，故多真声，不效颦于汉魏，不学步于盛唐，任性而发，尚能通于人之喜怒哀乐嗜好情欲，是可喜也。"[5]他以为这种"得之自然"的思想感情最为可贵，是胸臆间流出的真情实感，也是

---

[1]《明史》，卷二百八十八，列传第一百七十六，文苑四，袁宏道传，中华书局，1974年4月第1版，第7398页。

[2]袁中道：《李温陵传》，载《珂雪斋近集》下册，文钞卷，上海书店重印，1982年11月版，第59页。

[3]袁宏道：《叙小修诗》，载赵伯陶编选《袁宏道集》，凤凰出版社，2009年1月第1版，第131页。

[4]袁宗道：《论文下》，载《白苏斋类集》，上海古籍出版社，2007年9月第1版，第285页。

[5]袁宏道：《叙小修诗》，载赵伯陶编选《袁宏道集》，凤凰出版社，2009年1月第1版，第132页。

不拘于某种僵化格套的"性灵"之作。他和李贽都反对将八股文抬到至高无上的地位，也反对复古派搞的盲目崇古复古那一套，认为那是割断"性灵"底蕴的刀子，所以他又说："性之所安，殆不可强。率性而行，是谓真人。"[1]他的为文之法就是作者要有充分的真情实感，从实际的生活中去汲取源泉。因此，袁宏道更尊崇唐代文坛的著名诗人元稹与白居易，认为应该用平易近人的大白话创作，不要滥用典故，诗文应使老妪能解。袁宏道的文学主张很多方面与李贽的观点相合，譬如重视与推崇通俗文学就是他们的共同见解。李贽曾经将《水浒传》与《西厢记》放到与先秦散文、六朝诗歌相等同的文化地位，认为是古今至善至美之文。袁宏道也对《水浒传》的文学评价极高，甚至以为与《水浒传》相比，"六经非至文，马迁失组练"，还将关汉卿、罗贯中与司马迁并列为"识见极高"之士。他还在《觞政》一文里，把词曲小说与《庄子》《离骚》《史记》《汉书》并列，认为这些艺术作品都是民族文化的瑰宝，无高下之分。

公安派的袁氏三兄弟不仅有自己的文学理论，而且在文学创作上也取得了优秀的成绩。袁宏道的诗歌与散文，以其清新活泼的形式，在当时的文坛上名重一时。《明史》记载："至宏道，益矫以清新轻俊，学者多舍王、李而从之，目为公安体。然戏谑嘲笑，间杂俚语，空疏者便之。"[2]后来的一些学者批评公安派的不足之处即是空疏，与现实联系不紧密。而袁宏道也自承："新诗日日千余言，诗中无一忧民字。"[3]但其实这正是一种无言的愤懑，也是默默地抗议与控诉。他写道："旁人道我真聩聩，口不能答指山翠。自从老杜得诗名，忧君爱国成儿戏。"[4]这才是他的真情实感与处境。他不可能双眼不看现实，也不可能对世道漠不关心，当时朝廷政治腐败，宦官专权，贪腐官吏横行，朋党之争激烈，他做不到像李贽那样宁折不弯，便只能超脱世事了。可他是"避

---

[1]袁宏道：《识张幼于箴铭后》，载赵伯陶编选《袁宏道集》，凤凰出版社，2009年1月第1版，第137页。

[2]《明史》，卷二百八十八，列传第一百七十六，文苑四，载袁宏道传，中华书局，1974年4月第1版，第7398页。

[3]袁宏道：《显灵宫集诸公以城市山林为韵·第二首》，载袁宏道著、钱伯诚笺校《袁宏道集笺校》，上海古籍出版社，1999年11月第1版。

[4]同上。

祸"，却不是"避世"。袁宏道是有着较丰富的政治经验的，他曾经担任吴县知县、礼部主事等职务，多年宦海浮沉，使得他学会躲避政治风险，能够圆滑地游离于党争之外，掩盖自己的真实政治倾向，却又保持了独立的人格。但是，袁氏三兄弟目睹社会黑暗，还是忍不住写出了一些批判现实的诗作，如袁宏道的诗歌《猛虎行》就反映了朝廷派下的矿监税使的贪暴："甲虫蠹太平，搜利及空丘。……镰徒多剧盗，嗜利深无底。一不酬所欲，忿决如狼豸。三河及两浙，在在竭膏髓。"而另一首诗《索逋赋》，则直接描写了官府与百姓的对立，反映了自明万历年间始，战争、水灾、官吏无忌惮地盘剥人民，整个社会满目疮痍的局面："东封西款边功多，江淮陆地生洪波。内库马价支垂尽，民固无力官奈何！"还有如《竹枝词》《摘发巨奸疏》等诗文，都直接表现出社会现实的各种变化。[1] 其弟袁中道在《赵大司马传略》中，详述了朝廷为了横征暴敛矿税，"乃以内侍充矿税使，分道四出，皆奸恶武弁"，搜罗了一群社会渣滓，大都是无赖流氓地痞，"其使者为陈奉"，他们在宫廷太监的带领下，到处搜刮，为非作歹，贪残狠毒，市民阶层及工商业者们则苦不堪言，终于激起民变。袁中道对整个矿税事件描写得很具体，满怀着对仗势欺人的朝廷宦官们的愤懑，体现出对遭受盘剥的小矿主及普通市民的同情，其文描绘出晚明社会一派"山雨欲来风满楼"的动荡局面。[2]

不过，这一类直接抨击现实黑暗的诗文，在公安派诸子的作品中是少数，其作品中更多的是反映那些清流士大夫们的情趣，他们不愿意卷入争权夺利漩涡中去，企图脱离腐败官场的浊流，遁迹园林，寄情山水，以求得精神上的某种超越。这也是晚明小品的一个艺术特色，多写身边琐事，多描写自然景物，以抒发闲情逸致为主，更追求韵味与情趣，得到了很多士大夫的共鸣和欣赏，晚明小品也由此一时繁盛。譬如，袁宏道的《极乐寺纪游》就是其中精致小品，夹叙夹议，凝练生动，妙趣横生，很有散文诗的况味。他的另外一批文笔秀逸的小品文，如《满井游记》《虎丘》《初至西湖记》《晚游六桥待月记》《天

［1］袁宏道《猛虎行》《索逋赋》《竹枝词》《摘发巨奸疏》等，见袁宏道著、钱伯诚笺校《袁宏道集笺校》，上海古籍出版社，1999 年 11 月第 1 版。

［2］袁中道：《赵大司马传略》，载《珂雪斋近集》下册，文钞卷，上海书店重印，1982 年 11 月版，第 70 页。

目》等，都可称为经典佳作。或不拘一格，构思精妙；或另辟蹊径，独具异彩；或笔姿飞扬，墨色畅润；或意象变化，斑驳绚烂。体现出任意而为的写作风格。解放了思想个性，也就解放了文体，公安派诸子对中国文学中散文艺术的发展是有着特殊贡献的，尤其是开拓了小品文这块文学领域，也丰富了民族文化的多种艺术表现形式。

公安派之后，又有以湖广竟陵（今湖北天门）人钟惺、谭元春为代表的"竟陵派"产生，他们对袁氏三兄弟反拟古、反传统及"独抒性灵"的文学主张并无异议，但对"性灵"的理解更为偏狭，讲求幽深孤峭之风格，多在艺术技巧上探索，过分追求形式的新奇，难免使文章流于冷僻艰涩。其实，这也是晚明文人士大夫从"感性自我"走向"主体自我"的一段艰难思想历程。在当时专制社会的文化环境中，士大夫们哪里谈得上人格之独立性？他们仅能够在个人精神层面留下一小块领域来"独抒性灵"，而并非具有社会性与政治性的意义。因此，或是"通禅"，或是流于孤僻，正是士大夫们思想矛盾的痛苦流露。他们企图"避祸"，却又不得不身处危境，面对黑暗现实无处可避；他们企图"避世"，躲到山林做隐士，却又是无处可隐的。这是中国士大夫文人由于现实与理想的对立而产生的精神纠结，也是他们悲哀的历史宿命。

三、汤显祖：在"情"与"理"的对立中陷入困惑

明朝中叶以后，戏曲艺术也开始繁荣和发展。明嘉靖年间，昆山音乐家魏良辅以南戏的昆山腔为主，又汲取了南戏的海盐腔、弋阳腔、余姚腔三种唱腔的优点，且融合南北乐曲与唱腔，以笛、管、笙、琵琶的繁音合奏，创造了新的唱腔，这种唱腔声调圆润，吐字清楚，故称水磨腔，又称昆腔、昆曲。但一段时期内，昆曲只唱散曲，不上舞台。后来，梁辰鱼根据魏良辅的音乐格律写成《浣纱记》，才把昆曲搬上舞台。在明代万历年间直至清朝的乾嘉时期，两个世纪的中国戏曲，基本上属于"竞奏雅音"的昆曲时代。江南地区商品经济的繁荣，一批新兴城镇的崛起，市民阶层的迅速壮大，也为昆曲艺术的繁盛创造了文化氛围与历史条件。在晚明野史笔记中，文人们记载当时演剧及观剧

的逸事琐闻，那时苏州一带的职业演员就有数千人了。张岱的《陶庵梦忆》记载，杭州余蕴叔的戏班子演出，在演武场搭一大台，演员就有数十人，"搬演目莲，凡三日三夜。四围女台百什座"，演至精彩处，便出现"万人齐声呐喊"的壮观景象。[1]而"临川派"剧作家汤显祖的剧作《牡丹亭》的推出，更为昆曲艺术添上浓墨重彩的一笔。

在晚明的新文学变革运动中，汤显祖既是一位伟大的昆曲艺术家，也堪称晚明早期启蒙思潮中的一位重要思想家。瑞士作家雅各布·布克哈特研究了意大利文艺复兴时期的文化后，写道："文艺复兴于发现外部世界之外，由于它首先认识和揭示了丰满的完整的人性而取得了一项尤为伟大的成就。这个时期首先给了个性以最高度的发展，其次并引导个人以一切形式和在一切条件下对自己做最热诚和最彻底的研究。"[2]东方文化与西方文化的历史发展道路是各不相同的，各个国家也都有着自己独特的历史文化发展轨迹。但是，走向现代文明的道路上，思想启蒙的关键一点是共通的，那就是对审美主体的人的发现。很多当代学者都认为汤显祖思想的核心范畴就是"至情说"，即认为"情"涵盖一切，人生的一切无不出于"情"、为了"情"，其唯情主义的人生观与创作观是有着重要的启蒙思想价值的，"不仅在于它对审美的情感本质有深刻认识，更在于它具有的反对伦理异化的时代意义"[3]。汤显祖追求"情"的解放，他认为，"情"是与"天理"相对立，"情"也与宋儒的"天命之性"相对立，"情"又与古代专制社会的"法"相对立，这种新情理观也反映了早期市民阶层意识的某种思想觉醒。而小说家冯梦龙也提出"四大皆幻，唯情不虚假"之说，企图从"存天理"的旧专制文化的禁锢与束缚中冲决而出，这是对古代专制社会中禁欲主义的反抗，也是从张扬"感性自我"到追寻"主体自我"的艰难思想探索过程，更是为早期的思想启蒙与新时代的来临开辟道路。因此，新情理观得到很多开明的士大夫们的赞同。

---

[1] 张岱：《陶庵梦忆》，卷六，目莲戏，作家出版社，1996年9月北京第1版，第116—117页。

[2]（瑞士）雅各布·布克哈特：《意大利文艺复兴时期的文化》，商务印书馆，1979年7月第1版，第302页。

[3] 萧萐父、许苏民：《明清启蒙学术流变》，上篇：抗议权威，挣脱囚缚，人民出版社，2013年11月第1版，第86页。

　　汤显祖，生于明嘉靖二十九年（1550年），卒于明万历四十四年（1616年），字义仍，号若士，又号海若、清远道人，出身于江西临川的一个世代书香之家。其祖辈虽然没有功名，但诗礼传家，注重读书，家中藏书达四万卷。汤显祖自幼聪慧，受到良好教育，12岁即能吟诗，14岁即考上秀才。父亲为他延请的两位名师徐良辅与罗汝芳，对他一生起到深刻影响。尤其是罗汝芳，他是左派王学中泰州学派的重要人物，也是早期启蒙思潮中的思想家。嘉靖四十一年（1562年），罗汝芳告假回籍省亲，汤显祖即拜在他门下称弟子。罗汝芳那时在姑山设立前峰书院，汤显祖及沈懋学等即在此书院读书。汤显祖是罗汝芳很看重的弟子，《罗汝芳全集》中有两首诗就是罗汝芳赠送给汤显祖的。[1]汤显祖一生受到了泰州学派的进步思想影响，当代学者李泽厚先生提到《牡丹亭》时说："其作者是李贽的敬佩者，徐渭的交往者，三袁的同路人。其作品与《西游记》共同构成明代浪漫文学的典型代表。"[2]

　　汤显祖21岁时考乡试中举，其诗名在文坛中享有盛誉。他的第三部诗集《问棘邮草》刊刻出来后，晚明文坛的文人们一时争睹为快。就连性格狂狷的徐渭也深为赞赏，还主动写信并附上自己的诗作向年轻的汤显祖致意。汤显祖中举后，先后两次赴京应试，均落第。万历五年（1577年），28岁的汤显祖第三次赴京城应试，时任首辅张居正得知汤显祖在应考士子中名望很高，乃许其巍甲以罗致，汤显祖严拒之。晚明学者钱谦益及布衣史学家谈迁皆记载过此事。[3]万历八年（1580年），汤显祖第四次到京城应试，张居正之子张懋修与乡人王篆来访，又以鼎甲相许为诱饵。汤显祖婉谢，称："吾不敢从处女子失身也。"[4]此次会试果然又不被录取。他两拒首辅张居正拉拢，以致科举之途蹭蹬。张居正死后，万历十一年（1583年），汤显祖在34岁时才中了进士。朝中显贵申时行之子与张四维之子，都与汤显祖为同年进士，示意他去各自家里

---

　　[1]罗汝芳的两首诗是《汤义仍读书从姑赋》与《玉泠泉上别汤义仍》，见方祖猷、梁一群、李庆龙等编校的《罗汝芳集》，凤凰出版社，2007年3月版。

　　[2]李泽厚：《美的历程》，明清文艺思潮，文物出版社，1981年3月第1版。

　　[3]见钱谦益《列朝诗集小传》中"汤遂昌显祖"，又见谈迁的《枣林杂俎》。

　　[4]邹迪光：《临川汤先生传》，载徐朔方笺校《汤显祖全集》（三）附录，北京古籍出版社，1999年1月第1版。

拜师，即可在京城翰林院任职。汤显祖仍旧不愿趋奉权贵，又辞谢。他因此被各个官僚集团所嫌弃，也理所当然被官场冷落，一年后才被分配至南京，做太常寺博士的小官。汤显祖在南京任职期间，与东林党人顾宪成多有交往，经常互通书信，倾吐对当时腐败黑暗时局的忧虑。万历十九年（1591年），万历皇帝因"星变"，下诏群臣修德反省，又谴责言官欺蔽。汤显祖便上《论辅臣科疏》，公开批评首辅申时行压制言论，广植党羽；他将政坛丑闻一一揭露，文中对皇帝也颇有微词。万历皇帝阅疏震怒，以"敢假借国事，攻击元辅"之罪名，把汤显祖远谪广东徐闻为典史。

汤显祖被贬职后，至偏僻之地讲学教化百姓，以改变当地的社会风尚。他设立了"贵生书院"，且创立了"贵生说"："故大人之学，起于知生，知生则知自贵，又知天下之生皆当贵重也。"[1]他的"贵生说"，提倡珍惜生命，热爱生命，是具有人道主义色彩的思想。这种思想受其门师罗汝芳"赤子之心"的影响，也得到了李贽"童心说"的浸染，是有着早期启蒙意义的重要进步思想，也是汤显祖的"以情反理"思想的基础，又是与宋儒的"天命之性"相悖的。理学家们大讲所谓的"天命之性"，用纲常礼教的"天理"来排斥"人欲"，用"天命之性"来压制人的"气质之性"。汤显祖则认为"世总为情"，其"情"不仅指爱情与感情，也指通乎宇宙自然规律的生命力，也指有血有肉的人性。冯梦龙记载一事："张洪阳相公见《玉茗堂四记》，谓汤义仍曰：'君有如此妙才，何不讲学？'汤曰：'此正吾讲学，公所讲是性，吾所讲是情。'"[2]又有晚明学者但宗皋特别记录此事，且评论说："余更请为一转语：讲性者空虚，讲情者真实。"[3]这在当时也是具有启蒙思想的自由精神，是开明进步的士大夫较普遍接受的一种反理学的新思想。

一年后，汤显祖又被调任浙江遂昌知县，他在任的五年中关心民间疾苦，严惩不法的土豪劣绅，打击恶势力，还做出了"除夕遣囚"及"纵囚观灯"两

---

[1] 汤显祖：《贵生书院说》，载徐朔方笺校《汤显祖全集》诗文卷三十七。
[2] 冯梦龙：《古今谭概》，"佻达部第十一·汤义仍讲学"，载徐朔方笺校《汤显祖全集》附录。
[3] 但宗皋：《芙蓉镜寓言序》，载江东伟撰、郭志今点校《芙蓉镜寓言》卷首，浙江古籍出版社，1986年10月第1版。

桩惊人之举。除夕之夜，汤显祖释放县监狱的囚犯，准许他们回家与亲人团聚，正月初三再返回监狱；元宵节，他又组织囚犯到城北河桥赏观花灯。他后来作了两首诗以记录此两件事，即《平昌河桥纵囚观灯》与《除夕遣囚》两诗。[1] 汤显祖此举与他当时所秉持的具有人道主义思想的"贵生说"是一致的，他认为犯罪是社会问题，施以德政，待囚犯以平等人道的待遇，是能够感化他们的。他一直认为"情"与古代专制社会的"法"是相悖的，他在《青莲阁记》中写道："世有有情之天下，有有法之天下。"他赞赏李白所生活的唐代，那时"君臣游幸，率以才情自胜"，不似明朝的理学思想禁锢那么让人窒息，而"今天下大致灭才情而尊吏法"，使得一代士大夫文人唯有俯首低眉，"滔荡零落"。[2] 他认为，正是那种传统礼教的"礼法"，抑制了士大夫文人们才情的发挥，桎梏了他们的创造力和自由精神。

万历二十六年（1598 年）春，朝廷派下横暴的矿监税使，这些人即将到遂昌聚敛钱财，汤显祖深感政事不可为，赴京上计述职以后，乃毅然挂冠去职，退隐回乡。三年后，吏部的官员借考核之名，以"浮躁"二字评语，将汤显祖正式罢官。汤显祖在遂昌为政五年，极受当地百姓爱戴。他去职后，遂昌人民主动为他立生祠。汤显祖六十岁寿诞，遂昌百姓还特派画师为他画像，将画像悬挂在其生祠"遗爱祠"中以作纪念。

汤显祖辞官归里后，便埋头著述，创作了四个戏曲剧本"临川四梦"，即《紫钗记》《牡丹亭》《南柯记》《邯郸记》。其中《牡丹亭》是其代表作，取材于话本小说《杜丽娘还魂记》，经改编后成为艺术经典作品，也成为明代传奇剧本的最高峰。与汤显祖同时代的著名文人沈德符在《顾曲杂言》中称："汤义仍《牡丹亭》一出，家传户诵，几令《西厢》减价。"[3] 可见《牡丹亭》在当时社会上就有着巨大影响。《牡丹亭》，全名《牡丹亭还魂记》，描写了杜丽娘与柳梦梅离奇曲折的爱情故事，讴歌了这对青年男女超乎生死、跨越阴阳追求自由的爱情观，也揭露了程朱理学"存天理、去人欲"的旧礼教观念的冷酷

---

[1] 汤显祖《平昌河桥纵囚观灯》《除夕遣囚》，见徐朔方笺校《汤显祖全集》诗文卷十三。

[2] 汤显祖：《青莲阁记》，载徐朔方笺校《汤显祖全集》，诗文卷三十四。

[3] 沈德符：《顾曲杂言》，载徐朔方笺校《汤显祖全集》附录。

与虚伪，艺术性地表达了作者"以情反理"的思想。《牡丹亭》中描绘得最为成功的人物是杜丽娘，她出身于官宦之家，从小受礼教束缚，父亲杜宝把她关在房中读书、学绣，还请了一位迂腐的道学先生陈最良管教她，她情绪苦闷，《诗经》中的爱情诗句唤起了她的怀春之情，可她在封闭的现实环境里只能"因情生梦"，抑郁忧闷中又"因梦而死"。但作者却没有因杜丽娘之死结束全剧，而是继续以浪漫的艺术手法描写杜丽娘死后仍执着地追求理想的爱情，她的游魂与柳梦梅相会，让柳梦梅掘自己的坟墓，使她复生。而杜丽娘后死而复生，最终与柳梦梅结成夫妻。《牡丹亭》一剧揭露了旧礼教对青年男女们精神压制，以及对他们青春生活的摧残。杜丽娘"因情而死"正是当时一代妇女的共同痛苦遭遇。当代学者徐朔方先生认为，《牡丹亭》之所以具有这样激动人心的艺术力量，就在于它深刻反映了那一个时代青年妇女的苦闷。"明代的贵族、显宦并不隐蔽他们的淫乱的性生活，但是当时妇女所受的封建礼教的束缚，却比它以前的任何一个时代都要严重。"[1]他特别举例，《明史》中所收的节妇、烈女要比《元史》多出四倍以上。汤显祖的深刻之处，还在于他在剧本中描写了杜宝这样的传统道学家的典型。杜宝用严格的礼教规范来束缚自己的女儿，女儿白日里打个盹儿都不许，女儿衣服上绣成双的花鸟也被视为大逆不道，为使女儿出嫁到男家"知书达理，父母光辉"，几乎丧失了人性及父爱；他是阻止女儿杜丽娘与柳梦梅恋爱的冷酷之人，可另一方面，却又是勤政爱民、为国忘家、公而忘私的忠臣；杜宝的"严父"形象，进一步揭露了程朱理学"存天理、去人欲"观念的虚伪、残酷及不合理性。

汤显祖"以情反理"的思想，与李贽倡导的维护人的本性的"童心说"是深为契合的，也与公安派袁氏三兄弟"独抒性灵"的文学主张是一致的，他们代表了当时追求个性自由与感情解放的思想潮流，希望顺应人的自然感情与欲望，鄙弃那些言行不一的伪道学家。汤显祖笔下所揭示的"情"与"理"的冲突中，"情"其实不能简单地解释为爱情或人情，它是一种人性，也是一种自由思想，"理"则是旧礼教的伦理观。在《紫钗记》题记中，汤显祖赞美女

---

[1]徐朔方：《〈牡丹亭〉前言》，载汤显祖著，徐朔方、杨笑梅校注《牡丹亭》，人民文学出版社，1963年4月北京第1版，第5页。

主人公霍小玉"能作有情痴"，她一往情深，李益进京赴考，她"悔教夫婿觅封侯"是为情；李益参军边关，她不惜散尽家财，变卖聘钗，也是为情；李益不得已入赘卢府，她心怀绝望，弃卖钗之财"乱洒东风"也是为情；她后来身染沉疴更是为情。在她看来，这个"情"比功名、财产、生命都重要！而在《南柯记》与《邯郸记》中，汤显祖所揭露的是黑暗腐败官场所诱惑人们的"欲"，这是与"情"相对立的，它是人性里贪婪、卑鄙的一面，也是古代专制社会腐败政治所生发出来的。《南柯记》中，淳于梦在槐安国飞黄腾达，被国王招为驸马，一时显贵至极，但是，其荣华富贵冰消雪化，仅南柯一梦而已。而《邯郸记》写的是主人公卢生的黄粱一梦，他在朝廷里升官发财的经历，也讽喻了晚明官场的残酷倾轧，剧本中的皇帝、大臣们昏聩与荒淫，与当时专制统治者极其相似！卢生梦散醒来却见黄粱米犹未煮熟，人生如梦，不过是历史的倏然一瞬！汤显祖对晚明社会的腐败政治是充满绝望的，几个剧本正反映了他的愤恨与讽刺之情。

青木正儿是首位将汤显祖与莎士比亚相提并论的日本学者，却未曾将这个主题彻底展开论述。后来，西方学术界将此作为课题，出版了一些学术著作。著名学者徐朔方先生对汤显祖的戏曲与莎士比亚戏剧进行了具有开拓性的比较研究，他在《汤显祖全集》的前言中说："汤显祖和莎士比亚（一五六四——一六一六）同一年去世。他却比后者早生十四年。莎士比亚全心全意投入戏剧创作和舞台生活不少于二十五年。消耗汤显祖精力的，第一是官场生活十五年，其次是科举，时间略少于官场生活。他的创作以诗赋古文为主，戏曲创作只是他的业余遣兴，所花时间不会超过莎士比亚的五分之一。"[1] 这是一个很有趣也很深刻的比较。这是因为，在中国古代专制社会中，戏曲家毫无地位而言。比如，《明史》的"文苑传"中有一些二流诗人的小传，却不见汤显祖一席之地。汤显祖在《明史》是以官吏身份出现的，小传中仅提到他的《论辅臣科疏》，并未提及其诗文与"临川四梦"。

汤显祖的诗歌作品中也有着浓厚的人文主义色彩。他关心时政，同情民

---

[1] 徐朔方：《〈汤显祖全集〉前言》，载徐朔方笺校《汤显祖全集》，北京古籍出版社，1999年1月第1版，第2页。

间疾苦，抨击黑暗腐败的专制统治。尤其是中年之后，写出不少佳作。如《丁亥戊子大饥疫》《闻北土饥麦无收者》《寄问三吴长吏》《江西米信》等。他忧虑接连出现的自然灾荒，认为人祸是导致天灾的根本原因，一腔忧国忧民的热血情怀。他看到已经是满目疮痍的社会局面，晚年更预感到明王朝面临巨大的危机，他崇敬的李贽与达观禅师都惨死在监狱中，他的家庭也屡遭变故，痛失爱子，内心里充满了痛苦、困惑与绝望。汤显祖的思想深处，"情"与"理"既有着冲突、对立的一面，也有着妥协的另一面。其实，这与晚明早期启蒙思潮的局限性、软弱性及不彻底性是有关的。从王阳明的心学到左派王学、泰州学派的思想，这些更新趋时的进步思想并没有完全冲破旧道统的迷圈。汤显祖与袁氏三兄弟及徐渭等人一样，无法摆脱新思想与旧传统的纠葛，因此他弘扬的"情"也难以冲破整个社会所弥漫的"理"的阴霾压迫。他晚年自号"茧翁"，写诗云："茧翁入茧时，丝绪元一缕。"[1]他认为自己就像蚕入茧中一样，干而不出，自闭于茧中。他企图通过入禅打破自己的"寸虚馆"，可最终难以解答自己的困惑，也难以真正破茧而出。其实，在他的早期剧作《紫箫记》中，最后成全李益与霍小玉婚姻的，是那位力通宫掖的黄衫客，依旧是靠朝廷权威才根本解决此事的。而在《牡丹亭》里，杜丽娘与柳梦梅的婚姻也是借助圣明天子的权威。也就是说，他的基本人生观难以摆脱儒家思想的束缚，也难以放弃心灵里积淀已久的权力至上的意识，很明显地就削弱了剧本的自由思想与人文意识，落入了旧道统的俗套中。由此，我们再比较莎士比亚的戏剧，虽然莎剧里也不乏开明君主的形象，但他们是以复杂人性的代表而出现的，更能深入主题。汤显祖的剧作却缺乏这样的深度。他与当时的一批开明士大夫一样，满怀着追求个性解放之情，却又不自禁地落入旧道统的理学之茧中，最终作茧自缚，不得不自闭其中。这是历史与时代所造成的一代人的思想痛苦。

---

[1]汤显祖:《茧翁予别号也，得林若抚茧翁诗，为范长白书，感二妙之深情，却寄为谢》，载徐朔方笺校《汤显祖全集》，第十四卷。

四、小说的兴起

明代初期，著名的小说巨作《三国志通俗演义》与《水浒传》已经产生了。但是，在当时自然经济与专制政治制度相结合的封闭社会里，以程朱理学为主导的思想文化领域充满着僵滞保守的气氛，这两部文学巨著也就没有在社会上广泛流行。小说的创作也处于低潮和沉寂状态。自明嘉靖、万历年间起，工商业经济兴盛，一批城市迅速发展，尤其是市民阶层的崛起，还有当时印刷技术的进步，在一批著名文人士大夫如李贽、袁宏道等及唐顺之、王慎中等人的鼓吹提倡下，《三国志通俗演义》与《水浒传》得到广泛的刊刻流传，而且也涌现了一大批白话长篇小说，形成了小说繁荣的局面。

当时，出现了较多的历史演义小说，大抵是仿效《三国志通俗演义》的。这些历史演义小说，取材上自春秋战国，下至元末明初，构成了一幅完整的白话文学的历史谱系。其中较著名的有余邵鱼的《列国志传》、甄伟的《西汉通俗演义》、谢诏的《东汉通俗演义》及熊大木的《两宋志传》《大宋中兴通俗演义》等。但是，这些白话历史演义小说太过于拘泥历史事件的叙述，几乎成为史书的白话文翻版，缺少精彩的故事性，没有什么生动细节，少有人物性格的描绘，笔墨板滞，文辞滥俗，艺术上也大都比较粗糙。

明朝中叶后，道教与佛教在民间大兴，神怪小说也开始流行。这期间，出现了吴承恩创作的百回白话本长篇小说《西游记》。吴承恩，大约生于明弘治十三年（1500年），卒于明万历十年（1582年），字汝忠，号射阳山人，淮安山阳（今江苏淮安）人，其主要作品还有《禹鼎志》《射阳集》《春秋列传序》等。吴承恩少年时代文才在家乡便颇有名声，但是他一生科举蹭蹬，直至中年43岁才补得岁贡生，赴京候选官职亦落选。明嘉靖三十年（1551年），他任河南新野知县，兴学、办水利，在当地推行了很多德政，可上任仅两年就被免职。后来，他任浙江长兴县丞，又受人诬告，耻受上司侮慢，又拂袖而归。吴承恩才华横溢，擅书法，能弈棋，精于绘画，长于诗词俚曲，对民间文化有很深的研究，博览群书，性格豪放。但他历经坎坷，官场失意，生活困顿，使得他加深了对社会现实的认识，便通过志怪小说表达内心的深刻不满与愤懑。他在志怪小说集《禹鼎志》自序中说："国史非余敢议，野史氏其何让焉。"他其实是通过这些神话小说来表现自己的人生理想与社会愿望。吴承恩花了很多心血创作的《西游记》的主要故事情节是神猴孙悟空大闹天宫，后与师弟猪八戒、沙僧一起保护唐僧去西天取经，一路上战胜妖魔鬼怪，历经种种艰难险阻。李泽厚先生认为《西游记》与《牡丹亭》同样都是早期启蒙思潮的产物，也是具有浓厚近代个性解放气息的伟大艺术作品。"《西游记》的基础也是长久流传的民间故事，在吴承恩笔下加工后，成了不朽的浪漫作品。七十二变的神通，永远战斗的勇敢，机智灵活，翻江搅海，踢天打仙，幽默乐观和开朗的孙猴子已经成为充满民族特性的独创形象，它是中国儿童文学的永恒典范，将来很可能在世界儿童文学里散发出重要影响。此外如愚笨而善良、自私又可爱的猪八戒，也始终是人们所嘲笑而又喜欢的浪漫主义的艺术形象。"[1] 的确，《西游记》不仅是一部神话故事艺术精品，也是浪漫主义的成功之作，是通俗文学的经典之作，更是中国小说发展史上的伟大里程碑。在读者中影响较大的神怪小说还有《封神演义》，作者已难详考，传说是明代道士陆长庚所撰，全书的故事情节围绕着商、周的斗争展开，以残暴无道的商纣王为一方，以仁义爱民的周武王姬发和丞相姜子牙为另一方，将武王伐纣处理为"以臣伐君"，认为是"灭独夫"之举，肯定姜子牙所说的"天下者，非一人之天下，乃天下人之天下"。其中的一些观点颇具早期启蒙思想的进步意义，《封神演义》的很多故事及人物形象在民间流传很广。此外，还有吴元泰的《东游记》，余象斗的《南游记》《北游记》，有着明显模拟《西游记》的痕迹，以及邓志谟的《许仙铁树记》《萨真人咒枣记》《吕仙飞剑记》，朱名世的《牛郎织女传》，等等，这些神怪小说开拓了白话文学艺术幻想的空间，增添了别开生面的新创作途径，但故事情节却都比较简单与公式化，人物形象的描写也较为浮浅，幼稚之作较多。

　　"市民"一词为中国固有名词，本来仅是指城镇的居民。自近代西学东渐后，它的含义也有了变化，西欧文艺复兴后即以此名词指称近代工商业资产者

---

[1] 李泽厚：《美的历程》，明清文艺思潮，文物出版社，1981 年 3 月第 1 版。

的前身。20 世纪 50 年代，中国史学界有一场争论，多数学者认为明代中叶至晚期，中国社会已出现资本主义萌芽，新兴市民势力的发展是当时早期启蒙思潮产生的重要历史原因。由此，当时又崛起了市民文学，这类作品对中国古代专制社会的旧传统文化进行揭露和反抗，表达了新兴的市民阶层的志趣和思想，也描绘了当时新的生产方式给社会的经济生活、政治生活及道德习俗带来的种种变化。有些中国学者将其与欧洲文艺复兴时代的作品加以比较，比如把中国市民文学代表作品《金瓶梅》、"三言二拍"和文艺复兴时期卜迦丘的《十日谈》相对照，它们的思想主题都是反对禁欲主义与蒙昧主义，宣扬尘世利益与尘世享受，赞美市民与工商阶层，肯定人的欲望，其崭新的文艺形式也浸润着与传统文化观念截然不同的人文主义思想。这些文学作品的思想倾向与早期启蒙思潮主张是相一致的，也都与思想解放和个性自由的要求相通，本质上是反对程朱理学"存天理、灭人欲"的旧传统思想的。

　　《金瓶梅》是一部直接描写当时世情俗态的长篇小说，在市民文学中也是少有的。作者署名兰陵笑笑生，其人真实姓名不详。与其同时代的著名文人沈德符说："闻此为嘉靖间大名士手笔。"[1]有人推测是李开先，或是王世贞，或是赵南星等，但是都没有具体证据。《金瓶梅》的故事情节系由《水浒传》中"武松杀嫂"一段故事衍生而来。小说描写了西门庆由破落的市井无赖发迹后，开生药铺子当老板，与一群无赖结拜为"十兄弟"，他先勾搭潘金莲，共同设计毒死潘夫武大。武松知情后报仇却误杀了人，被刺配到孟州。西门庆更加荒淫放纵，娶潘金莲为妾，又先后谋娶了富家寡妇孟玉楼、"十兄弟"之一花子虚的妻子李瓶儿，且将潘金莲使女春梅收房。西门庆连发几笔横财，又贿赂当朝权相蔡京，谋得理刑副千户的官职，此后更加有恃无恐，横行霸道，贪赃枉法，奸淫良家妇女。但是，潘金莲嫉妒心起，设计害死李瓶儿之子，李瓶儿不久病死。西门庆因纵欲暴亡后，西门庆正妻吴月娘卖掉了乱伦纵淫的潘金莲、春梅，而潘金莲则被武松杀死，春梅也死于淫乱。后金兵南侵，大乱中吴月娘携遗腹子孝哥逃难，遇到善净和尚，方知孝哥即西门庆托生，便忍痛令孝哥出

---

[1]沈德符:《万历野获编》(中册)，卷二十五，金瓶梅，中华书局，1959 年 2 月第 1 版，第 652 页。

家。《金瓶梅》一书出现后，人们传抄翻刻，在当时社会中就有很大影响。袁宏道曾经盛赞《金瓶梅》，认为此书为《水浒传》之外典，并评价其文学地位应当与《水浒传》《西游记》并列为"三大奇书"。沈德符在《万历野获编》中专门记载了袁宏道风尘仆仆找几个朋友抄录此书的经过。开始，他们仅仅看到书中的数卷，后来还是袁中道想方设法搞到了此书全本。沈德符说，兰陵笑笑生还写了另一部长篇小说《玉娇李》，其故事情节"各设报应因果"，武大成了淫夫，潘金莲则为河间妇，西门庆却成为憨傻男子，坐视其妻妾皆有外遇，以此见证轮回之说。沈德符曾经借来读过，"仅首卷耳，而秽黩百端，背伦灭理，几不忍读"，"然笔锋恣横酣畅，似尤胜《金瓶梅》"。[1]《玉娇李》一书已亡佚，世间不见传本。

明朝嘉靖年间前后，还出现了汇集多篇短篇小说故事的"拟话本"。它标志着宋、元以后的口头讲唱文学已经成为文人的书写文学。这些白话文学的短篇小说集，有《京本通俗小说》与《清平山堂话本》等。晚明时期白话短篇小说艺术成就较高的，要数冯梦龙的"三言"，即《喻世明言》《警世通言》与《醒世恒言》；以及凌蒙初的"二拍"，即《初刻拍案惊奇》与《二刻拍案惊奇》。

冯梦龙，生于明万历二年（1574年），卒于清顺治三年（1646年），字犹龙，又字子犹、耳犹，别号绿天馆主人、茂苑野史、墨憨斋主人、姑苏词奴、顾曲散人、可一主人、詹詹外史等，江苏长州（今苏州市）人。他出身于儒学世家，自幼即孜孜好学，博览群书，尤通经史，20岁左右为诸生，可他的科举之途却蹭蹬不得意，直至明崇祯三年（1630年），他57岁时才补到岁贡生，被任为丹徒县训导。崇祯七年至崇祯十一年（1634—1638年）任福建寿宁知县。他任职时，"政简刑清，首尚文学，遇民以恩，待士有礼"[2]，博得百姓交口称赞。冯梦龙回乡后，正遇明王朝覆亡之际，他又编写了史书《甲申纪事》与《中兴伟略》，记载李自成军队入京后的一系列时局变动。他坚持反清复明

---

[1] 沈德符：《万历野获编》（中册），卷二十五，金瓶梅，中华书局，1959年2月第1版，第652页。

[2] 见《寿宁县志》，清康熙年修撰。

的政治立场，还写了一些宣传抗清的小册子，晚年风尘仆仆奔走于闽浙间。清顺治三年（1646年），他突然亡故，死因不明。

冯梦龙早年即对代圣人立言的八股时文很不感兴趣，颇厌恶宋明道学，他甚至直接讽刺圣人孔子，"又笑那孔子这老头儿，你絮叨叨说什么道学文章，也平白地把好些活人都弄死！"[1]他通脱狂放，更愿意流连于秦楼楚馆间，与歌伎们结为知交，助她们倾吐心声。万历四十一年（1613年）后的几年，他曾经因刊刻民歌集《挂枝儿》，受到那些礼法之士的猛烈攻击，几乎陷入牢狱之灾，在晚明权臣熊廷弼的庇护下得以幸免。他并未因遭难而退缩，毕生从事通俗文学的整理、搜集与编辑的愿望始终不泯，他后来又有歌颂真情的《山歌》《情史》出版，还有讥刺社会黑暗面的《古今谭概》及《笑府》等刊刻行世。但是，冯梦龙最高的文学成就是编订了白话短篇小说集"三言"，三集各收四十篇，共一百二十篇，约一百五十万字。它是宋、元、明三代"拟话本"与"话本"的总集。冯梦龙将其中的作品进行了艺术加工与规范化整理，按章回小说的模式统一编写了回目，且对文字、故事情节及人物描写等方面俱做了精细的改写及润色。据学者们研究，其中也有不少冯梦龙自己创作的作品。

"三言"中所取的故事题材十分丰富，首次将明代的手工业者、妓女、乞丐、商贩等城市平民阶层作为主人公加以描写，并表达了他们的生活愿望与意识情趣，其中一些故事反映了市民阶层的进步思想与新的道德观念，如《卖油郎独占花魁》与《蒋兴哥重会珍珠衫》等小说，描写了市民阶层的爱情生活，抛弃了旧传统的贞节观念与门第观念，这些故事情节曲折，人物形象生动感人，鲜活地反映了晚明商业发达、城市繁荣的时代生活景象，且在主题思想表达上充溢着浓厚的市民阶层意识色彩。很多当代学者认为，冯梦龙的文学主导思想与汤显祖有一致处，其核心范畴也是一个"情"字，但冯梦龙大大发挥和发展了情感本体论的思想，不仅继承了汤显祖"以情反理"的学说，而且在他的《情史》中将"情"推崇为天下国家的普遍原则，将"情"推崇到天下万物之本的高度。他抨击宋明理学"存天理、灭人欲"的思想，是要将活人世界

---

[1] 冯梦龙：《广笑府序》，载冯梦龙辑，缪咏禾、胡慧斌校点《冯梦龙全集》（11），江苏古籍出版社，1993年版，第209页。

变成死人世界。冯梦龙说："万物生于情，死于情，人于万物中处一焉。……故人而无情，虽曰生人，吾直谓之死矣！"[1] 他的情感本体论已经发展为一种博爱观，也是与宋明理学思想相对立的市民阶层意识观念。后世的学者和作家普遍认为，冯梦龙对中国白话文学、平民文学所做出的贡献是巨大的。他的作品，不但奠定了中国白话小说的写实主义传统，更奠定了文学创作中最宝贵的平民精神。他使得中国的小说艺术从粗陋走向初具规模，从历史与神话结合的世界回到周遭的现实生活中来，市井人物形象如卖油郎、杜十娘、灌园叟、蒋兴哥等都能在小说中以主人公身份登场。这是一种新兴的市民文学，有着较高的美学价值和文化品位，以市井人物为主体，以城市生活为背景，适合了涌动着消费欲望的市民阶层群体的精神需要，在艺术形式上则了扬弃旧话本小说中的模式，走在了时代的前列。冯梦龙博学多识，才华横溢，其一生编撰著述甚多，且大多是在通俗文学领域，题材品种极广泛，有山歌、散曲、戏剧、笔记小品、长篇历史演义、短篇小说，以及诗歌、史论及地方志等，各种门类的作品约五十多种。

凌蒙初，亦名凌波，生于明万历八年（1580年），卒于明崇祯十七年（1644年），字玄房，一字彼斥，号初成，别号即空观主人，浙江湖州府乌程县（今湖州市）人。凌蒙初生长在官宦家庭，但父亲早亡，家计困窘，他在家族中排行十九，人们又称其为"凌十九"。他12岁入学，18岁补廪膳生，也是科举之途蹭蹬，多次赴考均未中。直至崇祯七年（1634年），55岁的他以副贡授上海县丞、署令事、署海防等职务，任内清理盐场积弊而获得政声。八年后又擢徐州通判，在徐州附近的房村治理黄河，亦颇有劳绩。崇祯十六年（1643年），他投入明朝将领何腾蛟的幕府中，曾经单骑说降"流贼"陈小乙部。次年，李自成农民军围攻房村，凌蒙初率众抵抗，力不敌，呕血而亡。

凌蒙初所创作的白话短篇小说"二拍"，即《初刻拍案惊奇》与《二刻拍案惊奇》，共收有白话短篇小说七十八篇，杂剧一个。作者在《初刻拍案惊奇》的序中谈到此书出版的缘由，乃冯梦龙所编的《喻世明言》出版后极受读者

---

[1] 冯梦龙：《情史》，载冯梦龙辑，缪咏禾、胡慧斌校点《冯梦龙全集》（7），江苏古籍出版社，1993年版，第932页。

们欢迎，书商竞相搜刻"拟话本"。凌蒙初迎合市坊的需要，遂编写了《初刻拍案惊奇》，刊刻于崇祯元年（1628 年），销路很广。在书商的催促下，他很快又编写了《二刻拍案惊奇》，也大获成功，被读者们广为传诵。"二拍"中的故事来源，有出自作者的耳闻目睹，也有出自宋、元以来的野史笔记及民间话本、戏曲等，但经过作者的再创作与艺术加工，情节曲折起伏，语言通俗，人物心理描写细致入微，是在艺术上取得一定成就的古典文学精品。作者描写明代商人出海经商的小说，如《转运汉巧遇洞庭红》，使得我们可以看到晚明时期海外贸易繁荣的景象；他肯定男女的自由恋爱与自主婚姻，如《宣徽院仕女秋千会》《同窗友认假作真》等，用生动的故事与人物描写歌颂了纯真的爱情与追求个性解放的自由精神；他还通过那些复杂迷离的司法公案故事，揭露了贪官污吏们的真面目，如《青楼市探人踪》中的横暴贪官杨巡道，《硬勘案大儒争闲气》里假公济私的所谓理学大师朱熹，描绘出古代专制社会黑暗官场的"百丑图"。

凌蒙初属于晚明文学界中倾向早期启蒙思潮进步阵营的文人士大夫。他在"两拍"的序言中对冯梦龙表示推崇，他与戏曲家汤显祖也有交往。汤显祖在《答凌蒙初》信中，与凌蒙初探讨写剧本的经验，也赞美了他的作品："烂漫陆离，叹时道古，可笑可悲，定时名手。"[1]凌蒙初还与袁氏三兄弟中的袁中道在他南京珍珠桥寓所中晤面过。[2]

五、晚明新文学潮流中的四个重要特点

晚明新文学潮流是以早期启蒙思潮为精神基础和依托的，它的最后高潮是以《金瓶梅》及"三言二拍"为代表的市民文学，其中有四个重要特点值得注意。

第一，那些市民文学作品中充满了真切的现实生活气息，通过艺术性的

---

[1] 汤显祖：《答凌蒙初》，载徐朔方笺校《汤显祖全集》（第二册），第四十七卷。
[2] 袁中道：《游居柿录》卷三，参引自章培恒文《试论凌蒙初的"两拍"》，吴承学、李光摩编《晚明文学思潮研究》，湖北教育出版社，2002 年 10 月第 1 版，第 247 页。

描写对时代的社会黑暗面予以无情揭露，深刻批判了古代专制社会的暴虐残酷和无人性。

譬如，《金瓶梅》中的西门庆是集土豪、商人、高利贷者几种身份于一体的人物，擅长勾结官府牟取暴利，谄媚地认奸相蔡京为干爹，又依恃权势把持清河县官府，因此他猖獗作恶，横行无忌，贪赃枉法，鱼肉乡里，殴打蒋竹山，私放贻害百姓的苗青，又害死宋蕙莲父女俩，疯狂地放纵与追逐兽欲。他所做的一切，又与其官商的社会地位和经济状况分不开。在《金瓶梅》中，小说作者采取的是自然主义描写手法，笔下的西门庆既有不择手段、谋财害命的丑恶行为，同时又有豪爽疏财的复杂性格。与那些土财主不同，西门庆深谙资本流动的道理，他说，"兀那东西是好动不好静的，怎肯埋没在一处？也是天生应人用的"，便用它来结纳官府，讨好太监，贿赂贪官，花钱如水，过着腐化糜烂的生活。"西门庆自从娶李瓶儿过门，又兼得了两三场横财，家道营盛，外庄内宅，焕然一新，米麦陈仓，骡马成群，奴仆成行。"[1]《金瓶梅》中的大量露骨色情描写具有某种病态性质，而作者笔下的官商典型西门庆，其畸形阴暗的心理与丑陋病态的行为确实是有着某种典型性特征的。此外，《金瓶梅》还极鲜活地描写了当时社会的各色人物，太监、门官、僧侣、尼姑、医生、媒婆、篾片帮闲、市井无赖等，栩栩如生，形象生动，活画勾勒出他们的精神状态。作者恣情尽意地描绘出一切，且淋漓尽致地揭露了其中的种种罪恶，那里完全是中国古代专制社会末世的阴森鬼域世界的画面。小说既富于时代特点，又具有社会性和真实感，使得后人能够"以史为鉴"，深思很多问题。

在市民文学中，冯梦龙的"三言"中也不乏揭露与抨击黑暗社会弊端的内容，如《灌园叟晚逢仙女》就描写了宦家子弟张委陷害欺凌秋老翁，通过这个冤狱写出了普通百姓受豪绅压迫的命运；《卢太学诗酒傲王侯》也写了一个冤狱故事，知县汪岑挟私嫌报复士绅卢柟，使之无辜地吃了十几年官司，而这位"破家县令"居然青云直上，一路升官！而在凌蒙初的"二拍"里，如此的冤狱公案故事就更多了，作者对晚明时期的专制政治制度的抨击是很直截了当

---

[1] 见《金瓶梅词话》第二十回"孟玉楼义劝吴月娘，西门庆大闹丽春院"。

的。譬如，在《程元玉店肆代偿钱，十一娘云冈纵谭侠》中，作者借女主人公十一娘之口，怒斥道："世间有做守令官，虐使小民，贪其贿又害其命的；世间有做上司官，张大威权，专好谄奉，反害正直的；世间有做将帅，只剥军饷，不勤武事，败坏封疆的；世间有做宰相，树置心腹，专害异己，使贤奸倒置的；世间有做试官，私通关节，贿赂徇私，黑白混淆，使不才侥幸，才士屈抑的。此皆吾术所必诛者也。"[1]这一番话，真是痛快淋漓地揭穿了中国古代专制社会政治的腐败黑暗之特性，以及那些为非作歹的官吏的丑恶形象！凌蒙初在上边又加一句眉批："恐世间可不诛之人也少。"这句话道出他的愤懑心声，也代表了当时一批有着进步思想的士大夫对社会现状的强烈不满。从晚明的新文学运动中可以看到，从艺术家徐渭愤世嫉俗、追求个性的独立人格，到袁氏三兄弟反传统、反复古的进步思想，又到汤显祖"以情反理"的人文主义，再到兰陵笑笑生及冯梦龙、凌蒙初对古代专制社会的深刻揭露与批判抨击，早期启蒙思潮的自由精神是完全贯穿在新兴的市民文学及文学变革的历史脉络中的。

第二，在晚明新文学潮流中，充盈着市民阶层意识的"新义利观"，同时也包含着对程朱理学"存天理、灭人欲"的理学宗旨的批判。李贽说："如好货，如好色，如勤学，如进取，如多积金宝，如多买田宅为子孙谋，博求风水为儿孙福荫，凡世间一切治生产业等事，皆其所共好而共习、共知而共言者，是真迩言也。"[2]他认为，"好货""好色""多积金宝"，这样的"人欲"是善的，是对社会发展有利的进取精神，是应该肯定的。这是一种含有早期启蒙思想的"新义利观"，表现出对工商业者及市民阶层利益的尊重，更是晚明社会中新崛起的市民阶层意识的反映。

比如冯梦龙的"三言"，较多地描写了新兴工商业者的正面形象，赞美了他们的新思想与新道德观念，在《喻世明言》的短篇小说《蒋兴哥重会珍珠衫》中，就有着较充分的艺术描写。蒋兴哥出身于行商世家，自己也是一个能

---

[1] 凌蒙初：《拍案惊奇》（上），卷之四，"程元玉店肆代偿钱，十一娘云冈纵谭侠"，上海古籍出版社影印本，1985年7月第1版。

[2] 李贽：《答邓明府》，《焚书》卷一。

干的商人。他出外经商时，爱妻王三巧被人勾引失身，蒋兴哥得知此事心中痛苦，便给了王三巧一纸休书。他用宽容的态度对待前妻王三巧的改嫁，仍然送十六箱财物给她做陪嫁。后来，蒋兴哥赴广东做生意陷入冤狱，审理此案的县官恰是王三巧的后夫吴杰，王三巧无意中得知此事，乃苦求吴杰为蒋兴哥洗清冤情。以后，吴杰得知了他俩的真实关系，又感动地让王三巧与蒋兴哥重新团聚。这个故事不仅描写了一对夫妇悲欢离合的命运，也反映了旧的伦理道德观念在当时社会已趋瓦解。而主人公蒋兴哥对王三巧的失节行为处理得合情合理，忠厚宽容，不局限于三纲五常的礼教束缚，体现了一种新兴工商业者及市民阶层的道德观念，也反映了人们企图挣脱礼教观念束缚的社会心理。[1]

在凌蒙初的"二拍"中，关于"好色"与"好货"的描写就更多了，譬如《拍案惊奇》卷一，描写了文若虚在国内经营扇子买卖破产，家财荡尽，干什么事情都不如意，成了一个帮闲的，后来他与一伙商人冒着风险从事海外贸易，由朋友帮衬一两银子，在国内买了一篓百多斤重的洞庭红橘子，转运到海外卖了八百两银子，又拾得珍宝，回国后成了大富商。[2] 又如卷之八，描写寡居无子的杨氏将其唯一的侄子"养为己子"，她极力鼓动侄子王生外出经商，王生经商屡受挫折，两次被劫掠一空，他不敢再经商了。而杨氏则鼓励他："我的儿，大胆天下去得，小心寸步难行。"[3] 由此可见，当时"好货"的社会意识已经弥漫在时代中了，杨氏激励"养子"树立雄心挣得家业，的确是颇具远见卓识的。作者赞她"难得杨氏是个大贤之人，又眼里识人"，她一心一意，只是希望锻炼养子经商能力，并不计较眼前的经济损失，已经摆脱了一般农耕之家的守成心态。作者用赞赏的笔调生动描写了晚明时期面向海外的经商热潮，体现了市民阶层"好货""多积金宝"的"新义利观"思想。市民阶层的"新义利观"思想意识是与程朱理学"存天理、灭人欲"的观念相对立的，他

---

[1] 冯梦龙：《喻世明言》（《全像古今小说》）第一卷："蒋兴哥重会珍珠衫"，海峡文艺出版社，1990 年 6 月第 1 版。

[2] 凌蒙初：《拍案惊奇》（上），卷之一，"转运汉巧遇洞庭红，波斯胡指破鼍龙壳"，上海古籍出版社影印本，1985 年 7 月第 1 版。

[3] 凌蒙初：《拍案惊奇》（上），卷八，"乌将军一饭必酬，陈大郎三人重会"，上海古籍出版社影印本，1985 年 7 月第 1 版。

们认为，那些虚伪的道学先生企图灭掉的"人欲"其实也就是人性。

在《二刻拍案惊奇》的一篇小说中，作者揭露了所谓的"圣人"朱熹其实是心地卑劣的小人，他的私欲要比别人更阴暗。朱熹嫉妒台州太守唐仲友的才华，便蓄意打击陷害他。唐仲友赏识名伎严蕊的才情，两人并无私情，朱熹却依仗权势，将严蕊逮入监狱拷问，企图以此陷害唐仲友。但严蕊却光明磊落，受尽拷打，抵死不招。此事件引起朝廷上下的舆论谴责，朱熹不得不释放严蕊。[1] 这篇小说是对程朱理学的尖锐的讽刺与抨击，所谓大儒的品行竟然不如一个歌伎，由此可见，那些"存天理、灭人欲"的堂皇之言，不过是用来掩盖龌龊卑劣的私欲的虚伪外衣。

第三，晚明新文学潮流始终坚持个性解放与人格独立的自由精神，对束缚个性、泯灭自由的旧礼教与传统伦理道德起到了猛烈冲击作用。在晚明时期的新文化变革运动中，早期启蒙思想是起到了某种精神核心作用的，体现了一种主张平等和自由的新价值观，而一批艺术家、文学家如徐渭、袁氏三兄弟、汤显祖及冯梦龙、凌蒙初等人则争相附和，这就使得新的绘画流派、新鲜又富于生活气息的通俗文学勃兴起来，此后，虽然早期启蒙思潮又大规模退潮，晚明的新文学潮流却对后世产生了极为深远的影响。如徐渭之后，清代的石涛、八大山人、"扬州八怪"等一批艺术家；又如继汤显祖"临川四梦"之后，洪升的《长生殿》、孔尚任的《桃花扇》等一批优秀戏曲；尤其是对市民文学的影响更不可低估，甚至可以说，没有《金瓶梅》、"三言二拍"也就不可能有后来的《红楼梦》。

应该承认，早期启蒙思潮的新价值观在市民文学中是以某种畸形放纵肉体情欲的形式体现出来的，它代表了市民文学的庸俗一面。这在《金瓶梅》中体现得最明显，而"三言二拍"中也有大量的露骨色情描写，其实是对中国古代专制社会的旧伦理道德观念中的禁欲主义和蒙昧主义的悖逆，虽然这种反抗具有放纵肉欲的病态和丑恶一面，但其实又与当时的社会风气相关联。他们认为"男女大欲"是人类应该得到满足的正当愿望，是不应该被"灭"掉的，灭

---

[1] 凌蒙初:《二刻拍案惊奇》(上)，卷十二，"硬堪案大儒争闲气，甘受刑侠女著芳名"，上海古籍出版社影印本，1985年7月第1版。

掉了此种"人欲"也就灭掉了人类。同时，市民文学中也有许多健康和清新的爱情故事，譬如《醒世恒言》中的小说《卖油郎独占花魁》，描写了社会底层的卖油郎秦重与名伎莘瑶琴相爱的故事。卖油郎虽然社会身份低微，但其品格高贵，尤其尊重莘瑶琴的人格，以及表现出对她的纯真的爱慕，最终获得了莘瑶琴的芳心。还有，《警世通言》的小说《杜十娘怒沉百宝箱》，描述了歌坊名伎杜十娘与李甲的爱情悲剧，杜十娘聪明、美丽，热烈追求自由与幸福的生活，可她错认了负心的李甲，她虽然屡屡接济穷困中的李甲，且用自己的私房钱赎身嫁给了李甲。但李甲却害怕家中严父责备自己，竟然将杜十娘以千金之价转卖给了孙富。伤心的杜十娘便带了身边的"百宝箱"毅然投江而死。她的死并不是单纯的"殉情"，而是对古代专制制度与礼教的强烈控诉！这两篇小说的艺术描写可谓上乘，歌颂了当时社会身份最低微卑贱的两位名伎，认为她们的心灵实际上要比那些心地卑劣的"上等人"更高洁，小说包含着追求社会平等的自由精神，内里孕育着早期启蒙思想因素，确实可称为古代白话短篇小说中的佳作。

追求恋爱自由与婚姻自主，是"二拍"中很多白话短篇小说的重要主题，作者凌濛初批评了当时社会流行的父母包办婚姻的专制家长作风，提倡人格独立的新道德、新思想，譬如，《二刻拍案惊奇》中的白话短篇小说《同窗友认假作真，女秀才移花接木》塑造了女扮男装的才女闻俊卿的形象，她与同窗魏撰之、杜子中结为好友，原想嫁给魏撰之，却与杜子中成婚。而她在婚后仍然视魏撰之为友人，这是打破旧礼教闺门规矩的勇敢行为，而作者是很赞赏这样的做法的。而《拍案惊奇》中的另一篇故事《张溜儿熟布迷魂局，陆蕙娘立决到头缘》，作者赞扬了毅然抛弃诈骗者丈夫的陆蕙娘，她揭穿了丈夫所设的骗局，大胆地爱上沈灿若，并与沈灿若正式结为夫妇，破除了旧礼教"从一而终"的贞节观念。作者认为，即使是已嫁的有夫之妇，也仍然有自己的独立人格，有重新选择恋爱、结婚的自由，这在当时理学气氛浓厚的时代背景下，可说是一种较为先进的婚姻观念。

此外，国内学术界曾经有一段时期对凌濛初和他的作品"二拍"评价较低，一些学者认为他"反动""淫秽""艺术质量不高"等。学者章培恒先生在

1983 年发表了《试论凌蒙初的"两拍"》一文，他认为："'两拍'跟汤显祖的《牡丹亭》、袁宏道的诗文等都是晚明进步的文学潮流——以李贽为代表的进步思潮在文学领域的体现——的组成部分，因此，以'两拍'跟冯梦龙编的'三言'相提并论，视为同一范畴的东西，大致是正确的。"[1] 如今看来，已经有充分的证据表明凌蒙初是早期启蒙思潮阵营中的一员，其代表作"二拍"也是具有进步思想意义的作品。实质上，"二拍"在晚明白话短篇小说中更具有时代色彩，现实生活气息也更浓厚，因此在市民文学中也更具有代表性。

第四，晚明早期启蒙思潮具备了新旧杂陈、方生未死的特点，思想内涵也是复杂斑斓、互相矛盾的。而以早期启蒙思潮理念基础为依托的晚明新文学也具有同样特征。晚明新文学潮流中的市民文学作品中，既有代表新兴市民阶层的新意识、新道德，也有旧伦理纲常道德的陈腐说教；既闪耀着艺术的光彩，也掺杂了不少腐败的糟粕。早期启蒙思潮对旧传统、旧制度的批判，其"自由精神"阶段的理论基础主要是禅宗哲学，而晚明新文学潮流中的主要代表人物如徐渭、袁氏三兄弟、汤显祖等无不皈依佛教及禅宗，甚至与李贽一样都最后沉迷于禅宗的宗教幻觉之中。他们批判了旧世界后，找不到新社会的出路，只好用佛教教旨的幻界来解脱自己。

《金瓶梅》这部描写市井生活的白话长篇小说，读者们从书中体会到的却是阴森彻骨的人间地狱的感觉，无论是士大夫还是各级官吏，或是商人、媒婆、尼姑、奴仆，都有着荒淫无耻和腐朽没落的共同特性。作者是以冷酷旁观的目光来看待这些芸芸众生的，其主导思想无非佛教的因果报应与世事轮回那一套，但我们可看出小说作者对腐败不堪的社会景象所持的阴沉态度。小说仿佛预示着明王朝覆亡的历史灾难将要到来，也预示着新兴的市民阶层在历史回流中必将遭受的严重打击。可以说，这部文学作品的启示作用是意在言外的。当代作家阿城先生说："《金瓶梅》是中国古典小说在写法与结构上发生转变的关键作品，首先它舍弃志怪传奇、历史演义而完全描写世俗关系，另外它不用多角色各自成篇的连缀形式，而使用一个主角与多人关系为结构。这两点，都

---

[1] 章培恒：《试论凌蒙初的"两拍"》，载吴承学、李光摩编《晚明文学思潮研究》，湖北教育出版社，2002 年 10 月第 1 版，第 254 页。

对后来的《红楼梦》发生决定性的影响。"[1] 晚明时期是产生中国色情文学的高峰期，除了《金瓶梅》外，还有《肉蒲团》《灯草和尚》等，著名白话小说就有二十余部，这些小说后来大都被禁，有些作品甚至已经失传了。色情文学的兴起，其实正是市民阶层的思想意识对古代专制文化的蒙昧主义与禁欲主义的某种反抗。

在冯梦龙的"三言"中，虽然主要的文学描写内容是对市民阶层新思想、新情趣的赞颂，但是，其中不少故事迎合专制统治的旧伦理纲常思想，提倡所谓的贞操观念，也提倡夫权主义，企图通过小说来做四书五经的"软宣传品"。譬如，《醒世恒言》第三十六卷的《蔡瑞虹忍辱报仇》，其中即不乏对贞节烈女的赞美；《警世通言》第二卷的《庄子鼓盆成大道》编造了庄子假死以试其妻、其妻改嫁的故事，借此宣扬"一女不事二夫"旧伦理观念；《计押番金鳗产祸》《崔衙内白鹞招妖》则是宣传佛教的因果轮回观念。冯梦龙曾经在《古今小说》的序中说，小说可代替《论语》《孝经》，起到更形象化更感动人的作用。这说明冯梦龙的思想也是新旧杂陈、复杂矛盾的。"三言"中那些描写现实生活的作品更为感人，也具备更多的新道德、新思想，正是现实主义的创作方法使得作者摆脱了局限性，使其立场趋向了进步阵营。但是，他其实是在旧礼教、传统思想与市民阶层新思想、新观念之间摇摆不定的，主观上更倾向于能够将新、旧意识融为一体，因此，他思想理念中确实有着较多的守旧、落后的因素。

"二拍"的作者凌蒙初同样也有着复杂与矛盾的一面，其小说作品虽然以描写市民阶层居多，可是这些人物故事却难以遮掩其士大夫文人的趣味，这些士大夫其实是混迹于市井生活的儒士，虽有着腐儒的思想做派，却又有光棍混世界的圆滑世故。如《拍案惊奇》卷之十的《韩秀才乘乱聘娇妻，吴太守怜才主姻簿》，其中的韩秀才与开当铺的金朝奉，两人谈就一桩买卖婚姻，韩秀才在许多波折中随机应变，结果人财两得。在这里，"儒"与"商"已经结合一体，市民意识又与儒者思维交集无间，反映了江南地区的士大夫们的社会意识

---

[1] 阿城：《阿城文集之七·脱腔》，江苏凤凰文艺出版社，2016年3月第1版，第69页。

转变。其实，这样的描写也与凌蒙初自己的境遇相合，他创作"二拍"是受到了书商的推动，他并不忌讳自己是为"利"而来，但另一方面他又希望小说的流传有"补世"之用。归根结底，他的"二拍"不过是"业余创作"，他更重视自己小官吏的身份，认为这才是他自己的根本之业。

凌蒙初身亡于崇祯十七年（1644 年），恰与崇祯皇帝自缢于煤山、明王朝覆灭同年，他其实可与史可法同称为标准的儒家士人楷模，不过，他面对的是李自成的农民军，而史可法面对的是清军；凌蒙初不过是个殉职的小官吏，史可法则是南明王朝的重臣。关于凌蒙初晚年的资料极少，几乎没有关于他的思想活动的叙述文字，但笔者相信，他看到明王朝面临灭亡的大动荡历史局面，内心肯定是充满了苦闷、困惑与徘徊的。

晚明的早期启蒙思潮已经迅速地退潮，晚明新文学潮流虽有余波，但总体趋势也转为沉寂和干涸，历史回流又将程朱理学推回了思想界。

第五章

由儒入耶的士大夫们

一、西学东渐与早期启蒙思潮

　　基督教何时传入中国？佐证文物是明朝天启年间在西安掘出的《大秦景教流行中国碑》，[1] 它证明了唐代初期基督教就已经传入中国。基督教当时被称为"景教"，或"波斯经教"，其实是流传于东方的基督教聂斯脱里派[2]。但在唐朝以前的汉魏时期，基督教也曾经几次传入进中国。"据《路得改教始末记》说，在第一世纪即主后三十四年，巴比伦杀戮犹太人时，犹太人四散逃逸，正值马援征伐交阯的当口，那时候便有基督徒来到中国。又据《燕京开教略》所

---

　　[1]《大秦景教流行中国碑》，载《唐会要》，卷四十九，天宝四载九月。
　　[2] 所谓聂斯脱里派，是指431年东正教的以弗所第三次会议上，以君士坦丁堡大主教聂斯脱里为一派，以亚历山大为一派，两派发生宗教问题的争论。聂派重耶稣的人性之道，亚派重耶稣的神性之道，双方诉讼至君士坦丁堡教廷，聂派被教廷判决为异端遭到黜逐。后来，聂派凭借亚述教会的势力在东方流行，影响渐及波斯、印度、中亚细亚、中国等地。

说，主后六十五年尼禄虐杀基督徒，六十九年耶路撒冷被灭，基督徒逃难东来，正值佛教输入中国的时候，传说关云长信仰基督教。"[1]又据马伯拉主教的《迦勒底史》称，巴多罗买曾传教于中国。至唐武宗时代的会昌五年（845年），受灭佛风潮牵连，外来宗教俱受打击，景教近于灭绝，但其影响仍然在西北少数民族中留有余绪。元初，随着蒙古族南下，聂斯脱里教派又重新传入中国内地。随着蒙古铁骑西征，掳来很多西亚、东欧的战俘，其中有一批是天主教徒。"特别是因为蒙古及元政权与罗马教廷的直接联系，不少天主教传教士东来，所以罗马天主教也在元代传到中国。元代基督教主要活动在唐古兀、汪古、大都、江南沿海等地。"[2]"也里可温"是元朝人对基督徒及传教士的称谓，但在当时，聂斯脱里派在中国的势力最大，镇江、扬州、杭州都建立过聂斯脱里派的教堂。这些不过是中西文化短暂接触的历史，直至明中叶到清初才是中西文化交流的第一次高潮。

自明朝中叶以来，欧洲耶稣会的传教士纷纷来华，其中方济各·沙勿略是较早的一位传教士，但传教活动仅限于中国沿海地区。万历四年（1576年），罗马教廷为了继续扩大在远东地区的传教范围，让传教士在澳门建立教堂。万历七年（1579年），意大利籍传教士利玛窦与罗明坚来华，以此为标志，历史正式揭开了中西文化交流的新一页。

明代的万历年间，也恰是中国的早期工商业迅猛发展、早期市民阶层崛起、晚明的早期启蒙思潮开始涌动之际，而在当时，欧洲的文艺复兴运动则已接近尾声，这使得中西文化交流更具有时代的新意义了，西学自然而然地与中国早期启蒙思潮互相交汇、相激相荡。利玛窦与罗明坚到了中国后，决定改变传教策略，努力学习中国的语言文化，尊重中国的传统习惯，馈赠各种西洋器物来交好地方官吏士绅及百姓，一步步推进传教活动。经历许多波折后，他俩终于获得两广总督郭应聘的允许定居肇庆。但不久，罗明坚返回罗马，利玛窦则进一步努力推进传教活动。万历十七年（1589年），利玛窦迁居韶州，建立

---

[1] 王治心：《中国宗教思想史大纲》，第五章，唐宋元的宗教思想，东方出版社，1996年3月第1版，第128—129页。

[2] 邱树森：《元朝简史》，第八章第三节，福建人民出版社，1999年9月第1版，第394页。

首座教堂。六年后又北上南昌，建立第二座教堂。万历二十七年（1599 年），他在南京建立了第三座教堂，利玛窦这时在中国士大夫阶层中已有较大影响，且与许多名士硕儒结为好友。万历二十九年（1601 年），利玛窦赴京城入贡西洋方物，获得明神宗钦赐官职，并获赐房屋于顺承门（今宣武门）外居住。利玛窦后长期居住在北京。利玛窦是在中西文化交流中做出重要贡献的一位历史人物，他于万历三十八年（1610 年）病逝，当时，耶稣会在中国的信徒已经达到 2500 人。因中国各种方言复杂，那些欧洲传教士便精心学习文言文，借此为传道工具，他们也深知儒家在中国社会有着特殊地位，便将传道的重点放在儒士们身上，也就倒逼他们不得不刻苦钻研儒学。"明清之际百余年间，耶稣会士或译或著的中文书籍共约四百五十多种，数量不可谓少，重要者多镌版于明末。"[1]

利玛窦的传教活动在中国初步获得成功有三个要素：交往高官名士，形成文化影响；尊儒斥佛，反对宋明理学；宣传科技知识，以"自然理性"引导一代士大夫。首先一点，利玛窦注重交际朝野名人，如与名士瞿式耜、李贽等人交往密切，使得他在士大夫们当中有很大影响。艾儒略传中所举，即不下百人。而在当时的士大夫中，守旧派们都已经腐败不堪，精英分子则几乎都是早期启蒙思潮中的人，这就使来华的传教士不得不使自己的传教政策适应中国社会进步的知识精英的心理取向。也就是说，这个心理取向不再满足于传统儒学的旧说，而是注意探索适合时代的新思想、新理论。利玛窦曾经用汉语写作了《交友论》，此文依据亚里士多德的理论，兼吸收一些法国思想家的友情论观点，提出了良友相交的种种原则，在士大夫们中传诵一时。李贽很称赞此文，曾经将此文散发给朋友。利玛窦与李贽有过多次交往，两人虽然宗教观念不合，但李贽入狱后，利玛窦则是四处奔走营救最积极的，他的坦荡心胸，得到许多士大夫们的敬重。其次，利玛窦研究汉学很有造诣，他对六经子史等古代经典无不通晓，还能写流畅的中国文字，平时又能模仿中国下层民众谈吐，熟悉各种风俗礼节，因此他能够受到中国士大夫们的欢迎。当时，利玛窦也注意

---

[1] 李奭学：《中国晚明与欧洲文学——明末耶稣会古典型证道故事考诠》，生活·读书·新知三联书店，2010 年 9 月北京第 1 版，第 10 页。

到一批追求真理、勇于探索的士大夫精英已不满足于传统儒学现状，便将传教策略放在了"合儒""补儒""超儒"三个基点上，尤其注意适应当时的早期启蒙思想家们反对宋明理学的倾向，还提出传教策略要建立在"三重性的偏爱"上，"即偏爱儒教而非佛教，偏爱古代儒教而非当代儒教，偏爱自然的理性而非异教徒的宗教性"[1]。因此，传教士们抨击宋明理学，称颂并且多摘引先秦儒学，迎合了那些早期启蒙思想家们的心态。再次，利玛窦注意大力介绍西学，利用中国士大夫文人们渴求新知识的特点，努力打破那些儒士们闭关锁国、夜郎自大的陈旧意识，利用科学知识及西方哲学来培养和熏陶一代新知识分子的"自然的理性"。他曾经说："传道必须先获华人之尊重，最善之法，莫若以学术收揽人心，人心既服，信仰必定随之。"[2]利玛窦写了很多著作，除了《天主实义》《二十五言》《畸人十篇》等作品外，还大量地翻译西方的科学技术及哲学书籍，比如，他所译著的《天学初函》，便分为理、器两编，理编宣传基督教义，器编介绍格致之学，在当时的学术界影响很大。这恰与当时士大夫阶层"厌常喜新"的风气相合，在一批士人学子中激起了学习求索西方哲学及新科技知识的热潮。利玛窦等耶稣会传教士在中国士大夫们当中，获得了很好的名声。沈德符在《万历野获编》中记载他与利玛窦见面，称其"力以本教诱化华人，最诽释氏"，两人因此争辩，"余不谓然，亦不以为忤，性好施，能缓急人，人亦感其诚厚"。[3]

比利时耶稣会传教士金尼阁（1577—1629年）在接替利玛窦担任耶稣会中国教区会长龙华民的嘱托下，于1618年从里斯本出发，花两年多时间经过一段凶险航程，终于在1620年携大批图书到达澳门。当时，正是明朝廷排教的"南京教案"期间，他又经历许多曲折与艰辛，三年后才将这一大批图书运送到北京。这是西学东渐的一件大事。这些图书，有些是罗马教廷的教皇及高级教士们花1000枚金币捐赠的，也有欧洲许多作家及出版商赠送的，史

---

[1] 谢和耐（Jacqncs Cernet）《论利玛窦在中国的皈化政策》，转引自《利玛窦中国札记·附录·1978年法文版序言》，中华书局，1983年版，第689页。

[2] 费赖之：《在华耶稣会士列传及书目》上册，冯承钧译，商务印书馆，1938年版，第32页。

[3] 沈德符：《万历野获编》（下册），卷三十，利西泰，中华书局，1959年2月第1版，第785页。

称"七千卷"图书。后经当代学者考证，直至 1949 年，这批图书尚有 757 种 629 册收藏在北京北堂图书馆中。经过 300 多年历史变迁，这批图书当然会有丢失及损毁，所以，金尼阁所携带的图书肯定会比当时的藏书还要多一些。所谓"七千卷"图书，是因西洋文字的图书每页印刷密度高，页数也在中文图书的 10 倍以上，一册西洋书可抵中文书十卷。因此当时的中国文人士大夫就将金尼阁所带来的 700 多册书籍描述成"七千卷"图书。

欧洲耶稣会的传教士带来了西方各方面知识，李奭学先生所著的《中国晚明与欧洲文学——明末耶稣会古典型证道故事考诠》一书曾经举例，"有明之世，耶稣会士在华或译或讲，总共留下了近五十则的伊索寓言。这一数量并不可谓多，但因会士有其'个人'的诠释心得，所以早已发展出某种'欧洲故事，中文新诠'的译述风流"。他们初步、简略地介绍了西方的哲学思想及教育学知识等，也带来以基督教的教义为核心的西方伦理文化，这些新知识、新学说与新思想在古代的中国思想文化界掀起了阵阵波澜，引起许多开明士大夫们的强烈兴趣。例如，在地理学方面，他们携来的世界地图使中国的士大夫文人首次看到了地球的真面目，还留下了《职方外纪》等地理学著作；在天文学方面，他们带来了哥白尼的日心说，一些耶稣会教士参与了制造天文学仪器及修历的活动；在数学方面，经徐光启、李之藻等中国士人翻译，留下了《几何原本》《圜容较义》《同文算指》等数学著作；在物理学方面，他们带来了伽利略在物理学方面的几种重要发明，还留下《远西奇器图说》《远镜说》等物理学著作；在水利方面，他们带来了欧洲近代的水利科学技术，有传教士熊三拔著、徐光启翻译的《泰西水法》等水利学书籍；在医学及生理学方面，他们带来了西医的医药制造技术，以及人体构造的新知识，留下了书籍《泰西人身说概》《人身图说》等，还使得一部分儒士们明白，知识与记忆并非产生于"心"中，而是产生于大脑。此外，还有气象学、生物学等中国学者们闻所未闻的新知识。在这些丰富的新知识面前，新一代启蒙思想家逐渐打开了注意运用理性思维及科学方法来认识世界的新思路。

传教士们也注意在一部分皈依基督教的士大夫中推行西方伦理文化，这种新伦理明显地与中国儒家的旧伦理道德相冲突。比如，基督教的教义要求信徒实行一夫一妻制，传教士们禁止纳妾的要求曾经在很多信教的士大夫中掀起心理波澜，当时，中国经济上较为宽裕的士绅家庭较多是一夫一妻多妾，而那些士大夫们由儒入耶的过程，其实也是他们的伦理道德的心理转换过程。针对中国的婚姻风俗，利玛窦还解释了为孩子们订婚约必等到成年的法律，他反对童养媳的婚姻风俗，反对买卖婚姻、包办婚姻，提倡男女平等，主张兴办女学，提倡天足，反对缠足，这在当时的中国社会中起到了扶持良好社会风气的作用，但也受到那些维护礼教的顽固守旧派的激烈指责。守旧派认为这就是不讲男女之大防，破坏三纲五常的传统伦理秩序，而另一些进步的启蒙思想家则拥护与赞同这些新风俗、新思想。利玛窦在《天主实义》中，还提倡教徒们"意志自由""自主""自专""上帝面前人人平等""赎救得罪各自为己"，认为诚意信奉上帝可以"舍其父母""后其君长"，这些传教士们一定程度受到欧洲文艺复兴运动的影响，具有瓦解破坏旧的宗族制度和古代专制政治的作用。他们的这种新伦理、新意识也受到了沿海地区早期市民阶层的欢迎。"到明末，华人信教者达数万，其中除徐光启、李之藻等少数进步官僚外，大都是沿江沿海的市民。"[1]

在晚明的早期启蒙思潮中，以李贽为首"自由精神"启蒙思想派别，基本上是以禅宗哲学为理论基础的，因此，虽然他们对传统礼教的批判锋芒尖锐，却常常陷入东方神秘主义的迷误中。而以"儒耶三柱石"著称的徐光启、李之藻、杨廷筠及王徵等人，则是开始有意识地翻译与介绍西方的哲学思想，企图利用理性的科学方法来诠释、批判与重构中国的传统文化。比如竺可桢先生等著名学者都曾经将徐光启与西方实验科学的始祖培根相比拟，萧萐父、许苏民所著的《明清启蒙学术流变》则提出新的看法，认为徐光启其实更重视公理演绎方法，"这倒更近于笛卡尔以强调公理演绎方法为特征的近代理性主义"[2]。笔者赞同他们的看法，且认为这是由儒入耶的一批士大夫的重要思想特征。这种理性主义的思想萌芽，也是清初时期重新涌动出的"理性批判精神"的历史先声。明中叶以来，禅宗哲学对一代中国士大夫起到很深的影响作

---

　　[1]吕振羽：《简明中国通史》，人民出版社，1955年6月第1版，第947页。
　　[2]萧萐父、许苏民：《明清启蒙学术流变》，人民出版社，2013年11月第1版，第174页。

用，封闭的空间意识导致士人学子们文化心理的精神内倾，多数士大夫沉溺于修身养性，沉溺于"天理"对人的欲望的抑制，更讲究"清静为宗，修身为本"，他们人生的意义似乎只是追求个人道德的完善与超越，而现实性的功利主义则为道学家们所鄙弃。中国的士大夫们再也不见了秦汉时代那种开拓进取的阳刚之气。但是，"以徐光启为代表的一批中国早期启蒙学者，开始以整个世界的眼光思考问题，以谦虚而诚挚的态度来学习西来的各种学问，'虚心扬榷，拱受其成'（徐光启语）。他们欢呼这些新知识可以'醒其锢习之迷'（许胥臣语），可以'破蜗国之褊衷'（瞿式耜语），为之'憬然悟'，为之'畅然思'（冯应京语），从而'始知宇宙公理果非一身一家之私物'，始知东海西海的人类精神之结撰乃是'各自抒一精彩'（瞿式耜语）。"[1]这是一种重大的思想改变。

这批由儒入耶的士大夫也是早期启蒙思潮中"自由精神"圈的重要组成部分，完全可以说理性主义逐渐地在他们的思想中占有了主导地位。他们最重视西学中的科技知识与科学方法，他们实质上不仅仅是为了"师夷长技"，而是更注重以此来探索变革传统的"义理之学"之途径，企图将古代中国的旧传统文化从专制蒙昧主义的统治下解放出来，加以彻底改造。因此，他们也开始注意翻译西方的哲学思想著作。在徐光启、李之藻笔下，"哲学"这个名词被翻译成"斐禄所斐亚之学"，又称"爱知学"。晚明时期，较重要的哲学著作有《斐禄问答》，介绍一些基本的哲学知识，还有毕方济口授、徐光启笔录的《灵言蠡勺》，李之藻"达辞"即编译的《名理探》（即亚里士多德所著《辩证法大全疏解》）、《寰有诠》（即亚里士多德所著《宇宙学》）。另有艾儒略所编译的《西学凡》一书，此书是欧洲各大学所授各学科的课程纲要，其中介绍了西方"建学育才"的教育方法，特别推重亚里士多德的哲学思想，里面有大致的内容介绍。应当说，这批由儒入耶的士大夫的理性思维仅仅是初步的"自然理性"，但是，他们其实开启了晚明早期启蒙思潮的"自由精神"圈的另一股新思潮，将批判锋芒指向东方神秘主义，企图用借鉴来的公理演绎方法推进新兴

---

[1]萧萐父、许苏民：《明清启蒙学术流变》，人民出版社，2013年11月第1版，第51页。

质测之学的研究，变革旧传统的狭隘经验主义思维方法，体现了一批士大夫倾向于理性主义近世思维的新历史动向。

二、"世界之人"徐光启

在晚明早期启蒙思潮的涌动中，在西学东渐的历史潮流推动下，两股潮流互相交汇，相激相荡，晚明社会中出现了一大批由儒入耶、儒耶结合的新型士大夫。他们同时也是早期启蒙思潮的思想家，不仅努力地汲取新的科技知识，而且具有新的思想意识、新的伦理道德，企图利用西学改革与重构中国传统文化。这批新型士大夫中，徐光启为佼佼者。

徐光启，生于明嘉靖四十一年（1562年），卒于明崇祯六年（1633年），字子先，号玄扈，皈依天主教后，教名保禄，谥号文定，他出生于上海太卿坊（今黄浦区），原籍苏州。其祖父从事经商而致富，至其父徐思诚一代，遇沿海地区倭寇入侵作乱，家中财产受到很大损失，从此家境衰落，全家转为务农。徐光启在青少年时期，勤奋读书兼事农耕，这为他日后专注于农田水利的研究奠定了基础。徐光启少年聪颖好学，在龙华寺读书时书法与辞赋就都很精妙了。万历九年（1581年），他时年20岁，在金山卫县考中秀才。此后，他三次参加乡试皆不中，便在家乡教私塾度日。万历二十一年（1593年），徐光启远赴广东韶州府（今韶关市）教书，初遇耶稣会传教士郭居静，了解到一部分天主教教义与科技知识。三年后，他又至广西浔州（今桂平市）任教，由时任知府的同乡替他捐补了国子监监生。次年，他北上赴京城乡试，原本已经落第，因考卷中有主张研究学问应当"益于德、利于行、济于事"之语，受到主考官焦竑赏识，遂由落第而拔擢为乡试解元。焦竑是泰州学派的重要启蒙学者，而此次中举对徐光启一生有极大影响。徐光启后继承其座师焦竑求真务实的品格作风，更逐渐转变为求实学求实证之精神。其子徐骥曾经评价他的这个思想转折："尤锐意当世，不专事经生言，遍阅古今政治得失之林。"[1] 徐光启

---

[1] 徐骥：《文定公行实》，载徐光启撰、王重民辑校《徐光启集》，中华书局，1963年版。

不甘于做一个人云亦云的迂腐儒者和因循守旧的官僚，他接触了耶稣会传教士后，眼界及知识打开一新局面。

万历二十八年（1600年），徐光启再次赴京应试，途经南京时遇到利玛窦，两人相谈甚欢。临别时，利玛窦赠送徐光启《圣经·新约》的"马可福音"及自己所撰写的《天主实义》。徐光启曾经自述："昔游岭嵩，则尝瞻仰天主像设，盖从欧罗巴海舶来也。已见赵中丞、吴铨部前后所勒舆图，乃知有利先生焉。间邂逅留都，略偕之语，窃以为此海内博物通达之君子矣。……启平生善疑，至是若披云然，了无可疑，时亦能作解，至是若游溟然，了亡可解，乃始服膺请事焉。"[1]三年后，万历三十一年（1603年），徐光启在南京由耶稣会传教士罗如望施洗入天主教，起教名"保禄"。"万历三十一年癸卯，又至南都，入天主堂，访论天学之道，至暮不忍离去，乃求《实义》诸书于邸中读之，达旦不寐，立志受教焉。"[2]《利玛窦中国札记》记载了徐光启对生死、灵魂、真理等问题的探索兴趣，"作为士大夫一派中的一员，他特别期望知道的是他们特别保持沉默的事，那就是有关来生和灵魂不朽的确切知识，中国人中无论哪个教派都不完全否定这种不朽。他在偶像崇拜者的怪诞幻想中曾听到许多关于天上的光荣与幸福的事，但是他的敏捷思想却只能是找到真理方休"[3]。徐光启希望基督教思想起到"易佛补儒"的作用，认为中国旧传统儒学在人生观上缺乏终极关怀，也就是说缺乏某种保障绝对真理的基础，缺乏人的内在反思与批判，而佛教与道教并未补足这种缺欠，而"新儒学"宋明理学又沾染了佛、道的虚无主义弊病，只有基督教能取代佛、道两家，真正在宇宙本原与人生道德方面补足儒学的欠缺。利玛窦记载："当在大庭广众中问起保禄博士他认为基督教律法的基础是什么时，他所作的回答非常简洁并易于理解。他只用了四个音节或者说四个字就概括了这个问题，他说易佛补儒（Ciue Fo Pe Ciu），

[1] 徐光启：《跋二十五言》，载徐光启撰、王重民辑校《徐光启集》卷二。

[2] 艾儒略：《大西利先生行迹》，陈垣校刊，民国八年（1919年）铅印本。

[3] （意）利玛窦、（比）金尼阁：《利玛窦中国札记》，何高济、王遵仲、李申译，何兆武校，中华书局，1983年版。

意思就是它破除偶像并完善了士大夫的律法。"[1]后来，在"南京教案"迫害天主教浪潮中，徐光启为此而上书朝廷，他在《辩学章疏》里较全面地论述了自己天主教信仰的来由。他认为，当时人心日坏，道德沦丧，仅仅用律法是管不住的，"是以防范愈严，欺诈愈甚，一法立，百弊生"。而天主教可以使中国人的信仰得以确立，对道德人心有所补益，对明朝的王道政治亦有帮助。天主教能使人"为善必真，去恶必尽，盖所言上主生育拯救之恩，赏善罚法之理，明白真切，足以耸动人心，使其爱信畏惧，发于由衷故也"。他还简明扼要地概括了天主教的义理："其说以昭事上帝为宗本，以保救身灵为切要，以忠孝慈爱为工夫，以迁善改过为入门，以忏悔涤除为进修，以升天真福为作善之荣赏，以地狱永殃为作恶之苦报，一切戒顺规条，悉皆天理人情之至，其法能令人为善必真，去恶必尽。"[2]

万历三十二年（1604年），徐光启考中进士，任翰林院庶吉士。在京期间，他利用业余时间随利玛窦等耶稣会传教士勤奋地研习西方近代科学，译成了《几何原本》前六卷。万历三十四年（1606年）至次年，他除了在翰林院处理政务外，每日都到利玛窦寓所翻译三四个小时，真可谓是呕心沥血，孜孜不倦，其翻译的一些重要术语沿用至今。利玛窦曾经说："徐保禄博士有这样一种想法，既然已经印刷了有关信仰和道德的书籍，现在他们就应该印行一些有关欧洲科学的书籍，引导人们做进一步的研究，内容则要新奇而有说服力。"[3]徐光启注重西学与实学，他"于物无所好，惟好学，惟好经济""一事一物，必讲究精研，不穷其极不已"[4]。

徐光启对西学有着广泛而深刻的认识，他认识到欧洲的实验科学及整个自然科学之所以兴盛发展，关键是与宗教、哲学具有紧密的思想联系。"实学"与"天学"紧密相连，倘若引进西方科学，必须对西方文化有整体把握与认识。他将耶稣会传教士所传入的西学归为三类："大者修身事天，小者格物

---

[1]（意）利玛窦、（比）金尼阁：《利玛窦中国札记》，何高济、王遵仲、李申译，何兆武校，中华书局，1983年版。

[2]徐光启：《辩学章疏》，徐光启撰、王重民辑校《徐光启集》。

[3]徐骥：《文定公行实》，徐光启撰、王重民辑校《徐光启集》。

[4]（日）平川祜弘：《利玛窦传》，刘岸伟、徐一平译，光明日报出版社，1999年1月第1版。

穷理，物理之一端别为象数，——皆精实典要，洞无可疑。"[1]这里，"修身事天"之学指神学，对人生具有终极追求意义；"格物穷理"之学则指哲学，强调理性逻辑的思维方法，探求宇宙万物之意义；"象数"之学，作为"物理之一端"，是数学所象征的自然科学。徐光启深感中国传统学术在逻辑学方面的严重欠缺，以及中国数学停滞落后之时弊，因此他尤其高度重视演绎推理，以数学为着力点，倡导数学的研习、普及和应用，这是他理性主义思维的基础。他认为，自唐虞至于周，原来一切工程技术及生产事项"非度数不为功"，"六艺"亦"以度数为宗"，后秦始皇焚书，度数之学失传渐衰，导致数学落后，"汉以后多任意揣摩，如盲人射的，虚发无效；或依拟形似，如持萤烛象，得首失尾"[2]。因此，中国古代专制社会的算术之书籍较多是"多谬妄"的"闭关之术"，甚至连重要的数学经典《周髀算经》《九章算术》等都是"亦仅仅具有其法，而不能言其立法之意"[3]，其计算方法纯粹是感性经验积累的产物，只是说大小勾股能够相求，却说不出何以必能相求。而欧氏几何学则有着一整套的演绎推理法，不但能知其然，而且能说明其所以然。他认为："算数之学特废于近世数百年间尔。废之缘有二：其一为名理之儒士苴天下之实事；其一为妖妄之术谬言数有神理，能知来藏往，靡所不效。卒于神者无一效，而实者亡一存。"[4]他斥责了"名理之儒"的宋明理学家邵雍的先天象数学，邵雍之学是根据《周易》的卦象排列，又汲取道教的"图书中先天象数之学"与佛学的"止观"之说而形成的。那一套象数迷信之说，没有一点实证依据，确实几近于"妖妄之术"。徐光启认为，宋朝以后的数学实质近于荒废，就是受宋明理学与象数迷信的影响。他深刻地认识到，中国古代专制社会中的蒙昧主义与神秘主义严重地阻挠了科学事业的发展。

从20世纪30年代始，很多学者将徐光启与近代西方实验科学的始祖培根相比拟，萧萐父、许苏民先生则认为，徐光启的"新工具"说固然与培根经

---

[1] 徐光启：《刻〈几何原本〉序》，王重民辑校：《徐光启集》卷二。

[2] 同上。

[3] 徐光启：《刻同文算指序》，王重民辑校：《徐光启集》卷二。

[4] 同上。

验归纳法相似，然而他对公理演绎法的强调则与笛卡尔更相近，依中国思想启蒙的民族特点来说，他实际扮演了"中国笛卡尔"的角色。徐光启认为应该在中国推广几何学方法，也就是公理演绎法。首先，它能够促使人们以科学的态度审视旧传统，杜绝"揣摩造作"及"自诡为工巧"之风，杜绝"想象之理"的虚浮之风。"明此，知吾所已知不若吾所未知之多，而不可算计也。"[1]其次，它能够提高人们的理论思维能力。他认为几何学"言时一毫未了，向后不能措一语，何由得妄言之"[2]。而这种公理演绎的科学方法可打破宋明理学的神秘主义，使得人们走出蒙昧主义的玄虚之境。再次，它的那种严谨方法是普遍适用的，"兼能为万物之根本"，促使人们抛弃空言玄虚的夸夸其谈，更加注重实际事功，"率天下之人而归于实用者，是或其所由之道也"。[3]

所以，徐光启不仅仅是为了变革传统的自然科学方法而提倡科学思维，更是为了变革传统的"义理之学"，把它从"河洛邵蔡"的东方神秘主义传统的枷锁中解放出来。徐光启反复地强调，中国人必须得脱离那些玄言虚谈的神秘主义，转向求实求真的理性思维。

徐光启有句名言："欲求超胜，必须会通；会通之前，必须翻译。"[4]他也亲身实践这项宗旨，而且组织一些友人与耶稣会传教士编译了一批书籍，涵盖神学、天文学、数学、水利学、农业学、军事学等诸多领域。很多当代学者认为，徐光启可谓是"百科全书式"的学者。嵇文甫在所著《晚明思想史论》一书中，即称赞徐光启真把水利科学化了。当时，徐光启制订了全国水利的科学治理方针，即"西北治河，东南治水利"，且将"勾股测量"作为水利学的科学基础。为了治河，他还把整个中原的地形都大规模测量一遍，制作了详细可靠的地形图。[5]徐光启先后翻译了《测量法义》《测量异同》《勾股义》等书，致力于以科学方法为基础来解决水利、屯田及改良兵器等方面的实际问题。万

---

[1] 徐光启:《几何原本杂议》，王重民辑校:《徐光启集》卷二。
[2] 同上。
[3] 同上。
[4] 徐光启:《历书总目表》，载《徐光启集》卷八，上海古籍出版社，1984年版，第374页。
[5] 嵇文甫:《晚明思想史论》，第八章，西学输入的新潮，东方出版社，1996年3月第1版，第166—168页。

历四十年（1612 年），他又从耶稣会传教士熊三拔学习西方水利工程措施，编译了《泰西水法》六卷，决心以近代新措施来改良中国的水利灌溉系统及工具。徐光启还在北方开辟水田试验种稻，且从华南至长江流域引进了甘薯，后又推广种植于全国。这是一桩大功德，甘薯的营养价值很高，任何土壤与地形都可栽种，甘薯叶亦可作为家畜饲料，它成为中国各地农村普遍栽种的农作物，且成为农民度荒的恩物。徐光启编撰的《农政全书》共六十卷，对明清时期的中国农业发展做出了历史性贡献。嵇文甫先生赞叹徐光启对于发展科学事业的远见卓识。徐光启还计划建立一个分工合作的把许多学科集中起来的研究机构，他在《条议历法修正岁差疏》中指出，翻译的西书不仅限于天算，还应该"旁通众物"。他特别提出"急要事宜"四款，"第四款'度数旁通十事'，就涉及：（1）气象学；（2）水利工程；（3）音乐；（4）军事学；（5）统计学；（6）营造学；（7）物理学与机械工程学；（8）地理学与制图学；（9）医学；（10）钟表学"[1]。这不禁使人感慨，此计划当时倘若能实现，实质上就是在国内建立一个大规模的科学院，必将对近代中国文明发展起到巨大推动作用。

当代著名学者陈乐民先生认为，徐光启不仅仅是科学家、政治家，而且是晚明时期对整个国家、民族有着重要启蒙作用的伟大思想家，并且给徐光启以"世界之人"的极高赞誉。他也将徐光启与欧洲近代实验科学始祖培根相比较，且充满感慨地说："与培根相比，徐的心境何等的不同，一个关注明天，一个戚戚于君父天恩；一个正跨越近代，一个囿于古世。二人生当同一世纪，却有古今之别。"[2]陈先生还感叹徐光启所处的恶劣历史环境，晚明的几代皇帝，"君主专制没有一丝变化，加上阉祸披倡、特务横行，整个社会仍是秦皇汉武沿袭下来的封闭而凝固的社会。光启个人纵有多少利国利民的好主意，本人又是唯恭唯谨的标准忠臣，但无论是修历、练兵、凡举学习西洋新法的意见，莫不遇到权臣和守旧势力的多方阻挠，以致寸步难行"[3]。徐光启晚年已经官至礼部尚书，崇祯五年（1632 年），也就是他去世前一年，还兼任东阁大学

---

[1]嵇文甫：《晚明思想史论》，第八章，东方出版社，1996 年 3 月第 1 版，第 166—168 页。

[2]陈乐民：《超前而寂寞的徐光启》，载陈丰编《给没有收信人的信》（陈乐民文存）辑三"徐光启述评"，广西师范大学出版社，2010 年 8 月第 1 版，第 303 页。

[3]同上书，第 301 页。

士，入参机要，次年加太子太保，进文澜阁，可谓是官职显要。但是，他性格耿直，不善谄媚，不会搞官场交易，也不培植私党，起到的政治作用也就很有限。《明史》记载，天启皇帝登基后，"未几，熹宗即位。光启志不得展，请裁去，不听。既而以疾归。辽阳破，召起之。还朝，力请多铸西洋大炮，以资城守。帝善其言。方议用，而光启与兵部尚书崔景荣不合，御史丘兆麟劾之，复移疾归"[1]。天启三年（1623年），他在升任礼部右侍郎后，即受到了魏忠贤阉党官僚们的纠缠围攻，不得不"落职闲住"，回籍居家。直至崇祯帝上台，魏阉逆党伏法，徐光启才被重新起用。"光启雅负经济才，有志用世。及柄用，年已老，值周延儒、温体仁专政，不能有所建白。"[2]当时，后金的满族军队崛起，屡次大败明军，已成明朝的心腹大患，徐光启几次上陈奏疏，呼吁朝廷整顿军队，制造红夷大炮，倡导将西洋火器应用在军事上。他在万历四十八年（1620年）受命在北直隶通州、昌平等地督练军队，在此期间撰写了《选练百字诀》《选练条格》《束伍条格》《形名条格》《火攻要略》《制火药法》，这些"条格"其实是中国军队中较早的一批军事条例。天启七年（1627年），他还完成了军事著作《徐氏庖言》，把握了当时世界军事技术进步的趋势，形成其独特的军事思想。可是，"徐光启练兵承其敝，由于'孤纵一人'，要人没人，要钱没钱，所上奏疏，朝廷只批'知道了，钦此'，便无下文。"[3]

徐光启于崇祯六年（1633年）逝世于北京，崇祯帝为之辍朝三日，赐谥文定。《明史》记载，徐光启为官清廉，"盖棺之日，囊无余赀"。[4]徐光启死后11年，崇祯帝自缢于煤山，明朝倾覆。

三、"儒耶柱石"李之藻

徐光启、李之藻、杨廷筠是晚明时期加入天主教的三个新型士大夫，时

---

[1]《明史》卷二百五十一，列传一百三十九，徐光启传。

[2]同上。

[3]陈乐民：《徐光启，世界之人也》，载陈丰编《给没有收信人的信》（陈乐民文存）辑三"徐光启述评"，广西师范大学出版社，2010年8月第1版，第350页。

[4]同上书，第303页。

人称他们为"儒耶三柱石"。他们皈依天主教后，仍然保持了传统儒家的文化立场，同时有意识地从天主教教义理论出发，重新诠释、评价甚至重构儒家文化传统。其中，徐光启与李之藻都对西方自然科学知识非常感兴趣，大量地翻译西方的数学、天文学、逻辑学、地理学书籍，企图运用欧洲数学的公理演绎法来改造时人旧思维。

李之藻，生于明嘉靖四十四年（1565年），卒于明崇祯三年（1630年），字振之，又字我存，别号凉庵居士、凉庵逸民、存园寄叟、凉庵子、谅叟、东海波臣，皈依天主教后，教名良，他生于浙江杭州仁和县（今属杭州市）的官宦之家，但其家族屡遭磨难，其祖父受冤，其父亦险遭囹圄之灾，被赦免后在一些官府中任幕僚，后弃职回乡读书，多与儒士们交往。[1] 李之藻少年时期对地理学感兴趣，17岁时曾经绘制一幅总括明朝15省的地图，颇为精确。[2] 李之藻在其父亲影响下，一直在家乡攻读儒家典籍及八股制艺文章。万历二十二年（1594年），他在浙江省乡试中顺利考中举人。万历二十六年（1598年），李之藻进京赴考，在会试中成为五经的五名会试魁首之一，又在殿试中考中进士，列二甲第八名。他为了纪念此事专门刻一方印章"戊戌会魁"。同年，李之藻被分发至南京工部营缮司为员外郎。

李之藻于万历二十九年（1601年）赴京，历任工部分司等职。同年，他结识了耶稣会传教士利玛窦。他后来回忆初访利玛窦住所时说："万历辛丑，利氏来宾，余从寮友数辈访之，其壁间悬有大地全图，画线分度甚悉。"[3] 利玛窦绘制的世界地图，给他留下深刻印象。他以为少年所绘的明朝地图就已经囊括了整个天下了。此时，他惊讶地发现自己眼界的狭窄："及见吾人之《山海舆地全图》，始恍然知中国与世界相比，殊为渺小。"[4] 此次初访后，李之藻与

---

[1]《市南子》提供了一些关于李之藻祖辈及父辈的史料。李光元撰、吴士元辑《市南子》制敕卷五，载四库禁毁书刊编纂委员会《四库禁毁丛刊》集部第105册，北京出版社，1999年版，第45页。

[2] 赵晖：《耶儒柱石——李之藻、杨廷筠传》，附录"李之藻大事年表"，浙江人民出版社，2007年8月第1版。

[3] 李之藻：《刻〈职方外纪〉序》，载徐宗泽编著《明清间耶稣会士译著提要》，中华书局，1989年版，第315页。

[4] 德礼贤：《利玛窦全集》，转引自方豪著《李之藻研究》，海豚出版社，2016年12月第1版，第23页。

利玛窦结下友谊，他虚心向利玛窦等人求教西学知识。李之藻自小即勤奋好学，并不将自己眼光局限于八股制艺，"于诸家之学，无所不窥"[1]，学识很丰富。他任官职后也很用功，"平居非读即写，无论宫会、乘舆、入城、下乡，皆随身携书浏览，并作札记，习以为常"[2]。他不满意当时的主流意识形态宋明理学，认为那都是空疏之谈，而是一心一意地追求实学。李之藻天资过人，又非常勤勉。他利用公余时间随利玛窦研究西学，每天达四五个小时，利玛窦很赞赏李之藻的刻苦精神与领悟能力。"他知识纯诚，从地图中得到良好的启发，尽管对真理的理解还不充分。于是他马上跟利玛窦神父及其他神父交上朋友，为的是学习地理，他把公余的时间都用来钻研它。……李良（指李之藻）也对数学的其他部门感兴趣，他全力以赴协助制作各种数学器具。他掌握了丁先生（Father Clavius）所写的几何学教科书的大部分内容，学会了使用星盘并为自己制作了一具，它运转得极其精确。接着，他对这两门科学写出了一份正确而清晰的阐叙。他的数学图形可以和任何欧洲所绘的相匹敌。"[3]

李之藻初步掌握一部分西学知识后，又尝试着在利玛窦的指导下编译西学著作。他协助利玛窦编译的第一部书是《经天该》，此书以利玛窦携来的西洋星图为基础，又将中国民间流传的《丹元子步天歌》所记录的各星座加于西洋星图之上，将星座图所属的天域按中国传统划分为三垣二十八宿，星座的名称也中国化了。因此，《经天该》一书可说是利玛窦与李之藻合作编译的。他跟随利玛窦学习了一段时间的西洋天文学地理知识后，提出重新翻刻《山海舆地全图》的要求，得到了利玛窦的允许。李之藻此次绘制新版世界地图，在利玛窦指导协助下进行，且使用椭圆投影法来绘制。他在绘制世界地图时，也对"地圆说"有了更深入的理解。当时，中国的天地结构理论有盖天说、宣夜说与浑天说三种理论。其中，东汉张衡的浑天说占主导地位，信者甚众，仅有少数学者支持"地圆说"，而且将信将疑。而明清之际的一些启蒙思想家如王夫之等人更是反对"地圆说"。李之藻虽然总体接受"地圆说"，但一直找机会通

---

[1]《开州志》，引自方豪《中国天主教史人物传》上册，中华书局，1970年版，第113页。

[2] 李之藻：《叛官礼乐疏》，《叙录》。

[3] 沈德符：《万历野获编》（下册），卷三十，利西泰，中华书局，1959年2月第1版，第785页。

过科学实践测验其理论的真实性。万历三十年（1602年）秋，李之藻被任命为福建学政，前往闽地主持乡试。他在往返南北途中，据西法测验天象理论，也就是使用天文仪器星盘验证"地圆说"，结果是"往返万里，测验无爽"。[1]李之藻与利玛窦合作绘制的新版世界地图名为《坤舆万国全图》，刻印出来后，在各地发行反响很大。万历皇帝得知此事后，下旨要利玛窦进献该图。利玛窦奉旨进献后，万历皇帝又命太监摹绘一幅藏入宫中。此图的摹绘本历经沧桑，保存至今，成为历史的见证。

李之藻曾经为《坤舆万国全图》作跋："今观此图，意与暗契；东海西海，心同理同，于兹不信然乎？"[2]他认为中西之学可以互通，西洋学问与原始儒学亦有相契合之处。笔者不禁想起当代著名学者钱锺书先生的名言："东海西海，心理攸同；南学北学，道术未裂。"[3]在晚明士人们中，李之藻是较早刻苦勤奋地系统学习西方科学知识的儒者，为了将西学的数学、天文学知识介绍给国人，他先后翻译、编撰了《浑盖通宪图说》《圜容较义》《同文算指》等书籍。星盘是欧洲的天文仪器，元代曾传入中国，入明后失传。利玛窦来华后展示过星盘，并指导瞿式耜制作星盘。利玛窦将罗马学院的老师克拉维乌斯神父的《论星盘》一书交李之藻翻译。李之藻以此书为基础，又依据中国古代的天文学知识将书中的一些名词与内容做了调整修改，但全盘保留了介绍星盘之原理及制作方法，还介绍了大量的西方古典数学理论，"而他如分次，度以西法，本自超简，不妨异同，则亦于旧贯无改焉"[4]。李之藻将此书题目定为《浑盖通宪图说》，分为上、下两卷，这是第一部介绍星盘制作及使用方法的中文书籍。万历三十六年（1608年）李之藻又与利玛窦合作，译撰了《圜容较义》一书，这是一部比较图形关系的几何学著作。万历四十一年（1613年），他俩又合作编缀了《同文算指》，这是融西方算法体系与中国传统数学内容为一体的实用数学著作，依据克拉维乌斯的数学论著，编译者又加以编纂及补充。李

---

[1] 李之藻：《〈浑盖通宪图说〉序》，载徐宗泽编著《明清间耶稣会士译著提要》。

[2] 李之藻：《〈坤舆万国全图〉跋》，转引自方豪著《李之藻研究》第二章第一节。

[3] 钱锺书：《谈艺录》（增订本），序，中华书局，1984年9月第1版，第1页。

[4] 李之藻：《叛官礼乐疏》，《叙录》。

之藻对其好友徐光启在《几何原本》中提出的建构公理体系的演绎法也抱有浓烈的兴趣，他与徐光启在很多观点上都是一致的。他们都提倡理性主义，希望中国学者们能够走出蒙昧状态，应当学习西方学者们的逻辑思维，知其然又能知其所以然。李之藻曾经感慨地说，西方天文学"有我中国昔贤谈所未及者"，关键之处就在"不徒论其度数而已，又能论其所以然之理"，正是掌握了这样的科学方法，求真务实，"其所制窥天窥日之器，种种精绝"。[1] 他还委婉地说，西洋历法研究所以先进，"盖缘彼国不以天文历学为禁"，学者们可以自由探讨研究，才能有如此天文学的学术成果，而"与中国数百年来，始得一人，无师无友，自悟自是，此岂可以疏密较者哉？"[2] 也就是说，正因为中国古代社会将天文历学看成与皇权递嬗紧密相关的政治禁地，不允许学者们自由研究，才阻碍了中国天文历学的发展。李之藻的思想深含早期启蒙的自由精神色彩。

万历三十四年（1606年），黄河水患严重，"六月，河决萧县郭暖楼人字口，北支至茶城、镇口"[3]。李之藻此时任工部分司，受命参与治理黄河，写了《黄河浚塞议》的奏文，提出治理黄河淤积与决口之灾的方案，他建议解决徐彭水患关键在于新开河道，亦可疏通漕运。李之藻运用其数学之长，还详细计算了开河道的费用及以后的收益。他的奏疏上呈后，朝廷便派其赴山东治河，他在"张秋浚泉百余，复南旺湖；开济南月河，浚彭室口；起泾河、黄浦二闸，以救淮城"[4]。他的治理方案实施后，当地的黄河水患得以缓解。李之藻返京后又向明神宗进呈《铸钱议》，反对朝廷增铸铜钱的做法，此议未得朝廷采纳，大量劣质铜钱被铸造出来，给晚明经济带来诸多的弊端。李之藻敢言及勇于任事的作风，与官场习气不合，得罪不少权贵。万历三十六年（1608年）的年底，李之藻又被调往开州（即澶州，今河南濮阳）任知州。他在此任职一年，兴修水利，开凿沟渠，整修城墙，重新命名城门，且奖励地方教育，真可

---

[1] 李之藻：《请议西洋历法疏》，载《增订徐文定公集》卷六附《李之藻文稿》，徐家汇天主堂民国二十二年版，第27页。

[2] 同上。

[3]《明史》卷八四，"河渠志二"，第2070页。

[4]（清）赵世安编纂：《仁和县志》卷一七，治行，康熙二十六年刻本。

谓政绩斐然，颇得当地百姓们赞誉。

　　万历三十八年（1610 年）初，李之藻又奉调进京候命，在京城重逢利玛窦。同年二、三月间，李之藻忽患重病，"邸无家眷，利子（指利玛窦）朝夕于床笫间，躬为调护。时病甚笃，已立遗书，请利子主之。利子力劝其立志奉教于生死之际。公幡然受洗，且奉百金为圣堂用。赖大主宠佑，而李公之疾已痊矣"[1]。两年前利玛窦的一封信中，称李之藻因某种阻碍，未能够成为教友。"阻碍者，言其有妾也。"[2]这与天主教一夫一妻制的戒条相抵触。李之藻受洗后，则休妾以表其信仰虔诚。他受洗后不久，一直照料他的利玛窦却病倒了。利玛窦很辛劳，每日要接待众多来访者，又要监督新的天主教堂的施工，还要亲身守护重病的李之藻，利玛窦终因过度劳累而一病不起。同年五月十日，"利氏领终傅圣事。十一日作最后遗训毕，安然逝世"[3]。李之藻甚为悲痛，抱着衰病之身参与利玛窦的后事安排。他为利玛窦亲选棺木，且绘画遗像以作纪念。庞迪我等耶稣会传教士们向朝廷呈交奏疏为利玛窦请求墓地，李之藻亲笔润色奏疏，且利用他在官场的关系也做了很多推动。万历皇帝下诏，赐利玛窦一块阜城门外二里沟藤公栅栏处的墓地，使其灵柩得以安葬。

　　利玛窦去世后不久，李之藻父亲也去世了。李之藻依明朝官员的丁忧制度辞职归乡。李之藻父受李之藻影响，生前已经皈依天主教信仰，但未受洗。李之藻归乡后，又邀请在上海的几位耶稣会传教士郭居静、金尼阁等赴杭州传教。万历三十九年（1611 年）五月八日，传教士们在杭州举行首次弥撒，地点即在李之藻家。杭州地方官员们对传教士的态度也因此转变，传教活动不再受到地方官员的阻挠，杭州从此成为晚明清初天主教的重要传教基地之一。同时，李之藻还劝说同乡好友杨廷筠受洗入教。杨廷筠在京城任职期间，也与利玛窦有过交往，但他对西学的数理知识不感兴趣。李之藻父丧后，杨廷筠去吊唁，发现李家的佛像与佛教典籍俱被焚毁，虔诚信佛的杨廷筠很惊讶。李之藻趁机向杨廷筠宣传教义，郭居静、金尼阁等也纷纷向杨廷筠传教。杨廷筠遂于

---

　　[1] 徐骥：《文定公行实》，载徐光启撰、王重民辑校《徐光启集》，中华书局，1963 年版。
　　[2]（意）德礼贤编：《利玛窦全集》，转引自方豪著《李之藻研究》第二章第四节，第 36 页。
　　[3]（意）德礼贤编：《利玛窦全集》，转引自方豪著《李之藻研究》第三章第一节，第 41 页。

此年六月受洗于郭居静。当时，徐光启、李之藻和杨廷筠三人并称"儒耶三柱石"。万历四十四年（1616 年）发生了"南京教案"，五月，时任礼部侍郎署南京礼部尚书沈㴶上《参远夷疏》，八月，派人拘捕在南京的耶稣会传教士。徐光启即作《辩学章疏》，为耶稣会传教士辩护。杨廷筠则写了护教书籍《圣水纪言》，李之藻为之作序，且迅速派人北上呈送朝廷。明神宗下达禁教诏令后，他们还协助传教士们转移至安全的地区暂避。

李之藻与利玛窦早年相识后，两人有一番送难质疑的谈话，探讨天主教教义与佛学的相异之处，他那时已对教义的认识有了深化。万历三十五年（1607 年），李之藻撰《〈天主实义〉重刻序》一文，对宋明理学及佛教予以排斥，对天主教教义则褒扬有加，"然则天主之义，不自利先生创矣"[1]。他认为，"天学"与儒学实出一源："昔吾夫子语修身也，先事亲而推及乎知天。至孟氏存养事天之论，而义乃綦备。"[2]次年，他为《畸人十篇》撰写序言，对教义已经有更深的理解："其言关切人道，大约淡泊以明志，行德以俟命，谨言苦志以褆身，绝欲广爱以通乎天载；虽强半先圣贤所已言，而警喻博证，令人读之而迷者醒，贪者廉，傲者谦，妒者仁，悍者悌。"[3]李之藻的思想与徐光启是一致的，他们都强调西方的"理"识——宗教观念，还有西方的"器"识——科技知识，都可以补充儒学的某种先天不足。但是，他们这些儒耶结合的新型士大夫在当时毕竟是少数，以耶补儒的理想最终仍然难以实现，而后天主教与儒、佛的一次次冲突，尤其是"南京教案"后，朝廷中官僚权势阶层中排教势力越来越强大，驱赶耶稣会传教士的呼声也越来越强烈。就在"南京教案"后不久，明神宗下旨禁教，大批的欧洲耶稣会传教士被"督令西归"，或被驱逐回澳门。

晚明时期政治腐败，农民武装暴动烽烟四起，官僚权势阶层醉生梦死，荒淫奢侈；宦官依仗皇权肆意掠夺，横行跋扈。整个社会一片黑暗。徐光启、李之藻等人抱有纯正儒家观念，企图以忠君爱国之志挽救明朝危亡。李之藻希

---

[1]李之藻：《〈天主实义〉重刻序》，徐宗泽编著《明清间耶稣会士译著提要》。

[2]同上。

[3]李之藻：《〈畸人十篇〉序》，徐宗泽编著《明清间耶稣会士译著提要》。

望所行的两桩大事，一是修历，二是改革兵制与建造火炮，加强军事力量，两事却都难以实施。明朝开国后，历法仍沿用元代的《授时历》，仅将名称改为《大统历》。《授时历》原来也是一部精良的历法，可明朝钦天监却对此历法仅是沿用，不做任何修正，导致测验误差不断积累，差错屡次发生。其间，也有士人请求修改历法，却被视为轻率狂妄，被下狱治罪。《大统历》的误差越积越多，"弘治中，月食屡不应，日食亦舛。正德十二、三年，连推日食起复，皆弗合"[1]。朝廷中再兴请求修改历法之议。可明神宗殆于政务，屡屡搁置。万历三十八年（1610年）底，钦天监又一次预测日食失误。次年，时任钦天监官员的周子愚上书推荐耶稣会传教士庞迪我、熊三拔等参与修历。万历四十一年（1613年），任南京太仆寺卿的李之藻又上《请译西洋历法等书疏》，他列举西洋天文历数中"我中国昔所未及"的十四事，指出西洋历法较之中国传统历法的一系列优越处，且慨叹精通历法的利玛窦已逝世，而庞迪我等传教士亦年老体衰，所以开历局、聘那些西洋传教士译书修历已是刻不容缓。但是，这些呼吁修历的奏折皆被明神宗留中不发。三年后，"南京教案"发生，庞迪我等一批传教士被驱逐，修历之事又被搁置十余年。此外，李之藻还极力推动另一桩改革兵制与造火炮之事，也因当时朝政混乱而未能顺利推行。万历四十八年（1620年），李之藻丁忧回籍料理母亲丧事，当时正在通州练兵的徐光启致信李之藻，托他寻觅采购西洋大炮。李之藻与杨廷筠商议后，很快即筹得购炮资金，派人赴澳门购炮。次年，李之藻丁忧期满起复，被任命为广东布政使参政，后因边事紧急，改任光禄寺卿，受命监督军需并兼管工部都清水吏司事。在任期间，他与徐光启及兵部尚书崔景荣上疏朝廷，请求速调已经购得的西洋大炮，且寻访耶稣会传教士帮助训练炮手。当年底，所购的四门西洋大炮抵京，亦有耶稣会传教士龙华民、阳玛诺赴京，二人以协助训练炮手的名义获准在京城居住。徐光启与李之藻对建造炮台、制作西洋火器等具体事甚为关注，他俩互通书信多次反复商议，如炮台的长阔尺寸、规制及图样，所需要的砖石数量，炮座及炮台在周城的位置等，事无巨细，一一确定。李之藻还制成了一

---

[1]《明史》卷三十一，志第七，历一，历法沿革，第518页。

座炮台的木质模型，交工部审议，后徐光启也制作了一个模型，他俩都对西洋军制很感兴趣，希望能借鉴其优点改革腐朽的明朝兵制，同时引进西洋火器，增强明军的战斗力。可天启年间，更黑暗的魏忠贤阉党专政时代来临，他俩的天真幻想随即幻灭。天启三年（1623年），魏阉逆党遍布朝廷，东林党人纷纷被迫害，李之藻因与东林党人友善，感慨"志不用"，便上疏告归。

李之藻辞归后，在杭州灵隐寺附近飞来峰的山岩上结庐而居，专心译著，不问世事。他与来华的葡萄牙传教士傅汎际共同翻译了《寰有诠》与《名理探》。他是较早用先秦诸子和魏晋玄学的术语来表述西方哲学原理的，旨在达义传神。《寰有诠》一书，编译了古希腊哲学家亚里士多德的宇宙理论著作《论天》，书中还有托马斯·阿奎那等后世学者对亚里士多德学说的引申与补充。此书由傅汎际口授，李之藻笔录。但傅汎际来华未久，汉语很生疏，李之藻却不懂外文，哲学术语既多且生涩，两人交流很困难，屡次因苦于表达艰难不得不搁笔，但最后仍然坚持翻译完了此书。此后，李之藻又与傅汎际合作，编译《名理探》。此书是亚里士多德的逻辑学著作，李之藻将"逻辑学"翻译为"名理探"，解释其意在于"循所已明，推而通诸未明之辨也"。他翻译此书费时三年，因逻辑学名词未有定论，"诚其公子所云：'或只字未安，含几毫腐；或片言少棘，证解移时。'"[1]今日翻译西方逻辑学著作，学者们还感觉语言艰涩，翻译困难，更何况是三百多年前的明代学者呢！《名理探》一书在中国逻辑学的发展史上，有着重要的学术地位。但直到200多年后的清末，严复翻译《穆勒名学》后，《名理探》才逐渐引起当时学术界的重视与研究。当代著名学者陈垣认为，《寰有诠》与《名理探》两书，"其价值不在欧几里得几何下，而不甚见称于世，则以读者之难其人也"[2]。

李之藻退隐五年后，崇祯皇帝登位，魏忠贤伏诛，阉党势力被击垮。次年，因钦天监推测日食失误，崇祯皇帝痛责监官。礼部再度上疏请开历局修历，获得同意。徐光启随后代礼部上疏报告修历各事项，并推荐李之藻参与修历，协同主持历局事务，建议吏部尽快起补录用，崇祯皇帝随后多次下旨，命

---

[1] 方豪：《李之藻研究》，第十章第四节。

[2] 陈垣：《浙西李之藻传》，载《陈垣学术论文集》，中华书局，1980年6月第1版，第77页。

李之藻赴京。崇祯二年（1629年）九月，历局正式成立，李之藻与徐光启同为历局监督。年底，李之藻即从杭州抱病启程，途中两次犯重病，不得不在杭州及沧州养病。崇祯三年（1630年）六月，李之藻抱重病入京陛见，入历局参与修历，三个月便与徐光启、罗雅谷合作译成书表六卷。这一年，李之藻于九月二十七日（阳历11月1日）因积劳成疾而病逝，临终前仍然以宗教事务恳托徐光启。

四、杨廷筠："儒耶合一"的新伦理观转变

过去对杨廷筠的研究，在明史研究学术界从未占过重要地位，仅是在中国天主教史中偶然被人提及而已。比利时学者钟鸣旦出版了《杨廷筠——明末天主教儒者》后，研究杨廷筠的学者越来越多了，"有些人还称杨廷筠为'第一位中国神学家'。美国有一批华人学者正在将杨廷筠的著作译成英文"[1]。国内一些学者认为，"儒耶合一"的新伦理观是企图将传统儒家思想与西方基督教理论碰撞结合的重要思想产物，晚明时期一批士大夫，在接纳了基督教神学理论后没有放弃儒家传统文化，他们认为基督教神学与儒学同属一个敬天的思想体系，应当"儒耶互补"或"儒耶结合"，以此解决晚明社会的诸多问题。这种亦儒亦耶的新思想体系其实是西学东渐后中西文化融合的一种成果，自然应当在明清思想的发展史上占有重要的地位。

杨廷筠，生于明嘉靖三十六年（1557年），卒于天启七年（1627年）[2]，字仲坚，号淇园居士，别号井寒子、郑园居士、沁园居士，弥格子等，皈依天主教后，教名弥格尔。他出生于浙江杭州仁和县的儒学世家。其祖父杨周，曾经考中进士，担任工部主事等职务；其父杨兆坊，为儒学生员，未出仕，教授私塾，在当地颇有名望，撰注《杨氏塾训》及不少诗文。杨廷筠幼承家教，其儒

---

[1]（比）钟鸣旦：《杨廷筠——明末天主教儒者》，香港圣神研究中心译，"新版序言"，社会科学出版社，2007年8月第1版。

[2]关于杨廷筠的生卒年，也有学者认为，杨廷筠生于明嘉靖三十六年（1557年），这依据是从《杨淇园先生超性事迹》中推算而得出结论。比利时汉学家钟鸣旦博士则根据《万历二十年壬辰科进士履历便览》中查出杨廷筠生辰，此为第一手资料。又，杨廷筠卒年据西方史料记载为明朝天启七年冬季，是1627年年末，或1628年初。

学根底较深厚。

万历七年（1579 年），杨廷筠在该年的乡试中考中举人。十三年后，即万历二十年（1592 年），杨廷筠又在该年的进士考试中金榜题名，列三甲（同进士出身）第三十六名；同年，他被朝廷任命为江西吉安府安福县知县。杨廷筠在任约七年，期间，勤政爱民，多有作为。他积极增加粮食储备，建立了安积仓。《安福县志》记载："安积仓在治东，明万历丁酉知县杨廷筠建，使民储粮，以防饥馑。"[1]这是一桩德政，颇为当地百姓们所纪念。当时，安福县有二十余所书院，其中复古、复真、复礼、识仁、道东五大书院最负盛名。辞官归乡的两位著名理学家刘元卿、王时槐常在书院讲学，杨廷筠与他俩多有交往。他还将自家珍藏多年的书法名帖委托复礼书院保存，复礼书院专辟一"杨侯留帖阁"收藏。后来，著名东林党人邹元标专门撰文记载此事。[2]万历二十七年（1599 年），杨廷筠从安福县知县任上离开，入朝候命。后入都察院任职，三年后出任湖广道监察御史。出任监察御史后，杨廷筠上疏谏阻明神宗提取太仓金。明神宗是历史上被人称为身染"酒、色、财、气"四恙的昏君，怠于理政，精于敛财，他不愿动用大内的私财，却用太仓的国库资金支付自己的奢侈费用。杨廷筠在奏折中谏阻称："祖宗朝积贮至今，尚存八百余万，陛下御极以来，支用七百余万。今一旦又支若干，脱有急需，何以应之。"[3]明神宗将奏折留中。杨廷筠对朝廷派遣的矿税监使为非作歹、聚敛钱财的种种劣迹深恶痛绝，"数以疏谏，尽发陈奉、马堂、陈增等奸状"[4]，但也无济于事。后来，他又奉命巡查漕运，发现管理制度的诸多弊端，遂又上奏朝廷，先是建议恢复漕船"如式成造"，又提出"押运宋事"。明神宗批旨："俱依议行之。"此举一定程度改善了弊端重重的漕运制度。万历三十二年（1604 年）末，杨廷筠又任四川道掌道事。他任职不久即发现川、黔两省因水划界的争执，当地土司不满情绪滋生，蕴藏着叛乱苗头。他向朝廷上呈《议划定水西疆疏》，催促

---

[1] 高崇基：乾隆《安福县志》卷三，"仓储"，乾隆四十七年刻本。

[2] 同上。

[3] 马如龙修、杨鼎等：康熙《杭州府志》卷三十，康熙二十六年刻本。

[4] 同上。

朝廷尽快解决此事，并提出一些建议。明神宗又将此事搁置不理。晚明时，西南地区战乱频仍，即因土司的问题没有得到很好的解决而起。半年后，杨廷筠又奉旨巡按江南苏、松地，视察当地织造情况，他发现当地的赋税苛重，便又先后上奏疏请求朝廷免去各类苛捐杂税。此奏疏终于得罪朝廷高官，他又被调离。他在任期间勇于任事，直言敢谏，勤政爱民，在老百姓及清流官员中很有声誉，却被那些腐败守旧的高官显宦所嫉视，终究难以抵挡黑暗官场的排挤，杨廷筠不得不以患病为由上疏求退。万历三十七年（1609年），杨廷筠退职回乡闲居。

杭州是晚明的佛教中心，杨廷筠一度对佛教颇感兴趣。他早年与高僧袾宏交往密切，参加过袾宏组织的放生会。袾宏主张的儒、释、道三教合一的思想，戒杀与放生的主张，杨廷筠尤有共鸣。杨廷筠还前往天台山，访高僧，学佛法，赋有一首诗："身世浮沤里，年华驹隙过。了知神不灭，离却幻如何。遂妄迷尘劫，耽空亦爱河。西来秘密义，无复问维摩。"[1] 他居住杭州时，曾经结合同道成立了"真实社"，专门研究禅学，以修身静心为本，且在寓所中辟有"礼僧之室"，接待僧人与信仰佛教的信徒。杨廷筠所结交的士大夫们大都有佛教信仰，如冯梦桢、董其昌、袁宏道及虞淳熙等人，这是因为晚明时期王阳明心学在士人中有着巨大影响，企图"以禅补儒"，形成了当时的时尚文化潮流。杨廷筠在接受天主教信仰的初期，还企望西方传教士能对其佛教信仰予以包容，他对传教士郭居静、金尼阁说："天主之当奉，固矣，谓其天地万物之主也；吾闻释氏乃西方圣人，即并奉之，亦何伤乎？"而两位虔诚传教士则反驳他："今释氏戴天函地不知有天主全能大恩，是为至愚。知有主而不知畏，不知事，是为至悖。释氏尊其心性而欲晦主全能，忘主大恩，独自抗傲。吾故曰非愚则悖！如是而并奉之可乎？"[2] 杨廷筠对此说表示信服。他信奉天主教后，又进一步研究教义。他对禅宗及王阳明心学中玄谈、虚幻和空疏的流弊颇反感，这一点与当时东林党人的见解是比较一致的。他亲近传教士，也因为他

---

[1] 传灯法师：《天台山方外志》卷二八，杨廷筠诗《读无尽老师维摩无我疏有感》，转引自赵晖著《耶儒柱石——李之藻、杨廷筠传》。

[2]（意）艾儒略口授、丁兆麟执笔：《杨淇园先生超性事迹》，巴黎国家图书馆藏，第1016V号。

们的务实作风感染了他，深感他们知行合一，并对当时士大夫们与社会脱节的弊病更加反感。

杨廷筠信仰发生转变的一个契机，即是他赴李之藻家吊唁其父丧，他有机会与两位传教士郭居静、金尼阁讨论宗教问题，使他初步接受信仰。可杨廷筠走上信仰之路，却非一朝一夕之事。在此前，万历三十年（1602年），杨廷筠先后任湖广道御史、四川道掌道事等职务，在入京述职及候任新职期间，他几次访问利玛窦，与其讨论天主教教义的名理之说。杨廷筠一直对西方的伦理思想体系很感兴趣，在李之藻家中，他与郭、金两位传教士进行了深入辩难，涉及教义的所有领域，如原罪与救赎、人类超自然的命运体系等话题。杨廷筠对耶稣降生的人间救赎及复活等，多不理解，他们一直激烈地讨论了九天。杨廷筠为了探索真理，提出了许多诘难，传教士一一予以解答，杨廷筠终于信服。但是，杨廷筠还有其家庭生活的阻碍，他与李之藻同样因纳妾而违反教义，一时不得受洗，他抱怨说："泰西先生乃奇甚，仆以御史而事先生，夫岂不可，而独不容吾妾耶？若僧家者流，必不如是。"他认为教义苛刻，不如佛教宽容。李之藻喟然叹息答道："于此知泰西先生正非僧徒比也。泰西戒规，天主颁之，古圣奉之。奉之德也，悖之刑也。德刑昭矣。阿其所好，若规戒何？先生思救人而不欲奉己思，挽流俗而不敢辱教规，先生之不苟也。其所全多矣。君知过而不改，从何益乎？"[1]李之藻解释了传教士不畏流俗而畏上帝正是"先生之不苟也"，是他们胜过佛教的优点。杨廷筠因此醒悟，安置好其妾的生活，便离开其妾。万历三十九年（1611年），杨廷筠正式皈依天主教，由郭居静施洗，李之藻为其教父，取教名为S·Miehael，中文名为弥格尔。杨廷筠受洗后，又带动其父母妻儿也成为天主教信徒。杨廷筠的妻子及母亲原来是虔诚的佛教徒，她俩在杨廷筠的耐心引导下也转变信仰。杨廷筠以后还影响了其家族近百人皈依了天主教。杨廷筠在家乡建立了"仁会"，根据天主教的七项善功救济穷人，"仁会"每月有聚会、献仪，以及有专人处理捐款；他还设立"仁馆"，接济贫穷家庭的孩子上学。他对这两项活动密切关注，常常亲

---

[1]（意）艾儒略口授、丁兆麟执笔：《杨淇园先生超性事迹》，巴黎国家图书馆藏，第1016V号。

力亲为。杨廷筠出资建造了圣堂与小教堂，供传教士聚会及传教使用。他为传教士们建造了住所，时常资助他们的旅行费用。天启二年（1622年），杨廷筠还专门捐助了一笔资金，买了大片土地给教会。

杨廷筠的信仰转变过程，实质上也是传统的旧伦理观念朝着近代新伦理观念变化的过程。当时，一批由儒入耶的士大夫都有着心理冲突和思想困惑，这些基督教伦理实质上也与儒家的伦理发生着矛盾与撞击。比如，传教士们宣传"上帝面前人人平等"，便与中国的"皇权至上"是相冲突的；又比如，基督教不讲儒家的"君臣父子之纲常"与"男女之大防"，教徒们以兄弟姐妹相称，礼教的堤防被冲决得岌岌可危。此外，"基督教的一神教信仰确实给了中国传统的迷信以很大的冲击。例如，朝廷的高官许胥臣在皈依基督教前习惯于请术士预卜未来，办事要选择凶日吉日，在他皈依基督教后，就不再相信术士的胡言乱语，而且偏要在历书上标明严禁出行的日子启程还乡，以表示'向魔鬼对着干'。"[1]有学者即认为，西方传教士们带来的新知识与新思想、新伦理，在中国士大夫们中引起了激烈的文化冲突，从总的方面来讲，"传教士带来的新知识，与早期市民阶层冲破专制统治思想的束缚和人身禁锢的斗争结合在一起，也与东林党人和开明士大夫反对腐败政治的斗争结合在一起。而当时反对西学、主张驱逐传教士的人，则主要是明末最腐败、最反动的阉党一系的人物"[2]。

万历四十四年（1616年）五月，时任礼部侍郎的沈潅上《参远夷疏》，攻击来华的西方耶稣会传教士，认为他们"盖儒术之大贼，圣世所必诛"，且针对徐光启、李之藻等推荐传教士参与修正历法一事，攻击其意在变乱纲纪，破坏王化。沈潅的奏疏上呈，朝野中守旧派趁机响应，纷纷要求重惩西洋传教士，由此发生了"南京教案"。沈潅原与杨廷筠乃同年进士，据说，沈潅上疏前一年，在杭州家中宴客庆贺升职，也邀请杨廷筠赴宴。宴会后的娱乐节目中有淫荡内容，杨廷筠甚表反感，沈潅则恼羞成怒，斥责杨廷筠的基督教信仰。

---

[1] 萧萐父、许苏民：《明清启蒙学术流变》，人民出版社，2013年11月第1版，第50页。
[2] 同上书，第51页。

两人互相交恶，此为远因之一。[1]还有人认为，沈㴶接受了和尚的贿赂，亦是其仇教的原因之一。当代学者赵晖先生则认为，沈㴶引发教案固然有其个人好恶之原因，但主要是朝廷中以东林党为首的"清流"与浙、楚、齐、宣、昆党顽固派的斗争越来越激烈。而后来，浙、楚、齐、宣、昆党的官吏们又与朝廷中的宦官势力结合，形成了"阉党"。其实，这是东林党与"阉党"斗争的前奏。徐光启、李之藻、杨廷筠等虽然不愿卷入党争的政治漩涡，但他们与传教士一样也是同情东林党人的。沈㴶在党争中是浙党的中坚人物，与时任礼部尚书兼东阁大学士的方从哲友善，而且结交讨好阉宦。他的排教举动，有利用教案来捞取政治资本、打击党争对手的深意。徐光启、李之藻、杨廷筠凭借其成熟丰富的政治经验，敏锐地预感到政治形势恶化。徐光启即写了《辩学章疏》，上呈明神宗，为传教士们辩护。杨廷筠也写了护教文章《圣水纪言》，且致函朝廷中的官员朋友请他们保护传教士。徐光启与杨廷筠还未雨绸缪，为那些传教士们准备了避难住所。同年八月，沈㴶得到了浙党魁首方从哲的明确支持，旋即派兵包围教堂，将居住南京的耶稣会传教士王丰肃、谢务禄逮捕监禁，并拘捕教徒多人。九月，沈㴶又上《参远夷二疏》，声称耶稣会传教士窃取朝廷机密，在两京潜伏，危害极大。一时朝议大哗，相继又有不少官员参劾传教士。杨廷筠与李之藻深感形势险恶，果断地着手转移传教士，将他们送出城外，至乡间暂避。十二月，沈㴶利用职权严刑拷打被逮捕的传教士与教徒们，又上第三道奏疏，请求明神宗"早赐处分，以清重地"。这年的阴历年底，明神宗下诏驱逐西洋传教士，且明令禁止传教。庞迪我、熊三拔、王丰肃、谢务禄四名耶稣会传教士被逐。多数传教士则分别觅地避居，其中郭居静、毕方济、龙华民、艾儒略等七名著名传教士，均避居于杭州的杨廷筠家中。他们还经常在"淇园"的小教堂里举行宗教活动。

五年后，"南京教案"又起余波。朝廷镇压了山东白莲教暴动后，各地官吏们厉行查禁白莲教，其中便出现很多诬陷良民的冤案。在南京，一位天主教徒挺身为受冤的邻居辩护，军士们冲入教徒家，搜出十字架与耶稣像，便诬陷

---

[1]（比）钟鸣旦：《杨廷筠——明末天主教儒者》，香港圣神研究中心译，社会科学文献出版社，2002年12月第1版，第110页。

其为白莲教余党。当地衙门的官员严刑拷打他，还陆续逮捕了几十名教徒。朝廷内与沈漼接近的守旧派官僚又纷纷上疏，请求严厉地处置天主教。在新教难即将爆发的危急形势下，杨廷筠正闲居在杭州家中，他又写下《鸮鸾不并鸣说》，行文洋洋洒洒，从十四个方面阐明天主教与白莲教的根本差异，还提出识别教派正与邪的稽查证明之法，表明天主教是正教。杨廷筠认为，西学与三代以上的古儒学说一致，只因后世尊崇佛教，才使人不辨正邪。他认为："今西士之为教主，不婚不官，无求于世，是恬澹之士也。不用世奉之佛法，而独辟一室，是独立之士也。穷天地人之理，而韬晦不露，日于遯世是闇修之士也。"[1]杨廷筠此文有理有据，简明扼要地阐述了天主教的教义，在反击守旧派官僚们的舆论战中有着重要分量。同年，沈漼在朝廷内激烈的政争中黯然辞职，守旧派官僚们酝酿中的对天主教徒们的又一次迫害，也就不了了之。

"以耶补儒"是杨廷筠"中国神学"的一个基点，他的代表作如《西学十诫诠释》《圣水纪言》等，无一不贯穿了这样的思想宗旨。杨廷筠研究了天主教的教义与中国传统的儒、佛、道三家理论的种种异同，且进行比较、辨析与较深入的思考。他与利玛窦的宗教见解是一致的，也主张"合儒辟佛"，试图将基督教文化与传统儒家文化相融合，构建起一个带有中国本位色彩的儒学基督教。他关于这些方面的著作很多，还有一部代表作《天释明辨》，内容包括天主教的三位一体、天堂与地狱、四大假合等三十个主题，对佛教的许多宗教观念进行了批判。又有《代疑篇》《代疑续篇》，论述核心是减少天主教义的天主创造论。他引经据典，引述古籍，以证明关于天主的观念中国人古已有之。"洪荒之初，未有天地，焉有万物？其造无为有，非天主之功而谁功？"[2]传统儒家观念中，天虽然可敬可畏，却仅是自然秩序的象征，不具有人格神的概念。杨廷筠否定这样的观念，他说："夫造物化工，昭昭在人心目，何须诠解，惟是天主全能……宁知天主如许全能，如许化工，是吾人大父母。"[3]他还批判

[1]杨廷筠:《鸮鸾不并鸣说》，载楼宇烈顾问、郑安德编辑《明末清初耶稣会思想文献汇编》第28册，北京大学宗教研究所，2000年编。

[2]杨廷筠:《代疑篇》，载楼宇烈顾问、郑安德编辑《明末清初耶稣会思想文献汇编》第29册。

[3]同上。

了儒学中传统宇宙论中的主气论、主理论、偶然生成论、自然生成论，认为这四种宇宙论"皆求之不得其故"。在《代疑续篇》中，杨廷筠还对宋明理学的理气论进行了批评，他说："气无知，理亦非有知。安能自任造物之功？"[1]气与水、火、土同是天主造物的质料，都是万物本原，岂能是造物之本原？当时，宋明理学在世界本原的问题上有主理与主气两派，杨廷筠以为两派皆错，天主才是真正的造物主。他还认为，"西儒之学，以敬天地之主为宗，以爱己爱人为实"[2]。他和利玛窦一样，试图以教义中的神爱、博爱观来补充孔子的仁爱观。钟鸣旦博士认为，杨廷筠的很多思想观点与"明代思想的遗产"，也就是早期启蒙思潮是相联系、相回应的。譬如杨廷筠主张共同实践伦理道德，强调时代价值观思想；他还强调实际的治国方案及要求运用科学的价值观；他既有着浓厚的历史意识，同时又注意改造旧传统；他在哲学上受到多玛斯主义影响，强调智慧与理性；他怀有深厚的人文主义精神，具有勇敢地接受外国的新知识、新思维的开明态度；他主张以耶补儒，重新厘定儒家道统的新儒家姿态，等等。"初时，他是一名合儒佛两家的信徒，后来则变成一位合儒家与基督宗教思想的人。"[3]

天启七年（1627 年）十二月严冬，杨廷筠年事已高，仍然亲身参与他捐款兴修的新教堂施工，还连夜赶写介绍来华耶稣会传教士生平的一部书，终因积劳成疾发起了高烧，重病卧床不起。得重病的第四天，他在昏迷中还自责未能早点动工兴修教堂。领受了神父的告解和临终圣事后，杨廷筠恢复神智对守护他的神父说："噢，由人间转到天堂是多么容易啊！"又对围绕在床边的家人说："这些都不会使我有任何激动，它并不比那曾经属于我的，或者这个世界，又或者一切发生的事更令我激动。"[4]留下这些遗言，杨廷筠溘然长逝。

---

[1] 杨廷筠：《代疑续篇》，载楼宇烈顾问、郑安德编辑《明末清初耶稣会思想文献汇编》第 30 册。

[2] 同上。

[3]（比）钟鸣旦：《杨廷筠——明末天主教儒者》，香港圣神研究中心译，社会科学文献出版社，2002 年 12 月第 1 版，第 272 页。

[4] 同上书，第 112 页。

五、王徵与中西文化会通

钟鸣旦博士谈及这批由儒入耶的士大夫时，强调了他们"新儒家基督道统"的三个方面：首先，是这些由儒入耶的士大夫信仰的"宗教虔诚与精神修养"。"儒家的天，拥有遥不可及的宇宙力量，但基督宗教的天主却是一位人格神，他甚至屈尊就卑降生成人，而这种观念带来一种转变，由至高存在的'可怖'层面变成了'吸引'层面"，[1]于是，这些士大夫教徒用静思、祈祷、忏悔、认罪、恭敬等修行办法敬拜天主。其次，是这些由儒入耶的士大夫在信仰中寻找到了"伦理道德的实质与实学"。这些士大夫教徒"相信一切道德标准都是来自天主，而不是取决于'良知'，但它却是'实质的'和'客观的'。道德标准见于'十诫''七克'和'七善功'等规律中。这些戒律必须以真实行为来体现，而仁会就是这类实践的一个例子"。[2]最后，是这些由儒入耶的士大夫通过信仰之旅，更加强了他们的政治才能与科学兴趣。由于儒家士大夫们大都要走上仕途，就必定要参与政治。这些士大夫教徒都强调读书要"经世致用"。"原则的研究在于读经、读史和读自然科学，而数学、历史、制图学、机械等都属于'天学'的范围。"[3]钟鸣旦博士又将那些士大夫教徒分为三种类型。第一种类型如徐光启、李之藻、孙元化等人，他们求索西洋科学技术的兴趣更为浓厚一些；第二种类型如王徵等人，他们通过自身的善行来推广教义，如王徵组织"仁会"，即是以此来落实教义中神爱与博爱的宗旨，主张实用的道德伦理色彩更浓厚些；第三种类型则是杨廷筠诸人，他们更偏重于探讨本土化的新神学理论，以及汲取西洋哲学。因此可以说，王徵也是这批由儒入耶的士大夫中的主要代表人物，他不仅是晚明时期中国天主教会史上的"四贤"之一，而且是北方天主教徒的中坚，与徐光启被称为"南徐北王"。

王徵，生于明隆庆五年（1571 年）四月十九日，卒于明崇祯十七年（1644 年）三月初四，字良甫，别号支离叟、了一子，皈依天主教后教名为斐

---

[1]（比）钟鸣旦：《杨廷筠——明末天主教儒者》，香港圣神研究中心译，社会科学文献出版社，2002 年 12 月第 1 版，第 267 页。

[2]同上书，第 268 页。

[3]同上。

理伯，卒后民间授其谥号端节先生。王徵出生于陕西泾阳县鲁桥镇的亦农亦儒的家庭，其父王应选平日务农耕，然喜读经书，颇精算术，曾经编写《算术歌款》与《训子歌》等。王徵7岁从学于舅父张鉴，尊称张鉴为"舅师"。张鉴别号湛川，乡人称其为"贞惠先生"，为关中理学名儒。他曾经编写《历代事略发蒙歌》，令学童背诵。王徵后来为此写跋，称这首歌谣是其一生之"若夫读史良法"，"上下数百千载，一刻可了目前；是非判于数言，褒贬严于一字。易同指掌，洞若列眉"。[1]张鉴的学问之道是"慎独主静"，为人宗旨是"毋自欺"，他善制战车，易弩、火铳等兵器，这些都对王徵影响极大。张鉴走上仕途后，曾经游宦于山西、河北，亦携王徵前往，使得他开阔了眼界。

王徵自述："十七岁入庠读史，见范文正公自做秀才时便以天下为己任，辄慨然有意其为人。"[2]万历二十二年（1594年），24岁的青年王徵参加乡试，考中举人。但是，他进京参加会试却极不顺利。近三十年来，他九次入京城赴会试都落第而归，第十次会试总算成为进士。王徵这时已52岁了。他后来回忆，那时他对科举制艺文章总提不起兴趣，却更迷恋于制器之学，"顾颇好奇，因书传所载化人奇肱，璇机指南，及诸葛式木牛流马、更枕石阵、连弩诸奇制，每欲臆仿而成之。累岁弥月，眠思坐想，一似痴人。虽诸制亦皆稍稍有成，而几案尘积，正经学业荒废尽矣"[3]。王徵这一时期深感彷徨，他讨厌八股、制艺之学，主要是发觉儒学已成为士人们谋取功名的敲门砖。"而今把一部经史，当作圣贤遗留下富贵的本子；把一段学校，当作朝廷修盖下利达的教场。矻矻终日，诵读惓惓，只为身家。譬如僧道替人吟诵消灾免祸的经忏一般，念的绝不与我相干，只是赚的些经钱、食米、衣鞋来养活此身。把圣贤垂世立教之意辜负尽了。"[4]这也是他在科业上总打不起精神的主要原因。

万历四十三年（1615年），王徵45岁，偶然得一友人的赠书，是西班牙

---

[1] 王徵：《历代事略发蒙歌跋》，载王徵著、林乐昌编校《王徵集》卷十五"序跋"，西北大学出版社，2015年1月第1版，第290页。

[2] 王徵：《两理略自序》，载王徵著、林乐昌编校《王徵集》卷一"治状"，西北大学出版社，2015年1月第1版，第1页。

[3] 同上。

[4] 王徵：《士约·其二》，载王徵著、林乐昌编校《王徵集》卷七"儒学"，西北大学出版社，2015年1月第1版，第150页。

传教士庞迪我撰写的传教书籍《七克》。王徵后来回忆说："适友人惠我《七克》一部。读之见其种种会心，且语语刺骨，私喜悦曰：'是所由不愧不怍之准绳乎哉？'"[1] 他大病一场，病愈后又重读此书，更觉得其中的道理清晰明白。他认为，这部书提供了一套具体的伦理规范，真正可做到孟子所言"仰不愧天，俯不怍人"。当时，儒家倡导的传统伦理道德日渐式微，成为士人们口头上的虚伪幌子。次年，王徵又赴京参加第八次会试，未考中。但他寓居京城期间拜访了庞迪我，想更详细地了解教义。庞迪我告诉他，《七克》此书不过是"各审其病痛而自施针砭之小策耳"，于是向王徵展示了其寓所中从西洋携来的其他西学书籍。"简帙重大，盈几满架，令人应接不暇，恍如入百宝园，身游万花谷矣。初若另开眼界，心目顿豁已。复目绚心疑，骇河汉之无极也！"[2] 王徵欣喜地找到了另一个开阔的精神世界！学者们考证，也就在那一时期，王徵由庞迪我施洗入教，且取了教名斐理伯。王徵接受天主教信仰之后，思想发生很大变化，"意识到局限于伦理层面还很不够，因为按庞迪我的指点，伦理学在天主教那里仅仅是'吾辈下学'和'修身克己'之'小策'而已。这一新的认识，促使王徵比较儒、耶在形上本体层面的得失，从而进一步意识到儒家之超越性实在观念的薄弱，需要从天主教教理来改善儒学之缺失"[3]。

王徵进士及第时已经 52 岁，被朝廷罢官归乡则是 62 岁。他从政约十年，可真正的宦海生涯仅四年。在他北直隶广平府司理任内，其继母辞世，在南直隶扬州府司理任内父亲又逝世，两次回籍服丧守制就有五年。他最后一次任职，出任山东按察司佥事兼辽海监军不到半年，便遭遇"吴桥兵变"，被罢官归里。短暂任职间，王徵以造福百姓为己任，勤政爱民，政绩卓著。他在直隶广平府任推官时，奉保定巡抚张凤翔之命练兵，自撰《兵约》一卷，共三章，一章兵制，部署战阵总局；一章兵率，定赏罚操练制度；一章兵誓，鼓舞

---

[1] 王徵：《畏天爱人极论》，载王徵著、林乐昌编校《王徵集》卷八"天学"，西北大学出版社，2015 年 1 月第 1 版，第 157 页。

[2] 同上书，第 158 页。

[3] 林乐昌：《〈王徵集〉前言》，载王徵著、林乐昌编校《王徵集》，西北大学出版社，2015 年 1 月第 1 版，第 9 页。

尽忠报国士气。[1]在广平府任职期间，肥城被水淹后成为一片水泽，他在治水过程发现"乃其取水器具皆不大便利，且用力多而成功少，夫役称苦。余甚怜之，爰以素所制成鹤饮、龙尾、恒升活杓诸器。咸挹水如流，又不费人力者，细传范君，令工匠依式制造，后果人人称其便利，未几水尽泄去，城内渐就干涸，居民渐次还居，城内渐渐复厥旧云"。[2]他充分发挥制器才能。他在扬州任推官期间，打算依据《奇器图说》中的运重机器之式样造器移石。他在泰州改建水闸，其闸"图式汇集四伏、四活、五飞、五助及新制起重船机诸器式中"。他还"改修天长石桥梁"，"及先作架桥，以补坏孔，速通来往"；还修筑高邮湖堤，"堤石堕落水中，创制机器不用人，水底捞取，其器自能擒拘巨石出水之类"[3]。这是王徵利用新吸收的科技知识及机械工程学原理来造福百姓的举措。

天启年间，王徵担任扬州司理时，正值魏忠贤阉党横行猖獗，把持朝政，一群腐败官僚则谄媚阉党，为魏忠贤建生祠之风刮遍官场。淮扬巡抚御史许其孝在扬州为魏忠贤建生祠，各级官员纷纷前往拜谒，唯有王徵及其同乡兵备副使来复拒绝去拜。时人赞佩他俩的气节，称为"关西二劲"。[4]崇祯皇帝登基，魏忠贤阉党伏诛，徐光启在朝中数次上疏推荐人才，建议速召孙元化、王徵赴任。当时，东北边事紧急，满洲军队咄咄逼人地进攻明朝边境。崇祯四年（1631年）夏季，王徵奉朝廷征召赴登州上任，协助右佥都御史登莱巡抚孙元化防守辽海防线。孙元化也是天主教徒，两人是好友，本可以有所作为的。可惜的是，王徵上任半年，因朝廷中赃官们拖欠军队粮饷，孙元化下属的耿仲明、孔有德两支部队在奉命援辽途中哗变于吴桥。崇祯五年（1632年）正月初三，叛军攻破登州城，因感服其忠义，不忍加害。但是这年春天，孙元化与

---

[1] 王徵：《兵约》，载王徵著、林乐昌编校《王徵集》卷五"兵事"，西北大学出版社，2015年1月第1版，第98—129页。

[2] 王徵：《肥城治水》，载王徵著、林乐昌编校《王徵集》卷一"治状"，西北大学出版社，2015年1月第1版，第14页。

[3] 王徵：《两理略·易闸利运》，载王徵著、林乐昌编校《王徵集》卷二"治状二"，西北大学出版社，2015年1月第1版，第57页。

[4] 张炳璿：《明进士奉政大夫山东按察司佥事奉敕监辽海军务端节先生葵心王公传》，载王徵著、林乐昌编校《王徵集》附录二"传记、赞贺、祭文"，西北大学出版社，2015年1月第1版，第367页。

王徵被押解至京师问罪。孙元化被斩，王徵被判处充军。稍后，王徵被赦免归乡，再未出仕。他晚年回归乡里后撰写了《两理略》一书，对自己任职广平、扬州的两次从政经历进行回顾与总结。他看清楚了晚明政局糜烂，大厦将倾，而少数清醒与正直的士大夫却独木难支，他的内心充满矛盾、痛苦与迷惘。

王徵可说是中西文化会通的重要人物，他不仅是晚明注意学习和推广西方科技的机械学家，也是历史上第一批学习拉丁语的学者之一。著名学者陈垣考证："迄今言中国人习蜡顶（拉丁）文最先者，犹当推陕人王徵也。"[1] 天启五年（1625年）春，王徵因继母去世而归乡守制，便邀请西班牙传教士金尼阁从山西绛州至三原，在那里居住了近半年。当时，王徵随金尼阁学习拉丁文，"认真研读了《西儒耳目资》书稿，并金尼阁反复研讨书之框架及其中内容，合作完成了《译引首谱》《列音韵谱》《列边正谱》三篇的《问答》"[2]。而且，还向金尼阁学习了机械工程知识，为后来任扬州推官时的建水闸、修桥梁、筑河堤等建设活动打下基础，次年冬天，王徵到北京时又拜见了西洋传教士龙华民、汤若望、邓玉函等人，在他们住所看到很多西洋书籍，"余亟索观，简帙不一，第专属奇器之图说者，不下千百余种"[3]。王徵最关注那些民生日用所急需的"奇器"，希望国人能用到那些"有用人力、物力者，有用风力、水力者，有用轮盘，有用关捩，有用空虚，有即用重为力者"[4] 的机械可用到中国，因此，他在邓玉函的帮助下开始编译《远西奇器图说录最》。虽说他粗粗学习过拉丁文，却是"顾全文全义，则茫然其莫测也"[5]。邓玉函在口授前，先指导王徵学习了测量、算指、比例等知识，后又"取诸器图说全帙，分类而口授焉"[6]，王徵则振笔疾书编译成文。王徵对那些西洋"奇器"的选择有"三

[1] 陈垣：《泾阳王徵传》，载王徵著、林乐昌编校《王徵集》附录二"传记、赞贺、祭文"，西北大学出版社，2015年1月第1版，第388页。

[2] 毛端方：《王徵学术编年》，载毛端方著《王徵与晚明西学东渐》附录一，华东师范大学出版社，2011年3月第1版，第196页。

[3] 王徵：《远西奇器图说录最自序》，载王徵著、林乐昌编校《王徵集》卷十五"序、跋"，西北大学出版社，2015年1月第1版，第286页。

[4] 同上。

[5] 同上。

[6] 同上。

最"原则：一是选民生日用与国家所急需的"最切要者"；二是选便于制作与不费工值的"最简便者"；三是选择众多器械中"最精妙者"。王徵是由儒人耶的士大夫们中较早提倡科学精神的，其思想境界可说比后来"买椟还珠"式的洋务派人物高明百倍。"继徐光启《几何原本》之后，王徵进一步将'由数达理'的科学方法还用机械力学之中。王徵作《远西奇器图说录最》，在该书序言中，他在盛赞西方机械力学'种种妙用，令人心花开爽'的同时，亦强调'由数达理'的数理之学乃是机械力学和'奇器'制造的基础。"[1]后来，他在《额辣济亚牖造诸器图说》等著作中又特别强调这一点，在"自记"中他开篇即说："额辣济亚，乃全能造物主开发学人心灵独赐恩佑之异名也。"[2]额辣济亚，即拉丁文 Gratla 之音译。他认为科学真知才是"开发学人心灵"的真正途径。他尤其反驳那些认为"君子不器"的腐儒迂夫论调，认为宋明理学的"穷物之理"是玄虚的，而"总期有济于世人"的拯救胸怀才是真理与至理。

崇祯元年（1628 年），王徵在扬州期间撰写《畏天爱人极论》一卷，洋洋两万字，全书贯穿其会通儒、耶的"畏天爱人"学说。晚明问答式的语录体流行，西洋传教士撰文也常采用这种形式，《畏天爱人极论》即采用"客问"和"余答"的语录体形式，其主题共分四部分，论上帝、论天堂与地狱、论人类灵魂、论伦理推理。全文是八问八答，文后又有"记言"，阐发文章主旨及极论之立意成因。据学者们研究，王徵此文中较多引用利玛窦、庞迪我的宗教观点，其文受《天主实义》的影响较大。他的这部论著提到的"畏天爱人"学说，是他会通中西文化的典型之作，也是他一生追寻的信仰方向。"畏天"与"爱人"无论在《圣经》还是在中国古代典籍中，都是两个思想范畴，他却将这两部分思想有机统一起来，将中国传统文化的"敬天事天"及"仁者，爱人如己"的主旨与基督教义的两条诫命"爱上帝和爱人如己"加以比较与会通，丰富了"畏天爱人"四字的真正内涵。论即足矣，为何"极论"？"王徵是要强调'畏天爱人'的思想，'实千古希贤、希圣、希天者之真功用。'王徵认为

---

[1] 萧萐父、许苏民：《明清启蒙学术流变》，人民出版社，2013 年 11 月第 1 版，第 188 页。

[2] 王徵：《额辣济亚牖造诸器图说自记》，载王徵著、林乐昌编校《王徵集》卷十五"序、跋"，西北大学出版社，2015 年 1 月第 1 版，第 291 页。

'畏天爱人'是圣贤的真正品质，是成为圣贤的重要途径。虽然'理所创闻'举世震骇，实际上则是'天地之间必不可无者'，因此要'极论'此理。"[1] 如此才能激活已经僵滞的人心，才能破除中国社会的陋俗积习，才能使得人们认识到世界的本原。

王徵在陕西创建的天主教堂名曰"崇一堂"，天启五年（1625年），金尼阁赴陕西传教，王徵的弟弟王彻将其鲁桥的府邸"崇一堂"捐献。不久，金尼阁与汤若望在王徵的协助下，又在三原县北城购地建立天主教堂，史料仍然称此为"崇一堂"。次年，王徵又资助金尼阁在西安糖坊街购地建新堂。天启七年（1627年），金尼阁离开后，汤若望接手，新堂始告竣。崇祯三年（1630年），汤若望寓居"崇一堂"，王徵时常从鲁桥来访。汤若望讲起了来华的耶稣会传教士们的事迹，王徵加以记述。后来，王徵又将笔记进行整理，写成了《崇一堂日记随笔》，这是中西文化交流的重要史料文献之一。崇祯七年（1634年），王徵在西安建立了社会慈善团体——"仁会"。当年春季，山西、陕西等地大旱，在饿殍遍野中甚至出现"人相食"的残忍局面。王徵在乡里创建的"仁会"，乃是仿天主教慈善团体制度而设。他除了相约朋友们捐资出力，还在建"仁会"理论及约款上做准备。他在《仁会约引》称："夫西儒所传天主之教，理超义实，大旨总是一仁。仁之用爱有二：一爱一天主万物之上，一爱人如己。"[2] 在此宗旨下，"仁会"订立了会之衡、会之资、会之人、会之督、会之辅、会之核、会之推共七个方面的约章，详细规定了会社捐献、会员身份、组织及领导等事项。"仁会"以七事为急务，食饥、饮渴、衣裸、顾病、舍旅、赎虏、葬死，其中又以食饥、顾病、葬死为最急。最急务的安排是："至冬月，及春二三月，饥者必众，则宜择公所，立一粥厂煮粥，庶克有济。顾病，则宜先立一药局，预买合用药料，择一善医者调视，酌与之。葬死，则宜置一公茔。"[3] 在这次大旱灾中，王徵设立的"仁会"扶危救困，赈济诸多灾民，其友

[1] 毛端方：《王徵与晚明西学东渐》，第二章，三、王徵对天主教教义的研究和传播活动，（一）王徵与《畏天爱人极论》，第71—72页。

[2] 王徵：《仁会约引》，载王徵著、林乐昌编校《王徵集》卷九"天学二"，西北大学出版社，2015年1月第1版，第183页。

[3] 同上书，第187页。

人张缙彦称："岁祲，纠仁社赈之，全活千百人。"[1]他晚年隐居乡里期间，还按照天主教义反省自己一生。他在广平府任职时以无嗣故纳了15岁的妾申氏。后来，他写了一文《祈请解罪启稿》："昨偶读《弥格尔张子灵应奇迹》，及《口铎日抄》，内刊有罪某向日移书不娶妾一款，不觉惭愧之极，悔恨之极！终夜思维，年满七十，反不如十七少年功行，且虚传不娶，而实冒邪淫之罪莫可解。"[2]他极痛切地忏悔自己纳妾事违背了天主教的十诫，"今立誓天主台前，从今以后，视彼妾妇一如宾友，自矢断色以断邪淫之罪。倘有再犯，天神谴若，立赐诛殛！"[3]

明崇祯十七年（1644年）正月，李自成称王西安，定国号大顺，建元永昌。李自成派人四方罗织地方名士，王徵自知不免，欲殉明朝以抗命。他手书题于墓石曰"有明进士奉政大夫山东按察司佥事奉敕监辽海军务了一道人良甫王徵之墓"，又自署一副对联："自成童时，总括孝弟忠恕与一仁，敢谓单传圣贤之一贯；迄垂老日，不分畏天爱人之两念，总期自尽心性于两间。"不久，李自成果然遣使至，王徵佩剑坐卧天主堂中。使者入门，王徵拔剑欲自尽，使者上前夺剑，因伤手出血，大怒之下要将王徵带回西安。王徵子永春苦苦哀求，以王徵老病，愿代父行。使者遂系永春而去，此后王徵则颗粒不食，弥留之际，执表弟张仪昭手低诵"忧国每含双眼泪，思君犹抱满腔愁"。三月初四，王徵绝食七日而卒。卒后，乡人私谥曰"端节先生"，将其葬于三原杨杜镇东北原上马家坡北岭上。

---

[1]张缙彦：《金宪王端节公墓志铭》，载王徵著、林乐昌编校《王徵集》附录二"传记、赞贺、祭文"，西北大学出版社，2015年1月第1版，第376页。

[2]王徵：《祈请解罪启稿》，载王徵著、林乐昌编校《王徵集》卷十一"天学四"，"崇一堂日记随笔附录"，西北大学出版社，2015年1月第1版，第237页。

[3]同上。

第六章

历史灾难前后的思想动荡

一、早期启蒙思潮的初次退潮与王学修正运动

晚明的天启与崇祯年间，明王朝出现严重危机，东北的满洲军事势力频频入侵，西北与中原大地农民暴动此起彼伏，已成烽火燎原之势。而明朝廷内部，党争激烈，政治腐败，又加上连年灾荒，真是哀鸿遍野。明人李清所撰《三垣笔记》记载，当时国库空虚，苛捐杂税也越来越沉重，"于是怨声沸京城，呼'崇祯'为'重征'。犹海刚峰，疏内呼'嘉靖'为'家净'，为家家俱净也"[1]。晚明赋役沉重，其赋税仍以田赋为主，且是实行以摊丁入亩的征税方法，王公贵族及缙绅有免赋税之特权，赋役便压在自耕农及中小地主身上。所收商业税未经改革，不及正课的十分之一。晚明江南及华南地区工商业勃兴，十分殷富；北方却并未从中分润好处。南北赋税不均，贫富差距悬殊，必定导

---

[1] 李清:《三垣笔记》，笔记上:"崇祯"，中华书局，1982年5月第1版，第3页。

致社会动乱。此外，另一个重要的社会动乱因素是，在明末清初酷寒干旱，正是地球北半球气候的"小冰期"，欧洲列国亦是农业减产，社会动乱。在中国，此"小冰期"现象从晚明崇祯年间延续到清初，北方诸省连年旱灾，颗粒无收，饿殍遍野，流寇纵横北方，响应者动辄千万。当时，福建等沿海地区已经从海外引入玉米和番薯，饥馑状况就不是很严重。而西北及华北地区仍是种植原始经济作物，饥荒特别严重，那里农民起义接连不断，愈演愈烈，以致最后倾覆了明王朝。

晚明的早期启蒙思潮此时出现全面退潮，很快陷入沉寂，其主要原因中的首先一点是，"自由精神"阶段的意识形态主流是左派王学与泰州学派的自由思想，它的哲学思想基础是以禅学为依托的，也就有着极大消极作用。整个明中、晚期，中国古代专制社会已走到尽头，传统政治文化已经凝固，死气沉沉，上下苦闷；另一方面，社会又充满躁动。思想文化方面兼有解体和解放双重特征。但在士林中，早期启蒙思潮的反传统和反理学的独立意识未能进一步发展，新思想意识萌芽难以破壳而出，尤其是禅宗哲学难以成为领导士大夫们的社会主流意识，而狭促、颓废的意识却泛滥开来。王学末流更是陷入空寂、游谈之中，这就使得士人们思想嬗变又出现"钟摆现象"，开始纷纷抛弃王学转向程朱理学。黄宗羲总结这一时期士大夫们的思想变动，以为"阳明亡后，学者承袭口吻，浸失其真，以揣摩为妙悟，纵恣为乐地，情爱为仁体，因循为自然，混同为归一"。[1]破坏性强，建设性弱，是许多学者对禅宗哲学的评价，其实对早期启蒙思潮的"自由精神"阶段也可以如是说，因为它的思想哲学基础并不扎实深厚，是很容易变形和被颠覆的。

其次，由于晚明社会动荡，统治集团内部充满暴戾的浓厚肃杀氛围，大多数士人噤不敢言，他们也不可能具备泰州学派的担当精神和走向民间的思想勇气，其中一些精英不甘心放弃自我的独立意识和张扬的个性，但又无力把握稍纵即逝的社会变革机会，内心深处充满了痛苦、恐惧与迷惘。当时社会的旧传统伦理影响力极其强大，社会文化氛围也处于僵化凝固中，由于新的思想生

---

[1] 黄宗羲：《明儒学案》卷十九，江右王门学案四，同知刘师泉先生邦采，载《黄宗羲全集》第七册，浙江古籍出版社，2005年版，第505页。

命力不可能正常地孕育发展，一部分具有新意识、新道德的士人并未能就此而走向一种更为健全的精神境界。士人们的心灵畸变也体现出某种变态的社会心理，秦淮河岸笙歌不断，士大夫拥姬携伎招摇过市。他们因为苦闷，找不到思想出路，只好以及时行乐、放纵于声色和酒来麻醉自己，这种具有颓唐和迷惘色彩的心态导致了纵欲主义和任情放诞的生活方式，也导致了晚明士人们纷纷走向不幸结局。

再次，当时泰州学派的李贽等人提出"新义利观"，反对程朱理学的"去人欲"观念，提出应当满足个人的合理欲望，且赞同新兴的市民阶层和工商阶层的"好色好货"主张。可是，当时中国仍然是密集农作的农业社会，工商业不过是附庸。一部分具有新意识的士大夫因此在"理欲观"上也走上了极端道路，明人沈德符的野史笔记《万历野获编》中描写了吴中"奇士"张幼予，称其"因而好怪诞以消不平，晚年弥甚，慕新安人之富而妒之"。张幼予要周围家人呼其"太朝奉"，"至衣冠亦改易，身披采绘荷菊之衣，首戴绯巾，每出则儿童聚观以为乐"。而红帽乃是"俘囚所顶"，别人讽刺他，他也不在乎。[1]这位"奇人"实则也是"畸人"，他以放荡不羁的姿态行世，以叛逆旧传统礼教的举动展现自我，其实也显示了内心的某种无奈与悲哀。

最后，早期启蒙思潮的第一圈"自由精神"阶段中，另一重要动向是由西学东渐所开启的中西文化会通潮流。西方传教士利玛窦等人采取"儒耶融合"的策略，所传播的新知识与新思想、新伦理吸引了如徐光启、李之藻等一部分精英，也在士大夫们中引起一定反响，可也引起了激烈的中西文化冲突。很快爆发"南京教案"，由于官僚阶层中守旧保守势力的疯狂攻击与陷害，明神宗最终下谕禁教。而那些反对西学、主张驱逐传教士的人大都是最腐败、最保守的阉党官僚，他们对"中西文化会通"有一种本能的仇视心态。从17世纪到18世纪，天主教内关于中国的礼仪之争，以及清初康熙帝也下谕禁教的那段历史，实质也都是中西文化剧烈冲突的一种体现，它们彼此常常是阻碍多于会通，对立多于融合。但是，西学东渐的夭折，实质上也与早期启蒙思潮息

---

[1] 沈德符:《万历野获编》(中册)，卷二十三，士人，张幼予，中华书局，1958年2月第1版。

息相关，终成历史性的遗憾。

早期启蒙思潮的初次退潮后，随即是儒学中的王学修正运动的复起。王学修正运动的中坚力量则是东林党人，他们抨击禅宗与左派王学，甚至将批判的锋芒直指王阳明。东林党人及后继者复社的士大夫们，以学术影响政治，在晚明的历史中起到过很重要的作用。东林党的主要代表人物为顾宪成、高攀龙，蕺山学派的刘宗周也同样在王学修正运动中有过重要影响。

顾宪成，生于明嘉靖二十九年（1550 年），卒于明万历四十年（1612 年），字叔时，别号泾阳，江苏无锡人。他年少时曾经问学于薛方山，也可说是王门的三传弟子，但因目睹王学末流之弊端，遂又倡言排之。"万历丙子，举乡试第一，庚辰登进士第，授户部主事。时江陵当国，先生与南乐魏允中、漳浦刘廷兰，风期相许，时称三解元。"[1] 张居正病重，百官们争相斋醮，同僚们亦为顾宪成代署名，顾宪成得知后亲手删除。后万历皇帝亲自下诏封三皇子为王，为争国本，顾宪成与廷臣上疏直谏。顾宪成曾官至文选司郎中，但推举官员时多次忤逆首辅王锡爵意，终迫去职归里。"戊戌，始会吴中同志于二泉。甲辰，东林书院成，大会四方之士，一依白鹿洞规。"[2] 他们创办东林学院始，便采用朱熹的白鹿洞学院的学规。顾宪成是东林学派的重要创始人之一，他大力主张立身处世应以道义为本，砥砺名节，严正操守，"尝言官辇毂，念头不在君父之上；官封疆，念头不在百姓之上，至于水间林下，三三两两，相与讲求性命，切磨道义，念头不在世道之上；即有他美，君子不齿也"[3]。

顾宪成等东林学派士人痛言王学之弊端，在学术道路上表现出由王学返回程朱理学的倾向。顾宪成集中批判王阳明思想的"无善无恶"之说，《小心斋札记》卷十八中就有一大篇的批评文字，甚至断言："此之谓以学术杀天下万世。"[4] 又说："无善无恶四字，最险最巧，君子一生，兢兢业业，择善固执，只着此四字，便枉了为君子；小人一生，猖狂放肆，纵意妄行，只着此四字，

[1] 黄宗羲：《明儒学案》，卷五十八，东林学案一，端文顾泾阳先生宪成，载《黄宗羲全集》第八册，浙江古籍出版社，2005 年版，第 729 页。
[2] 同上书，第 731 页。
[3] 同上。
[4] 顾宪成：《小心斋札记》卷十八。

便乐得做小人。语云：'埋藏君子，出脱小人。'此八字乃'无善无恶'四字膏肓之病也。"[1]其实，"无善无恶"四字虽出于王阳明之口，但他本人并未展开论述过。倒是左派王学、泰州学派才真正以此为宗旨。所谓"猖狂放肆，纵意妄行"，也是指那些早期启蒙思潮中新观念信奉者破坏名教的行为，顾宪成直接批评他们说："东坡讥伊川曰：'何时打破这敬字？'愚谓近世如王泰州座下颜、何一派，直打破这敬字矣。"[2]也就说泰州学派的颜山农、何心隐等，早已无所忌惮地放弃了对名教的敬畏之心。他还斥责王龙溪："详释龙谿之旨，总是要人断名根。这原是吾人立脚第一义。'人不知而不愠''遁世不见知而不悔'，圣人已如此说了，却何等说得正当。龙谿乃曰，'打破毁誉关，即被恶名埋没一世，不得出头，亦无分毫挂带'，则险矣。这便是为无忌惮之中庸立了一个赤帜。王塘南比诸洪水猛兽，有以也。且人不特患有名根，又患有利根。……若利根不断，漫说要断名根，吾恐名根愈死，则利根愈活，个中包裹藏伏有不可胜言者。季时尝言，'不好名三字姿情纵欲的引子'，良可味也。"[3]这是因为东林学派将名节看得极重，且以名节相砥砺，认为"不好名""打破毁誉关"就是肆无忌惮的引子，如洪水猛兽一般。不讲名根，必讲利根，利根一开，则不将纲常名教再真当一回事，便有可能打破名教的束缚了。顾宪成所针对的，恰是左派王学、泰州学派思想的最根本处，即个性解放的自由精神与人格独立意识不以孔子之是非为是非，这也是顾宪成最感不安又急欲加以挽救的，他总结自己的思想道："语本体只是性善二字，语工夫只是小心二字。"[4]总而言之，他讲"性善"，反对"无善无恶"；主张"小心"，不能放任自然。"圣人贵名教，老庄明自然。"作为东林学派的创始人，他大力提倡名教，也就必定反对自然主义的"无善无恶"论。

高攀龙，生于明嘉靖四十一年（1562年），卒于天启六年（1626年），字存之，别号景逸，江苏无锡人。"万历己丑进士。寻丁嗣父忧，服阕，授行

[1]顾宪成：《还经录》。
[2]顾宪成：《小心斋札记》卷九。
[3]顾宪成：《南岳商语》。
[4]顾宪成：《小心斋札记》。

人。"[1]当时有官员上疏，谓程朱之学坏宋一代风俗，高攀龙亦上疏力驳之。王锡爵入阁辅政，高攀龙上疏劾之，因而谪归。遂与顾宪成恢复东林书院，讲学其中，每月三日，远近集者数百人。东林学派士人多注重名节，讲究操守，平时裁量人物，訾议国政，天下君子以清议归东林，庙堂亦有畏忌。高攀龙在林下二十八年，天启年复起，历仕光禄寺丞、大理少卿、太仆卿、刑部右侍郎、左都御史，"纠大贪御史崔呈秀，依律遣戍"[2]。阉祸中高攀龙是受迫害人之一，《三朝要典》成。坐移宫一案，削籍为民，毁其东林书院"[3]。丙寅，又以东林邪党罪名，逮捕高攀龙、黄尊素等，"缇师将至，先生夜半书遗疏，自沉止水，三月十七日也，年六十有五"[4]。崇祯初年，高攀龙与诸多东林党人的冤案得以平反，"赠太子少保，兵部尚书，赐祭葬，荫子，谥忠宪"[5]。

高攀龙尤其主张静坐。他曾经专门写过一篇《静坐说》，认为静坐就是"性体也"，且说："静坐之法，唤醒此心，卓然常明，志无所适而已。志无所适，精神自然凝复。"[6]据说，他谪发揭阳时，就在途中舟船厚设蓐席，且为自己严立规矩，半日读书，半日静坐，从静坐中得益匪浅。高攀龙也对左派王学、泰州学派的思想很不满意，他认为这都是从王学末流而来："姚江之弊，始也扫闻见以明心耳，究且任心而废学，于是乎诗书礼乐轻而士鲜实悟，始也扫善恶以空念耳，究且任空而废行，于是乎名节忠义轻而士鲜实修。"[7]他对那些反传统的个性解放意识极为反感，对早期启蒙思想家们的"新义利观"更是反对，以为这是"纲纪陵夷，人心大坏"的开始，他大声疾呼："人心放他自由不得。心中无丝发事，此为立本。理不明，故心不静。心不静而别为法以寄其心者，皆害心者也。人心战战兢兢，故坦坦荡荡，何也？以心中无事也。试想临深渊，履薄冰，此时心中还着得一事否？故如临如履，所以形容战战兢

---

[1]黄宗羲：《明儒学案》，卷五十八，东林学案一，端文顾泾阳先生宪成，载《黄宗羲全集》第八册，浙江古籍出版社，2005年版，第755页。

[2]同上。

[3]同上。

[4]同上。

[5]同上书，第756页。

[6]高攀龙：《静坐说》。

[7]高攀龙：《崇文会语序》。

兢，必有事焉之象，实则形容坦坦荡荡，澄然无事之象也。"[1]

另一位启蒙思想家王夫之评价东林学派说："东林会讲，人但知为储皇羽翼，不知其当新学邪说横行之日，砥柱狂澜，为斯道卫之尤烈也。"[2] 王夫之所称的"新学邪说"即是指泰州学派的思想，即早期启蒙思潮的第一波"自由精神"时期的个性解放意识，他认为这些"新学邪说"已经完全背离儒学了，讲理学的王夫之因此称赞东林学派是"砥柱狂澜"的卫道士。但是，当时程朱理学已经是破绽百出，东林学派也不可能全模全样地复回到程朱理学的老路上。东林学派虽然从学术立场上主张从王学回归程朱理学，但他们的学风实质与右派王学接近，也是"尊德性"一派，而非"道学问"一派。后来的曾国藩说他们是"五十步笑百步"，因他们从王学演化而来，其实并不是王学反对派，而仅是王学修正派。王学修正运动影响很大，当时还有很多学者文人如李见罗、许敬庵等，都与东林学派的学术立场是一致的。他们的思想宗旨及学术旨趣一直延伸至清初，对早期启蒙思潮第二波"理性批判精神"阶段的很多启蒙思想家如黄宗羲、王夫之、李二曲等都有着极大影响。

除了东林学派外，再有以刘宗周为首的蕺山学派，主张复兴古学，提倡务为有用的实学，希望以返经明道来纠正程朱理学与陆王心学偏颇，回归传统儒学而对现实政治进行改良。

刘宗周，生于明万历六年（1578 年），卒于清顺治二年（1645 年），字起东，号念台，亦称蕺山，浙江山阴人。万历辛丑年（1601 年）进士，授行人，历任礼部主事、光禄寺丞、尚宝少卿、顺天府尹、工部左侍郎、吏部左侍郎、左都御史。刘宗周在朝廷多次上书言事，但崇祯皇帝以为其言迂腐，屡进屡退，后被革职归里。甲申之变，崇祯帝自缢于煤山。弘光朝在南京建立，刘宗周官复原职，但被马士英等一群奸臣纠缠，且被高杰、刘泽清等一些军阀痛恨，欲刺杀未遂，刘宗周又辞官归乡。"先生出国门，黄童白叟聚观叹息，知

---

[1] 黄宗羲：《明儒学案》，卷五十八，东林学案，忠宪高景逸先生攀龙，载《黄宗羲全集》第八册，浙江古籍出版社，2005 年版，第 761 页。

[2] 王夫之：《搔首问》，载《船山全书》第十二册，岳麓书社出版，2011 年 1 月第 2 版，第 622 页。

南都不能久立也。浙省降，先生恸哭曰：'此余正命之时也。'"[1]乃绝食二十日而卒。

阉祸正烈时，诸君子受荼毒，讲学之风也随之寂然。刘宗周与陶石梁创立证人书院于绍兴。但是，陶石梁与刘宗周的学术思想分歧甚大。陶石梁专讲本体，主"无善无恶"说，又吸收了佛教的因果报应说。刘宗周则以为，所谓左派王学是单纯注意一句"无善无恶心之体"，遂提出了"无善无恶"之说，与王学的"良知"本义相去甚远。"故某于此，只喝'知善知恶是良知'一语，就良知言本体，则本体绝非虚无；就良知言工夫，则工夫绝非枝叶。庶几去短取长之意。"[2]刘宗周的这个思想，后引出其大弟子黄宗羲的"心无本体，工夫所至，即其本体"之说。刘宗周的学术思想与东林学派相近，他曾经叙述自己思想的三次变化过程，"于新建之学（阳明心学）凡三变：始而疑，中而信，终而辩难不遗余力"[3]。其辩难部分主要是王阳明心学中受禅宗影响的谈玄部分，他主张"学必以古为程，以前言往行为则"[4]，也就是兴复古学，力倡实学。他尤其倡导"诚敬"与"慎独"之说："伊、洛拈出敬字，本中庸戒慎恐惧来，然敬字只是死工夫，不若中庸说得有着落。以戒慎属不睹，以恐惧属不闻，总只为这些子讨消息，胸中实无个敬字也。故主静立极之说，最为无弊。"[5]他在讲学文章中多次提到"慎独"："独之外，别无本体；慎独之外，别无工夫。……人心道心，只是一心，气质义理，只是一性。识得心一性一，则工夫亦可一。静存之外，更无动察；主敬之外，更无穷理。其究也，工夫与本体亦一，此慎独之独也。"[6]"或曰：'慎独是第二义，学者须先识天命之性否？'曰：'不慎独，又如何识得天命之性？'"[7]

刘宗周的学术思想还有一大贡献，就是他的反理气二元论。他说："理即

[1]黄宗羲：《明儒学案》，卷六十二，蕺山学案，忠端刘念台先生宗周，载《黄宗羲全集》第八册，浙江古籍出版社，2005年版，第889页。

[2]刘宗周：《答秦宏祐》。

[3]刘宗周：《刘子全书》卷三十九，《子刘子行状》。

[4]刘宗周：《刘子全书》卷六，《证学杂解》。

[5]黄宗羲：《明儒学案》卷六十二，蕺山学案，忠端刘念台先生宗周，语录。

[6]刘宗周：《天命章说》。

[7]刘宗周：《天命章说》。

是气之理，断然不在气先，不在气外。"[1]关于理气之争，此是中国古代思想史的一大"公案"。朱熹自从提出理气二元论后，将各类心性问题都以二元论解释。程朱学派内部虽有不同观点，却是模糊与局部的反对论调。唯有刘宗周才将反理气二元论明白地摆出来。理气二元论与反理气二元论的对立，类似欧洲中古末期经院哲学的实在论与唯名论的对立。在这一点上，刘宗周可说是颜李学派的思想先驱。

二、东林党人政治改良失败的教训

早期启蒙思潮的第一个浪峰呈退潮之势后，东林党人批判泰州学派思想误导社会风气，对何心隐、李贽等人提出的"新义利观"尤其不满。但微妙与复杂的是，他们却又对何心隐被迫害致死感到愤懑不平，认为何心隐是因反对张居正禁书院、禁讲学而献身的，且对何心隐争取言论自由的勇敢精神表示钦佩。例如，顾宪成在《重刻〈怀师录〉题辞》中，愤慨地指责"为江陵献媚者"的那群无耻官僚，他们杀一布衣文人"如杀鸡豕"，可是，何心隐的凛然之风不会在历史上磨灭。顾宪成说："然则是录也，一是示屈于势者不得为伸，究必屈；一是以发明斯民之直道，宛如三代，即欲磨百方磨灭而不能也！"[2]顾宪成认为何心隐虽因抗权势者而死，但其冤情"究必伸"，权势者钳制言论的恶行不得人心，而公道自在民心，是任何专制者也压迫不住的。顾宪成其实是借纪念何心隐抒发其对时政的不满。

顾宪成、高攀龙等与朝廷内一部分正派官员互通声气，志同道合，议论时政，批评人物，于是有"东林党"之称。而另外的对立面，齐、楚、浙三党则是同乡相联系的政治集团。两派互相攻击，势同水火。明万历年间，东林党与非东林党官僚集团斗争激化，彼此间争论三大问题，即立国本（立皇太子）、国防建设和定国是问题。非东林派的官僚集团认为，所有这些问题完全由皇帝

---

[1] 黄宗羲：《明儒学案》，卷六十二，蕺山学案，忠端刘念台先生宗周，载《黄宗羲全集》第八册，浙江古籍出版社，2005年版，第889页。

[2] 顾宪成：《重刻〈怀师录〉题辞》，《泾皋藏稿》卷十三，《景印文渊阁四库全书》，第1292册，台湾商务印书馆，1986年版，第165页。

一人裁决即可。其中反对东林党人的内阁首辅赵志皋就很嫉视士人们关心国事的风气，认为"人心不测，议论横生，摇惑其言，倒置国是"，他索性将政治腐败的责任赖在了士大夫们身上，污蔑是"议论横生"的民主空气致使"倒置国是"。次辅张位则更明确排斥"众论"，"所谓国是，是而是焉，可无辩也"。他做一番诡辩后，又说："众以为是而莫知其非，众以为非而莫知其是也。"[1]所以，政事之最终决定权在皇帝，无论六部或九卿科道会议，都只有建议权而无决定权。为了强化专制政治体制，他认为应该以此来"振纪纲"。东林党人则激烈反对这种看法，他们极力标榜"天下之公"，主张以"公论"定"国是"，坚决反对那些腐朽官僚以"一己之私"来浑水摸鱼，损公肥私。东林党主要人物顾允成驳斥次辅张位之疏道："究其所谓定国是者，不过欲尽锢天下之公；所振纲纪者，不过欲恣行一己之私而已。"[2]另一位东林党重要人物赵南星明确提出，要以"众所共以为是者"来"定国是"，他认为"众论未必皆是，而是不出众外"，所以，离开"众论"也就不会有"国是"，他特别用暗讽的笔法提醒皇帝，不应当将是否与己意相合作为判断"众论"的是非标准，"要之天下自有真是，不在乎合吾意与否也"。定国是应该依据众论，皇帝不应该随心所欲，仅选其中合意者，其结果必定"于是众哗而不服，朝更夕改从此生矣"。[3]这些都是针砭时弊的直言。

东林党人的政治主张含有某种早期民主意识，他们要求广开言路，实行更大的言论自由。这种言论自由，不仅仅是朝廷言官——六科给事中及御史——的言论自由，更应当是一般百姓的言论自由。他们还认为言官应当是"愚夫愚妇"的代言人，能真正反映民意与公论，因为天下之是非尽在"愚夫愚妇"。他们主张"广开言路"，认为把言论自由开放至言官以外才能使民情民意上达朝廷。顾宪成说："国家之患，莫大于壅。壅者，上下各判之象也。是

---

[1]《万历邸钞》万历二十年十月"大学士张位陈言国是"，《万历邸钞》（上），（台湾）学生出版社，1968年版，第711—712页。

[2]顾允成：《辅臣晚节不终党诬同事乞戒饬以杜奸萌疏》，《万历疏钞》卷六国是类，《四库禁毁书丛刊》史部第58册，北京出版社，1997年版，第373页。

[3]赵南星：《覆新建张相公定国是振纪纲疏》，《赵忠毅公诗文集》卷十八，《四库禁毁书丛刊》集部第68册，北京出版社，1997年版，第541页。

故大臣持禄不敢言，小臣畏罪不敢言，则壅在下。幸而不肯言者肯言矣，不敢言者敢言矣，究乃格而不报，则壅在上。壅在下则上孤，壅在上则下孤，之二者，皆大乱之道也。"[1]总而言之，他认为言路闭塞后，政治腐败加剧，必然导致天下大乱。在残酷的政治现实面前，虽然多数东林党官员都以效忠皇帝的忠臣自命，可他们多少还是隐约看到了专制政体之所以黑暗腐败的真正根源，这也是传统的民本思想发展出早期民主意识的先兆，清初的那些思想家如黄宗羲、唐甄等人就是从中汲取了文化养料，发展为要求民主的早期启蒙思想。顾宪成曾经提出对于"公"的区分，是帝王的一家之公，还是天下之公？他认为帝王的一家之公"就天下看来，犹未离私也"。[2]另一位东林党的高官李三才则直接在给万历皇帝的奏疏中称："祖宗以大统传之皇上，亦岂以崇高富贵私其所亲？"他特别引用儒家典籍《尚书》之句"天视自我民视，天听自我民听"，提醒皇帝民意即含有天意，"民虑之于心而宣之于口"者，是皇帝应当严重注意且绝对服从的。按儒家的思想，李三才承认帝王是人民的主人，即《尚书》所言"天佑下民，作之君"，但他又引用孟子之语"得乎丘民而为天子"，也就是说解民意、得民心者才是真正的"天子"。由此而论之，"民又君之主也"，人民也是君主的主人，只有得到民众拥戴才可为君主，因此，"百姓亦长为人主之主"。[3]在另一道奏疏中，李三才提醒万历皇帝，如今万民涂炭犹如生在水火之中，"人民之离叛"是决定明王朝前途之根本，倘若民众们起来反抗即是"百姓不肯为朝廷主也"，也就是朝廷覆亡之日。[4]可惜这些话却都是统治者所不喜欢听到的。

万历皇帝近二十年不去上朝，放任两派相争。万历二十年至三十年（1592—1602年）的十年，为东林党当政；万历三十年至四十五年（1602—

[1]顾宪成：《万历疏钞序》，载《四库禁毁书丛刊》史部第58册，北京出版社，1997年版，第4页。

[2]顾宪成：《小心斋札记》，卷五，载《四库全书存目丛书》子部第14册，齐鲁书社，1997年版，第279页。

[3]李三才：《政乱民离目击真切恳乞圣明承天念祖救之水火以自尽君道疏》，《万历疏钞》卷二十九矿税类，《四库禁毁书丛刊》史部第59册，北京出版社，1997年版，第372页。

[4]李三才：《万民涂炭已极乞赐省览以救天下疏》，《万历疏钞》卷二十九矿税类，《四库禁毁书丛刊》史部第59册，北京出版社，1997年版，第376页。

1617 年），为两派相持；万历四十五年大权归齐、楚、浙三党。但齐、楚、浙三党亦有政治利益之争。天启初年，东林党人又得势，叶向高复出为首辅，其他东林党干将如邹元标、赵南星、王纪、高攀龙等皆居高官，左光斗、魏大中等在言路，一时掌握朝廷大权。但多数东林党人心地狭窄，排斥异己，凡是与其宗旨不符便为邪党，且以泛道德主义来衡量人物、事件，透着一股陈旧迂腐气息。赵南星在天启三年（1623 年）京察，几乎将三党的官吏悉数扫荡。这些被排斥的官员不得不另投政治靠山，便纷纷依附大宦官魏忠贤，合谋陷害东林党人。魏忠贤原系无赖少年，因赌债逼迫自施宫刑，后又与皇长孙朱由校的乳母客氏勾结。朱由校幼年丧母，一直由乳母客氏抚养。朱由校继登皇位后改元天启，甚为宠信魏忠贤，任命魏忠贤为司礼秉笔太监兼提督保和三店，“忠贤不识字，例不当入司礼，以客氏故，得之”。[1] 从此，魏、客相勾结，清理内廷，排斥异己，很快掌握了内廷大权。天启帝年少好玩，尤以盖造房屋为乐，“自操斧锯凿削，巧匠不能及”。[2] 魏忠贤及党羽便在他专注操作时上奏文书：“奏听毕，即曰：‘你们用心行去，我知道了。’所以太阿下移，魏忠贤辈操纵如意。”[3]

执政的东林党人对魏忠贤宦官集团的兴起深有疑忌，曾经多次上疏请求天启帝抑制这股恶势力。其中，刑部主事刘宗周即弹劾魏忠贤引帝嬉玩，天启帝大怒，欲降罪，赖大学士叶向高得以幸免。而此时东林党人掌权，非东林党官僚企图借魏忠贤势力打击东林党人，便形成了阉党的官僚势力。“初，朝臣争三案及辛亥、癸亥两京察与熊廷弼狱事，忠贤本无预。其党欲藉忠贤力倾诸正人，遂相率归忠贤，称义儿，且云：‘东林将害翁。’以故，忠贤欲甘心焉。”[4] 经过几个回合斗争，东林党人见阉党势力越来越大，形势不妙，便于天启四年（1624 年）向魏忠贤猛攻，先是一批御史相继弹劾魏忠贤，副都御史杨涟上疏痛斥魏忠贤二十四罪，后又有魏大中等七十余名官员群起上疏，弹

---

[1]《明史》，卷三百五，列传第一百九十三，宦官二，魏忠贤传。

[2] 李逊之：《三朝野记》卷三。

[3] 同上。

[4]《明史》，卷三百五，列传第一百九十三，宦官二，魏忠贤传。

劾魏忠贤的种种不法之事，都无济于事。通过一番较量，东林党人尽被逐出朝廷，阉党诸逆纷纷占据要津。顾秉谦代为首辅，他在《缙绅便览》中开出了"邪党"百余人的黑名单，秘密结交魏忠贤。而魏忠贤阉党有外廷文臣崔呈秀等人主阴谋计议，号"五虎"；又有武臣田尔耕等人主镇压杀戮，号"五彪"；还有吏部尚书周应秋等人号"十狗"，且有"十孩儿""四十孙"等无耻官僚助纣为虐。魏忠贤一手遮天，"进上公，加恩三等"，"前后赐奖敕无算，诰命皆拟九锡文"。[1]其远近亲属义子干孙，皆列位高官。无耻官僚们巴结其为干父以为荣耀，五拜三叩首，口呼九千九百岁爷爷。天启六年（1626年），各地督抚大臣又争先恐后为魏忠贤立生祠，可见士风败坏已经无廉耻可言了！

魏忠贤阉党得势后，又掀起了对东林党人的一次次迫害浪潮。崔呈秀造《天鉴录》《同志录》，王绍徽造《东林点将录》，阮大铖造《百官图》，"皆以邹元标、顾宪成、叶向高、刘一燝等为魁，尽罗人不附忠贤者，号曰东林党人，献于忠贤"。[2]魏忠贤则定《三朝要典》，即"梃击""红丸""移宫"三案，丑诋东林党人。天启五年（1625年），魏忠贤大兴党狱，逮捕东林领袖杨涟、左光斗、袁化中、魏大中、周朝瑞、顾大章六人，诬受贿罪，交锦衣卫拷打折磨，受刑极惨烈。"涟死，光斗等次第皆锁头拉死。每一人死，停数日，苇席裹尸出牢户，虫蛆腐体。"[3]次年，魏忠贤又逮治东林党人高攀龙、周起元、周顺昌、缪昌期、周宗建、黄尊素、李应升七人。"攀龙赴水死，顺昌等六人死狱中。"[4]

天启六年（1626年）前后，当魏忠贤阉党集团大肆迫害东林党人时，苏州、江阴等地发生民变。东厂缇骑至苏州东林党人周顺昌家敲诈勒索，周顺昌居官廉洁，拿不出钱财，亲友只好凑钱相助，但厂卫勒索更甚。此事风传出，民众愤愤不平。民变即发生在宣旨开读之日。"至开读日，不期而集者数万人，咸执香为周吏部乞命。诸生文震亨、杨廷枢、王节、刘羽翰等前谒一鹭及

---

[1]《明史》卷三百五，列传第一百九十三，宦官二，魏忠贤传。

[2]同上。

[3]《明史》卷九十五，志第七十一，刑法三。

[4]《明史》卷三百五，列传第一百九十三，宦官二，魏忠贤传。

巡按御史徐吉，请以民情上闻。旗尉厉声骂曰：'东厂逮人，鼠辈敢尔！'大呼：'囚安在？'手掷银铛在地，声琅然。众益愤，曰：'始吾以为天子命，乃东厂耶！'蜂拥大呼，势如山崩。旗尉东西窜，众纵横殴击，毙一人，余负重伤，踰垣走。一鹭、吉不能语。知府寇慎、知县陈文瑞素得民，曲为解谕，众始散。顺昌乃自诣吏。"[1]另一名著名东林党人黄尊素居住苏州城外，民众也痛殴前往的缇骑，吓得他们弃船游水而逃，将逮人的驾帖也搞丢了，黄尊素慨然自投诏狱。另一拨缇骑赴江阴逮李应升，"开读时亦有垂髫少年十人各挟短棒，直呼入宪署，杀逆珰校尉，诸尉跟跄越墙窜，一卖蔗童子十余岁，抚髀曰：'我恨极矣！'遂从一肥尉后，举削蔗刀脔其片肉，掷以饲狗"。[2]此后，这些民众首领及义士皆自投官府，慷慨赴死。苏州民变的五位义士被斩后，吴人将他们合葬于虎丘旁，题曰"五人之墓"，且为他们立祠堂。复社首领张溥为他们写了纪念文章《五人墓碑记》。

民众将那些阉党走狗打得魂飞魄散，一些张皇失措的秘密特务回京报告消息，吓得魏忠贤也心惊肉跳。"时忠贤所遣侦事人在吴者，跟跄星驰告曰：'江南反矣，尽杀诸缇骑矣！'次至者曰：'已劫顺昌而竖旗城门，门昼闭矣！'又次者曰：'已杀都贤使，绝粮道而劫粮艘矣！'忠贤闻之大恐，以咎（崔）呈秀，跪而数之曰：'若教我尽逮五人，今且激变矣，奈何！'呈秀惶怖叩首请死，忠贤叱之出。"[3]民众的反抗斗争，沉重地打击了魏忠贤阉党集团的嚣张气焰，使得"缇骑不敢出国门"。

天启七年（1627年）八月，明熹宗去世，"遗诏以皇五弟信王朱由检嗣皇帝位"[4]，以次年为崇祯元年（1628年）。崇祯帝上台后迅速除灭魏忠贤阉党集团，东林党人冤案皆平反，重新召用一些有声望的东林党人与不依附阉党的官员。这时明王朝大局已糜烂，民变烽火四起，东北边患告急，且灾荒不断。崇祯帝以英主自命，求治心切，但刚愎自用，独断多疑。他对东林党人虽有利

---

[1]《明史》卷二百四十五，列传第一百三十三，周顺昌传。

[2]《先拨志始》卷下，《三朝野纪》卷三，《二申野录》卷七。

[3]《先拨志始》卷下。

[4]《明史》卷二十二，本纪第二十二，熹宗。

用，却也心存忌惮，尤其担心他们利用舆论力量形成"东林党专政"。初时，他任用韩爌为首辅，后再没有使用重要的东林党人执掌朝政，而是将东林党人当成言路的力量，利用那些东林党的对立政治力量来压制他们，以此制衡文官集团、钳制言路。后期东林党人也发生很大变化，他们汲汲于党争，将党争利益置于国计民生之上，而要求社会改革的呼声却越来越弱。其中较少数的正直士大夫，也拿不出真正改良政治的办法，仅仅企图推行他们的泛道德主义来拯救人心，但这种抽象的"小人"与"君子"的分野，反倒进一步激化了各政治利益集团之间的矛盾。更多的东林党政客趋于腐化堕落，不惜采用各种阴谋手段来弄权作势。比如，崇祯元年的"枚卜之争"即是一例。

所谓枚卜，也叫会推。晚明时期任命大学士即宰辅，经过吏部尚书领朝廷大臣聚会商议后开出人选名单，由皇帝最后决定。崇祯元年十一月，崇祯皇帝命令会推，他已经看中万历四十一年（1613年）的会元状元周延儒，曾与其有过一次投机的谈话。东林党人却属意钱谦益，一群人为其奔走。会推时，遂以周延儒无名望而置之以外，列成基命、钱谦益等十一人的会推名单上呈。"帝以延儒不预，大疑。及温体仁讦谦益，延儒助之。帝遂发怒，黜谦益，尽罢会推者不用。"[1]此次"枚卜之争"，崇祯帝对东林党人产生严重疑忌，担心他们上下勾结，把持朝政，对自己形成政治威胁。次年，周延儒入阁，崇祯三年（1631年），温体仁入阁。东林党人的政治势力衰微。温体仁竭尽谄媚之能事，颇讨崇祯帝喜欢。温体仁也曾经拟用阉党官僚，因崇祯帝恶之，遂立即缩手。后来，周、温又发生矛盾，周延儒罢相。他居乡期间，又与东林党人交游甚欢。当时，复社领袖张溥对周延儒说："公若再相，易前辙，可重得贤声。"[2]他们暗做政治交易，约定周延儒再相后即起用一批东林党官员，且为之扫除异己。周延儒掌权后，果然落实了一部分政治诺言。他们为了实现自己的政治计划，甚至勾结阉党骨干，暗交太监，串通厂卫，探听宫中秘闻消息。例如复社的重要人物吴昌时，被周延儒破格提拔为吏部文选司郎中，他掌握朝中人事大权，贪贿卖官，卖弄信息，生活糜烂腐化，多次被言官弹劾。崇祯帝在

---

[1]《明史》卷三百八，列传第一百九十六，奸臣，周延儒传。

[2]同上。

宫中亲自审问他，行大刑后处斩。后，周延儒亦被处死。

时人曰："是时，明室之亡决矣。外则防边，内则御寇，无饷无兵，而将士不用命，士大夫袖手高谈，多立门户，虽在贤者，亦复不免。"[1]那些东林党的精英贤者仅会坐而论道，在乱局中秉持程朱理学的儒家观念，有抨击朝政黑暗之言，而无扭转危局之力。例如，理学大儒刘宗周与崇祯帝两次对话，可见君臣的各自心态。在满洲军队劫掠关内撤退后，刘宗周因忧虑时事，遂上呈《上祈天永命疏》，请崇祯帝"刑罚宜省，请除诏狱""赋敛宜缓，请除新饷"。"上诘以军需所出，先生对曰：'有原设之兵，原设之饷在。'上终以为迂阔也。请告归。上复思之，因推阁员降诏，召先生入对文华殿。上问人才、粮饷、流寇三事，对曰：'天下原未尝乏才，止因皇上求治太急，进退天下士太轻，所以有人而无人之用。加派重而参罚严，吏治日坏，民生不得其所，胥化为盗贼，饷无从出矣。流寇本朝廷赤子，抚之有道，寇还为吾民也。'上又问兵事，对曰：'臣闻御外亦以治内为本，此干羽所以格有苗也。皇上亦法尧、舜而已矣。'上顾温体仁曰：'迂哉！刘某之言也。'"[2]后来刘宗周又反复上疏崇祯帝，可他满腹经纶的"大道理"，却难以挽救腐朽明王朝的"大崩溃"局面。

东林党人政治改良失败的教训是深刻的。首先，从根本上说，儒家士大夫们的政治集团是难以摆脱对皇权的依附状态的，东林党人更是如此。东林党是一个以儒家正统观念为宗旨的、松散的政治利益集团，它与阉党官僚集团的斗争，即所谓"清流"与"浊流"的斗争，"忠臣"与"佞臣"的斗争，其实一直贯穿于中国古代专制社会之始终。在皇权专制制度下，所谓"清流"的朝臣政治集团服从并维护整个国家利益及伦理道德体系，"佞臣"的政治集团则代表皇权私利，且依此为自己及亲信牟取私利。一般说来，每个王朝的初兴时期，君臣得以相安，但在王朝发展过程中，或是晚期，专制君主们倘若任意胡来，臣子们是没有办法制止的。晚明时期，一批批言臣的直谏与君王的暴虐，发生过一次次激烈冲突，形成了明亡前的一幅幅恐怖政治图景。但是，对东林

---

[1]郑廉：《豫变记略》卷二。

[2]黄宗羲：《明儒学案》卷六十二，蕺山学案，忠端刘念台先生宗周，载《黄宗羲全集》第八册，浙江古籍出版社，2005年版，第886页。

党人来说，其政治理想的实现只能是寄托在开明的专制君主身上，可他们企图在现实生活里寻找到所谓师法尧、舜的贤明皇帝又谈何容易！

其次，东林党人官僚集团中良莠不齐的现象也是必然的，作为儒家士大夫，他们也有两重性，如学者吴思所说，他们既是儒家道统的传承者，又是皇家法统的雇员。所以，他们既是儒家学说的信徒，也是追求升官发财的投机者。事实上，后者总居士人中的大多数。东林党作为一个松散的政治利益集团，加入此社团的多数士大夫嘴里是"以名节相砥砺"，可骨子里看重的仍然是各自名利。复社的重要成员吴昌时就是一个典型。在朝廷政争中，这些东林党政客早已失去早期的那种忧国忧民情怀，失去了锐意改革社会的正直精神，也就最后失去了在士大夫们中的号召力，一些东林党重要人物的盛誉与威望也越来越衰微。至清初时，一批降清的士大夫甚至还将党争门户之见又带到清朝新主子那里，搞什么"南党"与"北党"之争，可那已是纯粹私人利益的派系之争了，更让正派的士大夫们齿冷。

最后，东林党人的"清议"精神其实也有两面性。晚明士人吕坤认为，一方面士人们用清议来与奸邪官僚做斗争，平反冤假错案，揭发贪污腐化，确实有着积极的方面；但另一方面，一些儒家士大夫用僵化的旧伦理道德观念去评判是非，裁量人物，足以使"清议"又成为以理杀人的工具。他说："清议酷于律令。清议之人酷于治狱之吏。律令所冤，赖清议以明之，虽死犹生也；清议所冤，万古无反案矣！"[1]吕坤是东林党人的同情者，可他敏锐地看到，当时传统的旧道统又重新回归，它使得"清议"成为一种桎梏人们自由思想的工具。儒家狭隘的伦理道德至上主义在晚明时期泛滥成灾，进一步加剧了政治危机。尤其是那些道貌岸然的理学名儒根本不理解现实生活中的政治、军事、经济等方面的复杂微妙性，只盲目地高举"复古"旗帜，袖手高谈，坐而论道，经常是成事不足、败事有余。比如，南明弘光朝时，左都御史刘宗周上疏弹劾江北诸镇将领，使得弘光小朝廷的政争进一步激化，兵部尚书史可法被迫离朝，陈子龙也不得不辞去兵部之职，大批东林党人被迫害，而马士英、阮大

---

[1]吕坤：《呻吟语》，卷二《修身》，载《吕坤全集》中册，中华书局，2008年版，第684页。

铖等阉逆却把持了朝政，导致南朝的时局益发不可收拾。而弘光朝的那些"清议"人士，持其伦理道德至上主义立场，对一批在甲申之变中无奈投降农民军的东林派官员们严苛指责，也使得阉党官僚们趁此机会发起全面反攻，更猛烈地迫害东林、复社一系的士大夫。而另一些政治立场中立的南归士大夫也为之胆寒，纷纷回到北方为清朝效力。

总而言之，东林党人政治改良失败有其历史必然性，明王朝的腐败政权难逃其最后覆亡的命运，传统旧儒家思想也已经走到穷途末路，早期启蒙思潮的迅速退潮更使得一代士大夫求索不到新的思想出路。在中国思想界，儒家正统观念具有根深蒂固的强大影响力，特别是社会改革可能引起动荡时，缺乏思想勇气的士大夫文人们总是率先退缩，趋向传统，趋向保守。王学修正运动后，士人们抛弃王学转向程朱理学，但由于儒家道统本身的局限性，东林党人所强烈要求的政治改良仍然是以"复古"和"忠君"为主要宗旨的，可他们所提倡的改良主义与泛道德主义在动荡时代里也是难以挽救时艰和挽救人心的，他们企图弥合旧传统文化已经出现的裂痕。但正是这种思想上的软弱退缩，使得他们难以把握稍纵即逝的社会改革机会，他们最终还是不得不将所有政治改良希望寄托于某一专制君主身上。因此也就更加无力挽救时艰，反而使党争更加激化，政府的腐化衰败越来越甚，士人们失去信心，最后酿成了政局的崩溃。这也是他们的历史与政治的局限性所决定的。

三、明清易代之际的士人思想困惑

明朝崇祯十七年（1644年）三月十九日，李自成农民军攻破北京城，崇祯皇帝与太监王承恩自缢于煤山，明亡。随即，驻守山海关的明将领吴三桂乞师降清，清兵打败李自成军后大举入关。满洲贵族入主中原，时代风云瞬息万变，士大夫们的思想受到空前震撼，内心充满困惑：为什么巍峨庄严的明帝国殿堂忽然变成一片残垣废墟？为什么看起来坚不可摧的古代专制社会制度被历史证明不堪一击？为什么"夷夏之防""君臣之义"一类的儒家思想观念变得如此苍白无力，看起来更像是虚伪的幌子？明王朝的沦亡将会是整个民族的彻底沦亡吗？思想陈旧而近乎麻木的士大夫文人不得不从惊悚中醒来，不得不去思考探寻社稷沦亡、神州陆沉的社会政治原因。士人们的思想探寻是在异族压迫下的屈辱、惶恐与痛苦中进行的。他们的心理是微妙、复杂又充满了矛盾的。

当代学者赵园先生所著的《明清之际士大夫研究》一书，非常细致、深刻地反映出当时诸多士大夫的伦理困境与精神痛苦，可说是用解构主义的手法来写思想史，真正写出那些"公认主题"后面士人们更复杂的各类心态。赵园先生写出了当时整个时代所弥漫的"戾气"，也就是思想界的肃杀氛围。书中引用了钱谦益对世态人心的敏锐体察："劫末之后，怨对相寻。拈草树为刀兵，指骨肉为仇敌。虫以二口自啮，鸟以两首相残。"[1]这正是残酷时代的时代病，因而病势危重的是人心、人性。明代的政治暴虐，已经被后世学者公认，厂卫特务们横行无忌，朝廷动辄杀人，这与明朝"祖制"所确立的君主与士人关系紧密相关。自晚明以来，对早期启蒙思潮有着一次次封杀性质的杀戮，如何心隐之死、李贽之死、达观禅师之死，等等；还有着对士人的各种残酷镇压，如天启年间对东林党人的残酷迫害、崇祯帝数次廷杖大臣，以及诏狱；再有，就是信奉儒家学说的士人们的自虐，正是儒家的三纲五常的伦理道德至上主义培养了士人们的奴性心态。士人们难以打破传统伦理道德所教化出的这种奴性心理桎梏，便用自我牺牲报答施虐于他们的统治者。"不妨认为，明代的政治暴虐，非但培养了士人们坚忍，而且培养了他们对残酷的欣赏态度，助成了他们极端的道德主义，鼓励了他们以'酷'（包括自虐）为道德的自我完成——畸形政治下的变态激情。"[2]这样的"变态激情"，其实是从士人们的绝望心理中迸发出来的。"患难之大，莫过于死，关于处生死的谈论自是士人们的常课——并非明亡之际才如此。……'平日袖手谈心性，临难一死报君王。'谈心性固可议，而不惜一死，确可认为是一种'士风'。"[3]报答君王的自我牺牲成为士人们的荣耀。一部明史的结尾，充满了这些人的名字。官方以谥名来表

[1]钱谦益：《募刻大藏方册圆满疏》，《牧斋有学集》卷四十一，第1399页。
[2]赵园：《明清之际士大夫研究》第一章，北京大学出版社，1999年1月第1版，第10页。
[3]同上书，第13页。

彰，就连民间也以"私谥"来表彰。

明清易代，也给众多士人带来了更复杂更尴尬的道德伦理困境。其实，这样的道德伦理困境早就存在。例如，明遗民学者对"建文逊国"这一公案的追索。明太祖辞世，其孙建文帝继位，执行削藩政策，引起了燕王朱棣的反叛。经过激烈的战争，朱棣率兵攻入南京，建文帝下落不明，燕王继皇位，改元永乐，称明成祖。以儒家伦理道德的道统来讲，朱棣的行为无疑是大逆不道的。可朱棣夺取了江山，历史也就由他书写，"太祖实录"的三次修改，索性不承认建文帝这一朝代的存在。官方将建文年号取消，用洪武纪年。朱棣的叛逆行为也就成了靖难之役，明永乐朝以后的臣民何人敢言"篡"字？至晚明，在伦理道德至上主义又风靡一时之际，这个尴尬话题又被一些士大夫重新翻出。崇祯年间，在士林舆论压力下，"巩驸马永固（光宗婿，顺天人）上疏请补建文谥，上与诸辅臣议，皆怂恿吴甡更奏，曰：'建文无过。'上曰：'不然。渠变祖制，戕亲藩，皆过也。'又曰：'此事列圣皆未行，朕可行否？'既而曰：'毕竟是一家。'会兵事迫，遂已"[1]。崇祯皇帝的"毕竟是一家"之语，道出了这些专制君主对待伦理道德至上主义的真实心态。道义尺度似乎应该是绝对的，可它只能藏在士人们心中，它在实际政治生活中却是由强权之手来把握的。

熊开元，字玄年，号鱼山，著有《鱼山剩稿》。崇祯十五年（1642年），他与另一位言官姜埰因弹劾首辅周延儒而下诏狱。"姜埰、熊开元下狱，帝谕掌卫骆养性潜杀之。养性泄上语，且言：'二臣当死，宜付所司，书其罪，使天下明知。若阴使臣杀之，天下后世谓陛下何如主？'会大臣多为埰等言，遂得长系。"[2]可见，连执掌厂卫的官员也觉得暗地杀害言官不是什么好事情，不愿意担此干系。但崇祯帝深恨这两人，虽然周延儒已经被赐死，但对他俩总不能忘怀，后来京师大疫，刑部清狱，拟将他俩释放，崇祯帝仍然以为二人不宜纵保，御笔一挥，竟在姜埰和熊开元名字上各交一叉，称"此两大恶"。可见崇祯帝对二人衔恨之深，他俩无甚权力，仅因直谏而惹祸，崇祯帝也不过是以

---

[1] 李清：《三垣笔记》，附识上，崇祯，中华书局，1982年5月第1版，第173页。
[2]《明史》卷九十五，志第七十一，刑法三，第2340页。

诛杀言官发泄怒气也。熊开元后来在《鱼山剩稿》中毫不掩饰他的怨愤。明亡后，熊开元却又投奔南明的隆武小朝廷，"唐王立，起工科左给事中，连擢太常卿、左金都御史，随征东阁大学士"[1]。熊开元知其不可为而为之，虽然尽心尽意为这个南明小朝廷筹划，他却越来越明白"恢复"之业已不可为，徒耗费民力、物力，多增加一些杀伐征战而已。他在隆武朝的奏疏中称，"道路所云'百姓少而官多，朝廷小而官大'"，又如，"立一法则长一奸，遣一差则增一虎"。奏疏中既可见其无奈心态，又可见坦言直谏之风采。熊开元最后主动离开了隆武小朝廷，《明史》载："乞假归。汀州破，弃家为僧，隐苏州之灵岩以终。"[2]他后来成为一位名僧。当代著名学者陈垣曾经引述熊开元一件轶事："国变为僧，一日携侣游钟山，有楚僧石岩独不往。及熊归，石岩问曰：'若辈今日至孝陵，如何行礼？'熊愕然，漫应曰：'吾何须行礼！'石岩大怒，叱骂不已。明日熊谒石岩谢过，岩又骂曰：'汝不须向我拜，还向孝陵磕几个忏悔去！'"[3]熊开元遇到石岩这样的"忠孝僧"，也真是无可奈何。熊开元性情刚烈，对明朝怨愤未解，其不拜便是本色。他其实要比那些装模作样的士大夫更率意坦荡。由此，我们也可以看到，晚明士人们的确是受到早期民主意识之风浸染的，他们更具有个性与个体独立的意识。

　　明亡后，士人们的"遗民情怀"成为一种普遍的精神取向，就连那些失节"贰臣"也时常在诗文中表达这一情怀。钱谦益即是此中的代表人物。崇祯初年的"枚卜之争"后，他回乡闲居十六年，64 岁时又重新出山，在南京的弘光政权中任礼部尚书，清兵下江南，他以文班首臣迎降，随例北行。次年，钱谦益又任清朝的内秘书院学士兼礼部侍郎，充《明史》副总裁。半年后，告病南归。两年后，钱谦益因牵涉黄毓祺案被官府逮至南京下狱，此次狱事将近一年半才结束。晚年，他仍然暗中与南明的永历政权保持秘密联系。他自称一生："少窃虚誉，长尘华贯，荣进败名，艰危苟免，无一事可及生人，无一

[1]《明史》卷二百五十八，列传第一百四十六，熊开元传。
[2] 同上。
[3] 陈垣:《清初僧诤记》。

言可书册府，濒死不死，偷生得生。"[1] 历史学者吴晗先生记述《牧斋遗事》中写钱谦益的故事："说一天牧斋去游虎丘，穿一件小领大袖的衣服，有人揖问：'这衣服是什么式样？'牧斋窘了，只好说：'小领遵时王之制，大袖乃不忘先朝。'这人连忙改容说：'哦，您真是两朝领袖咧！失敬失敬。'"[2] 这个故事充满了辛辣的讽刺意味。钱谦益是东林党重要领袖，也是晚明文坛巨子，可他在国破时腼颜迎降清军，后在艰难时势中沉浮不定，他虽然依旧怀有某种遗民情怀，但在历史上仍然不免留下污玷之名声。所谓"荣进败名，艰危苟免"，成为史家对他的讥评。

另一位"贰臣"吴伟业，他是著名诗人，也是复社的主要骨干。吴伟业在崇祯年间两榜联捷，又是崇祯四年（1631年）的会试状元，很受崇祯帝赏识，历经崇祯朝廷中的种种政治风波。明清易代之变，他的心灵受到极大震撼。叶君远先生所著的《吴伟业评传》细腻、深刻地写出了吴伟业在大动荡时代中曲折、复杂又痛苦的心路历程。清顺治八年（1651年）春，吴伟业在苏州横塘重逢秦淮名伎卞玉京，听她讲述离乱中的经历，又从她那里得知陈圆圆的故事，遂诗情勃发，创作了七言歌行的史诗《圆圆曲》，借陈圆圆与吴三桂在战争中悲欢离合的故事，讽刺了吴三桂引清兵入关、背叛民族的罪行。此诗才华艳发中见沉郁，激楚苍凉里生悲怆，堪称千古绝唱。"当日梅村诗出，三桂大惭，厚贿求毁板，梅村不许。三桂虽横，卒无如何也。"[3] 这是明人野史笔记《庭闻录》所记的一件轶事。次年，吴伟业又搜集各类史料，撰写了专题史书《绥寇纪略》，记述晚明崇祯年间朝廷与农民军的战争始末，辑录大量官方文件，也有当事人口述及私人家信等材料。他花很多精力修改这部书稿，也更深刻地认识到，明王朝朽颓大厦的内部早已被蛀空，官吏腐败贪污，将领扣克军饷，王公巨宦只知聚敛搜刮，崇祯帝暴虐多疑、远贤近佞，明朝最后覆灭的结局是难以避免的。清顺治十年（1653年），吴伟业在两江总督马国柱举荐下

---

[1] 吴晗：《"社会贤达"钱牧斋》，载《读史札记》，生活·读书·新知三联书店，1956年2月第1版。

[2] 同上。

[3] 刘健：《庭闻录》卷一，"乞师逐寇"，载叶君远著《吴伟业评传》，首都师范大学出版社，1999年7月第1版，第157页。

北上仕清。他此举有不得已的成分，但是，因他在士人中声誉很高，也难逃最后锥心出仕的命运。他在清廷被授秘书院侍读、国子监祭酒等职，三年间可谓是战战兢兢，如临如履，受尽了满族官僚的欺压侮辱，他的诸多好友或被处斩，或被流放，如亲家陈之遴即被发配流放至塞外，吴伟业的女儿女婿也得随之前往，他心中的滋味可谓是痛苦难言的。但是，他的政治立场却又悄悄在变化，"这反映在《绥寇纪略》一书上。……此书的补遗部分怀疑就是他仕清后加上去的，其中有两段话提到吴三桂，其一曰：'上崩之后三十三日，而吴三桂请本朝大兵入关，打破李自成于一片石。'其二曰：'春秋大复仇，然孰有身殉下宫之难，子效秦庭之节，如吴宁远者乎？'看，这里把吴三桂的父亲吴襄当成了明朝的殉节忠臣，而吴三桂成了'请本朝大兵''效秦庭之节'的申包胥式的英雄，这还像是《圆圆曲》的作者所说的话么？"[1]吴伟业仕清后，原来居乡时创作《圆圆曲》时的那种家国之恨、忠义之情自然就淡了很多，他的政治立场是左摇右摆的，内心是苦闷、羞惭与恐惧相交织的。"有时表达了强烈的故君之思和麦秀黍离之哀，有时却又对清朝皇帝感恩戴德；有时流露出对清朝的不满，流露出对于仕清的无奈与厌恶，有时却又站在与清统治者同一立场上重新评价叛臣逆子；吴伟业做了侍读以后的思想感情、政治态度就是这样一种充满了矛盾的'混合体'。"[2]

岂止是吴伟业？在那个大变动、大改组的时代中，多数士人其实是陷入某种迷惘、痛苦的尴尬伦理困境中的。即使是极少数矢志不与清朝统治者合作的明遗民思想家，如黄宗羲、顾炎武、王夫之等人，固然他们没有钱谦益、吴伟业仕清后的羞惭感，但他们其实也进入了另一种旧传统伦理道德的"围城"中，自己究竟是旧朝的遗民，还是新朝的臣民？到底该向何处去呢？他们的思想实质也是一种充满矛盾的"混合体"。但是，他们并不止于迷惘与徘徊，而是隐居乡野，著书立说，通过自己孜孜以求的思想探索，突破传统儒家道统的局限性，企图从古代先贤的典籍中梳理、辨析与追索真理，找出解决纷纭复杂的现实政治难题的答案。他们的思想是新旧杂陈的，却又是生气勃勃的。此

---

[1] 叶君远：《吴伟业评传》第八章，首都师范大学出版社，1999年7月第1版，第216页。
[2] 同上。

时，早期启蒙思潮的历史潮流又涌向更深入的第二个时期，也就是"理性批判精神"时期。

四、清初早期启蒙思潮的复起

满洲贵族入关后，与一部分汉族官僚相结合，形成了联合政权，开始建立清王朝的统治。但是，清政权是以满洲贵族集团为核心的，且实行野蛮的民族压迫政策，如强迫汉人剃发，在北方圈占大量土地，掳掠大批人口充当奴仆，在江南则时常动用屠城手段镇压反抗，等等，使得满汉民族矛盾十分尖锐。全国抗清斗争此起彼伏，烽烟四起，久久不得平伏。清初，社会激烈动荡，风云变幻，是充满了各类复杂矛盾的大变动时代，更是中国思想史上各种学说理论纷纭而出的重要时期。17世纪后半期，各种启蒙思想纷纷涌现，继晚明之后早期启蒙思潮形成又一个浪峰，一大批思想家同时产生，展现出各自思想学说的风采，他们理论上自觉程度各异，批判的侧重面也不同，甚至互相交织着许多的矛盾与冲突。但是，这一批启蒙思想家以其理性批判精神总结和梳理历史，汲取经验教训，推动了以早期民主主义和实学精神为主的新思潮。

早期启蒙思潮第一个"自由精神"发展阶段的思想家有左派王学的王艮等人，以及泰州学派的何心隐、李贽；早期启蒙思潮第二个时期，也就是"理性批判"时期的启蒙思想家有黄宗羲、顾炎武、王夫之、颜元等。这些启蒙思想家的学术道路及思想理论看起来是互不相干，其实却是相互联系的；看起来是彼此否定，其实又是互相依存的；看起来多有悖反，其实又是前后映照的。从这一特定历史阶段的哲学运动来说，通过历史和逻辑相统一的分析，我们才可以看到这些启蒙思想家各具特点的哲学思想中的内在联系。譬如，李贽思想学说对古代文化专制的否定意义，王夫之哲学扬弃程朱陆王后复归张载，其总结"理气""心物"的整个哲学矛盾运动的大螺旋。不过，翻阅清初启蒙思想家的著作，我们却又可以发现，王夫之、顾炎武等启蒙思想家对晚明启蒙思想家李贽等人的新思想都是持公开批判和否定态度的。比如在义利观上，李贽高举个性解放的旗帜，特别重视"私"，即个人权利；而清初的启蒙思想家则将李贽看成是败坏晚明社会风气的罪魁祸首，他们更重视"公"，但是这个"公"不单单指皇权国家，实质也有公共社会的含义，他们反对李贽，是因为李贽的思想理论中确实有过分强调"欲"而排斥"理"、过分强调"私"而排斥"公"的片面成分，因此，王夫之、顾炎武等人认为明末清初道德沦丧的残酷现状是新思想新意识造成的，其中李贽《藏书》为害尤烈。他们都曾痛斥李贽反对旧传统伦理道德的言行。这是启蒙思想史的一段悲剧，最早为启蒙主义开辟道路洒下热血的启蒙思想家，反倒遭受其实际上的继承者的严厉批判和摒斥。但是，深入研读清初启蒙思想家的著作，又可以发现他们的思想学说中无不是扬弃地包含了李贽学说的合理因素。例如，清初的启蒙思想家王夫之提倡的"公欲"，似乎与李贽大讲的"私欲"相对立，其实"公欲"是建立在肯定每一个人皆得其欲的"私欲"的基础上的。它与"存天理、灭人欲"的宋明理学是对立的。譬如，朱熹认为讲充饥才是天理，可要求美味即为人欲；而清初学者如王夫之等则认为追求美味、美色虽然是"人欲"，却也是"天理"，也应当肯定，他的思想学说从人与动物共有的食色行为中进一步升华，从而提升了人的尊严。所以，王夫之的理论其实既继承了李贽学说中肯定人欲的合理因素，又考虑到社会的整体和谐的方面，强调了使人人皆得其欲的"公欲"的必要性，二者有着共同点，又比李贽的学说更为成熟和深刻。

著名学者侯外庐先生认为，清初的早期启蒙思潮气象博大，影响深远。那些启蒙思想家的学术成就是多方面的，他们对音韵、易学、考证、训诂等学问都有很重要的开拓作用。但是，他们学术中最有支配性的内容则是具有理性批判精神的启蒙思想。他特别强调："顾黄之学的支配内容是新世界的启蒙运动，绝非退休状态的汉学。"[1]赵园先生也引用日本学者沟口雄三在《中国的思想》的观点："如果就中国来看中国的近代历程，那么明末清初政治上的君主观的变化，与经济上田制论的变化，应被视为清末变化的根源"，"从这里寻找中国近代的萌芽，决不是没有根据的"。[2]

---

[1] 侯外庐：《近代中国思想学说史》上卷，绪说，生活·读书·新知三联书店，2014年1月版，第553页。

[2] 赵园：《明清之际士大夫研究》后记，第541—542页。

比利时汉学家钟鸣旦先生也在著作中特别引用 W. T. De Bary 所说的"明代思想的遗产"，其中有很多即是早期启蒙思潮的思想成果。他举出共有十二股思想潮流：第一，注重理性的形而上学的形式，及个人寻找真理的体验，包括儒者的修行，如默想、自省、认罪、克己，还有静坐也是培养内在感受的方法。第二，强调实践，这包括检验日常生活的真理，从传统又适应时代的价值观去响应时代的需要。第三，对时代的日用需要产生警觉，一些儒者强调实际的治国方案与科学的实用价值。第四，明白时间不可倒流，今日与往日不同，因而须提高历史意识（特别是近代历史特质的意识），而不是缅怀过去。第五，强调生命力及天地生生不息的创造力。第六，愈来愈强调物质世界（气）及物质我（气质）的实质。这点用哲学表达是气的一元论；而在智力方面，则是研究各种具体事物中的原则。因而一些儒者认为，人性是善的，但物质我的"物质成分"是恶的，由此可见学习和读书的重要。第七，倾向批判性的理性主义，而这种理性主义反映出佛教怀疑论及新儒家脱离学术研究与经验的趋势，同时王阳明的思想中也隐约存在一种 Weber 式的理性观，王阳明视知识为一种不断经验和再反省的过程。第八，倾向深邃的人文主义。由于上述那种批判性的理性主义有助于克服早期的新儒家思想中以种族为中心及过分严厉的倾向，人文主义进一步对新经验开放，在各种宗教群中寻找灵性及道德上的共同基础。第九，提倡一种综合潮流，肯定三教的贡献及三教之间的互相补充，而这种潮流亦有助于重新厘定儒家中最重要的部分。第十，重新厘定过程中具有一种倾向，离开宋代理学的形而上哲学，回到孔子的身教与言教中。第十一，倾向于古典儒家中"天"的概念的有神论因素，并以此对抗朱熹多神论的形而上学。第十二，更深入地研究古典作品，将之作为哲学思辨（文学上及社会上）的模式及权威根源；并凭借精细的文字批判学，认识到历史、语言及哲学上的改变。[1]

从西方学者的视野来看明清之际的早期启蒙思潮也许过于琐细，但确实有其独到之处。我们可以从中追寻到早期启蒙思潮在其特定时代的历史逻辑

---

[1]（比）钟鸣旦：《杨廷筠——明末天主教儒者》，香港圣神研究中心译，社会科学文献出版社，2002 年 12 月第 1 版，第 269—271 页。

意义。从这个角度看，早期启蒙思潮到了"自由精神"阶段，并不单单是一种退潮，而是转移了方向。东林学派由王返朱的修正运动，固然其主流是趋向传统，趋向保守，但另一方面，也使得清初的启蒙思潮进一步趋向了实学，趋向了更深入的"理性批判精神"阶段。我们也可以看到，其中的连续性并不是凭空想象的，实质上，那一批由儒入耶的士大夫在西学东渐的影响下所做的思想探索已经在晚明时期起到了某种先导作用，这其中就包含了对宋明理学的更深入的批判，也包含着实学主义以后在思想界进一步的拓展。可惜的是，各种复杂的历史原因造成中国近代的长期难产，这一启蒙思潮的发展进程时断时续，时时夭折，时时干涸，甚至进入近代也未能真正完成它的理论终结。

康德在《答复这个问题："什么是启蒙运动？"》一文中说："然而，这一启蒙运动除了自由而外并不需要任何东西，而且还确乎是一切可以称之为自由的东西之中最无害的东西，那就是在一切事情上都有公开运用自己理性的自由。"[1]他讽刺和批判当时封建专制的欧洲，到处都不许争辩，"到处都有对自由的限制"。因此，康德反复强调："必须永远有公开运用自己理性的自由，并且唯有它才能带来人类的启蒙。"[2]

在明清之际的早期启蒙思潮中，运用自己理性的自由也是一个很关键的问题。在宋、元、明三代，程朱理学在中国思想界泛滥，稍有自由精神的思想家可谓寥寥无几、湮没无闻，从王阳明心学分化出来的泰州学派举起了批判专制政治与专制文化的先进旗帜，提出了很多发人深思的社会问题和哲学问题。这种大胆勇敢的举动与晚明时期蓬勃发展的工商业环境及整个社会酝酿的个性解放意识氛围是有着紧密关联的。但是，泰州学派诸子未能脱离禅宗思想的窠臼，难以应对很多时移势变的新问题，他们的世界观也是出世的，而非入世的。其批判锋芒固然尖锐，却缺乏更深厚扎实的社会哲学基础，反而在士大夫们中引出了纵欲、颓废的畸形变态意识，自由精神演变为癫狂放荡，其思想意

[1]（德）伊曼努尔·康德：《答复这个问题："什么是启蒙运动？"》，载《历史理性批判文集》，何北武译，天津人民出版社，2014年10月第1版，第24页。

[2]同上。

识主流迅速地退潮也就难以避免了。可是，早期启蒙思潮的"自由精神"阶段的第一波退潮，却并不是水过无痕，仍然留下其个性解放意识的精神遗产。比如，东林学派文化哲学的宗旨，固然是趋向保守与传统，企图遏制自由思想的言行，努力弥补传统旧文化的裂痕，重振旧伦理道德之风。他们在学术思想上虽然倾向由王学返回程朱理学，却是难以返回到原来程朱理学的老路上去了。他们实际上也难以成为时代新意识的反对派，仅仅只能无奈地做"修正派"，而在时政上也只能当修修补补的改良派。他们只能以所谓的"忠言直谏"的政治言行来推行其儒家思想，也就只能将全部的理想和希望寄托在某一位专制君主身上。他们自己却难以把握稍纵即逝的改革机会，更无力挽救时艰与人心，最终无奈地看着明王朝的大崩溃局面到来。东林党人的政治教训，其实也是儒家士大夫思想文化的某种历史宿命造成的。

不过，我们又可以看到，晚明时期东林党士大夫们的坦言直谏的勇敢精神，孜孜以求的思想探索，特立独行的个性意识，实质上受到了早期启蒙思潮的时代风尚浸染。譬如，蕺山学派的理学大儒刘宗周即提出"慎独"之说，其"独体"之"独"，其实乃是"心"与"良知"的别称，因此他说："无事，此慎独即是存养之要；有事，此慎独即是省察之功。"[1]"知无不良，只是独知一点。"[2]而王夫之后来则提出"用众不如用独"，赵园先生认为："王夫之所谓'用独'的'独'，固非近代思想中的'个人''个体'，但以'用众'与'用独'对举，无疑出乎对易代之际某种群体行为、取向的反省。"又说："王夫之的'用独'非即'独善'；即使僻处穷居，他也仍以著述活动承担着他所意识到的儒者使命。'用独'正是王夫之作为儒者所认可的从事社会实践的原则与行为范式。"[3]但是，就笔者个人来看，王夫之的"用独"其实也是具有中国色彩的自由理性批判方式，这是当时一个很重要的思想特点，不仅王夫之具备这个特点，清初的一批启蒙思想家都具备着这个特点。

---

[1] 刘宗周：《答门人》，转引自《晚明思想史论》第五章，东林派与王学修正运动，东方出版社，1996年3月第1版，第106页。

[2] 刘宗周：《语录》，转引自黄宗羲《明儒学案》，卷六十二，蕺山学案，载《黄宗羲全集》第八册，浙江古籍出版社，2012年4月第1版，第904页。

[3] 赵园：《明清之际士大夫研究》第一章，第58页。

　　说起明清易代之际的许多士大夫的伦理困境时，赵园先生在《明清之际士大夫研究》中举了不少例子，如前文所述的熊开元过孝陵不拜之事，就很能说明当时士人们的忠孝观已经发生了微妙变化。这与当时士人们思想中的早期民主意识的萌芽也是紧密相连的。譬如，"顾炎武曰'有亡国有亡天下'，强调了'天下'与'国'在层次上的区分。'君'的直接关联在'国''社稷'，而'天下'则是较之'国'更上位的概念。上述层次区分，便于士人将'为天下'与'为君'、'为万民'与'为一姓'做对立观。"[1]而王夫之则在"国祚"与"民生"的价值观分立方面有新思路，他认为："以在下之义而言之，则寇贼之扰为小，而篡弑之逆为大；以在上之仁而言之，则一姓之兴亡，私也，而生民之生死，公也。"[2]而且他重申了孟子的思想，认为"圣人之所甚贵者，民之生也"。[3]而黄宗羲的《明夷待访录》则更不待言，梁启超曾经盛赞此书，说是他青年时期"最有力之兴奋剂"。"这部书是他的政治理想。从今日青年眼光看去，虽像平平无奇，但三百年前——卢骚的《民约论》出世前之数十年，有这等议论，不能不算人类文化之一高贵产品……的确含有民主主义的精神——虽然很幼稚——对于三千年专制政治思想为极大胆的反抗。"[4]当然，这些早期民主主义意识既有着传统观念的因袭，又有着更新趋时的独创。但是，他们向往的理想社会仍然逃不脱"三代之法"与"六经之旨"的陈腐影响，其思想难以摆脱旧道统的纠葛，必定也会陷入多重矛盾之中去。可以说，清初启蒙思想家的早期民主意识是以儒家思想中的"民本论"为政治基础的，它可上溯至先秦儒家的孟子的民本思想，直至宋、明儒学中的民为社会、国家的价值主体说，他们深刻影响了顾炎武、黄宗羲、王夫之及唐甄等人的启蒙思想。纵观中国古代社会历史，当君主专制制度的巨大祸害发展到一定程度时，总有一批儒者中的仁人志士开始思考民本论与专制政治制度的关系。

　　但是，当代学者刘泽华先生在《中国传统政治思想反思》中特别提醒大

---

　　[1]赵园：《明清之际士大夫研究》第一章，第527页。

　　[2]王夫之：《读通鉴论》卷十七，载《船山全书》第十册，岳麓书社，2011年1月第2版，第669页。

　　[3]同上书，第723页。

　　[4]梁启超：《中国近三百年学术史》，天津古籍出版社，2003年5月第1版，第51—52页。

家，我们不应当只是片面地看儒家思想中"民本主义"与民主、自由相通的一面，也应当看到另一面，即它在历史上又与王权主义、专制制度紧密相连的一面。"在古代的传统思想，特别是儒家思想中，虽然有不少重民、爱民、利民、惠民、恤民、爱民如子、民为邦本等主张和理论，这些常被人们誉之为民本主义和民主主义等等，其实，事情的本质未必如此。古代的重民、爱民并不是目的，一般地说，它只是一种手段，孔子讲得特别清楚：'惠足以使人。'(《论语·阳货》) 不管人们'爱民'问题讲了多少美好语言，'民'基本上是被恩赐和怜悯的对象，'民'从来没有比这个地位更高。那么谁是目的呢？是君主，是帝王。"[1]因此，我们以前常常强调二者相对立的一面，却视而不见其相融合的一面。"从历史上考察，中国古代人文思想相当发展，同时君权专制也十分发展，而且专制君主正以人文思想很浓的儒家思想为统治思想。这种情况与西方近代的历史过程有极大的不同，近代西方的人文思想与封建专制是对立的。中、西之所以会有这样大的差距，关键是人文思想所背靠的历史条件不同。近代西方人文思想的发展以商品经济为基础，而中国古代的人文思想是建立在自然经济基础之上的。在以小农为主的自然经济基础上，不可能产生民主思想，只能产生家长主义。而家长主义是王权主义的最好伴侣。"[2]刘泽华先生的这一番分析，其实也恰如其分地指出了明清之际早期启蒙思潮的致命弱点。它为什么接连两个浪峰汹涌而来，却又在18世纪的历史回流中几乎夭折？它为何接连两次都迅速地形成了退潮？明末清初的易代之变，竟然又使得本来已经腐朽没落的旧制度、旧文化得以延续和复辟，而新经济与新意识却遭到了破坏与窒压，虽然早期启蒙思潮两度繁盛，终于又难挡"死的拖住了活的"旧传统文化的历史回流。

所谓"深邃的人文主义"，可说是早期启蒙思潮更为重要的时代特点。清初的启蒙思想家们以理性批判精神为思想核心，站在实学主义更坚实和辽阔的土地上，他们抨击和摒弃了泰州学派学说中偏激、虚无的缺点，但从大方向来

---

[1]刘泽华：《中国传统政治思想反思》，生活·读书·新知三联书店，1987年10月第1版，第64—65页。

[2]同上书，第70页。

看，他们其实又是继承了泰州学派对古代专制文化的批判旗帜，对宋明理学进行了更深刻的思索与批判。明清易代之际，常发生一村一城的民众都被清军杀光的大屠杀事件，如"扬州十日""嘉定屠城"等。当时，长期的战乱和灾荒，使得土地大量荒芜，大批百姓死亡或迁徙，大江南北一片萧条荒凉景象。曾有清朝官吏向朝廷上奏疏称："巡行各地，一望极目，田地荒凉；四顾郊原，社灶烟冷。"[1]而南方有些城市被摧残更甚，例如清重臣洪承畴在奏折中提到长沙市称："城内城外，尽皆瓦砾，房屋全无，……荒凉景象，残苦难言。"[2]残暴酷烈的战争景象触目惊心，让那些启蒙思想家对人性本质的思考更加深入；动乱社会的芸芸众生及万般世态，又使他们对人生、社会探索和思考的领域愈发宽广；个人经历的饱尝苦难与复杂多样化，也使得他们的学术研究必然面对现实，从中汲取的资料也更为丰富。一时，启蒙思想家群星璀璨，百家争鸣，众多的思想家与各个学派几乎同时产生，虽然他们经历各异，区域不同，师承有别，性情相差，各有自己的思想见解，也各有其学术研究的侧面及专长，但他们"破块启蒙"（王夫之语）的思想倾向是共同的。后来，虽然早期启蒙思潮仍然被迫退潮，我们却可以看到"破块启蒙"对世道人心有所浸染，对极少数具有先知先觉精神的进步知识分子更是有着很深远的影响。可以说，早期启蒙思潮的思想影响在文学领域尤为突出。如果我们不是从特定时代的历史逻辑意义上去追寻，那么我们就很难理解文化发展史的那些特异现象，譬如，为何在古代文化专制最盛的乾嘉时代，却产生了中国第一部反理学的讽刺小说《儒林外史》及伟大的文学巨著《红楼梦》？同时，也就更难理解其作者吴敬梓、曹雪芹怎么能够在当时整个社会浓重的道学气氛笼罩下，用笔尽情抒发其"深邃的人文主义"精神，走到了社会潮流的前面？

黑格尔提出了"世界精神"的概念，他认为历史就是世界各地的自由观念与实践的发展过程。当时，"世界精神"在欧洲的很多国家已开始得到体现，而中国与很多东方国家则是"世界精神"之外的，那里由专制君主所主宰，只视君主一人是"自由"的极权国家的典型。而东方君主们的反复无常性格则表

---

[1] 卫周允：《痛陈民苦疏》，《皇情奏议》卷一。
[2] 洪承畴：《恭报大兵到长沙日期事题本》，《皇朝经世文编》卷三十四。

现在"本性的残暴——粗暴而鲁莽的激情——或是欲念的柔和与温顺，本身不过是大自然的偶然产物"。[1]东方历史的各个王朝，它们互相杀伐，互相吞并，内部也充满了自相残杀，是建立在家族关系为基础的不含诗意的帝国。他认为东方历史的停滞就在于这种生存原则缺乏变化。黑格尔的看法确实具有某种深刻性，他发现了东方文化循环往复的历史规律，以及其保守、僵滞的特点。正是由此，早期启蒙思想家们才纷纷直觉地感受到一种"自我围城"的思想痛苦。不过，笔者更为赞同著名学者陈乐民先生的看法："黑格尔曾说中国和印度是处在'世界历史'之外的。他没有说对。他说这话的时候历史的潜流早已向全球流动了，激起了数不清的大大小小的以及肉眼看不见的细碎浪花和水珠。"[2]

笔者认为，中国明清之际的早期启蒙思潮正是这股潜流之一，因此只有在观察世界潮流的新视角下，才能真正地认识到它的历史地位。

---

[1]（美）史景迁:《追寻现代中国》，温洽溢译，四川人民出版社，2019年5月第1版，第170页。

[2]陈乐民:《〈从华夷到万国的先声〉序言》，载陈丰编《给没有收信人的信：陈乐民文存》，广西师范大学出版社，2010年8月第1版，第347页。

第七章

民主启蒙思想家黄宗羲

一、黄宗羲平生之"三变"

英国作家萧伯纳在《贝多芬百年祭》中写道，音乐家莫扎特与海顿都是穿传统服装的宫廷侍从，而另一位音乐家贝多芬却是穿散腿裤的激进共和主义者，"在贝多芬和他们之间隔着一场法国大革命，划分开了 18 世纪和 19 世纪"。一场历史激变，对人们的思想影响是巨大与深刻的，由此可以整整界定两代人。

明清易代之变的历史影响又何尝不是如此！清初的一批早期启蒙思想家在这场历史激变中对中国古代专制社会的种种弊端也认识得更加清楚了，忧世伤时之感也更为浓郁了，尤其是他们在战乱的漂泊流亡中见到很多在书斋中看不到的社会生活面，也促成他们深刻的思维与宽广的眼界，进一步培育了他们的理性批判精神。与晚明时期那批早期启蒙思想家不同，这一批思想家因为站在了急剧变化的社会潮流前面，他们理所当然地抛弃了虚幻的禅宗哲学，转向了实学主义与经世致用，总结性地批评过去，深入地探讨"社稷沦亡"的政治教训。黄宗羲、顾炎武、王夫之被研究思想史的著名学者侯外庐先生称之为清初三位大师，也就是早期启蒙思潮的"理性批判精神"阶段的三位重要思想家，其中黄宗羲的早期民主主义思想尤为梁启超、钱穆等一批近现代、当代学者所注目，这是中国文化思想史中一笔重要的精神财富。

黄宗羲，生于明万历三十八年（1610年），卒于清康熙三十四年（1695年），字太冲，号梨洲，学者亦称其为南雷先生，浙江余姚人。其父黄尊素为著名东林党人。明天启五年（1625年），黄尊素因弹劾大宦官魏忠贤等被削籍归乡；同年，为长子黄宗羲完婚成家；次年，黄尊素被厂卫逮治，惨死于狱中。黄宗羲送父亲至绍兴，回乡后即从学于儒学大师刘宗周，拜刘宗周为师。明崇祯元年（1628年），明思宗登基后诛魏阉诸逆，黄宗羲时年19岁，入京讼冤。五月，会廷审阉党分子许显纯、崔应元时，"宗羲对簿，出所袖锥锥显纯，流血被体；又殴应元，拔其须归祭尊素神主前；又追杀牢卒叶咨、颜文仲，盖尊素绝命于二卒手也"。[1]六月，又会审李实等三人，黄宗羲对簿公堂时复以铁锥刺之。冤狱平反后，同难东林党诸多后人子弟设祭于诏狱中门，"哭声达禁中。思宗闻之，叹曰：'忠臣孤子，甚恻朕怀。'"[2]

黄宗羲与遇难东林党人子弟共署《东林同难录》，叙爵里年谱，相传为兄弟。后来，这些东林后人多次相聚，尤以崇祯十一年（1638年）八月十五观涛日的桃叶渡大会最盛，"明末四公子"冒襄、方以智、陈贞慧、侯方域及众多名士都来参加，彻夜痛饮，通宵达旦，这也是对阉党余孽做一次示威。在此前一月，黄宗羲与周镳、顾杲等一批名士，具名于《留都防乱公揭》，直斥阮大铖等，轰动南京。黄宗羲由此声誉渐高，俨然为东林弟子领袖。

崇祯三年（1630年），黄宗羲在周镳介绍下，加入复社。他趁机参加了复社的金陵大会，且与复社名流张溥、杨廷枢、陈子龙、吴伟业等人舟游秦淮河。同年，黄宗羲亦在南京参加第一次乡试，后崇祯六年（1633年）、崇祯十二年（1639年）与崇祯十五年（1642年），他又参加三次乡试，均遭败绩。

---

[1]《清史稿》卷四百八十，黄宗羲传。
[2]同上。

初次乡试不中，黄宗羲遇文震孟于京口，两人同舟至苏州，文震孟阅其试卷，勉励他说："异日当以大著作名世。"也就是说，黄宗羲意气豪迈，学问深邃，其才华不拘格于八股文章。此言果中矣。

黄宗羲是刘宗周的"蕺山三大弟子"之一。刘宗周讲学于蕺山，黄宗羲约乡里子弟六十余人追随，包括他的弟弟黄宗炎、黄宗会，都承续刘宗周学说，人称"浙东三黄"。崇祯七年（1634年），他陪刘宗周乘舟自禾水至省下，当时高攀龙的《高子遗书》初出，刘宗周尽日阅览，"先师时摘其阑入释氏者以示羲"[1]，告知黄宗羲哪些是佛学观点，而非儒家学说，黄宗羲甚为钦佩刘宗周对儒家经典的透彻感悟。黄宗羲在青年时期更偏好史学，22岁即发奋读史，自《明实录》读起，每日一本，用两年时间读完二十一史。他读书兴趣广博，且不为举业所拘格，"既，尽发家藏书读之，不足，则钞之同里世学楼钮氏、澹生堂祁氏，南中则千顷堂黄氏、绛云楼钱氏，且建续钞堂于南雷，以承东发之绪"[2]。他一生博览群书，尤嗜好搜寻各类异书、奇书，且喜抄录孤本、秘本，直至老年仍乐此不疲。因此，黄宗羲学识渊博，眼界宽阔，对天文、律例、象数、史地等多有研究。

黄宗羲晚年遗墨《自题》将自己一生概括为三个时期，亦称"三变"："初锢之为党人，继之为游侠，终厕之于儒林。其为人也，盖三变而至今。"[3]初变，即是他的中青年时期，上京伏阙讼冤，锥刺阉逆，与遇难东林子弟共署《东林同难录》，入复社，具名《留都防乱公揭》，参加"桃叶渡大会"，在南京福王政权时被马、阮陷害，侥幸脱身，这一时期他具有浓厚的东林党人政治色彩；二变，所谓"游侠"时期，亦是武装抗清时期，组织义军"世忠营"，筑寨四明山，兵败后随南明余部继续抵抗，奔走抗清事业，颠沛流离中思索国家前途，遂作伟著《明夷待访录》；第三变，则是他参与启蒙思想学术活动的时期，他坚守民族气节，不受清朝官职，晚年放弃政治活动，进行深入的学术研

---

[1] 黄宗羲：《明儒学案》，卷六十二，蕺山学案，载《黄宗羲全集》第八册，浙江古籍出版社，2005年版，第884页。

[2]《清史稿》卷四百八十，黄宗羲传。

[3] 黄炳垕：《黄宗羲年谱》，卷首插页，中华书局，1993年版。

究，蕴藉阐述了很多重要的先进思想，写出中国第一部学术思想史专著《明儒学案》，且在史学与数学、天文等学术研究上做出卓越贡献。

黄宗羲35岁时发生了"甲申之变"。时值四月，黄宗羲闻北京之变，便随同刘宗周至杭州，与志同道合者商议应变事宜。不久，福王在南京登基，他们即赴南京。南京弘光政权又陷入钩心斗角中，马士英、阮大铖把持朝政，以《留都防乱公揭》之事构陷东林、复社人士，欲逮捕黄宗羲与顾杲。黄宗羲得到友人暗助，逃至浙东老家。六月，清军攻下绍兴，其老师刘宗周避居城外，绝食濒死。黄宗羲徒步行四百余里探望老师，做最后的诀别。闰六月，熊汝霖、孙嘉绩在浙东率军沿江防御，迎奉鲁王监国，黄宗羲闻讯后与其弟黄宗炎、黄宗会纠集黄竹浦乡里子弟数百人组成义军"世忠营"。

黄宗羲率义军投奔鲁王，进呈《监国鲁王元年大统历》，希望以布衣参军事。鲁王仍然封了他官职，先是任命其为监察御史兼兵部职方司主事，后任其为左副都御史。福王政权垮台后，马士英逃到明军兵营，黄宗羲力主诛之，主事的熊汝霖为维护大局，唯恐自家又起内乱，损害抗清大业，还是放走了马士英，但后来马士英、阮大铖果然降清。黄宗羲颇不满抗清义军犹豫徘徊，认为应该以攻为守，率军西进，否则十万之众必定瓦解，可熊汝霖、孙嘉绩也有难处，其部下皆明军残部未及整顿，人心涣散。后来，黄宗羲的西进之策还是得到支持，鲁王命其率领"世忠营"主力共三千兵力，意欲渡钱塘江取海宁，会攻杭州，可这支队伍未渡江即被清军击溃，黄宗羲仅率数百人余部逃入四明山中结寨自守。他担忧鲁王下落不明，决定微服出山探听消息。临行前，他再三叮嘱部下，山民们都很贫困，不可向他们强索求粮。他走后不久，义军余部与山民发生冲突，山民引清军来袭，山寨被攻破。黄宗羲未探听到鲁王消息，归来山寨已成残墟。清军追捕甚急，他只好奉母避入化安山中。

黄宗羲后来自述这段经历："自北兵南下，悬书购余者二，名捕者一，守围城者一，以谋反告讦者三，绝气沙埂者一昼夜，其他连染逻哨所及，无岁无之，可谓濒于十死者矣。"[1]整两年的亡命生涯中，他主要藏身于化安山，有

[1] 黄宗羲：《怪说》，载《黄宗羲全集》第十一册，浙江古籍出版社，2005年版，第70页。

时也悄悄潜回黄竹浦。清初时局动荡，统治者布下剿杀罗网，黄宗羲机警地躲过一次次搜捕。在东逃西躲中，他还坚持不懈地钻研历法与数学，写了约十几种历法、数学著作。他得知鲁王亦漂泊亡命于宁海以南、台州以东的明军卫所健跳，便去追随。此时的鲁王小朝廷仅剩数人，他在"行朝"中待了数月，无所作为。清廷又在黄宗羲家乡清查抵抗者，命有司录家口以闻，黄宗羲陈情于鲁王，获准归乡。而他依然与移驾舟山的鲁王保持联系，数月后鲁王又召回黄宗羲充副使，与冯京第、阮美同赴日本请兵乞师，一行人到达长崎，不得请而返。黄宗羲以家乡为秘密据点，与舟山的抗清义师紧密联系，联络明遗民和同情者，筹措给养，潜行往来，力图匡复。清顺治八年（1651 年），清兵攻陷舟山，小朝廷的忠臣张肯堂、吴峦等皆就义，仅张名振护送鲁王逃脱。次年三月，鲁王亦流亡至金门，自去监国号。黄宗羲抗清之志未泯，继续与抵抗组织来往。张名振派遣的密使在前来联络途中被捉，他被牵涉入案，再次被官府追捕。黄宗羲向海上的抗清义军传递情报，挫败清军围剿，积极策反清军绿营中汉族将领，企图利用民族感情说服其中一些人反正举事。在动乱战祸中，他的家庭也颇遭劫难，最钟爱的幼子夭折，小孙子也病死。他与三个弟弟还遭遇土匪绑架，经过营救才脱身。而他自己也多次被官府逮捕下狱，亏得故友相助才被救出。郑成功大军反攻长江，在化安山中避战乱的黄宗羲又看到了希望，但很快如泡影破灭。郑成功兵败，黄宗羲题《山居杂咏》连赋六诗，最后一诗云："数间茅屋尽从容，一半书斋一半农。左手犁锄三四件，右方翰墨百千通。牛宫豕圈亲僮仆，药灶茶铛坐老翁，十口萧然皆自得，年来经济不无功。"[1] 他隐约流露出对抗清斗争事业已绝望，决意以遗民之志隐居乡里，安贫著述。钱穆先生考证，黄宗羲写作《明夷待访录》时 54 岁，然后，他在 58 岁始兴证人书院，此后便完全转入学术研究活动，也就是开始了第三"变"。他在痛苦中进行思考与探索，企图总结明代亡国的教训，待望民族的重新复兴，点燃早期启蒙思想的火种。这是一批有责任、有担当、有批判的爱国士大夫的共同心愿，也是早期启蒙思潮中一代思想宗师的精神轨迹。

---

[1] 黄宗羲:《山居杂咏（六首）》，载《黄宗羲全集》第十一册，浙江古籍出版社，2005 年版，第234 页。

　　清康熙二年（1663 年）四月始，黄宗羲在吕留良荐引下赴语溪，在吕氏梅花阁教书，约有四年多。他声誉日隆，两年后其弟子万斯同、万斯大两兄弟引陈锡嘏等二十名学子前来受业，求刘宗周之学；又过两年，也就是康熙六年（1667 年）九月，黄宗羲与姜希辙、张应鳌在绍兴恢复了证人书院；次年，在宁波又建立了证人书院，亦由黄宗羲主持。黄宗羲多次聚徒讲学，著书立说。较有影响的一回，是康熙十五年（1676 年）二月，海宁县知县许三礼邀请黄宗羲前往讲学，听众多为清政府官员。深受康熙帝宠信的重臣徐乾学派代表前来捧场，也是清廷要员的徐乾学之弟徐秉义则亲至。黄宗羲与清官员的结交，引起好友吕留良的强烈不满，甚至他的二弟黄宗炎也难以接受。后来，黄、吕二人绝交，这是一个主要原因。钱穆先生在《中国近三百年学术史》中亦称："梨洲晚节多可讥。"[1] 其实，这是对黄宗羲的苛评，过分囿于儒家的所谓"夷夏之辨"说。而黄宗羲的社会政治理想，已经远远超出儒家伦理道统了，具有更宽广通达的近世胸怀。当时社会历史环境很复杂，晚年黄宗羲对清统治者的激烈对抗态度确实有所缓和，他也颇赞赏康熙皇帝融合满汉的政策，但是，他自己作为明遗民的底线却始终没有移动。自抗清失败后一直到死，他以著书讲学终生，始终坚持不到清朝政府做官，不与清统治者进行政治合作。康熙十七年（1678 年），康熙皇帝下诏征博学鸿儒，曾经与黄宗羲有过诗歌唱和的侍讲学士叶方蔼以其名奏闻朝廷，并移文史部。黄宗羲弟子陈锡嘏闻讯，即代其老师力辞，此事乃止。黄宗羲对陈锡嘏的做法表示肯定。"未几，方蔼奉诏同掌院学士徐元文监修《明史》，将征之备顾问，督抚以礼来聘，又辞之。朝论必不可致，请敕下浙抚钞其所著书关史事者送入京，其子百家得预参史局事。徐乾学侍直，上访及遗献，复以宗羲对，且言：'曾经臣弟元文疏荐，惜老不能来。'上曰：'可召至京，朕不授以事，即欲归，当遣官送之。'乾学对以笃老无来意，上叹息不置，以为人材之难。"[2] 康熙帝为了消解明遗民的对抗情绪，且知黄宗羲在东南一带士大夫中颇有人望，所以极力拉拢。黄宗羲却不为所动，不肯放弃自己"明遗民"的底线。他即使同意自己的弟子万斯同和儿子黄

　　[1] 钱穆：《中国近三百年学术史》，自序，商务印书馆，1997 年 10 月第 1 版，第 1 页。
　　[2]《清史稿》卷四百八十，黄宗羲传。

百家入明史馆备顾问，也要求他俩以布衣身份来做此事，不署衔，不受俸，更不得做官。

黄宗羲晚年作后事遗嘱，要求其子在他父亲黄尊素墓前自营生圹，身死次日即葬，"敛以时服，一被一褥，安放石床，不用棺椁，不作佛事，不做七七，凡鼓吹、巫觋、铭旌、纸幡、纸钱，一概不用"。[1] 当时的士绅人家都兴厚葬，家人恐担不孝之名，多有疑虑。黄宗羲又作《葬制或问》，多用史事先例解答，如东汉大儒赵岐、宋代命理大师陈希夷都是如此，且力戒家人不得违命。他之所以如此做，如全祖望的《梨洲先生神道碑铭》所言，"身遭国变，期于速朽"，意即不忘其明遗民之身份。

康熙三十四年（1695 年）七月三日，黄宗羲因病辞世，终年 86 岁。众门生弟子"共就先生像前决之，得'文孝'二字"，为之谥。

二、早期民主意识中的政治经济改革思想

黄宗羲的《明夷待访录》一书，写于康熙元年（1662 年），完成于次年。所谓"明夷"，为《周易》六十四卦之一，其象征沉沉大地之下，隐伏光明的火种。所谓"夷之初旦，明而未融"，程颐解释曰："君子当明夷之时，利在知艰难而不失其贞正也。在昏暗艰难之时，而不能失其正，所以为明君子也。"[2] 在此书中，黄宗羲深刻批判了君主专制与旧的法统，提出了早期市民运动影响下的社会政治主张，堪称 17 世纪的"中国民权宣言"，它在卢梭的《民约论》出版前三四十年前出现，是早期启蒙思潮中的一块理论丰碑。

当代学者雷颐先生说："中国传统政治文化的重要出发点之一是认为人性本善，坚持性善原则。因此，儒学的政治理想是'德治'，即理想的统治者是用自己的道德示范来'教化'臣民。这样，'天子'便具有高度的道德象征意义。从理论上说，儒学的原则是致力于使'最好'的人成为统治者。因此往往

---

[1] 黄百家:《先遗献文孝公梨洲府君行略》，载黄炳垕《黄宗羲年谱》附录，中华书局，1993 年版，第 69 页。

[2] 程颐:《周易程氏传》。

寄希望于'圣明天子'。反之，西方政治文化的基点之一是'性恶'说，这就很容易得出一个颇为消极的结论，认为人类的所为并不是怎样产生一个最好的统治者，而是如何防止产生一个最坏的统治者。这种观点未免过于悲观，但却从另一角度给人以启迪。"[1]这其实是中国传统政治文化思维与近代政治思维的分野。

绝大多数信奉儒学的古代思想家都主张"性善"说，《三字经》开篇两句诗就是"人之初，性本善"，他们认为远古时期尧舜禹的三代之法便是公而无私，因此一心一意地追求天下大公的理想社会。但黄宗羲却独出古人，他认为："有生之初，人各自私也，人各自利也。天下有公利而莫或兴之，有公害而莫或除之。"[2]私利是人类有生以来的本性，即使圣贤也是如此。黄宗羲的社会政治思想即建立在人的私利本性之说上。他以为，人的私利本性，并不妨碍建立天下大公的社会，最重要的是每人之私利应当与天下人之私利互相协调。天下之利即是公利，其中也包括了每人私利。圣贤出而为帝王当以天下人之私利为私利，不能将其个人利益与天下人利益相对立，"有人者出，不以一己之利为利，而使天下受其利，不以一己之害为害，而使天下释其害"。[3]他以为最初的"圣王"与国家就是在统一私利与公利的基础上形成的。那时，"天下为主，君为客"。所以有德之人如许由、务光不愿做君主；而尧、舜被大家拥戴，却谦让禅位；禹则是自己无当君主的愿望，却由于众人的推举难以推辞。黄宗羲的国家学说，体现在《明夷待访录》中，含有"近代的思维方法"。这部书尤其以《原君》《原臣》《原法》各篇最体现早期民主意识，它的时代精神深刻影响了当时极少数先进的士大夫，这也是因为晚明时期早期启蒙思潮所浸染而成的。江南地区工商业发展迅速，泰州学派诸子主张"人欲即是天理"，主张言私言利的"新义利观"，由此孕育出早期民主意识。黄宗羲的很多政治思想之所以突破儒家道统，也就是因为走到了时代潮流前面。

---

[1] 雷颐：《孤寂百年：中国现代知识分子十二论》，第五章，广西师范大学出版社，2015年4月第1版，第195页。

[2] 黄宗羲：《明夷待访录·原君》，载《黄宗羲全集》第一册，浙江古籍出版社，2005年版，第2页。

[3] 同上。

黄宗羲对古代君主专制制度的批判是严厉的。从某种程度上说，已经挣脱了儒家道统学说的束缚。他认为，"为天下之大害者，君而已矣"，所以，"天下之人，怨恶其君，视之如寇，名之为独夫"，关键就在于这些独夫，"以为天下利害之权皆出于我，我以天下之利尽归于己，以天下之害尽归于人，亦无不可。使天下之人不敢自私，不敢自利，以我之大私为天下之大公。……视天下为莫大之产业，传之子孙，受享无穷"。[1]其独夫君王一人之私的享乐，建立在万民百姓被敲骨吸髓的痛苦之上，"屠毒天下之肝脑，离散天下之子女，以博我一人之产业，曾不惨然，曰：'我固为子孙创业也。'其既得之也，敲剥天下之骨髓，离散天下之子女，以博我一人之淫乐，视为当然，曰：'此我产业之花息也。'"[2]古代专制统治者既把整个天下看成是自己的"家天下"，而"天下之法"也必然变成"一家之法"。"后之人主，既得天下，唯恐其祚命不长也，子孙之不能保有也，思患于未然以为之法。然则其所谓法者，一家之法而非天下之法也。"[3]如此的"一家之法"便是保护古代专制君主既得利益的手段："后世之法，藏天下于筐箧中者也；利不欲其遗于下，福必欲其敛于上；用一人焉则疑其自私，而又用一人以制其私；行一事焉则虑其可欺，而又设一事以防其欺。"[4]专制君主企图将天下利益皆归于自己"筐箧"里，其实也是将天下之人的怨恨搜集到"筐箧"里，法网愈密，抗拒愈多，祸乱也愈大，其治乱之法反而成了兴乱之缘由。黄宗羲这一番认识，恰恰是对晚明时期的政治动乱所做的深刻总结，也是对东林、复社政治改良失败的剖析，东林党人的斗争，只是想帮助圣明天子治理天下，他们严于"君子"与"小人"之辨，其实不能分出每个人真正的道德底线，结果反倒成为无原则的党争，所谓"清议"也异化为一种过分的政治攻击，如顾炎武所说"仁人君子心力之所为"则完全成为虚掷。因此，黄宗羲已经感觉到，用儒家的道德伦理至上主义是难以解决很多复杂的政治问题的。

----

[1] 黄宗羲：《明夷待访录·原君》，载《黄宗羲全集》第一册，浙江古籍出版社，2005年版，第2页。

[2] 同上。

[3] 同上书，第6页。

[4] 同上书，第6—7页。

黄宗羲又以大胆勇敢的政治改革思想，提出了他所设想的新国家模型。他是从当时社会现实的基础上去规划新的改革方案的。

首先，虚君政治，责任内阁。他提出国家必须立足法治，"即论者谓有治人无治法，吾以谓有治法而后有治人"。[1]其法治主张，主要着眼点在立法与执法，而君主之存废并不重要，若是保留君主，则要注意首先不许他成为独夫专制，其次不许他"传子"世袭，这都是明朝的严重政治弊病。黄宗羲力主"置相"，主张要将执法权力，也就是行使政权的最高权力，归于宰相之下的"政事堂"。他以"三代之法"的名义为自己立论，"昔者伊尹、周公之摄政，以宰相而摄天子，亦不殊于大夫之摄卿，士之摄大夫耳。后世君骄臣谄，天子之位始不列于卿、大夫、士之间"，[2]他认为宰相要以贤者为人选，手中须有权，而不应当是唯唯诺诺、遇事俯仰君主的"宫奴"。明代自朱元璋起即废宰相，大权集中在君王一人之手，成为一种政治弊病。有人说"首辅"即是宰相，黄宗羲批驳道："或谓后之入阁办事，无宰相之名，有宰相之实也，曰不然！入阁办事者，职在批答，犹开府之书记也，其事既轻，而批答之意又必自内授之，而后拟之，可谓有其实乎！吾以谓有宰相之实也，今之宫奴也。"[3]其所指的"宫奴"，也就是阉党，此流弊由明至清，是君主专制政治的一大流毒！因此，他极力主张宰相要有职有权，"宰相一人，参知政事堂无常员。每日便殿议政，天子南面，宰相、六卿、谏官东西面以次坐。其执事皆用士人"。[4]议事时，"宰相以白天子，同议可否，天子批红，天子不能尽，则宰相批之，下六部施行"。而宰相设的政事堂，分为吏、枢机、兵、户、刑礼五房，"分曹以主众务，此其例也。四方上书言利弊者及待诏之人皆集焉，凡事无不得达"。[5]

其次，学校议政，鼓励清议。他主张要对行政权力进行监督，具体办法

---

[1] 黄宗羲：《明夷待访录·原法》，载《黄宗羲全集》第一册，浙江古籍出版社，2005年版，第6—7页。

[2] 同上书，第8页。

[3] 同上书，第9页。

[4] 同上。

[5] 同上。

是将学校当成监督与咨询的机关，可以使掌权的人不致违法，真正反映天下人的"公利"。他认为："学校，所以养士也。然古之圣王，其意不仅此也，必使治天下之具皆出于学校，而后设学校之意始备。……天子之所是未必是，天子之所非未必非，天子亦遂不敢自为非是而公其非是于学校。是故养士为学校之一事，而学校不仅为养士而设也。"[1] 他所说的"学校"，不单单是文化教育机构，已经有近代意义的议会性质。如宰相应当按时向"学校"即议会报告政务，天子、宰相及五部阁员不得在"太学祭酒"（官名，相当于校长、议长）面前耍弄权势，他们也应该受"学校"监督。郡县官吏同样要受到"学校"监督，学官亦有权"纠绳"直至驱逐郡县官吏。这实质上也是对"庶民不议"的儒家传统观念的否定。

因此，黄宗羲特别重视"清议"，他主张应该放开自由舆论，这也是他的早期民主意识的一个重要基点。他引用史实说："东汉太学三万人，危言深论，不隐豪强，公卿避其贬议。宋诸生伏阙槌鼓，请起李纲，三代遗风，惟此犹为相近。使当日之在朝廷者，以其所非是为非是，将见盗贼奸邪慑心于正气霜雪之下，君安而国可保也。"[2] 他大概想起了其父黄尊素被迫害致死，大批东林党人殉难的惨烈往事，激烈地说："乃论者目之为衰世之事，不知其所以亡者，收捕党人，编管陈、欧，正坐破坏学校之所致，而反咎学校之人乎！"[3] 他在《明儒学案·东林学案》中，特别赞扬东林党人的"清议"精神。"论者以东林为清议所宗，祸之招也。子言之，'君子之道，辟则坊与'，清议者天下之坊也。"[4] 黄宗羲所主张的"清议"，也就是提倡自由舆论的精神，是早期启蒙思潮中诸多思想家的共识，他们企图以此为限制专制君主及大官僚特权的政治措施，为一部分士大夫及新兴市民阶层争取参政权利。顾炎武也将"清议"看得非常重要，他说："天下风俗最坏之地，清议尚存，犹足以维持一二。至于清

---

[1] 黄宗羲:《明夷待访录·学校》，载《黄宗羲全集》第一册，浙江古籍出版社，2005年版，第10页。

[2] 同上。

[3] 同上。

[4] 黄宗羲:《明儒学案》，卷五十八，东林学案一，载《黄宗羲全集》第八册，浙江古籍出版社，2005年版，第726页。

议亡，而干戈至矣。"[1]在严酷的专制统治下，如果缺乏自由言论的批评，必定会引来被统治者们激烈的暴力反抗。

再次，改革科举，倡兴"绝学"。黄宗羲自明朝崇祯三年（1630年）在南京参加第一次乡试后，又参加了三次乡试，均名落孙山。因此，他对科举考试之弊病看得很清楚，那些应试的儒生们都是冲着功名利禄而去的。"举业盛而圣学亡，举业之士，亦知其非圣学也，第以仕宦之途寄迹焉尔！而世之庸妄者，遂执其成说，以裁量古今之学术。有一语不与之相合者，愕眙而视曰：'此离经也，此背训也。'于是六经之传注，历代之治乱，人物之臧否，莫不各有一定之说。此一定之说者，皆肤论瞽言，未尝深求其故，取证于心，其书数卷可尽也，其学终朝可毕也。"[2]他认为，就连那些口称"程朱理学"道统的儒者，其实也未必都弄明白了程朱之学，不过是会背一些教条及规训语录而已，朝廷培养出一群空谈性理的腐儒，这些人"徒以'生民立极，天地立心，万世开太平'之阔论，钤束天下，一旦有大夫之忧，当报国之日，则蒙然张口，如坐云雾"[3]。黄宗羲主张不以八股文章取士，政府任命各级官员，当由学校考核。学校要为政府、为社会培养输送人才，要注意提倡选拔"绝学"人才，"绝学者，如历算、乐律、测望、占候、火器、水利之类是也。郡县上之于朝，政府考其果有发明，使之待诏，否则罢归"[4]。他认为取士之法不应该仅走科举考试这一条羊肠小道，应当广开才路，宽于取士，"吾故宽取士之法，有科举，有荐举，有太学，有任子，有郡邑佐，有辟召，有绝学，有上书，而用之之严附见焉"[5]。在《明夷待访录》中，黄宗羲专写了"取士"的上、下篇，这是因为他深感于科举考试及八股文章的束缚，很多有用之才被废弃，影响整

————————

[1] 顾炎武著，周苏平、陈国庆点注：《日知录》，卷十三，清议，甘肃民族出版社，1997年11月第1版，第600页。

[2] 黄宗羲：《南雷诗文集·恽仲升文集序》，载《黄宗羲全集》第十册，浙江古籍出版社，2005年版，第4页。

[3] 黄宗羲：《南雷诗文集·赠编修弁玉吴君墓志铭》，载《黄宗羲全集》第十册，浙江古籍出版社，2005年版，第433页。

[4] 黄宗羲：《明夷待访录·取士下》，载《黄宗羲全集》第一册，浙江古籍出版社，2005年版，第19页。

[5] 同上书，第17页。

个社会经济的发展。明中叶以来，中国社会陷入停滞与教育制度有很密切的关系。实行八股取士的科举制度，众多士人被束缚在程朱理学的文化牢笼里，很多人才被浪费、被弃置，也必然使中国社会的自然科学与技术科学日趋落后。黄宗羲对此是有先见之明的。可惜的是，清朝亦承袭了明朝那一套旧做法，沦入旧传统文化泥沼里，中华民族也就必定在18、19世纪落后于世界新潮流了。

最后，计口授田，工商皆本。这是黄宗羲改革思想中的两项重要经济主张。明末，土地兼并严重，"屯田"占去全国耕地十分之一，皇庄、官田等又占十分之三，大官僚及豪绅也占据大量田地。自耕农及中、小地主的田地已经少得可怜，可是，主要田赋负担却又落在他们身上。黄宗羲直斥道："故一亩之赋，自三斗起科至于七斗，七斗之外，尚有官耗私增。计其一岁之获，不过一石，尽输于官，然且不足，乃其所以至此者，因循乱世苟且之术也。"[1]因此，他主张恢复古代的井田制，当然不是照抄古代"八家共井"的古制，而是取其遗意来实行均田，首先"丈量天下田土"，然后"以实在田土均之"，"每户授田五十亩"。均田，要根据田土的肥瘠情况，分之五等，肥田可少授，瘠田可多授，"则不齐者从而齐矣"。他仔细分析了明代的土地数量与农户状况，又提出授田之后多余土地"以听富民之所占"，而其"富民"之含义，似为新起的工商市民，就是主张将那些多余土地融入市民经济中去。他指责唐代末年后各朝代越来越沉重的赋税政策，从租庸调到杨炎的二税制，再到张居正的"一条鞭"法，变一次即加重一回赋税。他认为应该"重定天下之赋"，以瘠田为准，定"三十而税一"，不应该以加饷、火耗等名目增赋。[2]而军费则"五十口而出一人""一十户而养一人"，全国即可实得兵力"一百二十余万，亦不为少矣"。[3]其"均赋"之法，是为取缔皇庄、官田等的法外特权。

黄宗羲还破除了腐儒们的陈旧偏见，在中国历史上第一次提出"工商皆

[1] 黄宗羲：《明夷待访录·田制一》，载《黄宗羲全集》第一册，浙江古籍出版社，2005年版，第24页。

[2] 黄宗羲：《明夷待访录·田制二》《明夷待访录·田制三》，载《黄宗羲全集》第一册，浙江古籍出版社，2005年版，第25—29页。

[3] 黄宗羲：《明夷待访录·兵制一》，载《黄宗羲全集》第一册，浙江古籍出版社，2005年版，第31页。

本"的口号。他站在市民阶层一边，批评专制统治者歪曲古圣王之原意，顽固地推行"崇本抑末"政策，"世儒不察，以工商为末，妄议抑之。夫工固圣王之所欲来，商又使其愿出于途者，盖皆本也"。[1] 黄宗羲生长在江南地区，那时那里已出现"原始工业"的趋势，大规模手工业工场纷纷出现，工商业尤其繁盛。清初的启蒙思想家黄宗羲、顾炎武、王夫之等人都注意到了这种社会发展趋势，将工商业看成是增加社会财富的力量。他们的这些思想萌芽，恰合一百年后英国经济学家亚当·斯密倡导的自由经济思想。黄宗羲还在《明夷待访录》中提出"废金银"的主张，因为那些金银财宝被皇室与王公贵族"死藏"，未成为货币流通，所以他提出政府应该设"宝钞库"发行纸币，促进市场流通。为了保障工商业繁荣，应该为那些工商业者及市民阶层提供便利条件，国内市场有了活跃商品流通，"使封域之内，常有千万财用流转无穷，此久远之利也"。[2] 他分析了"有明欲行钱法而不能行者"，主要是市场制度不完善。货币成为信用手段，只有在流通中才能得以增值。因此，他还提出发行钱钞的一些具体措施和办法，"除田土赋粟帛外，凡盐酒征榷，一切以钱为税。如此而患不行，吾不信也"。[3] 黄宗羲《明夷待访录》中的"财计一""财计二""财计三"已有了近代经济思想的某种雏形，当然还是幼稚与粗糙的。

黄宗羲所描绘的政治理想蓝图是包裹了"三代之法"外衣的，其中也有较多幻想影子。但是，其内里也确实包含了一部分新兴工商业者与市民阶层的愿望，代表了相当一批满怀苦闷、探索未来的进步知识分子的追求，反映了当时的时代精神及早期启蒙思潮的主流思想精髓，这是近代资产阶级民权运动的理论先声。因此，黄宗羲的《明夷待访录》在清末维新运动中，成为一代青年知识分子的政治经典。梁启超说："在三十年前，我们当学生时代，实为刺激青年最有力的兴奋剂。我自己的政治运动，可以说是受这部书的影响最早而

---

[1] 黄宗羲：《明夷待访录·财计三》，载《黄宗羲全集》第一册，浙江古籍出版社，2005年版，第41页。

[2] 黄宗羲：《明夷待访录·财计二》，载《黄宗羲全集》第一册，浙江古籍出版社，2005年版，第38页。

[3] 同上书，第39页。

最深。"[1]

此外,黄宗羲、唐甄等一批早期启蒙思想家激烈地抨击君主专制制度,具有某种直觉式的早期民主意识,企图以"六经之旨""三代之法"为蓝本,勾画出自己的乌托邦式的政治"理想国"。他们都敏锐地意识到提倡自由言论的重要性,认为应该依靠公众舆论来限制专制君主与权贵官僚。但是,身处古代专制社会的启蒙思想家黄宗羲、唐甄当然不可能思考得更加深刻,黄宗羲仅仅是笼统地提倡保障士人们"清议"之权利;唐甄也仅是超越当时社会的一般儒士,认为不应该只有"谏官"才有"直谏"之权,普通百姓也应该有"直谏"的权利。他们还远远想不到"公众舆论"有时也会产生偏差与失误,也没有想到"清流"与"浊流"之间也未必始终截然对立和是非分明。更没有想到仅仅依靠多数人否决少数人的政治机制也未必就可使"社会公利"得到保障。这也怪不得他们,这些难题已是当代民主政治建设的命题了。

譬如,张柠先生曾写过一文,不满当代电视台或互联网站的主持人常以观众投票来简单化地决定什么是正确意见。他说:"在民主建设的初级阶段,我们当然不能忽略这种对'简单而重要'问题的公众舆论否决权。至于'复杂而重要'的问题,也就是重大的思想和价值问题,我们无法依赖大众传播媒介,而只能依靠真正的'百家争鸣'。这种'争鸣',与其说是一种辩论形式,不如说是一种辩论条件,也就是一种人文环境。没有这种人文环境,'百家争鸣'就会蜕变成'两家争鸣',最终导致'一家独鸣'。"[2]也就是说,只有保障"自由言论"才能保障真正的"民主程序",切不可厌烦学者们对重大问题做不休的辩论与争执,简单化地认为仅仅以多数压倒少数的投票就能够体现和保障民主自由。他还说:"柏拉图之所以非议雅典的'民主程序',倒不仅仅是因为它通过投票宣判了苏格拉底的死刑,更重要的是它缺乏一个辩论的机制。辩论机制也就是辩证对话的过程。它要求对话者各自认定的'真理'逻辑都能够通过'正—反—合'的辩证对话过程得到充分展开。这个过程非常复杂,需要有耐心、能力和智慧。而民主投票程序很简单,也很迅速,符合市民(商业)社

[1]梁启超:《中国近三百年学术史》,天津古籍出版社,2003年5月第1版,第52页。
[2]张柠:《表态运动和自由的累赘》,载《随笔》2006年第1期,第27页。

会的运作模式——速战速决，它的逻辑是一套貌似公正的程序逻辑，而不是'真理逻辑'（或者采用柏拉图的说法，即'正义的逻辑'）。"[1]

三、历史主义的学术史观

黄宗羲所著的《明儒学案》，总结了明代近三百年的思想发展史，是我国第一部巨大又有系统的学术思想史专著，实开断代学术史之先河，至今仍然有重要的借鉴参考作用。他又主持编纂《宋元学案》，此书后由其弟子万斯大、万斯同及全祖望、章学诚等完成，他们都直接或间接地受到了黄宗羲的学术思想的影响，后来这些学者形成了以史学研究为特色的浙东学派。清初，朝廷组织学者们编撰《明史》，黄宗羲为了保持民族气节，拒绝直接参与写作工作，但他为了能够留下一部真正无愧于传之后人的信史，遂以布衣之身份参与了对史稿的把关和审定工作，其子黄百家、学生万斯同则参与了修撰。一部煌煌《明史》可说是浸透了他很多的心血。此外，黄宗羲自己也写了多部关于南明的当代史著作，他还整理、辑录了大量明代的文化史料。他是公认的伟大的历史学家，其远见卓识的学术史观对后世学术界产生了深远影响。

黄宗羲撰写史学著作和进行史学研究的学术活动，其中体现了他在晨光熹微中对中国思想文化启蒙的热烈追求，也体现了他作为一名启蒙思想家在困厄环境中孜孜不倦地努力探索。应该说，黄宗羲的历史主义学术史观，与其早期民主主义的政治经济思想是有着一定联系的。其实，这是早期启蒙思潮的"自由精神"发展阶段的进一步深化，也是一批清初启蒙思想家所蕴含的深刻理性批判精神的体现。黄宗羲的学术史观贯彻了理性主义精神，对宋、元、明学术思想史的研究，抛弃了旧传统学术史观的糟粕，汲取了传统学术史观中的优秀精华，开辟了一条新的思想学术史的道路。他主张开明开放的"殊途百虑"的真理史观，希望能尊重与汲取"一偏之见"，能够对"相反之论"取宽大和包容态度，坚定地反对专制文化所造成的"执定成局"的一统局面，更反

---

[1] 张柠：《表态运动和自由的累赘》，载《随笔》2006年第1期，第26页。

对"好同恶异""必欲出于一途"的传统旧文化的僵化思维模式。他的学术史观理所当然是早期启蒙思想的重要组成部分。黄宗羲经常在学术史论的研究中进一步发掘出很多珍贵的哲学思想，尤其是他的历史主义，其实也是为了开辟一条新的思想道路。浙东学派的传人之一、清代著名学者章学诚就很深刻地看到这一点，他精辟地说："浙东之学，言性命者必究于史，此其所以卓也。"[1]也就是说，若是研究天人性命之学，不可以空言讲，尤其当彻底改变思路时，更不能走宋明道学玄谈相尚的老路，跳出性理之论与"朱陆异同"的纠辩，寓义理于史学中。

当代学者吴光先生认为，黄宗羲学术史观的一个重要思想即"经世应务"，恰如全祖望在《甬上证人书院记》引用的黄宗羲语："学必原本于经术而后不为蹈虚，必证明于史籍而后足以应务。"黄宗羲的历史主义学术史观的主导思想即是历史应当为现实政治服务。当然，"现实政治"并非即当时统治者的政治。毋宁说，是为他的启蒙思想探求而服务的。也就是说，他将历史作为现实借鉴，通过熟读历史书籍，了解历史经验，在多元化的"殊途百虑"中探求真理，为深入改革已经僵滞的传统文化思想做出努力。因此，"在'经世应务'思想指导下，黄宗羲治史的特点，便是把重点放在近现代史（对他来说，是宋、元、明史，特别是明史）的研究上，特别重视政治史和思想史，注重历史上的'治乱之故'的总结上。"[2]

黄宗羲的学术思想宗旨有三个重要特点：首先，不尚空言，注重客观，尊重事实。他为了编写《明儒学案》，搜辑整理了数百家著述，访求大量的资料，并参考有关地方志文献、人物传记、典章制度、地理水利、天算历法等方面的专门资料。即使这样，他仍然说："是书搜罗颇广，然一人之闻见有限，尚容陆续访求。"且言："此非末学一人之事也。"[3]譬如，周汝登的《圣学宗传》与孙奇逢的《理学宗传》也是论述理学发展的著述，可是，两书罔顾事

[1]章学诚：《浙东学术》，载《文史通义》，中华书局，1985年版，第523—524页。

[2]吴光：《清初启蒙思想家黄宗羲传》，载《黄宗羲全集》第十二册，浙江古籍出版社，2005年版，第147页。

[3]黄宗羲：《明儒学案·发凡》，载《黄宗羲全集》第七册，浙江古籍出版社，2005年版，第7页。

实，穿凿附会，胡乱批注，仅以其个人肤浅见解统率全书；相比之下，黄宗羲的那种慎重、客观的学术研究态度更富于理性色彩与科学性，更具有近世思维之特点。他尤其反对以辞藻华丽及玄虚空泛的辞章之学来替代注重客观事实的史学和诸项科学研究。他对地理学很有兴趣，可很反感那些以想当然的空疏之言来随意注释古地理学的著作，认为那些所谓著述上"始修饰字句，流连光景，高文巨册，徒充汗感之声而已"。实际上是"不异汲冢断简，空言而无事实"。[1]他所著的《今水经》以实地考察为基础，还修正了郦道元《水经注》的一些疏漏及错误。此外，他所著的《四明山志》也是以实地考察为写作依据的。

其次，抓住宗旨，清理学脉。黄宗羲曾经风趣地说："大凡学有宗旨，是其人之得力处，亦是学者之入门处。……学者而不能得其人之宗旨，即读其书，亦犹张骞初至大夏，不能得月氏要领也。"[2]学者研究思想发展史，倘若不能清理作者的学脉及思路，面对那些纷乱的学术思想与旨趣时常会有"风光狼藉"之感。因此，一个高明的学者抓住学术宗旨是很重要的，尤其要注意不能顽固地抱守着"一人之宗旨"，用狭隘偏执的视野进行学术研究；同时又要注意"杂收不复甄别"的偏向，杂乱无章，毫无头绪。黄宗羲在《明儒学案》一书中，就特别注意在浩繁的文献资料中去粗取精、提挈要领，他从许多文人学者的"语录"材料里挖掘思想精华，比如，他总结禅学为"外理守心"，理学为"心外寻理"，心学则是"心即是理"，又归于结论："儒、释界限，只一理字。"[3]他的这一论述简明扼要，将三个学派的思想特征画龙点睛地写出来。他抓住宗旨后，比较各个流派之异同，分析其理论之差别，理清学脉之源流。恰如清初学者汤斌所评价："如大禹导山导水，脉络分明；事功文章，经纬灿然。"[4]还有他对王阳明思想"三变"的分析，对心学之发端起源及发展过程的学脉的梳理，都使人感觉到清晰又完整，特别是总结泰州学派的那一段话：

---

[1]黄宗羲：《今水经序》，载《黄宗羲全集》第二册，浙江古籍出版社，2005年版，第502—503页。

[2]黄宗羲：《明儒学案·发凡》，载《黄宗羲全集》第七册，浙江古籍出版社，2005年版，第5页。

[3]黄宗羲：《明儒学案》，卷十，姚江学案，文成王阳明先生守仁，载《黄宗羲全集》第七册，浙江古籍出版社，2005年版，第202页。

[4]汤斌：《交游尺牍》，载《黄宗羲全集》第十一册，浙江古籍出版社，2005年版，第385—386页。

"阳明先生之学，有泰州、龙溪而风行天下，亦因泰州、龙溪而渐失其传。……泰州之后，其人多能以赤手搏龙蛇，传至颜山农、何心隐一派，遂复非名教所能羁络矣。"[1]他看到了晚明思潮的跌宕起伏，也认识到思想运动往往不以人们意志为转移，是沿着"之"字形路而曲折发展的。所以，他清晰地写出，因王学的分化，心学的作用也由维护名教发展到破坏名教了，这其实也是早期启蒙思潮第一波的形成缘由。

最后，提倡创见，反对僵化教条与泥古不化。黄宗羲提倡"日新不已"，"亦不以已往之理为方来之理"，他特别厌恶当时的泥古保守之学风，讽刺地说："奈何今之君子必欲出于一途，使美厥灵根者化为焦芽绝港？"[2]他对当时愈来愈多的士大夫又躲回书斋，人云亦云地背诵程朱理学教条，是很有看法的。他希望学术气氛活跃，学者们以大胆创见来丰富前人的思想文化，发展出新的理论和学说。"学问之道，以各人自用得著作为真，凡倚门傍户、依样葫芦者，非流俗之士，则经生之业也。此编所创，有一偏之见，有相反之论，学者于其不同处，正宜著眼理会，所谓一本而万殊也。以水济水，岂是学问？"[3]这些话说得极痛快，他提出做学问要有新鲜而尖锐的独创之说，鄙夷那些沉滞而保守的圆融之道；主张闪耀新思想火花的"相反之论"，厌恶鹦鹉学舌般的因袭旧论；希望大胆探索哪怕是"一偏之见"的学术成果，摒斥虚言高论、束书游谈的空洞学风。他甚至朦胧地预感到随着学术思潮的更迭，思想发展将随着否定之否定的波浪而前进，补偏救弊，代谢更新，甚至认为自己所师承信奉的王阳明之学也将是久必"大坏"。他借用"元亨利贞"的传统思想，认为学术思想五百年也必定有划时代的大思想家出现。以"贞下起元"的模式来预测，尧舜至孔孟为一周期，"若以后贤论，周、程其元也，朱、陆其亨也，姚江其利也，蕺山其贞也"[4]，这又是一个周期。然后，他呼唤着新思想时

---

[1] 黄宗羲：《明儒学案》，卷三十二，泰州学案，载《黄宗羲全集》第七册，浙江古籍出版社，2005年版，第820页。

[2] 黄宗羲：《明儒学案·自序》，载《黄宗羲全集》第七册，浙江古籍出版社，2005年版，第3页。

[3] 黄宗羲：《明儒学案·发凡》，载《黄宗羲全集》第七册，浙江古籍出版社，2005年版，第6页。

[4] 黄宗羲：《孟子师说》卷七，载《黄宗羲全集》第一册，浙江古籍出版社，2005年版，第166页。

代的到来："孰为贞下之元乎？"[1]这与《明夷待访录》中的启蒙思想主张是一致的。

黄宗羲身处明清易代之际的社会大动乱中，目睹众多士大夫丧失民族气节，厚颜无耻，助纣为虐，勾结清朝统治集团镇压人民，对他们充满了愤懑与感慨；同时也看到了民族英雄们舍生取义、力挽狂澜的壮烈举动，对他们充满了崇敬感佩。这也反映到他的学术史观中，因此他的史学著作一重要特色是揭露那些谄媚的奸臣，着力表彰那些有气节、有品行的历史人物。所以，他歌颂宋代有民族气节的先贤如文天祥、谢皋羽等，反抗阉党的东林党人杨涟、左光斗、黄尊素等，明末的抗清名将如史可法、张煌言、郑成功等，还有"亡国而不失其正"的明遗民汪沨、谢泰阶等。他也很重视记载那些深明大义、正气凛然的普通妇女和民间义士的事迹，在整理地方志时，尽量搜集他们的事迹。黄宗羲认为地方志虽与正史不同，但也要贯穿寓褒贬于其间的史学观。

黄宗羲所撰写的史学著述有《弘光实录钞》四卷，记录甲申国变，福王朱由崧在南京监国至登基为弘光皇帝，一直到南京被清军攻陷，朱由崧逃跑被俘的史实，主要记述头两个月东南各地情形。《行朝录》十二卷，卷一至卷五记录了隆武、绍武、鲁王、永历几个南明流亡政权的史实，卷六至卷十二则记述了各地抗清斗争及历史事件，如卷六、卷七写了万元吉、杨廷麟等明军余部固守赣州数月后被清军击破，还写了张名振等抗清义军坚守舟山根据地的兴衰始末；卷八则写了南明王朝遣使赴日本借兵求援而未成之经过；卷九、卷十写了在四明山结寨抗清的王翊、王江所部简况，还记载了李定国、刘文秀被永历政权收编后平定云南土著武装的经过；卷十一则记载南明最后一支抗清义师郑成功的概况；卷十二记载了清朝剃发令逼迫下，驻守南昌的金声桓、王得仁率清军投诚南明永历政权的经过，此事因计划不周终归失败。《行朝录》是一部南明政权及各地抗清斗争史略，时常被史家所征引。另有一部《海外恸哭记》，大概是他在政治逃亡中所写，记录了甲申国变次年，也即弘光元年（清顺治二年，1645 年），黄宗羲在浙江举事抗清而不幸兵溃，鲁王入海流亡，截至舟

---

[1] 黄宗羲：《孟子师说》卷七，载《黄宗羲全集》第一册，浙江古籍出版社，2005 年版，第 166 页。

山抗清根据地沦陷，是其参加抗清斗争的亲历记。他在崇祯十一年（1638 年）读过谢皋羽的《登西台恸哭记》，又为此书作注，对于亡国之痛有着一层体会，后来他亲历作者同一处境，更是感慨尤深："岂知是后七年，而所遇之境地一如皋羽乎！则此注不可不谓之谶也。"[1]此外，梁启超说："他关于史学的著述，有重修《宋史》，未成书；有《明史案》二百四十卷，已佚。"[2]这是很可惜的，否则，黄宗羲的史学著述将更为丰富和全面。

黄宗羲在整理、辑录史料方面，较大工程是《明文案》与《明文海》，为保存明代的文化精华，他花费了很大精力。从康熙七年（1668 年）起，便主动地开始搜集和整理明人的各类文集，经过七个寒暑的筛选，到康熙十四年（1675 年），编定了一部二百七十卷的《明文案》。但他仍然尽极大努力继续搜寻明代文人的文集。他在 74 岁时，远赴江苏昆山的徐乾学所建藏书楼"传是楼"看书抄书，又收集了三百余种文集，且在此基础上把《明文案》扩编为《明文海》，共四百八十二卷。编辑这两部庞大的文史资料，黄宗羲前后花费二十余年，还为此作了许多注解与评论。"《四库全书总目提要》称此书'搜罗极富，所阅明人文集几至二千余家''可谓一代文章之渊薮，考明人著作者，必当以是编为极备矣'。"[3]

康熙十八年（1679 年），清廷开明史馆，总裁徐元文举荐黄宗羲参与修史，他通过地方官"代以老病疏辞"，但同意万斯同参与，且让黄百家代自己去。黄宗羲支持明史编撰的功劳是很大的，他将其父黄尊素生前写的记录明朝万历年至天启年间的《大事记》，以及自己珍藏的《明实录》和多种野史，都交给了万斯同。而且，把自己辛勤撰写的《明史案》二百四十卷，还有自己所写的回忆录、人物小传、墓志铭表等资料也交给万斯同参考。康熙皇帝曾下特旨："凡黄宗羲有所论著及所见闻，有资《明史》者，着该地方官抄录来京，宣付史馆。"[4]

---

[1] 黄宗羲：《西台恸哭记注》，载《黄宗羲全集》第二册，浙江古籍出版社，2005 年版，第 243 页。

[2] 梁启超：《中国近三百年学术史》，天津古籍出版社，2003 年 5 月第 1 版，第 53 页。

[3] 吴光：《清初启蒙思想家黄宗羲传》，《黄宗羲全集》第十二册，第 124 页。

[4] 黄炳垕：《黄宗羲年谱》，载《黄宗羲全集》第十二册，浙江古籍出版社，2005 年版，第 48 页。

据说，地方官组织了数十人专门缮写这些资料。还有《明史》的编写体例，在"儒林传"外不专设"理学传"，也是黄宗羲建议。《明史》编写中的诸多疑难，都专门咨询黄宗羲解决。《明史·历志》撰写后，总裁让万斯同交给黄宗羲审阅，黄宗羲则专门去信万斯同，要求其充分肯定徐光启主持编纂《崇祯历书》所做出的重要贡献，他认为肯定徐光启的成就是不该"去其繁冗"的，要求保留徐光启等会通中西天文历算之学的成果，他还亲自执笔补充了一段文字，认为"补此一段，似亦不可少也"[1]。由此事可看出，黄宗羲的启蒙思想就表现在他求真、求实的科学态度上。他与徐光启等一代启蒙思想家的心灵是相通的。梁启超盛赞《明史》在二十五史中是高质量之作。学界公论其水准仅次于《史记》、前后《汉书》与《三国志》，而其真正作者应是万斯同。万斯同听从老师黄宗羲叮嘱，不署衔，不受俸，不做官，他辛苦撰写的《明史稿》却为王鸿绪所得，后张廷玉等人奉乾隆皇帝诏命刊定《明史》，《明史》作者便成了"张廷玉等"，主要撰写人万斯同的名字却被隐去。梁启超愤怒地说，此事是历史上最大的剽窃事件，"关于这件事，我们不能不替万季野不平，而且还替学界痛惜"。[2]《明史》虽是集体创作，但它的主导思想是受到黄宗羲的历史主义学术史观影响与浸染的。《明史》一书的学术成就，也可说是黄宗羲学术史观的成就之一。

四、黄宗羲的哲学观念与近世思维

按黄宗羲自己所总结的一生"三变"之说，其晚年"终厕之于儒林"，他的主要精力放在了对各门学术的深入研究上。这也与当时社会背景有关。至康熙年间，清朝统治已经基本巩固，朝廷的思想文化政策开始向程朱理学回归，康熙帝即以身作则，研究宋儒之学，几次下旨，提高程朱理学在儒学中的地位，尤其抬升朱熹的地位，使朱熹配享孔庙，成为大成殿中"十哲"之次，凡四书五经之释义皆以程朱为准。因此，黄宗羲撰写《明儒学案》也有抵抗程

---

[1] 黄宗羲：《南雷文定后》，卷一，《答万贞一论明史历志书》，《黄宗羲全集》第十册，第214页。

[2] 梁启超：《中国近三百年学术史》，天津古籍出版社，2003年5月第1版，第100页。

朱理学、争求王学正统之深意。虽然，他对王学中谈玄说禅那一套也是很厌恶的，但他远宗阳明，近师蕺山，解释王阳明的"良知"，认为"异时阳明先生讲良知之学，本以重躬行，而学者误之，反遗行而言知"。[1]王学末流因此搞出那些概念游戏，去追求空静虚灵。黄宗羲更主张"躬行"，主张"学贵践履"，也就是主张士人们应当去经历社会人生，应当去追求实学。全祖望评价他"以正谊明道之余技，犹留连于枝叶"，可实质上，黄宗羲思想其实突破了王学的局限，许多方面已经基本站在反宋明理学的立场上了。钱穆先生在《中国近三百年学术史》中称："梨洲讲学，初不脱理学家传统之见。自负为蕺山正传，以排异端、阐正学为己任。至其晚年而论学宗旨大变，备见于其所为《明儒学案·序》。然此特就其争门面、争字句看则然耳；其实梨洲平日讲学精神，早已创辟新局面，非复明人讲心性理气、讲诚意慎独之旧规，苟略其场面，求其底里，则梨洲固不失为新时代学风一先驱也。"[2]

理气关系曾经是宋、明以来学者们争执不休的重要问题。黄宗羲在这个问题上，主要是师承刘宗周的观点："盖离气无所为理，离心无所为性"[3]，"理即是气之理，断然不在气先，不在气外"。[4]刘宗周还强调"离物无知"，"吾儒自心而推之意与知，其工夫实地却在格物"。[5]黄宗羲赞成这些说法，"师与千古不决之疑，一旦拈出，使人冰融雾释"。[6]他也赞成明中叶学者罗钦顺的思想："盖先生之论理气最为精确，谓通天地，亘古今，无非一气而已。"[7]这个观点恰与朱熹之说是相对立的，"即朱子所谓'理气是二物，理弱气强'诸论，可以不辩而自明矣"[8]。因此，他亦认为"理"不过是"气"在运行时所遵循的法则："抑知理气之名，由人而造。自其浮沉升降者而言，则谓之气，自

---

[1]黄宗羲：《明儒学案》，师说·吕泾野楠，《黄宗羲全集》第七册，第19页。

[2]钱穆：《中国近三百年学术史》，自序，商务印书馆，1997年版，第30—31页。

[3]黄宗羲：《明儒学案》，卷六十二，蕺山学案，《黄宗羲全集》第八册，第891页。

[4]同上书，第900页。

[5]黄宗羲：《子刘子学言》，卷一，《黄宗羲全集》第一册，第265页。

[6]黄宗羲：《南雷诗文集（上）·先师蕺山先生文集序》，《黄宗羲全集》第十册，第54页。

[7]黄宗羲：《明儒学案》，卷四十七，诸儒学案一，文庄罗整庵先生钦顺，《黄宗羲全集》第八册，第408页。

[8]同上。

其浮沉升降不失其则者而言，则谓之理。盖一物而两名，非两物而一体也。"[1]他在《明儒学案》中评价学者薛瑄的观点时，又指出："理为气之理，无气则无理。……盖以大德敦化者言之，气无穷尽，理无穷尽，不特理无聚散，气亦无聚散也。以小德川流者言之，日新不已，不以已往之气为方来之气，亦不以已往之理为方来之理，不特气有聚散，理亦有聚散也。"[2]也就是说，理不是永恒不变的。古今不同，理随气都将变化。也因为气、理不断变化，所以人们并非能一下子完全把握它。他的这个观点，与程朱学派的理是亘古不变的说法是相对立的。如朱熹即认为："未有天地之先，毕竟也只有理。有此理，便有此天地。""万一山河大地都陷了，毕竟理却在这里。"[3]黄宗羲显然是反对朱熹的这些理论的。

王学分化时，"天泉证道"便是王门的一重公案。王畿是只要本体，不要工夫；而钱德洪只要工夫，不要本体。他俩交此公案给王阳明评判，王阳明以为"二者之见可相资为用"。刘宗周、黄宗羲都是坚持王阳明思想的，认为本体应该与工夫并用，甚至强调没有工夫，就没有本体，以及工夫中见本体。黄宗羲认为，天地万物之间，自然有其道理。道或理，有时亦称"本体"，却是离不开"工夫"。理学家的错误是将道理绝对化，抛开物、器、气，在那里禅坐静悟寻找理，以为能在"静中辨出端倪"，其结果是自我闭塞，自我窒息。也有的理学家认为形而上的"道"方能产生形而下的"器"，将抽象又无形的"道"看成是宇宙本体。黄宗羲不赞成这种空论，他更赞同刘宗周的观点，以为"道"是事物之内在规律及法则，是不可能脱离具体事物而独立存在的。所以，他强调下面的工夫，即物、器、气，从物、器、气中体验道理。他批判禅宗哲学的"三界唯心""明心见性"之说，他说："佛氏'明心见性'，以为无能生气，故必推原于生气之本，其所谓'本来面目'、'父母未生前'、'语言道断，心行路绝'，皆是也。至于参话头则壅遏其气，使不流行。离气以求心性，

---

[1] 黄宗羲：《明儒学案》，卷四十四，诸儒学案上二，学正曹月川先生端，《黄宗羲全集》第八册，第 356 页。

[2] 黄宗羲：《明儒学案》，卷七，河东学案上，文清薛敬轩先生瑄，《黄宗羲全集》第七册，第121 页。

[3] 朱熹：《朱子语类》卷七。

吾不知所明者何心，所见者何性也？"[1]他认为，如果没有宇宙万物的本源之气，又谈何心性？以为离开物质之外，去寻找"生气之本"是荒谬的。因此，许多学者都认为，黄宗羲是张载、王廷相以来的"气一元"论继承者。也有学者则认为，他是"理气一元"论的提倡者。

黄宗羲毕竟是信仰王学的儒家学者。他的思想观念基本上是建立在王阳明心学体系上的。他在《明儒学案》的自序中说："盈天地皆心也，变化不测，不能不万殊。心无本体，工夫所至，即其本体。故穷理者，穷此心之万殊，非穷万物之万殊也。"[2]后来，他又在《明儒学案》修改本的序言中说："盈天地皆心也。人与天地万物为一体，故穷天地万物之理，即在吾心之中。"[3]这似乎又与他的"气一元"论相矛盾，他在《明儒学案》的"蕺山学案"中谈及老师刘宗周的理论时说："盈天地间皆气也，其在人心，一气之流行，诚通诚复，自然分为喜怒哀乐。"[4]黄宗羲实质上仍然未脱离王阳明心学的总框架，他虽然摒弃了王学谈玄说禅的虚幻部分，但是，他的主导思想与王阳明的"心即理""心即物"并无二致，有时说"气即心"，有时又说"心即气"。譬如，他在晚年所著的《孟子师说》的"浩然章"里说："天地间只有一气充周，生人生物。人禀是气以生，心即气之灵处，所谓知气在上也。心体流行，其流行而有条理者，即性也。……流行而不失其序，是即理也。理不可见，见之于气。性不可见，见之于心，心即气也。"[5]黄宗羲在《宋元学案·伊川学案上》中又专门引了这段话，所以，这是他理论的一个重要观点，其子黄百家还用这段话注疏程颐的"养气"即"养心"的说法。

就笔者个人观点来看，过分地将那些古代思想家尤其是儒家学者分为"唯心主义"或"唯物主义"两大阵营，其实大可不必。我们很难断定"气一元"论即为唯物论，"理一元"论即为唯心论，这些古代思想家的理论往往新

---

[1] 黄宗羲：《孟子师说》，卷二，浩然章，《黄宗羲全集》第一册，第61页。

[2] 黄宗羲：《明儒学案·自序》，《黄宗羲全集》第七册，第3页。

[3] 黄宗羲：《南雷诗文集（上）·明儒学案·序（改本）》，《黄宗羲全集》第十册，第79页。

[4] 黄宗羲：《明儒学案》，卷六十二，蕺山学案，忠端刘念台先生宗周，《黄宗羲全集》第八册，第890页。

[5] 黄宗羲：《孟子师说》，卷二，浩然章，《黄宗羲全集》第一册，第60页。

旧掺杂，甚至有时是互相矛盾的。当代学者沈善洪先生即认为，黄宗羲批判程朱理学的过程，也是他继承王学传统而又逐步摆脱王学，建立自己思想哲学的过程。他分析了王学的形成、分化，以及王学中产生的启蒙主义，即以良知、人心为是非判断标准，否定古代专制文化的伦理纲常，否定以孔孟言论为是非标准，如王畿、泰州学派的一系列学说。但是，作为早期启蒙思潮的第一波，"良知说"又导致他们否定一切外在规范，走上虚无主义道路。而以后王学修正运动的出现，则不得不使刘宗周、黄宗羲等人对王阳明心学进行修正。"一方面，他认为'心无体'，否定了心是宇宙本体之说；另一方面，又认为'意为心之所存，非所发'，心的'主宰'作用，也就是意的'主宰'作用。这样，所谓'主宰'，便成为人们根据自己认识和意志所作的对是非的判断以及对自身行为的约束。黄宗羲就是从上述这两个前提出发，建立自己的哲学学说的。"[1]侯外庐先生也曾细致地分析了黄宗羲哲学思想中摆脱与超越王阳明学说的进步作用，很有说服力。他认为黄宗羲哲学的中心，首先，现象是活的，它也是更丰富的本质；"理"即法则或者条理，也是活的，它是沉浮升降的现象中的抽象。其次，本质是依附于现象的，本质亦即"理"（高级的条理法则），是随着现象的变化而变化的。再次，黄宗羲是将理、气与心性等同来看的，按照自然条理法则"日新不已"的规律，所谓"理"即道德法规，也是活的。因此，"仁义礼智四端亦有它的历史性，此义梨洲未明言，然逻辑是他的规定，不管'小德川流'而言，毕竟这是'实底'，在川流之上'大德敦化'，显然二元，乃是'余枝'。"[2]

如今，对黄宗羲的哲学思想的领会也是多有新解。有学者认为，例如黄宗羲所言"盈天地皆心也"及"心本无体，工夫所至，即其本体"[3]，这些哲学命题其实不完全涉及认识论的唯心、唯物的是非，明显的事实是，此说出于《明儒学案》修改本的自序，作者谈论的是真理发展过程的演变问题，是探讨

---

[1] 沈善洪：《黄宗羲全集序》，《黄宗羲全集》第一册，第16—17页。

[2] 侯外庐：《近代中国思想学说史》（一），第二章，近代启蒙思想家黄宗羲，生活·读书·新知三联书店，2014年1月版，第227页。

[3] 黄宗羲：《明儒学案·自序》《黄宗羲全集》第七册，第3页。

哲学史中各种思潮之变化等问题，并不涉及心物关系的问题。在《明清启蒙学术流变》中，萧萐父、许苏民先生认为，黄宗羲所说的"盈天地皆心也"，可新解为"充满哲学发展史（或哲学发展的天地里）乃是心灵的创造活动及成果"。[1] 这里，"天地"为特定时空范围，"心"则泛指人类精神的创造活动，各个思想家及科学家的"穷理"活动实质上是"变化不测，不能不万殊"，也就是说，他们对理论和学术成果的求索过程，亦是"穷理"工夫，当然不可能是一律的。再深入分析，"心本无体，工夫所至，即其本体"，则是指对于外部世界的认知，"即物的性能等，要通过人的认识才能显示出来，通过人的认识自在之物才能变成为我之物。所以，'心'的主体作用的实现过程，也就是'本体'（真理）被发现或被把握的过程"。[2] 他们也赞同黄宗羲的哲学思想超越了王学，更偏重于蕺山之学的"离物无知"及"其工夫实地却在格物"等学说，但是，黄宗羲更强调博学，希望通过读书求索来达到探寻真理的目的。他们还认为："由于宋明道学把认识论问题伦理化，把理性知识与道德意识糅混为一，故常涵两义：'成德'工夫与'致知'工夫。前者包摄存心、返约、发明本心、致广大、极高明等，属'尊德性'一义；后者包摄致知、博学、格物穷理、尽精微、道中庸等，属'道学问'一义。二者往往混杂不清，而学者又必然各有偏重，朱陆分歧，由此发轫。"[3] 而黄宗羲所讲的"工夫"，应该是更偏于"致知"及"道学问"方面。同时，他也强调在博学的基础上独立思考，于广大的学问中求精微。他的哲学立场，其实也是清初启蒙思想家们多采取的实学主义立场。他们反对将陈旧的伦理道统绝对化与教条化，希望能够通过"日新不已"的多元化学术探索，去进一步揭示与认识到启蒙思想的真理。

黄宗羲所具有的理性批判精神，还包含强烈的科学意识，这是早期启蒙思潮中诸多启蒙思想家的一种进步倾向。他对古代东方神秘主义的种种蒙昧迷信的歪风旧俗和奇谈怪论，都一一给予尖锐的批判和猛烈抨击。比如，黄宗羲在《明州香山寺志序》一文中，嘲笑某些儒者借"海市蜃楼"的自然现象，编

---

[1] 萧萐父、许苏民：《明清启蒙学术流变》，人民出版社，2013年11月第1版，第380页。
[2] 同上书，第381页。
[3] 同上。

造"以所无有洞天福地之说"，认为那些妄谈不过是虚幻可笑的。[1]在《阿育王舍利记》一文里，他揭露所谓阿育王舍利不过是伪造之物，它适应了某些蒙昧之人在世俗生活中寻找神物的心理，其实那不过是十油灯中的青珠罢了，最后感叹："嗟乎，即舍利亦复何奇，而况于伪为者乎？彼沾沾其神异者，可谓大惑不解矣！"[2]侯外庐先生尤其称赞黄宗羲晚年所写的《读葬书问对》，认为"此文实在是一篇反中古迷信的宣言，其科学精神和《明夷待访录》之民主精神相映并辉"。[3]在此文中，黄宗羲驳斥所谓的"鬼荫"之说，用理性主义的科学思想批驳这些虚妄、蒙昧的迷信说法，他引用南北朝思想家范缜的《神灭论》说，"昔范缜作《神灭论》，谓神即形也，形即神也，形存则神存，形谢则神灭"，即使后来有驳难范缜的人，"然要不敢以死者之骨骸为有灵也"。他尖锐地指出，所谓"鬼荫"的无稽之谈，与人们的贪婪无知有关："今富贵利达之私，充满方寸，叩无知之骸骨，欲其流通润泽。是神不如形，孝子不如俗子也。"[4]此外，还有《七怪》一文，开篇即道："今通都大邑，青天白日，怪物公行，而人不以为怪，是为大怪。余欲数之而不胜其多，漫条七端，亦以'枚乘'七体，数限于是也。"也就是说，如今的怪物不单单是"七怪"，青天白日下还有很多呢。他以其理性批判精神充满愤慨地针砭清初之时的士林之颓风、社会之邪气，比如，"士之志节者，多逃于释氏"，他们未必真有信仰，却仅是以"逃禅"为避世；"今之学者，学骂者也"，且以其骂为自我标榜，使得士风日下；此外，还有用妖妄之术、谬言臆说蒙蔽众人，"有所谓神童者，写字作诗，周旋应对于达官之前"；亦有葬地风水之说趁机宣扬蒙昧迷信，甚至还有在中医学里伪造学问，作附会之谈，"以为天下之病，止有阳明一经而已，公然号于人人，以掩其不辨经络之愚"。[5]这都是黄宗羲近世思维的重要组成部分。

如前文所述，《明史·历志》初稿写毕，黄宗羲审阅此稿后专门给万斯同

---

[1]黄宗羲：《南雷诗文集（上）·明州香山寺志序》，《黄宗羲全集》第十册，第6页。

[2]黄宗羲：《南雷诗文集（上）·阿育王寺舍利记》，《黄宗羲全集》第十册，第112—113页。

[3]侯外庐：《近代中国思想学说史》（一），第二章，近代启蒙思想家黄宗羲，第201页。

[4]黄宗羲：《南雷诗文集（上）·读葬书问对》，《黄宗羲全集》第十册，第660页。

[5]黄宗羲：《南雷诗文集（上）·七怪》，《黄宗羲全集》第十册，第649—652页。

写信，即《答万贞一论明史历志书》，他在信中要求在《明史》中充分肯定徐光启主持编纂《崇祯历书》所做出的重要贡献，"当时徐文定亦言西洋之法，青出于蓝，冰寒于水，未尝竟抹回回法也"。而且，他解释自己重新增补的一段文字是很必要的，这段增补文字即专门叙述徐光启主持编纂《崇祯历书》的具体经过情形，也就是从崇祯二年（1629 年）徐光启受命开局修历，徐光启和李光地与守旧顽固派官僚们在修历过程中进行的一系列斗争，直至清廷将《崇祯历书》"用为时宪历"，此事终结。他认为讲明整个历史重大事件的真相是"顾关系一代之制作，不得以繁冗而避之也。以此方之前代，可以无愧"。在此信中，黄宗羲说："有宋名臣，多不识历法，朱子与蔡季通极喜欢数学，乃其所言者，影响之理，不可施之实用。康节作《皇极书》，死板排定，亦是纬书末流。"[1]他与徐光启的科学思想是一致的，都对"河洛蔡邵"那一套象数迷信及主观臆说很反感，黄宗羲所作的《易学象数论》六卷，就是为了力辩河洛方位图说的虚妄，此著述也是胡渭所著的《易图明辨》的理论先导。黄宗羲后来在给诸友人的几封信中，都直接批评邵雍的象数迷信之说。他呼吁与捍卫徐光启的科学启蒙思想及成就，这也是他理性精神与科学意识的表现。他坚决反对不顾客观实际的天象变化而硬搬用《周易》象数学"阳九阴六"的那一套去规范客观自然现象。

作为一个启蒙思想家，黄宗羲对"西学东渐"的文化潮流是抱着欢迎态度的，这不仅表现在他晚年捍卫徐光启等人改革中世纪自然科学传统方法的不懈努力中，也表现在受其学术史观影响的《明史·天文志》对利玛窦等人带来的新科学方法的肯定。但是，他的早期启蒙思想是新旧掺杂的，理性主义与近世思维中往往又渗透着"天国上朝"的怪异心态，因此，《明史·历志》中也有不少鼓吹"中源西流"的论调，其文字既非基于历史考证结果，也没有什么事实根据，而这些文字都经过黄宗羲本人的审正，不能不视为一种历史的遗憾。这也恰恰说明了他们这些启蒙志士在当时历史氛围中的寻求探索之艰难，其启蒙思想体系的复杂与矛盾。这正是清初那批早期启蒙思想家所具有的一个

---

[1] 黄宗羲：《南雷文定后》，卷一，《答万贞一论明史历志书》，《黄宗羲全集》第十册，第213—214页。

重要时代特点。

五、黄宗羲的文学理论与数学、历法等学术成就

黄宗羲的文学理论散见于《南雷文案》中，其主旨贯穿了新人文主义的个性解放精神，与他的政治学说和哲学观念是一脉相承的。侯外庐先生就很推崇黄宗羲的文学理论，认为这是早期启蒙思潮的重要组成部分。

黄宗羲对小说、戏剧的文化启蒙价值的认识是有一个思想转变过程的。他的早期思想仍然有着士大夫的迂腐性，甚至在《明夷待访录》中，将小说、戏剧与八股时文一类等同看待，予以不屑之态度。他甚至还激烈地提出，应当对"郡邑书籍"加以限制，"其时文、小说、词曲、应酬代笔，已刻者皆追板烧之"。[1]那时他头脑中的理学僵化思维犹存，不仅对文学作品等有着旧道统观念的偏见，且有着一种隔膜的揶揄及谬误的贬低。但是，他后来编纂《明文案》（该书清康熙八年始编纂，康熙十六年完成）八年过程中，直接接触到了晚明新文学思潮的很多作品，阅读后思想感情受到浸染，非常明显地改变了原来迂腐、陈旧的文学主张，他在文学理论上继承与进一步发扬了晚明新文学潮流中公安三袁、汤显祖、冯梦龙、凌蒙初等人的具有人文主义色彩的"新情理观"，且与自身早期民主意识相结合，认识到了通俗文学的思想启蒙价值。他说："今古之情无尽，而一人之情有至有不至者。凡情之至者，其文未有不至者也，则天地间街谈巷语、邪许呻吟，无一非文，而游女、田夫、波臣、戍客，无一非文人也。"[2]其"街谈巷语、邪许呻吟"是一种很进步的大众文学观，可与鲁迅所赞美的"杭唷杭唷派"相比美。而他选编的《明文案》最能够体现这种文学观念，收入了很多直接表现底层民众生活及聪明才智的作品，如《舵师记》《渔记》《塼埔记》《张琴师传》《马伶传》《汤琵琶传》《记女医》等。因此，黄宗羲反而受到了那些理学家及迂腐儒士的攻击，如李慈铭在《受礼庐札记》中就认为他"所选颇泛滥斑杂，多非雅言"。《四库全书总目》亦言黄宗羲

---

[1] 黄宗羲：《明夷待访录·学校》，《黄宗羲全集》第一册，第13页。
[2] 黄宗羲：《南雷诗文集（上）·明文案序上》，《黄宗羲全集》第十册，第19页。

收入那些"游戏小说家言"过于"泛滥"。由此我们可以看到两种截然不同的文化观念，一种是陈腐的旧传统观念，另一种是走向新时代的新文学观念。

黄宗羲的文学理论也反映了其开放、多元的学术观念。他反对古代专制文化的横蛮专断、封闭僵化和愚妄狭隘，起初他厌恶束缚士人们思想的科举制艺文章，后来他进一步深刻认识到企图桎梏人们思想的"一定之说"及"必欲出于一途"的传统旧文化的蒙昧保守，于是，他提出了学术真理多元化的问题。"盖道非一家之私，圣贤之血路，散殊于百家，求之愈艰，则得之愈真。虽其得之有至有不至，要不可谓无与于道者也。"[1]也就是说，学术真理绝非一家一派可垄断的，它多样化地掩藏在各家学说之中，因此对真理的追求也不是一蹴可成的。黄宗羲的学术立场在当时是有着巨大的思想启蒙意义的，勇敢地打破了儒家道统一尊的传统旧思想模式。黄宗羲认为，不仅哲学理论是"散殊于百家"，而且应当放开学术视野，各个文化领域实质都寄寓着时代文化精神："从来豪杰之精神，不能无所寓。老、庄之道德，申、韩之刑名，左、迁之史，郑、服之经，韩、欧之文，李、杜之诗，下至师旷之音声，郭守敬之律历，王实甫、关汉卿之院本，皆其一生之精神所寓也。苟不得其所寓，则若龙拏虎跛，壮士囚缚。拥勇郁遏，坌愤激讦，溢而四出，天地为之动色，而况于其他乎？"[2]他指出，文化精英的贡献是以多样文化形式来体现的，不仅是哲学，还有史学、科学、文学、音乐、戏曲等多方面，这些文化创造的精神成果犹如惊涛海浪滚滚而来，不拘于某种格套，也不能强使其一律，倘若以专制手段只许唱一个调门，"欲使天下之精神，聚之于一途，是使诈伪百出，止留其肤受耳"，[3]其结果就是必定会制造出虚伪、庸俗和浅薄的伪文化产品。

在宋明理学中，性情之辨是一大论题。程颐以为"性即理"，所以性情之辨也就是理情之辨。宋儒经过一番释义，将性情之辨与天理人欲之辨联系起来，使前者从属于后者。而黄宗羲则认为，性与情是不可分离的，性（理）就

---

[1]黄宗羲：《朝议大夫奉敕提督山东学政布政司右参议兼按察司佥事清溪钱先生墓志铭》，《黄宗羲全集》第十册，第351页。

[2]黄宗羲：《靳熊封诗序》，《黄宗羲全集》第十册，第62页。

[3]同上。

在情中。他说："其实性情二字，无处可容分析。性之于情，犹理之于气，非情亦何从见性？"[1]而且质疑理学家将《中庸》里"喜怒哀乐之未发"解释为性的说法，表示"未发"亦是情，要人们于"未发"里体认"性""天理"，那必将使人从寂静走向寂灭。他认为，《中庸》里"喜怒哀乐之未发"，"是明明言未发有情矣，奈何分析性情？则求性者必求之未发，此归寂之宗所由立也"。[2]所说的不仅是所谓的"良知归寂"派聂豹等人的主张，更是指后来一味"主静"的那些程朱理学家。他还说："情贯于动静，性亦贯于动静，故喜怒哀乐，不论已发未发，皆情也，其中和则性也。"[3]他认为，无论性与理，都在情中，离开情去谈抽象的"性"与"理"，是违背人性的错误观念。黄宗羲的这些思想观点与晚明新文学运动中的"新情理观"是相一致的，犹如李贽所倡导的"自然说"及"童心说"，公安三袁兄弟所提倡的"独抒性灵，不拘格套"的文学主张，汤显祖追求情感解放的"至情论"，以及小说家冯梦龙所提出的"四大皆幻，唯情不虚假"的理论，他们之间都是一脉相承、相贯相通的。他们强调的"新情理观"，实质上是认为"情"与"天理"是相对立的，"情"也与宋儒的"天命之性"是相对立的，这是对古代专制文化束缚与禁锢的反抗，也是对"存天理、灭人欲"的禁欲主义的反抗，它代表了早期市民阶层意识的某种思想觉醒。

黄宗羲是一位具有理性批判精神的思想家，他也是个诗人和文学理论家。他对文学创作的规律有着深刻认识，尤其注重其中创作者情感表现的审美作用。他认为诗有"常人之诗"与"诗人之诗"，"常人之诗"是"以景为实，以意为虚"，而"诗人之诗"则不同。"诗人萃天地之清气，以月露风云花鸟为其性情，其景与意不可分也。月露风云花鸟之在天地间，俄顷灭没，而诗人能结之不散。常人未尝不有月露风云花鸟之咏，非其性情，极雕绘而不能亲也。"[4]

---

[1]黄宗羲:《明儒学案》卷十九，江右王门学案四，主事黄洛村先生弘纲，《黄宗羲全集》第七册，第518页。

[2]同上。

[3]黄宗羲:《明儒学案》卷四十七，诸儒学案中一，文庄罗整菴先生钦顺，《黄宗羲全集》第八册，第409页。

[4]黄宗羲:《南雷诗文集（上）·景州诗集序》，《黄宗羲全集》第十册，第16页。

这段话讲得很精彩，他道出了文学创作活动中人与景物相通相融的艺术通感。

黄宗羲的文学理论共有四个特点。其一，他要求作者写文写诗时，要有真性情从胸臆中流出。他说："情者，可以贯金石、动鬼神。"他以为这样的真性情古人才有，他们的诗文质朴，"即风云月露、草木鱼虫，无一非真意之流通，故无溢言曼辞以入章句，无谄笑柔色以资应酬"，他感叹"今人亦何情之有？情随事转，事因世变，干啼湿哭，总为肤受"。因此，他愤怒地断言："由此论之，今人之诗，非不出于性情也，以无性情之可出也。"[1]这些文字表现出黄宗羲的真性情，正是对当时文化专制气氛的尖锐讽刺。其二，他反对盲从和模拟，也就是反对"执其成说"，不经过自己头脑思考而去模仿，认为那是一种思想的奴性；也反对那些故意讲求形式、卖弄文辞的文章，特别是没有新内容、骨子里仍然是"唯之与诺也"的诗文。其三，他以为文章应有经史之功，也就是诗文要重学问性情，因为当时的士人们并不认真做学问，大多是人云亦云，僵化的教条和陈腐之说充斥了他们的头脑，顾炎武曾经将当时的文化专制比拟为焚书坑儒式的毁灭文化行为！比如，黄宗羲尖锐批评"鹿门八家之选"，"然其圈点句抹多不得要领"，"所谓精神不可磨灭者，未之有得"。归根结底，"缘鹿门但学文章，于经史之功甚疏"。[2]其四，他主张写文章要重体验，重"湛思"，也就是在亲身体验后要深入思考，须有独立思考的精神。他认为只有如此，文章才能具有新的内容，新的精神气魄。"昌黎'陈言之务去'。所谓'陈言'者，每一题，必有庸人思路共集之处，缠绕笔端，剥去一层，方有至理可言；犹如玉在璞中，凿开顽璞，方始见玉，不可认璞为玉也。"[3]

黄宗羲的《南雷诗文集》中，很多内容是他为当时诗人诗集所写的序言，里面有不少关于诗歌美学的真知灼见，很值得当代学者进行更深入研究。他在《南雷诗历·题辞》里回顾自己学诗写诗的经历，过去按照作诗之法写，"如何汉魏，如何盛唐"，专注声韵，雕琢词句，写出的诗却味同嚼蜡。他后来经历

---

[1] 黄宗羲：《南雷诗文集（上）·黄孚先诗序》，《黄宗羲全集》第十册，第32页。

[2] 黄宗羲：《南雷诗文集（上）·答张尔公论茅鹿门批评八家书》，《黄宗羲全集》第十册，第176页。

[3] 黄宗羲：《南雷诗文集（上）·论文管见》，《黄宗羲全集》第十册，第668页。

变故，四处流亡，"其间驴背篷底，茅店客位，酒醒梦余，不容读书之处，间括韵语，以销永漏，以破寂寥……则虽不见一诗，而诗在其中"。他认为真正的诗的内容要到生活中去找，诗的本质即人生，即自在性情，而不是雕琢词句。"夫诗之道甚大，一人之性情，天下之治乱，皆所藏纳。古今志士学人之心思愿力，千变万化，各有至处，不必出于一途。"[1]黄宗羲还认为那些阿谀奉承之作与歌功颂德之作，还有那些官场的应酬之作，不能算真正的诗。诗之创作必须有真性情流露，诗不仅可补史之阙，甚至可以说诗就是史。黄宗羲很重视自己的诗歌创作，他的《南雷诗历》是其诗作精选，千篇诗作中自删仅存十之一二。黄宗羲的诗歌较为沉郁，诗句中重学问性情，其诗具有宋体诗之艺术风格特点，如《卧病旬日未已，闲书所感》（其一），还有《苍水》一诗，是作者抒发亡国之痛及悼念好友之作，意绪苍凉，悲情萦绕，有一咏三叹之感！他的《山居杂咏》是流亡化安山时所作，更写出其志节精神："锋镝牢囚取次过，依然不废我弦歌。死犹未肯输心去，贫亦其能奈我何！廿两棉花装破被，三根松木煮空锅。一冬也是堂堂地，岂信人间胜著多！"[2]

在人迹罕见的化安山中，黄宗羲还深入研究了历法与数学。清代学者全祖望在《梨洲先生神道碑文》中记载，黄宗羲在海岛"行朝"期间，余暇间也努力研究历法及数学。明崇祯七年（1634年），黄宗羲偶然认识大历学家周云渊之孙周仲，亲自到其木莲巷府宅中拜访，"架上堆云渊《神道大编》数十册，其册皆方广二尺余"。周仲说，这不过是遗书的十之二也，余书皆散佚。黄宗羲"欲尽抄其所有"，但未能够如愿。黄宗羲后在证人书院讲学时又遇周仲之子，"问以遗书，所存者惟算学耳"。他忍不住感叹："天下承平久矣，士人以科名禄位相高，多不说学。"[3]黄宗羲博学多识，并不是躲在书斋中做学问，也不仅仅是求知的兴趣使然，其中有着思想启蒙的意义。他厌恶士人们以举业为重，被功名利禄所引诱，不尚实学，不愿意学习应用科学，受到宋明理学习气浸染，只会玄谈相尚。他要身体力行，扫除这种旧士大夫们的积弊，形成积极

---

[1] 黄宗羲：《南雷诗历（四卷）·题辞》，《黄宗羲全集》第十一册，第204页。

[2] 黄宗羲：《山居杂咏（六首）》，《黄宗羲全集》第十一册，第234页。

[3] 黄宗羲：《周云渊先生传》，《黄宗羲全集》第十册，第562页。

注重实学的新学术风气。做学问是为了服务社会，做学问也是为了改变现实，读书增长知识亦是为了启蒙，他的学术中其实是贯穿了启蒙主义思想的。全祖望还记载，后来清朝的历算学者梅文鼎引得士人们瞩目，以为他的学问是哪里继承来的不传之秘学，却不知道黄宗羲正是做出这些学问的先辈先驱呢。全祖望开出了黄宗羲所撰十几种历法、数学著作的名单，可惜著作大多散佚，仅存目录。历法学有"《春秋日食历》一卷，辨《衡朴》所言之谬"；又"有《授时历故》一卷，《大统历推法》一卷，《授时历假如》一卷，《西历》《回历假如》各一卷"；数学著作"外尚有《气运算法》《句股图说》《开方命算》《测图要义》诸书，共若干卷"；有音律学著作《律吕新义》二卷，黄宗羲少年时即喜欢音乐，取优质余杭竹管乐器试验，"断之为十二律与四清声试之，因广其说者也"。[1]

黄宗羲另有地理水利学著作《今水经》一卷，"旨在纠正郦道元《水经注》及后世诸家对中国境内南、北水脉源流关系及走向的错误记载"[2]。还有《四明山志》九卷，是他与诸弟实地勘测后，几经修改，至康熙十二年（1673年）才终成定稿。黄宗羲还有两部重要的经学著作，一是《易学象数论》六卷，力辩河洛方位图说之非，此书为清学者胡渭著作《易图明辨》起到先导作用；再是《授书随笔》一卷，也有很重要的学术价值，清代学者阎若璩研究《尚书》即受此书的启发，是阎若璩所著《古文尚书疏证》的引路之书。梁启超评价道："这两部书都于清代经学极有关系。"[3]

黄宗羲学识渊博，著作丰富，他是学术上多有建树的学者，也是划时代的大师。据专家考证，他的著作至少有一百一十种，一千三百余卷，两千余万字，但其中多半已经散佚。目前尚存的著作有五十多种，约一千一百卷。

［1］全祖望：《梨洲先生神道碑文》，《黄宗羲全集》第十二册（附录），第 10—11 页。

［2］吴光：《黄宗羲遗著考（二）》，《黄宗羲全集》第十二册（附录），第 579 页。

［3］梁启超：《中国近三百年学术史》，天津古籍出版社，2003 年 5 月第 1 版，第 55 页。

第八章

"用脚做学问"的大师顾炎武

一、顾炎武事略

当代著名学者曹聚仁先生风趣地称顾炎武是"用脚做学问"的大师，说其学识并不是像程门师徒雪夜相对静悟而来，却是凭他迈开双脚到处调查研究所得。曹先生还认为清初的三位思想大师黄宗羲、顾炎武、王夫之及颜元、李塨学派，都有各自伟大学术贡献，"彼此不一定有往来，却在治学观点上有一共同倾向，即是反明代理学的空疏，反八股文士的迂腐"。[1] 这也是说，清初一批启蒙思想家经历国破家亡惨痛教训后在治学思想上大彻大悟。侯外庐先生也说，顾炎武思想哲学的特异路线是经验主义，也就是指顾炎武的"经世致用"的学说及其大力推进的实学主义主张。

顾炎武，生于明万历四十一年（1613 年），卒于清康熙二十一年（1682

---

[1] 曹聚仁:《中国学术思想史随笔》，第七部分：二、顾、黄、王、颜，生活·读书·新知三联书店，1986 年 6 月第 1 版，第 248 页。

年），字宁人，原名忠清，学名绛，后因他景仰文天祥门生王炎午，遂改名炎武，晚年化名蒋山佣，后人尊称他为亭林先生，江南昆山（今江苏昆山）人。他出身江南望族，"顾氏世为江东四姓之一，五代时由吴郡徙徐州，南宋时迁海门，已而复归于吴，遂为昆山县之花浦村人"。[1] 顾家世代为明朝官宦，其曾祖父曾任南京兵部右侍郎，祖父顾绍芳也是进士出身，曾任翰林院编修。其父顾同应无功名，家道已衰落，叔祖顾绍芾无后，将顾炎武过继为嗣孙。顾炎武幼年时，在嗣祖父顾绍芾及嗣母王氏的启蒙教导下成长。嗣母王氏出自书香门第，据顾炎武回忆，她白天纺纱织布，晚上读书至二更，喜读史书，时常将文天祥、于谦等人的爱国事迹讲给顾炎武听。嗣祖顾绍芾仅一监生，却是有真才实学的儒士，邻里尊称他为蠡源公。顾炎武6岁始，随嗣母读《大学》，次年入私塾读书。他才10岁，蠡源公就教他读兵法、史书，并将自己抄录保存的二十五大卷邸报交与顾炎武阅读，希望他关心国事及社会民生，教导他读书务求实用，应该多学习天文、地理、兵农等和国计民生有关的实学。顾炎武刻苦攻读，往往写读书笔记直至深夜。他14岁即考取秀才，17岁与好友归庄参加了复社。顾炎武少年时"耿介绝俗，不与人苟同，惟与同里归庄友善，相传有'归奇顾怪'之目"[2]。据说，顾炎武相貌怪异，眼瞳子中白而边黑。归庄是明代散文家归有光之曾孙，两人一同参加抗清义军，归庄抗清失败后亡命为僧，终身不仕清。顾炎武是清初著名诗人，著有诗集《恒轩集》，惜已散佚。

　　明崇祯三年（1630年）与崇祯十二年（1639年），顾炎武两次应乡试俱落第。顾炎武对举业向来即不屑，他决心改变自己的人生轨迹，做一番利于国计民生的真学问，准备编纂两部巨著。一部书是《天下郡国利病书》，"旨在实录全国各地的农田、赋役、水利、盐法、矿产、交通和各地的疆域、关隘要塞，兵防等情况"[3]；另一部书是《肇域志》，"则是明代的地理总志，内容包括沿革、形势、城郭、山川、道路、驿递、第宅、风俗、寺观等很多方面。自然，

　　[1] 全祖望：《亭林先生神道表》，载王冀民撰《顾亭林诗笺释》（下册），附录，中华书局，1998年1月第1版，第1038页。

　　[2]《清国史·儒林传·顾亭林传》，王蘧常辑注、吴丕绩标注：《顾亭林诗集汇注》下册，（附录一），上海古籍出版社，2006年6月第1版，第1329页。

　　[3] 陈益：《心同山河：顾炎武传》，作家出版社，2014年1月第1版，第71页。

所有的资料都必须在详尽的基础上，认真加以甄别、比较、遴选，稍稍疏忽就可能贻误后人。"[1] 顾炎武决意做此事，他不仅是用笔，而是用自己艰难一生的心血来写这两部书。全祖望说顾炎武虽然掌握了大量资料，"然犹未敢自信，其后周流西北且二十年，遍行边塞亭障，无不了了而始成。"[2]

顾炎武专心著述之时，正是明朝天崩地解之际。历史大动荡来临，甲申国变，崇祯帝自缢于煤山，清兵击败李自成农民军大举入关，占据北京后建立清王朝。同时，福王即位南京监国，又登基当皇帝组成弘光政权。次年春天，识才爱才的昆山县令杨永言推荐顾炎武到弘光朝廷中任兵部司务，顾炎武时年33岁，一腔救国救民热忱，赴南京前还日夜赶写了"乙酉四论"，即《军制论》《形势论》《田功论》《钱法论》，针对当时的军制、农田、钱法等方面的积弊，提出一系列的改革应急之策。此时，弘光政权也是腐败不堪，马士英、阮大铖把持权力，他只被闲置在那里。形势很快剧变，清军攻陷南京，弘光小朝廷覆灭。清军占领了江南地区后，清朝统治者立即发布剃发令，限汉人十日内必须按满人辫发风俗剃发，反抗者皆处死。各地百姓纷纷举行反清起义。南京陷落后，顾炎武与归庄又在苏州参加了明朝郧阳抚台王永祚领导的抗清义军，这股义军当时约同各路义军分攻苏州、南京、杭州及沿海各城镇。顾炎武在军中担任起草文书和传达军令的职务。他意气豪迈地颇想干一番事业，却不料义军进攻苏州后即被击败了。顾炎武遂归昆山家乡。昆山百姓不满清朝剃发令又举兵抗清，军民抗敌二十一日，终因孤立无援而城破，全城五万人被屠杀了四万人。据记载，顾炎武也参与了昆山保卫战，城陷后其好友吴其沆殉难，顾炎武与归庄乘乱逃出。可也有记载称，顾炎武自王永祚义军溃败后撤出，回乡奉养嗣母，所以免死于昆山城破之乱。日本作家井上靖也参与考证，称有证据表明顾炎武确实参加了昆山抗清活动。[3]

此次昆山之劫，清军屠城后滥杀无辜百姓，奸淫抢掠，无恶不作。顾炎

---

[1] 陈益：《心同山河：顾炎武传》，作家出版社，2014年1月第1版，第71页。

[2] 全祖望：《亭林先生神道表》，王冀民撰：《顾亭林诗笺释》（下册），（附录），中华书局，1998年1月第1版，第1038页。

[3] 参阅陈平原著《从文人之文到学者之文》，生活·读书·新知三联书店，2004年6月北京第1版，第152页。但其中有错误，"井上靖"误写为"井上进"。

武家族中很多亲戚不幸遇难，几位族叔被清军杀戮，生母何氏被清军砍断右臂，两个弟弟也死亡。嗣母王氏闻知这些凶讯后，绝食 15 日而亡。她临终遗命顾炎武："我虽妇人，身受国恩，与国俱亡，义也。汝无为异国臣子，无负世世国恩，无忘先祖遗训，则吾可以瞑于地下。"[1]嗣母遗嘱对顾炎武一生影响极大，他后来一直为参加抗清斗争四处奔波。他曾经襄助太湖中吴昜的抗清义军，且向他们提出建议，争雄上游，莫轻言一战，方能坚持抗清斗争。顾炎武还在昆山、常熟及沿海一带秘密从事抗清活动，他参与了策动清军提督吴胜兆反正，吴胜兆失败后，陈子龙、族叔顾咸正等殉国，顾炎武也几乎死于战事中。南明隆武帝即位福州后遥授他为兵部职方司主事；鲁王以海在浙东监国，顾炎武也与之秘密联系，他有过两次南行计划，却都未能实现。他被清统治者所注目，不得不亡命流浪，来往于江淮之间。"庚寅，有怨家欲陷之，乃变衣冠作商贾游京口，又游禾中。次年，之旧都，拜谒孝陵。癸巳再谒。是冬，又谒而图焉。次年，逐侨居神烈山下，遍游沿江一带，以观旧都畿辅之胜。"[2]全祖望的记述多有语焉不详处，但顾炎武仍然积极从事抗清的秘密活动是肯定的。他一生六谒明孝陵，是为了寄托故国之悲，激励自己抗清斗志。学者王蘧常先生将持久的抗清活动作为顾炎武人生的第二个阶段。"从三十二岁到四十九岁，即崇祯十七年到永历十五年，也就是清顺治十八年。（一六四四——一六六一），这一时期，是清贵族入关夺取政权到南明永历覆灭的时期，是清贵族残酷镇压各地人民，义军力图恢复的时期，也是炎武爱国活动最炽热的时期。"[3]

顾炎武从事秘密抗清活动，被其恶仆陆恩得知。当时，顾家将田地八百亩典当给当地豪绅叶方恒，叶方恒不想交付钱财，乃唆使陆恩告发顾炎武"通海"——勾结南明政权。顾炎武不得已而杀陆恩，又被叶方恒及陆恩女婿囚

[1]陈平原：《从文人之文到学者之文》，所附顾炎武：《先妣王硕人行状》生活·读书·新知三联书店，2004 年 6 月北京第 1 版，第 153 页。

[2]全祖望：《亭林先生神道表》，载王冀民撰《顾亭林诗笺释》（下册），附录，中华书局，1998 年 1 月第 1 版，第 1040 页。

[3]《清国史·儒林传·顾亭林传》，王蘧常辑注、吴丕绩标注《顾亭林诗集汇注》上册，王蘧常：《顾亭林诗集汇注·前言》，第 2 页。

禁于私牢，后因顾炎武好友归庄、钱谦益说情干涉，才被移交官府处理。官府关押一段时间，又经过亲友活动，方以"杀有罪奴"之名目被释放。顾炎武在《赠路光禄太平》一诗的序言中坦承此事，且说："豪计不行，而余有戒心，乃浩然有山东之行矣。"[1] 这是顾炎武弃家北上远游的重要原因之一。顾炎武平生两入牢狱，这是第一次，发生在清顺治十二年（1655 年）；第二次入牢狱则是十三年后，即清康熙七年（1668 年），顾炎武此时已经 56 岁，因山东的"黄培诗案"而受牵连，他南下济南投案，又被官府关押半年之久，三月入狱，九月乃因亲友营救保释出狱。

清顺治十四年（1657 年），顾炎武六谒明孝陵后，旋返回昆山家乡，下决心遍游华北。他行至山东济南稍作勾留，即往胶东莱州。途中，在潍县与昌乐交界，见到一座祭祀伯夷、叔齐的庙宇，二人在殷末不食周粟避于首阳山中。顾炎武对他俩亡国后消极归隐的做法不满，他赞扬在附近起兵助夏君少康中兴的伯靡，表明他对历史有自己独特看法。他亲至崂山写了《崂山图志序》。他还在游历中拜师访友，切磋学问。顾炎武在济南参与《山东通志》编纂，听说塾师张尔岐讲学，便亲自到家中拜访，二人结为好友，顾炎武在《日知录》中便记载了张尔岐提供的资料，后还在《广师》一文赞誉张尔岐精通三礼，是自己的经学老师。清顺治十五年（1658 年）至清顺治十七年（1660 年），顾炎武又从山东至河北，出山海关到辽西，数度往昌平县拜谒明十三陵。"凡先生之游，以二马二骡载书自随，所至阨塞，即呼老兵退卒询其曲折，或与平日所闻不合，则即坊肆中发书而对勘之。或径行平原大野，无足留意，则于鞍上嘿诵诸经注疏，偶有遗忘，则即坊肆中发书而熟复之。"[2] 他在实地考察中写下《昌平山水纪》《营平二州史事》《京东考古录》《山东考古录》等历史地理著作，纠正了不少前人著作的失误处。考察居庸关地理形势时，顾炎武认为此地可称绝险，是屏障北京的要地。他考证，金灭辽，元灭金，以及李自成农民军进占北京，都是由此入关。他总结明朝灭亡教训，地非不险，城非不高，也并非兵

---

[1]《清国史·儒林传·顾亭林传》，王蘧常辑注、吴丕绩标注《顾亭林诗集汇注》上册，顾炎武《赠路光禄太平·序》，第 446 页。

[2] 全祖望：《亭林先生神道表》，载王冀民撰《顾亭林诗笺释》（下册），附录，中华书局，1998年 1 月第 1 版，第 1041 页。

与粮不多不足，乃是民众人心去也。

康熙元年（1662年）冬季，顾炎武已50岁，又开始西北之行。他游历晋、豫、陕诸省，登临太行山、中条山、大华山等名岳，又考察黄河、汾水、泾水、渭水等河流，对当地的社会经济生活及风俗等做了详尽调查。顾炎武中年45岁直至晚年63岁遍游北国，未在一处停留三个月以上。他大部分时间住宿在旅店客舍，许多著作亦是成书于其中。顾炎武西游至陕西华山村，居住在好友王弘撰处，并谋划出资共筑朱熹祠。学者王弘撰为"关中四君子"之一，入清不仕，著述精审。他甚为钦佩顾炎武，称其："行谊甚高，而与人过严。诗文矜重，心所不欲，虽百计求之，终不可得。或以是致怨，亭林弗顾也。居恒自奉极俭，辞受之际，颇有权衡。四方之游，必以图书自随。手所钞录，皆作蝇头行楷，万字如一。每见予辈，或宴饮终日，辄为攒眉，客退必戒曰：'可惜，一日虚度矣！'其勤励如此。"[1]

顾炎武刻苦治学，在清初学者中声望颇高，《清史稿》称其"平生精力绝人，自少至老，无一刻离书"，"国朝称学有根柢者，以炎武为最"。[2] 清统治者多次企图利用他的声望，召他去北京做官，都被他严词拒绝。首次是康熙十年（1671年），清廷开明史馆，大学士熊赐履为《明史》总裁，"以书招先生为助，答曰：'愿以一死谢公，最下则逃之世外。'"熊赐履遂"惧而止"。[3] 康熙十七年（1678年），清廷诏举博学鸿儒科，又有人推举他应诏，"戊午大科，诏下，诸公争欲致之。先生豫令诸门人之在京者，辞曰：'刀绳俱在，无速我死。'次年大修《明史》，诸公又欲特荐之，贻书叶学士讱庵，请以身殉，得免。"[4] 这里所说的，是指顾炎武那封有名的书信《与叶讱庵书》，他在信中提到嗣母王氏的临终遗命，"有'无仕异代'之言，载以志状，故人人可出而炎武必不可出矣"，坚定表示，"七十老翁何所求，正欠一死，若必相逼，则以身

---

[1] 王弘撰著、何本方点校：《山志》，初集卷三·顾亭林，中华书局，1999年9月第1版，第61页。

[2]《清国史·儒林传·顾亭林传》，王蘧常辑注、吴丕绩标注：《顾亭林诗集汇注》下册，（附录一），第1330页。

[3] 全祖望：《亭林先生神道表》，载王冀民撰《顾亭林诗笺释》（下册），附录，中华书局，1998年1月第1版，第1041页。

[4] 同上。

殉矣"。[1] 自此以后，他索性不去北京城了，尤其厌恶那些蝇趋蚁附之徒。他的三个外甥徐乾学、徐秉义、徐元文都是清朝大官，他们请求他晚年回昆山老家居住，欲为他广置田产，也被他拒绝。他晚年居住在华阴，再也没有回过昆山老家。

康熙二十一年（1682 年）正月九日，顾炎武已 70 岁，因出门骑马失足，病逝于山西曲沃。

二、提倡"众治"的早期民主意识与开明的经济思想

顾炎武与黄宗羲在政治思想上是一致的。黄宗羲写作了《明夷待访录》以后，顾炎武推崇备至，即给黄宗羲写了一信，信中说："因出大著《待访录》，读之再三，于是知天下之未尝无人，百王之敝可以复起，而三代之盛可以徐还也。天下之事，有其识者未必遭其时，而当其时者或无其识，古之君子所以著书待后有王者起，得而师之。"[2] 从这封信里，我们可见清初的两位启蒙思想家的远见卓识，他们看到了"势"在历史发展中的作用，也就是社会变革的必然性。《明夷待访录》未必如章太炎、陈寅恪所臆测的是献给什么贤帝圣君，而是献给历史的，恰如顾炎武在信中称："然而《易》'穷则变，变则通，通则久'，圣人复起而不易吾言，可预信于今日也。"[3] 他们坚信，眼前那种君主专制的独夫政治是不会长久的，历史的潮流一定会将腐朽的政治制度冲垮，所以，顾炎武亦引黄宗羲为志同道合的思想同志。信中又说："炎武以管见为《日知录》一书，窃自幸其中所论，同于先生者十之六七。"[4] 这两位启蒙思想大师虽然并未晤面，但他们的心确实是紧密相通的。

顾炎武的早期民主意识主要是提出了"众治"的主张，他说："人君之于天下，不能以独治也，独治之而刑繁矣，众治之而刑措矣。古之王者，不忍以

[1] 顾炎武：《与叶讱庵书》，载《顾炎武集》，伊犁人民出版社，第 83 页。

[2]《南雷诗文集附录·交游尺牍（二十六篇）》，顾炎武致黄宗羲函，载《黄宗羲全集》第十一册，浙江古籍出版社，2005 年版，第 375 页。

[3] 同上。

[4] 同上。

刑穷天下之民也。"[1]他将"刑繁"与"刑措"看成政治是否清明的象征，也看成"德政"是否实行的标志。他认为专制君主的"独治"，不会使百姓们真正信服，也就只好靠刑罚来镇压百姓；而"众治"才能真正推行"德政"。

首先，顾炎武提出的"众治"的早期民主思想，强烈地要求限制专制君主的君权，反对天子独裁专制。顾炎武对晚明以来的整个社会黑暗，有着深刻清醒的认识，特别是他广泛接触社会，从各个角度多方面地观察与研究社会问题，对改革当时腐败衰颓的社会政治有着独特见解。他说："所谓天子者，执天下之大权者也。其执大权奈何？以天下之权寄之天下之人，而权乃归之天子。自公卿大夫至于百里之宰，一命之官，莫不分天子之权，以各治其事，而天子之权乃益尊。"[2]他主张的是近代的"虚君政治体制"，要求分散独裁统治者的权力，保障民众公权力的施行，可说是其"众治"民主意识的精髓。顾炎武与那些腐儒不同，对于帝制、君臣关系的解释，决然摒弃了儒家惯常所用的"天命所归""上尊下卑"纲常伦理的迂腐之见，他有着新的认识。"为民而立之君，故班爵之意，天子与公侯伯子男一也，而非绝世之贵。代耕而赋之禄，故班禄之意，君、卿、大夫、士与庶人在官一也，而非无事之食。是故知天子一位之义，则不敢肆于民上以自尊；知禄以代耕之义，则不敢厚取于民以自奉。不明于此，而侮夺人之君，常多于三代之下矣。"[3]也就是说，君主不过是政府中执掌最高权力的执政者，由于执行公务而不能从事生产，君主与贵族王公一样，其俸禄也是为百姓服务而取得的报酬，所以，君主也没有掠取民财的特权。在《日知录》中，他还指出古代的君臣关系倒是正常一些，如楚王自称为仆；[4]唐宋时期，"其时堂陛之间，未甚阔绝，君臣而有朋友之义，后世所不能及矣"。[5]顾炎武在《日知录》的"称臣下为父母""人臣称人君""人臣称万岁"等条目中，都明显表露出不赞成神化君主的思想倾向。他以秦始皇为

[1]顾炎武著，周苏平、陈国庆点注：《日知录》，卷六，爱百姓故刑罚中，甘肃民族出版社，1997年11月第1版，第306页。

[2]顾炎武：《日知录》卷九，守令，第453页。

[3]顾炎武：《日知录》卷七，周室班爵禄，第368页。

[4]顾炎武：《日知录》卷六，君有馈焉曰献，第296页。

[5]顾炎武：《日知录》卷二十三，人主呼人臣字，第1031页。

例，说明君主独裁会使政治黑暗，乃至亡国。天下诸多政事，头绪繁多，事务冗重，却无论大小事情都由皇帝裁决，以致秦始皇一日要看几百斤重的竹简奏章，日夜不得休息，秦朝岂有不亡之理？顾炎武与黄宗羲等清初启蒙思想家都经历了晚明的政治黑暗时期，对明代以来过分加强君权，将古代专制制度发展到极致的弊病有着切肤之痛。顾炎武常常深入民间，其认知更加深刻，晚明的中央集权过重，宦官问题、官吏选拔的种种政治积弊、民众的沉重钱粮负担，以及社会上贿赂公行、道德败坏、士风颓靡，他在《日知录》中都提到了。他认为总根子是君主独裁专制政治致使整个国家制度废弛，法制如同空设，导致政治越来越腐败黑暗。

其次，顾炎武提出的"众治"的早期民主思想，认为改革政治的办法是必须进行制度改革，应该实行地方自治，还应该改革科举制度的弊端，推行按人口比例推选人才的举荐制度。他提出了限制君权和改良政治的主张，那么，如何实行"众治"而避免"独治"呢？即是上文所引顾炎武在《日知录》中提出的改革制度的办法，"自公卿大夫至百里之宰，一命之官，莫不分天子之权，以各治其事"，也就是限制君权，由各级官吏分层管理。他认为，必须在当时的官僚体制内对行政权力进行重新分配。他在《郡县论》里还提出地方自治的设想，"尊令长之秩""设世官之奖""行辟属之法"，[1]他认为应当加强县单位下的乡村基层政权建设。关于这一点，当代学者有不同解释，侯外庐先生认为顾炎武的地方分权论与俄国民粹派的村社自治思想相似，也有学者不赞同侯先生的看法。顾炎武关于科举制度改革的文章有《生员论》，他指出当时国内生员不下五十万人，这些人在未登科第前大都居住在乡村，他们勾结胥吏，包揽讼词，称霸一方；而他们一旦荣登科第成为官僚，则是互相勾结，媚上欺下，朋比为奸，形成一个官僚特权阶层。这些儒生，其实除了揣摩八股文外，无任何真才实学，也无行政能力，却是专会以权谋私。顾炎武主张废除科举，实行按人口比例举荐人才的选举制度，"天下之人，无问其生员与否，皆得举而荐之于朝廷"，[2]也就是说，不一定是儒生，凡是有真才实学和行政能力的人才，

---

[1] 顾炎武：《郡县论一》，《亭林文集》卷一，《顾亭林诗文集》，第12—13页。

[2] 顾炎武：《生员论下》，《顾亭林诗文集》，第24页。

都在被举荐范围内。

再次，顾炎武提出的"众治"的早期民主思想，主张民众百姓必须有"不治而议论"的言论自由权利。顾炎武与黄宗羲相同，都认为应当鼓励与重视士人清议，让士大夫们有场所、有机会议论政治得失，开放社会的自由舆论，他们以为这对革新政治、形成良好的社会风气是很重要的。黄宗羲主张学校议政，而顾炎武则主张应当在基层乡村也建立"乡评""乡校"。他认为："古之哲王所以正百辟者，既已制官刑儆于有位矣。而又为之立闾师，设乡校，存清议于州里，以佐刑罚之穷。"[1]又说："然则崇月旦以佐秋官，进乡评以扶国是。傥亦四聪之所先，而王治之不可阙也。"[2]顾炎武主张的存清议、设乡评，是当时早期启蒙思潮中一批启蒙思想家的共识，他们大都经历了晚明钳制言论的思想专制时期，后又都不得不面对清王朝统治者大兴文字狱、实行文化专制的恐怖局面。因此，他们痛感没有清议，没有言论自由，也就无从改良政治，而暴虐的独裁专制统治，自然会引起民众反抗，又必定带来"清议亡，而干戈至矣"的社会动乱局面。

与黄宗羲一样，顾炎武的早期民主主义意识的重要基础是"自私""自为"的"人道"。顾炎武引用《礼记·大传》的话说："圣人南面而治天下，必自人道始矣。"[3]这里所说的"人道"即是现实中的人性。他说："自天下为家，各亲其亲，各子其子，而人之有私，固情之所不能免矣。故先王弗为之禁；非惟弗禁，且从而恤之。"而以后分封诸侯，"画井分田，合天下之私以成天下之公，此所以为王政也"。他认为，"此义不明久矣，世之君子必曰：有公而无私，此后代之美言，非先王之至训矣"。[4]他在《郡县论五》中又重申这个观点："天下之人各怀其家，各私其子，其常情也。为天子为百姓之心，必不如其自为。"所以，"圣人者，因而用之，用天下之私，以成一人之公而天下治"。[5]顾炎武与黄宗羲都有类似之经济思想，且与近代自由经济理论相合，

---

[1] 顾炎武：《日知录》卷十三，清议，第599页。

[2] 同上。

[3] 顾炎武：《日知录》卷七，子张问十世，第332页。

[4] 顾炎武：《日知录》卷三，言私其豵，第118页。

[5] 顾炎武：《郡县论五》，《顾亭林诗文集》，第14页。

这是因为他们俩出生于江南地区，一定程度上反映了当时早期市民阶层的经济自主的要求，认为破除民众百姓之"私"乃是不符合人之常情的，将天下人的经济生活都纳入专制统治的轨道也很不现实，倒不如推行人皆有私的办法任其"自为"。圣人之公，或国家之公，其实正是"天下之私"的集合，实行所谓的"人道"就是让民众各得其私，各得其利，任他们各逞其能而"自为"，这些观念是具有近世思维的自由经济理论的基础，也是主张由个体自治而达于群体自治的自由精神的政治基础。

顾炎武与当时的几位启蒙思想家都提出重农亦重工商的看法。这是中国古代专制社会的大问题，当时都市经济虽然也很发达，可由于总体上受封闭的农业经济社会限制，工商及市民阶层既感到发达之苦，需要应付那些无尽的赋税及官府掠夺；亦感受到发达不足之苦，旧的拖住了新的，旧经济使得整个工商业难以发展兴旺，如赋税折合银两，而货币经济的银两就是大问题。顾炎武因深入华北乡村，深感农村经济凋敝破败，在《日知录》与《钱粮论》中特别述及农民逃亡城市的问题，亦谈及赋税征银中"火耗"等问题，他深切地认为，要使国家富强，不重视农业问题是不行的。顾炎武的经济思想有着发展"是自由经济与私有恒产"的因素，侯外庐先生也说，"亭林的国富论即国民之富，只有在废除超经济的任意剥夺，而令各自为经济的自私生产时，始有'富国之荄'，他开矿'唯主人有之'的私有比喻，实在即财产神圣的意味"。[1] 也就是说，倘若提倡"天下之公"使得国民富强、国家富强，而没有"天下之私"，即鼓励"自私""自为"的经济政策，也便只能是玄谈空论。

明嘉靖、万历年间，富饶的长江三角洲一带，经济繁荣，商业城镇不断崛起，市民阶层也随之壮大，由市民文化主导的新意识开始形成。顾炎武与黄宗羲都参加过复社，早期东林党人支持市民阶层反对苛捐杂税的斗争，呼吁朝廷体恤商贾铺行，这些为民请命的姿态得到民众赞誉，也对他俩有着深刻的思想影响。后来，顾炎武在北方地区的游历考察中，将此与江南经济的变化做出比较，已经越来越认识到社会经济将要发生转变，且发现人们意识中占统治地

---

[1] 侯外庐：《近代中国思想学说史》（一），生活·读书·新知三联书店，2014年1月版，第319—320页。

位的以农为本、工商为末的经济思想已不合时宜。他探究山东峄县地区贫困原因时发现，此地原有个以制陶闻名的集镇，有制造陶器的窑户千余家，很多商人前来采购陶器，而且此地的铸铁业也很发达，这就使得集镇工商业发达，十分富饶。但是，到了明中叶后，制陶业及铸铁业破败，手工业工人失业，而官府的赋税依然不减，又沉重地压在农民身上，再加上水利设施失修，使得整个地区的经济变得破败凋敝。他认识到，这种"独仰给于农"的重本抑末政策，反倒破坏了农业生产的发展，也是很多北方地区贫困的缘由。他到陕西考察，发现"延安一府，布帛之价，贵于西安数倍"，可关中平原盛产棉花，倘若能够就地取材，在当地发展纺织业，"其为利益岂不甚多？"[1]他还多次到过山西，知道那里矿产资源丰富，如果政府投资或者鼓励私人开矿，可以利尽于山泽，又不取诸于民，朝廷亦可增加财政收入，也就减轻了压在农民身上的沉重赋税，岂不两便？

在清初的几位主要启蒙思想家里，顾炎武的经济思想是进步开明的，他不仅呼吁应该重视工商业，还亲身直接参与工商业的经营，有着精明干练的商业管理才能。章太炎记载，山西票号实际由顾炎武、傅山二人所创，其细密的规章制度都是两人手订。《清稗类钞》中有"山西票号"条目："票号。以汇款或放债为业者，其始多山西人为之，分号遍各省，当未设银行时，全恃以此为汇兑。……相传明季李自成掳巨资败走山西，及死，山西人得其资以设票号。其号中规则极细密，为顾炎武所订，通行不废，故称雄于商界者二百余年。"[2]章太炎尤其赞誉顾炎武的工商管理才能，说他几乎游遍半个中国，旅途上驽马在前，驮骡在后，且有一些仆役随从，这笔开支浩大，而且顾炎武还曾经在山西雁门关及山东等地区购地垦荒，兴办农桑之事，倘若无理财能力支持，这笔资金从何而来？顾炎武对发展工商业有着自己的一番见解。"认为江南应注重振兴工商业，西北应开山泽之利，发展畜牧和纺织业，东南沿海则进行海外贸易。这正是富国之策。在明王朝，盐、茶是政府专卖的，谁擅自卖，将处以死罪。顾炎武却认为政府禁贩私盐私茶，恰恰导致贩私者蜂起，甚至与政府发生

---

[1] 顾炎武：《日知录》卷十，纺织之利，第504—505页。

[2] 徐珂：《清稗类钞》（第五册），山西多富商，中华书局，1984年版，第2307页。

冲突。他巧妙引用了杜甫的诗句，'蜀麻吴盐自古通'，说明盐麻都是商品，应该允许自由贸易，否则，'吴盐安得至蜀哉？！'"[1]

也有学者认为，在清初的三大儒中，黄宗羲与王夫之关于公私的整体观点其实与宋明儒者基本一致，并无只言片语对私欲存有肯定态度，而顾炎武的公私观则与他俩基本相同。固然，顾炎武是"三大儒"中唯一没有全盘否定和完全抹杀私欲的，也曾经提出"制民之产""藏富于民"等政治经济主张，甚至提出"合天下之私成天下之公"的主张，但那些提法却不过是某种"转私成公"的话头，是新意识的"一闪灵光"，而很难成为提倡"私欲"的证据。即使是这样的思想，也都湮没在清初统治者文化专制的焚书劫灰中了。[2]虽然这些学者的看法比较保守与谨慎，但值得我们重视。也确实如此，早期启蒙思潮的清初"三大儒"，在"天理"与"人欲"之争中，其思想见解远不如泰州学派李贽等人的观点来得明朗，他们虽然也赞成发展工商业，也具有很多市民阶层的新意识，但是他们在"新义利观"等方面或者是语焉不详，或者是吞吞吐吐，不敢直接肯定"私欲"的正当性，其启蒙思想之萌芽仍然是以阐述儒家经典的形式出现，他们的整体思想也难以摆脱先秦诸儒与宋儒的影响，其"破块启蒙"里是既含有新的幼芽也混有更多的旧残渣的。

三、顾炎武的个性解放精神与爱国思想

受时代的影响，顾炎武等一批启蒙思想家的思想是纷纭复杂的，也常常有着某种局限。在"理性批判精神"时期，清初的很多启蒙思想家对晚明时期的"自由精神"时期的泰州学派李贽等人大都取否定态度。他们时常不自觉地将明亡的责任及晚明士风之颓唐，诿过于早期启蒙思潮"自由精神"阶段的新意识对士人们的浸染。这与他们浓厚的"道统思想"也有紧密关联，因为他们本身大都兼具启蒙思想家与明遗民的双重身份，而后者的蒙昧道统观则经常

---

[1] 陈益:《心同山河：顾炎武传》，作家出版社，2004年1月第1版，第307页。
[2] 翟至成:《宋明理学的公私之辨及其现代意涵》，载吕妙芬主编《明清思想与文化》，世界图书出版公司北京公司，2016年5月第1版，第448页。

下意识地遮盖前者的通达、客观立场。在"道统"与"异端"这两大分界性思想意识形态领域中，顾炎武本人也总是下意识地倾向于"道统"，在《日知录》中的李贽条目里，几乎是全盘照录张问达弹劾李贽的罪状："寄居麻城，肆行不简，与无良辈游庵院，挟妓女，白昼同浴，勾引士人妻女，入庵讲法，至有携衾枕而宿者，一境如狂。"[1] 他所引用的全是攻讦李贽的诬蔑材料，申斥李贽为"小人之无忌惮者"，并不参考那些同情李贽的士大夫们的看法，完全失去了其广求考证的学者风度，似乎坚决地要以卫道者之立场与"名教罪人"划清界限。

一些当代西方学者认为，随着欧洲思想启蒙运动产生，西方社会又产生了保守主义与自由主义两种政治派别。自由主义派别认为，社会秩序是自由行动的个人自发形成的；而保守主义派别则认为，先有社会秩序，后有个人自由，因此，保守主义派别依靠家庭、教会、传统和地区组织的权威来控制社会变革，放慢社会变革速度，他们担心把制度全盘抛弃会付出很大代价。这两种政治派别的思想倾向，虽然互相分歧与对立，但他们却又时常互相依赖又互相促进。而当代西方社会产生的新保守主义与新自由主义派别，抛弃了思想启蒙运动的原则，变得更为激进与缺乏理智，他们依靠的是民粹主义与狭隘民族主义的哲学，与启蒙思想大相径庭。实质上，在中国早期启蒙思潮的"自由精神"阶段中，泰州学派等代表的思想倾向，有些类似自由主义派别；而清初"理性批判精神"阶段的那些启蒙思想家，因遭受亡国之痛，且遗民情怀亦影响着他们的政治思想，所以其思想倾向与保守主义派别比较接近。萧萐父、许苏民先生似乎也意识到了这个问题，他们认为，顾炎武及清初的那批启蒙思想家也是追求个性解放精神的，但他们彼此的思想倾向却有所不同。譬如，探究顾炎武与李贽的分歧，"其实却不在于要不要个性的发展，而在于对个性的发展的度的把握。李贽主自由放任，主张通过个体的自由竞争自然而然地形成社会的秩序，而顾炎武似乎更强调要预设一个秩序的界限，使个性的发展适乎其平均主义的乌托邦的理想。前者重自由，后者重平均，以致自相水火，不能相

---

[1] 顾炎武：《日知录》卷十八，李贽，第 827 页。

容。"[1]可是，这两个启蒙思想派别的观念分歧，时常被人们认为是互相间的根本对立，尤其是一部分信奉新儒学的学者过分地强调顾炎武的保守主义倾向，否认他的启蒙思想的历史价值，认为他不过是一个眷恋前朝的明遗民诗人，甚至可以说连思想家都算不上。另一些主张思想启蒙的学者则对彼此的分歧大都是语焉不详地含混带过，回避这两个不同思想派别间的差异。其实，这两个思想派别既有观念的差异，又有反对古代专制文化的共同点。在中国明清之际的特殊历史条件下，两个派别其实都不同程度地对古代专制文化的旧道统与思想桎梏持批判态度，因此也都有着个性解放的思想启蒙意义。

顾炎武的个性解放精神有其特色，笔者认为共包含三个重要方面。首先，顾炎武反对专制主义的文化垄断，提倡具有个性解放意义的独立思考与言论自由，其理性批判精神的色彩非常浓厚。顾炎武与其他启蒙思想家们一样，深感专制文化桎梏下的八股取士制度不利于提拔人才，也不利于发展士人们的个性，这是古代专制统治者为了巩固其独裁统治，对人们思想进行严密防范束缚而使用的羁络之法，他认为，"八股之害，等于焚书，而败坏人材，有甚于咸阳之郊所坑者但四百六十余人也"。[2]顾炎武尽情揭露了科举考试的种种黑暗内幕，读书人只要背诵一些程朱理学的教条，熟悉千篇一律的八股文章做法，就可以应付科举。这些士人并不真正了解四书五经的旨义，仅仅是骗取功名而已。他对儒家的功名利禄观念也加以批判，认为这样的教育会败坏人们的道德，且进一步造就官场的腐败习气。他说："自其束发读书之时，所以劝之者，不过所谓千钟粟、黄金屋，而一旦服官，即求其所大欲。君臣上下，怀利以相接，遂成风流，不可复制。"[3]他在揭露科举制度弊病的同时，更加深刻地指出，人才不振的原因其实是古代文化专制主义对士人们的思想束缚，其实也是专制君主们的防民之术，他在《日知录·人材》中引用永嘉学派叶适的话说："法令日繁，治具日密，禁防束缚，至不可动，而人之智虑自不能出于绳约之

---

[1]萧萐父、许苏民：《明清启蒙学术流变》，中篇：深沉反思，推陈出新，人民出版社，2013年11月第1版，第319页。

[2]顾炎武：《日知录》卷十六，拟题，第732页。

[3]顾炎武：《日知录》卷十三，名教，第601页。

内，故人材亦以不振。今与人稍谈及度外之事，辄摇手而不敢为。……宜乎豪杰之士无以自奋，而同归于庸懦也。"[1]顾炎武是非常赞同叶适的这段话的。他还非常生动地引申说，在如此的"禁防束缚，至不可动"的状况下，枚乘、司马相如去写经义文章，也写不出美文佳作来；而管仲、孙武诵读教条规范，也更不能运用其谋略智慧了。"故法令者，败坏人材之具，以防奸宄，而得之者十三；以沮豪杰，而失之者常十七矣。"[2]他所说的"法令"，并不是指法治制度下必要的法规条例，实际是指古代文化专制主义的罗网，它使得人们动辄得咎，心存恐惧，害怕自己的言论举动稍微越出专制文化的"度外"就遭遇横祸。每个人都不敢说话，也不敢独立思考，只是唯唯诺诺，怎么可能发挥个人的聪明才智，又怎么能够真正展示其才干能力呢？可以说，顾炎武对古代文化专制主义的剖析与批判是相当深刻的。

其次，顾炎武的个性解放精神还有一个重要内容，即以其"自私""自为"的"人道观"为基础，以"转私为公"的公私观为出发点的"保天下"之说，是一种新型的家国情怀。如前文所说，他反对古代专制主义以"公"来抹杀个人利益，认为人们的"自私"是人之常情，应该肯定个人各得其利、各得其私的"自为"权利。同时，他还对儒家传统的"忠君爱国"观念进行了改造，将"亡国"与"亡天下"区分开来，从"肉食者谋之"的"保国"，到"匹夫之贱有责"的"保天下"，将二者结合起来，赋予传统观念的爱国主义以新的内容，形成了一种具有启蒙特点的民主进步意识的新型家国情怀。他提倡要满足以个人正当利益为前提的"公"，这个"公"并不仅仅是皇权国家的"公"，而是整个社会的"公"。所以，希望每个人主观为自己，而客观为社会。他认为，即使是有着高尚道德情操的人，也离不开实际利益的驱动，不可将道德伦理气节等空壳化，比如士兵奔赴战场去打仗就是保家卫国，究其动机乃是为了保护自己的和平生活和身家利益，"非为天子也，为其私也，为其私，所以为天子也。故天下之私，天子之公也"。[3]他所说的"天子之公"，其实是整

---

[1] 顾炎武:《日知录》卷九，人材，第435页。
[2] 同上。
[3] 顾炎武:《郡县论五》,《顾亭林诗文集》,第14页。

个社会之公，不仅是天子一家之"公"。

他还认为，人心风俗的治理与整个民族复兴或衰落息息相关，也与每一个国民有关，譬如，他在《生员论中》一文中尖锐地批判与指斥士大夫中的门户之见，结党营私，盘根错节的宗法关系网络、各种类型的人身依附，那些生员们一登科第，即认主考官谓之"座师"，认同考官谓之"房师"，认同榜之士谓之"同年"，等等，彼此间虽然"远或万里，语言不通，姓名不通"，可是迅速便连接成共同利益的网络，"朋比胶固，牢不可解，书牍交于道路，请托遍于官曹，其小者足以蠹政害民，而其大者至于立党倾轧"。[1] 如此的恶俗邪风，是中国古代专制社会腐败政治的积弊罪恶之一，甚至也流传到了当代社会，它损害着善良人们的正当个人利益，助长了奴颜媚骨、投机取巧、朋比为奸等极其恶劣的社会坏风气，可能导致社会腐败迅速蔓延，也可能导致现代政党政治的蜕化变质，这是非常值得我们加以警惕与防范的。

最后，顾炎武个性解放精神的另一个重要内容，是他所倡导的发扬个性与其政治理想相统一的豪杰精神。这是一种既反对古代文化专制又反对满洲贵族民族压迫的勇敢担当精神，这种可贵精神实质上与早期启蒙思潮的"自由精神"阶段的泰州学派的个性解放学说有一致的地方，却又汲取了历史教训而更多地照顾了社会整体利益，由虚幻的狂狷转化为无畏的反抗。顾炎武提倡的豪杰精神实质上也是与儒家学说的犬儒主义相对抗的，他使未来一代新型士大夫的学问转型得以实现，由原来"货与帝王家"的奴性文化转型为"不欲使在位之人知之"的特立独行的新学问，由旧道统的思想桎梏转变为近世思维的新理论。

顾炎武生于明清易代之变时期，他亲身体会到清朝贵族集团的横暴统治，也亲眼看到很多汉族士大夫的奴颜媚骨行径，他认为那些士人卖身投靠异族统治者是"士大夫不知耻"的邪风陋习。他感叹："呜呼，今日之变有甚于此！自神宗以来，黩货之风日甚一日，国维不张，而人心大坏，数十年于此矣。"[2] 也就是说，自从明万历年间以来，人心变得贪婪恶俗，士风颓靡，以至于最

---

[1] 顾炎武：《生员论中》，《顾亭林诗文集》，第25页。
[2] 顾炎武：《日知录》卷十三，贵廉，第619页。

后闹到国破家亡地步。他又进一步分析,"所以然者,人之不廉而至于悖礼犯义,其原皆生于无耻也。故士大夫之耻,是谓国耻"。[1]他认为,一代知识分子的礼义廉耻,会影响到民风民俗,更会影响到立国之本,因此,士大夫们不知耻,也就是亡国之因,也就是"国耻"。顾炎武至晚年仍然保持着民族气节,他看不起那些投靠清朝后做高官显宦的士大夫,哪怕是自己的亲外甥徐乾学、徐元文也不例外,他流寓京城时徐氏兄弟请他参加晚宴,他入席片刻后即离席,徐氏兄弟劝他终席后再归,待仆人张灯送他回家。他尖刻地讽刺说:"世间惟有淫奔纳贿二者皆于夜行之,岂有正人君子而夜行者乎?"他对整个社会的腐败风气非常愤恨,对当时颓靡丧志的士林更是怒其不争,以为士大夫们无耻,也就是不知道珍惜自己的名誉,也就是不自尊,而一个没有自尊心的人如何能够真正发扬自己的个性呢?他迫切地希望改造和挽救士大夫们的颓靡风气,将他们的心智从玄谈相尚、空论心性的宋明道学中解放出来,形成一股振作的豪杰精神。"天生豪杰,必有所任。……今日者,拯斯人于涂炭,为万世开太平,此吾辈之任也。仁以为己任,死而后已。"[2]这几句话,其实也是他所倡导的豪杰精神的宗旨,他不仅以此来寄希望于士人们,而且自己一生也是依此精神宗旨来奋斗的。在《日知录》中,顾炎武尤其推崇儒家士大夫们当中的豪杰志士,他赞叹东汉末年的清议派士大夫,在当时"朝政日昏,国事日非"的危局中,"而党锢之流,独行之辈,依仁蹈义,舍命不渝,风雨如晦,鸡鸣不已。三代以下风俗之美,无尚于东京者"。[3]顾炎武还佩服北宋末年金人南侵后,山河沦陷、烽火遍地之时,一批豪杰之士的勇敢无畏气概,"故靖康之变,志士投袂,起而勤王,临难不屈,所在有之"。[4]他还对南宋的主战派士大夫如陈亮、辛弃疾等不被朝廷重用充满了惋惜哀叹之情。他认为他们都是豪杰之士,其报国之心、慷慨之情,是值得后代士大夫们效法的。

顾炎武的豪杰精神是与其始终不渝的抗清之志紧密相关的。顾炎武在甲

---

[1]顾炎武:《日知录》卷十三,廉耻,第605页。
[2]顾炎武:《病起与蓟门当事书》,《顾亭林诗文集》第48页。
[3]顾炎武:《日知录》卷十三,两汉风俗,第591页。
[4]顾炎武:《日知录》卷十三,宋世风俗,第595页。

申之变后参与弘光政权，南京沦陷后又参加王永祚领导的抗清义军，这是他参加抗清运动之始，后来他又参加了昆山抗敌，失败后与南明流亡政权秘密联络，策动江南地区的抗清斗争。他的很多家人都被清军残杀，嗣母绝食而亡前给他遗嘱——"无仕异代"，顾炎武至晚年也坚持不与清朝廷合作，且抗清之志不泯，他弃家北游，六谒明孝陵，遍游华北、西北的名山大川，考察地理形势，广交天下豪杰，与明遗民傅山等人密切联络，招募屯垦，经营工商，其志仍在意图恢复。他认为南方的民气萎靡，无山川之险，难成大事，将希望寄托于民风强悍的燕赵、三晋及西北地区，他晚年之所以定居关中，是看中这里的地理有高屋建瓴之势，"虽足不出户而能见天下之人，闻天下之事，一旦有警，入山守险，不过十里之遥"。[1] 内心怀有将西北地区作为抗清根据地之策划，冀望在这片华夏先民崛起的故乡能实现其复兴之志。后来还有野史笔记说，清代社会中以反清复明为宗旨的秘密会党，比如洪帮、漕帮组织的形成，其实都与顾炎武及傅山等明遗老有着紧密关联。顾炎武晚年的所有秘密活动，书籍文字中真实记载很少，但我们可从他的诗歌中略见端倪。当代学者王冀民先生编撰有《顾亭林诗笺注》上下两册，他在自序中写道，抗日战争时期，他才16岁，在逃难途中母亲给他讲述顾炎武之事迹，要他以后多读顾诗，并且说，顾炎武生前有很多文章和著作，但是，"以身负沉痛之人，处文网密布之世，其生前可传之作，第可尽其学，必不可以尽其隐。先生之隐尽之于诗，故手自编录，授之门人，而又借韵目以讳字，此殆生前不敢传而欲传之于身后也。人欲洞知亭林，当从研读其诗始"。[2] 这一段话真是卓见！其实，顾炎武的重要个性就是他的豪杰精神，而这种精神又与抗清之志密切相关，但顾炎武当时"处文网密布之世"，因此我们难以从他流传下来的专著与文章中真正品味出"尽其隐"的个性，要想真正读懂顾炎武，一定要读懂他"尽其隐"的诗歌。

在早期启蒙思潮中，顾炎武还有一个重要的思想贡献，就是对爱国主义与民族气节观念的继承与发展。人们称他是爱国主义思想家，即因他以自己的人生实践与品行、思想树立了一个时代的民族气节典范。他提倡"行己有耻"，

---

[1] 顾炎武：《与三侄书》，《顾亭林诗文集》，第87页。

[2] 王冀民：《顾亭林诗笺释》（上册），中华书局，1998年1月第1版，第1页。

又说"故士大夫之无耻，是谓国耻。吾观三代以下，世衰道微，弃礼义，捐廉耻，非一朝一夕之故，然而松柏后凋于岁寒，鸡鸣不已于风雨，彼昏之日，固未尝无独配之人也"。[1]他在明清易代之际遍游北国，目睹清贵族入关后实行烧杀抢掠及圈地占田的民族压迫政策，而一些卖身求荣的汉族官僚无视百姓苦难，厚颜无耻一味讨好清朝统治者；另一些具有民族气节的士大夫却纷纷丧生于镇压的屠刀下！所以，他确实是有感而发，他对于坚持民族气节的历史人物如文天祥、郑思肖、胡三省等人充满了赞佩，对那些气节上动摇的历史人物如李陵、谯周、谢灵运、王维等进行指摘，对晚明的那些在国家危亡关头投敌的官僚表示自己的不屑，比如当时的著名文人钱谦益，虽然钱谦益在陆恩一案中曾经帮助过他，对他可说有救命之恩，可顾炎武仍然不能宽容钱谦益在南京城陷时率领文臣迎降清军的举动，对钱谦益入清朝做官之行为更是鄙夷，所以，宁肯身入监牢，也不愿意尊其为师。[2]

顾炎武后来也逐渐看到了儒家思想中"忠君爱国"之说的局限性。在儒家经典中，爱国主义与君臣之义和夷狄之防是混同一谈的。若遇到一个昏庸无能的君主将大好河山拱手让人，此时的儒家忠君爱国的理论就体现出内在的矛盾和混乱。譬如，宋高宗为求得与异族入侵者妥协，打击主战派大臣，此时，在国家与民族的危亡之际，国家利益与民族利益实质上是围绕着君王利益转的，"忠君"反倒是难以"爱国"了。可见，"忠君爱国"之说也确实有着某种狭隘性与局限性。而顾炎武的爱国主义与民族气节的整体思想也有个发展过程。在青年时代的抗清斗争中，他是怀抱着君臣之义和夷狄之防观念而投身其中的。那时，顾炎武歌颂崇祯皇帝"英明乃嗣兴"，还写了《大行皇帝哀诗》纪念他。但是，顾炎武在北国之行后，接触到了更多的明朝失国的各类资料与信息，探讨其中的教训，得出明朝亡国之因是"人心去也"，因此，他对传统的"忠君爱国"之说有了突破与发展。在《日知录》卷七的"管仲不死子纠"条目中，顾炎武将"忠君"与"爱国"分成两个概念，他说："君臣之分，

---

[1] 顾炎武：《日知录》卷十三，廉耻，第 605 页。

[2] 全祖望：《亭林先生神道表》，载王冀民撰《顾亭林诗笺释》（下册），附录，中华书局，1998年 1 月第 1 版，第 1014 页。

所关者在一身；华夷之防，所系者在天下。"他分析管仲不为其故主子纠尽忠，却转投于齐桓公，孔子却没有批评指摘管仲，是因"而取其一匡九合之功，盖权衡于大小之间，而以天下为心也"。[1]区区一名分是小事，而尊王攘夷，助齐桓公成就大业，维护中原文化才是大功。顾炎武有一种思想观念，认为主导中原地区的汉族政权，是先进的生产文化共同体，却在历史上屡遭五胡十六国、北魏、辽、金、夏及蒙古族的入侵，还有他所亲身经历的满族贵族的入侵，其实是落后的生产文化共同体摧残先进的生产文化共同体，他的这种思想虽然还残存"尊王攘夷"传统观念的束缚，但是，对陈旧迂腐的"忠君爱国"思想却又有着一种创造性的突破。

顾炎武由此而首创区别"亡国"与"亡天下"的观念。他认为："易姓改号，谓之亡国。仁义充塞，而至于率兽食人，人将相食，谓之亡天下。……是故知保天下，然后知保其国。保国者，其君其臣，肉食者谋之；保天下者，匹夫之贱，与有责焉耳矣！"[2]这是具有启蒙性质的民主进步思想，他将"保国"与"保天下"区分开来。"保国"可以是少数帝王及"肉食者"阶层的事情，而"保天下"则是中华民族匹夫有责的义务，这种爱国观念是具有近世思维的，也是符合当时的世界潮流的，顾炎武已经说明了东方式循环往复的易姓改号与王朝更换，不应该再是先进知识分子所关心的"最高正义中心"了，这个思路与"保天下"则"匹夫有责"的观点一样，实质上已经突破了儒家纲常礼教的"家国"观念了。所以，后世很多学者都特别注意到这一点。从忠于一家一姓的王朝，服从君臣之义的"忠君爱国"观念，到维护民族的先进文化传统，拯救天下兴亡的"保天下"观念，这是顾炎武对传统爱国主义的升华，也是其启蒙思想的重要组成部分。顾炎武的这些进步思想被后世的中国知识分子们接受并传承下来。尤其是在鸦片战争后，清王朝腐败无能，国家面临被列强瓜分的危险，民族灾难深重，"天下兴亡，匹夫有责"的呼吁，激励着一代又一代的志士仁人前赴后继，救国救民的革命运动此起彼伏。当代学者张中行先生在《负暄琐话》中亦记载一事，"九一八"事变后，北大教授黄晦闻在课堂

---

[1]顾炎武：《日知录》卷七，管仲不死子纠，第348—349页。
[2]顾炎武：《日知录》卷十三，正始，第593—594页。

上为同学们讲解顾炎武诗歌,借古喻今,引得青年嘘唏不已,一个患痢疾的同学还挣扎着来听课。在中华民族一次又一次的危亡之际,"拯救天下的兴亡"的口号激励了一代年轻学子,顾炎武的具有启蒙性质的"保天下"爱国观念又焕发出新的思想活力。顾炎武进一步丰富了爱国主义传统,且加以批判、继承与创新改造,使之成为具有新时代内容的进步民主思想。

四、高扬经世致用的实学主义旗帜

20世纪20至40年代,学术界某些学者认为,"说顾炎武只有学术没有哲学,说顾炎武在哲学上没有自己的一套,远不如王夫之(船山)等,都是二三十年前学坛上的怪论。徐炳昶先生就曾把顾炎武排斥在王、黄、颜'三大儒'之外。(见《学原》1947年第2期)"[1]这是当代学者赵俪生先生的不平之论,他认为这种看法是不公平的。著名学者侯外庐先生也说:"亭林的经验主义,清儒以来多有批评他不讲义理的缺点,这种批评乃似是而非的,按他正在讲义理之学,而不过是经验主义的义理。"[2]侯先生其实也驳斥了国内一些学者认为顾炎武"只有学术没有哲学"的论调,那些学者实质还是受"清儒"主流派的影响,他们眼中的哲学即是宋明理学之"义理",而顾炎武的哲学没有按照他们的"义理"之途走,所以,便称顾炎武"只有学术没有哲学"。

顾炎武一贯主张经验的作用,他的学术基础的"义理",其实就是现代的经验主义。很多学者都认为,顾炎武的反程朱理学的哲学思想比黄宗羲、王夫之等更为有力,原因就在于他提倡了经世致用的实学主张。特别是他的主要著作《日知录》,是对当时玄虚之学最有力的批判。晚明士大夫空疏不学,整天在那里谈玄说禅,坐而论道,空谈"性""命",顾炎武认为,这种以心学为主导的玄谈之风,造成极坏的社会风气,是晚明覆亡的主要原因。所以,他对宋明道学的批判锋芒,较多是指向王阳明的心学。顾炎武在《日知录》中引述宋

[1]赵俪生:《日知录导读》,附录一,《顾炎武〈日知录〉研究——为纪念顾炎武诞生350周年而作》,中国国际广播出版社,2008年6月第1版,第221页。

[2]侯外庐:《近代中国思想学说史》(一),生活·读书·新知三联书店,2014年1月版,第280页。

代黄震所撰的《黄氏日钞》称："夫子述六经，后来者溺于训诂，未害也；濂洛言道学，后来者借以谈禅，则其害深矣。"又借鉴两晋之乱酿成的思想文化弊端，"本于清谈之流祸，人人知之"为历史教训，慨叹"孰知今日之清谈有甚于前代者。昔之清谈谈老、庄，今之清谈谈孔、孟，未得其精而已遗其粗，未究其本而先辞其末。不习六艺之文，不考百王之典，不综当代之务，举夫子论学、论政之大端一切不问，而曰'一贯'，曰'无言'，以明心见性之空音，代修己治人之实学"。[1]而这种"实学"是与"理学"相对立的，他未直接批评"理学"而代之以"内学"。在《日知录》中又说："东汉儒者则以七纬为内学，六经为外学，举图谶之文，一归之性与天道不可得闻，而今百世之下，晓然皆悟其非。今之所谓内学，则又不在图谶之书，而移之释氏矣。"[2]顾炎武批评的"内学"，实质上是"理学"的代名词。顾炎武从古代思想史的"异同离合"说起，实际上也是沿着历史的轨迹反对玄学，宋明理学的玄学与两晋时的玄学不同，宋儒及明儒并非是悬空拟议"道统"之真传，而是程朱理学与陆王心学都互争独占"三圣传心"，以此武断的思想方法来占据道统的制高点。顾炎武与另一位启蒙思想家李颙（二曲）考证"内学"二字的历史出处，曾经往来信函三通。他把明儒所倡的心学做了根本否定，以为心不待传，要得"理"必须用具体事物来验证。顾炎武在《日知录》中论及心学的一段话精辟地总结了这个思想："愚按，心不待传也，流行天地间，贯彻古今而无不同者，理也，理具于吾心，而验于事物，心者，所以统宗此理，而别白其是非，人之贤否，事之得失，天下之治乱，皆于此乎判。"[3]"理具于吾心，而验于事物"，实质上就是他的学术义理基础，也是他经世致用的实学思想之根基。

学者赵俪生在《日知录导读》一书中提到，旧日学者大多认为顾炎武的学术思想原是宗于朱熹之学，即以朱学为思想武器反对王学。但他认为，顾炎武实质上仅仅是披了朱熹之学的外衣，"顾炎武与其说欣赏朱熹，毋宁说他更欣赏朱熹同时的叶适（水心）和陈亮（同甫）（所谓'永嘉诸子'），在《日知

---

[1] 顾炎武：《日知录》卷七，夫子之言性与道，第339页。
[2] 顾炎武：《日知录》卷十八，内典，第809页。
[3] 顾炎武：《日知录》卷十八，心学，第811页。

录》中我们看到顾氏连篇累牍地抄用叶、陈两家的言论"。[1]顾炎武真正所宗的是叶、陈之学。我们翻阅一下宋代的思想史著作就可以知道，叶适与陈亮都曾经与朱学相对抗，陈亮与朱熹还曾经有过"王霸义利"之辩，永嘉学派也是很重视经验的。朱熹甚至说："江西之学（指陆九渊一派）只是禅，浙学（指叶适、陈亮的永嘉学派）却专是功利。禅学，后来学者摸索一上，无可摸索，自会转去。若功利，则学者习之，便可见效，此意甚可忧。"[2]也就是说，其实朱熹也敏锐地看到了，理学中的朱、陆两派之争不过是道学内部之争，他们的很多基本处还是相接近的；可是朱学与叶、陈的永嘉学派之争却是难以调和的，那是两种价值观之间的根本对立。

顾炎武在《日知录》卷一写下了"经验论"的一条思想精华语录："形而上者谓之道，形而下者谓之器，非器则道无所寓。说在乎孔子之学琴于师襄也，已习其数，然后可以得其志；已习其志，然后可以得其为人，是虽孔子之天纵，未尝不求之象数也。故其自言曰：下学而上达。"[3]这一语录引述《史记》"孔子世家"所载的孔子学琴而师于襄子的故事，说明孔子并不是"生而知之"的，而是顺着"习其曲""习其数""习其志""习其为人"的循序渐进过程而学到的，说明只有实际操作的经验才能达到最高境界，而这种最高境界不是靠谈玄说禅得来，也不是靠静心冥思得来，识道要先识器，"非器则道无所寓"，再有就是"上学而下达"。也就是说，顾炎武既重视在经验的基础上实践操作，也重视用归纳法进行总结的方法论。

顾炎武针对诸多明末士大夫庸碌不学、腹中空疏的状况，特别强调"博学于文""行己有耻"，尤其注重倡导经世致用的学风，倡导实学主义，将学术研究与解决社会问题联系起来。他在《与友人论学书》里说："愚所谓圣人之道者如之何？曰，博学于文；曰，行己有耻。自一身以至于天下国家，皆学之事也。自子臣弟友以至出入、往来、辞受、取与之间，皆有耻之事也。耻之

---

[1] 赵俪生：《日知录导读》，附录一，《顾炎武〈日知录〉研究——为纪念顾炎武诞生350周年而作》，中国国际广播出版社，2008年6月第1版，第222页。

[2] 朱熹：《朱子语类》卷一二三。

[3] 顾炎武：《日知录》卷一，形而下者谓之器，第39页（甘肃民族出版社的版本有误，故采用《〈日知录〉集释》的原文）。

于人大矣！不耻恶衣恶食，而耻匹夫之不被其泽。"[1]他在《日知录》里又说："以格物为多识于鸟兽草木之名，则末矣！知者无不知也；当务之为急。"[2]他认为把格物致知的范围限于"鸟兽草木之名"是舍本逐末之举；他经世致用的实学主义较之以前的朱熹、以后的乾嘉学派有着根本不同，他以为不单单自然界应该是实践对象，人类社会的活动也应当是实践对象。侯外庐先生风趣地比喻，顾炎武经世致用的实学主义方法论好比是解放了中古时期专制文化的"小脚"，使得人们可以阔步前行去探索。"第一，他解放了闭门参悟的冥想，学贵验物。……第二，他解放了文人的模仿，学贵解决问题之独创。"[3]顾炎武这一主张是为了彻底扭转晚明文人"束书不观，游谈无根"的恶劣学风。

顾炎武经世致用的实学主义方法论，对于后世的学术思想潮流是有着极大影响的。侯外庐先生曾经对其内容进行仔细的梳理与概括，共总结出八条。第一，重调查研究，尤其重实地考察。他引述顾炎武弟子潘耒在《日知录·序言》的话，"先生足迹半天下，所至交其贤豪长者，考其山川风俗，疾苦利病，如指诸掌。"而曹聚仁先生比喻顾炎武是"用脚做学问"，形象又生动地概括了其治学方法。第二，重直接资料。顾炎武将《日知录》的原始资料比喻成采诸山之铜，有时"早夜诵读，反复寻究，仅得十余条"，这是非常严谨的治学态度。侯先生认为这样的良好学风，至今仍然应该继承。他尤其痛斥某些投机取巧的学者，偷来别人的学术成果，无异于"窃书贼"。第三，重广求证据。潘耒在《日知录·序言》中还介绍顾炎武广求证据的学术方法："有一疑义，反复参考，必归于至当，有一独见，援古证今，必畅其说而后止。"侯先生也举了很多事例，其中援引了顾炎武的《答李子德书》，顾炎武以古音证言古文字义，文中列举了很多字的读韵，皆为本证旁证兼采，而以孤证不立。第四，重视辨源流和审名实。顾炎武尤其注意用历史分析的方法解决问题，重视考究古今的异同离合。潘耒在《日知录·序言》中评价其师的学术作风说："纵贯百家，上下千载，详考其得失之故，而断之于心，笔之于书，朝章、国典、民

---

[1] 顾炎武：《与友人论学书》，《亭林文集》卷三，《顾亭林诗文集》第43—44页。
[2] 顾炎武：《日知录》卷六，致知，第317页。
[3] 侯外庐：《近代中国思想学说史》（一），生活·读书·新知三联书店，2014年1月版，第286页。

风、土俗，元元本本，无不洞悉。"且盛赞其在"经义史学"方面"一一疏通其源流，考证其谬误"。譬如，顾炎武的《日知录》中就有许多极具历史考据价值的条目，如"帝王名号""都邑""奴仆"等，虽后世学者王国维又依据新材料重新订正，但是顾炎武开拓之功则是不可磨灭的。侯先生特别赞赏顾炎武对周末风俗流变的考据，探究出战国时期氏族贵族的没落历史，还有其军制论、古今音变化考证等，都有着重大的学术价值。第五，重视研究古今史学。顾炎武的经世致用之学，不单是重在"六经所指"，尤其重视审视古今历史之嬗变。顾炎武曾经感叹："今史学之废绝，又甚唐时。"他认为不仅应该留意汉唐盛世之史，也应当充分借鉴三国六朝五代之史。第六，重存疑，不盲从。顾炎武的《日知录》里，卷七中有"考次经文"，是考证古书错简的条目；卷四有"左氏不必尽信"，亦称古人所言的祸福兴亡之故不必尽信；他在关中发现古碑帖中有人随意妄补九经，所以他多次倡言学者做学问研究，对不明白的事情宁可阙疑，而勿以消极主观意愿妄自臆度。第七，重虚怀广师。顾炎武具有大学者虚怀若谷的风范。他曾经写过一篇文章《广师》，写他一生最推崇的十人，称"十贤"，即王锡阐、杨瑀、张尔岐、傅山、李颙、路泽农、吴志伊、朱彝尊、王弘撰、张弨，他在文中列举了这些人的十大长处，认为自己皆不如他们。他将他们认作师长，完全是肺腑真言。第八，重手脑并用。这是顾炎武治学方法中一个最重要的特点，与那些终日困坐书斋的士大夫不同，他更倡导求知不能专靠书本，重在身体力行地在实践中去验证。顾炎武提倡"修己治人之实学"，绝非乾嘉派学者钻在故纸堆中的考据之学，他的重要著作《日知录》与《天下郡国利病书》的写作过程，便是其治学方法的范例。他"频年足迹所至无三月之淹"，"一年之中，半宿旅店"，[1]游历华北，两马两骡驮着书籍，到处抄录材料，访问风俗人情，考察山川形胜。顾炎武即便是定居下来，也不闭门读书，或是垦荒种田，或是经营生意。他认为文人不去做事情，只是吟诗作赋，那不过是华而不实的空头士人。顾炎武确实做到"理论与实践"及"劳心与劳力"之统一，这在古代士大夫中可说是极少数之一。

---

[1] 顾炎武:《亭林文集》卷五，《与潘次耕书》。

过去，很多旧学者都更推崇顾炎武所做的训诂学，认为这是其主要学术成就，而且认为清代的乾嘉学派就真正继承了顾炎武的治学学风。侯外庐先生在《近代中国思想学说史》中明确表示不赞成这种观点，他在谈到"专门汉学"的乾嘉学派时，也不赞成梁启超先生在《清代学术概论》与《中国近三百年学术史》中对顾炎武的评价。他说："这里，我们不能因了顾亭林、黄梨洲在音韵学、易学上的贡献，便认为烦琐自有其历史阶段，而不知学术中心是有支配性的，顾黄之学的支配内容是新世界的启蒙运动，绝非退休状态的汉学。"[1]简而言之，他认为顾炎武首先是启蒙思想家，其次才是卓有成就的学者。国内的不少当代学者都赞成这种评价，例如，学者赵俪生先生也不主张笼统地说顾炎武是"清学之开山"，他认为顾炎武之学术观念与乾嘉学派无论是在思想倾向上还是在治学方法上均有很大差异。"（一）乾嘉学者搞分支的学问，顾炎武搞综合的学问；（二）乾嘉学者不敢或者不屑于联系现实政治，顾炎武大胆地拥抱现实政治；（三）乾嘉学者治学方法中形而上学的局限与日俱深，而顾炎武的学问通达，形而上学的局限比较小。"[2]因此，他也不赞同将顾炎武说成是乾嘉学派的"经学之祖"，更赞成顾炎武的主要哲学是经世致用的实学思想的观点。

这也涉及关于清代经世致用学说之流变的问题，当代学者李国邦先生撰有《道咸同时期我国的经世致用思想》一文，较深入地探讨了经世致用学说的起源与发展，他也认为不能说乾嘉学派是经世致用学说的继承者，而是直到19世纪以后的包世臣、龚自珍、林则徐、魏源等及至曾国藩、左宗棠诸人，才算真正接上经世致用学说的源流。他说："故日后顾炎武诸人对这种阳明学派流弊不感满意，主张经学即理学，学者须行己有耻，博学于文，好古敏求，使顾炎武等所主张的经世致用，一方面有《皇朝经世文编》编者所主张的，以当代之人文经当代之国事，另一方面亦有通经致用及尊德性道学问与经世济民相整合的用心，不幸由于日后清政府钳制言论，屡兴文字狱，与士人的惧祸逃避现实，终至于非仅一般的经世致用含义完全丧失，甚至所谓通经，以仅在用

---

[1]《亭林文集》卷五，《与潘次耕书》，第二册，绪说：惠戴汉学的前趋者，第553页。

[2]赵俪生：《日知录导读》，中国国际广播出版社，2008年6月第1版，第210页。

训诂学的方法去释注校订经书。故乾嘉近一个世纪的汉学昌盛时代，对匡世济民的儒者积极经世思想，帮助无多。"[1]这是国内当代学者们较为主流的看法，笔者也赞同这种看法。

综观顾炎武的学术思想，也应该从早期启蒙思潮起伏的历史来看。清朝的乾嘉时代，早期启蒙思潮已经注定面临退潮的局面，主流已经近于干涸，仅留丝丝余绪。当然，它的思想文化还是在文学、戏剧等领域继续发挥着隐约影响。但是，历史潮流在回流中旋转，整整停滞了将近一百年。而且，在清朝的乾嘉时代，清朝廷的政治统治已经巩固，多数汉族士大夫都已经向清政权的统治者们靠拢，乾嘉时代是清王朝的盛世时代，也是古代专制社会的最后一个盛世。此时，虽然极少数的士大夫仍然残留着民族意识，但这时清朝的思想与言论钳制相当严厉，他们也就只能以搞训诂学、钻故纸堆来消耗自己的岁月。他们不问政治，正是为了逃避政治，而且，他们根本就没有从事政治活动与社会活动的空间，又到哪里去匡世济民呢？所以，从整体上看，乾嘉学派确实不能算作顾炎武的经世致用学说的继承者，其汉学运动更难以算是早期启蒙思潮的一部分。

当然，顾炎武经世致用的实学主义，也就是经验主义哲学，是有历史局限性的。他们本身因生活在特定的历史时期内，不可能将自己的理论进一步完善，也不可能摆脱那些旧的传统文化影响，实际上他们在自己的"主义"与"问题"之纠结上，也就只好将目光更多地盯在"问题"上。经验主义与中国古代的各类玄学思潮一直相互对立。虽然，经验主义哲学也未必是完美的，但它在与东方神秘主义哲学的斗争中确实起到了重要的历史作用。现代学者雷颐先生说，经验论哲学是对先验论哲学的否定，"注重经验在认识过程中的作用，有其合理之处。但把经验论推向极端，就会导致一种唯我论，即每个人都有自己的感觉，怎么才能检验和发现经验的共同性呢？"[2]他在其论著《孤寂百年：中国现代知识分子十二论》中，专门论述了 20 世纪 20 年代张君劢与丁文江等

---

[1] 李国邦：《道咸同时期我国的经世致用思想》，载吕妙芬主编《明清思想与文化》，世界图书出版公司北京公司，2016 年 4 月第 1 版，第 298 页。

[2] 雷颐：《孤寂百年：中国现代知识分子十二论》，第五章，广西师范大学出版社，2015 年 4 月第 1 版，第 172 页。

人所进行的"科玄论战"，这时候，经验主义的思想武器又一次被用来对付具有东方神秘主义哲学色彩的禅学、玄学。丁文江、胡适、唐钺等著名学者依据英美经验主义哲学如马赫等人的"经验批判论"阐述自己的"科学万能"观念，与张君劢为首的玄学派进行了一场富有哲学思辨色彩的争论，"探讨了心物关系，实证哲学与人本哲学、理学与汉学等多方面的问题，但从纯哲学的角度来看，这场论战又过于贴近现实，涉猎虽多，却都浅尝辄止，语焉不详"。[1]较为遗憾的是，那场争论未能留下太多的哲学理论成果。

其实，纵观中国古代专制社会的思想文化发展史，各类形式的经验论哲学一直是东方神秘主义的先验论哲学的老对手，它先是与玄学对立，后与禅学对立，后更是与包括程朱理学、陆王心学在内的宋明道学激烈对抗，如前所述，朱熹的那段对叶适、陈亮的"永嘉学派"的评论，也就是说朱熹也很敏感地察觉到这一点，而这种彼此间的对立斗争一直延续到现代。甚至可以说，经验论哲学观念与玄学、禅学及理学、心学的先验论观念的对立一直延续到当今的现代知识分子中。譬如，新儒学与现代哲学的冲突，亦是体现了这两种哲学观对立的趋势。而丁文江、胡适、唐钺等学者恰恰就是侯外庐先生所称的"世界经验主义者"。雷颐先生评价他们说："以上诸派对科学的理解都是以经典物理学为基础的。在他们的心目，科学是一种客观、独立、不含任何价值判断、没有丝毫个人色彩、有一绝对客观标准的理论体系。但如前所述，现代科学证明，科学理论也无法摆脱个人的主观因素，在现代科学中，主客观已无法截然分开，任何科学理论实际上都打上人的主体意识烙印。这样就为科学理论的多元化洞开门扉。"[2]

之所以顺带提及这一点，还是为了印证侯先生对顾炎武的经验论的"历史的最高评价"，否则，这种评价就仍然免不了在玄学的太极圈里旋转。

---

[1] 雷颐：《孤寂百年：中国现代知识分子十二论》，第五章，广西师范大学出版社，2015 年 4 月第 1 版，第 181 页。

[2] 同上书，第 173 页。

五、伟大的诗人与渊博的学者

顾炎武也是一位伟大的诗人，他的诗歌艺术才华在清初诗坛中是名列前茅的。钱锺书在《谈艺录》中认为，"当时三遗老篇什，亭林诗乃唐体之佳者"，而王夫之诗也是唐体，黄宗羲诗则是宋体，后两人诗歌的艺术性远远比不上顾炎武。[1]钱先生在论及顾炎武、王夫之的诗歌艺术渊源时，还认为"然顾、王不过沿袭明人风格"，他们的艺术倾向，"手眼多承七子，即亭林、梅村亦无不然"，他还举了几个实例，认为"亭林论诗爱盛唐"。[2]笔者在前面论及晚明新文艺潮流时，提到公安派三袁兄弟反对明前后七子的文学改革运动，亦曾说到明代前后七子的艺术倾向是推崇汉唐的艺术风格。由于他们受所处的时代生活影响，更喜爱唐诗的那种阳刚之气及抒发个性的豪杰精神。他们对公安派"独抒性灵，不拘格套""自胸臆中流出"的文学主张其实也是赞成的。但是，他们对公安派"近俚近俳""脱其粘而释其缚"及那种类于轻佻的艺术风格则很不赞成。同时，他们又都明确地反对明前后七子的复古与模拟之风，顾炎武在《日知录》中说："近代文章之病，全在摹仿。即使逼肖古人，已非极诣，况遗其神理而得其皮毛者乎？"[3]他所主张的继承汉唐文风的"神理"，也只有在个性、情感的抒发中才能得来，也就是将那种雄健的文风真正化为自己东西。

顾炎武给一个友人写信时说："君诗之病在于有杜，君文之病在于有韩、欧。有此蹊径于胸中，便终身不脱依傍二字，断不能登峰造极。"[4]所谓"登峰造极"，也就是他心目中完全属于自己的艺术风格，在作品里真正写出自己的时代精神，真正写出自己的性情与胸怀，而不是丢弃那些汉唐的文学大师的"神理"，捡拾一些皮毛和枝叶的艺术技巧。他认为一代人有一代人的诗风，"诗文之所以代变，有不得不变者。一代之文沿袭已久，不容人皆道此语。今

---

[1]钱锺书:《谈艺录》(补订本)，四二，中华书局，1984年9月第1版，第144页。
[2]同上书，第109页。
[3]顾炎武:《日知录》卷十九，文人模仿之病，第851页。
[4]顾炎武:《与人书十七》，《顾亭林诗文集》第95—96页。

且千数百年矣，而犹取古人之陈言一一而摹仿之，以是为诗，可乎？故不似则失其所以为诗，似则失其所以为我"[1]。所以，他在《日知录》中提出自己的艺术观点："诗主性情，不贵奇巧。"[2]顾炎武有自己的一套完整的诗歌理论，他在《日知录》的"作诗之旨"条目中，引晋人葛洪《抱朴子》言说："古诗刺过失，故有益而贵。今诗纯虚誉，故有损而贱。"[3]他认为诗歌应该反映现实和批评现实，讨厌那些阿谀奉承的应酬之作，而且主张"言志"是诗之本，观民风为诗之用，其诗歌中多有反映民众疾苦的题材，且作品题材多写重大时事。

顾炎武的诗作尚存四百余首，具有真实丰富的历史内容，又有雄浑悲壮的艺术风格，包括拟古、游历、写景、祭悼等诗歌体裁，其中饱含强烈的家国兴亡之情。犹如其学术著作渊博广阔，大开大阖，绝少世俗应酬之作，更无旖旎华艳之词。清代著名诗人沈德潜论其诗作说："宁人肆力学，自天文地理，古今之乱迹，以及金石铭碣，音韵、字画，无不穷极根柢，韵语其余事也。然词必己出，事必精当，风霜之气，松柏之质，两者兼有，就诗品论，亦不肯作第二流人。"[4]这是对顾炎武诗歌非常深刻和概括性的评价，尤其是"风霜之气，松柏之质"，道出了其艺术精华的底蕴。有学者曾经将顾诗与杜诗相比拟，称顾诗亦有"诗史"之称。顾炎武继承了唐宋那些优秀诗人的"神理"与精华，如杜甫、白居易、陆游、辛弃疾、陈亮等人的思想艺术风格，正是其诗歌艺术渊源之所在。顾炎武诗歌中所描绘的一幅幅历史画面，表现了对故国家园的眷念之情，抗清复明的恢复之志，字字血泪，句句沉痛，且多侧面地反映了明清易代之际的广阔社会场景，字里行间洋溢着民族气节与爱国激情，可说他的诗歌作品也就是其豪杰精神的艺术体现。

顾炎武的《京口即事·其一》，是写于清顺治二年（1645年）的诗作。"白羽出扬州，黄旗下石头。六双归雁落，千里射蛟浮。河上三军合，神京一

---

[1] 顾炎武：《日知录》卷二十一，诗体代降，第926页。
[2] 顾炎武：《日知录》卷二十一，古人用韵无过十字，第909页。
[3] 顾炎武：《日知录》卷二十一，作诗之旨，第905页。
[4] 沈德潜：《明诗别裁集》，卷十一，上海古籍出版社，1979年9月第1版。

战收。祖生多意气，击楫正中流。"[1]他回顾自己当年被荐为弘光政权的官吏，赶赴南京，内心充满了如东晋壮士祖逖般的壮志激情，中流击楫，立志恢复中原河山。虽然往事如烟，世事维艰，他的理想很快就幻灭，但他没有忘却当年的恢复之志，这也是他的慷慨意气和豪杰精神之起点。另一首诗《秋山》，描写清兵渡江攻入南京，江南地区相继沦陷，处处烽火，血流成河。其中"一朝长平败，伏尸遍冈峦。胡装三百舸，舸舸好红颜"[2]直接揭露清军杀戮民众之惨景，掳掠奸淫妇女之暴行。还有一组史诗《海上》（四首），写于次年，诗其二云："满地关河一望哀，彻天烽火照胥台。名王白马江东去，故国降幡海上来。秦望云空阳鸟散，冶山天远朔风回。楼船见说军容盛，左次犹虚授钺才。"[3]当时，明朝皇室福王、潞王相继降清，鲁王以海在绍兴监国，唐王在福州被拥立为帝，改元隆武，但南明小王朝的抗清力量却难成大业，一败再败，作者忧心国事，居乡时登山观海，写这组诗以表现诗人寄意恢复又沉郁复杂之心境。前人对这一组诗评价很高，认为可与杜甫的《秋兴八首》相比拟。顾炎武的另一首诗《精卫》，也是他的主要代表作。当时，抗清斗争接连失败，形势很险恶，顾炎武流亡江南，颠沛流离，可他恢复故国之志毫不泯灭，且以精卫鸟填海的寓言为喻，诗云："万事有不平，尔何空自苦？长将一寸身，衔木到终古。我愿平东海，身沉心不改，大海无平期，我心无绝时。呜呼，君不见西山衔木众鸟多，鹊来燕去自成窠。"[4]他在抗清斗争中创作的诗歌，艺术风格苍凉遒劲，亦体现出渊博丰富之学养、锻词炼句之功力。清学者汪端在《明三十家诗选》中评论顾诗道："其诗凭吊沧桑，语多激楚，茹芝採蕨之志，黍离麦秀之悲，渊深朴茂，真合靖节、浣花为一手。"[5]顾炎武在抗清斗争最终失败后，两入牢狱，历经艰危，他为了逃避清廷的追捕罗网，遍游华北及西北地区，结交仁人志士，恢复之念不泯，遗民之志犹存。他的另一首诗《又酬傅处

[1] 顾炎武:《京口即事·其一》，载王冀民撰《顾亭林诗笺释》，中华书局，1998年1月第1版，第22页。

[2] 顾炎武:《秋山》，载王冀民撰《顾亭林诗笺释》，中华书局，1998年1月第1版，第47页。

[3] 顾炎武:《海上》，载王冀民撰《顾亭林诗笺释》，中华书局，1998年1月第1版，第66页。

[4] 顾炎武:《精卫》，载王冀民撰《顾亭林诗笺释》，中华书局，1998年1月第1版，第123页。

[5] 汪端:《明三十家诗选》，转引自王蘧常辑注、吴丕绩标注《顾亭林诗集汇注》（上册），王蘧常《顾亭林诗集汇注·前言》注七，第10页。

士次韵》（二首）其一云："愁听关塞遍吹笳，不见中原有战车。三户已亡熊绎国，一成犹启少康家。苍龙日暮还行雨，老树春深更著花。待得汉庭明诏近，五湖同觅钓鱼槎。"[1] 这首诗是书赠给另一位明遗民、启蒙思想家傅山的，当时已经是清康熙二年（1663 年），抗清复明运动已经进入低潮，清朝统治基本巩固，但顾炎武企望民族复兴的恢复之志却是老而弥坚，"苍龙日暮还行雨，老树春深更著花"两句既是写给傅山的激励之言，亦可看成是他的自励自勉，顾炎武的豪杰精神真是跃然纸上。他的长诗《井中〈心史〉歌》写于康熙十七年（1678 年）居于陕西关中时，他借发现了宋朝遗民郑思肖所著的《心史》一事，歌颂郑思肖在异族统治下不忘宋室的民族气节，其实是抒发自己怀念故国的强烈遗民情怀，其中有诗句云："忽见奇书出世间，又惊胡骑满江山。天知世道将反覆，故出此书示臣鹄。"[2] 诗人在诗中毫无顾忌地直斥异族的入侵，他至晚年仍然保持着自己的民族气节与不与清朝统治者合作的立场。

恰是风云激荡的时代造就了诗人顾炎武，使得其诗歌达到了思想与艺术的高度结合，而诗人也以自己的作品和行迹影响了时代。顾炎武可谓清代启蒙思想及学术的开山人物之一，他的诗歌悲壮苍凉，既有黄河、泰岱之观；又有笔挟秋霜之感，可说是开一代诗风，其诗作体现出久远的文学艺术价值，近人徐颂洛论其诗歌道："诗言志，亭林诗善言志者也。全集惓惓君国，皆有为而言，无一应酬语，比辞属事，靡不贴切。有明二百七十余年间，诗人突起突落，有如胜、广，却成就此一大家。即清诗号称跨越明代，然求如亭林之笃实光辉者，亦难与并。"[3] 这一段话，确切地道出了顾炎武诗歌在明清两代诗坛中的历史地位。

顾炎武学问渊博，特别擅长经学、音韵学、历史学、地理学等，可称一代学术大师。首先，他对《易经》《诗经》《书经》《春秋》《论语》《孟子》及

---

[1] 顾炎武：《又酬傅处士次韵》（二首），载王冀民撰《顾亭林诗笺释》，中华书局，1998 年 1 月第 1 版，第 596 页。

[2] 顾炎武：《井中〈心史〉歌》，载王冀民撰《顾亭林诗笺释》，中华书局，1998 年 1 月第 1 版，第 914 页。

[3] 徐颂洛：《与汪辟彊书》，转引自王蘧常辑注、吴丕绩标注《顾亭林诗集汇注》（上册），王蘧常《顾亭林诗集汇注·前言》注五，第 10 页。

三礼等，可说是通览稔熟，对经学更是有着极高的造诣。他在广博深邃学识的基础上刻苦研究，写出了很多识见深刻的学术研究著作。譬如，《五经同异》（三卷）、《左传杜解补正》（三卷）、《九经误字》（一卷）、《五经考》（一卷）、《求古录》（一卷）等。他对这些经书的考证，开清代"汉学"研究之先河，有很多学者因此认为他是乾嘉学派的"经学之祖"，顾炎武对后世经学研究的影响确实是巨大且深远的。清初的启蒙思想家们弘扬与推进了中晚明学术界的理性主义学风，使得重实学与重实证的学术风气更加普及，顾炎武提出"经学即理学"，清算了宋明理学的空疏玄学之风，开始向实际的专门学问转变。此时的"理"学，已经变为活泼的变化之"理"，或是实学之"理"；而他论学的宗旨是"博学于文"与"行己有耻"，也都具有实际与实践的意义。"博学于文"的"文"，不再是狭义的"文"，而是"文明以止"的"人文"[1]；"行己有耻"之"耻"，亦是"耻匹夫匹妇之不被其泽"之"耻"[2]。著名学者钱穆先生也说："明末遗老，尚多守理学藩篱，究研心性，独亭林不然，此亭林之卓也。"[3]顾炎武不满宋明道学的那些理学家，空悟心性，谈玄说禅，他力主读书通经，经世致用。他尤其反对王阳明心学一派的"狂禅说经"，痛斥他们把六经束之高阁，认为这是士风颓靡、"神州荡覆，宗社丘墟"的根源之一；他对程朱理学也有不少批评，更明确反对朱熹在《周易本义》中以河洛象数之学来论证"天理"。顾炎武的理学之"理"，未必是天理之"理"，其实已经是理性之"理"了。他主张的"经学即理学"，也就是企望"考百王之典"，根本目的是"引古筹今"，为了学以致用、有益于世，更为了有益于国计民生，有益于民族复兴的未来大业。他的经学著作，也并非是为了学术而学术的，更是为了"明学术，正人心，拨乱世以兴太平之世"。

顾炎武的经学研究还有一个重要特点，他与那些"以孔子之是非为是非"的腐儒不同，对诸子百家之学是采取通达的态度，并不将他们的学说视为末流异端，在《日知录》及其他学术著作中，他多引墨子之言及老子的《道德经》，

[1] 顾炎武：《日知录》卷七，博学于文，第341页。

[2] 顾炎武：《与友人论学书》，《顾亭林诗文集》第44页。

[3] 钱穆：《中国近三百年学术史》，第四章，顾亭林，商务印书馆，1997年8月第1版，第137页。

还认为在诸子时代里学者们可以做到百家争鸣，能够各自形成自己的学说，而汉儒之后思想逐渐归于一统，也就没有了百家争鸣那样的思想活力了。他说："子书自孟、荀之外，如老、庄、管、商、申、韩，皆自成一家言。至《吕氏春秋》《淮南子》，则不能自成，故取诸子之言汇而为书，此子书之一变也。"[1]他主张著书立说，应该是"其必古人之所未及就，后世之所不可无"的新论，如《资治通鉴》和《文献通考》那样，"皆以一生精力而成之"。他在致友人的信中，明确地主张要像通"九经"那样研究诸子百家学说："故愚以为读九经自考文始，考文自知音始，以至诸子百家之书，亦莫不然。"[2]他与那些极力主张"夷夏之辨"的腐儒们也不同，在《日知录》的"外国风俗"条目里，顾炎武引用《邵氏见闻录》《史记》《盐铁论》《辽史》诸书，特别指出历史上回纥族、匈奴、金国、辽国等异族之国也有不少优点值得汉族学习，譬如回纥族君臣等级不是那么森严，"故众志专一，劲健无敌"。匈奴族则"略于文而敏于事"，刑罚简，文书简，行政效率高。金国立国时，"其俗纯实，可与返古"。辽国也如此，"事简职专"。所以，他感叹道："然则外国之能胜于中国惟其简易而已。若舍其所长而效人之短，吾见其立弊也。"[3]

顾炎武在治史方面亦有巨大学术成就。他所开创的浙西学派，以经世致用的实学主义为本，以考据实证为学术方法手段，考镜源流，辨章学术，在清初时与黄宗羲的浙东学派并峙。钱穆先生曾经比较顾、黄二人的学术路径，认为他俩在很多方面都非常相似，但是，两人的晚年境遇却不一样，黄宗羲"晚年足迹不越浙江两岸"，顾炎武"则东西南北，为四方之人"。所以，"学术之异，亦若由此而判"。[4]就他俩的史学路径来说，黄宗羲寓义理于史学，顾炎武则是寓义理于经学，学术路向恰相对应。顾炎武主张"经学即理学"，其经学之"理"，也就是经世致用之"理"。所以，他的史学治学方法颇具近代的科学实证特点。顾炎武自幼在嗣祖蠡源公教导下，熟读史书等各类书籍文献，且

---

[1] 顾炎武：《日知录》卷十九，著书之难，第838页。
[2] 顾炎武：《答李子德书》，《顾亭林诗文集》第73页。
[3] 顾炎武：《日知录》卷二十九，外国风俗，第1269页。
[4] 钱穆：《中国近三百年学术史》，第四章，顾亭林，商务印书馆，1997年8月第1版，第169页。

做了不少笔记。他成年后又博览二十一史，阅读明十三朝实录，还大量地搜寻阅览地方史资料。他的史学研究尤其注重考古而不泥古，通过史学研究更为洞悉当世之务。如钱穆先生所言："则亭林所恳切注意于风俗盛衰之间者，其深心巨识，不亦即此可证也耶！"[1]譬如，《日知录》中有大量风俗变迁之记载，记载的正是随历史而变化的人们的思想文化。顾炎武曾经搜集了大批史料，编辑了《明季实录》与《皇明修史备文》两本书，他做好了修纂明史的充分准备。可惜，他身处于清初大兴文字狱的时代，与其深有交往的两位友人吴炎与潘柽章都因"明史案"的牵连被杀害，清朝统治当局把修明史看成是大逆不道的反清政治举动。而且，顾炎武给潘柽章的大批明史资料约一千卷也被官府抄走，其愿望最终未能够实现，这是他一生最大的憾事之一。他虽然未完成修明史之夙愿，但精深研究历史的工作却贯穿于一生学术著述中。在《日知录》中，即可以看到许多条目，都有"鉴往所以训今"的思想精华。他特别主张通古今之变，从历史道路的变化发展中寻求规律，以此借鉴后人。比如，在《日知录》的"郡县"条目里，他列举十七条材料说明秦朝统一中国前，已有了县的设置，还举一些材料说明那时"郡"也有了。[2]关于"社"的条目里，又列举诸子百家及经书十二条材料，说明上古社会关于原始公社及农村公社的存在与状况。[3]这些学术研究成果至今仍然可为现代学者们研究上古史提供借鉴！

由于顾炎武对经书非常稔熟，通经览史，即使在当时的简陋条件下，也对中国古代社会的"宗法"与"氏族"有很多超越前人的远见卓识。在《日知录》的"分居"条目里，顾炎武引用元代陈澔对《礼记》所作的补注，即《礼书集说》言："周之盛时，宗族之法行，故得以此系民而民不散。"[4]其实，也就是说明了氏族的血缘纽带被统治者利用为政治统治的辅助手段，这是中国古代专制社会的一大历史特点，顾炎武在当时已经对此略有所窥了。犹如赵俪生先生所赞扬的，顾炎武"经世致用"之学的考据方法，体现了历史主义从大处落墨的气

[1]钱穆:《中国近三百年学术史》，第四章，顾亭林，商务印书馆，1997年8月第1版，第169页。
[2]顾炎武:《日知录》卷二十二，郡县，第961—963页。
[3]顾炎武:《日知录》卷二十二，社，第977—978页。
[4]顾炎武:《日知录》卷十三，分居，第634页。

势，绝非清朝中叶那些"饾饤"学者所能够做到的。

顾炎武的历史地理著作也有很多，如《昌平山水记》（二卷）、《岱岳记》（八卷）、《北平古今记》（十卷）、《建康古今记》（十卷）等。他在历史地理沿革学方面的重大建树，是将文献资料与实地考察相结合，因此，他在学术上认真笃实的风范为后世学者们奉为楷模。他的好友王弘撰在《山志》一书中写到顾炎武时称："所著《昌平山水记》二卷，巨细咸存，尺寸不爽，凡亲历对证，三易稿矣，而亭林犹以为未惬。正使博闻强记，或尚有人，而精详不苟，未见其伦也。"[1]顾炎武学术成就上一个极鲜明的特征，就是先从零碎的事实见闻谈起，使得后来学者可从其著述中得到很多极其鲜活的材料。譬如他记载通州、正定等地的驿站，裁并后不按三十里一驿的规格，使得驿马困乏不堪；河间一带水涝时，由于公共事业废弛，发生渡船勒索过客之事件；大名府有1200步一亩的特大亩积；大同妇女着纸裤；延安地方不晓纺织之利；西北边地为了缴纳钱粮不得不卖儿鬻女；各处府州县城凡为唐置者，其城郭必宽广、街道必正直、廨舍必宏敞，宋以后所建弥近简陋，等等。[2]这些材料都是他亲身经历与深入调查而来，因而考察历史地理沿革时能得出真知灼见。

此外，还有音韵学。《音学五书》是顾炎武撰写的一部研究我国音韵学的专著。此书的写作经历了三十多年，他在北游旅途中也不断写作修改此书，前后大规模修改了五次。清代著名学者戴震、段玉裁等人，都受到顾炎武的音韵学研究的影响。学者赵俪生先生认为，《音学五书》实质上也是涉及历史学范围的声韵学专著。首先，这部书不仅属于古声韵学的学科，作者揭示出人们在念字、发声、调韵方面，先秦、汉晋、唐宋各有不同，其主要内容已经是我国声韵的衍变历史了。其次，"作者不惜动员数百条证据来证明某字古今声韵之不同，替历史考证方法，做下辉煌的范例。"[3]

在金石学方面，顾炎武亦为后人留下《金石文字记》《石经考》《求古录》

---

[1] 王弘撰著、何本方点校：《山志》，初集卷三·顾亭林，中华书局，1999年9月第1版，第61页。

[2] 散见顾炎武《日知录》卷十、卷十二，地亩大小，纺织之利，街道，水利等。

[3] 赵俪生：《日知录导读》，附录二，《论顾炎武两大代表著作中的内部结构》，中国国际广播出版社，2008年6月第1版，第249页。

等金石文字和考据辩释的学术著作。他的这些学术著作也开启了清代的金石学研究之风尚。当代学者陈平原先生认为，全面考证金石文字其实自宋人始，如欧阳修与赵明诚即是这方面的专家，"顾炎武的特异处在哪里呢？在于他把田野考古的方式带进来了。前代学人只在书斋里考证碑帖，而顾炎武则亲自到荒山野岭去寻找新的资料、印证或修正已有的结论，重新理解和阐释历史。"[1]这也使得金石考据学前进一大步。

在训诂学方面，两汉儒者从事训诂学也曾经兴盛一时，以后的儒者们则纷纷转向寻其经典哲理了。儒学掺入玄学、禅学，儒者们也常常耽于坐而论道，学理也越来越趋于玄虚和空疏。顾炎武批判宋明道学说："溺于训诂，未害也。"训诂学在清以后又重新兴盛起来了。顾炎武对中国文字的源流及衍变颇有研究心得。他说最早称"文"，后才叫"字"，"字"即孳乳之义。也就是说，因字形、字声之变化，两者相纠缠，才有了字义的变化。许慎的《说文解字》即是缘象形、指事、形声、会意、转注、假借的"六书"之路而孳乳出的。顾炎武对《说文解字》也有所批评，主要是历史上字形、字声、字义诸方面常常发生变化，而许慎对有些字解释不通则硬解。顾炎武的训诂学治学方法则是从交叉材料中追查字的古形、古声、古义和古用。赵俪生先生用一个生动的比喻说顾炎武喜欢"摊"："他平生摊经入史，摊此经入彼经，把历史传注疏解也都跟本经摊到一起，以此证彼，使前后文互证，古今互证，经史互证，经子互证，经文注疏互证，金石与书本互证，传本与佚文互证……这样广泛交叉材料的结果，对经义自然就较前人明白多了。"[2]顾炎武的这种治学方法如今叫比较学，钱锺书先生最主张走这条学术道路，认为只有如此才能够通古今、通中外，才能达到做学问的最高境界。

顾炎武在明清早期启蒙思想史上可说是一位大师，首先是他的早期民主意识与启蒙思想光耀后人；其次是他的经世致用的实学主义之风浸染了后世的知识分子；再就是他用实证主义的治学方法，开辟了各种学术门类，如音韵

[1] 参看陈平原著《从文人之文到学者之文》。
[2] 赵俪生：《日知录导读》，附录一，《顾炎武〈日知录〉研究——为纪念顾炎武诞生350周年而作》，中国国际广播出版社，2008年6月第1版，第245—246页。

学、历史地理学、金石学、训诂学等。顾炎武可称"通儒"。他在学术上的成就是多方面的，学术成果也极为丰富，除了文学、经学、史学、音韵学、金石学等学问，其他如天文术数、兵法军事甚至外国事务等各科学问，顾炎武也有广泛涉猎，且有一系列的研究成果。

第九章

具有"理性批判精神"的哲学家王夫之

一、"东方黑格尔"的生命之旅

王夫之是中国 17 世纪早期启蒙思潮中的一位伟大哲学家、思想家。

王夫之可说是那一时期的启蒙思想家中最具近代思维的哲学家。他在湖南瑶洞的孤独思想探索，对生命意义与人生价值的深刻认知，在时空观、宇宙观和哲学理论方面的开阔视野与独特领悟，对中国古代历史兴衰所具有的超越前人的纵深感思考，其丰富、细密的思维方法更类似欧洲的那些启蒙哲学家。他的理性哲学家地位堪称"东方黑格尔"。王夫之哲学思想也是明清之际时代精神凝聚的理论精华，他全面地清算了宋明道学思想，以博大精深又体系完备的理性批判思维，综合了自然史与人类史研究，将中国古代哲学的理性思辨发展到前所未有的水平。王夫之的启蒙哲学思想经过两个世纪的湮没无闻后，终于成为近代启蒙思想的源泉之一，为清末的维新运动和排满革命运动提供了强大的哲学思想武器。如谭嗣同、梁启超、章太炎等人都非常推崇王夫之。谭嗣同赞叹王夫之思想为"昭苏天地曙"的"一声雷"[1]，认为"孔教亡而三代下无可读之书矣"，而可读之书是黄宗羲的《明夷待访录》和王夫之著作，他还在与友人书信中说"惟船山先生纯是兴民权之微旨"。[2]

王夫之，生于明万历四十七年（1619年），卒于清康熙三十一年（1692年），字而农，别号姜斋，自署一瓢道人、双髻外史等。湖广衡州（今湖南衡阳）人。因他晚年隐居衡阳石船山，学者们尊其为船山先生。"其先世本扬州之高邮人。明永乐初官衡州卫，遂为衡州之衡阳人，世以军功显。"[3]但是，到了他祖父一代，家境已经很穷困了。其父王朝聘50多岁时仅熬到正八品的低级官员，因不愿向贪官纳贿，未授实职，遂回归乡里，教子度日。王夫之才4岁便随兄长读私塾。他耳濡目染于书香门庭，7岁便读完十三经，10岁又跟父亲读五经经义。他16岁又攻读诗文，两年内读遍《离骚》、汉魏乐府诗、晋宋齐梁及唐人诗词不下十万首。江南结社之风影响到湖湘，王夫之参加了"行社""匡社"，以诗文会友，因耽搁举业受到父亲呵责。他又埋头勤奋攻读八股制艺文章。明崇祯十五年（1642年）秋，王夫之与长兄王介之赴武昌乡试，他以《春秋》第一，中湖广乡试第五名，其兄王介之亦中举。他俩拜主考官欧阳霖、章旷为师。这年初冬返乡后，兄弟二人又取道江西拟北上京城参加会试，十一月抵达武昌。中原当时已是遍地烽火，李自成农民军在河南锐不可当，张献忠农民军亦挺进苏皖。次年春，王介之、王夫之兄弟达武昌拜见恩师欧阳霖后，方得知崇祯皇帝已颁诏，会试延期至当年八月举行，王夫之兄弟遂又经南昌返乡。十月，张献忠部将艾能奇攻克衡州，招纳地方贤能人士。王夫之及长兄王介之避逃至南岳莲花峰，农民军拘其父王朝聘为人质，王夫之闻讯以利刃刺伤手腕，让人抬到农民军驻地，诡称自己被毒蛇咬伤，其兄王介之已死，与父亲乘人不备潜逃而出。

---

[1] 谭嗣同：《论艺绝句六篇（其二）》，载《船山全书》第十六册，岳麓书社，2011年第2版，第712页。

[2] 谭嗣同：《上欧阳中鹄书》，载《船山全书》第十六册，岳麓书社，2011年第2版，第724页。

[3] 潘宗洛：《船山先生传》，载《船山全书》第十六册，岳麓书社，2011年第2版，第86页。

明崇祯十七年（1644 年）五月，王夫之得知崇祯帝自缢的消息后哀恸大哭且数日不食，作《悲愤诗》一百韵（已佚）。他隐居于南岳双髻峰的续梦庵中。两年后时局剧变，清军先后击败了李自成农民军及南京的福王政权，铁蹄踏遍江南地区。此时，李自成已亡，其农民军残部高夫人、李过、高一功等执行联明抗清策略，接受南明政权封号，督师两湖的南明大臣何腾蛟、堵胤锡还收编了许多明军残部，各军集结，号称百万，本可与清军较量一番，但是，南明政权内各挟门户，互相猜疑，士气低迷。清顺治三年（1646 年）夏，王夫之赴湘阴投军，拜谒监军章旷，想请章旷去斡旋何、堵两将帅之间矛盾，章旷却无能为力，仅以昔日师生名分抚慰一番。王夫之失望之际，返回衡州。这年八月，南明隆武政权败亡。王夫之又作《续悲愤诗》百韵（已佚）。十月，南明永历政权继续立，桂王朱由榔监国于广东肇庆。翌年春，清军定南王孔有德移师湖广，连陷湖南各地。四月，王夫之与夏汝弼欲投奔撤退至武冈的南明永历帝，遇大雨困车架山中。八月，清兵攻陷武冈，南明永历政权的军队向南溃逃。十一月，王夫之父王朝聘病亡于南岳潜望峰，王夫之返乡料理父丧后隐居于莲花峰。

清顺治五年（1648 年）上半年，降清明将金声桓、李成栋先后率部在江西、广东反正，南明军队趁机反攻。十月，王夫之与好友管嗣裘、夏汝弼等在衡山举兵起义，被清军击溃，这年冬天，王夫之与管嗣裘南下至广东肇庆，投奔南明永历朝廷，兵部尚书堵胤锡推荐他为翰林院庶吉士，王夫之以父丧期未满辞谢，他又以同样理由谢绝了桂林瞿式耜邀其参与阁试的提议。次年春，王夫之由肇庆赴桂林，结识了金堡、方以智等人。同年夏，他又潜回家乡。抗清形势转危，金声桓、李成栋皆兵败战死。战乱中，王夫之一家亦遭溃兵劫掠。

清顺治七年（1650 年）三月，王夫之在梧州任南明永历朝廷的行人司行人，掌传旨，造封册。朝中奸臣王化澄、陈邦傅等人勾结宦官外戚，营私纳贿，气势熏天。给事中金堡等人谏言弹劾，却被诬为"五虎"，被逮入锦衣卫。王夫之虽非言官，但为了营救金堡、蒙正发等人，接连三次上疏弹劾王化澄，却遭到永历帝申斥。王化澄也对王夫之恨之入骨，又捏造罪名，欲加害王夫之。联明抗清的农民军将领高一功仗义营救，王夫之才得以脱身。王夫之又上疏请辞。七月，他携家眷赴桂林，寄居于瞿式耜官署中。九月，清军直逼桂林，王夫之携家眷逃亡，行至永福，遇连天大雨，困于永砦，数度险些死于乱兵中。次年正月，王夫之历经艰险，携妻子及侄子返衡州，避居双髻峰的续梦庵，仍然服明朝衣冠，誓不剃发。

清顺治九年（1652 年）二月，他又隐居于衡阳附近的耶姜山。归顺南明朝廷的张献忠旧部孙可望挟持永历帝。八月，张献忠旧部的李定国率军大败清兵，收复广西、湖南等地。克复衡阳后，李定国派人请王夫之出山。但是，王夫之怀疑李定国与孙可望是一路人，孙可望劫持永历帝，肆意杀戮南明大臣严起恒等数十人，王夫之对他们心生警惕，他几经徘徊，"当斯时也，欲留则不得干净之土以藏身，欲往则不忍就窃柄之魁以受命，进退萦回，谁为吾所当崇事者哉？"[1] 几经权衡斟酌，他最后还是拒绝了李定国的邀请。清顺治十年（1653 年），李定国抗清有功，遭到孙可望嫉妒，两人发生矛盾。李定国无后援，不得不又撤军退回广西。王夫之失望至极，永历帝在安隆又招王夫之前往。王夫之不从命，作《章灵赋》述说自己的痛苦心境，表示不问国事。次年，李定国率军南撤后，清军卷土重来，又大肆搜捕抗清人士。八月，王夫之被迫逃离耶姜山。此后整整三年间，王夫之改换姓名，身穿瑶人服装，流亡于永州零陵北洞，过着东躲西藏的流亡生活。在那些艰辛日子里，他依然不忘讲学著述。顺治十二年（1655 年）春，他着手撰写《周易外传》，这是他借论述《周易》阐述自己哲学思想的重要著作，也是他对哲学思辨领域的一次探索。紧接着，他又完成了另一部重要哲学理论著作《老子衍》初稿。次年三月，他又完成一部历史政论性著作《黄书》，此书最早体现王夫之的启蒙思想，他主张彻底改革政治经济，适应时代潮流。

清顺治十四年（1657 年）春，王夫之重返衡阳，回到离别多年的家乡，居住在续梦庵。他常常访问友人刘近鲁，刘家有藏书六千余卷，王夫之趁机饱览。三年后的夏天，王夫之举家迁移至衡阳县金兰乡高节里，他在茱萸塘畔构筑茅屋，称"败叶庐"。王夫之此时已经 42 岁，终于有一处安稳的栖息地，他

---

[1] 王夫之：《章灵赋·自注》，《船山全书》第十一册，《姜斋文集》卷八，第 189 页。

开始了长达十年的平静著述研究的生活。他写作了《尚书引义》,引《尚书》之经义,总结明代朝政弊端,且对玄学、禅学、宋明理学进行批判,晚年他重新补充、修订此书,更体现了他的朴素辩证法的哲学思想。他还写了另一部重要哲学著作《读四书大全说》,此书中一个宝贵的思想见解是对宋明理学家"存天理、灭人欲"之说的批判,他认为"终不离人而别有天,终不离欲而别有理","离欲而别为理,其唯释氏为然",他深刻地指出了理学与佛教禅宗的理论渊源。在《四书训义》里,他进一步发展反理学思想,又提出"人欲之大公,即天理之至正"的理论,形成了他自己的"理欲一元论"的学说。同时,他又潜心研究撰写史籍,写成《春秋家说》《春秋世论》《续春秋左氏传博议》等,阐发其个人的史学观念。另著记载南明史的二十六卷《永历实录》,以纪传体史书体裁,记载南明永历政权的兴亡史,很多史实是他亲身经历或目睹的,极有史料价值。后来,他又写《莽史》,为《永历实录》之史料补充。清康熙八年(1669年),王夫之已51岁。他在"败叶庐"后面又筑新屋,名为"观生活"。他与老友方以智多有联系,方以智在江西吉安青原山削发为僧,曾经写信邀请他前往,他婉谢了。他又写成《诗广传》《礼记章句》等书,且将他30岁以来的诗歌作品辑成《五十自定稿》,同时又重新修改《老子衍》。康熙十一年(1672年)春,其修订本《老子衍》被友人带回家,遇火灾焚毁,今日之存本为其初稿。同年八月,挚友方以智逝世之噩耗传来,王夫之作"哭方诗"二章祭之。

康熙十二年(1673年),吴三桂叛乱。"三藩之乱"发生,打破王夫之平静的著述生活。次年二月,吴军势不可当,连陷长沙、岳州、衡州等地,进占湖南全境。吴三桂为了笼络人心,在占领区蓄发易衣冠,延致流散的明遗民。王夫之在门生唐端笏陪同下,奔赴岳州前线观察战事动态。他频繁往来各地,且与南明旧臣蒙正发、张永明等互相联系,分析时局。将近三年,他们审时度势,周密思考,决定不与吴三桂叛军合作。王夫之依然回归家乡,居住在石船山下的"湘西草堂",下决心以著述终老。他临终时自况"石船山","船山,山之岑有石如船,顽石也。……夫如是,船山者,即吾山也。……老且死,而船山者仍还其顽石"[1]。康熙十七年（1678 年）三月，吴三桂在衡阳称帝，此前曾经派人请王夫之草拟劝进表，王夫之正色拒绝道："某本亡国遗臣，扶倾无力，抱憾天壤。国破以来，苟且食息，偷活人间，不祥极矣。今汝亦安用此不祥之人为？"[2] 王夫之"遂逃之深山，作《祓禊赋》以示意"。[3] 十一年后，偏沅巡抚郑端嘱衡州知府崔某亲送粮食、布帛予以王夫之，以示对其贤良品格的敬重，"先生以病辞，受其粟，返其帛"。[4]

康熙十八年（1679 年）至康熙三十一年（1692 年）共十三年间，王夫之隐居乡间，埋头著述，甚至重病卧床后略有起色，即强撑病体起来握笔写作。其子王敔记述："自潜修以来，启瓮牖，秉孤灯，读十三经、廿一史及张、朱遗书，玩索研究，虽饥寒交迫，生死当前而不变。迄于暮年，体羸多病，腕不胜砚，指不胜笔，犹时置楮墨于卧榻之旁，力疾而纂注。颜于堂曰：'六经责我开生面，七尺从天乞活埋。'"[5] 他在晚年写下数十种具有极高学术价值的著作，如《思问录内外篇》《张子正蒙注》《庄子解》《楚辞通释》《读通鉴论》《宋论》等。王夫之在衰弱病重时，写下最后一篇作品《船山记》，自喻为"顽石"，且在逝世前自撰墓志铭："有明遗臣，行人王夫之，字而农，葬于此。其左则继配襄阳郑氏之所祔也。自为铭曰：抱刘越石之孤愤，而命无从致；希张横渠之正学，而力不能企。幸全归于兹丘，固衔恤以永世。"[6] 西晋名将刘琨、北宋学者张载是他所钦佩的人物，前者英雄失路，壮志未酬，后者献身学术，终老著述，他是以此二人志节作为自己一生的总结。

康熙三十一年（1692 年）正月初二午时，王夫之病逝，其终生守志蓄发，殓葬时服明朝衣冠。这年十月，王夫之被安葬于湖南衡阳金兰乡高节里大罗山。

---

[1] 王夫之：《船山记》，《船山全书》第十五册，《姜斋文集》卷二，第 128—129 页。

[2] 潘宗洛：《船山先生传》，《船山全书》第十六册，第 89 页。

[3]《清史稿·王夫之传》，四百八十·儒林一，《船山全书》第十六册，第 101 页。

[4] 同注 [2]。

[5] 王敔：《姜斋公行述》，《船山全书》第十六册，第 81 页。

[6] 王夫之：《自题墓石（手迹）》，《船山全书》第十五册，《姜斋文集》（补遗二卷），第 229 页。

二、王夫之的理性批判哲学

康德在《纯粹理性批判》第一版序言中说："我们的时代是真正的批判时代，一切都必须经受批判。"[1]他又说："这种态度显然不是思想轻浮的产物，而是这个时代的成熟的判断力的结果，这个时代不能够再被虚假的知识所拖后腿了，它是对理性的吁求，要求它重新接过它的一切任务中最困难的那件任务，即自我认识的任务，并委任一个法庭。""不是通过强制命令，而是能按照理性的永恒不变的法则来处理，这个法庭不是别的，正是纯粹理性的批判。"[2]

清初的一批启蒙思想家大都经过了抗清战争血与火之洗礼，更经历了天崩地解、家破人亡的易代之恸，他们痛定思痛，很多人将这场历史大灾难的文化成因认作是王学末流的泛滥，士大夫们袖手玄谈、不重实学才造成了整个社会风气的颓唐、腐败与堕落。这种分析也有一定道理。当然，他们较多地将陆王心学笼统地看成是明亡的祸根，是一种思想文化决定论的观念作怪，也是简单化的思维。其实，王阳明学说及王门后学并不仅是玄谈，它的内容相当丰富与复杂，也曾起到某种历史进步作用。可这些启蒙思想家对王学的激愤批判，确实也还是有着局部合理性的。17 世纪早期启蒙思潮第二圈"理性批判精神"的浪潮波澜迭起，这既是一种对"虚假知识"的批判，其锋芒必定要指向宋明道学，也是对理性的批判，其"自我认识"的总结也必定会从哲学思维的角度加以择取。王夫之可称为这一"理性批判精神"阶段的卓越哲学家代表，他对宋明道学所进行的批判总结，其广度与深度是罕见的，尤其在理性批判哲学中所构建的辩证法理论体系，更使其理性批判哲学的思维逻辑展现出某种成熟的形态。

黑格尔说："思维与存在的对立是哲学的起点，这个起点构成哲学的全部意义。对立的一面是存在，对立的另一面是思维。"[3]他认为，这种对立也引来两种对立的哲学论证："一种是实在论的哲学论证，一种是唯心论的哲学论证；

[1]（德）康德：《纯粹理性批判》，邓晓芒译，杨祖陶校，人民出版社，2017 年 3 月第 2 版，第 2 页。

[2]同上书，第 2—3 页。

[3]（德）黑格尔：《哲学讲演录》第三卷，商务印书馆，1959 年 12 月第 1 版，第 292 页。

也就是说，一派认为思想的客观性和内容产生于感觉，另一派则从思维的独立性出发寻找真理。"[1]这两种对立的哲学论证也体现在宋明哲学里，关于"理"与"气"的问题长期争论不休，从二程兄弟到朱熹都认为"理"是第一性的，陆、王则主张"心"是第一性的。唯有张载则强调"气"是第一性的，其所创学派称"关学"，他以"气"来概括客观世界的统一体，虽然对理学没有更深入的批判，但其思想观念给王夫之以深刻的启迪。清初的那批启蒙思想家多数是信奉实学的，因此也大都认为"气"是第一性的。侯外庐先生说："黄梨洲说，'离气无理'，'离器而道不可见'，顾亭林说，'非器则道无所寓'，船山之学更富哲学，故他的论据比黄、顾二氏更为确实详明。他肯定气为第一性的，理为第二性的。这一思维与存在的问题，在船山学说中是最光辉的。"[2]

王夫之在《思问录·内篇》中认为"理"依附于"气"："气者，理之依也，气盛则理达。天积其健盛之气，故秩叙条理，精密变化而日新。"[3]他又认为，"理"即"气"之聚散，"若其实，则理在气中，气无非理。气在空中，空无非气。通一而无二者也。其聚而出为人物则形，散而入于太虚则不形，抑必有所从来"。[4]他还认为，"气""质"与"理""性"其实为统一体，"所谓'气质之性'者，犹言气质中之性也。质是人之形质，范围著者生理在内，形质在内，则气充之。而盈天地间，人身以内人身以外，无非气者，故亦无非理者。理行乎气之中，而与气为主持分剂者也。故质以函气，而气以函理。质以函气，故一人有一人之生；气以函理，一人有一人之性也。若当其未函时，则且是天地之理气，盖未有人者是也"。[5]王夫之认为，"理"是依靠"气"生成的，"气"则是变化的物质运动，"理"不是超越实在的"一成型"之"理"，而是人类的事物或法则之"理"，人身及自然客观都是"气"，气质之性即包涵"理"。所以，在思维与存在问题上，他认为气或物质是第一性，而理或思维为第二性。王夫之还认为自然与人类的实际内容只有"气"，"气"是唯一物质

[1] 黑格尔：《哲学讲演录》第四卷，第8页。
[2] 侯外庐：《近代中国思想学说史》（一），生活·读书·新知三联书店，2014年1月版，第68页。
[3] 王夫之：《思问录·内篇》，《船山全书》第十二册，第419页。
[4] 王夫之：《张子正蒙注》卷一，"太和篇"，《船山全书》第十二册，第23页。
[5] 王夫之：《读四书大全说》卷七，"阳货篇"第一节，《船山全书》第六册，第859页。

不灭的实体，他深入论证了"气"的永恒性："车薪之火，一烈已尽，而为焰、为烟、为烬，木者仍归木，水者仍归水，土者仍归土，特希微而人不见尔。一甑之炊，湿热之气，蓬蓬勃勃，必有所归，若盦盖严密，则郁而不散。汞见火则飞，不知何往，而究归于地。有形者且然，况其絪缊不可象者乎！"[1]他将"理"看作自然所表现的法则，因此只能"于气上见理"，"理本非一成可执之物，不可得而见。气之条绪节文，乃理之可见者也。故其始之有理，即于气上见理，迨已得理，则自然成势，又只在势之必然处见理。"[2]他由此得出结论："理与气不相离，而势因理成，不但因气。"[3]程朱学派的谬见在于将"理"与"气"分为两截，将"理"凌驾于一切之上，认为"未有天地之先，毕竟先有此理"。[4]

宋明道学的程朱学派在"道器观"上也认为"道"与"器"是相离的，"道"先而"器"后，他们认为，每一种事物都有"道"，都超越凌驾于此种事物的"器"之上，而且先于"器"而存在，这与他们的理气观的思路是一样的，也就是"虽未有物而已有物之理"，这就是所谓的"一成型"论。王夫之的观点与此相反，他认为"天下惟器"与"道不离器"，"据器而道存，离器而道毁"。[5]他又说："然则上下无殊畛，而道器无异体，明矣。天下惟器而已矣。道者器之道，器者不可谓之道之器也。"[6]他还有很精辟的分析与释义，说一个时代有一个时代的"道"，"洪荒无揖让之道，唐、虞无吊伐之道，汉、唐无今日之道，则今日无他年之道者多矣！"[7]所以，有了一定具体事物，才能有事物所发展出的规律。他又举例说："未有弓矢而无射道，未有车马而无御道，未有牢醴璧币、钟磬管弦而无礼乐之道，则未有子而无父道，未有弟而无兄道，道之可有而且无者多矣。"总而言之，"无其器则无其道"。[8]王夫之的

［1］王夫之:《张子正蒙注》卷一，"太和篇"，《船山全书》第十二册，第21页。

［2］王夫之:《读四书大全说》卷九，孟子，离娄上篇，八，《船山全书》第六册，第994页。

［3］同上。

［4］朱熹:《朱子语类》卷一。

［5］王夫之:《周易外传》卷二，《船山全书》第一册，第861页。

［6］王夫之:《周易外传》卷五，《船山全书》第一册，第1027页。

［7］王夫之:《周易外传》卷二，《船山全书》第一册，第1028页。

［8］王夫之:《周易外传》卷二，《船山全书》第一册，第861页。

这种"道器观"具有思想启蒙意义，也就是说，人类社会是发展的，不是复古倒退的，其政治制度、伦理道德、经济生活、科学技术都会发生巨大变化，因此依存于"器"的"道"也必然会随之而变化。王夫之基于此种观念，又提出"事随势迁而法必变"[1]"时移势易，而是非然否亦相反相谢而因乎化"[2]等观点，他认为各个历史阶段的政治和经济制度及思想文化等都要随着社会的变革而不断改变。

王夫之在"理气观""道器观"方面所做出的理性批判总结，是超越其他古代思想家的。一些学者认为，他所做的结论终结了宋明道学长期争论不休的哲学问题。同是启蒙思想家，王夫之在认识论上与顾炎武的经验主义不同，似乎更接近于理性主义。与康德的"纯粹理性批判"也不一样，王夫之将真理与经验、悟性与理性相分割，与黑格尔的辩证法学说更相近，认为实际生活中总结出的经验判断，虽然并不完全代表普遍真理，但如果顺着这条道路摸索前进，不断地学习与思考，终究能够得到真理。比如，王夫之在批判佛教理论时，肯定其学说对"能"（即认识能力）与"所"（认识对象）做出区别，"境之俟用者曰'所'，用之加乎境而有功者曰'能'。'能''所'之分，夫固有之，释氏为分授之名，亦非诬也"[3]。但是，他又指出："乃以俟用者为'所'，则必实有其体，以用乎俟用，而可以有功者为'能'，则必实有其用。体俟用，则因'所'以发'能'，用用乎体，则'能'必副其'所'，体用一依其实，不背其故，而名实各相称矣。"[4]也就是说，作为认知对象的客体，应当实有其体，有客观实体，才可能引起主体认识作用。人的认识主体必须与客体对象相符合，即"能必副其所"。在这里，王夫之也将"名"与"实"的关系分析得很清楚明白了。

在"知行观"上，王夫之提出了"行先知后"的观点："俟之他日而行乃为功，是知不得有行之效也。行可兼知，而知不可兼行。下学而上达，岂达

---

[1] 王夫之：《读通鉴论》卷五，《船山全书》第十册，第191页。
[2] 王夫之：《庄子解》卷二，《船山全书》第十三册，第115页。
[3] 王夫之：《尚书引义》卷五，《船山全书》第二册，第376页。
[4] 同上。

焉而始学乎？君子之学，未尝离行以为知也必矣。"[1]他不赞同朱熹的"知先行后"的说法，以为割裂了知、行的联系，"以困学者于知见之中，且将荡然以失据，则已异于圣人之道矣"。[2]其结果可能是以知废行。他同样认为，陆王心学提出的"知行合一"学说，亦是惑世误人的谬论，"吾知之矣，彼非谓知之可后也，其所谓知者非知，而行者非行也。知者非知，然而犹有其知也，亦惝然若有所见也。行者非行，则确乎其非行，而以其所知为行也。以知为行，则以不行为行"，最后也是"销行以归知"。[3]王夫之这番话极深刻地批判了中国士大夫们最严重的弊病。他还认为，程朱理学与陆王心学虽然互相攻讦，但两派实质是殊途同归，其共同点都是"划然离行以为知"。

王夫之的"知行观"是深刻的，首先，他认为"行"在认识过程中是第一位的，即"行先知后"，明确提出"行可兼知"的结论。其次，他深刻阐述人的认识在"知行并进"中才能进一步深化的观点，认为认识运动是不断发展的。他还进一步阐述了"行先知后"的理由，其一，"知"即源于"行"，"行而后知有道，道犹路也"[4]。在他看来，"道"也就是客观事物之规律，在"行"中才能发现与认识。其二，"知"必须"以行为功"。他说："将为格物穷理之学，抑必勉勉孜孜，而后择之精、语之详，是知必以行为功也。"[5]他还举了弈棋、登山为例子，弈棋倘若是过于迷信棋谱，并不算真正会弈棋的高手；登山亦如是，必须要亲自去实践。其三，他认为"行焉可以得知之效"，没有"行"的"知"就是空谈理论。"知者非真知也，力行而后知之真"[6]，在实践中"力行"，可以总结出"真知"，也可以检验"知"的真伪。

哲学范畴中，在"有"与"无"的问题上，在"动"与"静"的关系上，在"形上"与"形下"的分别上，关于"理"的诸多对立面的内容等，王夫之都鲜明地提出了自己的看法，展示了他的理性主义的实在论哲学观点。当代

---

[1] 王夫之：《尚书引义》卷三，《船山全书》第二册，第314页。
[2] 王夫之：《尚书引义》卷五，《船山全书》第二册，第311页。
[3] 同上书，第312页。
[4] 王夫之：《思问录·内篇》，《船山全书》第十二册，第402页。
[5] 同注[1]。
[6] 王夫之：《四书训义》卷十三，《船山全书》第七册，第575页。

人常称呼王夫之为"东方黑格尔"，这是因为王夫之理性哲学的认识论与辩证法与黑格尔的哲学思想非常相近。晚明以来，很多信奉宋明道学的士大夫都提倡"主静""守静"之哲学，这是受到老庄之学与魏晋玄学的影响，也与当时士人们坐而论道、玄谈相尚之劣风流弊是紧密相关的。比如，魏晋玄学家王弼即主张："凡动息则静，静非对动者也。……天地虽大，富有万物，雷动风行，运化万变，寂然至无，是其本矣。"[1]王弼割裂了动、静之关系，认为千变万化的世界中只有"无"才是本体。王夫之反对这种哲学观念，他说："天地之间，流行不息，皆其生焉者也。故曰：'天地之大德曰生。'自虚而实，来也；自实而虚，往也。来可见，往不可见。来实为今，往虚为古。来者生也。然而数来而不节者，将一往而难来。一嘘一吸，自然之势也。故往来相乘而迭用。"[2]他认为，这个世界是生生不已的，万千事物，变化多端，倘若离开了运动与变化，也就没有了欣欣向荣的世界。王夫之虽然强调"生"与"动"的绝对性，但是，也承认静止的相对性。他认为两者是互不相离的关系，"静即含动，动不舍静，善体天地之化者，未有不如此者也"[3]，"动静互涵，以为万变之宗"。[4]而且，他以为事物总是发展的，静止不是根本，运动才处于主导地位。在动与静的对立统一关系上，运动是绝对的、永恒的，静止也不是绝对静止，仅是运动的特殊状态。"不动之常，惟以动验，既动之常，不待反推。是静因动而得常，动不因静而载一。故动而生者，一岁之生，一日之生，一念之生，放于无穷。"[5]王夫之用辩证法解决了自魏晋玄学以来古代哲学家们一直争辩不休的动静关系问题。

王夫之还认为，对立面的双方彼此也非一成不变，而是可以互相渗透、互相转化的。首先，对立双方是互相包含并互为存在的。"天下有截然分析而必相对待之物乎？求之于天地，无有此也；求之于万物，无有此也。"[6]他举例

---

[1] 王弼：《周易注·复卦》。

[2] 王夫之：《周易外传》卷六，《船山全书》第一册，第1042—1043页。

[3] 王夫之：《思问录·外篇》，《船山全书》第十二册，第430—431页。

[4] 王夫之：《周易外传》卷四，《船山全书》第一册，第949页。

[5] 王夫之：《周易外传》卷二，《船山全书》第一册，第888页。

[6] 王夫之：《周易外传》卷七，《船山全书》第一册，第1073页。

说，天地、存亡、进退、是非、善恶等对立面，皆非绝对的对立面，也可以彼此转化。"天尊于上，而天入地中，无深不察；地卑于下，而地升天际，无高不彻；其界不可得而剖也。进极于进，退者以进；退极于退，进者以退。存必于存，邃古之存，不留于今日；亡必于亡，今者所亡，不绝于将来，其局不得而定也。天下有公是，而执是则非；天下有公非，而凡非可是。"这些对立面，都可能互相转化，关键就在于，"其别不可得而拘也"[1]。同时，他又从对立面彼此依存与互相转化的关系上认识到了矛盾双方的统一性。"两端者，虚实也，动静也，聚散也，清浊也，其究一也。……聚于此者散于彼，散于此者聚于彼。浊入清而体清，清入浊而妙浊，而后知其一也，非合两而以一为之纽也。"[2]也就是说，对立双方之统一，在对立双方的转化与渗透之中，事物的发展在于其内因。他不赞同在事物发展变化上故意去设置一个外部动力的思想。他同时又在张载的"一两"学说基础上，对相互对立面的本质关系进行了分析，一方面，"天下之变万，而要归于两端"[3]，两端之关系，"而判然各为一物，其性情才质功效，皆不可强之而同"[4]，对立面的关系，也就是"分一为二"的关系；另一面，对立面却又"两相倚而不离也"[5]，且以"絪缊"一词形容二者在运动中的互相转化，由此而成"合二而一"的关系。他认为，"故合二以一者，既分一为二之所固有矣"。[6]他这里强调了矛盾的同一性的意义及作用，克服了张载的"本一故能合"的矛盾直接和解的片面观点，且批驳了邵雍、朱熹的形而上学的两分法与矛盾定位论。当然，王夫之的辩证法思想也是有局限性的，他夸大了矛盾同一性的意义与作用，将其绝对化与单一化了，这也是时代给他的辩证法思想带来的局限性。

笔者读法国思想家帕斯卡尔的《思想录》，感觉他的著作与王夫之的哲学著作有相似处，因《思想录》中有大量的神学论战词句，当代读者乍看会感觉

---

［1］王夫之：《周易外传》卷四，《船山全书》第一册，第1073—1074页。

［2］王夫之：《思问录·内篇》，《船山全书》第十二册，第411页。

［3］王夫之：《老子衍》，《船山全书》第十三册，第18页。

［4］王夫之：《周易内传》卷五（上），《船山全书》第一册，第524页。

［5］同上书，第525页。

［6］王夫之：《周易外传》卷五，《船山全书》第一册，第1027页。

气闷，但他的思想火花就闪烁在那些沉闷语句的夹缝中，真是越读越有所会悟。读王夫之的哲学著作亦是如此感觉。很多宋明道学的陈词滥调其实难掩他那带有理性色彩的启蒙思想实质，我们常常会讶异这些睿智思想竟然出自一个明末清初时代的学者！在欧洲，近代辩证法奠基于康德，康德的思想资源之一是莱布尼茨，而莱布尼茨曾经受到帕斯卡尔的辩证法学说很大的影响。所以，可以说帕斯卡尔亦是康德的辩证法思想的先导之一。冯友兰先生认为，王夫之的辩证法思想受到张载的影响；侯外庐先生则认为，王夫之的辩证法思想最大影响者为王充，而王夫之也从老庄哲学的相对主义与佛教的法相宗的方法论中汲取了一部分思想精华。王夫之的辩证法思想显然将中国古代哲学引向了一座高峰，推进了许多哲学问题的思维认识的发展。当然，这些思想也可能是瑕瑜互见，新旧杂糅，甚至还有些相互矛盾，前后不一致，可难从根本上掩其理性哲学的批判锋芒与思想光辉。

三、进化的自然史观与进步的人类史观

王夫之的进化论历史哲学观是他的理性批判哲学的重要组成部分，他的历史观包括自然史观与人类的发展史观，都是建立在"理依于气"的自然观与"变化日新""理势相成"的辩证法思想上的。他的哲学基点是"理依于气"，他对"气"的范畴界定其实超出了实物特点，是以"气"为标志并将其认作物质的最根本性质。他在《思问录》中概括性地提出"絪缊化生"的自然史观："天不听物之自然，是故絪缊而化生。乾坤之体立，首出以屯。雷雨之动满盈，然后无为而成。"[1]在这里，"絪缊而化生"成为其自然史观的概括性总纲。"絪缊"这个词汇，是他从《易经》的"天地絪缊，万物化醇"中所摘用的。王夫之创造性地将其用在"乾坤之体立"的自然史观上，且成为其自然史观的逻辑起点。他还对宇宙的定义做了解释："上天下地曰宇，往古来今曰宙，虽然，莫为之郛郭也。惟有郛郭者，则旁有质而中无实，谓之空洞可矣，宇宙其

---

[1] 王夫之：《思问录·内篇》，《船山全书》第十二册，第402页。

如是哉！宇宙者，积而成乎久大者也。二气絪缊，知能不舍，故成乎久大。"[1]他抓住了宇宙的时间性与空间性来做文章，认为宇宙在时间性上是无限的——"久"，在空间性上也是无限的——"大"，而宇宙的时空无限性依赖于"二气絪缊"，正是在阴阳二气相互依存转化的持续运动与扩展中，宇宙"积而成乎久大者也"。

自先秦以来，尤其是汉代的一些学者关于天文学的宇宙衍化思想，譬如《淮南子》《易纬》的作者及学者扬雄、张衡等人皆认为宇宙有一个原始混沌之物质起点，以后便"造分天地，化成万物"，可是有起点也必有终点。王夫之不赞成他们用衍生论来解释宇宙之生成，也反对用衍化论的思路来描绘宇宙发展的模式，他认为宇宙的时空性是无限的，阴阳也无始终，所以，"絪缊而化生"所标志的宇宙，其内部是矛盾运动而蓬勃发展的，每一瞬间即是起点，又可成为终点。王夫之说："天地之终，不可得而测也。以理求之，天地始者今日也，天地终者今日也。"[2]他以自己的哲学机智，用"今日"之瞬间来深刻表达宇宙的时空无限性，且得出了宇宙无始无终的结论，认为一切寻找宇宙之开端并预言宇宙终结的说法都是荒谬的。譬如，道教的先天创世论与佛教的大劫末日论都属于此说，"谓邃古之前，有一物初生之始，将来之日，有万物皆尽之终，亦愚矣哉！"[3]

在王夫之的"絪缊化生"自然史观中，他将"太和"确定为"絪缊之实体"，"太极"则是"阴阳之合"，整个宇宙则是"太和絪缊之实体"所固有的内部开展的蓬勃自我之运动，阴阳二气互相依存又互相转化的聚散、往来、隐现等诸形态，是宇宙持续发展的自然过程，当然也就不可能有什么起始与终结。王夫之说，阴阳二气之交替，"皆动之不容已者，或聚或散，或出或入，错综变化，要以动静夫阴阳。而阴阳一太极之实体，唯其富有充满于虚空，故变化日新"。[4]他又说："阴阳之本体，絪缊相得，和同而化，充塞于两间，此

---

[1] 王夫之：《思问录·内篇》，《船山全书》第十二册，第420页。

[2] 王夫之：《周易外传》卷四，《船山全书》第一册，第979页。

[3] 同上。

[4] 王夫之：《张子正蒙注》卷一，"太和篇"，《船山全书》第十二册，第23—24页。

所谓'太极'也。张子谓之'太和'。"[1]王夫之用辩证法思想来分析宇宙万物"生生无穷"的内在动因，必然地从中引出"一"与"两"、"分"与"合"、"动"与"静"、"化"与"变"等诸多哲学范畴的问题。首先，王夫之汲取了张载的"一物两体"说，亦即"二端故有感，本一故能合"[2]的思想；抛弃了程朱理学的理一而分、理静而事动的"一分为二，节节如此"[3]的形而上学两分法；他又进一步深入到统一体中对立面之间的矛盾关系，真正阐明"动非自外"的内在动因问题。他在"絪缊化生"自然史观中，提出了自己所研究出的客观矛盾法则，"天下之变万，而要归于两端，两端生于一致"[4]，但是，这是"由两而见一"[5]，"非合两而以一为之纽也"[6]。也就是说，他否定了那种"抱一""执一""归一"及"抟聚而合之一""分析而各一之"的形而上学观点，认为没有"一阴一阳"的矛盾，也就没有一切，更没有统一。同时，他又提出"阴"与"阳"对立面关系中的二重性，一方面，"阴"与"阳"是"分而为两"的，也是"相峙以并立""阴阳异用，恶不容已""必相反而相为仇"。[7]另一方面，二者却又是"相倚而不离"，绝不能"判然分而为二"，更不能视作"截然分疆而不相出入"，[8]它们之间是相互渗透、相互依存的，你中有我，我中有你。在宇宙这个"太和絪缊之实体"中，"阴"与"阳"的"两之用"，也就是"阴变阳合，乘机而为动静"的内在活动的气化过程。"盖阴阳者，气之二体；动静者，气之二几；体同而用异则相感而动，动而成象则静。动静之几，聚散、出入、形不形之从来也。"[9]

王夫之随即又在他的"絪缊化生"自然史观中进一步展开，深刻分析了动与静的哲学问题。这个问题，上节已经有分析，不再赘述。他认为，动是

---

[1] 王夫之：《周易内传》卷五，《船山全书》第一册，第561页。

[2] 张载：《正蒙·乾称》。

[3] 朱熹：《朱子语类》卷六十七。

[4] 王夫之：《老子衍》，《船山全书》第十三册，第18页。

[5] 王夫之：《张子正蒙注》卷一，"太和篇"，《船山全书》第十二册，第37页。

[6] 王夫之：《思问录·内篇》，《船山全书》第十二册，第411页。

[7] 王夫之：《张子正蒙注》卷一，"太和篇"，《船山全书》第十二册，第41页。

[8] 王夫之：《周易外传》卷七，《船山全书》第一册，第1075页。

[9] 王夫之：《张子正蒙注》卷一，"太和篇"，《船山全书》第十二册，第23页。

绝对性的，静则是相对性的，而且基本阐明了二者相悖又相连的辩证关系。他还有一个卓见，认为宋明道学家一味求静禁动的哲学是很有害的，因为他们违反了自然与社会的客观发展规律，"禁其必动，窒其方生"[1]，阻碍自然与社会发展必然导致反作用，也导致灾祸来临。他认为这些以主静为自我修养的士大夫，必定会导致"生而死，人而鬼，灵而蠢，人而物，其异于蚓之结而鳖之缩者几何耶？"[2]他与后来的启蒙诗人龚自珍的"万马齐喑究可哀"的看法是一致的，其实这正是整个古代专制社会制度走向腐朽与衰落的必然体现。王夫之的"絪缊化生"自然史观里，化与变，生与死，新与故，都属于同一层次的哲学范畴。"絪缊化生"的过程，也是"天地之化日新"的过程，生死更迭，新故相代，而新事物必定要代替旧事物。王夫之还认为，宇宙自身是无始无终、不生不灭的。"而具体事物的生命过程，则可分为五个阶段：胚胎、流荡、灌注、衰减、散灭。前三个阶段，生命体'阴阳充积''静躁往来''同类牖纳'，是出于同化中的生长过程；后两个阶段，则'基量有穷''予而不茹'，是处于异化中的衰亡过程。但就在'衰减之穷'到最终的'散灭'过程中，已经孕育着'推故而别致其新'的契机，开始了另一个新的生命过程。"[3]宇宙的根本法则，也就是"絪缊化生"中的"生化之理"，也就是说，死中有生；同样说来，生中又有死。如黑格尔所言："生命的本身即具有死亡的种子。"而王夫之则称："死亦生之大造。"这两位西方与东方的伟大哲学家正是从不同侧面揭示生与死的辩证法关系。此外，王夫之还曾经涉及这些哲学范畴的"内成"（事物在某种规定性范围内的质与量的变化）与"外生"（事物超出某种规定性范围而发生的质变）的问题，生命运动的盈虚均衡问题，逻辑性触及宇宙万物的"守恒"与"日新"的关系问题，宇宙发展的"有限"与"无限"的关系问题，等等，但局限于当时中国的时代科学水平，他仅能够以朴素的辩证逻辑思维去解决这些问题，答案当然是不够完满的。

　　王夫之"理势相成"的人类史观，与其自然史观一样，也是建立在朴素

---

[1] 王夫之：《周易外传》卷六，《船山全书》第一册，第1031页。
[2] 王夫之：《读四书大全说》卷十，《船山全书》第六册，第1074页。
[3] 萧萐父、许苏民：《明清启蒙学术流变》，人民出版社，2013年11月第1版，第421页。

的辩证法哲学思想上的。他认为，"理""气"不相离，"理"与"势"同样不相离，因此说："理与气不相离，而势因理成，不但因气。气到纷乱时，如飘风飘（骤）雨，起灭聚散，回旋来去，无有定方，又安所得势哉！凡言势者，皆顺而不逆之谓也；从高趋卑，从大包小，不容违阻之谓也。夫然，又安往而非理乎？"[1] 他以此说明"知理势不可两截沟分"的道理。后世学者将他的这个观点称为"理势相成"或"理势合一"的学说。侯外庐先生将王夫之的这个观点与黑格尔的著名论断"凡存在的皆合理，凡合理的皆存在"相比较，认为有异曲同工之妙。许多后世学者认为，王夫之将历史发展看成是有规律可循的，如同自然界"气"之变化规律。他将历史发展趋势及客观发展过程视为"势"，将历史发展规律称为"理"，二者统一不可分。一方面，"得理自然成势"；另一方面，"势之顺者，即理之当然者已"，"势既然而不得不然，则即此为理矣"。[2] 当然，他也承认历史会出现偶然性，有时偶然性的事件及人物也会在历史事变中起作用，他在《读通鉴论》的卷末专门解释说，"故编中于大美大恶、昭然夺目、前有定论者，皆略而不赘"。他更着重于那些疑难事件的分析，他认为："推其所以然之由，辨其不尽然之实，均于善而醇疵分，均于恶而轻重别，因其时，度其势，察其心，穷其效，所由与胡致堂诸子之有以异也。"[3] 也就是说，他是根据历史的发展规律去具体分析历史事实的偶然性，如将历史背景、历史人物动机及事发之效果综合研究，通过这些偶然事件进一步深刻认识与领会历史规律。他所称的"人极""人纪""人维""人道"属于同一层次的范畴，指文明人类的本质特征，既肯定人是自然的最高产物，亦是自然的"主持人"，也是"天地之心"，"依人而建极"正是以其历史辩证法所借以展开的逻辑起点。由此出发，他辩证地考察人类发展史，提出关于"古、今"的问题，关于"道、器"的问题、关于"理、势"的问题，关于"时、几"的问题，以及关于"相反而固会其通"（也就是"两端归于一致"）的问题，关于"变而不失其常"的问题，关于"即民以见天"及"援天以观民"的

---

[1] 王夫之：《读四书大全说》卷九，孟子，"离娄上篇"，八，《船山全书》第六册，第 994 页。

[2] 同上书，第 992 页。

[3] 王夫之：《读通鉴论》卷末，《船山全书》第十册，第 1180 页。

问题，其人类史观从社会发展史角度又细微地探讨了人性。

王夫之的自然史观与人类史观可说是超越当时那个时代的历史学者们的。他的进步的人类发展史观亦可称为理性批判之历史观。中国古代多数士大夫的历史观基本是复古主义，甚至接受一些新事物，创建一些新思想，也要以"复古"的名义去做，否则便会阻力重重。包括黄宗羲等启蒙思想家提出革新政治的主张时，也免不了以"三代之法"与"圣人之制"的名义来进行。其渊源来自儒家的正统思想即复古主义，从孔子、董仲舒到二程兄弟、朱熹等人都是如此。王夫之则认为，将三代以前的生活描绘得无限美好，把汉唐以后的社会说得不如以前，是不符合历史事实的。他在《读通鉴论》中说："唐、虞以前，无得而详考也，然衣裳未正，五品未清，婚姻未别，丧祭未修，狉狉獉獉，人之异于禽兽无几也。"[1]上古社会的人们还处于野蛮状态，三代以后，人类虽然有了文明，却仍然处于落后状态，他根据古籍文献以及自己在瑶人少数民族部落中实地生活的考察得出结论，上古三代时期也如原始部落的部落头人统治一样残暴。他说："三代沿上古之封建，国小而君多，聘享征伐一取之田，盖积数千年之困敝，而暴君横取，无异于今川、广之土司，吸龁其部民，使鹄面鸠形，衣百结而食草木。"[2]他特别指出，三代之制的"田税十一"，即"什一税"，是由于"三代圣王，无能疾出其民于水火，为撙节焉以渐苏其生命。十一者，先王不得已之为也"[3]。所以，他得出见解鲜明的结论："后世之不足以法三代者，此也。非井田封建饰文具以强民之谓也！"[4]这是王夫之进步人类史观的一个重要基点。他认为，人类历史是由野蛮的部族社会发展到后来有着初步文明的农业社会国家，这是一个由分到合、由物质不足到文明发展的进化过程，虽然其过程也有短暂的倒退，但是，整个历史是向前进的。

与那些腐儒学者不同，王夫之并不是简单地用传统伦理道德去教条化地评判历史人物，而是从历史发展趋势来辩证地评价人物，且时常闪烁着辩证

---

[1] 王夫之:《读通鉴论》卷二十,《船山全书》第十册，第763页。

[2] 同上书，第746页。

[3] 同注[1]。

[4] 同上书，第750页。

哲理的光辉。譬如，他评论秦始皇打破诸侯分封的"封建制"，而改成"郡县制"，"郡县之制，垂两千年而弗能改矣，合古今上下皆安之，势之所趋，岂非理而能然哉！"[1]可是，秦始皇设置此制度却是从"私天下"之动机出发的，"秦以私天下之心罢侯置守，而天假其私以行其大公，存乎神者之不测，有如是夫？"[2]他赞扬郡县制要比原来的封建制进步，起码在"择士"制度上不再是"封建制"时代的诸侯世袭，改变了"士之子恒为士，农之子恒为农"[3]的社会僵滞状态。评价一个人的作为，不可以简单地从善恶来看，而要看他在历史发展趋势中的作用。王夫之评价曹操，也是按这个"理势相成"中"势之顺者，即理之当然"的观点来确定其历史地位，认为曹操以武力权术统一中国北方，是"乘势而处乎尊"，其顺应时势的成功有着合理成分。这与当时一般腐儒历史学者的看法大为不同。王夫之还说："以古之制治古之天下，而未可概之今日者，君子不以立事；以今之宜，治今之天下，而非可必之后日者，君子不以垂法。故封建、井田、朝会、征伐、建官、颁禄之制，尚书不言，孔子不言，岂德不如舜、禹、孔子者，何敢以记诵所得者断万世大经乎？"[4]也就说，一代应该有一代的制度，而且制度中都有符合时代趋势的特点，古代制度不一定能够应用到今日时代，而今日时代制度也不一定能够应用到未来，所以不能光凭着书本或圣人之言来教条地论断历史，而应该认清历史发展的主要趋势。因此，王夫之的"理势相成"说，其理是理性之理，或是启蒙思想之理，其实与宋明道学的"天理"是大相径庭的。

孔子与董仲舒的"天命观"将历史发展说成"天命"，而"圣人"即"天命"的体现，是按照"天意"行事的。朱熹实质也继承了这些思想，其所谓"天理"就是将旧伦理的三纲五常看成是历史发展动力。"而'天理'主要通过帝王心术表现出来，因此，历史变化的决定因素就在于帝王的心术。如他认为天下万事的大根本'固无出于人主之心术'，历史的发展完全是以帝王的

---

[1] 王夫之：《读通鉴论》卷一，《船山全书》第十册，第 67 页。

[2] 同上书，第 68 页。

[3] 同注［1］。

[4] 王夫之：《读通鉴论》卷末，《船山全书》第十册，第 1182 页。

意志为转移的。王夫之的"理势相成"论是以历史发展的必然趋势和规律为依据的。他认为，历史变迁有其必然趋势，并将其客观必然性归之于"天"。天是"势"与"理"的统一，其实也是一种不可抗拒的必然历史趋势。譬如，王夫之说过："孟子于此，看得'势'字精微，'理'字广大，合而名之曰'天'。"[1] 侯外庐先生认为，王夫之的"天论"有受到西方文明影响的因素。王夫之曾经与传教士利玛窦见面，讨论过意志神（上帝）的理论，因此其"天论"认为意志神或上帝活在人类理性中，是按照自然法来看取的。笔者赞同侯先生的看法，且认为王夫之的"天论"实质与黑格尔哲学的绝对精神有相似之处。王夫之说："今夫天，彻乎古今而一也，周乎六合而一也，通乎昼夜而一世。其运也密，而无纭然之变也；其化也渐，而无猝然之兴也；穆然以感，而无荧然之发而不可收也。然则审民之视听，以贞己之从违者，亦准诸此而已矣。"[2] 在这里，他把"理势相成"的"天"，认作不以个人意志为转移的历史必然趋势，其"天理"主要内容是"审民之视听"。也就是说，民众的意愿在历史发展中起到重要作用，他的历史观继承了柳宗元的"生人之意"的历史动力说，认为广大民众的要求是合理的，是历史发展的不可忽视的力量。而任何想要推动历史发展的人物，必须重视"天"的意志，也必须重视人心之向背。王夫之的这种历史观当然是进步的历史观。他说："天无特立之体，即其神化以为体，民之视听明威，皆天之神也。故民心之大同者，理在是，天即在是，而吉凶应之。"[3]

王夫之还将"天"之内涵，看成是"民心之大同"，可说是摆脱了圣人决定历史、帝王决定历史的"天理"观，这也与他反对专制君主"私天下"的启蒙思想有着密切联系。在当时的士大夫中，他的思想也更合于近世思想，具有早期民主主义意识的萌芽。其实，在儒家思想体系中，以孟子为主导的民本学说占有重要地位，王夫之的著作也多引用孟子语录。在清初早期启蒙思潮的"理性批判精神"阶段，我们可以从黄宗羲、顾炎武、王夫之等人的一系

---

[1] 王夫之：《读四书大全说》卷九，《船山全书》第六册，第995页。

[2] 王夫之：《尚书引义》卷四，《船山全书》第二册，第330页。

[3] 王夫之：《张子正蒙注》卷二，"天道篇"，《船山全书》第十二册，第71页。

列思想言论中看到民本思想逐渐发展为早期民主主义意识的脉络。这与当时的历史背景，尤其是明王朝覆灭之惨痛教训分不开，这使他们看到君主专制制度的"私天下"之祸害，在艰难危世中探索的这些志士仁人也就不能不重新思考民本与政治制度的关系，而王夫之的"天论"，实质上是把民本思想加以哲学化，以此表明民众才是社会、国家的价值主体，民本思想理论才是真正的"天理"。王夫之说："可以行之千年而不易，人也，即天也，天视自我民视者也。……天不可知，知之以理，流俗相沿，必至于乱，拂于理则违于天，必革之而后安，即数革之，而非以立异也。"[1]他不同意"天不变道亦不变"的说法，认为人们常常会把"天意"歪曲，理变成了流俗之理、歪曲之理，关键在于人主不听生民之呼吁，实际也就是悖逆于天。他反复强调："人也，即天也。于是而知汉儒之比拟形似徒为云云者，以理律天，而不知在天者之即为理，以天制人，而不知人之所同然者即为天。"[2]当然，王夫之的哲学思想是复杂矛盾的，也是充满历史局限性的。他同时也强调"圣人赞天地之化，则可以造万物之命，而不能自造其命""唯圣人为能达无穷之化"[3]，过分地夸大了圣人在历史发展中的作用，甚至将其看成是万物之主宰，但他仍然认为这是在"天命"主导下进行的，"天命之为君，天命之为相，俾造民物之命"。[4]

王夫之阐述这些社会进化史观时，其实有着鲜明的现实政治目的。当时，满族贵族入主中原，搞了很多开历史倒车的行为，如圈地、投充和逃人法等，统治阶级内部的守旧派甚至企图恢复野蛮落后的奴隶制度。王夫之肯定整个人类社会由野蛮到文明的进化过程，也就是坚信这样的野蛮做法在历史上是不可能持久的。王夫之在《读通鉴论》中，将"夷狄"与"中国"进行简单比较："夷狄之强也，以其法制之疏略，居处衣食物之粗犷……彼自安其逐水草，习射猎，忘君臣，略昏宦，驰突无恒之素，而中国莫能制之。"在他眼中，"夷狄"仍然是一个游牧社会，而中国则是"有城郭可守，墟市之可利，田土之可

---

[1]王夫之：《读通鉴论》卷十九，《船山全书》第十册，第697页。

[2]同上书，第698页。

[3]王夫之：《君相可以造命论》，《船山全书》第十五册，《姜斋文集》卷一，第88页。

[4]同上书，第89页。

耕，赋税之可纳，昏姻仕进之可荣"[1]，已经是一个高度发展的农业文明社会。在这里，王夫之实质是将城市与农村的分裂当作文明社会和野蛮时代的分水岭，这样的比较也合于近代历史学的科学分析。也应该看到，王夫之研究"夷狄"与中原王朝的关系，不仅仅是粗浅地探讨民族问题，而是他对人类社会的历史哲学的深入思考。中国自秦汉后形成幅员广阔的大一统帝国，历代王朝常呈现一治一乱的历史循环状态。相对来讲，治的时间较长，乱的时间较短。历代君主专制王朝覆灭的主要原因即是统治阶级的腐化衰败，直接致乱原因一是由土地兼并引起的农民战争，再就是边陲地区游牧民族的入侵，这几乎成为中国古代历史上周期性出现的老问题。明末，满族势力崛起于东北的黑山白水之间，数十年屡屡击败明军，迅速发展壮大，仅以数万铁骑入主中原，实现了以异族为统治者的改朝换代。这就使得中国士大夫阶层的极少数精英不得不从儒家的"夷夏之论"的浮浅偏见中走出来，更深入地思考这个历史问题。王夫之从中华民族的千百年兴亡史中以古鉴今，痛切地指出古代专制社会"私天下"之大弊病，以天下而私于一人一姓，必将导致腐败政治，然后引来夷狄之族的入侵与劫掠，由盛世转入衰世、危世。王夫之所著的《黄书》《噩梦》等，对中国历史上已经循环多次的惨痛教训加以反思，但他认为，只要努力改革政治制度，整顿吏治，重振社会风气，"公其心，去其危，尽中区之智力，治轩辕之天下，族类强植，仁勇竞命，虽历百世而弱丧之祸消也"。[2]他对整个民族的未来仍然抱有坚定信心。

四、含有启蒙性质的社会政治理想

在清初的三位主要启蒙思想家中，黄宗羲、顾炎武生于江南地区，他俩的启蒙意识无疑受到那里新兴市民阶层的影响，从他们"工商皆本"的经济思想与早期民主主义意识的形成中就可以看到这一点。而王夫之则生活在经济相对落后的湖南衡州，其主要政治活动经历即是担任南明永历小朝廷的行人司行

---

[1] 王夫之：《读通鉴论》卷二十八，《船山全书》第十册，第 1095—1096 页。
[2] 王夫之：《黄书》"任官第五"，《船山全书》第十二册，第 527 页。

人，任职不到半年，就因为弹劾权奸而被迫害，几乎丧命。他在连年烽火战乱中，过着漂泊无定的生活，同时又献身学术研究，精研《周易》等古典著作，最终建立起自己的一套独特的理性哲学思想体系。

动乱年代纷纭的社会形态，残酷复杂的政治现实，逃亡生活中对人性的深刻认识，王夫之在艰难坎坷中进一步磨砺了理性哲学的思想武器。譬如，他对农民军向来是视为仇敌、流贼的，无论是大顺军、大西军，都认定他们是颠覆明王朝的主要祸害之一。可他在南明永历小王朝任职时因直谏而罹难时，却又是联明抗清的前大顺军领袖高一功仗义执言出面解救了他。他对张献忠的大西军也充满敌意，甚至宁肯自残也不愿意为他们服务，后来大西军将领李定国奉永历王朝为正朔后，率领军队反攻至王夫之家乡附近，他也不愿意回到永历小朝廷中。但又是李定国为首的这股大西军残部坚持了抗清复明事业，最后陪伴南明永历小朝廷直至覆亡。王夫之在《永历实录》中具体客观地记载了这些史实。时代风云变幻中有种种难以预料的悖论，政治事件中亦有看似荒诞的激变，在明清易代之际的大动荡中，王夫之对历史兴衰与生命价值有了自己独特的认知，也有了纵深层次的哲学思考，更有了自己身处乱世的人格坚守。比如，在"三藩之乱"中，他以更冷静、更理性的政治立场观察战事动态，最终拒绝与吴三桂叛军合流，体现出其成熟、正直的学者风范。正是时代造就了王夫之，也造就了王夫之的理性批判哲学。他的哲学思想因此可称为明清时代早期启蒙思潮的理论精华。

王夫之哲学思想的形成，确实有受到西学影响的因素。他突破了传统伦理至上主义的束缚，对自然科学充满了浓厚兴趣。他年轻时曾经与传教士利玛窦谈过话，讨论过上帝及宇宙、地球的形态等问题。后来，他又与另一位对西学深有研究的启蒙思想家方以智结为挚友，两人都非常推崇和重视当时的"质测之学"，亦即自然科学。方以智和其子方中通两人都对自然科学知识很感兴趣，且有着很广博的知识。因此，王夫之很佩服这父子二人，他在《搔首问》里说："密翁（即方以智）与其公子为质测之学，诚学思兼致之实功。盖格物者即物以穷理，唯质测为得之。若邵康节、蔡西山立一理以穷物，非格物也。"[1]他将"格物"确定为格自然之物，而"致知"被阐释为致自然物之知识，"穷理"则被解释为穷自然物之理。后来，清末民初的很多学者以"格致之学"来指称自然科学，也是沿用王夫之说法。王夫之对学界泛滥的东方神秘主义很反感，认为"先儒《洪范》五行之序"，也就是《尚书·洪范》解释具体事物生成的五行说，只不过是"尚测度之言耳"[2]，而"阴阳八卦"之组合搭配也是"略其真体实用而以形似者强配而合之"[3]。他对邵雍的先天象数学更充满质疑，认为是"猜量比拟，非自然之理也"[4]。他认为以天文学的日食来附会现实政治是虚妄荒谬的，"此古人学之未及，私为理以限天，而不能即天以穷理之说也"。[5]他直接批判宋明理学，认为那些理学家在具体事物外另设所谓的"虚悬孤致之道"[6]是错误的。他还直接运用当时所知道的自然科学知识批评了朱熹的荒谬臆想："朱子谓虹蜺天之淫气，不知微雨漾日光而成虹，人见之然尔，非实有虹也。"[7]当然，我们也应该看到由于王夫之所处时代的局限性，虽然他自己也注意研究质测之学，可出于其所固有的"华夷之辨"的心态，他常常对西方的自然科学知识将信将疑，缺乏如方以智等人的宽广胸襟，对那些新知识、新学问是寓褒于贬的。

王夫之的社会政治理想与黄宗羲的《明夷待访录》、顾炎武的《日知录》性质相同，都是具有某种早期民主意识的。尤其王夫之的著作《黄书》《噩梦》《搔首问》等，多集中于对古代专制政治制度的深刻批判，他尤其不满意秦、宋的政治制度，讽刺性地称"孤秦陋宋"，且痛斥这两个朝代的罪恶专制制度为"私天下"。他在《黄书》中说，秦、宋两朝的统治者都是"暴兴鼎祚"，结果是秦朝二世而亡，宋朝则有"靖康"南渡之耻。他分析宋朝灭亡的原因，正是宋朝统治者为了巩固自己一姓一族的"私天下"，"削节镇，领宿卫，改易藩

[1]王夫之：《搔首问》，《船山全书》第十二册，第633页。

[2]王夫之：《思问录·外篇》，《船山全书》第十二册，第433页。

[3]王夫之：《尚书引义·洪范二》，《船山全书》第二册，第350页。

[4]王夫之：《思问录·外篇》，《船山全书》第十二册，第441页。

[5]王夫之：《续春秋左氏传博议》卷下，《船山全书》第五册，第587页。

[6]王夫之：《周易外传》卷三，《船山全书》第一册，第903页。

[7]王夫之：《张子正蒙注》卷八，"乐器篇"，《船山全书》第十二册，第327页。

武，建置文弱，收总禁军，衰老填籍，孤立于强虏之侧"，其朝祚是"一传而弱，再传而靡"，腐败衰朽的专制统治也就必然引来辽、金之入侵，引来夷狄祸乱中原，以致南宋最后沦亡于蒙古族铁骑！他悲愤地总结道，这是"生民以来未有之祸，秦开之而宋成之也"。[1] 历代儒者曾经对宋朝的"靖康"南渡之耻进行总结，很多士大夫都将原因归到王安石变法上，实质是替"私天下"的专制君王诿过。王夫之一针见血地指出，宋朝由于"私天下"，便难以避免政治腐败，佞臣横行，谏者遭贬，"是以英流屏足，巨室寒心"，尤其是"岳氏遽陨于风波，挠栋触藩，莫斯为甚！""私天下"为统治者之私，还有谁人愿意为国效力？！他将宋朝衰落败亡的教训归于"私天下"后，又说："是故秦私天下而力克举，宋私天下而力自诎。祸速者绝其胄，祸长者丧其维，非独自丧也，抑丧天地分建之极。呜呼，岂不哀哉！"[2] 王夫之还对晚明统治者豪取强夺的暴政进行了毫不留情的批判，他在《搔首问》中揭露道："自万历间，沈一贯、顾天埈、汤宾尹一流，结宫禁宦寺，呼党招摇，士大夫贪昧者十九从之，内有张彝宪、曹化淳辈为之主持，诸君子才一运肘，即为所掣，唯一死谢国而已！"[3] 他认为在明朝之官田制度下，那些贪官污吏"重剥民资"，使得世风日下，国本动摇。他又在《噩梦》中揭露道："言三代以下之弊政，类曰强豪兼并，赁民以耕而役之，国取十一，而强豪取十五，为农民之苦。乃不知赋敛无恒，墨吏猾胥，奸侵无已。夫家之征，并入田亩，村野愚懧之民以有田为祸，以得有强豪并者为苟免逃亡、起死回生之计。唯强豪者乃能与墨吏猾胥相浮沉，以应无艺之征。"[4] 强豪乘机兼并土地，官府则又将沉重的赋役压在民众的头上，"而天下之乱且不知所极矣！"[5] 王夫之非常痛恨那些贪腐官员及墨吏猾胥，他的遗嘱戒子孙十四条中就有"勿作胥吏"之条。

王夫之在《黄书》中，还将理性批判的矛头指向"故家大族"及贪官污吏，斥责他们超经济的法纪外掠夺。他说："而故家大族盘枕膏腴、湛溺财贿

---

[1] 王夫之：《黄书》，"古仪第二"，《船山全书》第十二册，第506—507页。

[2] 同上书，第507页。

[3] 王夫之：《搔首问》，《船山全书》第十二册，第616页。

[4] 王夫之：《噩梦》，《船山全书》第十二册，第554页。

[5] 同上。

者，以乱阿衡之治，故盘庚之诰曰：'无总于货宝，生生自庸。'"[1]他又说："传曰：'国家之败，繇官邪也，官之失德，宠赂彰也'，可不戒与！"[2]王夫之主张"无为政治"，简约政府，坚决反对"私天下"，但是，他主张维护私有财产的神圣性，认为不得任意侵夺私有财产，因此，他以为"故大贾富民，国之司命也"，要扶持他们自由发展的产业活动，不得对他们进行法纪外的豪取强夺。王夫之还特别提出"惩墨吏，纾富民"的政治主张。侯外庐先生以为王夫之的经济思想，颇接近于欧洲16世纪宗教改革提出的"廉价教会"主张，也相似于17世纪启蒙运动中所倡导的"廉价政府"，且与洛克的近代经济思维及亚当·斯密的"国民之富"学说相符合。王夫之同情穷苦百姓的生活，主张厚民生、兴利源，尤其反对过分盘剥人民，提醒注意调节官僚阶层与细民百姓的对立关系。他说："今一邑之小，补生徒者养于民，成岁贡者养于民，偕乡计者养于民，登进士者养于民，授职官者养于民。……以操细民之生命。其不一旦得当，裂冠冕而洩其不堪者，寡矣。"[3]

王夫之的法制思想也很有特点，他认为法制不能泥古，"三代之法不可挟以为名。治后世之天下，非一端而止矣"。[4]他还认为，应该有法律制度，却不能将刑法作为唯一的统治工具，更要以德服人。王夫之不赞成统治者多用"申韩之术"驭人，以为这是"言治者之大病"。统治者凭自己的意气用事，暴虐专横，"如是者，其心恣肆，而持一敬之名以鞭笞天下之不敬，则疾入申韩，而为天下贼也，甚矣"。[5]王夫之非常厌恶那些暴虐的统治者，动不动就挥舞"申韩之法"的刑法大棒来震慑群臣百姓。王夫之更赞同统治者的"无为而治"，为政之纲应该简单，不可多用严刑苛法，使"民之有生理"，使百姓们有活路。钱穆先生很赞赏王夫之的法治思想，尤其是法律制度同时也应该辅以德政的观念，认为这是中国古代社会可向近代西方社会借鉴的社会政治思想之一。

---

[1] 王夫之：《黄书》，"大正第六"，《船山全书》第十二册，第527页。
[2] 同上。
[3] 王夫之：《黄书》，"慎选第四"，《船山全书》第十二册，第522页。
[4] 王夫之：《读通鉴论》卷二十九，《船山全书》第十册，第1117—1118页。
[5] 王夫之：《宋论》卷三，《船山全书》第十一册，第94页。

王夫之也很注意土地问题。他坚决反对官僚阶级与大地主豪绅的土地兼并，在晚明时期的北方地区，这也正是引起此起彼伏的激烈农民暴动的社会原因。他对土地过分集中的社会现象有所深思，所以，他主张以"均天下""公天下"来代替"私天下"。他在《诗广传》中又以"两间之气"为比喻，气之不均，"所聚者盈溢，而所损者空矣"，由此狂风骤雨大作。然后又论及社会现象："土满而荒，人满而馁，枵虚而怨，得方生之气而摇。是以一夫揭竿而天下响应，贪人败类聚敛以败国，而国为之腐，蛊乃生焉。虽欲弭之，其将能乎？故平天下者，均天下而已。"[1] 我们在这里可以看到，王夫之的深刻哲学思维也使得他的社会政治观点趋于进步，这是其早期启蒙思想的一个重要特点。王夫之对"私天下"的古代专制主义进行批判时，他更进一步认识到土地兼并这种恶性弊病产生的社会原因。他认为，"暴君"及"暗主"的残酷统治可能引起民众的造反，"易吾共主，杀此有司，以舒吾怨"。[2] 他明白了，农民暴动的"均田"要求是有其历史缘由的。王夫之在南明永历小朝廷任职的经历，使得他更深刻地认识到社会政治现象的错综复杂。他所痛恨的农民军"流贼"，后来竟然成为南明政权依靠的主要军事力量，而且其主要将领大都与南明政权共存亡。这些历史事实，大概也更加启发他对社会政治改革有了更多思考，所以，王夫之理性哲学思想的三棱镜也折射出农民革命的"均田"要求。但是，他的"均天下"并不是彻底破坏土地的私有制度，也并不是企图恢复"三代之法"的井田制，而仅仅是反对"故家大族"及官僚豪强的过分土地兼并而已。他以为只要改良政治，抑制豪强，禁止官吏掠夺，使得民众不以有田地为苦，贫富皆可调剂，就不必均田限田。在这里，可以看出王夫之的社会政治改革主张要高于其他的启蒙思想家，他的观点较少农民乌托邦之空想主义，尤其是其经济思想更接近于近代的"法权"思想。总而言之，王夫之政治经济改革的观点，是均之而不是齐之，他从哲学思辨的角度看到，"故均者，有不均也。以不均均，而民更无所愬矣"。[3] 他反对朱子的所谓"经界之法"，也反对恢

---

［1］王夫之：《诗广传》卷四，"大雅·论桑柔一"《船山全书》第三册，第 472 页。

［2］王夫之：《读通鉴论》卷二十七，《船山全书》第十册，第 1050 页。

［3］王夫之：《宋论》卷十二，"二、朱子请行经界之法"，《船山全书》第十一册，第 277 页。

复"井田制"式的"均田"。他说："以为自此而可限民之田，使豪强之无兼并乎？此尤割肥人之肉置瘠人之身，瘠者不能受之以肥，而肥者毙矣。"[1] 他以此来比喻搞经济思想的绝对平均主义是不可行的，非常生动与深刻。他的政治经济改革思想不是以"三代之法"和简单的"等富贵、均贫贱"为主导纲领的，因为他已经认识到中国古代农业社会中私有制的产生是历史文明的进步，不可能再回到原始公社的经济制度了。

"新儒学"的学者们更主张王夫之的思想哲学仍属于宋明理学的一部分，是以张载"气一元论"学说为纲领的理学宗派的继承者，而且基本否认他们的哲学思想体系有启蒙主义性质。但就笔者个人看来，这恰是中国古代专制社会的早期启蒙思潮的一个重要思想特征，它既是与传统思维紧密相连的，可又有着反传统的姿态与内涵；既有大量陈腐旧论的旧思维、旧观点，也杂糅着很多类似近世思想的新主张、新内容，尤其是第二波的"理性批判精神"的早期启蒙思想浪潮中，实学已经代替了禅学成为思想理论的主导（笔者也不赞同用"唯物主义"或"古代唯物思想"来代替"实学"这个名称，因为"唯物主义"是现代思想体系），而且，已经在众多的启蒙思想家中达成共识，成为思想主流。因此，王夫之的理性批判哲学必定成为新时代的启蒙哲学，它是对旧时代、旧思想进行批判的哲学，也是在"理性永恒不变的法则下"起到"自我认知"的哲学。两个世纪以后，王夫之的一系列哲学理论果然对维新运动、辛亥革命等历史革命风潮中涌现的大批志士仁人以深刻启迪。直至今天，王夫之的不少精辟思想仍然对我们当代人有着启发与借鉴意义。

五、充满近世色彩的人性论

笔者在论述顾炎武的思想倾向时，谈及中国古代专制社会的早期启蒙思潮中"自由精神"阶段的泰州学派等的自由思想倾向，他们后来受到了清初"理性批判精神"阶段的大多数启蒙思想家的质疑。这其中明显体现了两派启

---

[1] 王夫之：《宋论》卷十二，"二、朱子请行经界之法"，《船山全书》第十一册，第277页。

蒙思想家观念的分歧。其实，这在欧洲启蒙思想运动中也发生过。譬如，卢梭在发表《论人类不平等的起源和基础》后就与以伏尔泰、狄德罗等人为代表的"百科全书"派发生过激烈思想分歧，"百科全书"派的作家们甚至还认为卢梭的社会平等思想理论是"反文明"的。有当代学者认为，以顾炎武、王夫之为代表的清初启蒙思想家们与泰州学派李贽等人的分歧，就近乎欧洲的主张平均主义的乌托邦主义者与自由主义者们的分歧。如前所述，王夫之的经济思想与卢梭的社会平等学说不同，更近于近世的"法权思想"，也就是说王夫之更近于欧洲的"百科全书"派。但是，清初的理性批判派又确实与晚明的自由思想派观念不同，晚明的自由派强调个性解放精神，而理性派较多强调社会价值，当然，这也与各自所处的时代不同有关。泰州学派李贽等人面对的是晚明专制文化桎梏的淫威，他们更注重个体的独特性，更注重自由思想的传播，也更强调价值与风格的多元化；而黄宗羲、顾炎武、王夫之等则处于清初民族矛盾激烈的满族贵族专制统治下，较多地考虑民族复兴与中华民族精神文明的未来发展。

因为所处的时代不同，两派启蒙思想家观念殊异，见解不一，可又有着殊途同归处。他们在"理欲"观上实质有共同的思想观点。程朱理学的主旨是"行天理，去人欲"，王夫之学说却与此相悖反，提出"天理寓于人欲"的观点。他说："理尽则合人之欲，欲推即合天之理。于此可见，人欲之各得即天理之大同；天理之大同，无人欲或异。"他写完这段话后，颇为自得，且自注道："愚此解，朴实有味。解此章者，但从此求之，则不堕俗儒，不入异端矣。"[1] 王夫之的"理欲观"其实已经与泰州学派李贽的思想颇为近似了，这是时代进步使然，但他特自注明"不入异端"，大概是以为"此人欲"与"彼人欲"是截然不同的吧。但是，王夫之又将人的物质生活满足包含在"天理"之中，他说："礼虽纯为天理之节文，而必寓于人欲以见。"且自注："饮食，货。男女，色。"又道："唯然，故终不离人而别有天，终不离欲而别有理也。"[2] 从这些话的主旨来看，王夫之的"理欲观"与泰州学派李贽的"理欲观"并未有

---

[1] 王夫之：《读四书大全说》卷四，"里仁篇·十一"，《船山全书》第六册，第641页。

[2] 王夫之：《读四书大全说》卷八，"梁惠王下篇"，《船山全书》第六册，第913页。

什么相异处了。

王夫之哲学思想的一个重要特点就是对生命意义与人生价值的深刻认识。他的"理欲观"也体现出这一点，他尊重人的感性生命欲求，将此看成是人类文明进步的基本动力。王夫之以为，要使人类社会充满勃勃生机，就必须"善天下之动"，"既已有是人矣，则不得不珍其生"[1]，因此，"甘食悦色，天地之化机也"，而且，他认为这是"天之仁也"[2]，也就是"天理"之所在。他的这些观点与程朱理学"灭人欲"的观点恰恰相反，认为只有在"饮食男女之欲"中才能有美的要求，拒绝"美食""美人"都是不合人性的，"苟其食鱼，则以河鲂为美，亦恶得而弗河鲂哉？苟其娶妻，则以齐姜为正，亦恶得而弗齐姜哉？"[3]他怒斥程朱理学所鼓吹的"惩忿""窒欲"论是"灭情而息其生"，是对人类个性发展的扼杀。他说："性主阳以用壮，大勇浩然，亢王侯而非忿。情宾阴而善感，好乐无荒，思辗转而非欲。而尽用其惩，益摧其壮，竟加以窒，终绝其感。一自以为马，一自以为牛，废才而处于锌。一以为寒岩，一以为枯木，灭情而息其生。"[4]他在这段话里强烈地反对程朱理学"惩忿""窒欲"论，认为那是将人当牛马、岩石、枯草，最后"皆托损以鸣其修"，灭掉了人们的"大勇浩然"，使得人们成为动物和草木。他后来在《读四书大全说》中明确地反对"灭人欲"之说："孔颜之学，见于六经四书者，大要在存天理，何曾只把这人欲做蛇蝎来治，必要与他一刀两断，千死千休？"[5]

王夫之既反对"灭欲""禁欲"之说，也反对走向纵欲主义的极端。他说："人之施诸己者不愿，则以此絜彼，而知人之必不愿也，亦勿施焉。以我自爱之心，而为爱人之理，我与人同乎其情也，则亦同乎其道也。人欲之大公，即天理之至正矣。"[6]这实际就是针对中国古代专制社会的独裁君王及王公贵族特权阶级纵逞一己之私欲，又企图遏制天下人之欲望的状况，这其实

[1] 王夫之：《周易外传》卷二，《船山全书》第一册，第869页。

[2] 王夫之：《思问录·内篇》，《船山全书》第十二册，第405—406页。

[3] 王夫之：《诗广传》卷二，"陈风·一·论衡门一"，《船山全书》第三册，第374页。

[4] 王夫之：《周易外传》卷三，《船山全书》第一册，第924页。

[5] 王夫之：《读四书大全说》卷五，"论语·雍也篇·十二"，《船山全书》第六册，第675页。

[6] 王夫之：《四书训义》卷三，"中庸二·第十三章"，《船山全书》第七册，第136—137页。

是"私天下"的流弊恶端。所以，他强调要反对统治者的纵欲无度，提倡"人欲之各得""人欲之大公"。他还说："君子只于天理人情上絜个均平方正之矩，使一国率而由之。则好民之所好，民即有不好者，要非其所不可好也，恶民之所恶，民即有不恶者，要非其所不当恶也。"[1]他在这里提出了"社会平等"的主张，认为要做到"天下之理得"，就应该"以整齐其好恶而平施之"，就应该"均平专一而不偏不吝也"。[2]实质上仍然有平均主义的农民乌托邦色彩，但在当时君主独裁专制的严酷氛围中提出这样的主张是很勇敢的，也是具有进步启蒙意义的。此外，王夫之还说："吾惧夫薄于欲者之亦薄于理，薄于以身受天下者之薄于以身任天下也。……是故天地之产皆有所用，饮食男女皆有所贞。君子敬天地之产而秩以其分，重饮食男女之辨而协以其安。"[3]在这里，他将理欲之关系与权利义务关系相比较，他认为，如果将权利看得轻，义务也就看得轻，二者关系犹如"群己界限"，因此，对理欲关系不可将天理看得轻，亦不可将人欲看得轻，应当各取其分之所当，最好是二者应该互相转化，使得天理成为"人欲之大公"，要警惕与节制那些非分的欲望，因为人的欲望常常无限扩张，没办法全部满足，过度要求是不可以的。当然，王夫之还是企图以社会道德来节制"人欲"，所谓"敬天地之产秩以其分，重饮食男女之辨而协以其安"，希望人们以"君子"规范来要求自己，他最后又提出"厚用天下而不失其澹，澹用天下而不歆其薄""慎为之而已矣"[4]，这才是遵守"人欲之大公"的君子之道。王夫之的"公欲"之说，首先揭露了帝王"私天下"才是最大的私欲，主张将理欲关系的解决诉诸社会平等，这是其理性批判哲学的一个重要组成部分，他肯定了人们的正常生活欲求与追求功利的合理性，有着对中古蒙昧主义与程朱理学"惩忿""窒欲"论的理性批判。他也敏锐地注意到了取消一切社会道德与规范会带来颓废纵欲的病态行为，因此强调"人欲之大公""人欲之各得"，认为这才是"至正"的"天理"。固然，在当时的时代环

---

[1] 王夫之：《读四书大全说》卷一，"大学·传第十章·四"，《船山全书》第六册，第439—440页。
[2] 同上书，第440页。
[3] 王夫之：《诗广传》卷二，"陈风·一、论衡门一"，《船山全书》第三册，第374页。
[4] 同上。

境中，他不可能找寻到解决社会平等、人的自由等矛盾的现实途径，这也使得其"公欲"的理想仍然有着某种乌托邦性质，这是历史的局限性造成的，所以不该对这位先哲求全责备。

先秦诸子对"人性"有不同看法。孟子主张"人性本善"，认为人生来就有仁、义、礼、智"四善端"，发展后即可成圣。荀子则主张"性恶论"，曰："人之性，恶；其善者，伪也。"[1]他更主张人性应当受到后天的教养，否则不可能成善。在历史上，由于孟子的"亚圣"地位，较多的儒家士大夫信奉孟子的"性善论"。而王夫之作为一个理性批判哲学的哲学家，他站在自然与历史进化的制高点考察人性，认为人性是在人类进化史中生成、发展的，不承认有什么开始就成形的"善"或"恶"的人性，性的"善"与"恶"是"日生日成"，而且不断变化，绝对不是永恒不变的，"未成可成，已成可革"，也就是说以往没有的可以形成，已经形成的则可以革除。他说："夫性者生理也，日生则日成也。则夫天命者，岂但初生之顷命之哉！"[2]也就是说，人性即人之"生理"是从生成后渐渐发展的，"夫天之生物，其化不息"，因此并非是开始就定型的，"幼而少，少而壮，壮而老，亦非无所命也"。随着人的成长，人性的发展也是各个人各个阶段都有所不同。"形日以养，气日以滋，理日以成，方生而受之，一日生而一日受之，受之者有所自授，岂非天哉？故天日命于人，而人日受命于天。故曰性者生也，日生而日成之也。"[3]由此可见，王夫之的人性论与其自然历史的进化论哲学是紧密相连的。他将人性看成是发展的，与人在自然中的进化相同，人类因为不断发展，所以先天固有的"善"与先天固有的"恶"并非相对立，"日生日成"才是对人性的根本论断。他说："惟命之不穷也而靡常，故性屡移而异。抑惟理之本正也而无固有之疵，故善来复而无难，未成可成，已成可革。性也者，岂一受成侻，不受损益也哉？"[4]王夫之实际是对"性善论"或"性恶论"的"一成形"的抽象概念进行驳斥，认

[1] 王先谦:《荀子集解》卷十七，"性恶篇第二十三"，中华书局，1988年9月版。

[2] 王夫之:《尚书引义·大甲二》，《船山全书》第二册，第299页。

[3] 同上书，第300页。

[4] 同上书，第301页。

为"善"与"恶"随着自然社会发展而生成，又随着人类社会发展变化而不断变化，人性随着时代发展而"屡移而异"，其"善"与"恶"的内容也会变化，除了"天理之本正"的义不变外，一些更具体的内容则是"未成可成，已成可革"的。侯外庐先生认为王夫之的人性论最具特识，是中国思想界的先秦诸子所不及者，包含有近世思维的哲学理论观点。

王夫之的"继善成性"论从《周易》的"一阴一阳之谓道，继之者善也，成之者性也"演变而来。"继善成性"论很受侯外庐先生推崇，认为其相当于认识论的实践意义，类似于黑格尔谓人性是"自己运动和生命力所固有的脉搏跳动"。王夫之盛赞"继"的意义："甚哉！继之为功于天人乎！天以此显其成能，人以此绍其生理也。"[1]那么，"继"对于天、人的功劳在哪里呢？"夫繁然有生，粹然而生人，秩焉纪焉，精焉至焉，而成乎人之性，惟其继而已矣。道之不息于既生之后，生之不绝于大道之中，绵密相因，始终相洽，节宣相允，无他，如其继而已矣。"[2]人的生命活动的历史实践，是前赴后继，不断摸索，方形成文明的历史传统，"生之不绝于大道"，认识的能动性能够形成"善"的传统，"学成于聚，新故相资而新其故；思得于永，微显相次而显察于微"。[3]人们在实践活动中发挥其认识自然的能力，累积经验，总结教训，在改造自然时发展人的文明，继承优良的文明传统，抛弃野蛮之作风，使得文明不断发展，人性也在发展中不断提升。王夫之特别指摘了不文明的野蛮夷狄行为，认为他们互相屠杀，无君臣之义，关键就在于不能继承文明传统。人性的"善"与"恶"实际上与能否继承优良传统有很大关系，"天命之性有始终，而自继以善无绝续也。川流之不匮，不忧其逝也，有继之者尔，日月之相错，不忧其悖也，有继之者尔"。[4]

说到人类的主观能动性时，我们不能不重新提到王夫之哲学观念的"道器观"。王夫之认为，人类不仅可以反映自然，也可以认识自然——从自然中

---

[1] 王夫之：《周易外传》卷五，《船山全书》第一册，第1007页。

[2] 同上。

[3] 同上书，第1008页。

[4] 同注［1］。

总结规律，总结改造自然的经验教训，同时不断改造自己的人性气质与创造自己的文明。"道"与"器"是王夫之运用较多的理念词汇，且含有多重含义。如前所述，在人类史观中就有普遍规律与具体事物的含义，而从中又有所引申，亦包括社会政治、道德立法之原则与具体社会关系、社会制度彼此间的联结与矛盾。王夫之的"道器观"也具有近代思想性质，亦进一步拓展和完善了他的人性论。王夫之"道器观"的哲学观念是"道"依存于"器"，"器"先"道"后，有"器"才能有"道"。从人类历史中看，从来是"礼，器也，义，器与道相为体用之实也，而形而上之道丽于器之中"[1]，因此，"器"变则"道"亦变。王夫之用"道器观"来研究人类历史的进化与发展，主张"推其所以然之由，辩其不尽然之实"[2]，就是说既要探讨其必然性，也要研究其偶然性，对人类社会的历史进行纵向剖析，以认识人性之生成及发展规律。他提出"性日生"的观念："天理日流，初终无间，亦且日生于人之心。惟嗜欲薄而心牖开，则资始之元，亦日新而与心遇，非但在始生之俄顷。"[3]也就是说，人类进化之"天理"是自然在生化秩序中生生不已，人类也在这样的自然生化秩序中成长进步；自然给予人类，人类成之；自然日生而给予人类，人类日新而成之。王夫之说："成必有造之者，得必有予之者，已臻于成与得矣，是人事之究竟，岂生生之大始乎！有木而后有车，有土而后有器，车器生于木土，为所生者为之始，揉之斫之，埏之埴之，车器乃成，而后人乃得之，既成既得之，物之利用者也，故曰'利物和义'。"[4]所以，他认为作器、述器、治器，是有其创造的条件的，且有一定的时序，违时或乱序，都会失败。他这里其实并不是仅仅指制造物件，也包括总结人类在改造自然中创造文明的经验教训。他在《俟解》一文里批评老子的"朴"之说，认为："朴者，木之已伐而未裁者也，已伐则生理已绝，未裁则不成于用，终乎朴则终乎无用矣。"[5]他实质上是批判老子极端的自然主义，认为这种简陋的"朴"之学说，不思创造、不思进

---

[1] 王夫之：《张子正蒙注》卷六，"三十篇"，《船山全书》第十二册，第232页。

[2] 王夫之：《读通鉴论》卷末，"叙论二"，《船山全书》第十册，第1177页。

[3] 王夫之：《周易外传》卷一，《船山全书》第一册，第826页。

[4] 同上书，第825页。

[5] 王夫之：《俟解》，《船山全书》第十二册，第486页。

步，耽于古老原始状态，以为过去的一切都是好的。王夫之发出质问："若以朴言，则唯饥可得而食，寒可得而衣者，为切实有用，养不死之躯以待尽，天下岂少若而人耶？自鬻为奴，穿窬为盗，皆以全其朴，奚不可哉？养其生理自然之文，而修饰之以成乎用者，礼也。"[1]他以为那只是"不成用"的空谈，且对这种泥古不化的守旧思想加以驳斥，认为是违背了"日生日成"的人性进化原则。

王夫之的人性论的核心，是具有人本主义色彩的"人极"观念。他认为，人是自然界的最高产物，是自然界所产生的，但因人的智慧、社会组织及伦理道德等的进化，人成为自然界的开拓者与主人。他说："自然者天地，主持者人。人者，天地之心。"[2]人的探索与艰苦实践使得大自然的"自在之物"变成了为我所用之物，"乃知此物所以成彼物之利。金得火而成器，木受钻而生火，惟于天下之物知之明，而合之，离之，消之，长之，乃成吾用"。[3]在物质愈来愈丰富的世界里，人们开始建设文明，"存人道以配天地，保天心以立人极"。[4]"人极"的观念，也就是"依人建极"，"道行于乾坤之全，而其用必以人为依。不依乎人者，人不得而用之，则耳目所穷，功效亦废，其道可知而不必知。圣人之所以依人而建极也"。[5]他认为，"天理"即是"人道"，是"依人而建极"，解释《周易》中的"小往大来，亨"时，他说："此其所以通于昼夜寒暑，而建寅以为人纪，首摄提以为天始，皆莫有易焉。何也？以人为依，则人极建而天地之位定也。"[6]

那么，"人极"的主要内容是什么？他在《黄书·原极第一》里提出"三维"之说："人不自畛以绝物，则天维裂矣。华夏不自畛以绝夷，则地维裂矣。天地制人以畛，人不能自畛以绝其党，则人维裂矣。是故三维者，三极之大司

---

[1] 王夫之：《俟解》，《船山全书》第十二册，第 487 页。

[2] 王夫之：《周易外传》卷二，《船山全书》第一册，第 885 页。

[3] 王夫之：《张子正蒙注》卷三，"动物篇"，《船山全书》第十二册，第 106 页。

[4] 王夫之：《周易外传》卷二，《船山全书》第一册，第 883 页。

[5] 同上书，第 850 页。

[6] 同上书，第 852 页。

也。"[1]"天维"是人与自然的关系，人不可暴殄天物，否则就是"以绝物"，是"天维裂矣"；华夏与夷人之辨，也不可随意混淆，他强调"华夷之辨"，认为因为地域不同，形成了野蛮与文明的界线，这条界限移动了、混淆了，那么，华夏民族可能倒退到野蛮民族，那就是"地维裂矣"。此外，人类倘若是互相偏见过深，互相分裂，互相攻讦，乃至自相残杀，必定是伦理道德不存，人伦不存，是"人维裂矣"。这是王夫之根据他所处时代的痛苦教训总结的，其中未必没有偏见与蒙昧的观点。比如，因为他处于满族的残暴统治下，他对"华夷之辨"的看法，既是一种民族自尊心的体现，也是受到传统儒家观念的浸染，认为只有华夏民族才达到文明社会的标准，甚至将"夷狄"统统视为"不能备其文"的野蛮民族，这不能不说含有盲目自大的心理。王夫之身处动乱时代，忍受着连年战争的痛苦，他对人们互相杀戮的惨况是痛心疾首的，可笼统地将之归于"人不能自畛以绝其党"，也有些简单化。他认为，人类与禽兽虽然互相间都有动物性本能，如"甘食悦色"及生命、情欲、知觉本能外，但人被自己所创造的文明所教化，也就是人在社会活动中具备了伦理道德意识。他在《俟解》中说："人之所以异于禽兽者，君子存之，则小人去之矣。不言'小人'而言'庶民'，害不在小人而在庶民也。小人之为禽兽，人得而诛之。庶民之为禽兽，不但不可胜诛，且无能知其为恶者，不但不知其为恶者，且乐得而称之，相与崇尚而不敢踰越。"[2]过去，一些学者常常以为这是对庶民阶层的偏见，其实王夫之是在讲述一种现代西方学者所称的"普遍之恶"。这样的"普遍之恶"，即使是现代社会也时常发生，比如第二次世界大战中纳粹德国的种族主义，它使得德国民众都受到"普遍之恶"的蛊惑，人们"相与崇尚而不敢踰越"，犹如瘟疫般传染整个民族。王夫之后来又说："明伦、察物、居仁、由义，四者禽兽之所不得与。壁立万仞，止争一线，可弗惧哉！"[3]这就是说，人们的伦理道德是人类社会走向文明进步的保证，但是，并不是说人类社会只会进步不会退化，倘若有了某种特殊的气候与土壤，"自陷于禽兽"的野蛮状

---

[1]王夫之:《俟解》,《船山全书》第十二册, 第 478 页。
[2]同上。
[3]同上书, 第 478—479 页。

态还是可能复辟的。王夫之的"人极"观念基本上是把人类的特殊本质，也就是人性"善"与"恶"的分野，看成是文明与野蛮的对立，而"人纪""人维""人道"是文明人类的典型特征，也是人类社会从"文之不备"发展到高度文明的要素。

在18世纪欧洲思想启蒙运动中，英国哲学家休谟写出了重要著作《人性论》，这是从社会角度而非自然科学角度探讨人的社会本性的哲学经典著作。休谟说："人性研究是关于人的唯一科学，可是一向却最被人忽视。我如果能使这门科学稍为流行一些，就心满意足了。"[1]休谟认为，对人性的分析不能从理性抽象原则出发，而应该着眼于现实个人的心理特质及其价值倾向。他还特别重视用社会历史的观点去考察人性，希望从中发现人性的普遍原则。他还说："人类是宇宙间具有最热烈的社会结合的欲望的动物，并且有最多的有利条件适合于社会的结合。我们每有一个愿望，总不能不着眼于社会。完全孤独的状态，或许是我们所能遭到的最大惩罚。"[2]我们对比休谟与王夫之的人性论，发现也有某种契合，即他们都反对从某种抽象原则出发而教条地论述人性，主张用社会历史的发展观点来看待人性的变化，他们也反对离开人的道德伦理界定去空谈人性。但是，二者之间的差异也是巨大的。休谟因为受到经验主义哲学家约翰·洛克及乔治·克莱的深刻影响，同时又汲取了牛顿、亚当·斯密等人观点，因此，他的哲学思想更加细密，更富有现代性。王夫之的人性论观念应该说含有较浓厚的儒家思想色彩。他是从历史哲学的角度出发，人性论仅仅是其理性批判哲学的论证话题，也是他的自然史观与人类史观的组成部分，而且他多以诠释和论证古代典籍的形式阐述自己的思想，因此其思维逻辑时常有朦胧与不连贯处，甚至某些观点存在着互相矛盾的瑕疵。与传统儒家不同的是，他不赞同如先秦诸子那样用"性恶"与"性善"的抽象观念来论述人性。王夫之提倡"日生日成"的人类感性生命欲求，批判程朱理学"灭情

---

[1]（英）休谟：《人性论》（上册），关文运译，关之骧校，第一卷，第四章，商务印书馆，1980年4月第1版，第304页。

[2]（英）休谟：《人性论》（下册），关文运译，关之骧校，第二卷，第二章，商务印书馆，1980年4月第1版，第400页。

而息其生"的禁欲主义，而且提出了"人欲之大公即天理之至正"的说法，将人的正当物质欲求看成是推动人类文明进步的动力，他的"理欲观"与"道器观"都含有朴素的辩证法思想，直面古代专制社会的"私天下"黑暗现实，有着尖锐的时代思想批判锋芒，也有着睿智和精辟的深刻见解，虽然他的很多思想观点仍属于朴素形态，但是他的哲学思想不愧是明清时代早期启蒙思潮中的重要理论成果，也是中华民族文化智慧宝库中的精神瑰宝之一。

第十章

反理学的颜元、李塨学派

一、颜元平生"三变"的思想探索之路

17 世纪到 19 世纪初，早期启蒙思潮已经基本进入沉寂阶段。在历史的回流中，清朝统治者的极权独裁政治进一步巩固，思想文化界在朝廷的文字狱镇压及各类"御纂""钦定"的肆意干涉下，也是一片凋零荒凉。此时，颜元、李塨学派披上复古的外衣，对宋明理学进行了一场锐利、猛烈的抨击。其批判的力度与深度，甚至可说超过黄宗羲、顾炎武、王夫之三位启蒙思想家。虽然在时代精神的理论实质上，他们三人已成为某种思想"异端"，却又都与宋明理学有着藕断丝连的联系。唯有颜元、李塨学派无一丝保留地彻底清算了宋明理学，这是一股脱颖而出的新的启蒙思想力量。

颜元，生于明崇祯八年（1635 年），卒于清康熙四十三年（1704 年），字易直、浑然，号习斋，直隶博野县（今属河北）人。颜元父被明朝小官吏朱九祚收为养子，改朱姓，居河北蠡县刘村。颜元亦生在朱家，名朱邦良。颜

元 4 岁时，即崇祯十一年（1638 年），清兵侵犯京畿时将其父掳往关外，此后音信渺然。其母在他 12 岁时改嫁，颜元便移住义祖父朱九祚处。朱九祚曾任明兵备道禀，很有胆识。清兵犯境，朱九祚率众人助守蠡县城，被乡里百姓所敬重。

颜元 8 岁就读于僧人吴持明处，该僧"能骑、射、剑、戟，慨明季国事日靡，潜心百战神机，参以己意，条类攻战守事宜二帙，时不能用，以医隐。"[1] 颜元在吴持明处自幼启蒙时就被灌输务实精神，时新教育方法与内容使得童年的颜元受益良多。他时常以买饼钱换纸墨，孜孜不倦地学习。11 岁，义祖父朱九祚又教他八股文章，他对此无兴趣。义祖父朱翁欲通过花钱行贿为他换取秀才功名，他"哭不食曰：'宁为真白丁，不作假秀才。'"[2] 此事乃止。他在 16 岁时初应县试，试卷以"弭盗安民"为题目，他的应试文章比喻生动，取意新巧，阅卷者认其为奇才。[3] 颜元 19 岁时，义祖父朱九祚因诉讼纠纷外逃他乡，他因家人身份被拘押入狱。颜元处乱不惊，在狱中作文，优于往日。他拜当地秀才贾端惠为师。贾端惠为人正直，不与当地官府豪绅结交，且力戒颜元所染的浮薄习气，颜元一生颇受教益。颜元在其寓所的前室书三字："养浩堂"。后来，贾端惠病卒，颜元为其师持心丧五月，私谥"端惠先生"。这一年，颜元考中秀才。

颜元 20 岁时，义祖父朱九祚讼败回乡，家道中落。颜元建议举家迁往农村。他担起家庭重担，"耕田灌园，劳苦淬砺。初食蜀秫如蒺藜，后甘之，体益丰，见者不以为贫也"。[4] 这些年，他所学颇杂，21 岁读通鉴，愈加鄙薄时文八股，22 岁广读医书，23 岁学兵法，24 岁开私塾教授学生。期间，也开始为乡人治病行医。他此间对宋儒之学产生怀疑，那些腐儒不知兵，不知农事，不知政务，徒言性理，却使国家受屈辱于辽、夏、金、元的异族军事力量。颜

---

[1] 李塨纂、王源订：《颜习斋先生年谱卷上》，载颜元著《颜元集》（下），王星贤、张芥尘、郭征点校，中华书局，1987 年 6 月第 1 版，第 708 页。
[2] 同上书，第 710 页。
[3] 同上。
[4] 同上书，第 711 页。

元"初学未几，即学兵法，此所以远迈宋儒，直追三代经世之学也"。[1]

颜元后来在一文中叙述自己一生思想之三变："予以十九岁列庠末，廿一岁遂厌八股业而弃之，从事史鉴。廿三岁得陆、王二子语录，而始知世有道学一派，深悦之，以为孔、孟后身也。"[2]他颇信服陆王学说，以为其学说直指本心，尤其笃信"知行合一"的观点，他曾经写《求源歌》《大盒小盒歌》《格物论》，以此诠释陆王之学的宗旨。颜元于清顺治十五年（1658年）开家塾训子弟，名其斋为"思古斋"，自号"思古人"。所教授内容多为井田、封建、学校、乡举里选、田赋及阵战之法。他的一名弟子彭好古，其父为理学大师孙奇逢之友，家学渊远，他提问应答时也多道学之语。颜元屈于诘问，又开始研究道学，且手抄陆、王语录一册。翌年，颜元赴易州岁试时顺访王五修，王五修为孙奇逢弟子，理学造诣很深。颜元深受影响，他不仅减少了对宋明理学的厌恶之感，且拜倒在陆王心学和程朱理学的门下，认为宋明道学才是孔孟真传。他又从王五修处得到了《性理大全》等理学典籍。"见周、程、张、朱语录，幡然改志，以为较陆、王二子尤纯粹切实，又谓是孔、孟后身也。进退起居，吉凶宾嘉，必奉《文公家礼》为矩获，奉《小学》《近思录》等书如孔子经文。"[3]他在家中，衣食住行都严格仿照理学的那一套礼法，田间劳动之余，也如坐禅似的练习静坐自省，惹得邻居农夫们调笑。

义祖父朱翁却对他很不满，责问他为何不去应试求功名，甚至以绝食相逼。顺治十七年（1660年）秋，颜元不得已入京应试，发榜后落第，仍然归乡务农。他回乡后与郭敬公等同乡文友十五人共结文社，立社仪，拜孔子，论经史，拈题为文，立题作诗。很长一段时间内，颜元躬行陆王学说的"勘心体"，30岁开始与好友王法乾写日记，劝学规过，自省言行。几年后，他又感到如此工夫没有什么用处，对好友王法乾自嘲道："恐成无用学究。"

康熙七年（1668年）二月，义祖母朱媪病故，颜元代父行孝。他依理学

[1]李塨纂、王源订：《颜习斋先生年谱卷上》，载颜元著《颜元集》（下），王星贤、张芥尘、郭征点校，中华书局，1987年6月第1版，第712页。

[2]颜元：《习斋记余》卷六，《王学质疑跋》，《颜元集》（下），第496页。

[3]同上书，第496—497页。

一套关于孝礼的缛规，结庐守墓，"三日不食，朝夕奠，午上食，必哭尽哀，余哭无时，不从俗用鼓吹，恸甚，鼻血与泪俱下"。[1]三个月，他昼夜哀恸，因此而大病一场。"朱氏一老翁怜之，间语曰：'嘻！尔哀毁，死徒死耳。汝祖母自幼不孕，安有尔父？尔父，乃异姓乞养者。'"[2]颜元得知后稍节哀，他又去问已改嫁的母亲，得到证实。其义父朱晃大为不满，唆使义祖父将他逐出家门，颜元只好在邻村买屋居住。这次家变给他的思想震动很大，使得他的思想发生第三变。"式遵文公家礼，颇觉有违于性情，已而读周公礼，始知其删修失当也。及哀杀，检性理，乃知静坐读讲非孔子学宗，气质之性非性善本质也。"[3]他由此而悟，有时死板地遵守"孝道"伦理，也会行为失当。这使他对程朱理学产生彻底怀疑。两年后，颜元终于在其出生地博野县北杨村访到了亲祖母张氏，确认了自己出身，从此复颜姓，并因自己小名为"园儿"，取谐音"元"字为名。他将其义祖父朱翁接到家，其义父朱晃盛怒，思谋杀之，颜元逾墙出逃，事平后仍悉心服侍义祖父。颜元心中惦念生父下落，他积攒了卖卜行医的一笔钱，拟在适当时机往辽东寻找生父。康熙十二年（1673年），他与文会诸友往山东曲阜拜孔庙，遇大风，吟诗曰："谷风懔懔逆行人，继日尘霾日倍昏，山左扬鞭遊孔墓，不堪回首望燕云。"[4]归乡后两月，义祖父朱九祚病逝，颜元恸哭尽哀，为其料理丧葬事。后来，颜元归博野县北杨村老家，正式归宗，且在乡村教馆度日。

康熙十八年（1679年），颜元45岁，他的思想已发生很大变化，不再认为程朱理学为孔孟之道的"后身"。有一儒生陈天锡问学，他风趣地比拟，可作两幅图：一是孔子给七十二弟子讲学图，众弟子习礼、鼓琴、舞蹈，且互相讨论学问，墙壁挂有兵器、乐器、算器及各种礼衣冠；另一幅图则是程颐，峨冠博服，垂目坐如泥塑，诸弟子朱、陆等人旁侍，"或返观打坐，或执书吾伊，

［1］李塨纂、王源订：《颜习斋先生年谱卷上》，载颜元著《颜元集》（下），王星贤、张芥尘、郭征点校，中华书局，1987年6月第1版，第725页。

［2］同上。

［3］颜元：《习斋记余》卷六，《王学质疑跋》，《颜元集》（下），第496页。

［4］同上书，第738页。

303

或对谭静敬，或搦笔著述，壁上置书籍、字卷，翰砚、梨枣"[1]。他笑问："此二堂同否？"陈天锡默然笑。这一年，他"左目上生疮，后久不愈，左目遂眇，途行遇风辄作痛，避息"[2]。他为其蠡县弟子李塨亲书"滕口木鸡"，悬于壁间。他的意思是希望弟子既能坦言育人，又有深淳教养。李塨后来成为颜元的得意门生，为颜元纂年谱、定遗稿，又进一步补充、发扬了颜元的思想。

康熙二十三年（1684年）春，颜元50岁，其好友王五公逝世，闻之大恸。颜元决计北上辽东寻找亲生父亲，亲自履行孝道之行为。他四月八日只身起行，过涿州时与70多岁的著名学者陈国镇晤面，而朝廷权臣冯铨亦欲谋会面，拒见。至北京城，他四处张贴寻父揭帖。又过山海关，两月后抵达奉天（今沈阳）。翌年二月，传盖州南有信息，便一路奔赴辽阳、盖平、耀州、海城，备尝艰辛，多次陷入翻浆泥中失履拔出，寻访三十多日未果后又返回奉天，拟转赴抚顺再去寻找。奉天城内有银工金姓者，其妇见揭帖后请见，两人相谈。颜元乃得知该妇便是自己的异母妹妹。"乃详问父名字、年貌、疤识，皆合。妇又言：'父至关东，初配王氏，无出；继配刘氏，生己。曾以某年逃归内地，及关被获，遂绝念。康熙十一年四月十二日卒，葬韩英屯。'因相向大哭，认为兄妹。"[3]次年四月，颜元结束了一年的寻父历程，他极尽孝礼，亲自驾车运送其生父遗骸回家乡归葬，其孝道励节亦广为人知，前来拜访的人络绎不绝，既有无名儒生，亦有高官显宦，如兵部尚书许三礼等皆登门求教。

康熙三十年（1691年）三月，颜元57岁，为了阐扬其学术思想而南游中州。他独自登程，经安平、深州、顺德等地，又过浚县，宿班胜，至夏峰，会晤了理学家孙奇逢之子，又自延津过黄河。两月后抵开封，又赴杞县、鄢陵、上蔡、商水、小黄河、奉天峙，后又北返。颜元沿途宣传其"四存"学说，说道孔孟之学有别于程朱理学时，遭到了许多儒学卫道者非议。当时，程朱理学之风已经弥漫全国了。一年后，颜元对李塨说："予未南游时，尚有将就程、

---

[1] 颜元：《习斋记余》卷六，《王学质疑跋》，《颜元集》（下），第749页。

[2] 同上书，第750页。

[3] 李塨纂、王源订：《颜习斋先生年谱卷下》，载颜元著《颜元集》（下），王星贤、张芥尘、郭征点校，中华书局，1987年6月第1版，第757页。

朱，附之圣门支派之意。自一南游，见人人禅子，家家虚文，直与孔门敌对，必破一分程、朱，始入一分孔、孟，乃定以为孔、孟，程、朱判然两途，不愿作道统中乡愿矣。"[1] 颜元很厌恶士林中空谈性理的浅陋之风，倒是更愿意与江湖中人交往。在商水，他遇侠士李子青，李子青见其佩短刀，目视曰："君善是耶？"颜元谢不敏。"子青曰：'拳法，诸技本。君欲习此，先习拳。'时月下酣饮，子青解衣，演诸家拳数路。"[2] 颜元亦有兴，称："如是，可与君一试。"遂折竹为刀，两人对舞数合，颜元即击中其手腕。李子青大惊，掷竹拜伏，且使其三子拜颜元为师从游。至开封，颜元见一少年颇俊伟，问其姓名，答朱超。颜元请朱超至寓中沽酒对酌，问其志向，答曰："愿学经济。"颜元半醉，提剑起舞，为之歌曰："八月秋风凋白杨，芦荻萧萧天雨霜，有客有客夜徬徨。徬徨良久鹳鹕舞，双眸炯炯空千古。纷纷诸儒何足数，直呼小儿杨德祖。尊中有酒盘有餐，倚剑还歌行路难。美人家在青云端，何以赠之双琅玕。"[3] 南行中，颜元曾经与理学名家习包、张沐等辩难，且在争论中更坚定了自己的学术立场。他先写成《存性编》二卷，认为宋儒误解了孔孟有关性善之论述，而后来的儒者们愈是错上加错。后来，他又写成《存学编》《存治编》《存人编》，这便是他的"四存"之说，其思想主旨便是借阐扬孔孟原旨之名义，挞伐程朱理学，宣传实学。他的实学理论在当时的学术思想界引起震撼，就连当朝的理学名臣陆世仪、李光地等也难以驳倒其观点。后来，其弟子李塨对颜元的思想又有所补充，最终形成了颜李学派。清代时，信奉颜李学派的著名学者还有王源、恽鹤生、程廷祚等人。

颜元南游归乡两年后，有肥乡学者郝文灿邀请其主持漳南书院，他推辞未就。但是，颜元久怀教育改革之志，还是很想通过书院的讲坛宣传自己的学术思想。后来，书院又再三聘请，颜元于康熙三十五年（1696 年）四月，前往肥乡主教漳南书院。他希望在这个书院展示其"实学"的教育思想，不似

---

[1] 李塨纂、王源订：《颜习斋先生年谱卷下》，载颜元著《颜元集》（下），王星贤、张芥尘、郭征点校，中华书局，1987 年 6 月第 1 版，第 774 页。

[2] 王源：《颜习斋先生传》，《颜元集》（下），第 703 页。

[3] 李塨纂、王源订：《颜习斋先生年谱卷下》，载颜元著《颜元集》（下），王星贤、张芥尘、郭征点校，中华书局，1987 年 6 月第 1 版，第 770 页。

宋儒空口讲学，而强调实习，强调学习内容应该广博。他在漳南书院大胆改制，书院内"请建正庭四楹，曰'习讲堂'。东第一斋，西向，牓曰'文事'，课礼、乐、书、数、天文、地理等科。西第一斋，东向，牓曰'武备'，课黄帝、太公以及孙、吴五子兵法，并攻守、营阵、陆水诸战法、射御、技击等科。东第二斋，西向，曰'经史'，课'十三经'、历代史、诰制、奏章、诗文等科。西第二斋，东向，曰'艺能'，课水学、火学、工学、象数等科。其南相距三五丈为院门，悬许公'漳南书院'匾，不轻改旧称也。门内直东曰'理学斋'，课静坐、编著、程、朱、陆、王之学；直西曰'帖括斋'，课八股举业，皆北向"[1]。他特地解释："置理学、帖括北向者，见为吾道之敌对，非周、孔本学，暂收之以示吾道之广，且以应时制。"[2]颜元的这一举动体现其胸襟开阔，处置时务亦很圆通。颜元亲自在"习讲堂"正厅书楹联："聊存孔绪励习行，脱去乡愿、禅宗、训诂、帖括之套；恭体天心学经济，斡旋人才、政事、道统、气数之机。"这副楹联道出其教学改制的宗旨。漳南书院的改制是颜元的大胆尝试，亦是其晚年的得意之举，他希望士人们摆脱程朱理学与八股制艺文章的桎梏，使其"实文、实行、实体、实用"的经世致用之学大行其道。但是很可惜，颜元主持漳南书院仅半年，至八月中旬，"漳水盛溢，弥漫七八十里，人迹绝，垣圮堂舍悉没"。[3]在一片洪水泽国中，漳南书院亦荡然无存。颜元叹曰："此天意也。"知事不可为，漳南书院难以恢复，颜元乃怅然辞归。此后，他再未出故里。

康熙四十二年（1703年）六月，颜元收下王源为门生，勉励他："一洗诗文之习，实力圣学，斯道斯民之幸也。"[4]且嘱咐王源多读兵法，习实用之学。

康熙四十三年（1704年）九月二日，颜元病逝，年70岁。"卒之时谓门弟子曰：'天下事尚可为，若等当积学待用。'言罢而逝。"[5]

---

[1]颜元：《习斋记余》卷二，《漳南书院记》，《颜元集》（下），第412页。

[2]同上。

[3]王源：《颜习斋先生传》，《颜元集》（下），第703页。

[4]李塨纂、王源订：《颜习斋先生年谱卷下》，载颜元著《颜元集》（下），王星贤、张芥尘、郭征点校，中华书局，1987年6月第1版，第790页。

[5]王源：《颜习斋先生传》，《颜元集》（下），第705页。

二、颜元对宋明理学进行批判的理性主义倾向

颜元早年为学尚沉溺于程朱理学及陆王心学之中，他曾经长期坚信宋明理学，到中年幡然觉悟，认为静坐读书及程朱理学和陆王心学皆非正务，而古代周公之六德、六行、六艺，以及孔子四教之学，才是正道。他著《存学编》《存性编》《存治编》《存人编》，创立"四存"学说。在当时的时代背景下，程朱理学经过清廷官方的大力提倡，已经弥漫全国朝野上下，且在学界居于绝对统治地位，颜元却站出来公然反对，对宋明理学进行全面的思想批判，而且将矛头直接指向二程兄弟和朱熹，这是需要非凡的胆识及思想勇气的。这一切，正体现一个知识分子真诚的求索，独立的思考，勇敢的创见，也是一个儒者尤为难能可贵的品格。颜元对弟子们说："立言但论是非，不论异同。是，则一二人之见，不可易也；非，则虽千万人所同，不随声也。岂惟千万人？虽百千年同迷之局，我辈亦当以'先觉觉后觉'，不必附和雷同也。"[1]

胡适先生曾经引用美国哲学家威廉·詹姆士所称的哲学家"心软派""心硬派"之说，意即哲学家们由于个人性格而倾向某种理论，由此形成了玄学派与事实派之分。这些说法，也有一定道理，我们可以从颜元一生的经历看出，他的倔强性格确实对于其反对宋明理学的实学主义思想的形成具有一定影响。但是，笔者更认可侯外庐先生对于颜李学派反理学的思想理论的评价，他认为应该从清初早期启蒙思潮的学术流变全程来分析与认识这个学派，其实也是早期启蒙思潮从量变到质变的发展过程。在新旧杂陈、复杂错综的时代思潮里，那些启蒙思想家的理论自然也有其时代局限性，如黄宗羲虽表面背倚王学，顾炎武、王夫之表面背倚程朱理学，但这些仅是外表，他们的理论实质是否定其外表的。这些启蒙思想家不可能横空出世，他们的进步思想理论难以脱离时代，而且有一个发展过程。"所以，清初反理学的思潮不是平地降生的，它是在理学母胎里生成起来（如习斋先求之于陆王，以后服膺程朱），渐渐由量变以至质变，然亦正如傅青主所重视的一个'蜕'字，到了十七世纪中叶，如青

---

[1]颜元：《颜习斋先生言行录》卷下，"学问第二十"，《颜元集》（下），第696页。

主云'君子学问，不时变化，如蝉蜕壳，若少自锢，岂能长进'便蜕壳而出，质变为一种新学术，则以前认为先驱者的'晚年定论'，现在自张旗帜号召一世，理学遂成反理学。"[1]

无论从个人的思想探索而言，还是从早期启蒙思潮的发展过程来看，启蒙思想家们的"蜕变"是历史的必然。颜元批判整个宋明理学是有着充分的思想自觉性的，"今何时哉！普地昏梦，不归程、朱，则归陆、王，而敢别出一派与之抗衡翻案乎？"[2]他认为无论程朱理学，还是陆王心学，都有着惑乱人心与窒息思想生机的弊端，因此激烈地用"杀人"二字比拟，"噫！果息王学而朱学独行，不杀人耶！果息朱学而独行王学，不杀人耶！今天下百里无一士，千里无一贤，朝无政事，野无善俗，生民沦丧，谁执其咎耶？吾每一思斯世斯民，辄为泪下！"[3]颜元痛批武承顾谓"朱子之道如日月五行之经天"之说法，他充满讥讽地说："今之世，家咿喔，人朱注，雄杰者静坐读书，著书立言，以缵朱子之统，朝廷用其意以行科甲，孔庙从祀以享蒸尝，尊奉渐拟四配，朱子之道可不谓日月五行之经天耶！尧、舜之三事，周、孔之三物，则扫地矣。嗟乎！吾宁不知此言一出为天下罪人哉？吾当泪下时，愿为罪人而不遑恤矣！"[4]说到最后，其言痛切，其情殷切，今日读者犹可见他那颗忧国忧民的拳拳之心！其实，清初的那一批启蒙思想家总结明亡的教训，深刻认识到宋明理学的玄虚空洞且有着误国误民的极大毒害性，正如后来的启蒙思想家戴震所说，"宋儒以理杀人"。颜元的思想观点与戴震的完全一致。后来，颜元的弟子李塨也说："道学家教人存诚明理，而其流毒每不明不诚，盖高坐空谈，捕风捉影，诸实事概弃掷为粗迹，惟穷理是务。离事言理，又无质据，且执理自是，遂好武断。"[5]如梁启超所言，李塨的这番话是切中了当时中国读书人之通病的。

［1］侯外庐：《近代中国思想学说史》（一），第四章第二节，生活·读书·新知三联书店，2014年1月版，第381页。

［2］颜元：《习斋记余》卷三，《寄桐乡钱生晓城》，《颜元集》（下），第440页。

［3］颜元：《习斋记余》卷六，《阅张氏王学质疑评》，《颜元集》（下），第494页。

［4］同上书，第494—495页。

［5］李塨：《恕谷文集·恽氏族谱序》。

颜元批判宋明理学主要从三个方面着手。一是从理气观入手，批判宋明理学以玄虚理论迷惑人；二是在性理论上，主张自然人性论，反对宋明理学的"存天理、灭人欲"之说和佛教的禁欲主义及道家的虚无主义；三是从知行关系入手，揭露宋明理学不务实事，专尚空谈。

首先，在理气观方面，颜元驳斥了朱熹的"气质性恶"论。他在《存性编》中，引朱熹所言："既有此理，如何恶？所谓恶者，气也。"他对这段话大不以为然，批评是前后矛盾之说，"若谓气恶，则理亦恶，若谓理善，则气亦善，盖气即理之气，理即气之理，乌得谓理纯一善而气质偏有恶哉！"[1]他认为那些道学家将"天命之性"与"气质之性"截然分开，并将两者分善恶对立面，是很荒谬的观点。他说："譬之目矣，眶、疱、睛，气质也；其中光明能见物者，性也。将谓光明之理专视正色，眶、疱、睛乃视邪色乎？余谓光明之理固是天命，眶、疱、睛皆是天命，更不必分何者是天命之性，何者是气质之性。"[2]他又说："诸儒多以水喻性，以土喻气，以浊喻恶，将天地予人至尊至贵有用之气质，反似为性之累者然。不知若无气质，理将安附？且去此气质，则性反为两间无作用虚理矣。"[3]他认为，人的感官是物质实体，所谓"性""理"仅是其功能、其作用，割裂其体用一致的关系，实际也就否认了实体。

颜元在理气观方面的观点，实质上否认了虚幻之"天理"，而以"物理"——客观事物之原理——为理。颜元说："章理者，木中纹理也，其中原有条理，故谚云顺条顺理。"[4]喻木中纹理为理，没有木也就无所谓理。无气亦无理。因此，他质疑程朱理学的"理在事先"的说法，认为气在理先，理只能依附于气。他在《存性编》中的《性图》一文中专作八幅图，以此说明理依附于气的观点。在"朱子性图"，其中第二幅图即是"浑天地二气四德化生万物图"，他解释道，二气即是阴、阳之气，其春、夏、秋、冬四时流行为元、亨、

---

[1] 颜元：《存性编》卷一，《驳气质性恶》，《颜元集》（上），第1页。

[2] 同上。

[3] 颜元：《存性编》卷一，《棉桃喻性》，《颜元集》（上），第3页。

[4] 颜元：《四书正误》卷六，《尽心》，《颜元集》（上），第246页。

利、贞四德，然后化生万物。阴、阳二气才是宇宙之根本。性并非是抽象的天理概念，其内容是"生"，他其实是把人生之"生理"看成是真正的理，因此，我们称他是"理性主义者"是有根据的。人性与人生在古代也是没有分别的。他主张形、性是二而一之，二者也不是绝对分离的，认为人性不能离开人的生命而独立存在，它体现在人的形体所具有的生理、心理活动中。

颜元还驳斥了那些道学家"理善气杂恶"的观点，诠释了人之所以为恶之缘由，他认为人之为恶与人所处的环境有极重大的关系。他说："祸始于引蔽，成于习染。"[1]他雄辩地驳斥禅理将人的五官四肢称为"禽兽"的说法，他反问，圣人也有这些器官，那又作何解释呢？他还以布帛做比喻，原本是素色，煮染后可成为赤帛或为黑帛。他举其生活中所见之人为例子，蠡县原有一吏人之妇，其淫奢无度，为邻里所厌恶，都以为她的本性就是恶人。可是遭际战乱后，她家中财产尽失，人归于农村，却又变得"朴素勤俭，一如农家"。此吏妇前后截然不同之变化，即否定了朱熹的"气质性恶"一说。颜元总结道："吾故曰，不惟有生之初不可谓气质有恶，即习染凶极之余亦不谓气质有恶也。"[2]颜元虽然保留了传统的性善论，但是，他否定人性之恶与其先天的气质禀性有什么关系，认为恶行是后天的周围环境浸染而成，且是可以改变的。所以，他在性理论的思想学说方面坚持"气在理先""体用一致"的观点，将人性看作气质之性，后又还原成人的生理。其实，颜元已经把人看成是抽象的自然人，这是早期启蒙思潮"理性批判精神"阶段中的一个重要理论成果。

德国哲学家康德曾经批判中国古代哲学的"神秘派"倾向："在这里，他的理性并不理解他自己本身以及自己所要求的东西，但却流连忘返，而不愿与一个感性世界里的智性居民所相称的那样，把自己限制在这个感性世界的限度之内，由此便产生了至善就在于无这一老君体系的怪诞，亦即就在于感觉到自己通过与神性相融合并通过自己的人格的消灭而泯没在神性的深渊之中这样一种意识。为了获得对这种状态的预感，中国的哲学家们就在暗室里闭起眼睛竭

---

[1] 颜元：《存性编》卷二，《性图》，《颜元集》（上），第29页。
[2] 同上。

力去思想和感受他们的这种虚无。"[1]颜元正是力图摆脱这种空幻虚无的所谓义理之性，冲出先验的"神性的深渊"，寻回自然人的真正理智，因此他的思想哲学是趋向近代思维的，是具有启蒙性质的。

其次，颜元否认程朱理学关于性理方面的玄谈，坚持自然人性论，以"生"或"生理"为核心，主张从现实人生去考察人性，反对程朱理学的禁欲之"天理"，反对佛教的禁欲主义，也反对道家的虚无主义。他认为："'生之谓性'，若以'天生蒸民，有物有则'，'人之生也直'等'生'字解去，亦何害？"[2]人性也就是"生"，也就是现实的生活与生命。可以说，颜元的思想是一种人本主义，亦是原始儒家的人文主义。所以，他在理气观上否认了虚幻的"天理"，而以客观事物之原理——"物理"——为理；在性理观上，也同样否定程朱理学的"天命之性"或"义理之性"，而以现实人生之真理——"生理"——为理。因此他说："宇宙真气即宇宙生气，人心真理即人心生理，全其真理，自全其生理。微独自全其生理，方且积其全真理者而全宇宙之真气，以扶宇宙生生之气。"[3]这段话是他在性理观上的思想主旨，因此，我们既可以说他是具有中国特色的理性主义者，也可说他是有某种原始儒家色彩的人道主义者。

颜元《存人编》中有"唤迷途"，共五唤，前三唤是企图唤醒佛教信徒与道教教徒的人性理念，后两唤则是针对那些高谈性命的道学家及妖邪杂教。他借用传统儒家的忠孝伦理观念来批评佛教，质问："佛何人，有何功德，乃受天下人香火？"他还指责"赖佛穿衣，指佛吃饭"之论是"无功食禄，寝食不安"，其结果是"白白的吃了人家的，活时做个不妥当的人，死了还做个带缺欠的鬼"。因此，他呼唤那些僧侣离开青灯古佛的冷寂寺院，回到人世间的真实生活中。"我劝你有产业的僧人，早早积攒些财物，出了寺，娶个妻，成家生子。无产业的僧人，早早抛了僧帽，做生意、工匠，无能者与人佣工，挣

---

[1]（德）伊曼努尔·康德:《历史理性批判文集》，何兆武译，天津人民出版社，2014年10月第1版，第89页。

[2]颜元:《四书正误》卷六，《告子》，《颜元集》（上），第236页。

[3]颜元:《习斋记余》卷一，《烈香集序》，《颜元集》（下册），第409页。

个妻子，成个人家。"[1]他索性称"还俗"为"大仁大义之举"："吾今正其名曰'归人伦'，明乎前此迷往他乡而今归家也，明乎前此误入禽兽之伙而今归人群也，明乎前此逸出彝伦之外而今归子臣弟友之中也。"[2]他还说："禽有雌雄，兽有牝牡，昆虫蝇蛆亦有阴阳，岂人为万物之灵而独无情乎？故男女者，人之大欲也，亦人之真情至性也。你们果不动念乎？想欲归伦，亦其本心也，拘世人之见，以还俗为不好耳。今无患矣，我将此理与你们说明了，更不可自己耽误。"[3]《颜习斋先生年谱》中亦记载一事，称颜元年轻时寓居白塔寺，与一僧人无退辩佛理，颜元即以此理驳斥无退。他说："可恨不许有一妇人！""无退惊曰：'有一妇人，更讲何道！'颜元曰：'无一妇人，更讲何道？当日，释迦之父有一妇人，生释迦，才有汝教；僧有一妇人，生无退，今日才与我有此一讲，若释迦父与无退父无一妇人，并释迦、无退无之矣，今世又乌得佛教，白塔寺上又焉得此一讲乎！'僧默然顿首。"[4]

他还尖锐地批评佛、道之徒追求的"空""无"之境界，他发问："佛者之心而果入定矣，空之真而觉之大矣，洞照万象矣，此正如空室悬一明镜，并不施之粉黛妆梳，镜虽明亦奚以为？"[5]如果真是如此"空""无"之境，其实也就是无人伦的世界，那么，还谈什么"大觉""智慧""慈悲"？"天地间亦何用此洞照也？且人人而得此空寂之洞照也，人道灭矣，天地其空设乎？"[6]他认为这些"静修者"的所作所为，纯粹是"灭人道"，所谓"空寂"的世界其实就是死亡的世界。他说："道者之心而果死灰矣，嗜欲不作，心肾秘交，丹候九转矣，正如深山中精怪，并不可以服乘致用，虽长寿亦两间一蠹。曰真人，曰至人，曰太上，而不可推之天下国家，方且盗天地之气以长存，炼五行之精以自保，乾坤中亦何赖有此太上也！且人人而得此静极之仙果也，人道又

---

[1] 颜元：《习斋记余》卷一，《唤迷途·第一唤》，《颜元集》（上），第122页。
[2] 同上书，第124页。
[3] 同上。
[4] 李塨纂、王源订：《颜习斋先生年谱卷上》，《颜元集》（下），第713页。
[5] 颜元：《存人编》卷一，《唤迷途·第二唤》，《颜元集》（上），第125页。
[6] 同上书，第126页。

绝矣，天地其能容乎？"[1]他不相信什么脱离现实世界的"真人"，更蔑视那些自称是超越于尘世的"太上老君"，以为他们不过是"精怪"，是"虽长寿亦两间一蠹"的寄生虫，这种灭人道的行为是天地也不容的。他认为，正当的声、色、味、觉是人生之乐趣，"故礼乐缤纷，极耳目之娱而非欲也"[2]，他以为那些"静修者"的"灭欲"是虚妄与残忍的："惟阖眼内顾，存养一点性灵，犹瞽目人坐暗室，耳目不接天下之声色，身心不接天下之人事，而方寸率思无所不妙，可谓安矣，安在其洞照万象也哉？且把自身为贼，绝六亲而不爱，可谓残忍矣。"[3]他还认为，他们所倡导的那些"大言慈悲"的神话故事，如苦行雪山、割肉喂鹰、舍身伺虎等，也都是颠倒错乱的。这些"慈悲"违背了人道，实质倒成了残忍的"灭人道"了。所以，他实质是以现实生活的"人心生理"，也就是"生生之气"的人道观念，反对那些"修静者"玄虚空幻的性理观念，最终批判矛头是指向"存天理、灭人欲"的宋明理学禁欲主义。

颜元认为，程朱理学和陆王心学空言心性，全是从禅宗理论中抄袭而来，蒙蔽了几百年的儒者士大夫，"以致纸上之性天愈透而学陆者进支离之讥，非讥也，诚支离也；心头之觉悟愈捷而宗朱者供近禅之诮，非诮也，诚近禅也"。[4]他揭露了那些理学家明奉孔学而实佞佛学的实质，他们引导人们轻视形体，以形体为累，甚至妄图取消肉身，专养心志，修身养性，其结果则是毁心而丧志。他说："佛轻视了此身，说被此身累碍，耳受许多声，目受许多色，口鼻受许多味，心意受许多事物，不得爽利空的去，所以将自己耳目口鼻都看作贼。充其意，直是死灭了，方不受这形体累碍，所以言圆寂，言涅槃，有九定三解诸妄说，总之，是要不生这贼也，总之，是要全其一点幻觉之性也。"[5]这一番话，真是一针见血，既批判了佛禅的虚幻之道，亦批判了宋明理学的心性之理。

最后，在知行观上，颜元强调知依赖于行，重视从实践活动汲取知识的

---

[1]颜元:《存人编》卷一，《唤迷途·第二唤》，《颜元集》(上)，第126页。

[2]同上书，第128页。

[3]同上。

[4]颜元:《存学编》卷一，《明亲》，《颜元集》(上)，第45页。

[5]颜元:《存人编》卷一，《唤迷途·第二唤》，《颜元集》(上)，第127页。

重要性。他评价程朱理学："以主敬致知为宗旨，以静坐读书为工夫，以讲论性命、天人为授受，以释经注传、纂集书史为事业。"[1] 其弟子皆以著书立言"为一世宗"，这是偏重于知。而陆王心学，尤其是王阳明"以致良知为宗旨，以为善去恶为格物，无事则闭门静坐，遇事则知行合一"[2]。但是在颜元看来，王阳明派其实还是偏于主知的，或者还是分知与行为二；必须如其所言应该理于事，因行而得知，才能够算得上真的知行合一。我们由此可看到，颜元与启蒙思想家王夫之的哲学观念是相近的。王夫之主张"行先知后"，不赞同程朱理学"知先行后"的观点，认为是"以知废行"；更反对王阳明"知行合一"之说，以为此说流布的结果是"销行以归知"。他们都非常忧虑当时的中国士大夫阶层因为受到了宋明理学流毒之影响，玄谈相尚，坐而论道，不务实事，误国误民，这也是明朝覆灭的重要原因之一。王夫之曾经亲身参加抗清斗争，看到南明小王朝中士大夫们受到贻害的情形，深感其痛。颜元年幼时，家庭也遭受战争祸害，生父被清兵掳往关外为奴，他自己亦长期在农村社会中生活，且亲身耕作务农，眼见下层百姓的实际情况。所以，他们俩都对这个问题深有感触，他们从时代惨痛教训中总结出来真理，可惜大多数中国士大夫并未接受他们的哲学思想。

在知行观上，颜元与王夫之都对"格物致知"这一命题很重视。可王夫之将"格物"与"致知"分为两截，仍然停留在认知来源于感性直观的理解，因此，他也承认某些先验知识的存在。"格物致知"一说原是从《大学》"致旨在格物，物格而知至"中摘录，汉儒将"格"训诂为"来"。宋以来，它成为认识论的命题，朱熹与王阳明各有解释。朱熹将"格"释为"至"，意即"格物致知"就是"物可穷理"；王阳明将"格"解为"正"，"格物"即"正物"，意即"心外无物"，只有良知。颜元对"格物致知"又做新解，他认为"格物"之"格"，"当如史书'手格猛兽'之'格'，'手格杀之'之'格'，乃犯手捶打搓弄之义，即孔门六艺之教，是也"[3]。颜元又对"格物致知"之说做出阐

---

[1] 颜元：《存学编》卷一，《明亲》，《颜元集》（上），第44页。

[2] 同上。

[3] 颜元：《习斋记余》卷六，《阅张氏王学质疑评》，《颜元集》（下），第491页。

释："'知'无体,以物为体,犹之目无体,以形色为体也。故人目虽明,非视黑视白,明无由用也;人心虽灵,非玩东玩西,灵无由施也。今之言'致知'者,不过读书、讲问、思辨已耳,不知致吾知者,皆不在此也。"[1]他举出具体例子,如若知礼,"任读几百遍礼书、讲问几十次,思辨几十层,总不算知"。要做礼仪的一番事,"亲下手一番,方知礼是如此"。如若知乐,也不是靠读乐谱、请问、思辨所能解决,"直须搏拊击吹,口歌身舞,亲下手一番,方知乐是如此"。他最后总结道:"是谓'物格而后知至'。"[2]他认定"物"是客观的,是独立于感官的,也是认识的基础。"人心虽灵",可它如眼目一样,仅具备认识事物的能力。倘若不去认真学习、操作,哪里能够获得知识?他还用学习礼、乐来举例说明,不去动手做,仅仅是读死书、读乐谱,或是讲问、思辨,是学不到真正的礼、乐的。因此,颜元主张"力行",他说:"信乎'力行近乎仁也'。"[3]又说:"人不作事则暇,暇则逸,逸则惰,惰则疲,暇逸惰疲,私欲乘之起矣。习学工夫,安可有暇?"[4]他认为,只有做事情才可真正掌握知识,而知识又可促进做事情。

很多学者评价颜元的知行观,认为其学术思想有着浓厚的墨子思想的成分,他将儒家的礼乐还原成制度与艺术,其实已非墨子所批评的儒家之礼乐了。比如,侯外庐先生就认为,颜元仍然是一个重要的启蒙思想家。"平心论之,习斋攻击宋明大儒诚有墨子非儒的过激论,但他的朴素认真态度,确是一个忠于真理的大儒,三百年前中国出现了这样的人物,值得我们把培根、笛卡儿,姑且摆在他的近代地位之下。"[5]

三、颜元的实学主义思想

颜元思想哲学最主要的特点就是重实践、反玄虚。他批判宋明理学,着

---

[1]颜元:《四书正误》卷一,《大学》,《颜元集》(上),第159页。

[2]同上。

[3]颜元:《颜习斋先生言行录》卷上,《理欲第二》,《颜元集》(下册),第624页。

[4]同上书,第655页。

[5]侯外庐:《近代中国思想学说史》(一),第四章第二节,生活·读书·新知三联书店,2014年1月版,第414页。

重反对其空谈心性的腐朽学风，他自己则倡导重"习行"，主张在士人们中推行经世致用的实学之风。他说："吾辈只向习行上做工夫，不可向言路、文字上著力。"[1]他又说："惟愿主盟儒坛者，远溯孔、孟之功如彼，近察诸儒之效如此，而垂意于习之一字，使为学为教，用力于读者一二，加功于习行者八九，则生民幸甚，吾道幸甚。"[2]所以，颜元的实学主义思想，在认识论上也可称为"实践主义"，其要点即在一个"习"字，正是颜元自己所号"习斋"之"习"，且这个"习"字可有多义，在侯外庐先生总结出的"习"之六义内容中略增添，共总结七义。

"习"之第一义含有行为之义。颜元说："某谓心上思过，口上讲过，书上见过，都不得力，临事依旧是所习者出，正此意也。"[3]他反对死读书、读死书，以为那是做无用之功，是浪费大好年华。他又说："但以人之岁月精神有限，诵说中度一日，便习行中错一日，纸墨上多一分，便身世上少一分。试观朱子晚年悔枝叶之繁累，则礼乐未明，是在天者千古无穷之憾也。"[4]他主张多做事情，多务实际，尤其反对宋明理学教读书人静心养生、玄思冥想。他认为："天下皆读、作、著述、静坐，则使人减弃士、农、工、商之业，天下之德不惟不正，且将无德；天下之用不惟不利，且将不用；天下之生不惟不厚，且将无生；是之谓曲学，是之谓异端。"[5]士人中僵滞教条式的学风，必定会影响思想界与学界，也必定会影响社会，使得整个社会死气沉沉，毫无活力生机。颜元的预言和担心在晚清果然发生了，也就是龚自珍所称"万马齐喑究可哀"的局面。颜元在《存学编·性理评》中，又以学琴为例，说有一妄人，指琴谱为琴，口说得天花乱坠，却未必能弹出琴声，只知乐理，而未能真正以手抚琴，"未为习琴也"。真正的弹琴者，"手随心，音随手，清浊、疾徐有常功，鼓有常规，奏有常乐，是之谓习琴矣，未为能琴也。……今手不弹，心不会，

---

[1] 颜元：《颜习斋先生言行录》卷下，《王次亭第十二》，《颜元集》（下册），第663页。
[2] 颜元：《存学编》卷一，《总论诸儒讲学》，《颜元集》（上），第41—42页。
[3] 颜元：《存学编》卷一，《学辨二》，《颜元集》（上），第54页。
[4] 颜元：《存学编》卷一，《总论诸儒讲学》，《颜元集》（上），第42页。
[5] 颜元：《习斋记余》卷九，《驳朱子分年试经史子集议》，《颜元集》（下），第563页。

但以讲读琴谱为学琴，是渡河而望江也，故曰千里也"。[1]他认为，仅仅是弄懂了理论，仅仅是坐而论道，却不愿意动手去干，不能够亲力亲为，那就什么事情也做不成。

"习"之第二义包含验证之义。颜元不是反对读书，而是反对读死书，那种机械、教条式的读书法，不仅得不到知识，而且犹如吞砒毒，"永无生气、生机"。他称自己就是"吞砒人"，"耗竭心思气力，深受其害"。[2]他主张读书应该活学活用，汲取知识且应当在实际生活中应用知识，实用知识后再验证知识。颜元擅长医术，他又用此来比喻："譬之于医，《黄帝素问》《金匮》《玉函》，所以明医理也；而疗疾救世，则必诊脉、制药、针灸、摩砭为之力也。"[3]倘若有一妄人自称国手，只因读了千百卷医书，却轻视诊脉制药针灸摩砭之术，以为此仅是粗术而不足学，其人怎么能够被称为"明医"呢？其医效也必定是"病相枕死相接也"。所以他认为："若尽读医书而鄙视方脉、药饵、针灸、摩砭，妄人也，不惟非歧、黄，并非医也，尚不如习一科、验一方之为医也。"[4]他批评朱熹讲理学，"朱子看理多，重心而轻行"。朱熹将《论语·为政第二》中"视其所以，观其所由，察其所安"一句的"以"训诂为"也"，"由"训诂为"意之所从来"。王夫之不赞同此训诂，说："予妄谓，人尝有主意如何，而毕竟做不来、行不出的，看人主意还定不得人。故先看他'所以'，是主意如何。'所由'，所行也。次看他所行如何。'所安'，所乐也。终看他如此是所安否，而人无遁情矣。或说为长。"[5]其验证之含义，既从实践中汲取知识，动手操作，又在实践中验证知识。他在待人处事方面，也主张听其言、观其行，而不主张事事说心。

"习"之第三义含普及大众学问之义。王夫之反对宋明理学的故弄玄虚，认为一艺一技之能皆应造就性命，锻炼体魄，而不是将"理"归少数人所有，故作高深。他说："吾观宋、明来天下冗兵之患浅，冗儒之患深，群天下而纳

---

[1] 颜元:《存学编》卷三,《性理评》,《颜元集》(上), 第79页。
[2] 颜元:《朱子语类评》,《训门人类》,《颜元集》(上), 第249页。
[3] 颜元:《存学编》卷一,《学辨一》,《颜元集》(上), 第50页。
[4] 同上。
[5] 颜元:《四书正误》卷三,《为政》,《颜元集》(上), 第178页。

于'之、乎、者、也'之局，食天下之食，误天下之事，政皆坏矣，兵亦因之。"[1]他说的"天下冗兵之患浅"，即是朱熹所说的"养许多坐食之兵"，这些军队不会打仗，亦不会种田劳动，武艺全都废弛，上战场即败给敌人，这是宋、明以来的政治腐败造成的。而"冗儒之患深"，即士大夫们为了故作高深，把那些义理之学越弄越玄虚，企图以此来哗众取宠，整个社会也深深陷入文弱之风，怎能不误国误民、误天下之事？颜元特别指摘"朱子更愚。全副力量用在读书，每章'读取三百遍'，又要'读尽天下书'，又言'不读一书，不知一书之理'"。似乎读理学之书就成了天下唯一的可取之事，他轻蔑地指出其实"此学庸人易做"，因此"而天下靡焉从之"。这种浮靡的社会风气自然是宋明理学造成的，"但到三十上下，耗气劳心书房中，萎惰人精神，使筋骨皆疲软，天下无不弱之书生，无不病之书生，一事不能做。而人生本有之'三达德'尽无可用，尧、舜、周、孔之'三事''三物'无一不亡，千古儒道之祸，生民之祸，未有甚于此者也。呜呼伤哉！"[2]所以，他主张之实学，不仅仅是儒学，而且要注意培养能够做实事的有用人才。他说："学，学礼，学乐，学射、御、书、数等也。博学之，则兵、农、钱、谷、水、火、土、工、虞、天文、地理，无不学也。"[3]这也是颜元所主张的教育思想，他后来主持漳南书院，所设科目便有文、理、兵、农、天文、地理、水、火、工学等，这些科目已经超出了儒学，漳南书院俨然成为粗略的综合性学校。这是他企图匡正时弊的举动之一，所授之学问是大众能学的经世致用之学，培养的也是能够为社会所用的人才。可惜，一场洪水冲掉了他的教育理想。但我们也可以想象，即使没有洪水之天灾，人祸亦不可免。因为，当时的社会环境下，他是不可能真正实现其教育理想的。

"习"之第四义含有自强不息之义。这也是与他的实学主义思想紧密相连的，颜元信奉"力行近乎仁"之说。他说："'天行健'，乾乾不息，天之诚也，

---

[1] 颜元：《朱子语类评》，《训门人类》，《颜元集》（上），第262页。

[2] 同上书，第272页。

[3] 颜元：《四书正误》卷二，《中庸原文》，《颜元集》（上），第169页。

人能长思敦其敬而无怠惰之念，则几于诚，而同乎天矣。"[1]力行，就是努力做事情，不懈怠，不懒惰，不逃逸，不疲倦。他又说："人各有禀赋之分，如彼农夫，能勤稼穑以仰事俯畜，斯不负天之生农矣；如彼商贾，能勤交易，计折阅，而无欺诈，斯不负天之生商矣；学者自勘，我是何等禀赋？若不能修德立业，便是不能尽其性，便是负天，便是负父母之生。"[2]他的这种"自强不息"的精神，亦深深感染了他的弟子李塨，李塨在《习斋祭文》中说："塨受学后，知存操，知省察，知礼，知乐，知射、御、书、数，知一时经济、百世经济，不敢负先生！"

"习"之第五义则是主动之义。他反对宋明理学的读书养性、静坐冥思，在《朱子语类评》中屡屡激烈抨击朱熹，说他"千余年来率天下入故纸堆中，耗尽身心气力，作弱人、病人、无用人者，皆晦庵为之，可谓迷魂第一、洪涛水母矣"。[3]与程、朱之主静说相反，颜元主动，他说："养身莫善于习动，夙兴夜寐，振起精神，寻事去作，行之有常，并不困疲，日益精壮，但说静息将养，便日就惰弱了。故曰'君子庄敬日强，安息日偷'。"[4]颜元不仅如此说，也是如此做的，他自己常习武艺，既可锻炼身体，亦可防身。他在商水遇侠士李子青与其比武，数回合便击败李子青，可见他的武艺很高强，在儒者中极为少见。颜元已过62岁，主持漳南书院，仍然"又教弟子舞，举石习力，先生浩歌"[5]。可见他心目中的理想人才，不是弱不禁风的书生，而是文武皆备的身强体壮之能干人。

"习"之第六义为实、为用。颜元说："学须一件做成，便有用，便是圣贤一流。"[6]他又说："艺精则行实，行实则德成矣。临城乔百一言：'实行敦，而性命自在其中。'又云：'性无置力处。'直有见于此也。然皆一串事，皆一滚

---

[1]颜元：《颜习斋先生言行录》卷上，《理欲第二》，《颜元集》（下），第623页。

[2]颜元：《颜习斋先生言行录》卷下，《鼓琴第十一》，《颜元集》（下册），第666页。

[3]颜元：《朱子语类评》，《训门人类》，《颜元集》（上），第251页。

[4]颜元：《颜习斋先生言行录》卷上，《学人第五》，《颜元集》（下），第635页。

[5]李塨纂、王源订：《颜习斋先生年谱卷上》，载颜元著《颜元集》（下），王星贤、张芥尘、郭征点校，中华书局，1987年6月第1版，第778页。

[6]颜元：《颜习斋先生言行录》卷下，《学须第十三》，《颜元集》（下），第667页。

做去事。"[1]实实在在去做事情，且做有用之事，他看成是大德。他尤其希望儒生莫作浮华虚文，而作实在文章；莫玄虚空谈，多做一些实在行为；莫吹嘘性理之论，多一些实体实功；莫学静坐冥想，多做一些有用实事。这就是他的"实文、实行、实体、实用"的经世致用之学。颜元又说："'三达德'上自天子，下至庶人，大而谋王定国，小而庄农商贾都缺他不得。"[2]他举汉高祖身边的群臣为例，举蜀汉时期诸葛亮身边的文臣武将为例，认为："递至百职之居官，学者之进德，农成佳禾，商聚财货，都须一段识见、一段包涵、一段勇气方做得去。"[3]所以，他对宋明理学的主"敬""静"之说持反对态度，认为那是来自禅宗，是虚浮之言，他针锋相对提出"实""用"之说。他自己亦希望能置身于社会改革中，尽其所能多做一些实事，他55岁时曾经对友人说："如天不废予，将以七字富天下：垦荒、均田、兴水利；以六字强天下：人皆兵，官皆将；以九字安天下：举人才，正大经，兴礼乐。"[4]

"习"之第七义，主张理性主义，反对玄幻之学。颜元对东方神秘主义甚为厌恶，认为其中的很多学问无非是"镜花水月"，他说："洞照万象，昔人形容其妙曰'镜花水月'，宋明儒者所谓悟道，亦大率类此。吾非谓佛学中无此意也，亦非谓学佛者不能致此也，正谓其洞照者无用之水镜，其万象皆无用之花月也。不至于此，徒苦半生，为腐朽之枯禅；不幸而至此，自欺更深。"[5]他批评宋明理学的信奉者们所谓的悟道实质上不过是幻觉在起作用而已，且认为这是不正常的心态。他还分析人的认识的基础，即感觉与对象之统一才是反映的起点。因此，感觉在运动中，其对象也在运动中，感觉怎么可能是寂寞不动的镜子与水？所以，空寂不动的"镜花水月"，其实是幻觉。他尖锐地说："若指水月以照临，取镜花以折佩，此必不可得之数也。故空静之理，愈谈愈惑，空静之功，愈妙愈妄。"他认为这是"徒自欺一生而已矣"。[6]他反对人们去追

[1]颜元：《四书正误》卷三，《述而》，《颜元集》（上），第194页。

[2]颜元：《四书正误》卷三，《子罕》，《颜元集》（上），第202页。

[3]同上。

[4]李塨纂、王源订：《颜习斋先生年谱卷上》，载颜元著：《颜元集》（下），王星贤、张芥尘、郭征点校，中华书局，1987年6月第1版，第763页。

[5]颜元：《存人编》卷一，《第二唤》，《颜元集》（上），第129页。

[6]同上。

求那些虚幻之理，而提倡追求实学之理。那么实学之理到底是什么呢？他说：
"理者，木中纹理也，其中原有条理，故谚云顺条顺理。"[1]他以为所谓的"天
理"，也就是具体事物的"统理""条理""生理"，所以，"理"是在具体事物
之中，"宇宙真气即宇宙生气，人心真理即人心生理"。[2]

颜元的"习"之七义，实质也就是颜元实学主义思想的基本内核。

著名海外学者余英时先生在《论戴震与章学诚》一书中论及清代的学术
思想史时说，颜李学派是反对儒学"智识主义"的。"颜习斋是一个最极端的
致用论者，而同时他又是一个最彻底的儒家反智识主义者，他反对朱子的读书
之教，态度最为激越而坚决，上自汉唐笺注训诂，下至宋明性理讨论，他都以
'无用'两字来加以否定。读书不但无用，而且还有害，所以他把读书比作吞
砒霜，并忏悔式地说，他自己年轻的时候也是吞砒霜的人。把知识看作是对人
有害的东西，以前儒家的反知论者也表示过这个意思。"[3]他认为，陆、王的末
流如左派王学和泰州学派及颜李学派等都把知识看作毒药，触动了儒家"智识
主义"的根本。"反智识主义可以分为两个主要方面，一是反书本知识、反理
论知识，或谓其无用，或谓其适成'求道'的障碍；另一个方面则是轻视或敌
视知识遂进而反知识分子，所谓'书生无用''书生不晓事'等话头即由此而
起。"[4]余先生认为，颜李学派将儒家反"智识主义"的思想发展到了顶峰，其
思想基点即是以"实用""实行"哲学观点来支持自己的主张，他们与美国哲
学家威廉·詹姆士的学说很接近。

钱穆先生在《中国近三百年学术史》专门有一章论及颜李学派，也表达
了类似的看法，他认为"宋儒高自位置，每以道德纯备，学术通明"，自认是
孔、孟的直接传人，他们看不起汉、唐诸儒之"事功赫奕"，轻视其曰"杂
霸"，因此，"习斋评量宋儒，则不从其道德、学术着眼，即从其所轻之事功立

---

[1]颜元:《四书正误》卷六，《尽心》，《颜元集》（上），第246页。

[2]颜元:《习斋记余》卷一，《烈香集序》，《颜元集》（下），第409页。

[3]余英时:《论戴震与章学诚》，生活·读书·新知三联书店，2000年6月北京第1版，第340页。

[4]同上书，第7页。

论。盖宋儒之所轻，正即习斋之所重也"。[1] 钱先生又说："然则宋明儒学之无用，宋明儒者自知之，自言之，又自愧之矣。为天下生民着想，究当孰重孰轻？凭诸儒良心之叹，又究孰重孰轻乎？此不烦言而决矣。儒学之无用，其为害最大者，在静坐，在读书，习斋言之尤痛切。"[2] 随即便引颜元《存学编·性理评》的一段话以证之，他看明白了颜元反对读书、反对静坐，其实未必就是反对真正的知识，或者反对一切理论，而是"盖习斋论学，一以事功为主，知识之无益于事功者，不足为知议。今读书既无益于事功，则读书得来之知识，自亦不足为知识也"[3]。因此，颜元既不喜读书，也不喜著书，且轻蔑地称著书无非是"空言相续，纸上加纸"。钱先生和余先生都是持"新儒家"思想立场的学者，当然对颜李学派的这些观点不以为然，可他们并未看到颜李学派在明清时代的历史存在意义，或许，犹如现代文豪鲁迅不赞成青年人读古书一样，颜元当时反对儒士们"死读书"与"读死书"的风气，有些话可能过于偏激，但确实是针对时弊而又一针见血的。在当时宋明理学的玄虚雾霾弥漫于士林之际，颜元的实学主义观念，其本身是带有某种思想启蒙作用的。

颜李学派之所以在清代未能流行，其中有外在原因，也有内在原因。余英时先生认为："从外在方面说，颜李的经世致用必须和政治外缘结合才能真正发挥作用，而事实上，我们知道这个外缘条件对颜李来说是根本不存在的。"[4] 也就是说，古代专制社会不可能落实他们的教育改革观念。另一方面，更重要的是内在原因，"内在的因素是指颜李学派并不能跳出儒家的圈子，最后还是摆脱不掉儒家经典文献的纠缠，并且终于走向自己立场的反面，和智识主义汇了流"。[5] 他还认为，颜元的主要思想是倾向于恢复原始儒学的，比如其圣学观念是"六府"，即金、木、水、火、土谷，"三事"，即正德、利用、厚生，以及颜元所称的周公、孔子时代六德（知、仁、圣、义、忠、和）、六

---

[1] 钱穆：《中国近三百年学术史》，第五章 颜习斋、李恕谷，商务印书馆，1997 年 8 月第 1 版，第 179 页。

[2] 同上书，第 180 页。

[3] 同上书，第 181—182 页。

[4] 余英时著：《论戴震与章学诚》，生活·读书·新知三联书店，2000 年 6 月北京第 1 版，第 341 页。

[5] 同上。

行（孝、友、睦、姻、任、恤）和六艺（礼、乐、射、御、书、数），其中大都是原始儒学的内容。"由此可见，习斋是要恢复古代的原始儒学，以代替宋以后的新儒学。所以，他一方面讲实用、实行，是进步的，动态的，但另一方面却给人以抱残守缺、复古保守的印象。"[1]可是，余先生并没有意识到，这些所谓圣学的"旧瓶"，是不可能完全再去装原始儒学的"陈酒"的。

颜元实质上只是披上"复古"之外衣，他的世界观确是崭新的，他认为只有掌握了具有实际知识的人才是可钦佩的，如临床的医生、善掌舵的水手、会种田的农夫、精于制作衣服的裁缝，等等，皆可成为圣贤。所以，他不赞同儒生们成为手无缚鸡之力的"智识分子"，而希望他们是有着实际专业知识的"知识分子"。

颜元后来在漳南书院的教育改革，其实才部分发挥了他的真正教育思想。他主持漳南书院后也并非教育学生们都读那些原始儒学经典，而是博取杂收，同时设立"理学斋"，将他所反对的宋儒之学也纳入书院的研究内容中。他的主要教育思想仍然是实学主义，即"实文、实行、实体、实用"的经世致用之学，他认为如此才能摆脱儒士玄谈相尚的恶劣学风，才能真正使得教育事业对社会发展起到推进作用。如余先生所称，颜元论学与清初的其他大儒一样，都是强调孔孟之学与程朱理学的不同之处，以此为建立自己新的理论设定基础，他们常采用同样的做法，即披上"复古"外衣，用孔孟之学的"旧瓶"偷换上其启蒙思想的"新酒"，这实在是当时的时代外缘条件所限制，使得他们不得不如此。这些启蒙思想家的理论内容也就必定是新旧杂陈的。自然，他们的思想"并不能跳出儒家的圈子"。可是，他们创立的思想学说与宋儒之学相比，才是真正意义上的"新儒家"，更具有时代的进步意义。

笔者基本赞成余先生所分析的颜李学派衰落的外在原因与内在原因，且认为外在原因是主要的，即颜李学派和其他早期启蒙思想家一样，处于传统古代专制文化的沉重氛围中，都是被统治者所压抑和禁锢的，这使得他们的思想学说难以进一步发展。而内在原因则可说颜李学派确实有其自身的历史

---

[1] 余英时著：《论戴震与章学诚》，生活·读书·新知三联书店，2000年6月北京第1版，第341—342页。

局限性，他们难以突破传统儒学的"围城"，不得不在其"迷圈"里来回兜圈子，但也不能说他们是与传统儒学的"智识主义"是完全合流的。如侯外庐先生所说，颜李学派诸学子其实与其他启蒙思想家们一样，"他是何等地信仰现在，信仰未来。宋儒以来，把性命义理让之古人，对于现在将来是漆黑而无光明的"，而颜元等人则不同，"习斋已经预言着近代世界，故他梦想光明的将来是最实在的"，[1]这也是这些启蒙思想家提倡实学主义的根本目的之所在。

值得注意的是，颜元的实学主义思想学说，后来在五四新文化运动中又一次深刻地启迪了很多学者、政治家。毛泽东青年时代师从杨昌济先生学习德国哲学家泡尔生的《伦理学原理》（蔡元培译），在书上作了一万两千多字的批语。研究过此批语的当代学者汪澍白先生说，毛泽东的批语受颜元的实学主义影响很深。又有学者分析说，从毛泽东和他亲属的谈话及对明代历史的评价（他说明朝搞得好的两个皇帝明太祖与明成祖，一个不识字，一个识字不多，以后的皇帝重用知识分子当政，反而不成事）可以得见，他到晚年受颜元思想影响的浓厚痕迹犹存。举此一例，即为了说明颜元思想的复杂性及历史深远性绝不是仅"反智主义"一语可概括的。

四、颜元的新义利观与具有启蒙色彩的政治理想

钱穆先生论及颜李学派时，称其"以事功为主"，说出了其思想学说的根本底蕴。实质上，颜元就是以其功利之学来对抗宋儒的性理之学。所以，在颜元的思想体系中，新义利观是一个很重要的部分。颜元继承了北宋李觏、王安石的功利主义思想，尤其与王安石的"乡三物"的正德、利用、厚生之说意趣相合；他同时对南宋陈亮、叶适的事功派观点也很赞赏，尤其欣赏陈亮的"义利双行、王霸并用"的主张，而这些功利派理论与程朱理学的"严王霸义利之辨"的基本观点是相对立的。后来，清政府的高官、理学家张伯行批评颜李学派说："颜习斋以霸学起于北，……其学以事功为首，谓身心性命非所急，虽

---

[1] 侯外庐：《近代中国思想学说史》（一），第四章第二节，生活·读书·新知三联书店，2014年1月版，第416页。

子思《中庸》亦诋訾无其顾。鸣呼，如此人者，不用则为陈同甫，用则必为王安石。"[1]张伯行将颜元学说一直追溯至南宋的陈亮及北宋的王安石，说明理学家们已经不将颜元的理论看成是宋明道学的内部之争，而是看成功利之学与义理之学的根本对立了。而颜元旗帜鲜明地反对程朱理学，同时也将自宋以来的王安石及陈亮的事功派的案子翻了过来。

《习斋言行录》中记载，郝公函问颜元："董子'正谊明道'二句，似即'谋道不谋食'之旨，先生不取，何也？"颜元先是反问他："世有耕种而不谋收获者乎？世有荷网持钩而不计得鱼者乎？抑将恭而不望其不侮，宽而不计其得众乎？"随即论述道："这'不谋、不计'两'不'字，便是老无释空之根。惟吾夫子'先难后获'，'先事后得'，'敬事后食'三'后'字无弊。盖正谊便谋利，明道便计功，是欲速，是助长，全不谋利计功，是空寂，是腐儒。"[2]他特别地说明，他也是反对拔苗助长的，也是明白欲速则不达的，因此反对急功近利主义，但另一方面，正谊是为谋利，明道也是为了计功，犹如种田者即为了收粮食，渔夫的劳作是为了捕鱼，倘若完全不计利、不事功，那就是空谈了。

郝公函又问颜元"谋道不谋食"作何解，颜元明确回答："宋儒正从此误，后人遂不谋生，不知后儒之道全非孔门之道。孔门六艺，进可以获禄，退可以食力，如委吏之会计，简兮之伶官可见。故耕者犹有馁，学也必无饥，夫子申结不忧贫，以道信之也。若宋儒之学不谋食，能无饥乎？"[3]面对那些理学家把义理之学说得至高无上，他进行了有力驳斥。有人说人可以不谋生，不谋禄位，甚至不谋食，专门为"道"而活，他认为这纯粹是空话和大话，实质反而使义理变得空疏和抽象。当然，"夫子申结不忧贫，以道信之也"，人们为了自己的理想是可以付出代价的，甚至有做出牺牲的可能，但将程朱理学言心言性的义理之学说成"谋道不谋食"，颜元仅用一句带嘲笑的反问"若宋儒之学不谋食，能无饥乎？"便将其大话与空话戳穿了。

---

[1]张伯行：《论学》，载《正谊堂文集》，商务印书馆，1937年版，第117页。
[2]颜元：《颜习斋言行录》卷下，"教及门第十四"，《颜元集》（下），第671页。
[3]同上。

颜元亲身经历过明清易代的社会大变乱，由此深深感到程朱理学及陆王心学之空疏，其言心言性的空谈影响了士大夫们的思想，成为时代的最大弊病。他说："吾读《甲申殉难录》，至'愧无半策匡时艰，惟余一死报君恩'，未尝不凄然泣下也！至览和靖祭伊川'不背其师有之，有益于世则未'二语，又不觉废卷浩叹，为生民怆惶久之！"[1]他以为宋明儒者们在程朱理学与陆王心学内纠缠不休，两个学派也是互相攻讦，其实他们都离开了追求实际的社会功利，空论心性，玄谈相尚，结果是既害国家，又害自己，孔孟的圣贤之道是为了造就人才，成就社会功业，做对社会、民众有利的事情，可宋、明儒者却专干那些无用的事情，尤其是程朱理学，其学内容兼训诂、清谈、禅宗、乡愿，实质却是改变了圣学，因而贻误苍生。宋代以来，倒是出现了很多"圣贤"人物，却未见这些"圣贤"做了什么对国家有利的事情，宋朝其实是诸朝代中国势最弱的，王夫之所以称之为"陋宋"，颜元认为宋代衰弱和亡国是程朱理学造成的，他表示不明白，为何秦、汉以来缺乏那些"圣贤"，反倒是宋朝出了那么多"圣贤"。"何独以偏缺微弱，兄于契丹，臣于金、元之宋，前之居汴也，生三四尧、孔，六七禹、颜；后之南渡也，又生三四尧、孔，六七禹、颜，而乃前有数十圣贤，上不见一扶危济难之功，下不见一可相可将之材，两手以二帝畀金，以汴京与豫矣。后有数十圣贤，上不见一扶危济难之功，下不见一可相可将之材，两手以少帝付海，以玉玺与元矣。多圣多贤之世，而乃如此乎？"[2]这些话说得很尖锐深刻，也很清楚明白。他认为，"扶危济难之功"才应该是"圣贤"做的事情，"可相可将之材"才是评定"圣贤"的标准，否则，社稷覆灭，君主被掳，国破家亡，百姓流离失所，却在文化层面上产生那些只会玄谈空论的"圣贤"们又有何用？

颜元将其心目中的孔孟之道与程朱理学"划出一条清晰之界限"，所以，钱穆先生认为，其学说的主要特色是"不从心性义理上分辨孔孟、程朱，而从实事实行为之分辨，此梨洲、亭林、船山诸家所未到。习斋谓即此是程朱、孔

---

[1] 颜元：《存学编》卷二，《性理评》，《颜元集》（上），第 62 页。
[2] 颜元：《存学编》卷二，《性理评》，《颜元集》（上），第 67—68 页。

孟的真界限，其实即此是习斋论学真精神也"[1]。也就是说，颜元学说的内核其实就是他的新义利观，也是他论学的真精神。笔者以为，这种新义利观是符合历史发展趋势的。他将反对程朱理学的思想斗争提高到一个新高度，也赋予了明清之际的"新义利观"以更深刻的哲学意义，为后来兴起的经世致用之学开辟了思想道路。颜元继承与发展了宋代的王安石、陈亮的功利主义思想，且将已经被程朱理学湮没的历史旧案重新翻案，是具有某种思想启蒙性质的新历史意义的。这样的历史意义难以从其著作的字面上寻找到，而是隐匿于整个古代中国的社会文化发展的动向中。因此，我们不应该仅从他的复古外衣的表面就认定他是守旧复古的保守人物。

颜元的"四存编"中，《存性编》《存学编》《存人编》都是阐述其反理学思想，文章论述是比较周全圆熟的。《存治编》则比较简略，似乎与其论学的斩钉截铁的态度颇不相称，这与颜元实质上对政治较为陌生，对官场、仕途都不感兴趣，未如黄宗羲、顾炎武、王夫之等曾经直接投入到现实政治的潮流中有关。清初的早期启蒙思想家们曾经对历史上的封建制和郡县制孰是孰非问题有过争论，如黄宗羲主张封建制，顾炎武则主张郡县制，这在颜元、李塨师徒间也同样有差异，其实不过是表面的具体问题之争，而在内里则向往着政治改革，向往着走向民主道路，犹如黄宗羲、顾炎武、王夫之这批启蒙思想家，他们都看透了明王朝一家一姓"私天下"之弊端，希望能够进行政治改革。颜元所主张的"封建制"，也多少含有地区自治之意。他说："师古之意，不必袭古之迹。"[2]划分一些自治区域，设侯、伯辖之，屯垦戍边，"边侯、伯，士马皆倍其畜，有事乃起田卒焉。侯庶不世爵禄，视其臣而以亲为差；侯臣不世邑采，取公田而以位计数，伯师不私出，列侯补私会"。[3]他认为，这可避免过分集权而导致专制独裁之弊，因此说："第妄谓非封建不能尽天下人民之治，尽天下人材之用。"[4]后来，他的弟子李塨即在《存治编·书后》解释，这是颜

---

[1] 钱穆：《中国近三百年学术史》，第五章，颜习斋、李恕谷，商务印书馆，1997年8月第1版，第178页。

[2] 颜元：《存治编》，《封建》，《颜元集》（上），第111页。

[3] 同上。

[4] 同上。

元早年的政治思想，最后归结为其师企盼"封建制"可传贤。颜元希望政治制度有所改革，他历数唐、宋后以文取士之弊端，尤其厌恶八股制艺的取士之法，更希望以选举之法来取代。他说："况今之制艺，递相袭窃，通不知梅枣，便自言酸甜。不特士以此欺人，取士者亦以自欺，彼卿相皆从此孔穿过，岂不见考试之丧气，浮文之无用乎，顾甘以此诬天下也！观之宋、明，深可悲矣。窃尝谋所以代之，莫若古乡举里选之法。"[1]

颜元主张恢复耕者有其田的均田制，他分析了明末土地兼并剧烈及清初时满族贵族的圈地政策所形成的历史背景，李塨的家境就因为圈地政策而迅速败落。这两次对中国乡村经济的大祸害，极大地损伤了社会生产力，民不聊生，哀鸿遍野，使得明末清初战乱不止，社会动荡。因此，当时的启蒙思想家黄宗羲、顾炎武、王夫之等都对土地问题甚为关注，也都赞成均田制。颜元的均田思想，在《存治编》中是用恢复井田制的三代之法来表述的，他说："岂不思天地间田宜天地间人共享之，若顺彼富民之心，即尽万人之产而给一人，所不厌也。王道之顺人情，固如是乎？况一人而数十百顷，或数十百人而不一顷，为父母者，使一子富而诸子贫，可乎？"[2]他这是驳斥那些反对者们，他们以"王道"为借口，声称倘若"均田"就会生乱。颜元顺便含讥带讽地说到清统治者的圈地政策，"国朝之圈占，几半京辅，谁与为乱者？"[3]他感叹当时大量田地荒废的景象："况今荒废至十之二三，垦而井之，移流离无告之民，给牛种而耕焉，田自更余耳。"[4]颜元后来又对弟子李塨表述过这个思想，甚至认为是圣君之"第一义"，他的土地平均主义主张与当时很多启蒙思想家是相同的，这也是颜元政治启蒙思想的一项重要内容。

如前所述，颜元与程朱理学的那些道学家们针锋相对，他继承与发展了宋代的王安石、陈亮的功利主义思想，且将宋代事功派理论加以改造，形成了自己的经世致用之学。他把自宋以来五百年的历史旧案彻底地翻过来。颜元在

---

[1] 颜元：《存治编》，《重征举》，《颜元集》（上），第115页。

[2] 颜元：《存治编》，《井田》，《颜元集》（上），第103页。

[3] 同上。

[4] 同上书，第104页。

文章里，一直赞扬北宋政治家王安石的变法，对南宋被贬黜的政治家陈亮也很同情，而宋朝历史上的这两位政治人物，都是被宋明道学家所嘲骂的，甚至还将宋室南渡的原因归咎于王安石变法。颜元深晓宋代历史事实，在他的《朱子语类评》中，有很多替王安石辩解的言语，他对司马光等保守派很鄙夷，对王安石的变法则很推崇："史氏将录此书，而先加'议论高奇，矫世变俗'八字于前。嗟乎！是宋家一代人物识趋卑庸耳，公何高奇哉？宋之世不矫之，俗不变之，虽有尧、舜何以为治哉？吾犹有惜也，惜公不能矫、不能变也，以公亦务读解诗、书，亦以帖括取士也。矫世变俗，当以此二事为第一义。之二者，普天大害之根源也。变此二者，拨乱反正之权兴也。二者变，诸政沛然矣。"[1]颜元对王安石变法遭遇后世诸儒诟病深感不平。他认为，王安石的缺欠是变法还不够彻底，所谓"矫世变俗"，矫与变还都不够有力，尤其是未能够改革取士制度，使那些腐儒们有了攻讦的理由。其实，颜元也是通过对历史人物之述评，间接表达他胸臆间对俗世之"不能矫、不能变也"的压抑愤懑之感。

其弟子李塨的思想则更接近黄宗羲、唐甄等人的早期民主意识，认为社会的各类政治弊端皆源于"私天下"的专制独裁之害。他说："天子以为轻天下之权总揽于上，究之一人亦不能总揽，徒使天下之善不即赏，恶不即诛，兵以需而败，机以缓而失，政以掣肘而无成，平时则文书杂沓，资猾吏上下之手，乱时则文移迁延，启奸雄跳梁之谋。"[2]李塨对政治制度的改革态度更为鲜明，要求更加直接与强烈，因为他感受到，没有政治制度的改革，则很难推行颜元的实学主张，更说不上"矫世变俗"。"所学非所用，所用非所学，且学正坏其所用，用正背其所学，以致天下无办事之官，庙堂少经济之臣，民物鱼烂……喆人变法，不再计而决矣。"[3]李塨有些方面的主张，比颜元的思想更加开明进步，他赞同颜元的经世致用之学，但认为不必事事泥古、复古，他还认为"六艺之学"的数学与天文学等领域亦应当参考西学。他说："吾人行习六艺，必考古准今；礼残乐缺，当考古而准以今者也，射御书有其仿佛，宜准今

---

[1]颜元:《习斋记余》卷六,《总评王荆公上仁宗万言书》,《颜元集》(下)，第488页。

[2]李塨:《平书订》卷二。

[3]同上书，第424页。

而稽之古者也；数本于古，而可参以近日西洋诸法者也。"[1]李塨曾经辅佐陕西富平县知县杨勤治理县政，除强恤弱，明法令，禁赌博，勤听讼，减催科，数月后该县风俗一变。后来，又实行选乡保，练民兵，旌孝悌，重学校，劝农桑，开水利诸等善政，富平县政绩卓著，李塨将颜元的实学思想见诸于政治实践，在当时产生一定影响。

五、李塨对颜元思想的继承与改良

李塨，生于清顺治十六年（1659 年），卒于清雍正十一年（1733 年），字刚主，号恕谷，直隶蠡县（今属河北）人。他是明末著名学者李明性之长子。"他的父亲李明性，明末秀才，明亡以后，绝意仕进，隐居不出，以耿耿志节而很得乡里敬重。李塨祖上务农，本来也称得起是个殷实人家，到了清初，却因圈地而无可奈何地衰败下来。不过，他家虽然境况窘迫，但是'守礼好学'的家风尚存。"[2]李塨自幼读儒学书籍，天资聪颖，11 岁即开笔写文章。其祖父亦教导他引弓习射，希望他能够成为文武全才。

康熙十六年（1677 年），19 岁的李塨参加科举考试，以县学生员第一名入庠。次年，二次科考后，他又取得第一等成绩，但他要成为廪生，尚须依陋规给书办等送礼请托。李塨找颜元商量此事，颜元说："补廪有与书办陋规，是以贿进也，不可。"[3]李塨从之。李塨受到颜元哲学思想及人格精神影响极大，自此摒弃八股时文，接受颜元的实学主义，且仿效颜元立《日谱》，考察身心得失。康熙二十八年（1689 年），李塨在 31 岁时正式拜颜元为师。李塨自从认识颜元后，两人时常切磋探讨学问，甚至颜元临去世前，师徒二人仍然孜孜论学不已。

李塨 22 岁以后，为了养家维持生计，除了在家乡务农外，亦行医、担任塾师，也去保定给官员担任幕僚。他过往京城频繁，结识了许多好友，其中有

---

[1] 冯辰、刘调赞纂，陈祖武点校：《李塨年谱》，卷三，中华书局，1985 年第 1 版，第 60 页。

[2] 陈祖武：《李塨》，载《清代人物传稿》上编第七卷，中华书局，1994 年 7 月第 1 版，第 374 页。

[3] 冯辰、刘调赞纂，陈祖武点校：《李塨年谱》，卷一，中华书局，1985 年第 1 版，第 4 页。

许三礼等名士。李塨博览群书，涉猎了哲学、历史、兵法、音乐及经济等领域的典籍，他十年间撰写了《治平事》《与斯集》《瘳忘编》《阅史郄视》《四书言仁解》等著作，且为颜元"四编"中的《存性编》《存学编》《存治编》各写了序言。

康熙二十九年（1690年），32岁的李塨又重拾举业，赴京参加会试，并考中举人。他后又迭次赴京参与会试，皆未中。五年后，李塨赴浙江桐乡县，应知县郭金汤聘请其佐理县政。他在37岁至39岁间，两次至桐乡任幕僚。南游途中，李塨沿途考察黄河、淮河及运河，调查风俗民情，且结识了一批江南名士，如钱煌、毛奇龄、王复礼与姚立方等人，与他们论学时，宣传颜元的思想学说，其间与毛奇龄交往较多。毛奇龄为江南大儒，李塨向他请教乐学，毛奇龄批评颜元好言经济，于存养有缺。但李塨为颜元辩护，却无意中受到影响。颜元也曾经告诫李塨，勿沾染南方名士之习气。这时，虽然李塨仍然坚持对颜元哲学思想的信仰，但也不知不觉受到南方名士之影响，欲跨入考据学研究的门槛。

康熙三十七年（1698年），李塨时已40岁，完成学术著作《大学辨业》，此书对"格物致知"亦有新解，他将"物"释为颜元所说的"六行、六德、六艺"，却将"格"释为朱熹的"学"。此书在当时的学术界引起轰动。诸多学者纷纷到李塨处登门拜访，或寄信向他问学。黄宗羲的得意门生万斯同读《大学辨业》后，甚为钦佩地说："李先生续周孔绝学，非我所及。"[1]万斯同不仅为《大学辨业》作序言，还将李塨的学术成果置于阎若璩及洪嘉植之上，且向众多学者宣传颜、李的思想学说。"一日，曾会讲于宁绍会馆，万斯同向众揖塨曰：'此蠡李先生也，负圣学正传，非余敢望。'……于是代州冯瑝、三原温德裕、大兴刘有余，宛平郭金汤、金城，皆因塨以私淑元之学。"[2]李塨多次从南方赴京参加会试，期间也结交了许多好友，又有王源、胡源、孔尚任、方苞等人。其中王源时已56岁，拜于颜元门下为弟子。

康熙四十三年（1704年）六月，李塨至河南郾城，协助县令温益修治理

---

[1]李塨：《恕谷后集》，卷六，《万季野小传》，中华书局，1985年第1版。
[2]鲁春芳主编：《蠡县志》卷六，中华书局，1999年第1版。

县政，权司、钱、谷等事。他建议温益修采取减赋、弥盗、祥刑等施政措施。同年九月，老师颜元去世。李塨大恸，不食，回乡料理颜元丧事。他回郿城后，又于十一月归乡，与颜门诸弟子将颜元故居"习斋"定为公聚会学所。次年二月，他又赴郿城，发现县衙署事变更，乃归乡。

康熙四十七年（1708年），李塨50岁。他详尽地考订了王源的《平书》，且在每卷后面阐述自己的治世观点，其中多有启蒙思想之萌芽。这些考订之语，形成了《平书订》，它与《拟太平策》一样，集中反映了李塨的政治经济思想。次年五月，李塨应杨勤邀请，赴陕西富平县任其幕僚。两人合作融洽，杨勤采取他的理政措施，该县百废俱兴，风俗大变，百姓交口称赞。李塨当时的学术声望很高，有商州知州沈廷祯等数十名名士前来问学，亦有儒生学者纷纷拜访。年底，李塨辞行回乡，全县士绅民众夹道相送。第二年二月，杨勤又写血书相邀，请李塨回到富平佐理县政。李塨帮助杨勤做了许多事，又在富平待了半年。但是，杨勤父亲听信谗言，对李塨颇有不满之意。李塨不顾杨勤苦苦挽留，最后决意辞职北归。

康熙五十一年（1712年），康熙帝颁发明谕规定朱熹配享孔庙。程朱理学遂成为清朝的官方意识形态。三年后，康熙帝又下旨："理学之书，为立身之本，不可不学，不可不行。"[1]这是一个极大的变化，程朱理学成为朝廷定论的正宗，其他学派如陆王心学等皆成末流，而颜李学派痛贬程朱，无疑更不会被容纳。恰在那一年，李塨又应济南知府张焘之聘请任幕僚，张焘并不打算有所作为，所以，李塨刚到任即交辞呈归乡了。

康熙五十五年（1716年）十一月，李塨被部选为蠡县知县，他已经58岁，不复再有"平生志欲行道"的抱负。他以母老之故，请求改为通州学正。到任未及三月即染重病，又以"亲老身病"之由辞官归里。他后来曾经有南迁之意，却因家庭变故而更改主意。据《李塨年谱》记载，雍正元年（1723年），李塨携门人刘调赞入京，拜见方苞。方苞告知李塨，大学士徐元梦、张廷玉曾经欲推荐李塨教导雍正皇子及修撰《明史》，方苞以"老病"为由替李

---

[1] 北京第一历史档案馆整理：《康熙起居注》，康熙五十四年十一月十七日，中华书局，1984年第1版。

塨婉辞。[1]李塨晚年名声日盛，很多学者纷纷向他讨教学问，譬如河西士人魏长举竟长途跋涉四千里前来拜李塨为师。但是，他却在高官显宦面前颇有志节，李光地任直隶巡抚时，以理学号召天下，示意他前往拜谒，他说自己是老百姓不愿意见长官，竟不往。年羹尧开府西陲，两次聘他担任幕僚，他以疾病力辞。

李塨至 70 岁后，沉疴缠身，类似中风，仍然勉力著述。雍正八年（1730年），李塨已 72 岁，他应直隶布政使聘请主持编写《畿辅通志》，但他病体支离，难以支撑，仅及发凡起例，便又告病归乡。两年后，他自知难以战胜病魔，遂又自作《李子恕谷墓志表》，为了不致使后人对他"虚名过情"，以此盖棺定论。雍正十一年（1733）正月初一，李塨因病逝世。两年后，安葬于直隶蠡县曹家村东北之祖坟，时有其门生、故交及各方名士百余人参与葬礼，门人冯辰作祭文，悼念李塨一生功绩。

李塨晚年的二十年，以较多精力埋首于注经考据与论学授徒，同时兼治农圃劳作。他晚年刊印了《周易传注》，还注解了《孟子》《诗经》《春秋》《论语》等儒家经典，而且对颜元的思想学说与自己的学术思想进一步作出理论分析和总结。他参与编纂《畿辅通志》，自己亦撰写了《自省书》《天道偶测》《拟太平策》等著述。李塨晚年转向考据治经，固然有他南游后的不自觉思想渐变，更重要的是时势变化使然。但是，清朝统治者实行"文字狱"的专制文化政策，戴名世的"《南山集》案"牵连了很多士大夫。除了戴名世、方孝标两个家族被治罪，李塨的好友如方苞、王源等皆获罪被捕入狱，自此士大夫们更加噤不敢言，思想文化界转为一片沉寂，李塨也就不得不将晚年的主要精力转移到考据学上。同时，李塨自身的思想亦有所转向，他早年在《瘳忘编》《阅史郄视》等著述中所体现出的奋进锐气，以及批判理学的精神，都已经黯然褪色。他甚至与理学名臣张伯行随声附和，抨击陆、王，推尊程、朱，很多当代学者都为李塨晚年屈服于宋明理学而惋惜。

也有学者认为，李塨的学术思想最主要的渊源仍然是颜元之学说，他继

---

[1] 冯辰、刘调赞纂，陈祖武点校：《李塨年谱》，卷五，中华书局，1985 年第 1 版，第 181 页。

承了颜元的大部分主要思想，而且，在某些思想观点上还对颜元学说有所补益。譬如对宋明理学的批判理路，"气在理先"的哲学观点（他后来又提出"理在事中"加以补充）；又如"知先行后"的认识论，以及政治、经济、教育思想等多方面的学说主张。特别是政治经济思想上，颜元从复古的理想出发，主张恢复封建制，而李塨结合政治实际，认为郡县制度更优于封建制。如当代学者李瑞芳所言，"颜元一生高隐不出，而李塨一生交游广阔，接纳当时的知名学者，相互问学论学，所以李塨在一些问题的认识广度和深度上超过颜元。"[1]尤其是李塨为谋生计，多次出任行政官员的幕僚，因此他的政治经济思想更切合实际，也切中当时之时弊。李塨还深刻地认识到，没有政治制度的根本变革，即谈不上实行颜元的实学思想。他是有着丰富政治经历的，晚年沉溺于考据学，与其说是他学术思想的变化，倒不如说是他为了避祸不得已而为之的自保之道。

颜元的实学主义思想本身具有某种启蒙性质。虽是旧瓶装新酒，但是，陈旧复古的气味仍然是颜元学说的不足之处。李塨因游历江南，广结天下名流，南游途中的一大思想收获即接受了中西文化会通的影响，使他在学术主张上对参考西学充满浓厚兴趣，这其实也是李塨对颜元的实学主义思想具有创见性的发展与创新。当时，西学东渐之潮流已经触动了中国学术界，西学中的自然科学知识及求实精神已经对明末清初的思想学术界中很多学者产生影响，李塨尤其是对西方的数学知识和天文学多有留意。

颜、李皆倡导六艺实学，也都对数学颇为重视。颜元主持漳南书院时，即设立了数学课目，却主要是学传统的《九章算术》；李塨也重视数学，其早年著述中有小学算术知识的数学著作，他精通中国传统的《九章算术》，也注意借鉴西方数学知识。《李塨年谱》记载，康熙四十五年（1706年），他赴京期间曾经向吴子淳询问西方的三角算法，吴子淳称此法与中国的勾股定理相近，可要比勾股定理更精密。康熙五十九年（1720年）十一月，李塨至安徽宁国居留数日，结识了已经老迈的"清初历算第一名家"梅文鼎，梅文鼎对中

---

[1] 李瑞芳：《李塨思想研究》，科学出版社，2011年11月第1版，第58—59页。

国古代的《九章算术》及西洋数学知识均有极高造诣，著述有《中西算学通》凡九种，其他数学著述二十余种。梅文鼎对李塨的格物论颇欣赏，李塨亦向他求教中、西数学知识，两人惺惺相惜。梅文鼎极推重李塨，临别依依不舍地凄然说："且有许多事相商，恐老不能再见矣！"[1]曾经任南宁知府的冯雍极服膺颜李学派的实学主义思想，他曾邀请万斯同、孔尚任、王源及李塨论学，李塨与冯雍可称知己，两人常彻夜长谈。冯雍通晓算学、天文及仪器制造，尤其对中、西数学知识很有造诣，李塨与冯雍交往密切，大概也向冯雍学习过西洋数学知识。此外，清初的理学名臣杨名时亦通中、西数学知识，李塨也与他共同切磋学问。

在天文地理知识方面，李塨也对西学抱有强烈兴趣。他向精于西方数学的杨静甫问测天法，南游时专赴浙江观看谢在修制造的"测量天地仪器"，在天文学方面也受到梅文鼎较大影响。李塨在《天道偶测》中赞同西方天文学关于日食与月食形成的推算法，"日食必朔"，日月合朔，二者同一轨道及纬度，月遮盖日光，"掩一分食一分，掩二分食二分"；而"月食必望"，月亮反射日光，日月东西相望，如在同一纬度及轨道，日月间的日光便被遮住，"遮一分食一分，遮二分食二分"。[2]他认识到中国古代历法有不及西方历法之处，但在地理知识方面，他却囿于中国古代的"天圆地方"之观念，对西方的新地理知识表示怀疑，他认为，西人所称"天包地球于外，地上下四周皆有人物，天四周吸之"不合逻辑。他质疑道："地何以配天哉？何以称两大哉？何以谓博厚哉？有疆矣，何以谓无疆哉！"[3]这也反映了李塨科学知识的局限性，其基本思维仍然未超出儒学之藩篱。李塨对西学的兼收并蓄，实质上是对颜元实学主义思想的进一步发展，虽然是初步的、不完善的，但确实有着启蒙意义。

在颜李学派中，李塨当然是一个重要代表人物。颜元的实学主义思想经过李塨的继承、发展与传播，才在当时学术界有了重大影响。李塨来往京师，广交天下名士，志在宣传颜元思想，确实起到了重要作用。前文已经提及，兹

---

[1]冯辰、刘调赞纂，陈祖武点校：《李塨年谱》，卷五，中华书局，1985年第1版，第176页。

[2]李塨：《天道偶测》，《颜李丛书》，四存学会，1923年版，第1页。

[3]同上书，第2页。

不赘述。后来，也有不少学者批评李塨南游后，其思想理论已与颜元产生隔阂，他晚年所言所行与其师相距则更远，其中一个重要原因是时代的学风已经转向考据，李塨亦不得不委屈追随。其实这更是一个现实的矛盾，李塨宣传颜元思想，不得不"广声气，纳交游"，求得士大夫们理解支持，但他又不能不被时代风气所浸染，甚至，他为了争取更多士子儒生的同情与好感，不得不在思想理论上有所收缩，乃至倒退。正是当时清朝廷提倡理学后的严峻局面，使得李塨难以如其先师颜元一样直言无讳地攻击宋明理学，甚至发表直接抨击朱熹之言论，因此可说李塨晚年闭门著述，也有他的难言苦衷。他当然知道颜元不提倡著述，但社会的形势已变化，倘若不将颜元学说整理出来，传之后世，很可能就会从此失传了。李塨无奈地说："颜先生以天下万世为己任，卒而寄之我。我未见可寄者，不得不寄之书，著书岂得已哉？"[1]他预计到颜李学派可能遇到冷寂时期，更感叹颜李学派后继乏人，他又说："圣道有其人，则传之人，无其人，则书其所学，期于传之后世，岂得已哉？"[2]其实，李塨也大力担当过为颜元师门广招门人之重任。他引荐了王源拜颜元为师，而王源的确也为宣传推行颜李学派的思想做了很多事情，可说是颜李学派中另一位重要代表人物，但可惜其人多病早逝。以后的恽鹤生、冯辰及程廷祚等人，也都为宣传颜元思想尽过力。但颜李学派越来越趋于衰落，特别是清朝文网密织的时势下，士人们趋向理学以谋科举晋身之路，学者们也多以考据学为安身处，既排遣忧惧，又可自保其身，这使得后来的士大夫们都很难理解颜李学派的思想主张了。

李塨的两个"不得已哉"，实已预感颜李学派将面临沉寂，早期启蒙思潮也已经进入了大退潮阶段。

---

[1] 冯辰、刘调赞纂，陈祖武点校：《李塨年谱》，卷五，中华书局，1985年第1版，第186页。

[2] 冯辰、刘调赞纂，陈祖武点校：《李塨年谱》，卷三，中华书局，1985年第1版，第88页。

第十一章

启蒙思想家之群落

一、流亡海外的学者朱之瑜

朱之瑜在南明政权的抗清战争失败后，流亡海外，定居日本，以家乡水名取名舜水。《清史稿》载，他 60 岁东渡扶桑，"遂留寓长崎。日人安东守约等师事之，束脩敬养，始终不衰。日本水户侯源光国厚礼延聘，待以宾师"。[1]他抱病授业，广收门生，摈弃程朱理学，创建"实理实学"的学说，并将其贯穿于授业中，使原来受宋明理学影响的日本儒学风气大变。有学者认为，朱舜水之学不仅在日本儒学中有重要地位，且对日本明治维新也产生了深远影响，其思想学说主旨与顾炎武、颜元的实学思想相近，也是早期启蒙思潮的一部分。梁启超先生感叹："舜水之学不行于中国，是中国的不幸，然而行于日本，

---

[1]《清史稿》卷五〇五，隐逸传二八六，朱之瑜，《朱舜水集》（下），中华书局，1981 年 8 月第 1 版，第 643 页。

也算人类之幸了。"[1]

朱之瑜，生于明万历二十八年（1600 年），卒于清康熙二十一年，即日本天和二年（1682 年），字楚玙，又字鲁玙，号舜水，明诸生，浙江绍兴府余姚县人。他出身于一个世宦之家，"入国初，先祖于皇帝族属为兄，雅不欲以天潢为累，物色累征，坚卧不赴，遂更姓为诸"。[2]朱之瑜年幼时，因袝主入庙，乃复朱姓。其父官至万历朝的总督漕运军门，死后诰赠光禄大夫、上柱国。朱之瑜 9 岁丧父，父亡后数十口的大家族骤然败落。他的两位兄长决心重振家业，长兄朱之琦于明天启五年（1625 年）考中武进士，官至南京神武营总兵，遭到魏忠贤阉党迫害被削职，崇祯帝登基后特旨昭雪，授职为漕运总督，因恰逢明清易代之变，未能上任。而其仲兄仅考中诸生，因病早亡。

朱之瑜幼年聪颖好学，初从慈溪李契学玄学，年长又求学于名学者朱永祐与吴钟峦，"精研《六经》，特通《毛诗》"。[3]崇祯末年，朝政混乱，时局动荡，"则奔竞门开，廉耻道丧，官以钱得，政以贿成"，"坐沐猴于堂上，听赋租于吏胥，豪右之侵渔不闻，百姓颠连无告"，而官场腐败尤其不堪，"他如饰功掩败，鬻爵欺君，种种罪恶，罄竹难尽"。[4]由于他对朝廷的各类时弊看得很清楚，加之长兄被阉逆迫害之境遇，他对仕途冷淡，生性嗜好"实务"，对"木豆、瓦登、布帛、菽粟"及建筑业、器物制作等抱有极大兴趣，也乐于钻研，他更留恋家乡的田园生活。"崇祯末，以诸生两奉征辟，不就。福王建号江南，召授江西按察司副使，兼兵部职方司郎中，监方国安军，之瑜力辞。"[5]据现今可见文献记载，类似征辟未受之事达 12 次之多，各种官职如知县、兵科给事中、军前赞画等，数不胜数。他因力辞福王政权的委任，还被御史弹劾："偃蹇不奉朝命，无人臣礼。"竟然要逮捕他，朱之瑜闻讯，只得立即奔往舟山。

---

［1］梁启超:《中国近三百年学术史》，天津古籍出版社，2003 年 5 月第 1 版，第 95 页。

［2］朱之瑜:《答源光国问十一条·第六条》，《朱舜水集》（上），卷十，策问，问答一，第 345 页。

［3］《清史稿》卷五〇五，隐逸传二八六，朱之瑜，《朱舜水集》（下），中华书局，1981 年 8 月第 1 版，第 643 页。

［4］朱之瑜:《中原阳九述略·致虏之由》，《朱舜水集》（上），卷一，第 1—3 页。

［5］同注［3］。

在舟山，他参加了原明江北总兵黄斌卿的抗清义军，出谋划策，多方奔走。他是有识之士，虽有匡救之志，可也看清了时势不可违，复明希望实在是很渺茫。福王政权由一群阉党分子把持，他不屑参与。而后来的南明小朝廷，或唐王，或桂王，或鲁王，都是钩心斗角，腐败不可救药。朱之瑜很有进退失据之感。清顺治二年（1645 年），清兵陷南京，俘福王。朱之瑜知大势已去，欲搭船赴日本，但日本海禁正严，他只得转道至安南（越南古称）驻足。两年后，朱之瑜又潜回舟山，与舟山守将王翊等密谋恢复之策，与黄宗羲、冯京第等人结交，多次拟赴日本借兵，却都未成功。张名振奉鲁王之命驻舟山，浙闽地区王翊与钱肃乐两支义军打了几次胜仗，收复大片土地。鲁王欲给朱之瑜加封官爵，朱之瑜称复国雪耻才是要务，一概回绝封赏。此时，鲁王败象已露，几支抗清武装各拥其主，互相猜忌，人心涣散。朱之瑜与王翊几次密谈，深感忧虑。黄宗羲等众多抗清志士亦感失望，纷纷出走。"顺治八年（1651 年）六月，朱之瑜预料舟山失败在即，决定再度出走，张煌言等苦留不住，只得放行。仅月余，舟山和四明山皆陷，王翊被执，赋诗临刑。吴钟峦、朱永祐等战死，鲁王宫眷阖门自焚。定海百姓残罹杀戮。张名振奉鲁王贸然出师吴淞，回援不及，只得出逃。"[1]

朱之瑜已是 50 岁余老翁，他流亡于日本、安南、暹罗（泰国古称）等国，为抗清事业筹资寻饷，又常潜回国内，继续进行抗清活动。朱之瑜在安南曾经致书张名振，总结舟山兴亡教训，张名振复信称其下决心汲取教训，与郑成功会师再战。鲁王亦来书信催其尽快回国效力。他欲回国，却遭到安南国王留难，直至清顺治十五年（1658 年）夏，他连日呕血，终于摆脱安南国王，又赴日本。朱之瑜在日本接到了郑成功之邀请书信，这年秋季，他又回到厦门。

次年五月，郑成功以延平郡王、招讨大将军名义，与张煌言会合，率十七万水路大军北伐。"六月，克复瓜州、镇江。传檄郡邑，江南、北相率来

---

［1］张晓虎：《朱之瑜》，载《清代人物传稿》上编第三卷，中华书局，1986 年 5 月第 1 版，第 266—267 页。

附，得府四，州县二十四，金陵且议降。"[1]朱之瑜到厦门后，观察郑成功军中形势，察觉将士们皆佻达轻率，沾沾自喜，便有不祥预感，他未去拜谒郑成功。此后，朱之瑜随张名振部下马信的队伍北伐，"之瑜常往来两军间。克瓜州，下镇江，皆亲历行阵"。[2]郑成功因胜而骄，坐失战机，反被清军袭败。朱之瑜闻讯，扼腕痛惜，知大势不可为，益彷徨无定向。他后来给日本友人去信，总结郑军失败教训，称郑军将领良莠不齐，有的人"刚愎贪忌，狃于小胜，不用上命"，其部伍亦"纪律时有未严，上情不能下究，有识早已忧之"，将骄卒惰，招致败绩，"徒使英雄顿足耳"。[3]这年冬天，朱之瑜沮丧地登上开往日本长崎的商船，最终告别祖国。

清顺治十六年（1659 年），这一年亦是日本万治二年，朱之瑜在长崎登岸后，谋生无计，度日艰难。早已结识的日本好友安东守约赶来，安东守约是日本关西著名学者，约几位朋友联署申请，多方交涉，使得朱之瑜总算获得了留日居住权。日本幕府当时实行锁国政策，严行海禁，不准外人入境，对朱之瑜来说此举是破例。朱之瑜在长崎，得到挚友安东守约的生活资助。清康熙二年（1663 年），日本宽文三年春天，长崎大火，街市烧成一片焦土，安东守约又赶来救助，帮助经济拮据的朱之瑜渡过难关，自己则几乎饿毙。两人以后书信不断，高山流水般的情谊传为佳话。

次年秋天，水户藩的二代藩主德川光国派人往长崎物色人才，编纂《大日本史》，使臣小宅生顺推崇朱之瑜博学多才，德川光国乃以礼相聘。清康熙四年（1665 年）六月，朱之瑜由长崎移居江户（今东京），德川光国尊朱之瑜为师。"光国以先生年高德重，不敢称其字，欲得一麓斋之号称之，先生答言无有。三次致言，乃以故乡一水名应焉，舜水之称始此。"[4]朱之瑜备受德川光国优渥礼遇，德川光国不仅从其学习儒家文化传统，且时常向他咨询国家施政大计等诸要事。《大日本人名辞书》记载："是时，方中国明遗臣朱舜水耻食

---

［1］梁启超：《朱舜水先生年谱》，己亥，60 岁，《朱舜水集》（下），附录一，第 677 页。

［2］海东逸史：《朱之瑜别传》，《朱舜水集》（下），附录一，第 638 页。

［3］朱之瑜：《与安东守约书二十五首》之一，《朱舜水集》（上）卷七，书简四，第 153 页。

［4］梁启超：《朱舜水先生年谱》，乙巳，66 岁，第 707 页。

清裔乞援于日本，欲图恢复，屡渡我长崎。光国闻其贤，乃聘为师，亲执弟子礼。舜水时谏光国，其言剀切，光国每纳之。"[1]德川光国以懿亲辅政，握有权柄，其施政方针深受朱之瑜影响，在修纂《大日本史》时聚集了一批藩士，渐成水户学派思想体系，构成了"尊王一统"的政治纲领，为后来的明治维新写下伏笔。朱之瑜因此与日本政界及文化界许多重要人物建立了广泛密切的联系，他的思想学说也深深影响了日本的水户学派。梁容若先生在《中日文化交流史论》一书中，还列出了接受朱之瑜传授学业的门人弟子表，约有德川光国、栗山潜修、古市胤重、安积澹泊等十五人，而这十五人又有一代又一代门徒传人。由此可见，朱之瑜的思想学说在日本儒学文化中是有重要影响的。

朱之瑜对宋明理学抱着批判态度。当时，日本国内崇信佛教的气氛浓厚，儒学地位甚微。他在长崎就感到这一点。日本儒学界也受到中国宋明理学浸染，虚浮空疏，玄谈相尚。朱之瑜在给友人安东守约的信中痛斥儒士的八股文章，说："中国以制义取士，后来大失太祖高皇帝设科之意。以八股为文章，非文章也。志在利禄，不过籍此干进。"[2]他直言宋明理学之流弊，毒害了中国读书人。他又说："即嘉、隆、万历年间，聚徒讲学，各创书院，名为道学，分门别户，各是其师。圣贤精一旨未阐，而玄黄水火之战日烦。高者求胜于德性良知，下者徒袭夫峨冠广袖，优孟抵掌，世以为笑。是以中国问学真种子几乎绝息。"[3]他以为这是明末亡国之祸的源头，告诫日本儒学界勿沾染此风。他在与日本儒学人士的讨论与通信中，还对宋明理学的利弊得失做了大量辨析，尤其对朱熹、王阳明学说批评最有说服力。对宋明理学的批判，是朱之瑜"实理实学"的一个重要组成部分。朱之瑜致信弟子奥村庸礼说："晦庵先生力诋陈同甫，议论未必尽然。况彼拾人残唾，亦步亦趋者，岂能有当乎？"[4]他劝奥村庸礼应弄明白"向学之方"："推之政治而有准，使后人知学之道，在于近里著己，有益于天下国家，不在乎纯弄虚脾，捕风捉影。若夫窃儒之名，乱

---

[1]《朱舜水集》（下），附录五，友人弟子传记资料，德川光国，第802页。

[2]朱之瑜：《与安东守约书三十首》之三，《朱舜水集》（上）卷七，书简四，第173页。

[3]同上。

[4]同上。

儒之实，使日本终不知儒者之道，而为俗者诋诽，则罪人矣。"[1]也就是说，朱熹与陈亮之争，朱之瑜更同情陈亮，与颜元及其他启蒙思想家看法是一致的。朱之瑜认为宋明理学是"纯弄虚脾，捕风捉影"，告诫弟子奥村庸礼为政治国须踏踏实实，否则便是"窃儒之名，乱儒之实"，岂非罪人矣！他后来在给挚友安东守约的信中又说："宋儒辨析毫厘，终不曾做得一事，况又于其屋下架屋哉！"[2]在另一封信中论孔孟之学真谛，他又说："自朱子言之，俨然泥塑木雕，岂复可行于世！"[3]

朱之瑜论陆王之学，认为是"伪学"，他虽然对王阳明本人许以豪杰之士，赞誉"其擒宸濠，平峒蛮，功烈诚有可嘉"，但批评他的学说"固染于佛氏，其欲排朱子无可排也，故举其格物穷理，以为訾议尔已"。[4]他认为程朱理学与陆王心学之争，实质都是为了标新立异，"又何论朱与王哉！"[5]《答野节问三十一条》里，野节问及"格物""穷理""居敬"等工夫，朱之瑜明确回答："前答古本太守问'格物致知'，粗及朱、王异同耳。太守以临民为业，以平治为功，若欲穷尽事事物物之理，以后致知以及治国平天下，则人寿几何？河清难矣。"又提到"居敬"工夫，认为"是君子一生本等，何时何事，可以少得？仆谓治民之官与经生大异，有一分好处，则民受一分之惠，而朝廷享其功，不专在理学研穷也"。他还专门提醒野节："晦翁先生以陈同甫为异端，恐不免过当。"[6]他再次明确表示，朱熹与陈亮之争，他站在陈亮这一边。朱之瑜在海外回答日本儒学学者的问题，态度谨慎平实，尊重历史，辨析清晰，实事求是，他在多次论及王阳明时，既讲清王阳明治国安邦的才能，又批评其理论空疏之流弊，而且分析王学的复杂性，都很有说服力。他对明末颓靡士风尤其深恶痛绝，认为士人们空谈误国亦是明亡的因素之一。他说："明朝中叶，以时文取士。时文者，制举义也。此物既为尘饭土羹，而讲道学者，又迂腐不近

---

[1] 朱之瑜：《答奥村庸礼书十二首》，《朱舜水集》（上）卷八，书简五，第274—275页。

[2] 朱之瑜：《与与安东守约书三十首》之十，第160页。

[3] 朱之瑜：《与与安东守约书三十首》之二十，第190页。

[4] 朱之瑜：《答佐野回翁书》，《朱舜水集》（上）卷五，书简二，第85页。

[5] 同上。

[6] 朱之瑜：《答野节问三十一条》，《朱舜水集》（上）卷十一，问答三，第386页。

人情。如邹元标、高攀龙、刘念台等，讲正心诚意，大资非笑。于是分门标榜，遂成水火，而国家被其祸，未闻所谓巨儒鸿士也。"[1]他最后特别解释说："巨儒鸿士者，经邦弘化，康济艰难者也。"[2]这也是他的"实理实学"择人才之标准，他向日本友人痛切讲述明亡之教训，也是希望其政治教化勿蹈前辙。

朱之瑜坚定地反对宋明理学，他的"实理实学"的学说理论就是建立在对程朱理学的理性批判基础上。他与早期启蒙思潮的诸多思想家一样，通过亲身经历认识到了宋明理学之空疏与脱离实际生活，因此他积极鼓吹经世致用的学说。他认为，所谓"实理"是"明明白白，平平常常"的"现前道理"，能够事功且有效果的即为"实理"。朱之瑜在《答小宅生顺问六十一条》中即说得明白："为学当有实功，有实用。"[3]他又说："吾道之功，如布帛菽粟，衣之即不寒，食之即不饥，非如彼邪道，说玄说妙，说得天花乱坠，千年万年，总来无一人得见。"[4]他主张"实行""践履"，他认为："言行，道自行也。""大人君子包天下以为量，在天下则忧天下，在一邦则忧一邦，惟恐民生之不遂。"[5]他反对教条化地读书，又说："孟子云：'尽信书，不如无书'，非不要书也，但当以理推断，不可刻舟求剑耳。书如人之杖，老者、力不足者倚此而行，若两足不能步履，而竟以杖行，此必无之理也。"[6]在知与行关系上，朱之瑜没有什么长篇的论述，但他承认"行"是很重要的，做学问不应该空谈。尤其值得钦佩的是，朱之瑜不仅将其学问带到日本，而且把当时中国的一些科技知识，如工程设计、建筑技术、农艺、生物地理知识、衣冠裁制等介绍到日本。日本学者井弘济、安积觉在《舜水先生行实》中记载了他所作的《学宫图说》著作，朱之瑜按照此图说监造了东京汤岛的"圣堂"，此"圣堂"包括了殿堂、阁楼、廊庑、门楼、墙垣等，皆极其精巧。他不仅与学者们切磋学问，且结交了一些日本的民间工匠，与他们互相交流工艺科技知识。按照宋明

---

[1]朱之瑜：《答林春信七条》，《朱舜水集》（上）卷十一，问答三，第383页。

[2]同上。

[3]朱之瑜：《答小宅生顺问六十一条》，《朱舜水集》（上）卷十一，问答四（笔语），第406页。

[4]同上书，第407页。

[5]朱之瑜：《与冈崎昌纯书二首》，《朱舜水集》（上）卷五，书简二，第101页。

[6]朱之瑜：《答野传问三条》，《朱舜水集》（上）卷十，问答一，第360页。

理学的儒家传统，这些工艺技术是所谓"小人"之事，朱之瑜却将这些工艺技术知识亦列在"实理实学"中，这是他的启蒙思想的一个重要亮点。当时，日本社会等级森严，有所谓"四民"之分，他善意地予以批评，希望进行社会改革。他说："农夫之子，可以升之司马司徒，辨论官材。簪缨之胄，可以移之郊遂，创惩逸志。一升一沉之间，人自不得不愤发为善，而销阻邪慝之思。"[1]他的这些观点含有社会平等的近世思想，也是与他看重民生一贯学说理论相合的。他在早年给南明小朝廷上书的《中原阳九述略》中的《致虏之由》一文痛切地说："即如崇祯末年，搢绅罪恶贯盈，百姓痛入骨髓，莫不有'时日曷丧，及汝偕亡'之心。"[2]朱之瑜认为，官宦的腐败政治统治，士大夫们要负极大责任，而且深切地同情劳苦百姓大众。

朱之瑜也很重视史学。他的史学观点与黄宗羲所创的"浙东学派"有一致之处，主张通过历史事变来总结国家兴亡的经验教训。他与弟子奥村庸礼谈及读史时说："一部通鉴明透，立身制行，当官处事，自然出人头地。"他批评某些腐儒舍史求经的做法，是"舍本逐末，沿流失源"。他又说："殊不知经简而史明，经深而史实，经远而史近……得之史而求之经，亦下学而上达耳。"[3]他的史学思想与治史方法对日本的水户学派有重大影响。他的弟子门人大都接受其史学观点。如安东守约不仅在经学上有着很高造诣，亦著有《春秋前编》等史学著作。德川光国建立了早期的水户学派，为编纂《大日本史》而召集了一批藩士，如史馆第一任总裁安积觉，就是朱之瑜的学生。历时二百数十年，水户学派的学说观点极流行，对日本的明治维新产生了一定影响。

朱之瑜是对中日文化交流有着重大贡献的历史人物。他挚爱着祖国，也热爱着日本，希望中日两国能够成为兄弟之邦、友好之邦。他超越了儒家传统文化"夷夏之辨"的狭隘观念，具有既不妄自菲薄也不妄自尊大的宽广开放胸襟，这是早期启蒙思潮中一批优秀思想家的特质品格之一。他说："世人必曰：

---

[1] 朱之瑜：《答小宅生顺野传论建圣庙书》，《朱舜水集》（上），卷九，书简六，第322页。

[2] 朱之瑜：《中原阳九述略·致虏之由》，《朱舜水集》（上），卷一，第1—3页。

[3] 朱之瑜：《答奥村庸礼书十二首》，《朱舜水集》（上）卷八，书简五，第274—275页。

'古人高于今人，中国胜于外国.' 此是眼界逼窄，作此三家村语。"[1]他的人格与学问引得日本各界人士尊敬他、纪念他。

朱之瑜逝世于清康熙二十一年（1682年），"四月十七日，无有他疾，语言声色，不异平日，未时奄然而逝，年八十三"。[2]他的墓地在日本茨城县久慈郡太田町瑞龙山麓，此处风景优美，是德川家族墓地，平民不得葬此。朱之瑜以德川光国宾师之尊，葬于此地。德川光国题词于墓碑："明征君子朱子墓。"另有朱之瑜旧宅，在当今日本东京大学农学院内，院中立一纪念碑，上书"朱舜水先生终焉之地"，旁植樱花，是其生平最爱。

二、会通中西古今的思想家方以智

方以智原是明末复社骨干，名列"四公子"之一（余为陈贞慧、冒襄、侯方域），王夫之称他"姿抱畅达，蚤以文章誉望动天下"。[3]但是长期以来，学术界仅视其为名士、隐逸之士，其著作及思想均长期处于沉寂无闻中，间有赞许之辞，亦不过是褒扬其考据学之学问。20世纪50年代，方氏的后世传人将一批方以智著作的刻本与抄本捐献给安徽省博物院，使得方以智的一批著作得到重现（其中即有《东西均》等）。著名学者侯外庐先生1957年发表文章，将方以智的思想与近代西方哲学家狄德罗、霍尔巴赫等人的思想做了大量对比，重新确立了方以智在明末清初思想史中的重要地位。此文在文史界及哲学界引起重视。侯外庐先生又在《中国思想史》中辟专章论述方以智的哲学思想及社会思想。由此，方以智的哲学思想也引起学者们的广泛重视，譬如著名美籍华裔学者余英时先生在1972年所著的《方以智晚节考》中，提出方以智自沉死节之说，也对其哲学思想进行了评论。中国台湾学者也纷纷发表文章与著述，对方以智的佛、儒、道三教合一的思想加以研究。如今，对方以智学术思

---

[1]朱之瑜：《答源光国问十一条·第六条》，《朱舜水集》（上），卷十，策问，问答一，第92页。

[2]朱之瑜：《与陈遵之书》，《朱舜水集》（上），卷四，书简一，第43页。

[3]王夫之：《永历实录》卷五，方以智传，载《船山全书》第十一册，岳麓书社，2011年1月第1版，第393页。

想的研究已经越来越深入，各学者发表的著述与研究论文也越来越多。学者们尤其对方以智的自然哲学思想，亦即"质测即藏通几"的科学观念最感兴趣，熊十力先生在1941年致张东荪的信中便已经论及此观念，这个思想可称为当时的先进理念。明末清初不仅出现了一批卓有成就的自然科学家，且在学术上出现了注意会通中西、会通古今、会通各门社会科学的综合研究倾向，方以智即是此中主要代表人物。

方以智，生于明万历三十九年（1611年），卒于清康熙十年（1671年），字密之，号浮山愚者、无可、药地、极丸等，自取别号甚多，安徽桐城人。他出身桐城方氏的世宦之家，曾祖父方学渐为泰州学派的名家之一，小传入《明儒学案》。黄宗羲称方学渐"少而嗜学，长而弥敦，老而不懈"[1]，其著作有《东游记》《易蠡》《性善绎》《桐川语》等。其祖父方大镇，万历年间任大理寺左少卿，著有《易思》《诗意》《礼说》《永思录》《幽忠录》等。其父方孔炤，崇祯年间官至湖广巡抚，通医学、地理、军事，亦对西学深感兴趣，著有《周易时论》《全边略记》《尚书世论》等。

方以智幼承家学，"智十二丧母，为姑所抚，《礼记》《离骚》皆姑授也"。[2]其姑母方维仪，少年寡居的明末著名女诗人，著有《宫闱诗史》，有学识阅历，喜读西洋之书，她对少年方以智颇有影响。方以智的几位授业老师都是名学者。白瑜，字瑕仲，又字安石，教授方以智经史，其崇尚实学之学风也对方以智很有影响。王宣，字虚舟，通名物训诂及河、洛之学，也是精通《春秋》之名家。其座师傅海峰则是名臣，亦通医术。方以智与其弟、妹夫"读韬略、习技勇，日行数百里，凡剑戟击撞之事无不精"[3]。由于其祖辈与东林党人一直有着密切关系，方以智少年时期即关心时事，锻炼体魄。他才14岁，"公遵祖父命应童子试，补弟子员，当徒步百里赴试。人或讥之，公曰：'天下将乱，士君子当习劳苦。'"[4]

---

[1]黄宗羲：《明经方本菴先生学渐》，《明儒学案》卷三十五，泰州学案四，载《黄宗羲全集》第八册，浙江古籍出版社，2012年4月第1版，第93页。

[2]方叔文：《方以智先生年谱》，安徽师范大学出版社，2017年1月第1版，第14页。

[3]同上书，第21页。

[4]同上书，第18页。

　　方以智青年时期四处交游求友，遍访书香之家博览群籍，曾结识西方传教士毕方济、汤若望等，他对西方近代自然科学很感兴趣，且喜读西洋典籍，由此具备开放视野。例如，方以智的音韵学著作《通雅·切韵声原》，就受到利玛窦、金尼阁标注汉音之启示，为中国音韵学研究开辟了一条新路经。方以智认为，中国文字未走上拼音化道路是一大缺点，"字之纷也，即缘通与借耳，若事属一字，字各一义，如远西因事乃合音，因音而成字，不重不共，不亦愈乎？"[1]他在三百多年前就已经提倡汉字革新，可谓先知先觉也。

　　明崇祯十一年（1638年），由东林子弟吴应箕、顾杲、陈贞慧等首倡，黄宗羲等一百四十人列名，起草《留都防乱公揭》，直斥阉党余孽阮大铖。当时，方以智已回桐城，未参加"防乱公揭"之行动，"其实公名并不与焉，而大铖疑授意，衔之次骨"。[2]阮大铖因此对方以智怨毒更深。次年秋天，方以智往金陵应乡试，中第三十二名举人，其应试文章被书贾所翻印，一时洛阳纸贵。同年，复社正式成立。"明末四公子"在复社中为骨干，他们与张溥、陈子龙、吴伟业等俨然为青年士子领袖，裁量人物，讽议朝局，诗酒风流，把臂同游。他们意识到晚明政局正处于风雨飘摇中，企图通过政治改革扫除弊端，谏议皇帝选贤用能，挽狂澜于既倒。但是，明末政治局面却越来越糜烂。也就在这年，方以智的父亲方孔炤以右金都御史巡抚湖广，镇压农民军李万庆、马光玉、罗汝才等部，八战八捷。但他与权臣杨嗣昌、熊文灿等政略相左，遂遭到排挤陷害。崇祯十三年（1640年）正月，方孔炤入狱。同时，方以智应会试，中式第八十一名，殿试二甲进士。金榜题名后，方以智身怀血疏伏阙讼冤，哀动京城，亦感动崇祯皇帝，他在朝廷对臣子说："求忠臣必于孝子！"遂决定放出方孔炤。此后，明末政局已呈崩溃之势，"会李自成破潼关，范景文疏荐以智，召对德政殿，语中机要，上抚几称善"。[3]方以智与其父方孔炤一样，

　　[1]方叔文：《方以智先生年谱》，安徽师范大学出版社，2017年1月第1版，第79页。

　　[2]同上书，第69页。关于"留都防乱公揭"是否有方以智署名之事，陈贞慧在《防乱公揭本末》中称有方以智署名，与"年谱"说法不一，可能是友人代签名的。参朱希祖《书刘刻贵池本留都防乱公揭姓氏后》，《明季史料题跋》，中华书局，1961年版，第22页。

　　[3]《清史稿·方以智传》，第四五册，列传二百八十七，遗逸，中华书局，1981年8月第1版，第13833页。

其政略与内阁权臣之意相左，并未见用。他在京期间，先后任工部观政、翰林院检讨、皇子定王与永王的经筵讲官。

明崇祯十七年（1644年）三月十九日，李自成农民军攻陷北京，崇祯皇帝自缢于煤山。方以智欲投井尽忠，遇担水者数人，不果。又至午门伏地痛哭，被农民军所执，因不愿投降，"加刑毒，两髁骨见，不屈"。[1]农民军的军营中，"有洛阳劳生者，阴为护持治创，得不死"。[2]不久，方以智侥幸乘乱出京城南奔，"以四月十日后抵济南，五月十五日，始抵金陵"。[3]时值南京的弘光政权建立，福王登基，马士英、阮大铖把持朝政，欲加害方以智，将其定为"五等应徒拟赎者"罪，弘光帝亦下旨："方以智系定王讲官，今定王安在，何止一徒？"[4]在阮大铖等的迫害下，方以智忧愤成疾，"以致得怔忡、惊悸、呕血等症。旋就友于粤，至桂林，病复发"。[5]病愈后，很长一段时期他流寓岭南、两广一带，改名吴石公，以卖药为生。一次街市偶遇昔日友人，方以智趋避不及，两人相持泣下。"瞿式耜闻而迎馆之。"[6]后来，方以智追随瞿式耜参与了拥立南明永历政权的活动。清顺治三年（1646年）十月，桂王朱由榔即位于肇庆，称永历帝，方以智被擢拔为左中允、经筵讲官。不久，被司礼太监王坤所忌，"以智既无宦情，讲官之命为式耜所强受，又不见庸，遂决挂冠去，浮客桂、柳间。粤西稍定，就平乐之平西村筑室以居"。[7]他又重新归隐于民间，"喜登眺。至是放情山水，觞咏自适，与客语，不及时事"。[8]这是王夫之的《永历实录》所记，王夫之与方以智在南明永历小朝廷中同朝为官，两人结为好友，王夫之亦深知永历小朝廷腐败深重，营私纳贿，军阀横行，佞臣

［1］《清史稿·方以智传》，第四五册，列传二百八十七，遗逸，中华书局，1981年8月第1版，第13833页。

［2］方叔文：《方以智先生年谱》，安徽师范大学出版社，2017年1月第1版，第103页。

［3］同上书，第104页。

［4］见《南渡录》卷四。转引自赵园著《明清之际士大夫研究》，下编，明遗民研究，余论（之一），北京大学出版社，1999年1月第1版，第478页。

［5］方叔文：《方以智先生年谱》，安徽师范大学出版社，2017年1月第1版，第107页。

［6］王夫之：《永历实录》卷五，方以智传，载《船山全书》第十一册，岳麓书社，2011年1月第1版，第393页。

［7］同上书，第394页。

［8］同上。

当道，太监弄权，永历帝也是昏庸无能，远贤近佞，忙于同室操戈，毫无振作之气。王夫之忼言直谏，几乎被杀，所以他深深同情方以智。方以智披缁为僧后，两人仍书信不断。得知方以智亡故，王夫之还写诗以祭友人。方以智在平西村隐居时，由于明军残部楚、粤将领多为其父方孔炤部下，小朝廷欲迎方以智至军中督军，方以智皆辞谢。"永历三年，超拜礼部尚书、东阁大学士，不拜。诏遣行人季浑敦趋入直。以智野服辞谢，不赴。"[1]

清顺治七年（1650 年）十一月，清军南下，攻陷广西平乐，清帅马蛟麟逼方以智投降。"左置官服，右白刃，惟所择，以智趋右，帅更加礼敬，始听为僧，更名弘智，字无可，别号药地。"[2]方以智披缁为僧，实为"逃禅"。他被供养于广西梧州云盖寺，形同软禁，此时号行远，字无可。清顺治九年（1652 年）六月，经彭广具文出保，偕友人施闰章返乡，沿途入南华，谒青原，中秋时节居停樟树镇，此地有"药都"之称，方以智的另一别号"药地"即得于此。他于九月初抵达庐山，又逗留三月，其著述《东西均》《向子与郭子书》《惠子与庄子书》皆作于此地。清顺治十二年（1655 年），其父方孔炤逝世，方以智自金陵闭关三年后遂破关回桐城，庐墓守孝三年，后又游方四野，结交友人，吸收了大批门人子弟。他潜心学术，写出了很多理论著作，他除了讲学宏道外，还秘密参与了反清复明的活动。清康熙三年（1664 年）冬，方以智应庐陵县令于藻及吉安人士盛邀主持青原山净居寺，开创"青原学风"，"士众云集，儒者闻儒，佛者闻佛，教无虚日，盖自七祖以后，未有如此之盛者也"。[3]施闰章等亦在此讲学。清康熙九年（1670），方以智"将院事交法弟叶妙大师，而自居退院"[4]，他"退休首山，寓于陶庵，自称陶庵散人"[5]。次年三月，方以智因"粤难"牵连，被押赴广东，十月初七日（11 月 8 日）舟行江西万安惶恐滩，病逝。"公临终时，一语不及世事，以未卒业诸书，命少子

[1] 王夫之：《永历实录》卷五，方以智传，载《船山全书》第十一册，岳麓书社，2011 年 1 月第 1 版，第 394 页。

[2]《清史稿·方以智传》，第四五册，列传二百八十七，遗逸，中华书局，1981 年 8 月第 1 版，第 13833 页。

[3] 方叔文：《方以智先生年谱》，安徽师范大学出版社，2017 年 1 月第 1 版，第 204 页。

[4] 同上书，第 225 页。

[5] 同上书，第 229 页。

349

踵成之！语毕命水浴，忽风雨大至，遂端坐而逝。"[1]美籍华裔学者余英时则另持一说，认为方以智在惶恐滩想到文天祥殉国事迹，遂自沉于水。

方以智虽然一生坎坷，漂流不定，但始终保持书生本色，勤谨好学，其学识渊博过人。《清史稿·方以智传》记载："以智生有异禀，年十五，群经、子、史，略能背诵。博涉多通，自天文、舆地、礼乐、律数、声音、文字、书画、技勇之属，皆能考其源流，析其旨趣。著书数十万言，惟《通雅》《物理小识》二书盛行于世。"当时，明末清初的一批启蒙思想家显示出历史自觉性，他们对西学东渐普遍持欢迎态度，虽在学术上各有所宗，却都对西学表示出浓厚的兴趣，方以智便是其中的卓越代表人物。他对我国的传统自然科学与当时新传入的西方近代科学技术悉心探究，固然有其家学渊源之影响（其父方孔炤就喜欢光学），但主要说来，则是体现出历史自觉性。方以智年轻时一直与西方传教士保持密切来往，即使披缁为僧，仍然安排其次子方中通去向汤若望学习天文、历算知识。"方以智明确主张'借远西为剡子、申禹、周之矩积（《物理小识·总论》）'，借西学东渐来发展中国固有的科学技术；并深刻地评判当时传入的西学，'质测颇精，通几未举'（《通雅》卷首二）。"[2]他早年即倾心于自然质测之学，又发展为"质测即藏通几"的科学哲理观。方以智的自然哲学思想是对宋明理学影响下的"蹈虚空谈"之风的否定，因此，他的学术观点得到了王夫之的支持。王夫之说："密翁与其公子为质测之学，诚学思兼致之实功。盖格物者，即物以穷理，唯质测为得之。若邵康节、蔡西山则立一理以穷物，非格物也。"[3]方以智以"质测"来诠释"格物"，已经大大超出理学的范畴，其"质测之学"与近代科学方法相似。

方以智曾经将整个学术领域分为"质测""宰理""通几"三大门类，他说："考测天地之家，象数、律历、声音、医药之说，皆质之通者也，皆物理

　　[1]方叔文：《方以智先生年谱》，安徽师范大学出版社，2017年1月第1版，第235页。
　　[2]萧萐父：《十七世纪中国学人对西方文化传入的态度》，载《文化：中国与世界》（第二辑），生活·读书·新知三联书店，1987年10月第1版，第143页。
　　[3]王夫之：《搔首问》，载《船山全书》第十二册，岳麓书社，2011年1月第1版，第633页。

也。专言治数，则宰理也。专言通几，则所以为物之至理也。"[1]他以为，"质测"也就是考测"象数"等自然知识，这些知识相通，他称之为"物理"。而"宰理"，也就是主导方面的社会政治学，如宋明理学等即是"治教"之言，但他似乎不甚感兴趣。"通几"则是研究"所以为物之至"的根本原理，亦即隐藏于天地万物间的发展契机与内在本质之对象。从此可看到，这个理论与宋明理学大为不同，理学与心学皆以"天理"二字将所有哲理概括，且以政治伦理为核心评判一切事物，也就必定得出"存天理、去人欲"的结论。而"质测之学"则以实际事物的道理为实测对象，对整个宇宙演化直到草木昆虫进行仔细认真研究，以探讨其中的生态客观法则。方以智说："物有其故，实究考之，大而会元，小而草木蠡蠕，类其性情，征其好恶，推其常变，是曰'质测'。"[2]而"通几"，即以自然哲学研究之使命，通观天地万物之眼界，从各类事物现象深入到对其本质、规律及未来发展变化之微妙萌芽，进行考察与总结。他又说："通观天地，天地一物也。推而至于不可知，转以可知者摄之，以费知隐，重玄一实，是物物神神之深几也。寂感之蕴，深究其所自来，是曰'通几'。"[3]在这里，他所说的"寂感之蕴"，即出自《易·系辞》中"寂然不动，感而遂通天下之故"，也就是说，在寂思中深悟天地所蕴含的原理。但这种寂思却又与玄思不同，不是凭玄虚而悟的，是根据事物客观规律而探测出的。他以为，"质测即藏通几者也。有竟扫质测而冒举通几，以显其宥密之神者，其流遗物。"[4]如果说，"质测"为研究方法，则"通几"是综合研究方法，以实现研究目的，除去了研究方法，无论怎样玄虚高谈，神秘莫测，最终必定难达到研究目的。他同时又说："通几护质测之穷。"[5]其"通几"之学，可以打通各项"质测"方法的片面性，克服门户之见的局限，由"通几"而达到认识的全面性及深刻性。他还说："本末源流，知则善于统御；舍物，则理亦无所

---

[1] 方以智：《通雅·文章薪火》，载侯外庐主编《方以智全书》（点校本）第一册，上海古籍出版社，1988 年版。

[2] 方以智：《物理小识·自序》，上海古籍出版社，1992 年版。

[3] 同上。

[4] 同上。

[5] 方以智：《愚者智禅师语录·示中履》，转引自萧萐父、李锦全主编《中国哲学史》（下卷），人民出版社，1983 年 10 月第 1 版，第 199 页。

得矣，又何格哉！病于言物者，好奇之士，好言耳目之所不及，附会其说，甚则虚构骇人；其拘谨者，斤斤耳目之前，外此则断然不信，其蔽均也。"[1] 他这番话说中当时多数士大夫的心理，一些人"病于言物"，眼界窄小，局限于"斤斤耳目之前"，就不会有创新精神，仅止于功利势利而已；另一些人则"遗物""舍物"，必定是玄虚相尚，也是那些理学家的弊病。他对那些谨守着宋明理学的"宰理"之言，不仅不感兴趣，且很鄙视，认为"宋儒惟守宰理，至于考索物理时制，不达其实，半依前人"。[2] 17 世纪的中国思想界，重要特点之一即是实学主义的盛行。方以智反对空谈"宰理"大道，主张"质测通几"之学，这也是实学主义的一部分。他虽然没有像徐光启那样突出地主张学习自然科学形式逻辑的公理化体系，但是他的"质测即藏通几""通几护质测之穷"的观念里也包含着"求所以然之理""缘数以寻理"科学方法的内核。此外，方以智明确地把研究自然科学的"质测"之学与研究政治和伦理的"宰理"之学，以及研究"所以为物之至理"的"通几"之学区别开来，特别是把自然科学与伦理化的政治学说区分开来，这在当时的启蒙思想家中也是别具一格的。

方以智的哲学思想是渊博丰富又复杂精微的。他不仅致力于会通中西文化，而且注意会通古今文化。他的哲学思想还有一个重要特色就是利用《周易》中的古代哲学思想，且加以改造创新，从中挖掘出与时代相符合的新思想内容。自 20 世纪 80 年代以来，国内许多学者都对这一命题很感兴趣，都认为易学在方以智的哲学思想中具有特别重要的意义。方以智说："圣人言先，以卦策礼乐表道，即以此藏道，即以此薪天下，即以此泯天下乎？"[3] 这段话，显示出方以智寓义理于象数的良苦用心。《周易》中的"时""日""天"，不单是时间之渐长，更是依次彰显天道之刚健。《周易》首卦不称天却称乾，也就是强调"乾，健也"，这是其基本价值。君子修辞立诚，其自强不息的精神，即是将"象""理"与"心"融为一体，使"人极"成为天地相参的终极价值。

---

[1] 方以智：《物理小识·自序》卷首一，上海古籍出版社，1992 年版。

[2] 方以智：《物理小识·自序》，上海古籍出版社，1992 年版。

[3] 方孔炤：《周易时论合编》，载《续编四库全书》编委会《续编四库全书》（第 15 卷），上海古籍出版社，2001 年版，第 497 页。

方以智还认为，《河图》《洛书》中五构成的演变即是"秩序之天符"，蕴藏了大自然变化的奥妙。而且，人类社会的公共生活规则也建立在此基础之上。他的这些思想体现在《图象几表》的内容、排列次序、图像解读等方面，为其义理之学提供了象数基础。方以智说："气也，理也，太极也，自然也，心宗也，一也，皆不得已而立之名字也，圣人亲见天地未分前之理，则以文表之。尽两间，灰万古，乃文理名字海，无汝逃处也。"[1]这是方以智"坐集千古之智"融通古今学问的诙谐幽默之表述，与囿于门户之见的那些理学家不同，他以会通中西古今学问为己任，不唯儒、释、道三家的学术精华可以融通合一，而西学的科学知识亦可以用易学的语言与思维加以解释。这正是方以智的"质测通几"的哲学思想的进一步发展。方以智的哲学著作《东西均》则是其儒、释、道三教会通思想的进一步发展，且继承了庄子、邵雍观物哲学突出声音的路径，融会贯通印度哲学、西学，其"一分为三"与"合二而一"的辩证法哲学思想可说是很卓越的。侯外庐先生始终认为方以智的哲学思想中含有辩证法因素，20世纪60年代中国曾经掀起了批判"合二而一"哲学观点的运动，侯先生重读《东西均》后仍然坚定地认为方以智强调对立面的统一这个观点是正确的，他对学生说，他不准备对这个问题做任何自责，要坚持真理。在当时的学术氛围下，他体现了一个正直学者的棱棱风骨，让后人感到钦敬。

《药地炮庄》是方以智著述中较为艰涩难读的一本，其思想特色为会通庄、禅、易三学，其会通之方法的根本是倚托易学，尤其是邵雍的象数派易学。方以智投于金陵高僧觉浪道盛门下，曾经受"双孤托选"而主持编撰《药地炮庄》，集古今庄学之大成。道盛圆寂后，方以智继续进行这一工作，终于在清康熙三年（1664年）完成了《药地炮庄》的著述。其实，方以智的思想性格颇受庄学影响，年轻时代以"四公子"之一身份，活脱脱地展示庄学，诗酒风流，放浪形骸，通脱放达，庄学可说在他的血液中。方以智说："庄子者，可参而不可诂者也。"[2]他又说："世之不善读庄子者，皆诂庄子者之过也。"[3]方

---

[1] 方以智：《东西均·所以》，李学勤校点，中华书局，1962年版。
[2] 方以智：《药地炮庄》，张永义、邢益海校点，华夏出版社，2011年版，第107页。
[3] 同上书，第114页。

以智会通庄、禅、易三学的哲学思想理论，可说是明末清初的儒、道、释"三教会通"思潮中的典型个案，也是他的会通中西古今的"质测通几"思想体系的一大组成部分。他本人即出身于易学世家，方氏四世悉心研究易学的成果皆体现于《周易时论合编》(附《图象几表》)，并著有《易余》，弘扬象数派易学，主张"《庄》是《易》之变"，以《易》证《庄》(《庄》证于《易》)，论证道寓于艺和象数取证，方以智在《药地炮庄》中的重要学术特色就是使庄学象数化和实学化，其禅学思想也同样呈现象数化与实学化的特色。高僧觉浪道盛也给他以重大影响，方以智在《药地炮庄》中极力论证庄学为禅学之先机，且进一步提出庄学为儒宗别传说，将庄学、儒学关系类比为禅教关系，最终得出庄、禅一致论的结论。方以智自幼即受禅学影响，后披缁为僧，固然有"逃禅"而免于政治迫害的成分，亦是其受佛教浸染的命运归宿。

方以智的挚友王夫之曾论述其性格复杂的一面，说方以智在粤时，"恣意浪游，节吴歈，斗叶子，谑笑不立崖岸，人皆以通脱短之"，这是对其豪放性格的描述。可是，"披缁以后，密翁虽住青原，而所延接者类皆清孤立不屈之士。且兴复书院，修邹、聂诸先生之遗绪，门无兜鍪之客。其谈说，借庄、释而欲絷之于正。又不屑遣徒众四出觅资财。"[1] 似乎前后判若两人。其实，方以智年轻时期便是如此，侨居南京水阁，大集诸姬，结交豪杰，车骑盈巷，此是公子方以智；定王府中，经筵讲读，矜持庄重，是讲官方以智；及至甲申国变，侥幸脱逃，金陵被诬，流寓岭南，又是隐士方以智；追随明遗臣，拥戴永历帝，抗清复明，颠沛流离，亦是忠臣方以智；南明小朝廷覆灭，威武不屈，拒不事敌，披缁为僧，此是忠贞之士方以智。他跌宕起伏、大生大死之一生，"大受苦人"之经历，决定了他的哲学思想之宏阔、丰富与复杂，他的新学说观点也必定充满了难以自解的矛盾，且掺杂了旧的残渣，因此，他的思想理论也与其他启蒙思想家一样，具有新旧杂陈、方生未死之时代特征。当早期启蒙思潮退潮，历史潮流又呈现回流之势，在时代环境制约下，他不得不走上"逃禅"之路时，其思想理论也就当然地朝着虚幻、保守转化。他晚年心情是痛苦

---

[1] 王夫之：《搔首问》，载《船山全书》第十二册，岳麓书社，2011 年 1 月第 1 版，第 631 页。

和复杂的，而留下的庞大哲学体系也是渊博高深却又自相矛盾的，但是，他的哲学理论对后人仍然有着深刻的启迪作用，也是历史遗留的一笔巨大的思想精神财富。

三、开创诸子研究的学者傅山

傅山在民间有着很大威望，邓之诚在《清诗纪事初编》卷二说："述傅山事者，杂以神仙，不免近诞。然至今妇人孺子咸知姓名，皆谓文不如诗，诗不如画，画不如医，医不如人。其为人所慕如此。"周作人也多次重复这个说法。其实，民间是用这样的诙谐说法来表明傅山人格及医术在百姓民众中的巨大影响力。傅山是一位博学多才的大学问家，在经、史、诸子、老庄学、佛学、诗文、绘画、书法、训诂、金石、考据乃至医学、拳法诸方面，都有精深研究造诣。梁启超先生称赞他"黄河以北，无人能及"，且将傅山与黄宗羲、顾炎武、王夫之、李颙、颜元一起列为清初"六大师"。当代学者们都对傅山重新开启对诸子百家的研究予以高度评价，认为这打破儒学乃至宋明理学的文化专制主义，破除那些僵化的道统思想，是起到某种解放思想作用的。

傅山，生于明万历三十五年（1607年），卒于清康熙二十三年（1684年），初名鼎臣，字青竹，改字青主，又字仁仲，别号甚多，有公之它、石道人、啬庐、随厉、六持、丹崖翁、浊堂老人、青羊庵主、侨黄老人、朱衣道人、酒肉道人、五峰道人、龙池闻道下士等。其祖籍山西忻州，生长于太原府阳曲县（今太原市郊）。他出身于累世仕宦的书香之家，曾祖父傅朝宣曾经任宁化王府仪宾、承务郎，因与宁化王府联姻，遂于明正德十五年（1520年）迁居太原；祖父傅霖历任寿州知州、山东辽海参议等；其父傅之谟明经养亲不仕，号离垢先生。傅山幼年早慧，3岁受其父影响能诵《心经》，"六岁，啖黄精，不谷食，强之，乃饭"。[1] 7岁就读私塾，过目成诵，并知"悲生死"。他少年聪颖，博闻强记，家塾课程甚严，15岁即应童子试入庠，20岁试高等食廪饩，成为一

---

[1]《清史稿·傅山传》，列传二百八十八，遗逸二，中华书局，1981年8月第1版。

名廪生。"以举子业不足习，遂读十三经，读诸子、诸史，至宋史而止。因肆力诸方外书。"[1]

明崇祯九年（1636年），山西提学袁继咸修复三立书院，恢复讲学制度，选拔300名青年才俊至讲肆中，傅山名列第一。袁继咸在朝廷任兵部侍郎，因耿直敢言，得罪魏忠贤阉党集团，被贬职至山西。同年，袁继咸又被巡按张孙振诬诋下狱。张孙振为温体仁私党，诬袁继咸贪赃数万。傅山与同学薛宗周等联络生员百余名，联名上疏申冤，随同被押解的袁继咸步行赴京。他们先上疏通政司，数次上疏皆不被纳，遂又在京城散发揭帖，且聚众拦截大学士温体仁坐轿，呼号请愿，并将揭帖投向大小衙门及中官厂卫缉访者，申明袁案真相。经过傅山等人半年多的伏阙讼冤，袁继咸冤案终得昭雪，官复武昌道；张孙振则以诬陷罪被谪戍。

傅山回太原后，无意于仕途，遂在城西北构筑青羊庵，后改为霜红龛，长期寓居此处。他博览群书，精心研读经、史、子、集，以及佛经、道经，颇有心得。明崇祯十六年（1643年），傅山受到巡抚蔡懋德邀请至三立书院讲学。时局已很动荡，"先生往听之，曰：'迂哉，蔡公之言，非可以起而行者也。'"[2]他已意识到，坐而论道难以挽救明朝覆亡了！次年，甲申国变，清兵入主中原，明亡后傅山弃青衿为黄冠，拜寿阳五峰道士郭静中为师，出家为道士，道号"真山"，又号"朱衣道人"，别号"右道人"，流寓于平定、祁、汾间。清顺治二年（1645年），袁继咸在九江战败，被清兵所俘，后被押解北上，羁押于北京的监牢，他寄信于傅山，"'晋士惟门下知我最深，盖棺不远，断不敢负知己，使异日羞称友生也。'先生得书恸哭曰：'公乎，吾亦安敢负公哉！'"[3]次年，袁继咸被杀。傅山曾经秘密潜入京城，搜集袁继咸遗稿而归。

清顺治六年（1649年），山西省爆发反清起义，傅山的好友薛宗周、王如金参加抗清义军，五月间牺牲于晋祠堡战役，傅山作《汾二子传》，不怕触犯

---

[1] 全祖望：《事略》，转引自侯文正著《傅山传》，傅山年谱，北岳文艺出版社，2016年6月第1版，第308页。

[2] 同上书，第323页。

[3] 同上书，第334页。

时忌，赞扬这两位英雄的义举。这期间，傅山除写诗做学问，还秘密与抗清人士结交。三年后，他认识了南明派来的人士宋谦，明桂王任命宋谦为总兵，以道士身份为掩护在北方进行秘密活动。清顺治十一年（1654年），宋谦拟聚众举义，攻取河南涉县。因事泄被捕，傅山受牵连，与其子傅眉等被关押于太原监狱。入狱后，傅山与其子串通口供，一口咬定说宋谦求医遭到拒绝，遂怀恨在心，栽赃于他。由于傅山矢口否认，宋谦死无对证，且有傅山好友、时任山西布政司经略魏一鳌作证，清朝廷将傅山羁押一年后，当局得不到他的口供，且傅山以绝食抗议，只好将他释放。不过，傅山的抗清复明之志未泯。清顺治十六年（1659年）六月，郑成功、张煌言率大军攻入江南，收复镇江，进逼南京。傅山南游，闻郑成功大军包围南京，急忙赶赴，至那里郑军却已经撤退，他深为失望，在一些诗作中表达了惆怅心情。傅山隐居太原，自谓"侨公"，有诗称"太原人作太原侨"，意即自己无家无国，四处侨居。清康熙二年（1663年）正月，顾炎武自平阳登霍山，至太原初访傅山，两人交为志同道合的挚友。据说，山西票号即是二人合作初创，原拟为抗清复明事业设立的经济机构。这一时期，傅山结交了很多明遗民及名士学者，如孙奇逢、李因笃、阎尔梅、王显祚等人，后还有曹溶、朱彝尊等。他在清初士大夫们中声望越来越高，顾炎武在所作的《广师》中称赞傅山说："萧然物外，自得天机，吾不如傅青主。"

清康熙十七年（1678年）正月，康熙帝下诏开博学鸿词科，令三品以上官员推荐"其有学行兼优，文词卓越之士"，"朕将亲试焉"。给事中李宗孔、刘沛先荐举傅山，傅山称疾固辞，且作《病极待死》诗一首。阳曲县令戴梦熊奉命力促傅山上道，令役夫抬其床以行，其子傅眉及二孙相侍，行至京城三十里，傅山以死相拒不入城门，寓崇文门外圆教寺，称病卧床不起。清廷要员冯溥及满汉公卿大员拜望，傅山卧床不具迎送礼。次年三月，康熙帝殿试博学鸿词，傅山七日不食，称病卧床不与试。清廷免试，授封他内阁中书之职，冯溥等强迫傅山谢恩，傅山拒绝，"乃强使人舁以入，望见午门泪涔涔下，益都强掖之使谢，则仆于地。蔚州（魏象枢）进曰：‘止！止！是即谢矣！’”[1]朝廷允其还乡，傅山自京城归里，僻居远村，地方官员们纷纷拜望，称其官衔，皆不应。阳曲知县戴梦熊又奉命在其门首悬挂大匾“凤阁蒲轮”，傅山亦却之。他自称曰“民”，“冬夏著一布衣，帽以毡。或以‘舍人’呼之，不应。”[2]

清康熙二十三年（1684年）二月，傅山之爱子傅眉逝世，傅山痛哭之，作《哭子诗》十四首。同年六月十二日，傅山经受不住残酷的精神打击与世长辞。葬礼遵照其遗命以朱衣黄冠殓，四方会葬者数千百人，墓葬于西山。私谥文贞，入祀阳曲县学乡贤祠，并祀三立祠。[3]

傅山与其同时代的启蒙思想家们一样，也对宋明理学取严厉的批判态度。他轻蔑地称呼那些理学家是“奴君子”，他听到那些理学家讲学后极其尖锐地讽刺说：“我闻之俱不解，不知说甚，正由我不曾讲学，辨朱陆买卖，是以闻此等如说梦。”[4]他反对宋明理学的所谓“道统”说：“今所行五经四书注，一代之王制，非千古之道统也。”[5]与清初的那批启蒙思想家不同，他不肯骂李贽，因为他清楚地看到，败坏整个社会风气和民心的，并不是晚明以来的个性解放思潮，而是禁锢士大夫们思想的程朱理学，他鄙夷地称程朱理学为“囹圄理学”，且公开提出要用老庄哲学来批判“理”、唾弃“理”。他认为：《老子》八十一章绝不及理字。《庄子》，学《老》者也，而用理字皆率不甚著意。”[6]由于对“理学”的厌恶，他甚至提出“而无理始足以平天下”的主张。他对程朱理学的“性理之学”尤其轻蔑，讥讽朱熹说：“《中庸注》‘性即理也’，亦可笑，其辞大有漏。”因为他认为：“理之有善有恶，犹乎性之有善有恶，不得谓理全无恶也。”[7]他在读《逍遥游第一》作眉批时，就写道：“好文章，不见理

---

[1] 全祖望：《事略》，转引自侯文正著《傅山传》，傅山年谱，北岳文艺出版社，2016年6月第1版，第380页。

[2] 全祖望：《事略》，转引自刘绍放撰写：《传》，北岳文艺出版社，2016年6月第1版，第381页。

[3] 全祖望：《事略》，转引自侯文正著《傅山传》，北岳文艺出版社，2016年6月第1版，第391页。

[4] 傅山：《霜红龛集》卷四十，《杂记》五，山西人民出版社，1985年版。

[5] 傅山：《霜红龛集》卷三十六，《杂记》一，山西人民出版社，1985年版。

[6] 傅山：《杂记六·老子不言理》，《傅山全集》第一册，山西人民出版社，1991年版，第758页。

[7] 傅山：《理字考》，《傅山全集》第一册，第537页。

字性字。"[1]后又在《齐物论第二》等五篇文章的批注上写:"通篇无理字、性字。"[2]傅山继承了早期启蒙思潮中的"自由精神"阶段那些启蒙思想家"以情反理"的思想主张,他与晚明新文学潮流中的袁宏道、汤显祖等人的哲学观点非常相近,这种以"情"为核心的情感本体论,是一种企图挣脱专制文化桎梏的人文主义,实质也是自由启蒙精神的一部分。他认为:"情为天地生人之实,如上文所谓一也。复乎一而塞天地皆人。不见人也,天地而已矣,是谓混冥。"[3]即天地间的第一要紧事,不是理,也不是道,而是"天地生人之实"的"情"字,它才是大本大原,因为无情也就无人,而无人则天地皆"混冥",他还特地写了"尽情,复情"。在《庄子翼批注》里,有关"情"的批语有二十多条,他认为真正的好文章,首先就要挚情感人。"文者,情之动也。情者,文之机也。文乃性情之华,情动中而发于外,是故情深而文精,气盛而化神,才挚而气盈,气取盛而才见奇。"[4]也就是说,情是才气的基础,酝酿出挚情方可以产生气盛、文精的好作品。傅山关于创作要表现真情、挚情的言论还有很多。他的儿子傅眉也与其思想观点一致,父子俩曾经写文赞扬同甘共苦的妓女犁娃与穷秀才石生的婚姻,此二人是真有其人,一个是沦落风尘的妓女,一个是穷困潦倒的穷秀才,都是社会底层人物,傅山却写《犁娃从石生序》,称赞犁娃嫁给石生所发的誓言:"不爱健儿,不爱衙豪,单爱穷板子秀才。"他认为,犁娃的举动是"长穷板子志气""穷不铜臭,板亦有廉隅"[5],这样的爱情是最为宝贵纯洁的。傅眉也撰文呼应其父,说是世俗男女被荣华富贵蒙住了眼,未必能够享有这样纯真的爱情,倒是饱经沧桑的风尘女子更知道人间真情的可贵。傅山与其子傅眉赞颂纯真爱情,抨击虚伪酸腐的"诸老腐奴"理学家们,是他们父子俩在山西民间具有很大威望的一个重要因素。

傅山厌恶与鄙夷宋儒以来的"囵囵理学",因为程朱理学抑制读书人思想,使得读书人滋长了奴性,甘愿充当高居庙堂而专尚空谈的"腐奴",同时

---

[1] 傅山:《庄子翼批注·逍遥游第一》,《傅山全集》第二册,第1065页。

[2] 同上书,第1067页。

[3] 同上书,第1110页。

[4] 傅山:《文训》,《傅山全集》第一册,第509页。

[5] 傅山:《犁娃从石生序》,《傅山全集》第一册,第374页。

又充当专制独裁暴君打手的"骄奴"；当残暴的异族武力入侵中原时，又甘当屈膝投降的"降奴"。他特别指出，所谓出"大圣贤"朱熹的南宋时期，其实是"天不生圣人矣，落得奴才混账"的黑暗时代。"当时中国不振，奸妖主和，使衣冠士夫屈膝丑虏，习以为常，碌碌庸奴无足言，即天子者，苟图富贵视肉耳。……可惜以学士名贤往往充此奴役！……使老夫千古牙痒！"[1]其实，他多少是在暗指清初的那一群汉奸"降奴"。他还认为，宋代亡国的原因就是那些理学家把持朝政，专尚空论，对那些真心务实的大臣、将领动不动就拿"王霸义利之辨"说事儿，上上下下都是一群"庸奴"盘踞，"本无实济，而大言取名，尽却自己一个不值钱的物件卖弄，伤矸犹可言，又不知人有实济，乱言之以沮其用，奴才往往然。而奴才者多，又更相推激，以争胜负，天下事难言矣！偶读《宋史》，暗痛当时之不可为，而一二有廉耻之士又未必中用。奈何哉！奈何哉！"[2]他认为，那些腐儒的最大问题就在于其奴性，没有自己的个人思考和真知灼见，也就没有自己的人格尊严，只是那些传统伦理道德教条的鹦鹉学舌者，只是专制君主偶像的御用文人，只会"依傍"与抄袭。他说："……世儒之学无见。无见而学，则瞽者之登泰山泛东海，非不闻高深也，闻其高深，则人高之深之也。"[3]他又尖锐地批评那些理学家说："读理书尤著不得一依傍之意。大悟底人，先后一揆，虽势易局新，不碍大同。若奴人，不曾究得人心空灵法界，单单靠定前人一半句注脚，说我是有本之学，正是咬龋人脚后跟底货，大是死狗扶不上墙也。"[4]他骂这些做法是"道学家门面"，是"自己只作得义袭工夫"。傅山针对当时儒者们的"腐奴"之疾，提出两点改变措施。一是要有自己的个人尊严与思想主体性。他认为："学如江河，绝而过之，不沉没于学也，觉也。不沉没于效也，觉也。"[5]所谓"觉"，也就是"盖觉以见而觉"，要有自己的看法和主见，因此，也就要有个人的人格尊严。"而世儒之学无见"，人云亦云，那就会滋长奴性。二是要痛改腐儒的奴性。他明

[1]傅山：《傅察》，《傅山全书》第四册，第2890页。

[2]傅山：《书宋史内》，《傅山全集》第一册，第725页。

[3]傅山：《学解》，《傅山全集》第二册，第903页。

[4]傅山：《道学门面》，《傅山全集》第一册，第782页。

[5]李颙撰、陈俊民点校：《二曲集》，卷二十五，"年谱"，中华书局，1996年版，第625页。

确提出:"吃紧底是小底往大里改，短底往长里改，窄底往宽里改，躁底往静里改，轻底往重里改，虚底往实里改，摇荡底往坚固里改，醲醁底往光明里改，没耳性底往有耳性里改。"[1]他要求人们不要做窝囊人，不要做奴才，不要甘当"为狗为鼠"之人，要人们把"奴俗醲醁意见打扫干净"。傅山这些话在17世纪是惊世骇俗之言，几个世纪以后仍然是振聋发聩之声。可以说，傅山的那些言论与鲁迅的反专制民主思想是完全相通的。他不愧是一位真正的启蒙思想家。

在中国古代专制社会中，传统伦理道德意识中向来缺乏个人权利的意识，这种状况直至晚清严复翻译《群己权界论》后才开始得到近代社会的重视。但是，早在清初，作为先知先觉的启蒙思想家傅山就已经从哲学角度提出了这个问题，他从时代要求出发特别提出，应当在国家利益和私人利益之间划一道合理的界限，国家不得随意地越过这个界限侵害私人利益，要着眼于对私人利益的尊重与保护，傅山把这个界限比作"墙"，"墙所以障护也，又堵御不可过也"[2]。他大胆地提出，要在国家与民众间建筑一道"圣人公普之墙"。"天下之利弗能去也。……人所依以为障庇者也。圣人知为人之障庇，而非一人之墙也，又非为人有时墙、有时不墙也。今日之知，则爱此人时墙此，爱彼人时墙彼，非昔圣人之知公普之墙，故所以利人者，偏矣。"[3]他实际上提出，专制君主不应当无限制地掠夺民财，国家与民众间应当有一道"群己界限"的墙，这是针对晚明以来统治阶级超经济的强征强夺的声讨。他特别提出:"贵为天子者，其利人莫厚于正，正则普而不偏矣。正，又犹反正为乏之正。取诸民者有定，不横征以病之也。"[4]实质上，傅山的这种经济思想是代表着自晚明以来逐渐成长的市民阶层的要求，他的这些思想与颜元、唐甄、陈确等人的新义利观一样，发展了晚明的"自由精神"时期的泰州学派李贽等的新义利观，也是早期启蒙思潮的某种进一步深化。

---

[1] 傅山:《杂训》,《傅山全集》第一册，第518页。

[2] 傅山:《墨子大取篇释》,《傅山全集》第二册，第981页。

[3] 同上书，第965页。

[4] 同上。

　　傅山与顾炎武曾经共同经营山西票号，感触到了由于专制统治者及贪官污吏对人民的私有财产可以任意剥夺，对社会经济造成极大损害，认识到国家应当保护与尊重私人财产的迫切性。他最早地提出了类似"群己界限"的"圣人公普之墙"说。傅山的思想与颜元、李塨的学说有相似处，清末山西巡抚丁宝铨在为傅山的《霜红龛集》写的序言中提到这一点："嵇庐曰：必不得已，吾取陈同甫。按颜习斋为近今巨儒，乃极称同甫。见所著《习斋记》者四。傅颜论议，先后一辙。由是以言，颜氏学风，嵇庐所渐渍者也。"[1]傅山与颜元都赞同南宋事功派陈亮"义利双行、王霸并用"的观点，他们反对程朱理学的伦理道德至上主义，尤其厌恶传统的所谓"德才之辨"，傅山从社会功利的角度出发，提出"人惟其才"的主张，由此进一步发表对历史人物的评论，认为朱熹在实际事功表现上不如王阳明，所以朱熹的思想境界也比不上王阳明。他写过《朱熹与王守仁》一文，文中说自己与一友人假设，倘若朱熹也活在明代，可否完成平定宁王宸濠叛乱的功业？那友人肯定说："能。"傅山却笑着说："必不能。必不能。晦翁掺切薄书间有余耳，精神四射处正欠在。"[2]傅山对朱熹是鄙夷的，以为他不过是"掺切薄书"的一个腐儒，只不过会发一些所谓"义利之辨"的空谈，却不能做出实际的利国利民功业来。他还在《圣人为恶篇》中进一步阐述自己的看法，圣人苟利于天下，必须以"恶"制恶，所以虽为恶亦未尝不可，不应该被那些理学家的善恶之辨的道德戒律所束缚，如果所谓的"恶"是有利于民众和国家的，其实也就是善。"有为恶之时者，知其为恶而不得已为之，即能为之，即敢为之，圣人之所以救天下，天下所以望于圣人之时也。"[3]他认为，道德主义的清规戒律不能战胜邪恶，只不过是一面虚伪幌子。在早期启蒙思潮中，傅山与颜元等人士是站在同一立场上的，以功利之学的实学主义批判义理之学的伦理道德至上主义。

　　傅山重新专注于对诸子百家的研究，被当代学者们称为当时有开创性的

---

　　[1] 全祖望：《事略》，转引自侯文正著《傅山传》，傅山年谱，北岳文艺出版社，2016 年 6 月第 1 版，第 287 页。

　　[2] 傅山：《朱熹与王守仁》，《傅山全集》第一册，第 779 页。

　　[3] 傅山：《圣人为恶篇》，《傅山全集》第一册，第 539—540 页。

举动，即因为他大胆地批驳了"子不如经"的儒家偏见，将诸子百家摆放到与儒学同等的位置。傅山在"独尊儒术"文化专制氛围中，振聋发聩地主张"经子平等"，在当时是要有一定学术勇气与胆魄的。傅山说："经、子之争亦末矣。只因儒者知六经之名，遂以为子不如经之尊，习见之鄙可见。"他对几个字进行考证训诂后，认为经与子相同，有子而后有作经者，所以，子是源，经是流。他又说："即不然，从孩稚之语故喃喃，孔子、孟子不称孔经、孟经，而必曰孔子、孟子者，可见有子而后有作经者也，岂不皆发一笑？"[1]他谴责那些将诸子学说视为异端的腐儒为"失心之士"，批评他们对"诸子著述云雷鼓震而不闻，盖其迷也久矣"[2]。在晚明即有启蒙思想家如李贽注释诸子的著述《老子解》《庄子解》《孙子参同》《墨子批选》等。清初的王夫之、方以智也都有研究诸子的著作，但他们仍然不自觉地带有"儒学正宗"的思想印迹，学术研究中还有某种束缚性。傅山提出"有子而后有作经者"，是将"经"也看成了诸子中的一家，打破了经学、理学独霸天下的局面，本身就有思想解放的意义，可谓清代子学研究的开创者。

首先，傅山注释公孙龙的四篇代表作《白马论》《指物论》《通变论》《坚白论》，注解批语有不少观点突破前人，有其独到处。比如，公孙龙的《白马论》是关于别名与共名的诡辩逻辑，傅山客观地指出这一点，却又道："似无用之言，吾不欲徒以言之辨奇之，其中有寄旨焉。"[3]他批评公孙龙"白马非马"的逻辑仅是别名与共名之区分："无去取是浑指马言，有去取是偏指白马言。"[4]同时，傅山运用其广博的佛学知识，指出公孙龙的诡辩逻辑的特点，"定所白者定以白为所也，犹释氏'能''所'之所，外既定之为白，而内又添一白之人，其'所白'也，不但非黄非黑，亦未必是白也"。[5]他用佛学的相宗理论来解释公孙龙此说，确实是个创见。侯外庐先生认为章太炎的"齐物论释"说，即汲取傅山的这个学术观点。傅山认为公孙龙的"寄旨"是，无论

---

[1]傅山：《经子之争》，《傅山全集》第一册，第631页。

[2]傅山：《重刻释迦成道记叙》，《霜红龛集》（上），山西人民出版社，1985年版，第476页。

[3]傅山：《公孙龙白马论》，《傅山全集》第二册，第931页。

[4]同上书，第932页。

[5]同上。

白马黑马，能够骑乘即是好马。他将这一看法运用到其社会功利主义的人才论中，以此抨击儒家选拔人才的道德伦理至上主义。傅山认为公孙龙的《指物论》之"指"，即为抽象名词，宋明理学家们就是借鉴了"指"，才得出抽象的"表德"及先天的"道"，他尖锐地批判宋明理学为"囫囵理学"，也就是看出它不仅是窃取佛学的概念，且用中国古代名家的那一套手法来装潢自己的门面。傅山认为公孙龙的《指物论》是"旨趣空深，全是楞严"，与佛学有很多近似处。他对《通变论》也有评价："始曰无一，终以两明而道丧，无有以正其义。则前之一，即后之两之对，然则此一即老氏得一之一，是所贵者在一。"[1] 他称公孙龙"才高意幽"，诙谐地说："其实不敢惹耳。"公孙龙的《坚白论》，实质也是同样的思想逻辑手法，将感性的孤立与综合之理性划出一条鸿沟，又用物质实有来加以否定，只是认独立的感觉为实在。傅山也敏锐地看出了公孙龙的逻辑是寄托在"独"字上，也就是各自孤立感觉之"独"。他说："末句离焉，离也者天下故独而正，通篇大旨可见。"[2]

其次，傅山还有《墨子大取篇释》一文，其中继承了墨子"兼爱"与"贵义"和"尚利"结合的义利统一观，这也就是傅山启蒙思想的基础，亦是其新情理观和新义利观的来源。《墨子·大取篇》是墨家文章中比较深奥难解的，尤其是"罢黜百家，独尊儒术"后，墨学成为冷门学问，便被多数文人放置一边。傅山解读此篇首先从逻辑意义来疏释，因为此篇有"语经"之称，是墨子的弟子关于《墨子·兼爱篇》的逻辑发展理论，所以，傅山除了重视训诂字义外，尤其注重"言名实同异的逻辑"。侯外庐先生就认为，傅山释文中"高见层出"，有很多疏释极富新意。例如，《墨子·大取篇》原文曰："兼爱相若，一爱相若。一爱相若，其'类'在死也。"傅山疏证称："兼爱爱分，一爱爱专，我之于人，无彼此，皆爱，与无二爱之专一爱同意也。人皆有生，而我皆以一爱爱之，除无生者我不爱之，其类如人莫不有死，而我莫不有爱，谓于人定爱之也。"实际上，这是对"众爱"与"个人爱"或"私爱"的一种很完满的解释。他又说："使尽爱天下之义，苟可以利天下，断腕可也，死可

---

[1] 傅山：《公孙龙白马论》，《傅山全集》第二册，第 932 页。
[2] 同上。

也。"[1]又譬如，《墨子·大取篇》还有一段较深奥的话："义，利；不义，害。志功为辩。有有于秦马，有有于马也，智来者之马也。"傅山对此也有很深刻的释义："义者，宜也，宜利不宜害。兴利之事，须实有功，不得徒以志为有利于人也。"[2]他首先说明墨子是主张志功合一的，认为徒然有主观的心愿而无客观的效果，便是无价值的思想。然后，傅山又解释道："且如马，以秦马而良者，而人有之，是实有其有于马之才也？何也？马非自从秦来也，是其人之智力来之马也，功也，非徒有有马之志也。"[3]想要得到优良的秦马，就要想办法去驯养，并且真正去做养马的事情，而非徒有获得秦马的愿望。在这里，傅山将逻辑学与校勘训诂学完美结合，使得艰涩难懂的墨家之文有了极明白的解释。

最后，傅山深研佛经，在解读老、庄之文时，常常参证佛学。这使得他对诸子研究有了更深层的领会，也有了更多的学术成果。比如，他以佛家的"业识""有为之法"之义理去疏解《庄子》，这种疏解方法后被章太炎所汲取与发展，章太炎所作的《齐物论释》即是运用这种学术方法的结晶。傅山以唯识宗解《庄子·齐物论》，其中记南郭子綦曰："今者吾丧我。"郭象之注谓："吾丧我，我自忘矣。我自忘矣，天下有何物足识哉！故都忘内外，然后超然俱得。"郭象用"忘"来注疏"丧"，其注疏其实不合原意。傅山则以佛学中《增一阿念》之语来疏注："吾者是神识也，我者是形体之具也。"[4]简单，明了，又深刻。侯外庐先生认为傅山的老、庄研究有新学术方法、新解释，并得出新的学术成果，傅山所开创的诸子研究之学术特色，一是"实涵怀疑精神，故对子书的解释，不拘泥旧日注脚"，干脆褪去了宋明理学外衣，因此能够豁然通达，具有思想解放意义；二是"实涵朴学精神，故对子书的研究，首重字义的训诂，因为识字是基本的学问，惟有这样的根底才不至流于宋明儒者的望

---

[1] 傅山：《墨子大取篇释》，《傅山全集》第二册，第973页。
[2] 同上书，第958页。
[3] 同上。
[4] 侯文正著：《傅山传》，第十五章，第168页。

文生义"。[1]

傅山有诗云："既是为山平不得，我来添尔一峰青！"[2]该诗句颇精彩地总结了其一生的思想特点与学术成就。他在 17 世纪的中国思想文化界确实算得上一座拔地而起的奇峰！他多才多学，既是大书法家，也是大诗人、大思想家，又是著名医学家，真可谓学究天人，博极群书。傅山所开创的子学研究，不仅在学术研究上取得很多重要成果，而且具有反对宋明理学道统专制的知性精神，有着某种思想解放的启蒙意义，所以被众多学者所称赞。

四、提倡平民儒学的思想家李颙

李颙是清初很有名望的启蒙思想家，在当时学界颇负盛名。全祖望说："当是时，北方则孙先生夏峰，南方则黄先生梨洲，西方则先生，时论以为三大儒。"[3]著名学者张岱年先生亦称他为清初最有名望的三个大儒之一。很多学者都认为李颙的学说是早期启蒙思潮中值得研究的，其学风具有浓厚的平民色彩，更有着实学主义"经世致用"之本质。所以，李颙可说是早期启蒙思潮中的温和渐进派。越来越多的当代学者表示对李颙的哲学思想深感兴趣，尤其对他的"悔过自新"说与"明体适用"说等理论进行进一步探讨和研究，且取得相当多的学术成果。由此可见，李颙的哲学思想确实是具有特殊的学术价值和历史地位的。

李颙，生于明天启七年（1627 年），卒于清康熙四十四年（1705 年），字中孚，号二曲、惭夫等，陕西省周至县人。他家世清寒，没有家学及师承。其父名可从，字信吾，"为人慷慨有志略，喜论兵，而以勇力著"，里中人称"李壮士"。[4]李颙因家贫 9 岁始入小学，发蒙读《三字经》，好学深思，私问学

---

[1] 侯外庐：《近代中国思想学说史》（一），第五章第一节，生活·读书·新知三联书店，2014 年 1 月版，第 469 页。

[2]《傅山集》，诗，《青羊庵三首（选一）》，三晋出版社，2008 年 10 月第 1 版，第 1 页。

[3] 全祖望：《二曲先生窆石文》，转引自侯文亚著《傅山传》，北岳文艺出版社，2016 年 6 月第 1 版，第 477 页。

[4] 李颙撰、陈俊民点校：《二曲集》，卷二十五，"家乘，周至李氏家传"，中华书局，1996 年 3 月第 1 版，第 325 页。

长云："性既本善，如何又说相近？"^[1]学长无以回答。李颙学仅二旬，便因病辍学，后又随舅父读《大学》《中庸》，然而其身体羸弱，旧疾时发，故学业作辍不常。明崇祯十四年（1641年），李自成农民军活跃于河南，陕西巡抚汪乔年率军镇压，其父李可从随军出征，次年官军兵败河南襄城，李可从与五千名官兵共同阵亡。此时李颙16岁，第二年始闻其父凶信。"彭孺人闻报，欲以身殉，先生哭曰：'母殉父固宜，然儿亦必殉母，如是则父且绝矣。'彭孺人制泪抚之。"^[2]自此，母子二人相依为命，曾经有邻里亲友建议其母改嫁，或李颙去县府充当衙役，拒不纳，宁可守着"无一椽寸土之产"的困苦家庭过日子。明崇祯十七年（1644年），甲申国变，李颙已经18岁，其乡邻又欲介绍其充当胥隶或皂快等，他奉母命而辞谢，乡人竟然以为他不能奉养寡母视其为不孝子。李颙矢志于读书求学，母亲欲送他去读舅父的私塾，拒之不纳。又有邻村塾师，知其家贫而不能具束脩，亦不收其入学。母亲彭氏之言却激起了李颙的信心："无师遂可以不学耶？古人皆汝师！"^[3]李颙遂发奋攻读，利用拾薪采蔬之暇，手不释卷地苦读，取出昔日的读本四书，借亲友所赠的《海篇》，边读边查，逢人便问字正句，由此而"识字渐广，书理渐通，熟读精思，意义日融"^[4]。其母则在家中纺棉度日，得米面掺杂糠秕野菜食之。乡人见此极诧异，母子二人家贫至此，茅屋中还昼夜传来读书声，认为不可理解。

清顺治二年（1645年），发生了对李颙思想影响深远的一事。"入夏，偶得《周钟制义》全部，见其发理透畅，言及忠孝节义则慷慨悲壮，遂流连玩摹，每一篇成，见者惊叹。既而闻钟失节不终，亟裂毁付火，以为文人之不足信、文名之不足重如此。自是绝口不道文艺，人有勉以应试者，笑而不答。"^[5]考周钟乃明崇祯十六年（1643年）进士，也是所谓的理学之士，可李自成农民军攻陷北京后，周钟与一群明朝旧官吏亦上《劝进表》，得授检讨官职。那

---

[1] 李颙撰、陈俊民点校：《二曲集》，卷二十五，"年谱"，中华书局，1996年3月第1版，第625页。

[2] 同上书，第610页。

[3] 李颙撰、陈俊民点校：《二曲集》，卷二十五，"家乘·李母彭氏传"，中华书局，1996年3月第1版，第331页。

[4] 李颙撰、陈俊民点校：《二曲集》，卷二十五，"年谱"，中华书局，1996年3月第1版，第627页。

[5] 同上。

些理学之士号称"无事袖手谈心性，临危一死报君王"，其实不过是空话，政局动荡时，立即就显现他们虚伪无耻的真面目。李颙对那些理学之士知行相悖的本质有了一定认识。次年，周至县令樊侯辛得知李颙家贫苦读之事，遂亲到李颙家拜访，很钦佩他的学识，并亲题一块匾额——"大志希贤"，挂于李颙家门上方。

李颙在 19 岁至 23 岁的五年间，刻苦攻读了大量儒家典籍。周至县与邻县眉县有几家世宦读书人家，皆藏书颇丰。李颙常去借阅各类书籍，有理学典籍、各家经学注疏及《资治通鉴》等历史著作。他还尝试开始进行一些撰述考辨工作，治《易经》时曾著有《易说》《象数蠡测》，读到经学的注疏书籍时又写了《十三经注疏纠缪》，治史时又撰有《二十一史纠缪》，后来李颙悔其少作，都将之付于一炬。此时，他生活甚为困顿，母亲老病衰弱再无力纺纱织布，家中常常断炊，因李颙平日面有菜色，乡人呼其为"李菜"。清顺治五年（1648 年），邑宰审编里书，雇李颙写册，方可得一点儿报酬。他将所得之资尽半买布，妻子制履贩卖，生活才稍有起色。以后几年，邑中藏书之家皆佩服他贫而好学的品格，任其随意阅书，他又从儒家典籍扩展到阅读诸家经典。清顺治九年（1652 年），李颙将《道藏》诸书一一寓目，次年又阅《释藏》，此外还阅读西洋教典，外域异书。24 岁至 27 岁数年间，"上自天文河图、九流百技，下至稗官野史、壬奇遁甲，靡不究极，人因目为'李夫子'"。[1]

李颙素不媚权贵，以致多次被陷害。曾有某亲戚竟然唆使盗贼诬告李颙，但因那盗贼"良心难昧"而未得逞。清顺治十一年（1654 年），有邑宰张某，营伍出身，刚愎自用，因李颙季父被其宠吏凌辱殒命，季父之子呼冤，宠吏却诬其为李颙指使，邑宰不问根由将李颙逮捕入狱，后赖通邑绅士营救方免于厄难。清顺治十三年（1656 年），李颙著成《悔过自新说》与《盩厔答问》，这两文标志着他的哲学思想已成熟，首次提出"明体适用"之学说。清顺治十六年（1659 年），骆仲麟任周至县令，他仰慕李颙的道德文章，始到任便亲临李家拜访，恭敬执弟子礼。他捐出俸禄为李颙构建房屋，且常供以粟肉。自此，

---

[1] 李颙撰、陈俊民点校：《二曲集》，卷二十五，"年谱"，中华书局，1996 年 3 月第 1 版，第 632 页。

李颙的声望越来越高，许多读书人纷纷拜李颙为师。如同州党湛，乃冯少墟门人，年八十余；另有天水蔡溪岩、蒲城王省庵皆年倍于李颙，亦纷纷北面受学。清康熙二年（1663年）十月，顾炎武前来拜访。两位旷世大师第一次晤面。顾炎武博物宏通，不喜深究心性，笃志经学，李颙与之从容探讨，上下古今，靡不辨订。叹曰："尧舜之知，而不遍物，急先务也。吾人当务之急，原自有在，若舍而不务，惟骛精神于上下古今之间，正昔人所谓'抛却自家无尽藏，沿门持钵效贫儿'也。"[1]

清康熙四年（1665年）五月，其母病重，李颙亲侍汤药数月之久，昼夜服侍，衣不解带。仲冬，母亲溘然长逝，李颙痛不欲生。李颙贫不能殓葬，骆仲麟捐俸购棺。十二月举葬，李颙昼夜不离柩侧。这年冬天，县令骆仲麟调任知府，忧虑李颙经济贫困，遂为其置地十亩以耕作。母亡后，李颙奉父遗齿与母合葬，名曰"齿冢"。他又赴河南襄城寻找父亲遗骨，遍觅不得，又至其父原寓所致祭招魂，且自呼乳名以告，闻者莫不垂泪，襄城士绅们在其孝行感动下谋为其亡父举祠建冢。此时已调任常州知府的骆仲麟遣使邀请李颙赴江南讲学。清康熙九年（1670年）十二月，李颙抵达常州，寓居于郡南龙兴禅院，听众们初见其冠服寒陋，相顾愕然，李颙讲学多次，皆侃侃而谈，江南士人为之倾倒，"上自府僚绅衿，下至工贾耆庶，每会无虑数千人，旁及缁流羽士，亦环拥拱听"，[2]以致寓所不能容人，郡人"诧为江左百年来未有之盛事"[3]。李颙在常州讲学三月，"披宣不下数百万言，传录共计一十八种，议论务在躬行，学问必期心得"[4]，可惜如今仅存《两庠汇语》《东林书院会语》《梁溪应求录》《靖江语要》《传心录》《锡山语要》六种，其余皆散佚。讲学后，郡人赠以礼币展谢，李颙皆辞，未尝纳一钱一物。"众引'交以道，接以礼，虽孔子亦受'为言，先生笑曰：'仆非孔子，况孔子家法，吾人不效者多矣，岂可偏效其取

[1]李颙撰、陈俊民点校：《二曲集》，卷二十五，"年谱"，中华书局，1996年3月第1版，第641—642页。

[2]李颙撰、陈俊民点校：《二曲集》，卷十，"南行述"，中华书局，1996年3月第1版，第78页。

[3]李颙撰、陈俊民点校：《二曲集》，卷十，"年谱"，中华书局，1996年3月第1版，第653页。

[4]同上书，第661页。

财一事？’众卒不能强。”[1]

李颙南北几次讲学后，声名大振。清康熙十二年（1673年）五月，李颙应陕甘总督鄂善邀请，讲学于关中书院，环阶听众近千人。是年，总督鄂善以“山林隐逸”疏荐李颙，他称病力辞。朝廷严旨相促，李颙以死自矢，督院方知不可强，乃会同抚军以实病具题上奏，遂归乡养疾。清康熙十七年（1678年），又有兵部主政房廷桢以“海内真儒”荐举，李颙复以疾辞，当局催檄如星火，其族兄李因笃亦以博学鸿词科被荐举，涕泣劝其兄，李颙笑曰：“人生终有一死，患不得所耳，今日乃吾死所也。”[2]此后他滴水不入口五昼夜。十一月，朝廷降旨“痊日督抚起送”，如寝其事。后顾炎武写诗志感赞之：“益部寻图像，先褒李巨游，读书通大义，立节冠清流。”[3]李颙声誉日隆，不仅受到接连不断的荐举，就连吴三桂叛军也慕名企图拉拢他。因吴军势力已经达其家乡，李颙只好举家迁居数百里外的富平县，待战乱平息后又迁回。

清康熙十八年（1679年），李颙自富平归乡后便闭门不出。次年，李颙在亡母故居营建垩室（又称土室）一座，孤栖其中，终年足不出户，凿壁以通饮食，家人亦不多见，朝夕服侍他的仅是几位弟子。他晚年不见任何人，唯有顾炎武及同邑挚友惠恩诚则破例。顾炎武是其知交，彼此相互仰慕。惠恩诚亦是李颙近四十年的挚友，因其“心真、言真、行真，坦夷朴淡，事事咸真”，两人交心相契。此外，李颙绝少见人，亦不作应酬之文。他晚年最重要的两部著作《四书反身录》与《授受纪要》，充分体现了他的“明体适用”之思想。清康熙四十二年（1703年），清圣祖康熙皇帝西巡至陕西，特旨召见李颙，李颙以老病坚辞不出，仅由其子李慎言捧其著述《二曲集》《四书反身录》面见康熙帝。康熙帝抚慰李慎言道：“尔父读书守志，可谓完节。”两年后，李颙即在土室中悄然与世长辞，享年79岁。

李颙对早期启蒙思潮的思想贡献，主要是其平民儒学中的“明体适用”学说与“悔过自新”学说。他的《观感录》一文最具有平民色彩，他写及的十

---

[1] 李颙撰、陈俊民点校：《二曲集》，卷十，“年谱”，中华书局，1996年3月第1版，第658页。
[2] 同上书，第677页。
[3] 同上书，第678页。

人，如王心斋是盐丁出身，后成为泰州学派的开创者；朱光信是樵夫出身，亦成为享誉一时的名儒；李珠是吏胥出身，倡导实学而名闻天下；此外还有窑匠、商贾、农夫、卖油佣、戍卒、网巾匠等。这些从事低贱行业之人，经过自身发奋努力学习，其学术成就胜过那些高贵的士大夫。中国古代专制文化中，有小人与君子之分，劳动人民被称为"小人"，读书人则是"君子"，李颙打破了这个界限，在他看来，这些卓有成就的所谓"小人"其实并不亚于"君子"。一些学者即认为，李颙是以新视角和立场审视程朱、陆王之学，通过讲论四书的元典精神，揭示儒学的淑世特质，企图使儒学重新走向"康济群生""匡正时弊"的经世致用之学。而其"悔过自新"的理论则企图体现儒学的心性之功，使得儒学主导方向从贵族化、世俗化、官学化回归为平民化。因此，"明体适用"之学，又是与经世致用之学相联系的，实质是为了反对空洞的道德说教，主张"实修实证"，并讲求"经济实学"，这对明末清初的实学主义之风也起到了推动作用。"明体适用"和"悔过自新"说皆为李颙早年所提出的思想，但是，这两种学说李颙都一生坚持，只是随着李颙思想的进一步成熟深化，两学说皆有演变，"悔过自新"说逐渐融入"明体适用"说的总体框架之中。如今，当代学者们对李颙已经越来越重视，认为他的哲学思想突破了程朱理学与陆王心学的藩篱，开始向实学主义靠拢，在思想史上具有某种启蒙的意义。

李颙的"明体适用"之学就是针对理学与心学的那些弊病而来，空谈心性，游谈无根，玄虚空疏，都是宋明道学之大害。因此，他汲取了孔孟之学元典的精华，挖掘出经世致用的淑世之学。他认为"道学即儒学"，明白地说："儒者之学，明体适用之学也。秦汉以来此学不明，醇厚者梏于章句，俊爽者流于浮词，独洛、闽诸大老，始慨然以明体适用为倡，于是遂有道学、俗学之别。其实道学即儒学，非于儒学之外别有所谓道学也。"[1]李颙的"明体适用"为二元思想，似乎表面上平行论列，但实质上，"明体"即保留元典传统，"适用"则为宋儒之学的反面修正。侯外庐先生即持此说，他特别举李颙的《致王天如书》，指出李颙学说是适用修正明体，其实已经与颜元的思想学说相近，

---

[1] 李颙撰、陈俊民点校：《二曲集》，卷十四，"周至问答"，中华书局，1996年3月第1版，第120页。

不过李颙主张折中，而颜元更单刀直入罢了。而且他还指出，李颙重视实学的议论甚多，"并不因其保留本体之学而暗其光彩"[1]。如李颙说："日用常行之谓道。"又说："违天地常经，乖人生伦纪，虽自谓玄之又玄，却非可道之道。"还说："修者，修其所行也，检点治去之谓修，必有事焉之谓行。"[2]这些言论都在李颙的《南行述》中，由此可见是其"明体适用"之学的基本思想。可以说，李颙的"明体适用"思想是在清初的实学之风浸染下而形成的，同时又对实学主义形成起到了推动作用。他希望儒者们学以致用，以实心行实政，不只是玄言空论，要学习兵法、农田、水利、行政、奏议等实际知识与本领，以期"开物成务，康济群生"。但是，李颙的二元思想的内在矛盾显然也使得他陷入某种复杂境地，侯先生曾经风趣地以李颙别号"二曲"为例，体用二曲的折中之道其实正表现了他的痛苦和矛盾。李颙的思想矛盾实质与多数早期启蒙思想家相似，也是其所生活的时代社会背景所决定的，皆有着新旧杂陈、方生未死的思想特点。

李颙的"悔过自新"说，是其平民儒学思想的重要内容，亦是最具特色的思想。在《南行述》中，其弟子即称他"以'悔过自新'为日用实际"[3]，也就是他的实学中"实修实证"的一部分。其挚友骆仲麟曾经评价他："流览甚富，著述良多，而其引进同志，开导学人，惟'悔过自新'之说，是故浅人见之以为浅，深人见之以为深，上下根人，俱堪下手耳。"[4]李颙曾经诠释此思想，他认为社会的各个阶层都应该做到"悔过自新"，实现自我生命之更新。他说："天子能悔过自新，则君极建而天下以之平；诸侯能悔过自新，则侯度贞而国以之治；大夫能悔过自新，则臣道立而家以之齐；士庶人能悔过自新，则德业日隆而身以之修，又何弗包举统摄焉！"[5]他认为，"悔过自新"是一个生命不断发展的过程，"就一人言之，则一身之悔过自新固无穷尽；就天地万

[1] 侯外庐：《近代中国思想学说史》（一），第五章第二节，生活·读书·新知三联书店，2014年1月版，第484页。

[2] 李颙撰、陈俊民点校：《二曲集》，卷十，"南行述"，中华书局，1996年3月第1版，第78页。

[3] 同上书，第85页。

[4] 李颙撰、陈俊民点校：《二曲集》，卷二十五，"家乘，周至李氏家传"，中华书局，1996年3月第1版，第564页。

[5] 同上书，第4页。

物言之，则为天地万物之悔过自新更无了期"。[1]他也认为，"悔过自新"是为提高自身修养的自觉性，古人讲修养的道理很多，都不如"悔过自新"四字明白。所以，他在晚年强调"慎独"，与弟子讨论"慎独"含义时，弟子用朱熹之语"人所不知己所独知之地"来解答，李颙便直答："不要引训诂。"他以"无对"解释"独"，认为"独则无对，即各人一念之灵明是也"[2]。在南行讲学时，李颙又对"慎独"有一番阐述，"先生笑曰：'慎独乎，独慎耶？知慎独，独慎之义，而后慎可得而言也。'请问之。曰：'慎之'云者，籍工夫以维本体也，'独慎'云者，即本体以为工夫也，籍工夫以维本体，譬之三军然。三军本以听主帅之役使，然非三军小心巡警，则主帅亦无从而安，非主帅明敏严整，则三军亦无主，谁为之驭？"[3]他实际批评了朱学的内在矛盾，更倾向王阳明心学的心性合一立场。因此，他认为本体即工夫，"独"即意根独体，而"慎"是时时敬畏的方法，保证本体不失。他呼吁士人们坚持个性自主的立场。而"悔过自新"的过程"全在自己策励"，是一种自我警策与反省。他后来在关中学院立的《会约》中说："惟愿十二时中，念念切己自反，以改过为入门，自新为实际。"[4]他希望，"悔过自新"成为每一个儒生在生活中的立身旨趣。

曾有学者认为，"悔过自新"的说法不过是一种道德修持，或是一种心性修养论，是游离于社会现实的。近些年，更多学者对"悔过自新"说感兴趣，且从不同的视野和新的角度予以评价。21世纪初，学界对"忏悔"的问题展开一场讨论，后来话题又延伸到"忏悔在中国能否成为可能，忏悔对当代中国和当代知识分子来说有没有意义"的讨论。笔者个人认为，这个问题仍然有着深刻与特殊的历史意义。鲁迅先生在《我之节烈观》一文中说"中国从来不许忏悔"[5]，一语道破了中国旧传统伦理道德观念中对"忏悔"的真正看法。其实，人们从来未将忏悔精神当成一种可钦敬的道德品格，反倒认为是很不明智

---

[1]李颙撰、陈俊民点校：《二曲集》，卷二十五，"家乘，周至李氏家传"，中华书局，1996年3月第1版，第1页。

[2]同上书，第415页。

[3]同上书，第82页。

[4]同上书，第114页。

[5]鲁迅：《我之节烈观》，载《鲁迅全集》第一卷，人民文学出版社，1956年10月第1版，第238页。

的"自污"，是自我损害的行为。更多的时候，士人们更愿意遮掩事实真相，蒙蔽世人耳目，那就是讲"讳"，为长者讳，为尊者讳，为贤者讳，然后空洞地以极恶或至善的名义下断语，很少触及人们心灵世界的复杂性。但是，在欧洲文艺复兴与思想启蒙运动中，很多启蒙思想家纷纷提倡忏悔精神。如法国启蒙思想家卢梭，在《忏悔录》中主动忏悔自己的罪过，追求真实的心灵世界。伟大的俄国作家托尔斯泰也提倡忏悔精神，他的著名长篇小说《复活》即以此为主题。他们所倡导的忏悔精神是为了更充分地体现人的尊严，打破专制文化的桎梏，为个性解放开辟新的天地。而李颙的"悔过自新"说，其意义已经超出伦理道德修持的范围，隐含了某种社会批判精神。当代学者张岂之先生即认为，李颙的"悔过自新"说，是他"先觉倡道，皆随时补救"，把学术文化的发展与社会变化相联系的结果。[1] 在明末清初的大动荡时代背景下，无论帝王将相还是儒生士子，他们在历史漩涡里都不得不裸露自己真实复杂的灵魂，任何僵化伪善的说教必定是虚弱无力的，提倡"悔过自新"说，其实是一种道德批判，同时也是社会批判，它对人们的心灵解放有着特殊的启迪与引导作用，也是早期启蒙思潮第二波"理性批判精神"的一项重要思想成果。

李颙与顾炎武、黄宗羲等人可谓是志同道合，他们都主张应该恢复自由讲学，由此匡救士人们追求僵化的八股文章之时弊，激励士人们的气节情操。他说："立人达人，全在讲学；移风易俗，全在讲学；拨乱返治，全在讲学；旋乾转坤，全在讲学。为上为德，为下为民，莫不由此，此生人之命脉，宇宙之元气，不可一日息焉者也。"[2] 他还认为，应该打破那些束缚人心的枷锁桎梏，主张解放士人们的思想，在《匡时要务》中称赞"昔墨氏之学，志于仁者也，视天下为一家，万物为一体，慈悯利济，唯恐一夫失所；杨氏之学，志于义者也，一介不取，一介不与"。这些大胆而通达的见解，是那些不敢逾越孔孟之道的理学家们所不敢言的。他还在谈到农业耕作时倡言，不仅要读徐光启的《农政全书》、徐发仁的《水利法》，也应该读意大利传教士熊三拔的《泰西

---

[1] 张岂之：《陕西通史（思想卷）》，陕西师范大学出版社，1997年第1版，第297、307页。

[2] 李颙撰、陈俊民点校：《二曲集》，卷二十五，"家乘，周至李氏家传"，中华书局，1996年3月第1版，第105页。

水利法》，要使农夫百姓们懂得改进耕作水利技术，发掘农业生产的潜力。这些言论堪称"近世思维"，因此可以说，李颙的隐含着平等、自由的平民儒学思想是早期启蒙思潮的一部分，他的"明体适用"思想及"悔过自新"之说也确实具有心灵解放的启迪与引导作用。

五、寂寞的民主启蒙思想家唐甄

唐甄是一位卓有识见的启蒙思想家，他提出了反对专制主义的一系列民主政治思想，在早期启蒙思潮中起到了"破块启蒙"的作用，可与黄宗羲、顾炎武等启蒙思想家相媲美。他虽然一生困顿连蹇，转徙流寓，饥寒穷窘，却坚持奋笔著述，以衡论天下为己任。可惜，他的著作却仅有《潜书》一种较完整地保留下来，还有一些零散的诗文被后世学者从沉埋湮没的古籍里发掘出来，而他的生平事迹也因为文献阙失而流传极少，对唐甄的生活经历及学术思想的研究仍然有待于学界进一步开拓与推进。

唐甄，生于明崇祯三年（1630年），卒于清康熙四十三年（1704年），原名大陶，后更名甄，字铸万，号圃亭，四川达州人。他出身于富裕的士绅之家，其祖辈皆为明朝官吏。唐甄8岁时，因父亲唐阶泰任江苏省吴江县知县，随父出川宦居，先后转徙江苏、江西、北京等地。唐甄少年聪慧，十四五岁"即嗜古学，精进淬砺，不拘拘于师说，落笔卓有端绪。善为歌诗"，他收入诗集中的多首诗即为少作。他当时寄居于舅父李长祥家，其母"督课甚严"，"故先生有'昼当课其文，夜当课其诗'之句"。[1]数年后，遂有明清易代之变，唐甄的家庭生活也发生极大变化。

清顺治二年（1645年）五月，清军攻陷南京，唐甄随父避难于浙江山阴，后又迁至新昌。在抗清战争中，其叔祖唐自彩、叔父唐阶豫皆因抵抗清军被杀害。其舅父李长祥则参加浙东抗清义师，谋袭宁波，事败入海。其父唐阶泰则受到牵累，被清统治者所怀疑，不得不举家迁居吴江。唐甄才21岁，读《后

---

[1] 王闻远：《西蜀唐圃亭先生行略（一十五刻）》，载唐甄著《潜书》（附诗文录），中华书局，1955年12月第1版，第226页。

汉书·严光传》，竟摔书于地，怒骂出声。他后来回忆此事，自称："当是之时，气盖天下，上望伊吕，左顾萧张，岂不壮哉！"[1]但不久，其父病逝吴江，家境日渐败落，"母老，无食，乃出而远游"。[2]

清顺治十四年（1657年），唐甄"为贫而仕"，回四川阆中参加乡试，考中举人。次年，他从四川至北京参加进士考试，不中。后又参加吏部考试，被分发至山西候补。十三年后，即康熙十年（1671年），唐甄始出任山西潞安府知县，"导民蚕桑，以身率之，日省于乡，三旬而树桑八十万本，民业利焉"。[3]他在任仅十个月，便做出百姓称颂的善政。可他因上司嫉视，"以逃人诖误去官"[4]。他仅是违反了当时清律"逃人法"，遂被免职。他后来谋求复职，企图实现自己的政治抱负，却被黑暗的官场所拒而不纳，"再辱于燕，阨于滑、卫、汝、沘之间。如是者二十余年，卒无所得食"。[5]在此期间，他定居于苏州府城，田薄赋重，不得不变卖田地而经商，经商失败后又开办牙行，为货物买卖的经纪人，后牙行又倒闭，财金失窃，"器物鬻尽，无以偿之。于是客无至者，产失而行废，食尽而祸起"。这使他完全沦入贫困境地，不得不靠设馆授徒来维持生活，"萧然四壁，炊烟尝绝，日采废圃中枸杞叶为饭。衣败絮，陶陶然振笔著书不辍，曰：'君子当厄，正为学用力之时，穷阨生死，外也，小也。岂可求诸外而忘其内。顾其小而遗其大哉！'"[6]他花费三十年精力写出了重要著作《潜书》。

《潜书》的原名是《衡书》，署名为唐大陶。初刻时仅十三篇，是其知己宁都名士魏禧出资帮助他刻印的，据说，"宁都魏禧见其文，读未半而拜之曰：'五百年无此作矣！'"[7]宣城梅定九则手录唐甄全部著述，并称："此必传之作

---

[1]唐甄：《潜书·独乐》，中华书局，1955年12月第1版，第89页。

[2]同上。

[3]《清史列传》卷七十，《文苑传一·唐甄传》，《潜书校释》附录一，小传、年谱，岳麓书社，2011年5月第1版，第292页。

[4]同上。

[5]同注[1]。

[6]《清史列传》卷七十，《文苑传一·唐甄传》，《潜书校释》附录一，小传、年谱，岳麓书社，2011年5月第1版，第292页。

[7]见《乾隆吴江县志》。

也，当藏之名山以待其人耳。"[1]当时，少数有眼光的士大夫都很看重此书，如潘次耕为《潜书》写的序言说："斯编远追古人，貌离而神合，不名《潜书》，直名《唐子》可矣！"[2]唐甄也认识到此书之价值，遂将《衡书》的十三篇又增加至八十五篇。《衡书》所谓"衡"者，志在权衡天下，而他后来感叹自己连蹇不遇，更名为《潜书》，其主旨是"上观天道，下察人事，远正古迹，近度今宜，根于心而致之行，如在其位而谋其政"[3]。《衡书》是《潜书》之初作，《四库全书总目提要》因作者署名不同，篇目不同，误以为是两人的著述，故分列介绍。唐甄将《潜书》看成是比自己性命还重要的东西，"远游必携，每乘舟，辄语仆曰：'设有风波不测，汝先挟我书稿登岸，然后来救我。'一日，邻人失火，先生怀书远避。余无所恋也"。[4]

唐甄中年命运多舛，晚境穷困潦倒，过着颠沛流离的生活。他的事迹虽见于《清史列传》及《清史稿》，文献资料却很寥落。其女婿王闻远撰有《西蜀唐圃亭先生行略》，其中描写道："先生状貌短小，须眉疏秀。朴学质行，不尚文饰，呐呐然似不能言者。然刚直亢爽，不肯媕婀随俗。意所不洽，千夫莫回也。与曹偶谈诗文，论往事，稍稍不合，辄为裂眦赪颜而争。人有过，多面折之，虽当路贵显，无所讳也。人每以是敬惮之，亦以此取憎于人。"[5]他虽然当过商人，开过牙行，却是"临财介然不苟，凡游于四方，不轻有干"[6]，很注重品行节操。他晚年生活清苦，流浪至江南，路过遇灾荒的县境，率直刚正地为民请命，请求那里的官员们赈灾缓征。清康熙四十三年（1704年），他为同是侨居吴地的一位四川同乡墓地迁葬之事奔波，"葬之日，烈风大雪，先生触冒寒气，成嗽疾，半载不瘳，竟以是终"[7]，享年75岁。

---

[1]王闻远：《西蜀唐圃亭先生行略（一十五刻）》，载唐甄著《潜书》（附诗文录），中华书局，1955年12月第1版，第228页。

[2]《潜书·潘末序》，第6页。

[3]《潜书·潜存》，第205页。

[4]同注[1]。

[5]王闻远：《西蜀唐圃亭先生行略（一十五刻）》，载唐甄著《潜书》（附诗文录），中华书局，1955年12月第1版，第226页。

[6]同上书，第227页。

[7]同上书，第229页。

　　唐甄的政治理论中已孕育出近代民主主义思想。他身上所体现出的理性批判精神，实质与江南地区市民阶层的兴起有关。他仕途坎坷，经商失败，牙行倒闭，这都使得他对当时专制社会的苛政弊端有了深切认识。唐甄之一生，是具备了追求崇高理想的清正人格的，他为了维持生计而经商办牙行，俗儒劝他到高官显宦门下做幕僚，他回答不愿意为此而"降志屈身"；俗儒认为他不该"自污于贾市"，他理直气壮称"天下岂有无故而可以死者哉"；俗儒以为当商人、开牙行是令士大夫羞耻的行当，他却凛然回答"吕尚卖饭于孟津，唐甄为牙于吴市，其义一也"。[1]这其实是清初的启蒙思潮中产生的新义利观，也是早期启蒙思想的深化，其根本特点是反对儒家传统的伦理道德至上主义，倡导一种具有功利主义特征的"自然人性"。不仅仅是唐甄有这样的思维特点，另一些有着进步启蒙思想特色的士大夫如傅山、颜元、陈确、归庄等也抱有相同的观点，他们主张保障个人权利，应当以社会功利而不是道德空谈成为衡量人才之标准，将"利"看成是"义"的基础，认为士大夫要有独立的经济基础才能有独立的人格。唐甄从自然中去追求人性之根源，从自然中发现人性"为利"之特性。他认为："万物之生，毕生皆利，没而后已，莫能穷之者。若或穷之，非生道矣。"[2]他对那些"不言事功，以为外务"的腐儒很鄙夷，认为他们的行为并非正道，也并非"生道"，人类要生存，要发展，岂能不注重衣食住行之利？唐甄在以社会功利为检验伦理道德之合理性的标准下，建立起自己的早期民主政治哲学观念的理论基础。唐甄在《潜书·尚治》中说："天地虽大，其道惟人；生人虽多，其本惟心；人心虽异，其用惟情；虽有顺逆刚柔之不同，其为情则一也。"[3]这实质上与晚明启蒙思潮中新文学运动所提出的"为情作使"的观念是一脉相承的，他认为人的自然欲求亦是追求幸福之权利，"治天下之道"即应该重视人人皆有不可剥夺的生命与财产权，也应该重视人人皆有表达思想与言论的权利，即"士议于学，庶人谤于道，皆谏官也"[4]。

---

　　[1]《潜书·食难》，第 88 页。
　　[2]《潜书·良功》，第 53 页。
　　[3]《潜书·尚治》，第 105 页。
　　[4]《潜书·省官》，第 136 页。

唐甄所写的《潜书·室语》，可称是勇敢又激烈地抨击古代帝王君主专制制度的一篇檄文，此文集中体现了其早期民主政治思想的要旨。他以内室中夜饮，与妻子私语的形式，揭露出数千年中国古代专制社会中君主独裁政治的残暴真相。一言以蔽之："自秦以来，凡为帝王者皆贼也。"[1]他以两汉的历史为例，指出汉高祖刘邦曾经率领军队屠城阳、屠颍阳，而东汉的光武帝亦"屠城三百"，随意杀戮民众。他认为，那些登上皇位宝座的帝王无异于杀人如麻的盗贼，只不过是盗贼仅抢劫"数匹布""数斗粟"而已，而专制君主们则是抢夺天下，他们的富贵建立在无辜百姓们的累累白骨之上。那些改朝换代的血腥战争中，不仅仅是军队将士杀人，也不仅仅是官吏杀人，"杀人者众手，实天子为之大手"。"天下既定，非攻非战，百姓死于兵与因兵而死者十五六。暴骨未收，哭声未绝，目眦未干。"人民受尽了战争的残害，而那些帝王们，"于是乃服衮冕，乘法驾，坐前殿，受朝贺，高宫室，广苑囿，以贵其妻妾，以肥其子孙"。[2]他激愤地斥责："彼诚何心，而忍享之！"甚至说"若上帝使我治杀人之狱，我则有以处之矣"，要让那些盗贼一般的君主帝王们偿命！

唐甄《室语》中的思想与黄宗羲的《明夷待访录》相近。他明确地认为，社会动乱的根本原因就是君主专制政体。他说："川流溃决，必向为防之人；比户延烧，必罪失火之主。至于破家亡国，流毒无穷，孰为之而孰主之？非君其谁乎！"[3]又说："治天下者惟君，乱天下者惟君，治乱非他人所能为也，君也。"[4]他还感叹："是故一代之中，十数世有二三贤君，不为不多矣。其余非暴即暗，非暗即辟，非辟即懦，此亦生人之常，不足为异。"[5]他其实说出了一部明史的真相，也说出了中国古代专制社会各个朝代历史的真相，真正贤明睿智的帝王有几个呢？他认为明亡罪责在崇祯皇帝。这个论断是有着远见卓识的，却不为当时多数士大夫理解，与其相交已久的王源就认为此说是"种种悖谬，真不可解"，因此拒绝为《潜书》写序言。唐甄在《潜书》中极言帝王专

[1]《潜书·室语》，第 197 页。
[2]《潜书·室语》，第 197 页。
[3]《潜书·远谏》，第 127 页。
[4]《潜书·鲜君》，第 66 页。
[5]同上。

制政体之害，在《抑尊》一篇中提出应该限制君主的至高无上的尊严与权威。他认为："天子之尊，非天帝大神也，皆人也。"[1] 远古的尧、舜之君即是"与民同情"，因此，无论是从历史渊源来说，还是从现实政治考虑，都没有必要将帝王及臣僚与民众百姓的尊卑等级无限扩大。而君权的所谓神圣至上，是人为制造出来的。在他心目中，"古之贤君，不必大臣，匹夫匹妇皆不敢凌；不必师傅，郎官博士皆可受教；不必圣贤，闾里父兄皆可访治"。[2] 由于古之贤君能够与民同情，"善治必达情，达情必近人"，但是后来君臣伦理日益异化，"君日益尊，臣日益卑"，甚至造成了"人君之尊，如在天上，与帝同体"的赫赫威权，"人君高居而不近人"，"公卿大臣罕得进见，变色失容，不敢仰视；跪拜应对，不得比于严家之仆隶"。[3] 君主专制政体必定会造成"势尊自蔽"的局面，"贤人退，治道远"，而在政治运作中也会造成"大权下移"、"权臣擘侍"、直臣远离、"海内怨叛"的崩溃亡国之势。他认为，在一个等级森严的专制政体中，人们不敢讲真话，没有言论自由的监督，好人也会变成佞臣，贤君也会变成昏君。而抑制帝王之尊，实施德化政治，建立"尊贤之朝"，便能鼓励直言之臣，以直化佞，以良化奸。

唐甄对古代专制社会中的官僚政体的各类弊病也有深刻认识。他尖锐地指出："天下难治。人皆以为民难治也，不知难治者，非民也，官也。凡兹庶民，苟非乱人，亦唯求其所乐，避其所苦，曷尝好犯上法以与上为难哉！论政者不察所由，以为法令之不利于行者，皆梏于民之不良，释官而罪民，此所以难与言治也。"[4] 他认为百姓是愿意安居乐业且遵纪守法的，真正的问题是吏治败坏，官僚体制充满恶弊。首先，一个严重的弊端就是贪官污吏凭借自己手中的权力对民众进行敲诈勒索。"虐取者谁乎？天下之大害莫如贪，盖十百于重赋焉。"[5] 官吏的贪污腐败是比苛捐重赋还要沉重的压迫，是比盗贼还要凶残的掠夺。"彼为吏者，星列于天下，日夜猎人之财，所获既多，则有陵己者负箧

[1]《潜书·抑尊》，第67页。
[2] 同上书，第69页。
[3]《潜书·抑尊》，第67页。
[4]《潜书·柅政》，第154页。
[5]《潜书·富民》，第106页。

而去。"这些贪官污吏欲壑难填，"夫盗不尽人，寇不尽世，而民之毒于贪吏者，无所逃于天地之间！是以数十年以来，富室空虚，中产沦亡，穷民无所为赖，妻去其夫，子离其父，常叹其生之不犬马若也"。[1] 再有，那些官僚"乃但知仕宦不知道义，溺于父兄之为，习于流俗所尚，因仍而不知其非"[2]，他们因循守旧，敷衍塞责，"上以文责下，下以文蒙上，纷纷然移文积于公府，文示交于路衢"，只是做一些公文上的文字游戏而已，"政不行天下"，"外塞九州，内塞五门，君臣上下，隔绝不通"，[3] 互相推诿，互相欺蒙。他认为，官僚政治体制腐败的原因是"见政不见民"，那些官吏们"为政者多，知政者寡"。[4] 因此，他特别强调为政原则应当以民为邦本，"国无民，岂有四政？封疆，民固之；府库，民充之；朝廷，民尊之；官职，民养之。奈何见政不见民也？"[5] 他特别以明朝灭亡史实为鉴戒，还引用当时的陕北民谣"挨肩膊，等闯王，闯王来，三年不上粮"，说明明亡之根本原因就在于"四海困穷之时，君为仇敌，贼为父母"。任何一个政权，倘若失去民心，也就失去了政权的基础。唐甄对当时的政治体制也有自己的改革主张，他认为应该迅速解决明、清以来官僚群体过于膨胀的问题，应裁减那些过剩的官员。他在《省官》篇中提出"故养民之道，必以省官为先务"，比如那些闲职重臣"有六官焉，皆可革"，[6] 许多虚职是不必要的。他认为，要使政治清明，就应当开放言论自由，用社会舆论监督官员，限制君权。他与那些早期启蒙思想家一样，都认识到自由言论是进行初步政治改革的先决条件，所以，直谏不应当仅仅是谏官的自由，还应当是全社会的士大夫、百工、庶民百姓的自由。他说："直言者，国之良药也；直言之臣，国之良医也。除肤疡，不除症结者，其人必死；称君圣，谪百官过者，其国必亡。"[7]

---

[1]《潜书·富民》，第 107 页。
[2]《潜书·柅政》，第 155 页。
[3] 同上。
[4]《潜书·明鉴》，第 108 页。
[5] 同上。
[6]《潜书·省官》，第 136 页。
[7]《潜书·抑尊》，第 68 页。

唐甄还对社会很多方面的问题都有自己的特见卓识。他具有社会平等的思想，可与西欧十七八世纪的启蒙思想家相比。唐甄在《潜书·大命》中，从自己贫困生活联想到天下百姓亦是"无所资以为生"，平日的生活虽无凶年灾害，也是很悲惨，可是，"王公之家，一宴之味，费上农一岁之获，犹食之而不甘"，真是"此厚则彼薄，此乐则彼忧"，"今若此，不平甚矣！"唐甄认为："天地之道故平，平则万物各得其所。"他赞颂心目中的理想君主舜、禹，"惧其不平以倾天下"，因此约束自己，"恶衣菲食，不敢自恣"。他又在《内伦》与《夫妇》中倡导男女平等的主张，希望建构"敬且和"的夫妻伦理，可说已经趋于现代观念。他斥责"今人多暴其妻，屈于外而威于内"，"以妻为迁怒之地，不详如是，何以为家？"他认为丈夫应当有"夫之下于妻"的美德，"夫亢则门内不和，家道不成"，且会导致"国必亡""家必丧"之恶果。[1]针对当时社会状况，他特别指出因夫权主义至上，"今之暴内者多"，因此他"尤恤女"，且怒斥"暴内为大恶"。[2]此两文，表达了唐甄对古代专制社会中妇女卑贱地位的同情与不平，在旧传统伦理气氛浓厚的环境里能够持有如此卓尔不群的观念，确实很了不起。

唐甄在学术思想上反对程朱理学，他在《潜书·尊孟》中毫不客气地批评程颐固执，且驳斥其以为孟子"非圣人"的观点。他尤其反对宋儒的空谈心性，不讲事功。他主张"尊孟"与"宗孟"，推崇孟子以"仁、义、礼、智"四德为性之说，倡导为政之道在于让百姓富足，再施以道德教化。他还主张"法王"，即师法王阳明学说。其女婿王闻远在《西蜀唐圃亭先生行略》中说："先生晚年与蔡息关先生讲道，宗阳明良知之学，直探心体，不逐于物。"[3]唐甄的学术思想亦可成一家之言，他在当时抬高程朱理学、贬低陆王心学的社会氛围里，仍然坚持"致良知"的心学主张，更显得卓尔不群。当然，唐甄对王阳明学说是加以改造的，其养心专为治事而用，他认为对客观事物条理必须加

---

[1]《潜书·内伦》，第77页。

[2]《潜书·夫妇》，第78页。

[3]王闻远：《西蜀唐圃亭先生行略（一十五刻）》，载唐甄著《潜书》（附诗文录），中华书局，1955年12月第1版，第227页。

以详细研究，所以心学只是手段不是目的。唐甄在《潜书·宗孟》中说："良知，在我者也，非若外物，求之不可得也。"还说："心体性德，既已自修；天地万物，何以并治？必措之政事而后达。"也就是说，"良知"既要"自修"，更要扩充出去，落实于具体的事务之中。他还认为，"良知"虽为人所固有，却往往"杂以嗜好，拘于礼义"，"明见其为良而卒不得有其良，于是致良知者又罔知所措矣"，因此，真正"致良知"则应当注重个人的切身体验和理性思考，"学由自得，则得为真得。良知可致，本心乃见。仁、义、礼、智俱为实功。直探性体，总摄无外，更无疑误"。[1] 他还反对程朱理学的"存天理、灭人欲"之说，认为："人皆曰'我轻富贵，我安贫贱'，皆自欺也。"[2] 他一针见血地指出，那些高谈"天理"和自以为治国平天下的理学家倒是应该"除欲"，"有欲不除，除之不尽，而欲治天下，欺天下乎！"[3] 唐甄也反对纵欲主义，认为纵欲对个人健康也是有害的，应该"制欲"与"知耻"，他以为晚明以来士大夫们中的纵欲主义是和当时专制统治阶级荒淫暴虐分不开的，正是暴君与贪官们"举天下之民，絷之，策之，如牛马然，民失其情，诈伪日生，文饰日盛，嗜欲日纵。于是富贵之望胜，财贿之谋锐，廉耻之心亡"[4]，造成了社会风气败坏。他的这个看法很独到很深刻。他还以为，人除了根于气血的五欲外，也有"心之智识"，这两者是互相依存的。欲望的存在根源在于人的自然生理，所以，人只有进入老年，血气衰而五欲衰，才会有真正的"心之智识"，才能视富贵如浮云，视生死如旦暮。

唐甄的学说"法王"仅是表面，侯外庐先生也认为他"表面上是阳明主义者"，唐甄认为没有才不可言性，没有功不可言性，才与功正是性的内容。所以，性与才是合一的。这种观念理论批判了宋儒义理之性与气质之性分离的二元论。他更根据"心知未见，物受乃见"的认识论，把程朱理学玄虚的空言心性，还原成唯智主义，他实质是将认识性能与客观世界联结起来。所以，他

---

[1]《潜书·宗孟》，第8—9页。

[2]《潜书·格定》，第56页。

[3] 同上书，第57页。

[4]《潜书·尚治》，第104页。

"法王"尤其强调经验的作用，以为不重视经验空言心性，得到的知识是一种"鬼胎"。唐甄的学说实质是主张运用个人的理性去做思考，因此，唐甄所提倡的"崇智论"，也就是一种理性批判精神，企图把"致良知"改造为破除迷信的自由精神。他尤其提出，孟子的"仁、义、礼、智"四德中，应该把"仁、义、礼"的"三德之修，皆从智入；三德之功，皆从智出"，并认为"此为大机大要"。[1]因为，只有知识和智慧的引导才能够具体实践"三德"的社会功能，否则，仁不能博爱，义不能胜暴，礼不能济世，"三德"就成了空谈。唐甄的这些观念，实质是崇尚知识和理性思维的大声呼唤，他认为只有民智大开的新时代才能把民众从愚昧中唤醒，才能真正解放思想，提倡科学文化，使得整个民族彻底摆脱疾病与贫困，摆脱旧的传统专制文化的精神桎梏。

唐甄的进步经济思想，其主旨也与他的民主启蒙思想是一致的。他在《潜书·富民》篇里，主张藏富于民，保障私人财产，反对超经济的财富掠夺。他说："财者，国之宝也，民之命也；宝不可窃，命不可攘。"残暴地掠夺民众的财富，无异于偷东西的窃贼和杀人的强盗，明末的亡国教训就是，"反其道者，输于倖臣之家，藏于巨室之窟"[2]。穷富差距悬殊，结果搞得烽火连天，天下动乱。他反对苛捐杂税，认为沉重赋税是"虐取于民"。"虐取者谁乎？天下之大害莫如贪。盖十百于重赋焉。"[3]唐甄久处江南地区，对整个社会的经济趋势看得很清楚，所以他虽然倡导应当重农，却主张要重视发展工商业，尤其希望发展商品交换的市场经济。在《潜书·更币》中，他所主张的要注重货币流通的经济理论，与黄宗羲等启蒙思想家的观点是很相近的。他说："夫财之害在聚。银者，易聚之物也。"因此，"自明以来乃专以银。至于今，银日益少，不充世用"，形成"良贾失业"的局面。他认为："救今之民，当废银而用钱，以谷为本，以钱辅之，所以通其市易也。"[4]唐甄曾经较长时间地从事商业活动，所以，他的很多经济主张颇切中时弊，集中代表了早期市民阶层的渴

---

[1]《潜书·性才》，第19页。
[2]《潜书·富民》，第105页。
[3]同上书，第106页。
[4]《潜书·更币》，第140—141页。

求与呼唤。他还说："立国之道无他，惟在于富。自古未有国贫而可以为国者。夫富在编户，不在府库。"[1]这样的经济思想已经初步具有自由经济思维的雏形了。

唐甄的军事思想也颇成系统，有不少具有近世思维的启蒙因素。在《潜书》的《全学》《审知》《两权》等篇中，既有战略理论，亦有战术思想，其中提到奇袭、包抄及游击战的"三奇"，还有军事情报的重要性，以及声东击西的战术等，都是具有实用性的军事指导原则。他说："孙子十三篇，智通微妙，然知除疾而未知养体也。"[2]所谓"除疾"与"养体"之关系，也就是说，军事斗争与政治大略常常是紧密相关的，整体战略与具体战术也是相辅相成的，军事学是一个"智通微妙"的复杂学问，不可仅重视其"除疾"之偏门而忽视"养体"之全局。他认为《孙子兵法》太过着眼于具体战术了。唐甄的军事思想之精华，也是得之于其民主启蒙思想系统，他认为战争的正义性质与非正义性质，就在于是"生民"还是"杀民"。例如他在《仁师》中说："古之用兵者，皆以生民，非以杀民。后之用兵者，皆以杀民，非以生民。兵以去残而反自残，奈何袭行之而不察也！"[3]仅寥寥数语就写出了历史上数不清的非正义战争的残害人民的性质。

唐甄的民主启蒙思想学说，是早期启蒙思潮中"理性批判精神"的杰出代表。他的一系列政治主张，勇敢抨击君主专制，提倡治国富民的民本学说，反对程朱理学的经世致用精神，都对后世产生了极大影响。当时有少数士大夫就很钦佩他的远见卓识，认为他的学识思想可与诸子百家同列，甚至尊敬地称他为"唐子"。当今的很多学者也已经越来越注意研究唐甄的著作与理论，并且热烈地探讨其中深刻的历史意义与现实启迪作用。

---

[1]《潜书·存言》，第 114 页。

[2]《潜书·全学》，第 177 页。

[3]《潜书·仁师》，第 192 页。

第十二章

戴震的理性精神：早期启蒙思潮的最后余波

一、戴震所处的时代及其生平

戴震所处的时代，正是清朝的"康乾盛世"。这是中国古代专制社会的最后一个盛世。恰如英国作家狄更斯所说，这是最好的时候，也是最坏的时候。

在18世纪，清王朝已完全巩固了专制统治。康熙皇帝早年对西方文化颇感兴趣，曾经向西方传教士汤若望等请教数学、天文、地理学等知识，且聘请洋人制定历法。可到了18世纪上半叶，天主教罗马教廷内关于中国礼仪（如敬拜孔子与祭拜祖先等）发生激烈争辩，对中国内地教会有多次干预，清政府与罗马教廷形同水火，导致中西方文化观念产生剧烈冲突。康熙皇帝最后下谕旨禁教，又重新阻断了中西文化的交流进程。自此，清王朝对外闭关锁国的政策进一步加强，对内的文化专制也变本加厉。清朝开始大力提倡程朱理学，康熙帝尤为尊崇朱熹，他说朱熹的"文章言谈之中，全是天地之正气、宇宙之大道。朕读其书，察其理，非此不能知天人相与之奥，非此不能治万邦于衽席，非此不能仁心仁政施于天下，非此不能内外为一家"[1]，将朱熹列入孔庙大成殿"四配十哲"之次，为第十一哲。而清代科举，凡考试四书五经必须以朱熹的注解为准，程朱理学遂成为官学。而康熙帝身旁的一批理学名臣，如李光地、魏裔介、熊赐履、汤斌、张伯行等都位居极品。

清王朝又在士大夫中大兴文字狱。清代文字狱次数之频繁，株连之广，镇压之血腥，超过以往任何专制王朝。最有影响的案件即为康熙二年（1663年）的庄廷鑨的《明史》案，浙江富人庄廷鑨购得明人朱国祯的《明史》遗稿，延揽江南文人吴炎、潘柽章等人编辑整理，且补写崇祯朝及南明史事，奉南明诸帝为正朔，且有指斥清朝历史的文字，此事被人告发，已死的庄廷鑨被开棺戮尸，其弟庄廷钺被诛杀，士绅遭株连者约二百二十二人，其中多半未参与编纂，皆被诛或被判重刑。又有康熙五十年（1711年）发生的戴名世《南山集》案，左都御史赵申乔告发戴名世，其著作《南山集》中引录方孝标所作《滇黔纪闻》片段而议论南明史事，使用南明年号，案发后除了戴名世、方孝标两族的诸多人被判罪外，还有刊刻、贩卖此书的书商，以及众多亲友皆获罪被捕，其中亦有名士方苞、王源等人，但后来被宽释。至清代雍正、乾隆两朝，文字狱愈演愈烈，如考试官查嗣庭出考试题"维民所止"，竟然被说成是砍掉"雍正"二字脑袋，便被议罪。谢济世注释《大学》，亦被定罪诽谤程朱理学；陆生枏写《通鉴论》，反对郡县制，褒扬分封制，亦被定罪。雍正朝开了恶例，将文字狱当成打击政敌的工具，树立自己权威的手段。乾隆朝文字狱更泛滥开来，士大夫吟诗作文，运用文字很容易触犯忌讳，遭文字狱之祸的人中，真正有反清复明思想的很少，多数是因望文生义，如"明"和"清"两字最常用，就常被曲解为反清复明，不少文人无意间由此获罪。如胡中藻的《坚磨生诗抄》有句云"一把心肠论清浊"，方芬的《涛浣亭诗集》有句云"蒹葭欲白露华清，梦里哀鸣听转明"，还有卓长龄所著的《忆鸣诗集》，"鸣"与"明"同音，也被曲解为怀念明朝，都被定为叛逆大罪。还有文人不小心使用了皇家专用字眼，也被定罪。如江苏的韦振玉为其父刊刻行述，有"于佃户之

---

[1]康熙皇帝：《御纂朱子全书·序言》。

贫者，赦不加息"句，便说"赦"为帝王专用，韦振玉用此字眼属于狂妄；又有湖南监生黎大本在为母亲祝寿文中用"女中尧舜"的字眼，也被充军流放乌鲁木齐；湖北秀才程明湮为友人作祝寿文，有"创大业于河南"的字句，被歪曲为要当皇帝，定罪"斩立决"。此外，如不小心在文字上触犯庙讳、御名及提到皇帝时应换行抬写，因未遵守此格式而获罪的文人更是数不胜数。直至乾隆四十七年（1782年），发生了高怡清的《沧浪乡志》一案，湖南巡抚李世杰故技重演，从中摘取一些文字而望文生义，却被乾隆皇帝训斥一顿，"文字狱"之风才稍缓解。可能是专制君主自己也意识到举国一片恐怖气氛，对其统治不利。

18世纪，在清王朝文化专制的淫威下，文人士大夫们动辄得咎，战战兢兢，不敢议论政治，不敢编写史书，不敢讨论现实的社会问题。一些学者埋头故纸堆中，养成逐字逐句考证的琐细学风，思想界氛围沉寂闷抑。当时，有一批著名学者从事汉学研究，如阎若璩、胡渭、毛奇龄、陈启源、姚际恒、万斯同、顾祖禹等人，他们在著作中反满抗清的意识已趋于泯灭，多数人投奔在高官显宦门下任幕僚门客。不过，他们做学问时仍具有怀疑、批评的探索精神，考证方法也日趋具体和精细。如阎若璩的《古文尚书疏证》，以具体证据推倒了伪古文尚书。胡渭的《易图明辨》亦考证易传图象中所谓的河图洛书为道士陈抟所造，是宋代晚出之说。这都给了信奉宋明理学的那些理学家当头一棒，使他们处于进退失据的尴尬境地。胡渭、阎若璩等仅为汉学初步形成期的学者，章太炎说他俩"皆为硕儒，然草创未精博，时糅杂宋明谰言。其成学著系统者，自乾隆朝始"[1]。汉学之形成，有惠栋的"吴派"与戴震的"皖派"。

惠栋，生于清康熙三十六年（1697年），卒于清乾隆二十三年（1758年），字定宇，元和（今苏州市）人，其祖辈父辈皆为著名学者。他继承了顾炎武的治学传统，治经从研究古文字入手，重视声音训诂，从中求经书之意义，固守汉儒的说经。其友人学生沈彤、江声、余萧客、王鸣盛及钱大昕与钱氏族人皆为苏南人，被称为汉学中的"吴派"。而江永、戴震的汉学学派则被称为"皖

---

[1] 章太炎：《訄书·清儒第十二》。

派"。皖派虽然稍后出，强调求真，方法严密，其学术成就超过吴派。这两派并非对立，学术主张有很多共同点，互相影响，互为师友。

戴震，生于清雍正二年（1724年），卒于清乾隆四十二年（1777年），字慎修，又字东原，安徽徽州府休宁隆阜（今黄山屯溪区）人。戴氏家族据说是唐朝为官宦的祖先从江西迁徙而来，后世代定居隆阜。隆阜为横江与宰水汇合的冲击盆地，既是商埠之地，亦是沃野，"溪流一线，小舟如叶，鱼贯尾衔，昼夜不息"。[1]戴震出生时，家境贫困，其父戴弁依靠族人资助，在江西南丰经营布业，做小商贩以维持生计。戴震青少年时期亦随父行商，又靠教书过活。因家族祠堂中有私塾，戴震10岁入塾。他非早慧之子，《戴东原年谱》记载："十岁，先生是年乃能言，盖聪明蕴蓄者深矣。就傅读书，过目成诵，日数千言不肯休。"[2]戴震自幼勤奋好学，喜寻根追底。10岁时，私塾先生"授《大学章句》，至'右经一章'以下，问塾师：'此何以知为孔子之言而曾子述之？又何以知曾子之意而门人记之？'师应之曰：'此朱文公所说。'即问：'朱文公何时人？'曰：'宋朝人。''孔子、曾子何时人？'曰：'周朝人。''周朝、宋朝相去几何时矣？'曰：'几二千年矣。''然则朱文公何以知然？'师无以应，曰：'此非常儿也。'"[3]

戴震好学深思，在他十六七岁以前，"凡读书，每一字必求其义。塾师略举传注训诂语之，意每不释。塾师因取近代字书及汉《许氏说文解字》授之"，戴震方才满意，"三年尽得其节目"。[4]后来又取《尔雅》《方言》及汉儒传、注、笺等，参照考证，探求其义，如《十三经注疏》，虽疏不能完全记住，经、注却能全背诵。他18岁随父客居南丰，教书以维持生计，同时勤奋苦读经学。这是他学问有所长进的两年。他20岁又回到家乡，与同郡友人郑牧、程瑶田等求教于婺源的硕儒江永，江永"治经数十年，精于三礼及步算、钟律、声韵、地名沿革"，真可谓是"博综淹贯，岿然大师"，戴震"一见倾心，取平日

---

［1］《休宁县志》，道光本。

［2］段玉裁：《戴东原先生年谱》，载《戴震集·附录》，上海古籍出版社，2009年6月第1版，第454页。

［3］同上。

［4］同上书，第454—455页。

所学就正焉"。[1]江永，亦字慎修，戴震为表示尊敬老师，将早年的字悄然收起，不再字慎修，而专字东原。江永对西方自然科学，尤其是数学颇有心得。戴震在江永传授下，亦汲取西方科技的新成果，并总结古代的自然科学成就，开辟了自然科学领域的研究。戴震在 20 岁时，"因西人龙尾车法作《赢旋车记》，因西人引重法作《自转车记》"，[2] 22 岁时，又作成《筹算》一卷，后更名为《策算》，介绍乘、除、开平方之方法，且举《易经》《论语》等典籍中资于算者二十例，"推帙成帙，为治经之士览观"。[3]戴震可称杂家。他的"杂"，不是浮浅之杂，却是精湛之杂；不仅在数学方面，而且在天文、地理、水利、工程等方面，均有深入研究，写出大量的著作和论文，有不少具有创见性的见解。如，"其测算之书，有《原象》四篇，《迎日推策记》一篇，《句股割圜记》三篇，《续天文略》三卷……皆古人所未发也。"[4]

他在困苦生活中，坚韧不拔地做了大量考证、笺注。乾隆十年（1745年），戴震才 23 岁，便做成了《六书论》三卷。他以为以六书转注为互训，可直探六书原旨，恢复两千年已失的绝学。次年，他又作《考工记图注》。乾隆十二年（1747 年），他又撰成《转语》二十章，探讨"音同""音近""音转"的声义关系，研究"因声成义"的文字学。两年后，他又写成《尔雅文子考》十卷。乾隆十六年（1751 年），他被补为休宁县学生。

戴震在乾隆十七年（1752 年）注释《屈原赋》七卷成，他后来对段玉裁回顾这一段穷困乏食的日子时说："其年家中乏食，与面铺相约，日取面为饔飧，闭户成《屈原赋注》。"在《屈原赋注》中，戴震与朱熹之说已有观念分歧。朱熹在《楚辞集注》中说屈原之为人性格"不可以为法"，屈原辞旨亦是"不可以为训"，且指屈原"不知学于北方，以求周公、仲尼之道"。戴震对朱熹评价屈原的这些说法颇不以为然，他说："余读屈子书久，乃得其梗概，私

[1]段玉裁:《戴东原先生年谱》，载《戴震集·附录》，上海古籍出版社，2009 年 6 月第 1 版，第455—456 页。

[2]凌廷堪:《戴东原先生事略状》，又，《赢旋车记》与《自转车记》见《戴震集》卷七。

[3]段玉裁:《戴东原先生年谱》，载《戴震集·附录》，上海古籍出版社，2009 年 6 月第 1 版，第 456 页。

[4]同注[2]。

以谓其心至纯，其学至纯，其立言指要归于至纯。"又说明了他注释《屈原赋》之目的，是为了使文人书生"明其学，睹其心，不受后人皮傅用相眩疑"。[1]他所说的"后人皮傅"，即是指朱熹对屈原的评价。但是，他在那时还是认为程朱理学的学说是有得有失的。

戴震之思想发展与形成可分为三期，初期为雍正二年（1724年）至乾隆二十年（1755年），这是戴震的思想前期，特点是以考证为手段，追求义理。中期是乾隆二十一年（1756年）至乾隆三十年（1765年），戴震会试不第还乡后，以考证、义理并重，多倾向于考证。后期则是从乾隆三十一年（1766年）戴震再次赴京参与会试，直至乾隆四十二年（1777年）他病逝于四库会馆止。有学者认为，其思想发展的三期，特点是以疏证为形式，直接发挥义理，形成义理—考证—义理的思维路向。

戴震因学问广博深厚，在地方上颇有名声，且受人们尊敬。但他家境贫困，在写《屈原赋注》前，还曾经在地方绅士汪梧凤家中任过一段时间的塾师。乾隆二十年（1755年），戴震诉讼其宗族中的豪强侵占祖坟，"族豪倚财结交县令，令欲文致先生罪，乃脱身挟策入都，行李衣服无有也。寄旅于歙县会馆，饘粥或不继"。他在京师也处于困境中，但其学者之清名已经声动京城，名士纪昀、王鸣盛、钱大昕、王昶、朱筠等，纷纷前往造访，"叩其学，听其言，观其书，莫不击节叹赏，于是声重京师，名公卿争相交焉"。[2]刚到京城时，他曾住在大司寇秦蕙田家。因秦蕙田精于步算，与其朝夕讲论现象授时之旨，认为是闻所未闻之说。秦蕙田所著的《五礼通考》亦多采用戴震之说。他先在纪昀家中任过一段时间的塾师。次年，他又在王安国家中任塾师，教其子王念孙读书，后来王念孙也成为文字、音韵、训诂学方面的名家。他在京师不到三年，过着漂泊无定的生活，却写出《勾股割圜记》三卷、《周礼太史正岁年解》二篇、《周髀北极璿玑四游解》二篇等著述。时有被举孝廉的姚姬传，欲拜戴震为师，戴震致书婉辞。他虽然誉满京城，学高天下，却不好为

---

[1] 段玉裁：《戴东原先生年谱》，载《戴震集·附录》，上海古籍出版社，2009年6月第1版，第458页。

[2] 段玉裁：《戴东原先生年谱》，载《戴震集·附录》，上海古籍出版社，2009年6月第1版，第460页。

人师。

乾隆二十二年（1757 年）冬，戴震离开京城南下至扬州，与汉学的吴派开创者惠栋相识。据戴震回忆，两人在官署见面，惠栋即执其手诚恳地说："昔亡友吴江沈冠云尝语余，休宁有戴某者，相与识之也久。冠云盖实见子所著书。"[1] 戴震很感动，因而对惠栋更有亲切之感。乾隆二十八年（1763 年），戴震入京参与会试，不第。他住在新安会馆中，汪元亮、胡士震皆来问学。秦蕙田上奏朝廷，推荐戴震与钱大昕刊正韵书，但乾隆皇帝未允。这年夏天，戴震黯然离京回乡。他在乡间埋头整理《水经注》，两年后定《水经》一卷。唐、宋以来，《水经注》之"经"与"注"混乱，"经多误入注内，而注误为经，校者往往以意增改"。戴震经过一番校勘考证，"今就郦氏所注，考定经文，别为一卷，兼取注中前后倒紊不可读者，为之订正，以附于后"。[2] 戴震虽然科举诸事不甚得意，但他完成了一系列著述的"大制作"，"若《原善》上、中、下三篇，若《尚书今文古文考》，若《春秋改元即位考》三篇，皆癸未以前，癸酉、甲戌以后十年内作也"。[3] 其中《原善》为戴震较重要的著作，借儒家之典籍，发挥自己的哲思，重点论人性问题，虽然仍留有宋明理学痕迹，但与程、朱的思想迥然不同，与王安石的观点有近似处，这是一部重要的伦理学著述。他曾经对段玉裁回顾创作此书时的心态，诙谐地说："作《原善》首篇成，乐不可言，喫饭亦别有甘味。"[4]

乾隆三十一年（1766 年），戴震再次赴北京参加会试不第，又居新安会馆。他的心情是比较抑郁的，但这也是他学术活动及思想成熟的开始，是"戴震哲学"走向巅峰的开始。他写成《声韵考》四卷，"凡韵书之源流得失，古音之由渐明备"，隐然概括于此书。段玉裁亦入京参加会试，他拜见戴震，"见先生云：'近日做得讲理学一书'，谓《孟子字义疏证》也。玉裁未能遽请

---

[1] 戴震：《题惠宁宇先生授经图》，《戴震集》卷十一，第 213 页。

[2] 戴震：《书水经注后》，《戴震集》卷六，第 131—132 页。

[3] 段玉裁：《戴东原先生年谱》，载《戴震集·附录》，上海古籍出版社，2009 年 6 月第 1 版，第 465 页。

[4] 同上。

读。"[1]两年后，戴震应直隶总督方恪敏聘请，居住保定莲花池园内，修《直隶河渠书》一百一十卷，未成。因方恪敏病故，接任的总督杨廷璋不能礼敬戴震，遂辞去。乾隆三十四年（1769 年），戴震又入京参加会试不第，与段玉裁一起至山西访布政司使朱珪，在其官署修山西地方志。段玉裁后来在致友人信中回忆，戴震住在朱家，"伪病者十数日，起而语方伯：'我非真病，乃发狂打破宋儒家中《太极图》耳！'"[2]他虽身在修地方志，却又思考批判宋儒的道学。乾隆三十七年（1772 年），戴震自汾阳赴北京参加会试不第，已是第五次落第了。段玉裁在洪榜寓所见到戴震，戴震誊清《绪言》后决定南归，与胡亦常同舟一个多月，回到江南地区，又被聘去主讲金华书院。

乾隆三十八年（1773 年）夏，戴震与章学诚相见。在宁波道官署中，戴震见章学诚撰写有《和州志例》，两人因有修志之辩。戴震认为古今方志当归于地理书类，义考地理沿革为重，其宗旨在"利民"；章学诚认为"方志如古国史，本非地理专门"，应属史学，其宗旨在教化。章学诚虽推崇戴震的学问，却认为他批判程朱理学"谬妄"，二人思想实为殊途。同年，朝廷开设四库全书馆，戴震以举人身份奉召入四库全书馆任纂修官。这年仲秋，他又回到北京。次年十月，校《水经注》成，这是他长期进行的一项学术研究成果。他在四库全书馆校书，生活却很清苦，在致段玉裁的信中说："仆此行不可谓非幸邀，然两年中无分文以给旦夕，曩得自由，尚内顾不暇，今益以在都费用，不知何以堪之。"[3]他数年都在四库全书馆做艰苦的学术研究，京城米珠薪桂，朝廷却分文无给，生活窘迫，经济拮据，贫穷也是他早夭原因之一。

乾隆四十年（1775 年），戴震最后一次参加会试，不第。他奉命与乙未贡士一体殿试，赐同进士出身，授翰林院庶吉士。他生命的最后两年，在四库全书馆校读了大量书籍，皆是珍典秘籍，丰富了他的见闻与学识。可他并不是很欣喜，而是充满了抑郁之感。他在给段玉裁的信里说，盼望离开京城，早日

---

[1] 段玉裁：《戴东原先生年谱》，载《戴震集·附录》，上海古籍出版社，2009 年 6 月第 1 版，第 467 页。

[2] 段玉裁：《答程易田丈书》，载《戴震全集》（附录二），第七册，黄山书社，1997 年第 1 版，第 143 页。

[3] 戴震：《与段玉裁书》第七札，《戴震全书》六，第 539 页。

回到南方。戴震病逝前一年，信中称："三月初获足疾，至今不能行动。以纂修事未毕，仍在寓办理。拟明春告成，乞假南旋。"[1]在他生命的最后一年，乾隆四十二年（1777年）四月二十四日又寄信云："仆足疾已逾一载，不能出户，定于秋初乞假南旋，实不复出也。"[2]五月二十一日又寄信云："前月二十六至今，一病几殆。正卧床榻，见来使，强起作札，归山之志早定，八月准南旋。"[3]又过六日，是年五月二十七日，戴震病逝于北京崇文门西的范氏颖园寓所，终年54岁。

二、"以理杀人"的强有力社会批判

对戴震哲学的认识，应当紧密地与其时代背景相联系。他所处的18世纪清代雍正、乾隆王朝，早期启蒙思潮基本已经处于退潮阶段，整个思想界在清统治者文字狱钳制下都默无声息，但是，中国最后一个古代专制王朝恰如《红楼梦》中人语："如今外面的架子虽未甚倒，内囊却也尽上来了。"此时，清王朝在意识形态领域里的重要思想支柱就是程朱理学。胡适在《戴东原哲学》中说："戴震生于满清全盛之时，亲见雍正朝许多残酷的大狱，常见皇帝长篇大论地用'理'来责人，受责的人，虽有理，而无处可申诉，只好屈伏受死，死时还要说死的有理。"胡适先生特别举了《大义觉迷录》中记录的曾静、张熙一案，此案使得已死学者吕留良及其长子被开棺戮尸，其门生故交及刊刻、贩卖、私藏其著述的人们被株连，胡适先生认为，这是戴震激烈地反对理学的一个重要原因。

戴震批判程朱理学最重要的著述是《孟子字义疏证》，他在临去世前一个月给弟子段玉裁的信里说："仆生平著述最大者，为《孟子字义疏证》一书，此正人心之要。今人无论正邪，尽以意见误名之曰理，而祸斯民，故《疏证》

---

[1] 段玉裁：《戴东原先生年谱》，载《戴震集·附录》，上海古籍出版社，2009年6月第1版，第480页。

[2] 同上书，第481页。

[3] 同上。

不得不作。"[1]从这封信看来，他抨击程朱理学是有其深意的，并非心血来潮之举。他在《与某书》中将其理念说得更明白："圣人之道，使天下无不达之情，求遂其欲而天下治。后儒不知情之至于纤微无憾是谓理。而其所谓理者，同于酷吏之所谓法。酷吏以法杀人，后儒以理杀人，浸浸乎舍法而论理，死矣，更无可救矣！"[2]戴震此等警辟之言，再联想到颜李学派所称的"开二千年不能开之口"，黄宗羲称专制君主为"独夫"，专制主义为"家天下"，还有唐甄所言"自秦以来，凡为帝王者皆贼也"，其言亦可与这些痛快淋漓的议论相媲美！戴震一生颠沛流离，忍受过豪强官吏的欺压，也饱尝屡试落第的科场屈辱，更目睹了清朝官场的各种弊端黑暗，因此看透了程朱理学的虚伪及危害。他抨击程朱理学时说："于是辨乎理欲之分，谓'不出于理则出于欲，不出于欲则出于理'，虽视人之饥寒号呼，男女哀怨，以至垂死冀生，无非人欲，空指一绝情欲之感者为天理之本然，存之于心。"[3]理学家们将人们的生存要求都归于"人欲"，以为都是应该"灭"掉的，要求人们都去顺从所谓的"天理"，"而小之一人受其祸，大之天下国家受其祸，徒以不出于欲，遂莫之或寤也"。[4]戴震所称的"以理杀人"之祸害，在其家乡尤为惨烈。据清朝道光年间所修撰的《休宁县志》记载，这座当时只有六万五千余人的县城，其中所谓"节妇""烈妇"，在清代以前就有498人，到了清代猛增到2191人，妇女们"不幸夫亡，动以身殉，经者、刃者、鸩者、绝粒者，数数见焉"，休宁县理学气氛浓厚，"彼再嫁者，必加戮辱"。而在《戴震集》中有《戴节妇家传》和《查氏七烈女墓志铭》，戴震撰写此传与墓志铭时，尽述这些妇女们在兵荒马乱里不堪凌辱而寻死的经过，充满了哀恸之感，完全不同于那些道学家大谈"从一而终"的谰言，具有深厚的人道主义精神。

戴震对程朱理学的强力批判是蕴于哲学理论中的，具有理性思维与逻辑性力量。

---

[1] 段玉裁：《戴东原先生年谱》，载《戴震集·附录》，上海古籍出版社，2009 年 6 月第 1 版，第 454 页。

[2] 戴震：《与某书》，《戴震集》卷九，第 188 页。

[3] 戴震：《孟子字义疏证》卷下，权，《戴震集》下编，第 323 页。

[4] 同上。

首先，戴震与启蒙思想家王夫之一样，推崇张载的"以太虚为气"的气化论说。他说："独张子之说，可以分别录之。如言'由气化，有道之名'，言'化，天道'，言'推行有渐为化，合一不测为神'，此数语者，圣人复起，无以易也。张子见于必然之为理，故不徒曰神而曰'神而有常'。诚如是言，不以理为别如一物，于六经、孔、孟近矣。"[1]他指出程朱理学的"理在气先"之论，无非是老庄的道学及佛教的"神在气先"的翻版。在理、气关系的论争中，戴震与张载、王夫之的思想观点相合，认为"气"是世道万千事物的本原，"理"并不是宇宙之主宰。他说："气化生人生物以后，各以类滋生久矣；然类之区别，千古如是也，循其故而已矣。"[2]他又说："凡有生，即不隔于天地之气化，阴阳五行之运而不已，天地之气化也，人物之生生本乎是。"[3]也就是说，宇宙万事万物之发生和发展皆源于"气"，"气"为宇宙之本原。他说："气化流行，生生不息，是故谓之道。"[4]而"理"是"气化"运行的"分理"，或"条理"，即具体事物发展之规律。他的观点是针对程朱理学的"理一分殊"的说法，发展了王夫之的"天下惟器"的理念。戴震尤其强调对具体事物要进行具体分析，他认为："理者，察之而几微必区以别之名也。是故谓之分理；在物之质，曰肌理，曰腠理，曰文理；亦曰文缕。理、缕，语之转也。得其分则有条而不紊，谓之条理。"[5]戴震之理，可说是具有现代科学思维的一种理性精神，他强调人们应当详细、周密地具体观察、具体分析、具体研究那些个别现象及特殊事物，由于他本人据有超越前人的自然科学知识，其这一哲学观点，是有历史进步意义的。

其次，戴震反对程朱理学"存天理、灭人欲"的理论，更倡导"是理者存乎欲者也"[6]的思想。他引用孟子的话说："孟子言'养心莫善于寡欲'，明

---

[1]戴震：《孟子字义疏证》卷上，理（十五条），《戴震集》下编，第284页。
[2]戴震：《孟子字义疏证》卷中，性（九条），《戴震集》下编，第291页。
[3]同上书，第294页。
[4]戴震：《孟子字义疏证》卷中，天道（四条），《戴震集》下编，第287页。
[5]戴震：《孟子字义疏证》卷上，理（十五条），《戴震集》下编，第265页。
[6]戴震：《孟子字义疏证》卷上，理（十五条），《戴震集》下编，第273页。

乎欲不可无也，寡之而已。"[1]他认为，人生下来便是有欲望的，而生命的欲望便是"仁"，"至于戕人之生而不顾者，不仁也"。[2]而那种"不出于理则出于欲，不出于欲则出于理"的僵化两分法，以"理"为正，以"欲"为邪，而且灭掉"人欲"恰恰就是"不仁"之理。他又认为，对于欲望当然应该有所节制，他又引孟子之言说："而孟子曰'性也'，继之曰'有命焉'。命者，限制之名，如命之东则不得而西，言性之欲之不可无节也。节而不过，则依乎天理，非以天理为正，人欲为邪也。"[3]他对"理"与"欲"做出了自己的解释，也是符合近代思维的解释："人生而后有欲，有情，有知，三者，血气心知之自然也。"[4]在他看来，这三者都是植根于"性"，"喜怒哀乐之情，声色臭味之欲，是非美恶之知，皆根于性而原于天"[5]，这是大自然之"天理"所赐，因此，他认为"人欲"为自然，"天理"为必然，二者是不可分割的。他很清晰地说明了"欲"——自然人性，"理"——必然的社会规范之间的关系。他说："欲者，血气之自然，其好是懿德也。"又道："由血气之自然，而审察之以知其必然，是之谓理义。"他对自然与必然又有一番分析，自然可转向必然，因必然是"自然之极则"，但是，倘若自然流失，也就无法转向必然。他批评程朱理学"见常人任其血气心知之自然之不可，而进以理之必然"[6]，尤其斥程子血气心知为"异端本心"，又称"吾儒本天"实际是舍本逐末。他充满辩证法思想的这一番分析，说明了程朱理学的"灭人欲"，实质上是灭"血气之自然"的人性，是无人性之"天理"，其实是"以意见为理而祸天下"，"此理欲之辨，适成忍而残杀之具，为祸又如是也"。[7]他极敏锐地察觉到统治者可利用"存天理、灭人欲"之说来遂顺自己的私欲，却灭绝平民百姓的生存欲望。"治人亦必以不出于欲为理，举凡民之饥寒愁怨、饮食男女、常情隐曲之感，咸视为

---

［１］戴震：《孟子字义疏证》卷上，理（十五条），《戴震集》下编，第273页。

［２］同上。

［３］同上书，第276页。

［４］戴震：《孟子字义疏证》卷下，才（三条），《戴震集》下编，第308页。

［５］戴震：《绪言》卷上，《戴震集》下编，第371页。

［６］戴震：《孟子字义疏证》卷上，理（十五条），《戴震集》下编，第285页。

［７］同上书，第328页。

人欲之甚轻者矣。轻其所轻，乃'吾重天理也，公义也'，言虽美，而用之治人，则祸其人。至于下以欺伪应乎上，则曰'人之不善'，胡弗思圣人体民之情，遂民之欲，不待告以天理公义，而人易免于罪戾者之有道也。"[1]他反复地论证这一点，且利用孟子的民本思想，批驳宋明理学企图以天理的名义灭绝人欲，其实是遂那些残暴治人者的一己私欲来压抑民众的正当生存欲望，这么做必定是祸害世道人心，也必定会使那些贪官污吏"以欺伪应乎上"，整个社会也必定成为一个虚伪的"以理杀人"的世界。应该说，戴震的这番话是言中了，尤其读到晚清的那些谴责小说，如《二十年目睹之怪现状》《官场现形记》等，我们又有什么理由来责备戴震的预言是偏激之辞呢？所谓"天理"，不过是统治者遂自己私欲的巧言，在残酷的古代专制社会里，"尊者以理责卑，长者以理责幼，贵者以理责贱，虽失，谓之顺；卑者、幼者、贱者以理争之，虽得，谓之逆。于是下之人不能以天下之同情、天下所同欲达之于上；上以理责其下，而在下之罪，人人不胜指数。人死于法，犹有怜之者；死于理，其谁怜之？"[2]"理"实质已经成为专制统治最有力的工具，是杀人不见血的软刀子，"卑者、幼者、贱者"是无理可讲的，即使有理，企图以理来给自己辩护，本身就是悖逆行为。而统治者"以理责其下"，即使毫无道理，也能够入人以罪，这是隐指当时人人惶恐的文字狱，而在"人人不胜指数"的冤狱里，程朱理学起到为虎作伥的作用。戴震用激愤的文字指出了这一点。

最后，戴震提出"体民之情，遂民之欲，而王道备"的政治理想，对孟子的民本学说进行了深入挖掘和改造，形成某种趋于近世思维的新人文主义观念。他认为人的血气心知为天性，"及其感而动，则欲出于性。一人之欲，天下人之同欲也，故曰'性之欲'"。[3]因此，人之欲望为其天性，人人都有情欲，应当使人们的情欲得到合情合理的满足。他说："天下之事，使欲之得遂，情之得达，斯已矣。惟人之知，小之能尽美丑之极致，大之能尽是非之极致。然后遂己之欲者，广之能遂人之欲；达己之情者，广之能达人之情。道德之盛，

---

[1]戴震：《孟子字义疏证》卷上，理（十五条），《戴震集》下编，第 328 页。

[2]同上书，第 275 页。

[3]同上。

使人之欲无不遂，人之情无不达，斯已矣。"[1]也就是说，不能仅仅遂一己之私欲，"广之能遂人之欲"才是道德准则中最大的"仁"。他特别指出，"朱子屡言'人欲所蔽'，皆以为无欲则无蔽"[2]，其实是抄袭老、庄与释氏之说，尤其老子云"常使民无知无欲"，他们都是利用民众的无知，以逞自己的私欲。他后来在《答彭进士允初书》更明白地说："老氏之'长生久视'，释氏之'不生不灭'，无非自私，无非哀其灭而已矣，故以无欲成其私。"[3]他在这里隐晦地揭露利用程朱理学的专制统治者们"快己之欲，忘人之欲"，以致"欲遂其生，至于戕人之生而不顾者，不仁也"。[4]从这些论述中，可窥出戴震新人文主义思想，以及早期民主主义的观念，他抓住了程朱理学的"存天理、灭人欲"的要害——要多数人"无欲"，剥夺民众的生存欲望，仅使少数统治者以逞私欲。他要求有"体民之情，遂民之欲"的仁政，且引用孟子之言道："孟子告齐、梁之君，曰'与民同乐'，曰'省刑罚，薄税敛'，曰'必使仰足以事父母，俯足以畜妻子'，曰'居者有积仓，行者有裹（囊）粮'，曰'内无怨女，外无旷夫'，仁政如是，王道如是而已。"[5]戴震的理气论、理欲观及"体民之情，遂民之欲"的仁政理想，其实也是代表了经过明清易代之变这一场社会劫难后又重新新兴而起的市民阶层，也是对晚明时期李贽所主张的"穿衣吃饭即是人伦物理"与"好色好货"的曲折表达。戴震在《与段玉裁书》中即说："好货好色，欲也。与百姓同之，即理也。"我们应该看到他的那些具有启蒙性质的社会政治伦理观点，特别是他激烈反对程朱理学的主张，是在当时文化专制的高压氛围里发表的。当时，从事汉学考据的学者大都钻入故纸堆中，尽量躲避社会政治议题，在残酷的文字狱威胁下噤若寒蝉，唯有戴震奋然而出，重新举起批判程朱理学的旗帜，而且深刻揭露程朱理学"以理杀人"的实质，在中国古代专制社会的思想史与哲学史上写出了颇有胆识的篇章。

在清代，戴震以汉学的训诂大师而闻名于世，他的哲学思想在当时是抬

---

[1]戴震：《孟子字义疏证》卷下，才（三条），《戴震集》下编，第309页。

[2]戴震：《孟子字义疏证》卷上，理（十五条），《戴震集》下编，第274页。

[3]戴震：《答彭进士允初书》，《戴震集》卷八，第171页。

[4]戴震：《孟子字义疏证》卷上，理（十五条），《戴震集》下编，第273页。

[5]同上书，第275页。

不起头的，尤其是反理学的言论常常遭人质疑。章太炎说："叔世有大儒二人。一日颜元，再日戴震。……戴君道性善，为孟轲之徒；持术虽异，悉推本于晚周大师，近校宋儒为得真。戴君生雍正乱世，亲见贼渠之遇士民，不循法律，而以洛、闽之言相稽，哀矜庶戮之不辜，方告无辜于上，其言绝痛。"[1]侯外庐先生也认为，戴震与颜元同是反理学，但两人的哲学思想有不同之处。"按东原之反理学，持义与习斋绝异，习斋持论从实践有用方面出发，而东原持论则从民情施受方面出发，时代不同，注意亦异。"他特别提到戴震所处的雍乾时代："东原已至清朝统治安定时代，他亦感受到了李光地代圣祖讲理学的荒唐滋味，尤感受了雍正皇帝的杀人理学，对付反理学者，故太炎又云：'晚世戴震宣究其义，明理欲不相外，所以悬群众理民物者，程氏之徒莫能逮也。'（《检论·通程》）在当时，设若东原不是披着经师的大衣，讲着战国亚圣的语言，就是不用'绪言'而用'字义疏证'发表他的义理，亦是不可能的。"[2]因此说，戴震的启蒙哲学思想是早期启蒙思潮的余波，而并非17世纪早期启蒙思潮的集大成。

三、从自然哲学到理性思维方式

戴震也是卓有成就的自然科学家。他在年轻时代曾经精研数学，且在天文、水利、地理、工程诸方面皆有带创见性的研究成果。他特别主张大力吸收西方先进科技知识。可惜他所处的时代，是中西文化交流被人为阻断的那些年代，使得他不能像徐光启、李之藻等人那样，直接从西方传教士那里汲取西学，但他仍然大量阅读了有关西方科技知识的书籍。他有自己的独特见解，认为中国的古代科技与西方科技各有长处，不可简单笼统地判定孰优孰劣，而应当择优而取，所以，他提出了"中西归一"的看法，即"存古法之意，开西法之源"[3]。

---

[1]章太炎：《文录初编》卷一。
[2]侯外庐：《近代中国思想学说史》（二），第七章，生活·读书·新知三联书店，2014年1月第1版，第594—595页。
[3]《周髀算经提要》，载《四库全书总目》卷106，子部，中华书局，1965年影印本，第891页。

　　戴震的这种"存意开源"之说，为戴震学派的后继者所继承，其重要传人如焦循就在数学、医学、地理、生物各个专业领域都有研究著述问世。另一后继者阮元，著有中外科技史《畴人传》，收录中外科学家二百八十人，即体现了戴震"中西归一"之文化主张。中国古代天文算法也曾重视实践、测试等试验方法，其主流并非完全沉溺于玄思中。戴震在《天文算法类提要》中写道："三代上之制作，类非后世所及。惟天文算法则愈阐愈精。……在古初已修改渐密矣。洛下闳以后，利玛窦以前，变化不一。泰西晚出，颇异前规。门户构争，亦如讲学。然分曹测验，具有实征。"他认为中西科技知识应该互补，不应该互相排斥，"中西两法权衡归一，垂范亿年，海宇承流，递相推衍，一时如梅文鼎等，测量、撰述，亦具有成书"[1]，若想促进科技发展，就应当综合中西，汲取所长，"存古法以溯其源，秉新制以究其变"。这是他"存意开源"的中西文化归一论的基本看法。

　　戴震对自然科学的热爱，以及他孜孜不倦的辛勤探索与研究，对他自然哲学观念的形成起到了重要影响。他的自然哲学观主要体现在《法象论》中，后来又进一步在《原善》和《孟子字义疏证》等哲学著述里得到完善。但是，他的另一文《读易系辞论性》则是将自然元气及特殊形态的血气心知与人性探讨相结合，它在戴震哲学中又有着特殊地位。王国维先生说："戴氏之学详于《原善》及《孟子字义疏证》，然其说之系统具有《读易系辞论性》一篇。"他以为《读易系辞论性》体现出戴震哲学的某种精髓，"由此而读二书，则思过半矣"。[2]也就是说，《读易系辞论性》可说是打开《原善》及《孟子字义疏证》的一把钥匙。在《法象论》里，戴震一如既往地主张张载的"气化论"，强调自然之气，立足于自然变化和人间世事。"法象"意味着以"象"为法，而"象"便是指事物之形体，亦是古代具体思维之"象"。《法象论》的"有序"开头就说："易曰：'法象莫大乎天地。'又曰：'成象之谓乾，效法之谓坤。'又曰：'仰则观象于天，俯则观法于地。'"[3]他所引用的话皆出于《周易·系辞》，

　　[1]戴震：《天文算法类提要》，载《四库全书总目》，第891页。

　　[2]《王国维遗书》第五册，《汉学派戴阮二家之哲学说》。

　　[3]戴震：《法象论》，《戴震集》卷八，第154页。

凝聚了古代智者们的远见卓识，具有久远的实用经验价值，其中亦包含古代辩证法结晶。这也是戴震在《孟子字义疏证》里多次提到的"道"，其"道"亦可解释为西方哲学中的"存在"。

戴震对"存在"的认识与费尔巴哈一般抽象人类性的概念近似，认为人也是物质的一部分，不过是最高级的物质罢了。他说："气化生人生物以后，各以类滋生久矣，然类之区别，千古如是也，循其故而已矣。"侯外庐先生分析这段话，认为戴震的自然哲学含有两个重要命题：其一，道是可感觉的物质存在。其二，物质是生生不息的运动体，如其所言"天地之气化，流行不已，生生不息"[1]，这种生生不息的物质运动，其间又是合法则的运动，"这是东原研究天文算术所应得出的结论，他又说：'凡天之文，地之义，人之纪，分则得其专，合则得其分，分也者道之条理也，合也者道之统会也。……生生者化之原，生生而条理者化之流。'（《法象论》）"[2]侯先生认为戴震的自然哲学与王夫之的自然哲学有近似处，但没有王夫之的哲学理论丰富，过于局限于经验主义，对自然的合法则运动之必然性没有进一步解释。

戴震的自然哲学观也是将人与自然统一贯穿起来的理论，他说："观象于天，观法于地，三极之道，参之者人也。"[3]他认为只有观天察地才能获得道，而人是认识的主体。他还认为，正是阴阳变化与自然之气，才产生了宇宙和人，因此，自然和人就是统一的宇宙和谐。他说："天垂日月，地窍于山川，人之伦类肇自男女夫妇，是故阴阳发见，天成其象，日月以精分；地成其形，山川以势会。日月者，成象之男女也；山川者，成形之男女也；阴阳者，气化之男女也；言阴阳于一人之身，血气之男女也。……立于一曰道，成而两曰阴阳，名其合曰男女，著其分曰天地，效其能曰鬼神。"[4]由此可见，戴震的自然哲学与其人文主义的人性论是紧密相连的，且具有中国古代的传统人伦道德色彩。当代学者李开先生认为戴震自然哲学有两个特点，一是将自然界的阴阳变

---

[1] 戴震：《孟子字义疏证》卷下，道（四条），《戴震集》下编，第313页。

[2] 侯外庐著：《近代中国思想学说史》（二），第七章，生活·读书·新知三联书店，2014年1月第1版，第614—615页。

[3] 戴震：《法象论》，《戴震集》卷八，第154页。

[4] 同上。

化转变成生命态；二是指出阴阳变化、万物萌生是有总体规律可循的。人类为万物之灵，也有生生之条理，而人伦礼义则是此条理之"至著"者。[1]戴震在《读易系辞论性》中也特别提出，"生生，仁也，未有生生而不条理者。条理之秩然，礼至著也；条理之截然，义至著也。以是见天地之常。"[2]在这里，戴震之自然哲学完成了由阴阳变化至人伦礼义的逻辑性转化。

如前所述，徐光启和一批由儒入耶的士大夫如李之藻、杨廷筠等已经逐渐地具有理性主义精神，他们开始注意批判东方神秘主义的虚幻玄思，也注意变革传统的狭隘经验论的思维方法，并尝试运用西方自然科学的公理演绎方法，努力将其贯穿于新兴质测之学的研究中。虽然，他们的理性思维仅仅是初步的"自然理性"，但是，这其实是晚明早期启蒙思潮的"自由精神"圈的一股新思潮，而且可说是清初早期启蒙思潮第二轮的"理性批判精神"圈的那一批思想家的精神先导。徐光启认为应该在中国的士大夫中推广几何学方法，也就是公理演绎法。他特别主张，不应该把几何学方法看作纯属自然科学的方法，它作为一种公理演绎法实际上更有益于义理之学的研究，必须用它来改变士大夫们的传统思维方法，用科学的理性精神来代替蒙昧主义。因此，徐光启在翻译欧几里得的《几何原本》时强调，此书的公理演绎法不单是搞科技的人要学，搞人文学科学问的人也要学，如此便可去掉士大夫们的浮华之气、虚骄之气，以培养学者们尊重社会及自然之公理的理性精神，训练知识分子们的科学态度与逻辑思维能力。

戴震正是徐光启所提出的这一主张的拥护者，他很推崇徐光启和利玛窦合译的《几何原本》，且服膺公理演绎法。他说："盖亦集诸家之成。故自始至终，毫无疵颣。加以光启反复推阐，其文句尤为明显，以是弁冕西术，不为过矣。"[3]他还特别饶有深意地提到徐光启的《刻〈几何文本〉序》，这篇序言体现出徐光启的西学研究重要思想。利玛窦称赞此序言是"对西方学术写出的一篇真正出色的赞颂"。戴震较早即认识到了这位晚明时期的"中国笛卡尔"在

---

[1] 李开：《戴震评传》，第八章，南京大学出版社，1992年8月第1版，第345页。

[2] 戴震：《读易系辞论性》，《戴震集》卷八，第162页。

[3] 戴震：《几何原本提要》，载《四库全书总目》，中华书局，1965年版，第907页。

中国学术界的重要地位，且以"弁冕西术，不为过矣"的赞誉之语评价徐光启。这是因为他们的思想是相通的，他们虽然都很重视西方传入的科技知识与科学方法，但并不是将其看成"巧思奇技"，而是将其作为思想武器探索对旧传统义理的改造，希望能借助这种思想武器突破蒙昧主义氛围寻找真理、重新认识真理。戴震自己是数学家，因此他认识到了徐光启所倡导的公理演绎法对研究义理之学的重要性。而且，戴震在考据学中所运用的方法，也是科学归纳法，即依靠充分和可靠的证据得出结论。而他搞考据，最终还是为"闻道"，为阐明义理。他企图以查证、考据所得来的"不可疑之理"为出发点进行演绎、推论，进一步发挥出具有启蒙意义的新学说理论的作用。

《四库全书总目》中的《几何原本提要》就是戴震撰写的，他介绍道："其书每卷有界说，有公论，有设题。界说者，先取所用名目解说之；公论者，举其不可疑之理；设题则据所欲言之理次第设之。先其易者，次其难者，由浅而深，由简而繁，推之至于无以复加而后已。是为一卷。每题有法，有解，有论，有系。法言题用，解述题意，论则发明其所以然之理，系则又有旁通者焉。"[1] 他简明扼要又条理分明地介绍了《几何原本》的写作形式和内容，且赞赏其逻辑推导的严谨方法，先易后难，由浅入深，自简而繁，这种逻辑思维方法，他以后又引用到对中国古代哲学的研究之中去，这也使得他的哲学论述比前人大大前进一步，他较为自觉地运用形式逻辑的公理演绎法来阐述义理，即由浅入深、由简入繁的逻辑推导形式，使其文论更有层次感，更为严谨，也更成系统。如《孟子字义疏证》中，先解说"理"之字义，又给"理"下定义，然后论说人人皆有情欲，确定是一条"不可疑"之公理，由此再推论程朱理学之"理"其实是"一己之见"，是违背自然与社会公理的。因为在义理之学中充分运用这种推理方法，戴震的哲学思想也显示出无可辩驳的逻辑力量。与其同时代的很多启蒙思想家也有许多新鲜思想，但他们的文章的写作方式，较多是即兴的灵明闪烁式，是格言式的，虽然语句精辟，却常常前后矛盾，文势繁杂，难成系统，需要当今学者们运用逻辑推导方式将这些言论汇

---

[1] 戴震:《几何原本提要》，载《四库全书总目》，中华书局，1965 年版，第 907 页。

集与排比，才能形成较为系统的理论学说。而戴震的文章及著述则少有这些瑕疵。

戴震在《孟子字义疏证》中对"理"做了定义，他进行字义疏证后便提出了"理"即是对事物具体认识的"分理"之说，也就是"在物之质"的本来意义，"曰肌理，曰腠理，曰文理"，由于其中的"分理之则"特点，"理"也是"文缕"（理即缕，此语之转），其本质是"得其分则有条而不紊，谓之条理"。而他的本意是要求学者们对具体事物进行分门别类的细致研究，这个思想观点有些类似于当代哲学中的解构主义学说。这个思想其实是与程朱理学之"天理"相悖反的，因为"天理"是形而上之"理"，且是脱离了具体事物而又凌驾于具体事物之上的，是具有派生万物之功能的。朱熹就认为，"格物"即研究具体事物是"等而下之"的无用功，"岂遽以为存心于一草木一器用之间而忽然悬悟也哉？且如今为此学而不穷天理、明人伦、讲圣言、通世故，乃兀然存心于一草木一器用之间，此是何学问！"[1]理学家们也将研究具体事物轻蔑地称为"器识"，认为从中是难以得到义理学问的。如朱熹所言："如此而望有所得，是炊沙而欲其成饭也！"[2]戴震对朱熹此说是很反感的，他深刻地认识到这个理论使得很多士人陷溺于玄虚的思想迷雾中，不去务实地做事情，也不能够认真踏实地去做学问，其实质是"以理当其无形无迹之实有，而视有形有迹为粗"[3]。如此恶劣的学风蔓延，必将贻害整个中国社会一代又一代的知识分子。他还特别用问答形式简明地指出，程朱理学的思想理论"盖其学借阶于老、庄、释氏，是故失之"，而且很严厉地指责他们"舍圣人立言之本指，而以己说为圣人所言，是诬圣；借其语以饰吾之说，以求取信，是欺学者也。诬圣欺学者，程、朱之贤不为也"。[4]戴震为了阐明其"分理"之说，还引用孟子之言证明"分理"即"条理"。他说："孟子称'孔子之谓集大成'曰：'始条理者，智之事也；终条理者，圣之事也。'圣智至孔子而极其盛，不过举条理

---

[1]朱熹：《答陈齐仲》，载《朱文公文集》，商务印书馆，第648页。
[2]同上。
[3]戴震：《孟子字义疏证》卷中，天道（四条），《戴震集》下编，第290页。
[4]同上。

而言之而已矣。"[1]他又引用郑康成注释的《易经》《中庸》《乐记》，以及许叔重的《说文解字》，由此考证出"古人所谓理，未有如后儒之所谓理者矣"。所谓"后儒"，其实就是指宋明理学的那些理学家。

戴震认为，所谓"理"其实也就是由自然而至必然的物之法则，"是故就事物言，非事物之外别有理义也。'有物必有则'，以其则正其物，如是而已矣"。[2]因此，理就在事物之中，也是事物的法则，它是作为人们对事物的认识而存在的。人们的认识能力，就是要对事物进行至微的剖析分析，如此才能得到真理。他说"事物之理，必就事物剖析至微而后理得"，这是因为"理散在事物"之中。[3]他对弟子段玉裁说："古人曰'理解'者，即寻其腠理而析之也。"[4]他还在《原善》中解释"理义"时说："故理义非他，心之所同然也。何以同然？心之明之所止，于事情区以别焉，无几微爽失，则理义以名。"[5]从戴震的这些言论来看，他的理性思维方式已经与宋明理学截然不同，有学者认为，他理性思维方式有两个突破。首先，他突破了以"天理"为名义而将宇宙作为一个整体把握的思辨哲学的局限性；其次，突破了那种皆为体认"天理"的反道德主义的抽象类精神的局限，而将目光注视到对具体事物的个别性与特殊性的分析和研究上。这就是使得人们认识到，天下之理并不是定于一尊，而是"万"，是"多"。

戴震的"分理"学说，与后现代主义哲学的解构主义有某种近似之处，都注重从语言学角度来阐发哲学观念。戴震所用的是考据学的方法，疏证字义而后进一步阐述义理，特别强调"在物之质"的本来意义。而解构主义哲学家雅克·德里达也注重对结构主义语言学的批判，认为符号本身即能够反映真实，认为对于单独个体的研究比对于整体结构的研究更重要。雅克·德里达也赞同海德格尔的观点，认为西方的哲学历史即是形而上学的历史，它的原型就是将"存在"定为"在场"，雅克·德里达借助于海德格尔的概念，将此称作

[1] 戴震：《孟子字义疏证》卷上，理（十五条），《戴震集》下编，第265页。
[2] 同上书，第272页。
[3] 戴震：《孟子字义疏证》卷下，权（五条），《戴震集》下编，第324页。
[4] 段玉裁：《戴东原先生年谱》，《戴震集·附录》，第480页。
[5] 戴震：《原善》中，《戴震集》下编，第341页。

"在场的形而上学"。而戴震的"分理"之说，反对宋明理学把"天理"覆盖于天下一切万物的形而上学观念，所以他强调对于具体事物应该"寻其腠理而析之也"。这才是他心目中真正的"理义"，要寻找到理义就必须将分散的事物剖析至微，就必须"于事情区以别焉，无几微爽失"，也就是对个别的事物进行个别的分析、研究。可以说，戴震的"分理"学说与雅克·德里达解构主义的共同处是很多的。尤其从主导方面来看，雅克·德里达的解构主义反对逻各斯中心主义的思想传统，意即万物背后都有一个根本原则，一个中心语词，一个支配性的力量，这种终极的真理构成了一系列的逻各斯（logos），而西方的逻各斯中心主义其实也就是中国古代社会的宋明理学的"天理"，戴震的"分理"学说与雅克·德里达的解构主义实质都是对这种"在场的形而上学"进行挑战与批判。但是，戴震的"分理"学说是一种理性思维的方式，它与雅克·德里达的解构主义的根本不同在于，后现代哲学的解构主义其实本身就是一种自相矛盾的理论。用雅克·德里达自己的话说，解构主义并非一种在场，而是一种迹踪。换言之，解构主义一旦被定义，或被确定为是什么，它本身随之就会被解构掉。因此，它本身的虚幻性也使得其自身难以成为理性思维的方式，实质上不过是一种典型的权宜之计，或是一种以己之矛攻己之盾的对抗策略而已。而戴震的"分理"学说中的理，则是一般抽象意义上的理，也就是法则、规律，其本身是存在于自在物本身的。恰如容肇祖所说："戴震说的理，以为'理'不是程朱所说的'如有物焉，得于天而具于心'。他以为'理'是抽象的，是事物的法则，是必然的，——即科学上的定律。"[1]

戴震考据学术的一个重要特点是，"以字（词）通词（辞）"的语义学系统建构，其文字学、训诂学、古音学都为语义学服务，此过程的具体完成较多是由其弟子段玉裁、王念孙最后实现的，但真正提出这个问题的创见者，且做出重大理论建树的开风气者则应该是戴震。当代学者李开先生也认为，"以字（词）通词（辞）"到"以词（辞）通道"是戴震的理性思维方式的又一个重要尝试。"这个道首先是指十三经的经义，但它是不断发展的，自然之谓道，

---

[1] 容肇祖：《戴震说的理及求理的方法》，载《国学季刊》第二卷第一号，1925 年 12 月版。

人情之谓理，人心之谓志，道几乎是客观存在的规律总称，特别是后期，以词通道，是以语言通规律，通心志，已不再限于以语言通经义，著《孟子字义疏证》是最好的证明。"[1]他还认为，戴震的"闻道"在前期与后期有不同内容，"前期强调述古圣贤之道，后期强调古圣贤之道与民情民欲的结合，'学成而民赖以生'，强调'道'本身的含义，实际上是更自觉地贯彻顾炎武'理学即经学'的见解，从而使闻道和闻理义、闻理紧密结合起来"。[2]而戴震的"分理"说，其实也是以其超越前人的自然科学知识为基础的，他主张对自然事物进行分门别类的研究，以此来认识"分理"的客观存在，从而服务于人们的生产劳动实践，最后达到的目的，也即是他所通的"学成而民赖以生"之道。他认为："如飞潜动植，举凡品物之性，皆就其气类别之。"[3]世界上的万般动物或植物，无论是飞鸟走兽还是草木鲜花，都应该按照其品类的物性气质来加以研究，对这些事物分析研究，"必就事物剖析至微"，否则，就会谬误百出。他举例说："医家用药，在精辨其气类之殊，不别其性，则能杀人。"[4]这是因为自然界中，即使是相同门类的物质，都存在着极其细微的差别。他还举桃树与杏树为例，它们表面看来似乎相近，其实仔细区分，它们的"萌芽甲坼，根干枝叶，为华为实，香色臭味"都有所不同，这是因为"由性之不同，是以然也。其性存乎核中之白，即俗呼桃仁杏仁者，香色臭味无一或阙也"[5]。区分这些植物特性，且分门别类地进行细致的科学研究是非常重要的，也是进一步发展整个农业生产的前提。他特别提出："凡植禾稼卉木，畜鸟虫鱼，皆务知其性，知其性者，知其气类之殊，乃能使之硕大番滋也。"[6]中国是个农业大国，他更希望打破人们的蒙昧主义，进一步发展对自然事物进行分门别类研究的科学技术，使得人们对动植物"皆务知其性"，剖析至微地知其性者之所以然，这是一种强烈要求发展近代自然科学技术的呼唤，是"学成而民赖以生"之道的体

---

[1] 李开：《戴震评传》，第七章，南京大学出版社，1992年8月第1版，第339页。
[2] 李开：《戴震评传》，第四章，南京大学出版社，1992年8月第1版，第173页。
[3] 戴震：《绪言》上，《戴震集》下编，第362页。
[4] 同上。
[5] 戴震：《绪言》上，《戴震集》下编，第362页。
[6] 同上。

现，也是对具有启蒙作用的理性思维方式的积极倡导。

四、理性哲学中的知性精神

德国著名哲学家康德恰与戴震是同时代人物，而且两人的理性哲学观念亦有某种互通之处。康德的理论，主张语言为不可少的中介，经由感性和知性到达"彼岸世界"的人类"善良意志"，这个学说与戴震的"以词通道"之理念很相似。康德哲学的语言学传人洪特堡也将语言看作认识客观世界的媒介，尤其强调"语言就是心灵的全部"，是人类整个机体的一部分，与其内部精神紧密联系着，也可说是大众普世精神的外部表现。

戴震的不少哲学思想与康德的理性思维哲学观都有某种相近处，因戴震是数学家、自然科学家，同时又是思想家、哲学家，他的很多观念与学说倾向于理性思维，后世学者称他的哲学为"新理学"，其实是一种趋于近世思维的理性主义，或者也可称为具有中国色彩的"理性哲学"。我们读康德的《纯粹理性批判》，再对照阅读戴震某些哲学色彩浓厚的著述，可发现戴震关于感性与知性的观念，关于"分理"和"剖析至微"的分析说，其实与康德的"先验逻辑"与"先验分析论"的某些思想是有着相近相合处的。康德的先验论理性哲学系统是一个庞大的体系，其核心是要确立人的理性本体，高扬理性权威，最终确立以道德为着眼点的人的本体论。而戴震的理性思维方式虽然有着抽象理性思维的倾向，但由于他的哲学理论的基础深深根植于儒家先贤的传统典籍，也就必然以伦理主义为思想主导，其理性思维常常显得简单与粗疏，也必定是新旧杂陈、复杂多维的。可以说，他的哲学思想仅仅是倾向性强烈的理性思维和知性精神，而不能说已经形成了缜密的系统性的理性思维哲学。

清代乾嘉时期考据之风兴起，确实有着文人学者们逃避现实的社会原因，整个思想界的空气是寂寞压抑的。但另一方面，考据之学对当时文人士大夫们的思想修养也有着某种益处，考据之风成为中国传统学术思想变化的某种契机，士大夫们从伦理至上主义转变到重视具体知识学科。在当时的学术界，自然科学、文献学、历史学，以及文学和哲学等各个学科的独立性比清初更为明显，这使得经学与道统凌驾和统驭学术界的霸权开始被削弱，也使得文人学者们的怀疑与批判精神得到培养，更使得他们的知性精神得到发扬。譬如，袁枚便强烈要求史学与文学等各门学科与艺术，都应该从陈旧的道统桎梏中解放出来，不再承担伦理教化的任务，而且应当更重视各个学科内容的独特性。章学诚也是一个很有知性精神且具有独特个性的学者，他主张史学研究应该"别裁精识"，尤其不应该被时尚、古人、今人牵着鼻子走，史学研究者应当有自己的历史哲学的特识，而且应该将六经在内的古代文献典籍都当成史学研究的资料，看成是研究历史哲学规律的素材。他反对"守六籍以言道"的守旧道统思想，甚至认为"百家之言，亦大道之散也"，其历史哲学思想中包含了很多具有历史辩证法色彩的合理因素。而更为突出的是启蒙思想家戴震的哲学思想，他的理性思维方式就是与其知性精神紧密相连的。

康德在《纯粹理性批判》中很详尽地论述了关于纯粹知性的诸概念，也阐述了包括纯粹知性在内的诸多原理。他精辟地说："纯粹知性不仅把自己和一切经验性的东西分开，而且甚至和一切感性完全分开。所以它是一种自为自持的、自我满足的，并且不能通过任何外加的附件而增多统一体。因此它的知识的总和将构成能够在一个理念之下得到把握和规定的系统，该系统的完备性和环环相扣同时也能够当作所有那些与之配合的知识成分的正确性和真切性的试金石。"[1]知性也可称为一种理性思维，它离不开概念，也离不开逻辑思维，"所以，每个知性的、至少是每个人类知性的知识都是一种借助于概念的知识，它不是直觉性的，而是推论性的"。[2]他还说："但我们能够把知性的一切行动归结于判断，以至于知性一般来说可以被表现为一种判断的能力。因为按照如上所说，知性是一种思维的能力。思维就是凭借概念的认识，而概念作为可能判断的谓词，是与一个尚未规定的对象的某个表象相关的。"康德举例"金属"，这是一个包含了许多表象的概念，它借助于那些表象及对象发生的关系，得出判断的谓词——"凡金属都是物体"。"所以，如果我们能够把判断中的统

---

[1]（德）康德:《纯粹理性批判》，邓晓芒译，杨祖陶校，人民出版社，2017年3月第2版，第48页。

[2]同上书，第49页。

一性机能完备地描述出来，知性的机能就可以全部能被找到。"[1]

戴震的思维哲学部分是其"神明照物论"。他说："神明者，犹然心也，非心自心而所得者藏于中之谓也。"[2]他还说："人之异于禽兽者，虽同有精爽，而人能进于神明。"[3]他所说的"神明"，其实即我们如今所说的"精神"，之所以用这个词，是针对朱熹所云"心者，人之神明，所以具众理而应万事者也"[4]。程朱理学认为"理具于心"，它是能够应万事的天理的具体存在；而陆王心学则干脆就认为"心即理"，人之神明与天理等同。戴震的理念则与他们所说的不同，他认为"人之神明"是由于后天的学习而得来的，因此他说，"有血气，则有心知；有心知，则学以进神明，一本然也"。[5]戴震和那些古代先贤一样，他将人的感觉、认知、体认都看成是心的活动及功能。因此，心已经不仅仅是人体内的心脏，还是思维的器官，或者就是人的思维活动的代词。虽然，明代的著名医学家李时珍早就提出，人脑才是人的思维器官，"脑为元神之府"[6]，但是，李时珍的看法很少被儒家士大夫们所理会，绝大多数人仍然坚持"心之官则思"[7]的说法。戴震所说的"神明"，不是造物神或人格神，而是指人们的心灵认知，人的思维能力。他认为，人们的"耳目百体"，最后"会归于心"。在这里，心其实也是指思维活动，"心之精爽，有思辄通"，他引用孟子之言，"耳目之官不思，心之官则思"，同时又予以解释，"是思者，心之能也。精爽有蔽隔而不能通之时，及其无蔽隔，无弗通，乃以神明称之"。[8]

在戴震的认识论中，血气与心知，为紧密相连的两个不同层次。血气为感官与感觉的阶段，心知则为知性认知的阶段。

其一，主体感官的认知功能和作用的血气阶段。他认为人的耳、目、鼻、

---

[1]（德）康德：《纯粹理性批判》，邓晓芒译，杨祖陶校，人民出版社，2017年3月第2版，第50页。

[2]戴震：《孟子字义疏证》卷上，理（十五条），《戴震集》下编，第273页。

[3]同上书，第270页。

[4]朱熹：《孟子·尽心上》集注。

[5]戴震：《孟子字义疏证》卷上，理（十五条），《戴震集》下编，第286页。

[6]李时珍：《本草纲目校注》卷34，《木部·辛夷》。

[7]朱熹：《告子上》，《孟子集注》卷十一。

[8]戴震：《孟子字义疏证》卷上，理（十五条），《戴震集》下编，第270页。

口、身等皆为人的材质，它们起到感官与感觉之作用，"耳之能听也，目之能视也，鼻之能臭也，口之知味也，物至而迎而受之者也"，它们都有不同的感官与感觉作用，其各自的认知功能是有很大差别的。其各自功能和范围又各有局限，可又不能彼此互相替代，而且，这些器官材质最后与人的心相关联，心却并不能代替耳目百体之能。他说："心能使耳目鼻口，不能代耳目鼻口之能，彼其能者各自具也，故不能相为。"[1]

其二，心在耳目百体中有居于主导的能力和地位。他说："耳目鼻口之官，接于物而心通其则。"[2]这就是从血气阶段进入心知阶段了。他又说："心之精爽，驯而至于神明也，所以主乎耳目百体者也。"[3]也就是说，作为理性思维器官的心，才是耳目百体器官的最终主使者。他甚至将物理与人伦对接："耳目鼻口之官，臣道也；心之官，君道也；臣效其能而君正其可否。"[4]这是因为耳之闻声，目之视颜色，鼻之嗅香臭，口之辨味道，最后即是由"心之官"的君道来决定的。这也是感觉走进认识过程的第一步，也就是从感觉阶段进入到知性阶段了。

其三，戴震再三强调，心不能与耳目百体相离，它们虽有区别，但心知不能离开耳目百体的感官活动，也就是只有耳目百体的感知才能带来人对事物最终认识的心知。他着重提出这一点，是由于宋明道学中无论是程朱理学的"理具于心"或是陆王心学的"心即理"，都是形而上学的理念，都将主体对客体的观念把握看成是人的耳目百体之感官与世界上的声、色、臭、味相脱离的观念，甚至将这些客体仅仅看成是"天理"的外化及异在。所以，戴震强调人的思维观念，也就是心离不开耳目百体的感知。他说："明理义之悦心，犹味之悦口、声之悦耳、色之悦目之为性。味也、声也、色也在物，而接于我之血气；理义在事，而接于我之心知。"[5]戴震认为，血气心知，虽然是两个层次，却又不能分割，而是互相依存的，它们各有功能，也就是说，"血气心知，有

---

[1]戴震：《孟子字义疏证》卷上，理（十五条），《戴震集》下编，第271页。

[2]戴震：《原善》中，《戴震集》下编，第339页。

[3]同上书，第342页。

[4]戴震：《孟子字义疏证》卷上，理（十五条），《戴震集》下编，第272页。

[5]同上书，第269页。

自具之能"[1]。

其四，戴震的思维哲学中，还强调"魂"与"魄"的作用。当代学者张文立先生特别提到这一点，他认为戴震又将心看成是超越的意识，且把善识与善记当作超越意识的两个重要部分，"魄侧重于记忆，魂侧重于认识。耳、目、鼻、口等感官依借外物而获得知识、认知、储藏在魄中，魄是一个记忆库，因此称魄善于记忆"[2]。戴震说："大致善识善记，各如其质，昔人云：'魂强善识，魄强善记。'凡资于外以养者，皆由于耳目鼻口，而魄强则能记忆，此属之魄者存之已尔。"[3]在这里，实质上戴震仍然是在叙述其"血气心知"之论。他说："如血气资饮食以养，其化也，即为我之血气，非复所饮食之物矣；心知之资于问学，其自得之也即为我之心知。"[4]也就是说，血气与"魄"更有紧密联系，而心知则与"魂"联系更紧密些，但它们都是"心"的思维活动重要部分。戴震还在《原善》中说："传曰：'心之精爽，是谓魂魄。'凡有生则有精爽，从乎气之融而灵，是以别之曰'魄'；从乎气之通而神，是以别之曰'魂'。"[5]也就是心之精爽的阶段，便是思维活动的较高层次，人们便有"魂"与"魄"之分，而且"魄"为气之融而灵，"魂"则为气之通而神，"魂官乎动，魄官乎静，精能之至也。官乎动者，其用也施，官乎静者，其用也受"。他还说："魄之谓灵，魂之谓神，灵之盛也明聪，神之盛也睿圣，明聪睿圣，其斯之谓神明欤！"[6]他将人的"魄"看成是由血气养成的聪明机灵，而将"魂"看成是明白"义理"的深层认知。在这里，人的"魂"是"神明照物"的最高层次。

戴震的思维哲学还是存在一些缺陷的，在认识论上仍然是形式逻辑较低级的论说，当然并不能够说完全错误，只是缺乏对整个认识过程的精密分析，粗疏地直接进入到了中心认识的问题。侯外庐先生遗憾地指出这一点，可他很

---

[1] 戴震：《孟子字义疏证》卷上，理（十五条），《戴震集》下编，第269页。

[2] 张文立：《戴震哲学研究》，第六章，人民出版社，2014年4月第1版，第177页。

[3] 戴震：《绪言》卷下，《戴震集》，第402页。

[4] 同上。

[5] 戴震：《原善》中，《戴震集》，第338页。

[6] 同上。

赞赏戴震哲学中对自然与必然的分析，认为是很精彩的论断。戴震曾经说过："夫人之异于物者，人能明于必然，百物之生各遂其自然也。"他关于自然与必然之关系的分析，确实很有见地，他认为"血气"为自然，"心知"为必然，所以又说，"自然之与必然，非二事也。就其自然，明之尽而无几微之失焉，是其必然也，如是而后无憾，如是而后安，是乃自然之极则，若任其自然而流于失，转丧其自然，而非自然也。故归于必然，适完其自然"[1]。就是说，人的自然认识进一步发展，真正到了"明之尽而无几微之失焉"的境界，才能够进入认识的必然阶段。可是，放任自然认识的流失，不仅不能达到必然，甚至自然认识也会流失。所以，戴震认为人之"神明"并非是先天固有的，而是"血气心知"，经过后天的学习才能达到必然的心知境界。他以为人与人虽然在材质上有差异，但是，人企图真正达到心知的阶段，更应该注重后天的学习，要学习前人积累下的宝贵知识，还要探索新的学问，只有这样才能开发心智，去除蒙昧，增益德性。戴震说："人与人较，其材质等差凡几？古贤圣知人之材质有等差，是以重问学，贵扩充。"[2]因此，戴震尤其重视人的后天学习，他将学习比作饮食，没有饮食人的身体就不能强壮，没有学习人的心智也就得不到开发。他说："学以牖吾心知，犹饮食以养吾血气，虽愚必明，虽柔必强，可知学不足以益吾之智勇，非自得之学也，犹饮食不足以增长吾血气，食而不化者也。"[3]他把学习看成是打开心灵的窗户，而且做比喻，未消化饮食就不能健身养血气，而学习各类知识囫囵吞枣也就不能吸收到知识营养，他尤其重视发挥个人自学的自觉性与能动性，也就是"自得之学"，认为如此才能真正有学习效果。他还重视汲取各类新知识的"贵扩充"，特别引用一位学者的话说："学者莫病于株守旧闻，而不复能造新意，莫病于好立异说，不深求之语言之间，以至其精微之所存。"[4]旧文人通病，或者是抱残守缺，固守陈言；或者是不做深入研究就妄立新说。这是因为耳目闭塞，孤陋寡闻，没有探求精微的诚

---

［1］戴震：《孟子字义疏证》卷上，理（十五条），《戴震集》下编，第 285 页。

［2］同上书，第 281 页。

［3］戴震：《与某书》，《戴震集》上编，第 187 页。

［4］戴震：《春秋究遗序》，《戴震集》上编，第 196 页。

实学术态度。

戴震所提倡的学习精神是符合儒家先哲们的思想理论的，《论语》开篇即是"学而"，很多外国政治家对中国人好学不倦的精神特别佩服，认为这是中华民族的优秀特质。如美国著名政治家亨利·基辛格在《论中国》的"儒家学说"中说："在一个儒家学说主导的社会里，好学是一个人显达的关键。因此孔子教诲道：好仁不好学，其蔽也愚；好知不好学，其蔽也荡；好信不好学，其蔽也贼；好直不好学，其蔽也绞；好勇不好学，其蔽也乱；好刚不好学，其蔽也狂。"[1]古代中国社会已经将"学而时习之"看成是一个人自我修养的重要途径。戴震的"神明照物"论中，也将学习的过程看作从"自然"达到"必然"的过程，看作由"愚"到"智"的过程。他说："就人言之，有血气，则有心知；有心知，虽自圣人而下，明昧各殊，皆可学以牖其昧而进于明。"[2]人由血气达到心知，又通过自身的努力学习各类知识，可以打开人的心智窗户，由蒙昧而达到明智。他不认为"上智下愚"是不变的，也不认为圣贤是天生的，认为德性可从后天的学习、培养而来，他说"德性始乎蒙昧，终乎圣智"，又说"德性资于学问，进而圣智"[3]，"失理者，限于质之昧，所谓愚也"[4]。但是，如此的愚者，也未必是天生之愚，除了生理残疾者外，大都是因为蔽隔，因为"失理"而失去理智，所以，"惟学可以增益其不足而进于智，益之不已，至乎其极，如日月有明，容光必照，则圣人矣"[5]。通过人之"神明"，亦即知性精神之光，便可以认识世界和察照万物；由于努力学习和扩充各类知识，便可以扩展自己的视野，亦可除去心中的蔽隔。这便是戴震的"神明照物论"的理念思路。

戴震的"神明照物论"是知性精神之光的照耀，也是对事物法则的理性认识。他认为，理义是由自然而至必然的物之法则，并非那些理学家所称的

---

[1]（美）亨利·基辛格：《论中国》，胡利平、林华、杨韵琴等译，中信出版社出版，2012年版。

[2]戴震：《孟子字义疏证》卷上，理（十五条），《戴震集》下编，第284页。

[3]同上书，第281页。

[4]同上书，第270页。

[5]同上。

"理得之天而具于心"，"就人心言，非别有理以予之而具于心也；心之神明，于事物咸足以知其不易之则，譬有光皆能照，而中理者，乃其光盛，其照不谬也"[1]。他认为以知性精神之光照物，即以事物之法则的理义来探索事物之属性，就能够从自然理性到理性哲学，认识到事物的规律性和必然性。他还认为，人之所以产生谬见，也就是不能得到知性精神之光的照耀，主要有两个原因："人之不尽其才患二，曰私，曰蔽"[2]。所谓"私"，是私人成见，在执政时只顾团伙派别利益，在推行政事时搞阴谋诡计，处世之中亦是显得悖理与欺诈，"其究为私己"[3]。所谓"蔽"，其内心被邪理所惑乱，在政见上充满偏颇，做事情则荒谬不堪，待人接物则固执己见，"其究为蔽之以己"[4]。他称"私"与"蔽"之结果，是自暴自弃。"自暴自弃，夫然后难与言善，是以卒之为不善，非才之罪也。"[5]也就是说，这些人其实是丧失了理智与知性精神的，难以与他们言善，这些人最后也不会有什么好结果。但他们也不是天生的恶人，而是由于"蔽"之过深，所以也就自暴自弃。他索性直斥那些宋明理学的道学家，认为他们是蔽见最深的人。他说："宋以来儒者，以己之见，硬坐为古圣贤立言之意，而语言文字实未之知；其于天下之事也，以己所谓理，强断行之，而事情原委隐曲实未能得，是以大道失而行事乖。孟子曰：'生于其心，害于其政；发于其政，害于其事。'自以为于心无愧，而天下受其咎，其唯之咎？不知者，且以躬行实践之儒归焉不疑。"[6]他的这段话，实在是对那些自以为是的道学先生的深刻揭露与斥责。因为是给友人的通信，所以说得特别痛快淋漓！

戴震所揭露的"私"与"蔽"是道学先生们的两个致命要害，尤其当时文学作品描写的所谓"正人君子"的典型，都固执地怀着一己之偏见，自以为做人最正派、思想最正确，行事却乖谬悖情，这便是他们由于丧失理智而形

---

[1] 戴震：《孟子字义疏证》卷上，理（十五条），《戴震集》下编，第271页。

[2] 戴震：《原善》下，《戴震集》第343页。

[3] 同上。

[4] 同上。

[5] 戴震：《孟子字义疏证》卷上，理（十五条），《戴震集》下编，第268页。

[6] 戴震：《与某书》，《戴震集》上编，第187—189页。

成的蒙昧通病。戴震又活灵活现地描绘了那些顽固的道学家："即其人廉洁自持，心无私慝，而至于处断一事，责诘一人，凭在己之意见，是其所是而非其所非，方自信严气正性，嫉恶如仇，而不知事情之难得，是非之易失于偏，往往人受其祸，己且终身不窹，或事后乃明，悔已无及。"[1] 这些道学先生在清朝中、晚期比比皆是，如曹雪芹《红楼梦》中刻画得最深刻的道学人物贾政，即是道貌岸然，固执己见，眼界狭窄，心胸闭塞，思想非常顽固僵化，行为乖戾且猥琐，仇恨一切与宋明理学规范相悖逆的人和事，尤其见不得一丝一毫超越了旧传统伦理规范的行为，他们其实是可笑可怜又可悲的，是整个中国古代专制文化走向衰落灭亡的标志。又如清朝的内阁大学士魏裔介，他对戏曲《西厢记》极不满意，认为张生与崔莺莺的自由恋爱不合乎程朱理学的道德伦理规范，他居然花费力气做考证，找到一份《崔郑合葬墓志铭》的史料，以此证明崔莺莺并未嫁给张生，而是奉父母之命嫁给了郑公子。他还请戏曲家李渔依据此史料，再写一部戏曲，以正视听，但被李渔婉言拒绝了。[2] 从此事来看，清代社会的浓厚道学气息几乎胜过所有朝代，而那些道学家行事处世更是荒唐可笑至极。戴震敏锐地察觉出，那些道学家以一己之私见，主观、片面地去看待社会上复杂的事物，而且因其"私"，所以必定"蔽"其心，以个人的极端看法来代替天下之理义，尤其他们被统治者视为道德典范，就会使得社会上多数人的思想都变得僵硬、狭窄、偏颇，以后不仅是"以理杀人"，主观武断流行，糊涂官断糊涂案，而且会以理祸人，整个社会风气都变得昏暗封闭，庸碌保守。

戴震认为既要去"人蔽"，也要去"己蔽"，欲做到这一点，须采用具有知性精神的学术方法。他在与友人论学的一封信中说："凡仆所以寻求于遗经，惧圣人之绪言暗汶于后世也。然寻求而获，有十分之见，有未至十分之见。所谓十分之见，必征之古而靡不条贯，合诸道而不留余议，巨细必究，本末兼察。若夫依于传闻以拟其是，择于众说以裁其优，出于空言以定其论，据于孤证以信其通；虽溯源可以知源，不目睹渊泉所导，寻根可以达杪，不手披枝肄

---

[1] 戴震：《孟子字义疏证》卷上，理（十五条），《戴震集》下编，第 268 页。
[2] 徐保卫：《李渔传》，百花文艺出版社，2002 年 10 月第 1 版，第 184 页。

所歧，皆未至十分之见也。"[1]他认为过去一些大儒也常有"未至十分之见"的毛病，学者若在追求学问上不注意寻根溯源，必定不能解惑，反而"徒增一惑"。他又说："既深思自得而近之矣，然后知孰为十分之见，孰为未至十分之见。如绳绳木，昔以为直者，其曲于是可见也；如水准地，昔以为平者，其坳于是可见也。夫然后传其信，不传其疑，疑则阙，庶几治经不害。"[2]梁启超先生尤其赞赏戴震的这些话，认为是一种科学精神。那些传闻之说，孤证之说，甚至空言之论，戴震都认为是"未至十分之见"，那只是一种假设之说，没有经过一番"巨细必究，本末兼察"的研究工夫，没有充足的证据，是难以达到"十分之见"的科学结论的。他认为，一个真正的学者，在未达到"十分之见"时，宁可阙疑，也不可妄作结论。

戴震在提出去除"己蔽"时，尤其尖锐地指出学者们倘若想真正具有知性精神，还要破除沽名钓誉之心。他说："其得于学，不以人蔽己，不以己自蔽；不为一时之名，亦不期后世之名。有名之见，其弊二：非掊击前人以自表襮，即依傍昔儒以附骥尾。二者不同，然鄙陋之心同，是以君子务在闻道也。"他还认为文人的毛病就在于"皆未志乎闻道，徒株守先儒而信之笃"，其关键就在于"私智穿凿者，或非尽掊击以自表襮；积非成是而无从知，先入为主而惑以终身；或非尽依傍以附骥尾，无鄙陋之心而失与之等。故学，难言也"。[3]戴震的这些批评，都是针对当时旧文人士大夫们的弊病，他们为了自己的学术名声或是身后名声，借攻击昔日的先贤哲人来扩大自己的知名度，或是仅仅为造就自己的名声便不分是非地鹦鹉学舌，希望靠依傍那些昔日的先贤哲人来飞黄腾达，这些人实质上都不具有真正学者的知性精神，自然也不可能在坎坷的学术道路上去探索真理。他认为，清代社会的专制文化氛围，造成"己蔽"的士人学者们也并非只有前述的那两种人，更多的"私智穿凿者"则是浑浑噩噩，虽无鄙陋之心却是猥琐之人，实质上也就是今天所说的靠一点儿表面学问混饭吃的人。这批人倒是在清朝专制文化气氛浓厚的时代中得其所哉，他们的

---

[1]戴震：《与姚孝廉姬传书》，《戴震集》上编，第184—185页。

[2]同上书，第185页。

[3]戴震：《答郑丈用牧书》，《戴震集》上编，第186页。

真本事是钻营投机，因此戴震悲观地感叹："学，难言也。"这些士人忘记了自己的最终使命，甚至对一切都麻木不仁，冷漠自私，当然也就不可能具备真正的知性精神。他们不会在求真的学术道路上下苦功，虽然读了很多书，也知道许多先贤哲人的至理名言，但他们并不具备学者必备的知性精神。

戴震的"神明照物论"，与康德的理性思维学说是不可比拟的。康德认为，纯粹知性也可称为一种理性思维，它离不开概念，离不开判断，也离不开逻辑思维的推导，它必须将自己与一切经验性的东西分开，甚至和一切感性完全分开。所以它应该是一种独立系统的理性思维统一体。而戴震对理性思维认识过程缺乏更详尽的分析，其认识论仅是关于"心"与耳目百体之关系，顶多再加上"魂"与"魄"，也就是记忆与认识的"精爽之心"，是形式逻辑较低级的认识论。不过，戴震的理性哲学更实际地针对当时中国社会中知识分子们普遍存在的具体状况，那些士大夫大都是思想懵懵懂懂，他们不是走在求知、求真的道路上，而是走在求官的道路上。戴震主张去除"人蔽"与"己蔽"，也就是因为中国士大夫们只将四书五经当知识学问，读书就为做官，在他们的思想意识里，只要是孔孟之学或是程朱理学就一定是正确的，因此，他们根本就没有独立思考能力，也没有判断力，更不会有理性认识概念，眼前只是一片古代专制文化造成的思想迷雾。所以，要使士人们有思考能力，要使他们真正具有知性精神，去除程朱理学的"人蔽"，去除自己蒙昧盲从的"己蔽"，实在是一件非常重要的事情！

戴震的理性哲学与颜元学派的学说在反对程朱理学的思想大方向上是一致的。但是，他们关于思维哲学的观点有较大差异。譬如，对"格物致知"的理解，颜元主张"物格而后知至"，也就是只有实践，只有动手去做，才可以获得真正的知识，他是重经验的实学主义者。而戴震则认为，人在事物面前，要多做审察，以探索与认识其实质，"'格'之云者，于物情有得而无失，思之贯通，不遗毫末，夫然后在己则不惑，施及天下国家则无憾，此之谓'致其知'"[1]。他与颜元重经验的实学主义不同，更多地展露出理性主义的倾向。由

---

[1] 戴震：《原善》卷下，《戴震集》下编，第347页。

于两个人的哲学体系的基础不同，他们的哲学方法论也就相异，在"格物"之说上各持己见。但是，戴震"审察尽物"之格物说，与颜李学派中的李塨的思辨方式有很多近似处。

五、新人文主义的人性论

如今学术界的多数学者已经认识到，中国古代传统文化里确实包含着浓厚的人文主义思想，这从孔、孟及老、庄等儒家或道家先贤的哲言中即可追寻，但是，这种传统的古代人文思想是否就可以提供近世思维的人性解放及自由、民主的政治基础呢？也有很多学者持不赞同的看法，例如，刘泽华先生在所著《中国传统政治思想反思》中便认为，"中国古代人文思想相当发展，同时君主专制也十分发展，而且专制君主正以人文思想很浓厚的儒家思想为统治思想"[1]。笔者个人更同意他的看法。

中国古代人文主义思想的主题是伦理道德至上主义，而不是政治上的平等、自由与人权。这与西方思想启蒙运动中的人文主义不同，这是因为中国古代社会与西方古代社会的文化道路是不同的。因此，中国早期启蒙思潮的任务，也同样与西方的思想启蒙运动有所差异，虽然它们总的方向相同，都是打破旧时代的文化专制，但具体启蒙任务是各异的。所以说，中国早期启蒙思潮的一个重要任务即是，在反对旧的专制文化桎梏时，还需要改造与更新被专制统治者异化、扭曲的传统人文思想，建设一种新型的趋向近代性的人文思想。在早期启蒙思潮中，一大批启蒙思想家自觉或不自觉地与程朱理学做斗争，他们与戴震一样，都在"发狂打破宋儒家中的太极图"，其实也是在执行"理性批判"的重要使命。可是，由于中国古代专制社会的传统意识形态特别强大，其影响甚至长久性地渗入社会的各个阶层中，这些启蒙思想家的声音就显得非常微弱，而且就这些启蒙思想家本身而言，他们大多数的思想发展过程也是新旧杂陈、方生未死的，启蒙思想的萌芽还难以彻底突破旧时代旧传统文化的冻

---

[1]刘泽华：《中国传统政治思想反思》，"中国传统的人文思想与王权政治"，生活·读书·新知三联书店，1987年10月第1版，第70页。

土，他们自己的思想观念也常常是充满了各种矛盾与冲突的。譬如戴震，他的哲学思想中的新人文主义也具有复杂性。

戴震关于人性的观念基本上是继承传统人文思想的思维方式的，其中有一个重要思想，即是将自然、社会与人视为紧密联系的和谐共同体，指出其中既有共通性，也有具体的个别性。因此，他更主张以化为本，即自然的人化与社会化，人与社会的自然化，由此来形成一个和谐共同体，而不是打破或分裂这个共同体。过去一些学者斥责此为"唯心论"，但是，这种思想与现代哲学的系统论有近似处，很多人又改变了看法，给这个思想以重新评价。

首先，戴震提出"仁者，生生之德也"[1]的观点。他在《原善》中提出"生生之谓仁"，此是其人性论的基点。他在此文说："饮食男女，生养之道也，天地之所以生生也。"小到父子兄弟夫妇之家庭，大到君臣百姓之国家，都有伦理秩序，伦理之道，包括交友之道"交相助而后济"。也就是说，只有和谐相处才能够得到发展。"天地之生生而条理也。是故去生养之道者，贼道者也。细民得其欲，君子得其仁。遂己之欲，亦思遂人之欲，而仁不可胜用矣。"[2]这是典型的中国传统的人文主义的思维方式，自然界的生生不息与人类的生存发展，都是有其规则即"条理"的。他认为，应该提倡人类互爱互助互济之道，而人类与自然之关系也与社会的儒家伦理道德关系相同，因此，仁、义、礼既是人类之常则，亦是物之常则。他在《读易系辞论性》中说："易曰：'一阴一阳之谓道，继之者善也，成之者性也。'一阴一阳，盖言天地之化不已也，道也。"这个道便是证明了"生生，仁也，未有生生而不条理者"，所以，仁、义、礼，"以是见天地之常。三者咸得，天下之至善也，人物之常也，故曰：'继之者善也。'"[3]他将世界万物的规律常则也归到仁、义、礼中了，且将大自然变化归结于"仁"，实质上是将人的伦理法则又代替了自然法则，这种中国古代哲学家们的传统思维当然也有其局限性，就是那些启蒙思想家们也都难以摆脱这样的思维定式。不过，戴震将其自然哲学与伦理主义紧密结合之后，尤

---

[1] 戴震：《孟子字义疏证》卷上，仁义礼智（二条），《戴震集》下编，第316页。

[2] 戴震：《原善》卷下，《戴震集》下编，第347页。

[3] 戴震：《读易系辞论性》，《戴震集》卷八，第162页。

其又提出"生生之仁"的重要一点在于"生生不息"，更在于人们之间的博爱。他说："仁者，生生之德也。'民之质矣，日用饮食'无非人道所以生生者。一人遂其生，推之而与天下共遂其生，仁也。"[1]这是戴震晚年哲学思想的一个亮点，即是他继承又发展了孟子的民本思想，且以此为思想武器与程朱理学论争，因此，他论及"理欲"关系时曾经鲜明地提出"体民之情，遂民之欲"的观点，这个观点又一以贯之地体现在他的人性论里。

其次，戴震在人性论中推崇"仁智之德"。他的性德论，是以崇"智"为内容的。这个观念与英国经验主义哲学家休谟的思想很相近，休谟在其著作《人性论》中说："人类之所以高出于畜类，主要是因为他们的理性优越；人与人之间所以有无限的差别，也是由于理性官能的程度千差万别。技术所带来的种种利益，都是由人类的理性所得来的；在命运不是极为反复无常的地方，这些利益的绝大部分都必然落在明智的和聪明的人手里。"[2]休谟的人性论更重视从生活经验提炼哲学思想，主张人类的知识是来源于印象而非理性，认为没有事实可由先验方法证明，而且对理性与理智予以严格定义。他的很多观点自然与戴震截然不同，戴震人性论中的伦理主义色彩更为浓厚。因此，休谟与戴震崇尚人类理性的思想彼此间有相同点，但他们的观点又有很大差异。戴震所主张的崇智论是颇具中国传统文化特色的，他以为，仁与智应该紧密联系在一起。"得乎生生者谓之仁，得乎条理者谓之智。至仁必易，大智必简，仁智而道义出于斯矣。"[3]仁，即是生生，他所说的仁其实又是自然人生的代词；智则是条理，也就是我们进入所称的理智。他认为人对自然人生有改变的追求，就应当把握"生生"的必然性，那就需要利用智来把握。戴震又说："欲不失之私，则仁；觉不失之蔽，则智；仁且智，非有所加于事能也，性之德也。言乎自然之谓顺，言乎必然之谓常，言乎本然之谓德。"[4]也就是说，仁与智是自然与必然之关系，而德即为二者之本然，因此总称为"仁智之德"。它也是非私

---

[1]戴震：《孟子字义疏证》卷上，仁义礼智（二条），《戴震集》下编，第316—317页。

[2]（英）休谟：《人性论》（下册），关文运译，关之骧校，商务印书馆出版，1980年4月第1版，第653页。

[3]戴震：《原善》卷上，《戴震集》下编，第331页。

[4]同上书，第332页。

之欲的仁、不蔽之知的智的和合体。戴震抨击程朱理学的"存天理、灭人欲"的原因，也就是程、朱二人将公私之欲望一律消灭，如此，非私之欲的"仁"从何谈起？不蔽之知的"智"又从何谈起？而二者之合的"德"也就更没有着落了。所以，程、朱二人实质是将人性之中的主要内容都抽掉了，只给人们以"天理"的空壳。

戴震所论"仁智之德"的自然与必然之关系，也与休谟的观点相近。休谟说："我们确是必须承认，物质各部分的凝聚力发生于自然的和必然的原则，不论我们在说明它们方面有何种困难；根据同样理论，我们也必须承认，人类社会是建立在与此相似的原则上面的；而且我们的理由在后一种情形下比在前一种情形下更加完善，因为我们不但观察到，人们永远寻求社会，并且能够说明这个倾向所依据的原则。"[1]他们都认为，自然之物与人类间的聚合力都有着自然与必然规律。休谟认为，正是这个规律，使得人类因凝聚力而形成社会。戴震则认为，天地与人类在某种程度上是"天人合一"的，生生之规律既属于人，亦属于自然。戴震又说："生养之道，存乎欲者也；感通之道，存乎情者也；二者，自然之符，天下之事举矣。尽美恶之极致，存乎巧者也，宰御之权由斯而出，尽是非之极致，存乎智者也，贤圣之德由斯而备，二者，亦自然之符，精之以底于必然，天下之能举矣。"[2]侯外庐先生认为，戴震关于人性论的论述中，"从内容上讲，他是以'智'为性德的决定要件，仁仅为必要要件罢了。例如他说自然之道，人物同其天性，而人之所以异者，即在于知识理性之必然把握"[3]。侯先生的分析至为深刻。其实，这也是我们认为戴震主张中国色彩的理性主义之原因。戴震认为"智"，亦即知识理性是性德中的决定因素，因为智即是条理，也就是他心目中的"理"。他说："易曰：'乾以易知，坤以简能，易则易知，简则易从。''易'也者，以言乎乾道，生生也，仁也；'简'也者，以言乎坤道，条理也，智也。仁者无私，无私，则猜疑悉泯，故易知，

[1]（英）休谟：《人性论》（下册），关文运译，关之骧校，商务印书馆出版，1980年4月第1版，第439页。

[2]戴震：《原善》卷上，《戴震集》下编，第333页。

[3]侯外庐：《近代中国思想学说史》（二），第七章，生活·读书·新知三联书店，2014年1月第1版，第626页。

易知则有亲，有亲则可久，可久则贤人之德，非仁而能若是乎！智者不凿，不凿，则行所无事，故易从，易从则有功，有功则可大，可大则贤人之业，非智而能若是乎！"[1] 这段话，其实是戴震对人性的"仁智之德"论的总结。他是从中国古代典籍《易经》得来理论根据，并以此为基础建立自己的"仁智之德"的学说，"易"言乾道，即自然之仁，亦生生之仁；"简"言坤道，即是到必然之智，亦条理之智（也就是我们今日所言的理智），最终到达他理想中的人性本然之德。这便是戴震的理性哲学"仁智之德"论的基本构成。

戴震哲学中的新人文主义特色，亦在于强调人性中的理智因素，而且大力提倡这种理性哲学。这不仅仅是戴震个人认知，且是当时的时代潮流所趋。著名学者余英时先生在《戴震与章学诚》一书中说："从中国学术思想史的全程来观察，清代的儒学可以说比以往的任何一个阶段都更能正视知识问题。就知识论而言，王船山已转而强调'闻见之知'的重要性，认为'人于所未见未闻者不能生其心'。戴东原则更为彻底，断然提出'德性资于学问'的命题。依照这种说法，则'德性之知'已无独立性可言，而不过是'闻见之知'的最后结果而已。"[2] 实质上，清初的几位启蒙思想家都有这样的倾向，即使是被余先生认为是"反智识主义"的颜李学派，他们也不是不要所有的知识，而是强调需要更多的实际知识，少一些空谈的"德性之知"而已。余英时先生又说："此一命题在义理上的是非得失是另一问题，但它所透露的思想动向却大可注意。但是我并不认为清儒已具有一种追求纯客观知识的精神，更不是说清代的儒学必然会导致现代科学的兴起。"[3] 的确如此，整个清代的儒者当中确实还没有具备这样的精神的人。但笔者认为，少数先知先觉者，也就是那些启蒙思想家，他们是一批精英，一批思想界的先进分子，他们的思想超越了时代，也超越了一代儒者，否则就无所谓思想启蒙了。余英时先生还说："儒学如何突破人文的领域而进入自然的世界的确是一个极为艰难的课题，而且其中直接涉及

---

[1] 戴震：《原善》卷上，《戴震集》下编，第336页。
[2] 余英时：《论戴震与章学诚：清代中期学术思想史研究》，自序，生活·读书·新知三联书店，2000年6月北京第1版，第5页。
[3] 同上。

价值系统的基本改变。但是无可否认地，清代儒学的发展至少已经展示了这种基本改变的可能性。"[1]这种改变亦是历史潮流所推动的，即使在雍乾时代的停滞期内，早期启蒙思潮的社会文化影响依然是不绝如缕，余波阵阵，它的潜流即体现在有重大影响的《儒林外史》《红楼梦》等文学著作中，也体现在戴震等人的哲学体系里。这是一股趋向近代的新人文主义文化潮流。

最后，戴震的"人性论"的另一主要命题是"才质论"。什么是才呢？戴震定义说："才者，人与百物各如其性以为形质，而知能遂区以别焉，孟子所谓'天之降才'是也。气化生人生物，据其限于所分而言谓之命，据其为人物之本始而言谓之性，据其体质而言谓之才。由成性各殊，故才质亦殊。才质者，性之所呈也；舍才质安睹所谓性哉！"[2]也就是说，所谓"才"，即指人与百物依其不同本性所表现出的形质，以及各自不同的"知能"。所以，人与物异，人与人异，皆是因为性殊。性与才之关系，性是指形成人的最初本质，才则是性表现的形体气质。性是内生的，抽象的，观念性的；才则是外在的，具体的，可观形体的。戴震说："性以本始言，才以体质言也。"[3]他还举例，金银锡制造成器皿，其成色是否精良，即喻之为性；金银锡等金属分出，又制作器皿，其器皿是否精致或粗糙，则喻之为才；制作器皿用哪种金属，是金是银或是锡，则喻之为命。而器物之做工是否精良或粗糙，金属本身是否贵重，这是两个问题，彼此间并无因果关系。也就是说，人之形质的高矮、强弱、气质及风度，也与性没有直接关系，无增亦无损。戴震又说："孟子所谓性，所谓才，皆言乎气禀而已矣。其禀受之全，则性也；其体质之全，则才也。"[4]他又举例说，比如桃子的桃性，杏子的杏性，包含在桃仁、杏仁之中，此即禀受之全，为性；而桃仁、杏仁又长为根、枝、叶，且开花结果，即为体质之全，为才。二者之间的关系，犹如哲学概念的因与果、内容与形式、本质与现象之分别，既相互分别，又互成因果。

---

[1]余英时：《论戴震与章学诚：清代中期学术思想史研究》，自序，生活·读书·新知三联书店，2000年6月北京第1版，第5页。

[2]戴震：《孟子字义疏证》卷下，才，《戴震集》下编，第307页。

[3]同上书，第310页。

[4]同上书，第307页。

康德提出人的精神活动为知、情、意三结构的观点，而戴震人性论的欲、知、情三结构论又与其相似。戴震说："人生而后有欲、有情、有知，三者，血气心知之自然也。"[1]他认为，人的欲求对象为声色味，因有爱畏，也就是喜欢与戒惧之分；发乎情为喜怒哀乐，因有惨舒，也就是激烈与舒缓之别；心知之辨为美丑是非，因有好恶，也就是爱好与憎恶之判。这三者又是紧密联系的，"惟有欲有情而又有知，然后欲得遂也，情得达也"[2]。而天下之事无非是满足人们正当的生存愿望与心理需求，也就是"天下之事，使欲之得遂，情之得达，斯已矣"[3]，而知可以起到遂欲与达情作用。认识作用，也是人的才质作用。当然，才质的认识能力，即知对实现理、欲、情都有作用，并不是理、情、欲取决于知。容肇祖先生说："戴震以学求理的方法，就是以学为足以去蔽，足以扩充必知之明，去明白事情。"[4]

才与性互相联系，不可分割。戴震认为，性是善的，才也是美的，二者基本一致。其不善不美，是后天造成的，也是人心陷溺于恶劣的社会环境中形成的。"人之性善，故才亦美，其往往不美，未有非陷溺其心使然，故曰：'非天之降才尔殊。'才可以始美而终于不美，由才失其才也，不可谓性始善而终于不善。"[5]他在这里主要是批驳程朱理学的观点。《孟子·告子上》记载，孟子答公都子："乃若其情，则可以为善矣，乃所谓善也。若夫为不善，非才之罪也。"朱熹解释这段话时说："情者，性之动也。"又云："恻隐、羞恶、辞让、是非，情也；仁义礼智，性也。心，统性情者也，因其情之发，而性之本然可得而见。"[6]程颐也说："性无不善，而有不善者才也。性即是理，理则自尧、舜至于涂人，一也。才禀于气，气有清浊，禀其清者为贤，禀其浊者为愚。"[7]戴震不赞成程、朱二人的看法，他认为朱熹错误地解释了孟子的话，孟

---

[1] 戴震：《孟子字义疏证》卷下，才，《戴震集》下编，第308页。
[2] 同上书，第309页。
[3] 同上。
[4] 容肇祖：《戴震说的理及求理的方法》，载《国学季刊》二卷一号。
[5] 戴震：《孟子字义疏证》卷下，才，《戴震集》下编，第310页。
[6] 《公孙丑章句上》，朱熹：《孟子集注》卷三。
[7] 《河南程氏遗书》卷十八，《二程集》第204页。

子的"乃若其情"之"情"，非性情之情，乃指情况，因为孟子又说，"人见其禽兽也，而以为未尝有才焉，是岂人之情也哉？"可见孟子认为，性本是善的，至于不善，非才之过错。而其以后终成不善，戴震解释，是因为"陷溺其心，放其良心，至于梏亡之尽，违禽兽不远者也"[1]。从孟子的原意看，性是善的，才是好的；因才质堕落而丧失了良心，以至于发展到离开本性，离禽兽不远的非人性程度。戴震又反驳程颐的说法，说："此以不善归才，而分性与才为二本。"[2]戴震自己则并不是简单地将性与才分为二本，他以为二者是相互分别的，却又具有互为因果的辩证关系。所以，他批评程、朱将人的后天不善皆归罪于才，实质上应该归罪于偏私。"此偏私之害，不可以罪才，尤不可以言性。"[3]他说，孟子道性善，即是承认人性善而且才亦美，可又从未否认过后天的人性会产生偏私与被蒙蔽。但是，偏私与被蒙蔽却与性善才美无关，它们总会不断产生，犹如人会生病，良玉美器亦会年久被剥蚀，因此，要保证才质之美，亦应该注意后天之培养，培养途径便是不断地学习，学习犹如人的饮食一样重要。戴震说："人之初生，不食则死；人之幼稚，不学则愚；食以养其生，充之使长；学以养其良，充之至于贤人圣人，其故一也。"[4]他还特别告诫，人虽有才质之美，后天的偏私与被蒙蔽也会损害其美，如健康之体魄会被百病侵入，良玉之器亦可能因被人委弃而剥蚀破烂，所以，"才虽美，失其养则然"[5]，即是与病人和剥蚀之器一样了。

戴震的"才质论"所论述的才与欲、情、知三者之关系，其实是把才包含于知之中，并在其"血气心知"的统一系统内考察其相互关系。才与知既是包容的关系，又有着同一的关系；而才和学之间的关系，他认为只有努力学习、保持求知之心才能保证其才质美，实际上仍然是讲才与知的关系。戴震认为，就大多数天生才质正常的人而言，只有努力求知的后天学习，犹如人补充营养一样汲取知识养料，最后才可达到"圣知"的才质程度。可以说戴震的人

[1]戴震：《孟子字义疏证》卷下，才，《戴震集》下编，第309页。
[2]同上书，第310页。
[3]同上书，第311页。
[4]同上。
[5]同上。

性论已经含有平民哲学的精神，他认为，圣人也应当学而知理义，也应该说贵在扩充己之善端，后天之学对圣人来讲也同样重要，否则，圣人的才质也会与凡夫俗子一样"失其养"，实质上也就是视圣贤的才质与众人是平等的，他的这种道德哲学也是与其"体民之情，遂民之欲"的早期民主意识相契合的。

戴震的哲学思想也被一些学者称为"新理学"，他的学说实质是包含着中国传统人文主义思维的理性哲学。与西方理性哲学的思想家比较，康德的理性主义，其理性概念包含着由"努斯"（nous）精神演绎出的理性先验自由，还有由"逻各斯"精神演绎出的自我规范与意志自律，是以其先验论哲学为核心的理论系统。休谟的理性主义则继承和发展了英国经验主义传统，其学说明显带有贝克莱的痕迹。比如休谟认为爱和恨都是一种欲望，无本质的区别，通常所说的理智不过是一种平静的情绪。他对理性的定义限制严格，认为一种理性是在数学和逻辑中进行抽象推理，比较各种概念及对彼此关系进行辨析；而另一种理性则是经验性、实验性的推理，例如在外部世界寻找与验证事实等，犹如公理演绎法。而戴震的理性哲学则与中国传统人文哲学有着紧密联系，而且其伦理主义色彩更为浓厚。但是，戴震的哲学思想中确实包含了新人文主义的内容，他的反理学的观念，他的自然哲学及理性思维方式，他的理性哲学中的知性精神，以及饱含人文因素的"人性论"，都应该被视作早期启蒙思潮的重要组成部分。尤其是他的"人性论"学说，其贡献就在于将旧传统道德伦理化身的抽象人真正转化为有情感、有欲望、有知觉的活生生的人，将形而上学的宋明理学的超理性本体转化为形而下的人性的真实生命关怀，这实际上可说是一种新的人文主义的人性论，为改造与更新被古代专制文化所异化、扭曲的传统人文主义，建设一种新型的趋向近代性的人文思想做出了非常有意义的铺垫。

虽然戴震的哲学思想并未成熟，与其他启蒙思想家的那些学说系统一样，有着新旧杂陈、方生未死的特点，但戴震的哲学思想作为早期启蒙思潮的最后一道余波，而且与清代文学运动中的《儒林外史》《镜花缘》《红楼梦》等有着联系，重新开启了有着思想启蒙作用的新人文主义潮流。

第十三章

清代文学艺术领域中的人文主义思潮

一、早期启蒙思潮对清代艺术的浸润

　　明清时代文学艺术作品中的人文主义思想，有着它自己独特的发展轨迹。它与早期启蒙思潮的"自由精神"阶段和"理性批判精神"阶段都是紧密相连的。如前所述，晚明文艺潮流中一批优秀作品产生，较多是以李贽为代表的"自由精神"启蒙潮流为思想基础和依托的，那些市民文学中追求自由的自主愿望，坚持人格独立与平等的理想，对束缚人性的旧传统伦理道德的抨击与批判，对社会黑暗面的无情揭露，对纯真爱情生活的憧憬，都具有与旧传统观念截然不同的新理念，体现出具有人文主义思想活力的新艺术观念。明末清初所形成的早期启蒙思潮的"理性批判精神"第二轮波浪，涌现出黄宗羲、顾炎武、王夫之及颜元、李塨等一大批启蒙思想家，他们总结与梳理历史经验教训，批判宋明道学的旧思想，推动以实学主义为主流的新思潮，倡导早期民主意识，但这股相当汹涌的早期启蒙思潮却在雍正乾隆时期又被抑制住，清朝统治者借着古代专制主义回光返照的余威，大兴窒息新思想、新文化的文字狱，强化了以程朱理学为核心主体的文化专制，历史又在倒退的回流中旋转，中国趋向近代的文化历程迟滞了一百年。鲁迅先生说："文艺是国民精神所发的火光，同时也是引导国民精神的前途的灯火。这是互为因果的。"他又深刻指出："中国人向来因为不敢正视人生，只好瞒和骗，由此也生出瞒和骗的文艺来，由这文艺，更令中国人更深地陷入瞒和骗的大泽中。"[1]

在"瞒"与"骗"的旧文化潮流扑面而来，上一世纪的启蒙思想火花几乎全部被扑灭以后，却有少数文学艺术家借来了启蒙思想的火种，他们坚持个性解放与人格独立的自由精神，坚持对社会黑暗现实不妥协的理性批判精神，发展了早期启蒙思潮中的思想精华，使得它在那些文学艺术作品中继续燃烧，使得人文主义的火光成为"引导国民精神的前途的灯火"。但是，这些文学艺术家所创作的艺术作品不仅不能够换来现实利益与统治者的青睐，甚至还可能陷入文字狱的危险境地，作者也不得不在贫穷困顿中忍受煎熬，可是，他们却在自己的"孤愤"之作里描绘了激荡的时代风云，也在艺术创作中发现了人性，发展了个性解放的自我灵性，通过笔墨抒发情感时创造出了永载史册的伟大作品。在古代专制文化的历史回流中，他们可称逆流而上的文化勇士，其文化人格与精神是值得后人钦佩的。

清初追求个性解放精神的艺术家以石涛为代表，他和八大山人等艺术家开创了新一代的画风，对后世中国画发展起到巨大推动作用。石涛的创作及画论，扭转了清初画坛的复古之陋习及依傍门户的风气，洋溢出充满个性和创造的艺术精神，尤其是他"一画之法"的命题，深刻阐述了中国画创作活动的基本特点和美学特征，构建了具有独特性的美学体系。

石涛，生于明崇祯十五年（1642 年），约卒于清康熙五十七年（1718 年），本名朱若极，小字阿长。出家后法名原济，别号有苦瓜和尚、瞎尊者、大涤子、靖江后人、清湘老人等，约有数十种之多。明宗室靖江王朱赞仪十世孙，广西桂林府全州清湘县人。其父明靖江王朱亨嘉在清军渡江及南京弘光小朝廷

---

[1] 鲁迅：《论睁了眼看》，载《鲁迅全集》第 1 册，人民文学出版社，1956 年 10 月第 1 版，第 332 页。

垮台后，于桂林号称监国，却遭到忠于南明隆武政权的瞿式耜等地方官吏的反对，被擒送至福州后废为庶人，幽禁而死。石涛年龄尚小，战乱中由王府仆臣背负而出，逃难到全州湘山寺落发为僧。他一生云游四方，足迹踏遍大半个中国，早年先后至鄂、皖、苏、浙等地，游历黄山及洞庭湖等名山大川，40岁后居住南京、扬州，50岁前后居京津三载，晚年定居扬州。石涛心灵深处有着异常复杂的悲怆情感，其父死于明朝宗室内讧，他年幼时即难见容于南明政权，被视为谋叛人物子弟；而清初统治者对明宗室子弟也采取严峻政策，他又被认定是"格杀毋论"的目标。一人身后同时有着两张准备吞噬他的巨网，他张皇失措，无所适从。这在他所作的《山水钓客图》中有所体现，湖水渺茫中两只钓船及垂钓对语的渔翁，水淹半截数株柳树，天色沉暝中的远山，仅寥寥数笔就描绘出地老天荒的境界。他的一生，在流亡中登山临水，深切体悟天地万物。他也考察各地的风物人情，尽览人间离乱沧桑，历经凶险磨难，饱尝家国沦丧的痛苦，丰富阅历也浸染了他风格多样的画风。

他坚决反对泥古不化的复古派，特别是当时画坛上所谓"四王"集团造成的崇古和仿古之风气，他们认为不师法某古人，便难以在画坛立足，画不似某一画派或某一大家，就难以流传久远。石涛轻蔑地驳斥这种谬论："古人未立法之先，不知古人法何法；古人既立法之后，便不容今人出古法。千百年来，遂使今之人不能出一头地也。师古人之迹，而不师古人之心，宜其不能出一头地也。冤哉！"[1]也就是说，如此地师法古人，其实未能得到古人真正的艺术妙处，不过是"师古人之迹"而已，仅仅是一种模拟。他特别强调，艺术家的笔墨不应该去迁就庸俗大众的胃口，也不要去顾虑人们的毁誉而自我贬损，更不能被社会上的尘世"物蔽"而束缚自己的创作个性，认为那些心中无主见的人是有损于自己的艺术创作的。"人为物蔽，则与尘交；人为物使，则心受劳。劳心于刻画而自毁，蔽尘于笔墨而自拘，此局隘人也，但损无益。终不快其心也。我则物随物蔽，尘随尘交，则心不劳；心不劳则有画矣。"[2]他还认为，愚昧其实与庸俗同样阻塞人的智慧，庸俗本源自愚昧的社会氛围，也就

---

[1]《石涛题画选录》，载《石涛画语录》，人民美术出版社，1962年版，第76页。

[2]道济:《石涛画语录·远尘章第十五》，载《石涛画语录》，人民美术出版社，1962年版，第11页。

造成了混浊醒酲的文化环境。他说："愚者与俗同识，愚不蒙则智，俗不溅则清。俗因愚受，愚因蒙昧，故至人不能不达，不能不明，达则变，明则化。"[1]脱俗也就是脱离愚昧，离开蒙昧的社会环境才能明辨是非，才能化愚昧为智慧，才能化混浊为清新。

石涛借鉴了儒学的"吾道一以贯之"及老庄之学的"万物得一以生"的理论，提出绘画中"一画之法"的命题，认为山水画是诉诸笔墨，借自然景象以表现人心的艺术，主张要在画中体现画家的创作个性。他说："法于何立？立于一画。一画者，众有之本，万象之根，见用于神，藏用于人，而世人不知，所以一画之法，乃自我立。立一画之法者，盖以无法生有法，以有法贯众法也。"[2]他的"一画之法"，把中国画理论提高到哲理的高度，认为"一画之法"乃是通贯宇宙—人生—艺术的生命力运动的根本法则，主张"借笔墨以写天地万物而陶泳乎我"及"借古以开今"，其思想意蕴与康德哲学中"人为自然立法"的观念极相似。石涛认为"一画之法"即是"我法"："今问南北宗，我宗耶？宗我耶？一时捧腹曰：'我自用我法。'"[3]所谓"我法"也就是追求个性自由解放之法，也就是表现人的自我之法，而自然形象不过是草稿素材而已。他的一句"搜尽奇峰打草稿"[4]，成为其画论生动形象的总结与概括。石涛的博大艺术胸怀及其坚持创作个性的执着信念，是晚明以来新文学运动的自由精神在清初的继续与发展，他的艺术理论也是"理性批判精神"阶段的巨大思想成果，积淀了早期启蒙思潮的时代精神。

石涛的绘画艺术极具独创性，一生挥毫不辍，在山水、树石、花卉、虫鱼、人物及神像诸领域均有极高成就，尤其创作了众多山水与花卉画精品。他戛戛独造，不宗一家，笔墨奔放潇洒，构图新颖多样，气韵生动雄浑，着力表现空间事物的时间流动性，形成了丰富的绘画意境和深沉的艺术底蕴。他的传世画作很多，如《搜尽奇峰打草稿》《泼墨山水卷》《山水清音图》《苦瓜和尚

---

[1] 道济：《石涛画语录·脱俗章第十六》，载《石涛画语录》，第12页。
[2] 道济：《石涛画语录·一画章第一》，载《石涛画语录》，第3页。
[3] 道济：《石涛题画选录》，载《石涛画语录》，第72页。
[4] 道济：《石涛画语录·山川章第八》，载《石涛画语录》，第8页。

妙谛册》等。

石涛晚年定居扬州后，仍孜孜不倦地进行绘画创作，并通过题画诗跋发表自己的美学见解，他的《苦瓜和尚画语录》十八章就是此时所写，系统地阐述和总结了自己的创作心得和美学思想。他的艺术实践和理论建树对后世中国画的发展起到巨大推动作用，不仅开启了清朝中后期"扬州八怪"的创新之风，而且对近现代画坛的大家如张大千、齐白石、吴昌硕、傅抱石等都有深远的影响。尤其是张大千，他临摹石涛的画作几可乱真，甚至被时人誉为"石涛再世"，这正说明石涛的艺术精神所具有的旺盛生命力。

石涛诗歌、书法与绘画三者兼绝。他不仅是出类拔萃的画家，也是才华横溢的诗人。他一生创作的诗歌数以百计，既有奔放豪壮之作，亦有清丽婉约之作，其诗风偏重豪迈。他既工近体律诗，又精古体诗歌，最擅长古体中的歌行，传世代表作有《清音阁图》题诗、《生平行》、《古墩种松歌》、《黄海云涛图》题诗、《尝与友人夜饮诗》等，无论短篇或巨制，其中佳作与魏晋唐宋名篇相比也毫不逊色。石涛书法也甚为精妙，篆隶真草行诸体皆工，隶书功底最深厚。他善于运用与画面相称的某一书体题诗，墨色浓淡配置上也颇具匠心，诗、书与画和谐奇妙地构成一个艺术整体。

而清代一位具有人文主义思想的文学家，是《桃花扇》的作者孔尚任，他是孔子的六十四代孙。他的一生，心灵中充满痛苦与矛盾，也是当时一大批儒者士大夫的代表。

孔尚任，生于清顺治五年（1648年），卒于清康熙五十七年（1718年），字聘之，又字东塘、岸堂，自署云亭山人，山东曲阜人。他的家庭在庞大"圣裔"家族中，仅属小宗支庶。其父孔贞璠，是不愿意与清朝合作的"遗民"，入清后即拒不出仕。孔尚任一生在科举上不得意，康熙二十年（1681年），他在34岁时利用捐纳田产获得国子监监生资格，一直隐居于曲阜北石门山中，养亲不仕，闭门读书。康熙二十三年（1684年），康熙皇帝首次南巡，过曲阜，谒孔庙。孔尚任被荐举到御前讲经，颇得康熙皇帝赏识。十二月，吏部"钦奉上谕"对孔尚任"从优额外授为国子监博士"。翌年正月，孔尚任进京就职，随衍圣公孔敏圻入朝谢恩，赴礼部盛宴。孔尚任受宠若惊，感恩戴德，表示"犬马图报，期诸没齿"[1]。

康熙二十五年（1686年）五月，康熙帝决定发帑金二十万，进行黄河入海口的疏浚工程，派遣工部侍郎孙在丰疏浚下河，孔尚任奉命随行。他抵达官署驻地扬州，却见治河官员日日酒食征逐，工程一筹莫展，仅可否关闭上河坝闸问题，两派便争执不下，疏浚工程则在官场内斗中被拖延。孔尚任内心非常郁闷。这三年也是他的思想成熟时期，他目睹清朝大员贪污纳贿的官场黑暗，百姓们流离失所，嗷嗷待哺。他不愿随俗浮沉，便利用督工名义外出，四处奔波，游历南京、扬州等地，凭吊了梅花岭史可法的衣冠冢，游过明故宫，拜谒了明孝陵，他还结识了一批明朝遗老，搜集了极为丰富的南明王朝兴亡的史料。其间，已是耄耋老翁的冒襄，与孔尚任在兴化相晤，冒襄老人专程而至，"远就三百里，同住三十日"[2]。孔尚任从冒襄处得知很多明末逸事。后来，他还拜访了南明遗臣张怡，老人以道士身份隐居于南京城外栖霞山白云庵。这个形象经过孔尚任加工也出现在他的作品中。

康熙二十九年（1690年）二月，孔尚任返京，仍供职于国子监。他在北京宣武门外海波巷定居下来。他嗜好收藏古物，其中有唐文宗内库的胡琴小忽雷，此器物背后有关于唐朝宫女郑中丞与梁厚本悲欢离合的故事。孔尚任与友人顾彩合作，将此传说写成《小忽雷传奇》，企图借二人离合之情，写晚唐兴亡历史。但此传奇却未得任何人重视，他只好搁置一边。这部传奇故事却为《桃花扇》的创作形成前期准备。次年九月，孔尚任升转户部主事，任宝泉局监铸。他家车马盈门，此职是官场肥缺，借贷者们也纷纷伸手。但是，他为官清廉，此职务不过给他增添些忙碌与戒惧而已。他这时已动笔创作《桃花扇》剧本。

在家乡曲阜时，孔尚任曾经听自己族人方训讲过一段轶闻，南明福王政权期间，名伎李香君见国破家亡，痛不欲生，以面血溅扇，有个叫杨龙友的，却将此血在扇面上点染为桃花。他当时已有创作冲动，欲将此情节发展，写一个剧本。到京城后，他花费近十年的业余时间，三易其稿，挑灯填词，终于在

---

[1] 孔尚任：《出山异数记》，载《孔尚任诗文集》卷六，中华书局，1962年8月版。
[2] 孔尚任：《与冒辟疆先生》，载《孔尚任诗文集》卷七。

康熙三十八年（1699 年）六月，完成了《桃花扇》剧本的创作。

《桃花扇》可称是古典戏曲中的经典之作，剧本结构非常紧凑，情节新奇不落俗套，人物形象塑造也达到很高的艺术成就。剧本描写昏淫腐败的福王，不思收复国土，只为"无有声色之奉"而发愁；靠拥立福王登基献媚取宠掌权的阉党余孽马士英、阮大铖则是操弄权柄，陷害忠良，大兴党狱，迫害东林党人，为保持权位调兵打内战，以致清军乘虚而入；而那些军阀武臣高杰、黄得功、刘泽清、刘良佐四镇则是"国仇犹可恕，私恨最难消"，"没见阵上逞威风，早已窝里相争闹"。同时，他也颂扬民族英雄史可法的一腔耿耿孤忠，坚持抗清，死守扬州孤城，最后却以"看江山换主，无可留恋"的悲愤心情沉江殉国。

孔尚任还讴歌了一批处于社会底层的歌伎等低贱民众的忠义之情，这是《桃花扇》中的人文主义闪光点。作者塑造了正义凛然的李香君形象，她虽然是受人轻贱的歌伎，情操与气节却比那些名士、官僚更高洁。在"却奁"一折中，李香君得知是阮大铖出资，为了收买侯方域来拉拢自己时，坚决地脱衣却奁，不愿侯方域和阮大铖之流来往。而在"骂筵"一场里，更是把李香君那正义凛然的刚强性格描绘得淋漓尽致。她怒斥马、阮奸臣："东林伯仲，俺青楼皆知敬重。干儿义子从新用，绝不了魏家种。"[1] 她坚拒权势逼婚，血染诗扇，死守妆楼。李香君是一个被侮辱的没有人身自由的歌伎，却又是品格高贵、疾恶如仇的女性形象。同时，作者还创造了说书人柳敬亭与唱曲艺人苏昆生这两个正义形象，他们也属不入流的贱民阶层，却又比那些士大夫更具有民族气节，更憎恶奸佞官僚，更敢于反抗邪恶势力。这些民间艺人其实更值得人们尊重。剧本里也写出侯方域性格软弱的一面，在国事危难中仍沉溺酒肆歌楼，与阉党阮大铖的关系也是动摇妥协的。侯方域的懦弱恰与李香君的坚贞形成鲜明对照。

《桃花扇》在艺术上是有创新的。它将侯、李的爱情故事与南明兴亡放一起写，男女相爱悲剧一波三折，国家覆亡的历史也是波澜跌宕。剧本主题跳出

---

[1] 孔尚任撰、梁启超注：《桃花扇》（下），第二十四出，骂筵，文学古籍刊行社，1954 年 10 月第 1 版，第 56 页。

了当时那些爱情传奇剧的俗套。按当时传奇剧结局套路，此剧必是大团圆终场，可写到李香君与侯方域历经挫折在栖霞山相逢时，作者却借剧中人物张薇之口问，"你看国在哪里，家在哪里，君在哪里，父在哪里，偏是这点花月情根，割他不断么？"[1]这一问颇有深意。又加上那一曲《哀江南》，故国之哀，兴亡之痛，尽在其中。时人野史载："《桃花扇》本成，王公荐绅，莫不借抄，时有纸贵之誉。"剧本公演后，更大获成功，"长安之演《桃花扇》者，岁无虚日，独寄园一席，最为繁盛。名公巨卿，墨客骚人，骈集者座不容膝"[2]。宫廷中也得知《桃花扇》的社会影响，内侍问孔尚任索要剧本。他手头没有，只好从浙江巡抚张敏处找来一个抄本，连夜进呈宫中。但此后就再无音信。康熙三十九（1700年）正月，孔尚任升迁为户部清吏司员外郎。未及两月，他又被解职。其原因未明，但故交好友都认为，他被罢官与《桃花扇》有关。孔尚任在京城滞留两年后，不得不惆怅南归，离京时作《留别王阮亭先生》一诗："挥泪酬知己，歌骚问上天。真嫌芳草秽，未信美人妍。"[3]诗里透露了他被免官后的激愤心理。康熙四十一年（1702年），孔尚任回家乡，唯使得他聊以自慰的是，归乡六年后其剧本《桃花扇》刊刻行世。他还留下了《湖海集》《岸堂稿》《石门集》《长留集》诸诗文集，这是一笔很丰富的文化遗产。孔尚任在家乡度过了晚景清寒的十六年后，萧然辞世。

与孔尚任的《桃花扇》共同享誉清代戏曲史的，还有洪昇的《长生殿》，时人有"南洪北孔"之称。洪昇，生于清顺治二年（1645年），卒于清康熙四十三年（1704年），字昉恩，号稗畦，浙江钱塘（今杭州市）人。他出身于士大夫家庭，少年勤奋好学，拜著名文人毛先舒为师。后游京师，他因性格孤傲，不愿趋奉显贵豪门，在京城做了二十余年的国子监监生。其父在此期间"被诬遭戍"。洪昇遭家难后立即归乡，奉侍父亲北行。[4]康熙二十七年（1688

---

[1]孔尚任撰、梁启超注：《桃花扇》（下），第四十出，"入道"，文学古籍刊行社，1954年10月第1版，第272页。

[2]金埴：《巾箱说》，中华书局，1985年版，第135页。

[3]孔尚任：《留别王阮亭先生》，转引自刘千秋《孔尚任诗与〈桃花扇〉》，中州书画社，1982年版，第8页。

[4]中国科学院文学研究所、中国文学史编写组：《中国文学史》（第三册），人民文学出版社，1962年版，第1050页。

年），他创作的传奇剧《长生殿》脱稿后，戏班争相演出，人们纷纷传抄，京城轰动一时。

　　洪昇写《长生殿》也是三易其稿，初稿《沉香亭》写李白之事，次稿更名《舞霓裳》改写李泌辅佐唐肃宗中兴，最后一稿定名《长生殿》，确定主题为李隆基与杨玉环的爱情故事，但贯穿此主题中，他又着力描写唐代安史之乱前后的大动荡，有意识地触及民族矛盾问题。与《桃花扇》有某种相似处，也是爱情与社会政治两条线索并行，最后落笔在总结历史上的政治教训。洪昇在《长生殿自序》中自承："乐极哀来，垂戒来世，意即寓焉。"[1]

　　洪昇的《长生殿》一定程度揭示了人性的复杂性。杨玉环温柔、美丽，希望得到李隆基的专一爱情，而李隆基也被她的真情感动，从求女色淫乐到诚挚相恋，这些描写与白居易的《长恨歌》相近，来自民间传说。可李隆基是手握极权的专制君主，爱情使他头昏脑涨，不问朝政，重用奸佞，提拔安禄山为掌握重兵的藩镇军阀，信用杨贵妃的哥哥奸臣杨国忠为宰相，国事糜烂，人心背离，终于酿成安史之乱。第十五折"进果"，写唐明皇宠爱杨贵妃命令地方官进呈荔枝，一位老农上场道："田家耕种多辛苦，愁旱又愁雨，一年靠这几茎苗，收来半要偿官赋，可怜能得几粒到肚！"进荔枝的驿使任意胡为，踩坏庄稼，草菅人命，穷苦百姓遭受欺压的痛苦在此揭露无遗。"埋玉"一折描写马嵬坡兵变，作者一方面反映广大士兵的愤恨情绪，认为兵变是正义要求；另一方面，他又对李隆基与杨玉环生离死别有怜悯心，认为两人都是可怜、可恨又可同情的人物。在这部剧作中，可以看到作者人文主义世界观的某种内在矛盾，论到个人爱情生活时，李、杨二人有可同情之处；可论到国家兴亡大义，他俩的爱情却给国家、人民造成灾难，又是罪不容赦。作者将此作为一个值得深思的历史命题，交给读者、观众们探讨，这是《长生殿》比《长恨歌》《梧桐雨》高超之处，也是经过明清易代之变的历史动荡后，一部分文人士大夫对复杂人性认识的深化。

　　在此剧中，洪昇还大力褒扬了爱国将领郭子仪，塑造了一个英武刚健的

---

[1]中国科学院文学研究所、中国文学史编写组：《中国文学史》（第三册），人民文学出版社，1962年版，第1053页。

形象。而在"骂贼"一出，作者还特地描写了乐工雷海清在酒筵上痛骂安禄山："恨子恨泼腥膻莽将龙座淹，癞虾蟆妄想天鹅啖，生克擦直逼的个官家下殿走天南。你道恁胡行堪不堪？"[1]洪昇与孔尚任一样，都在剧本中发泄了某种意在言外的情绪，也是广大汉族士大夫民族感情的表露。他俩都不仅仅是写历史题材，更是为了针砭现实黑暗社会。清朝统治者当然会有所感觉，但是，这两部戏曲作品的社会影响很大，便只能进行"冷处理"。康熙二十八年（1689年），因为佟皇后丧期，戏班子演了《长生殿》，御史黄六鸿弹劾此事，便趁机掀起一场大迫害风潮，洪昇也被革去国子监监生。他回到南方家乡，过着凄清寂寞的生活。康熙四十三年（1704年），洪昇在浙江吴兴酒醉后失足落水而死。

二、《聊斋志异》的花妖狐魅人世情

唐宋传奇是中国古代文言小说成熟阶段的标志。唐初，王度的《古镜记》已超越六朝志怪故事的粗陋形式，开辟了传奇小说的蹊径。以后，唐代传奇逐渐超越了神怪的故事题材，其中《离魂记》《柳毅传》《长恨传》及《南柯太守传》等虽然仍有鬼神传奇成分，但笔触深入到时代的社会生活及人物的性格心理内，而《柳氏传》《莺莺传》《霍小玉传》等更是写尽人间爱情生活的喜怒哀乐，一部分佳作已达到一定艺术高度。宋代传奇却远远不如唐代传奇，有刘斧所辑撰的《青琐高议》等一些作品多是模拟仿作。如明人胡应麟所评价："小说，唐人以前，纪述多虚而藻绘可观；宋人以后，论次多实而彩艳殊乏。"[2]而明代瞿佑的《剪灯新话》、李昌祺的《剪灯余话》及邵景詹的《觅灯因话》等笔记小说，艺术手法及境界俱未超越唐代传奇。这是时代风气使然，即使有好作品，也是被片面提倡古文的文人所贬斥，可能大部分散失了。古代文言小说达到一个新的高峰之作，是蒲松龄的《聊斋志异》。鲁迅在《中国小说史略》

---

[1] 中国科学院文学研究所、中国文学史编写组：《中国文学史》（第三册），人民文学出版社，1962年版，第1055页。

[2] 胡应麟：《少室山房笔丛》，卷29，《九流绪论》，转引自程毅中《〈唐宋传奇选〉前言》，《唐宋传奇选》（张友鹤选注），人民文学出版社，1997年5月第1版，第4页。

中评价道："《聊斋志异》虽亦如当时同类之书，不外记神仙狐鬼精魅故事，然描写委曲，叙次井然，用传奇法，而以志怪，变幻之状，如在目前；又或易调改弦，别叙畸人异行，出于幻域，顿入人间；偶述琐闻，亦多简洁，故读者耳目，为之一新。"[1]《聊斋志异》的艺术成就已经远超晋人志怪小说、唐人传奇，笔墨命意更体现出不流俗的美学理想，可称世界文学史中的瑰宝。蒲松龄自称："集腋为裘，妄续幽冥之录；浮白载笔，仅成孤愤之书。寄托如此，亦足悲矣。"[2]其"孤愤"之情是与当时早期启蒙思潮的社会影响分不开的，明清易代的历史风云激荡，清初各个自由理性精神思想派别的浸润，人文主义思潮的感染，都对蒲松龄的文学创作有一定的积极影响。

蒲松龄，出生于明崇祯十三年（1640年），卒于清康熙五十四年（1715年），字留仙，一字剑臣，别号柳泉，山东淄川县（今属淄博市）蒲家庄人。"庄东有井，水常满，溢为溪，大柳树百章，环合笼盖，随溪逶迤，即柳泉也。"[3]蒲松龄"柳泉居士"的别号即因此而来。蒲氏家族为世代书香门第，至其父蒲槃一辈家势已衰颓，其父不得不外出经商以谋生，时值明清易代之乱，屡经劫难，蒲槃仅治下一份薄产，分给四个子弟每人二十亩田地。蒲松龄在兄弟中排行第三，他17岁即娶妻刘氏，刘氏温柔朴厚，颇为婆婆董氏所怜爱，却遭姆娌嫉妒。蒲槃令诸子分家后各立门户，完整房屋都被众兄弟抢走，蒲松龄仅得农场中老屋三间，"旷无四壁，小树丛丛，蓬蒿满之"[4]，他正游学在外，家中事唯有刘氏料理。刘氏亲手砍除满地荆棘，雇人砌好墙壁，又从长兄家借来一副白木门板。从此，刘氏带着孩子们长居此陋屋，"一庭中触雨潇潇，遇风喁喁，遭雷霆震震谡谡"[5]。深夜，狼闯入家门嚎叫，闹得"埘鸡争鸣，圈豕骇窜"[6]。刘氏带着儿子住此荒居陋屋，只好找邻家妇人为伴。蒲松龄一生清

[1] 鲁迅：《中国小说史略》，载《鲁迅全集》第 8 册，人民文学出版社，1957 年 12 月第 1 版，第 171 页。

[2] 蒲松龄著、朱其铠主编：《（全本新注）聊斋志异》，"聊斋自志"，人民文学出版社，1989 年 9 月第 1 版，第 1 页。

[3] 路大荒：《蒲松龄年谱》，齐鲁书社，1980 年版，第 1 页。

[4] 蒲松龄：《述刘氏行实》，齐鲁书社，1980 年版，第 61 页。

[5] 同上。

[6] 同上。

贫，大半生不得不以塾师为业，亏得有贤妻相助，才能勉强维持家庭生活。

蒲松龄自幼与兄长们随父亲读书，虽然体弱多病，却颇聪颖。他不光攻读八股文章，"辄喜东涂西抹，每于无人处时，私以古文自效"[1]。他对六朝志怪小说及唐宋传奇最感兴趣，博览多识，才华横溢，有浓厚诗人气质。他19岁时，"初应童子试，以县、府、道三第一，补博士弟子员"[2]，他还受到了山东学政、诗人施闰章的赏识，称赞其文"观书如月，运笔如风"。蒲松龄喜爱诗歌艺术，与同乡结成"郢中诗社"，与王鹿瞻、张笃庆兄弟等人成为终生挚友。他在科考时却屡经挫折，总是名落孙山。一次乡试，他因闱中誊写试卷疏忽，中间出现空白，被取消录取资格。又一次，他赴济南应乡试，头场三篇文章颇得考官赞赏，已内定他作第一名。然而二场忽然抱病未能应试，自然又是落第。看来命运偶然，却又有必然性。社会上的理学气氛越来越浓厚，他的满腹艺术才华及其"孤愤"，都是不合于当世的。

康熙九年（1670年）秋，蒲松龄应其同邑进士、江苏宝应县知县孙蕙之邀，为其协办文案，草拟公私文牍。翌年三月，他又随孙蕙调署高邮州。他在那里结识了成康保、王式丹等一批江南名士，观赏了名胜古迹，游广陵，登北固楼，瞭望滔滔长江，又泛舟邵伯湖上，这些自然、人文美景开阔了他的眼界与胸襟。江南水乡景物与齐鲁山色迥异，更使他感受到人生的丰富与美好，也丰富了他的想象力。他写出很多咏景抒情的诗篇，开始创作以花妖狐精为题材的文言短篇小说。蒲松龄的耿介性格与官场习气格格不入，做幕僚仅一年就告别了孙蕙，回到故乡参加乡试。那次乡试，他又落第了。也是在这一年，蒲松龄开始了《聊斋志异》的写作。蒲松龄南游后回归乡里，迫于生计，几次在故乡缙绅家担任塾师。他在淄川城西60里的西铺村毕际有家的时间最长，在毕家设馆约三十年。毕际有是明末尚书毕自严之子，毕家是名门望族，宅园有振衣阁、绰然堂、效樊楼、石隐园等胜景，还有一座藏书丰富的"万卷楼"。康熙十八年（1679年），蒲松龄到毕家后，主宾二人相处甚得，常在一起把盏饮酒，谈诗论文。蒲松龄后来在诗作中将毕际有看成是穷途知己。他在讲学授徒

---

[1]蒲松龄：《聊斋志异·自序》，转引自朱其铠撰《前言》，第2页。
[2]同上，张元：《柳泉蒲先生年表》。

之余，经常钻进"万卷楼"读书，既增进了学识，也激发他的文学创作灵感。这一段时间，他创作的旺盛期到来，写出狐鬼短篇故事多篇，且汇为一集，题名为《聊斋志异》。这部小说集篇目浩繁，内容丰富，不仅描写花妖狐魅、畸人异行，也写了海外传奇、民俗风习，还有鸟兽鱼虫的怪诞变异，故事情节曲折诡谲，艺术形象美不胜收，文笔简洁，纷呈异彩，驰想天外，神与物游，是其追求心灵自由的呕心沥血之作。同时，他还编选了《庄列选略》。

　　蒲松龄满腹学问，才华横溢，不愿意思想被八股文的格套桎梏，但是，无科举功名就不能进入仕途，他又不得不汲汲奔走于科场，屡试屡败。夫人刘氏曾经劝他："君勿须复尔，倘命应通显，今已台阁矣。山林自有乐地，何必以肉鼓吹为快哉！"[1]蒲松龄也承认夫人说得对，可仍然不甘于寂寞，总想在科场折桂。蒲松龄直至71岁高龄，作廪生已经27年，才考取个岁贡生。他在这条坎坷的科举之途上越来越看明白其实质，所以他从亲身感受出发写作，有不少作品是揭露科举弊端的。如《司文郎》写一盲僧最能识文，用鼻子嗅一嗅，便知文章优劣。学识渊博的儒生王子平焚烧自己的文章，盲僧点头赞许，说文章有大家笔法，可考中。另一位大言自夸却又文理不通的余杭生，也焚烧自己的文章，盲僧认为其文章恶臭难闻，一定考不中。数日后放榜，余杭生高中，王子平却是落榜。盲僧让余杭生将试官的文章也焚烧来嗅一嗅，"每一首，都言非是，至第六篇，忽向壁大呕，下气如雷"[2]。原来，有如此写出恶臭文章的试官，便有如此文理不通的门生。蒲松龄对科举制度的讽刺极为辛辣，由此可见人世间是非混淆到何等地步！又如《于去恶》，蒲松龄提及清顺治十四年（1657年）在江南、顺天、山东、山西、河南等地发生的乡试科场案，顺天府及江南乡试主考及分考官，以及贿买之举人等有多人被杀，此案体现出科举考试制度的腐败黑暗，科场充满了夤缘请托、贿赂公行的弊端，真正有才华的士人往往遭受冷落。[3]又如《贾奉雉》，写"才名冠一时"的士子贾奉雉，屡试不第，快快不乐。后一郎姓秀才告诉他，浅薄者可得幸进，饱学者则文运蹭

---

[1] 蒲松龄：《述刘氏行实》，第62页。
[2] 蒲松龄：《司文郎》，《（全本新注）聊斋志异》中册，第1102页。
[3] 蒲松龄：《于去恶》，《（全本新注）聊斋志异》下册，第1165页。

蹬，贾奉雉听从郎秀才，将"不可告人之句，连缀成文"，勉强记忆，后在考场草草写出，竟然得以高中。但贾奉雉再读旧稿，竟重衣尽湿，羞愧难言。[1]蒲松龄描写科举仕途对读书人的毒害已浸透骨髓了。汲汲于功名，必戚戚于利禄，道德风骨也荡然无存了，他们被桎梏在名利场里，企图靠八股文章来科场扬名。还有《叶生》《索秋》《褚生》《续黄粱》等都写到八股取士制度对社会文化的危害，对读书人思想的窒息。整个社会仅给儒生士人留下一座仕途的独木桥，极少数人可由科举途径平步青云，多数读书人则被挤入水中，使得一代又一代读书人变得猥琐、鄙薄、迂腐无知。

蒲松龄在《聊斋志异》中对社会黑暗的揭露与批判是不遗余力的。他写《考弊司》，所谓的考弊司的"司主名虚肚鬼王，初见之，例应割髀肉"，闻人生惊问："何罪而至于此？"秀才回答："不必有罪，此是旧例。若丰于贿者，可赎也。然而我贫。"闻人生入阴间城郭，却见府堂高阔，"堂下两碣东西立"，"一云'孝悌忠信'，一云'礼义廉耻'"，府堂内阴风森森，鬼影憧憧，"一狞人持刀来，裸其股，割片肉，可骈三指许"，见如此惨状，"生少年负义，愤不自持，大呼曰：'惨惨如此，成何世界？'"[2]他用象征手法来描写当时残忍的官僚专制社会。蒲松龄的许多作品与卡夫卡小说的艺术手法颇有相似处，比如《考弊司》中的描写就与《城堡》很相像。英国评论家安东尼·吉伯斯论及西方著名现代派作家卡夫卡时认为，对他的这些作品，"人们无法直截了当地阐释。尽管风格体裁通常是平淡的，累赘的，但气氛总是那么像梦魇似的，主题总是那么无法解除的苦痛"[3]。蒲松龄的小说也有那么一种浓厚的梦魇气息，写的是阴间地府，其实却是现实人间，但他的艺术手法要比卡夫卡更简洁生动，我们不得不佩服近三百年前的这位经典作家的洋溢才华。又如《促织》，它深刻揭露了古代专制社会"强梁世界"的荒淫残暴。明朝宣德年间，"宫中尚促织之戏，岁征民间"，迂讷的童生成名，交不上善斗蟋蟀，难以应付官府，家中薄产已

[1]蒲松龄：《贾奉雉》，《（全本新注）聊斋志异》下册，第1353—1356页。
[2]蒲松龄：《考弊司》，《（全本新注）聊斋志异》中册，第625页。
[3]（英）安东尼·吉伯斯：《当今小说》，转引自（奥）弗朗茨·卡夫卡《城堡》，汤永宽撰《〈城堡〉序言》，上海译文出版社，1980年1月第1版，第2页。

尽。一日，得某驼背巫师指引，总算捉到一只俊健的蟋蟀养在盆里。成名9岁的儿子因好奇掀开盆窥视，不小心弄死了蟋蟀。小儿惧，投井自杀。成名化怒为悲，悲痛欲绝。将要葬子时，其子灵魂却进入另一只勇猛的蟋蟀中。此蟋蟀百战百胜，官僚将它献入宫中，深得皇帝喜爱，成名一家也因此暴富。蒲松龄在最后的"异史氏曰"，特地点名凡皇帝视为小事，"而奉行者即为定例，加以官贪吏虐，民日贴妇卖儿，更无休止。故天子一跬步皆关民命，不可忽也"[1]。

官僚豪绅，强取横夺，作恶多端，是《聊斋志异》中反复描写的题材，如《石清虚》中强抢奇石的尚书，《红玉》中退居林下的宋御史，《辛十四娘》中的楚银台公子，《崔猛》中"豪横一乡"的"巨绅某甲者"及"家豪富"的王监生，等等，都写出了古代专制社会"强梁世界"的黑暗本质。蒲松龄愤恨官僚豪绅欺压百姓们的贪暴恶行，同情下层民众的凄惨无助，在多篇小说中表达了其鲜明的爱憎。如在《成仙》中借成生之口呼道："强梁世界，原无皂白，况今日官宰半强寇不操矛弧者耶？"[2]"矛弧"指矛和弓，他认为那些官僚实际上是手中未持凶器的"半强寇"。蒲松龄秉性直率，刚正不阿。康熙十四年（1675年），他的好友孙蕙升任户部给事中，其家人及佃户倚仗权势，横行乡里。乡人敢怒不敢言，蒲松龄得知后即给孙蕙写信，揭露此情状。孙蕙接书后慨叹不已，立即对家人及佃户进行约束。[3]蒲松龄声名远扬后，一些达官贵人欲与他结交，可他清高自矜，不慕豪门。喻成龙任山东布政使时，也倾慕其诗文，令淄川县令周兴安尽礼敦请，蒲松龄高卧不起，经毕际有父子再三劝说，乃答应前往。蒲松龄在喻成龙的衙署住了几天，写一首诗，很快就回来了。他对农民大众却有着深厚感情，不忘为百姓们写通俗读物，如《农桑经》《日用俗字》等。

蒲松龄南游，结识了不少江南名士，也受到了当时流行的启蒙思想的浸润。在他的作品里，可以看到清初的"新义利观"影响。如前所述，"新义利观"的思想特点是反对传统的伦理道德至上主义，反对宋明理学的"存天理、

---

[1]蒲松龄：《促织》，《（全本新注）聊斋志异》上册，第494—496页。

[2]蒲松龄：《成仙》，《（全本新注）聊斋志异》上册，第94页。

[3]同上，张元：《柳泉蒲先生年表》。

灭人欲"之说，具有明显的功利主义特征。例如颜元就针对传统的"正其谊不谋其利，明其道不计其功"的说法，反其道而行之，提出"正其谊而谋其利，明其道而计其功"的主张，傅山、唐甄等人也是主张以社会功利而不是以道德伦理说教作为检验社会实践的得失标准，他们把"利"看成是"义"的基础，而且认为士人们必须有独立的经济基础才能有独立的道德人格。这些具有市民阶层色彩的"新义利观"启蒙思想及对商品经济意识的正确评价，可在蒲松龄的小说《黄英》得以管窥。

《黄英》写顺天人马子才嗜爱菊花，自金陵归乡途中遇一陶姓少年，言语投机，彼此皆爱菊之人。陶姓少年与姐姐黄英拟往顺天去，马子才慷慨建议姐弟二人可寄宿他家中。陶某及黄英居住马子才家的南小院，仅小室三四间及一处荒园。两家相处甚好，陶姓少年见马家清贫，便出主意道："我看老兄家道亦不富足，咱们合计一下，卖菊花亦可谋生。"马子才自命清高，鄙弃此建议，以为高士当能安贫，此议有辱黄英。陶某笑曰："自食其力不为贪，贩花为业不为俗。人固不可苟求富，然亦不必务求贫也。"马子才种菊的残枝劣种，陶某悉数捡去，种在那处荒园。没多久，马子才闻南小院喧嚣如市，前来买菊花的人来来往往。马子才内心嫉妒，便去找陶某，想借此讥诮他。但陶某引导他参观，马子才方知那园里菊花都是自己所弃的残枝败叶，两人设酒席菊花畦侧，尽欢而散。陶由此日渐富裕，一年增舍，二年起夏屋，且扩大菊花园，生意越做越大。至秋季，陶姓少年载花离去，留下姐姐黄英仍住马家。一年内，马妻病逝，临终前希望黄英做马子才续妻。黄英亦允，只待弟弟陶某归来。她继续经营弟弟的生意，规模更大，村外买膏田二十顷，房屋连片。陶某托人从东粤带信来，同意姐姐嫁给马子才。寄信之日，恰是马妻病逝那天，马子才甚惊奇。他与黄英结婚，怕别人笑话好似入赘妻家，不愿搬到南院高房阔舍住。他要求黄英两边跑，既住南院又住自家简陋北院，家中事务皆听黄英，她又营造新屋，经数月，楼舍连亘，两家竟合为一，不分疆界矣。马子才颇自惭，黄英与其辩论，未说服他，任凭马子才在园中筑茅舍。住一些时日，因他留恋黄英，遂又合居。马子才又赴金陵巧遇陶某，两人同回顺天。陶姓少年善饮酒，一日，遇友人曾某，纵饮甚欢，彼此烂醉如泥。陶姓少年倒地，化为高如人的菊花，花十余朵，皆大如拳。马子才惊骇，告知黄英。黄英急往，将花拔置地上，覆盖衣服。马子才方明白，陶某与黄英皆是菊花精。又一次，陶某又喝醉化为菊花，马子才见怪不怪，也去将它拔起，谁知却害死了陶姓少年。马子才痛不欲生，将所化菊花掐其梗，埋入盆中，盆中九月花开，短干粉朵，嗅之有酒香，名之"醉陶"，浇以酒水则花开茂盛。黄英则与马子才偕老。[1]

在这篇小说中，作者心目中的理想人物是菊花精陶某与其姐黄英，姊弟俩都信奉"新义利观"，也是具有某种市民阶层的商品经济意识的。从陶某建议马子才去做菊花生意，二人关于"安贫"与"求富"的辩论，就可以看出，这是"正其谊而谋其利，明其道而计其功"的"新义利观"和"正其谊不谋其利，明其道不计其功"的传统义利观之间的矛盾，也是新的商品经济意识与陈旧的小农经济观念的分歧。黄英与马子才结婚后，又有着新伦理观念与传统伦理观念的进一步冲突。马子才是一个迂腐士大夫的典型，他认为应该遵循旧纲常伦理观念的"夫为妻纲"，他怎么能住到黄英家去呢？他谨守旧传统礼教的那一套，竟然"耻以妻富"，快快不乐，看似是廉洁守志，其实扭扭捏捏，自己一点儿本事也没有。黄英半开玩笑地称他为"陈仲子"，即战国时期的齐国士大夫，所谓"不食乱世之食，遂饿而死"，实质讥讽他过分追求清高，不免迂腐。后来，黄英生活得富裕又舒适，马子才的酸腐文人习气又发作，居然说："仆三十年清德，为卿所累。今视息人间，徒依裙带而食，真无一毫丈夫气矣。人皆祝富，我但祝穷耳！"[2]黄英无奈，只好在园内又筑一间草舍，马子才住了一段时间却耐不住贫困，又搬回瓦房新居。马子才的可笑迂腐形象，可说是深受旧传统礼教影响的士大夫典型。当代作家汪曾祺先生改编《聊斋志异》中的十一篇故事，写成《聊斋新义》的白话小说，他在前言中说，"我把《黄英》大大简化了，删去了黄英与马子才结为夫妇的情节，我不喜欢马子才，觉得他俗不可耐，这样一来，主题就直露了"[3]。汪曾祺先生厌恶马子才的装模作样、自命清高的道学气，认为他配不上美好、清纯的菊花精黄英，其实作者

---

[1] 蒲松龄：《黄英》，《（全本新注）聊斋志异》下册，第 1431—1434 页。
[2] 同上。
[3] 汪曾祺：《聊斋新义》，"前言"，广东人民出版社，2020 年 1 月第 1 版。

蒲松龄也是如此本意，但他所写的马子才与黄英的婚姻结合，则更进一步体现两个人不同观念的冲突，且更深刻地展现了那个时代士大夫们的思想冲突和复杂心理矛盾。

《聊斋志异》还有许多优美而曲折的爱情故事，写青年男女恋爱的悲欢离合，也写狐魅精灵与世人们的相爱情节，这是对旧传统礼教与宋明理学的冲击与批判，也代表了早期启蒙思潮中呼唤个性解放、追求自由理想的时代精神。如《婴宁》，写王子服与狐女婴宁的恋爱故事。美丽天真的婴宁，憨态可掬，蒲松龄着意描写其笑声，"犹掩其口，笑不可遏"，"女复笑，不可仰视"，还写她爬树上，"见生来，狂笑欲堕"；王子服携其入家门拜母成婚，"母入室，女犹浓笑不顾"，王母很满意婴宁，"操女红精巧绝伦，但善笑，禁之亦不可止，然笑处嫣然，狂而不损其媚，人皆乐之"。可就是这样纯洁无瑕的少女，在险恶人间也步步荆棘，邻人之子竟然对婴宁产生非分之想，被惩罚以后，又到官府评告婴宁为妖异，幸亏地方官知道王子服是品行忠厚的读书人，诬告未成。从此，婴宁再不笑了。"母曰：'人罔不笑，但须有时。'而女由是竟不复笑，虽故逗，亦终不笑。"[1]这一笔写得实在深刻！作者是在控诉禁锢笑声的专制社会，与那些大悲大喜的故事不同，仅仅是刻画了一个少女的性格，便艺术性地表现了"存天理、灭人欲"的宋明理学桎梏与旧礼教社会黑暗，揭露出这个虚伪的社会与少女的笑声是不相容的。《聊斋志异》中刻画了许多具有美好情操及善良品德的女子形象，体现了作者对女性人格与地位的尊重和赞美，除上文所提外还有淳朴的蕙芳、聪慧的娇娜、痴情的青凤，等等，这些女性形象超凡脱俗、人各一面，体现了作者的精湛艺术才能和高洁的思想情趣。蒲松龄的男女爱情观与早期启蒙思潮中的李贽、汤显祖等人所提倡的自然之性、自然之情是一致的，他通过一系列的艺术形象抨击了旧传统礼教对人性的束缚，借青年男女的纯洁爱情来揭发与抨击旧伦理道德的虚伪性。《阿宝》中孙子楚对阿宝的强烈爱情，甚至到了鹦鹉飞去之境界；《香玉》里的黄生，深情挚爱白牡丹幻化的香玉与耐冬花幻化成的绛雪，自己竟也殉情而死，幻化为一株花守在她

---

[1]蒲松龄：《婴宁》，《（全本新注）聊斋志异》上册，第150—155页。

俩近旁。蒲松龄所写的那些痴情男女是品格高洁的人，都具有追求平等自由的美好理想，也充满摆脱宋明理学桎梏的时代精神。蒲松龄在自己家庭生活中亦是如此，他与夫人刘氏贫困相依，相濡以沫。康熙五十一年（1712年）九月，与其贫困相依56年的夫人刘氏去世，蒲松龄悲恸至极，写下悼念妻子的《述刘氏行实》一文。读过此文的人，都不由得发出感慨，蒲松龄与刘氏的婚姻也是一篇美好爱情故事！

康熙四十九年（1710年），蒲松龄71岁时补了岁贡生。他决定撤帐归家，结束近三十年的塾师生涯。他家已有田五十余亩，生活虽然清苦，却不再困窘。其四子中有三个儿子先后补了博士弟子员，各自成家，也担任塾师，自谋一馆。次年，他的长孙蒲立德参加童子试，以第一名补博士弟子员。蒲松龄为此事喜赋一诗，诗作间流露出极复杂的感慨。他年迈归家，南窗吟诗，东阡务农，没过几年闲适生活，夫人刘氏即去世。康熙五十四年（1715年）的正月初五，蒲松龄率全家前往其父蒲槃墓前祭奠，偶中风寒，不思饮食，衰病卧床。正月十五，他特派儿孙将贫病交加的弟弟蒲柏龄也接到家中，兄弟二人连床相守。二十二日早晨，其弟病逝。同日酉时，蒲松龄倚窗独坐，安然辞世。

蒲松龄是个丰富多产的文学家，其著述有《聊斋志异》八卷共四百九十四篇，文集四卷，诗集六卷，词集一卷，戏三出，通俗俚曲十四种，杂著五种。可惜由于他家境清贫，这些著述在蒲松龄生前俱未刊印，一些著述已散佚。但是，他所作的《聊斋志异》则在清代乾隆年间即风行天下，各类翻刻本层出不穷。新中国成立前有诸多抄本与刻本，其中以"铸雪斋抄本"较为完整，新中国成立后又发现一些作者的手稿，1989年人民文学出版社出版了《（全本新注）聊斋志异》，共收入494篇作品，是比较完整的版本。如今这部书已经被翻译成英、法、德、日、意、西、荷等将近20种文字，蒲松龄已成为有世界影响力的杰出经典作家。

三、袁枚的启蒙思想与文言小说《子不语》

清代中期后，早期启蒙思潮渐渐转入低潮，清王朝的专制政治体制则处于回光返照的余威中。清王朝统治者对 17、18 世纪西方社会发生的时代变革一无所知，对外政策是闭关锁国，对内政策则是文化专制，也就是通过文字狱来实行"钳口术"。不过，早期启蒙思潮仍有余波荡漾，社会风尚也发生新变化，比如市民文学重新蓬勃兴起，戏曲也重新繁荣。在思想界，戴震的自然人性论及新理欲观影响了如洪榜、焦循、阮元等一批士大夫。在文学艺术领域，诗人袁枚提出"废道统之说"，主张学术独立，且倡导新情理观的"唯情主义"。当时，袁枚的文学观与戴震、焦循的哲学论说及社会学论说相合相近，而同时代产生的《红楼梦》《镜花缘》等文学作品里也体现出相似精神，这其实是一种人文主义思潮，共同反映了乾嘉时期城市经济繁荣所导致的市民阶层新意识的某种苏醒。

袁枚，出生于清康熙五十五年（1716 年），卒于嘉庆三年（1798 年），字子才，号简斋，又号随园老人。浙江钱塘人。少年有异禀，12 岁即补县学生，后随叔父至广西，巡抚金鉷出《铜鼓赋》题目，少年袁枚提笔立就，且词甚瑰丽。朝廷开博学鸿词科，巡抚金鉷出遂疏荐之，但未被选中。自此，少年袁枚的才名为文坛所闻。他于乾隆四年（1739 年）中进士，选庶吉士，曾外放江苏省溧水、江浦、沭阳、江宁县任县令，从政七年，勤政廉洁，颇有声誉，当时的两江总督尹继善也很看重他。但是，袁枚难以适应官场潜规则，33 岁便急流勇退，辞官归隐于南京小仓山随园。他四方云游，名震士林，号称"江左三才子"之一，是当时的诗坛盟主。《扬州画舫录》中称："每逢平山堂梅花盛开时，往来邗上，以诗求见者，如云集焉。"[1] 袁枚著述甚丰，有《随园诗话》《随园随笔》、文言小说《子不语》，以及《小仓山房诗文集》《小仓山房尺牍》等。

袁枚的很多思想观念与李贽相近，他认为所谓"道统之说"是后儒所杜撰的，说什么从尧、舜、禹、汤、文、武、周公至孔、孟等依次传递的道统，既不合历史实际，也在逻辑与理论上荒谬混乱。他说："道统二字，是腐儒习气语，古圣无此言，亦从无以此二字公然自任者。"[2] 他在一封信中说，文王与

---

[1] 李斗：《扬州画舫录》卷十，中华书局，1960 年 4 月第 1 版，第 243 页。

[2] 袁枚：《答是仲明》，载《袁枚全集》第 5 册，江苏古籍出版社，1993 年版，第 128 页。

孔子都没有说过这样的话，因为他们是谨慎与谦虚的，更注重努力探索。他后来又更具体地说：“道者乃空虚无形之物，曰某传统，某受统，谁见其荷于肩而担于背欤？尧、舜、禹、皋并时而生，是一时有四统也。统不太密欤？孔、孟后直接程、朱，是千年无一统也。统不太疏欤？甚有绘旁行斜上之谱，以序道统之宗支者；倘有隐居求志，遁世不见知而不悔者，何以处之？或曰，以有所著述者为统也；倘有躬行君子不肯托诸空言者，又何以处之？”他接连反问后，得出结论：“废道统之说而后圣人之教大欤！”[1]虽然，清朝统治者将朱熹的牌位放入孔庙，尊为圣人，但袁枚仍然大胆地讽刺和奚落朱熹，揭露朱熹为了和韩愈争夺道统中的地位，拿出“捕快搜赃”的办法来攻击韩愈，称韩愈曾经与佛教徒来往。袁枚反问，过去孔子亦曾经师事老子，为何朱熹不去搜孔子之赃？且理学之祖师周敦颐也有“佞佛之真赃”，朱熹为何不去搜？他风趣地说，“二程”与朱熹都是分赃之人，所以根本不会去搜。袁枚还反对当时朝廷在官方意识形态独尊程朱与摒斥陆王的做法，他明确地说：“书中斥陆、王为异端，亦似太过。”他引用孔子“仁者乐山，智者乐水”的话，然后又说：“然仁者之乐山，固不指智者之乐水为异端也。”[2]

袁枚主张学术独立，反对专制政治的伦理观操弄史学，反对宋、元以后的史学界所谓的“正统”与“非正统”之辨，尤其反对专制君主任意篡改历史，他认为，研究历史即是要获得史实真相，不应该将史学作为伦理政治的附庸。他说：“作史者只须据事直书，而其人之善恶自见，以己意定为奸臣、逆臣，原可不必。”[3]他甚至还认为《春秋》没有什么史学价值，有价值的是记述史实的“传”而不是“经”，这个说法也与儒家所称的“孔子作《春秋》，乱臣贼子惧”相悖反。袁枚还说：“孔门四科，因材教育，不必尽归德行，此圣门之所以为大也。宋儒硁硁然，将政事、文学、言语一绳捆来，驱而尽纳诸德行一门，此程朱之所以为小也。”[4]他说“宋儒硁硁然”，也就是浅薄固执的意

[1] 袁枚：《策秀才文五道》，《袁枚全集》第2册，第417页。
[2] 袁枚：《代潘学士答雷翠亭祭酒书》，《袁枚全集》第2册，第296页。
[3] 袁枚：《作史》，《袁枚全集》第5册，第58页。
[4] 袁枚：《答朱石君尚书》，《袁枚全集》第5册，第181页。

思，对那些理学家把文学艺术与专制伦理政治捆到一起，而且将艺术作品纳诸于"德行"，表示很不满。他认为文学艺术有着超功利的审美价值，因此，不能简单地用"德行"来衡量文艺作品的优劣。可以说，在中国古代专制文化弥漫了整个士大夫阶层的时候，特别是多数文人都将文学看成是为伦理道德服务的工具时，袁枚则有着个人的独特见解，而且对文学艺术的审美本质是有着深刻认识的。他尤其厌恶那些对专制独裁君主歌功颂德的所谓"文学"，认为文学家应该按照艺术审美规律去创作，"报国"也不在于刻意迎合统治者。他还说："所谓以文章报国者，非必如《贞符》《典引》刻意颂谀而已；但使有鸿丽辨达之作，踔绝古今，使人称某朝文有某氏，则亦未必非邦家之光。"[1]他以为柳宗元的《贞符》与班固的《典引》都有"刻意颂谀"之嫌，对汉唐时期文人们附庸于政治伦理的态度表示一种强烈的不满，更对那些甘于充当专制文化工具的御用文人充满了轻蔑和鄙夷。他似乎有些艺术上的"唯美主义"，以为文学作品的社会价值在于其本身的艺术造诣，而不是统治者们的认可。这在当时的确是一种比较先进的文学观念。

他在文学观点上继承和发展了明末公安派"三袁"的传统，反对复古与拟古，提出了"性灵说"。他认为诗歌应当抒发真情实感和表现个性，尤其重视诗的新颖、鲜活与真情，他讽刺那些尊崇唐宋的文人，是"胸中有已亡之国号，而无自得之性情"。所以，他认为作诗可以用典，但不可为显示学问而堆砌典故。他嘲笑那些所谓的"典故学问诗"是"填书塞典，满纸死气"。他认为诗文亦可以学古，但要得鱼忘筌；不应该以"古"或"今"为准绳，应以"工"与"拙"为标准，学后要变，倘若不变必定"造物有所不能"，也就是说失去了艺术创造性了。他还认为，诗赋中文辞可以藻饰，讲究音节，但不可片面追求。他反对片面要求"温柔敦厚"的主张，以为这不过是诗歌的一派，不必篇篇都如此，且引用孔子之言，诗歌中有"兴、观、群、怨"，而"温柔敦厚"则"不过是诗教之一端"。他还反对当时流行的所谓"神韵诗"，他以为那是脱离"真性情"的，是"假诗"。他在《随园诗话》里批评"神韵派"的代

---

[1] 袁枚：《再答陶观察书》，《袁枚全集》第 2 册，第 269 页。

表人物王士祯，说其观一处必有诗，且必用典故，"可想见其喜怒哀乐之不真矣"。他的"性灵"原则，也贯穿在自己诗文之中。

　　袁枚反对"尊性而黜情"之说，特别是打着"性即理"旗号的理学禁欲主义，认为这只是借宗教异化来强化伦理异化的手段，是"非君子之言"。他说："古圣贤未有尊性而黜情者。喜怒哀乐爱恶欲，此七者圣人之所同也。惟其同，故所欲与聚，所恶勿施，而王道立焉。己欲立立人，己欲达达人，而仁人称焉。"[1]他认为理学家们以情为恶的言论，实际是从佛教的灭六贼之说而来，这也不是宋明道学祖师周敦颐的发明，而是唐代李翱的《复性书》的"尊性黜情"观点，也是受了佛教很大影响。而袁枚论到"情"时则鲜明地表达其"唯情主义"观念，他以为"圣人之所以殷殷然治天下者，何哉？无他，情欲而已矣"。又接着说："好货，好色，人之欲也。因使之有积仓，有裹粮，无怨无旷者，圣人也。使众人无情欲，则人类久绝，则天下不必治；使圣人无情欲，则莫不相关，而亦不肯治天下。"[2]他其实是批判理学家们的"存天理、灭人欲"之说，他将情欲看成是人类生命的属性，灭掉人欲也就灭掉了人类。他还彻底揭露了那些道学家其实是"矫情者"，冷酷地"灭人欲"，在私生活上不近人情，其实是为了谋求高官显位，然后再来榨取民脂民膏，"故曰：'不近人情者，鲜不为大奸。'"[3]这些"大奸"就是打着伦理道德招牌，而实以"禁欲"为攫取官禄之钓饵。

　　袁枚从人文主义立场出发，对传统礼教的忠、孝，以及轻视与摧残女子等丑恶现象进行抨击，实开五四新文化运动批判"吃人的礼教"之先声。袁枚举出一史事，汉代的所谓忠臣张巡守睢阳城，敌军围困已久，城中粮尽，张巡则将自己的妾献出，杀之。他还命令将士将城中妇女、老人及儿童都杀而食之，如此灭绝人性的行为却被专制统治者表彰为忠臣。袁枚悲愤地斥责："或谓巡之杀妾，望成功也。然巡有功，则爵为上公；妾无罪而形同犬彘，于心不安，请于朝而旌之，于事无济。"张巡其实是用血淋淋的人肉来铺垫自己的升

---

[1] 袁枚：《书〈复性书〉后》，《袁枚全集》第 2 册，第 395 页。
[2] 袁枚：《清说》，《袁枚全集》第 2 册，第 374—375 页．
[3] 同上书，第 375 页。

官之路。袁枚又说："孟子曰：'杀一不辜而得天下，不为也。'杀一不辜而号忠臣，君子为之乎？"[1]他还写过《郭巨论》一文，对宣扬传统礼教的《二十四孝图》中"郭巨埋子"的故事"析其理"，揭露其残忍与反人道的本质。据说汉朝郭巨家贫，有子三岁，其母疼爱孙子，常减下自己吃食给孙子，郭巨为体现孝心遂决定埋掉自己的儿子。在掘坑时，他却挖出黄金一罐，孝心感动上天，孩子免遭杀害。袁枚愤怒地痛斥，"杀子则逆，取金则贪，以金饰名则诈，乌乎孝？"以儿争母食名义杀儿，母心则何忍？此乃大罪，掘地见黄金即取，而且以得金子来掩饰孝名，此乃诈术。《随园诗话》中，袁枚特地提到他的姑母所写一诗也是斥责"郭巨埋子"的，姑母也认为是"无端枉杀娇儿命，有食徒伤老母情"[2]，他严厉地抨击所谓的忠、孝之举，其实是杀人的野兽行为。

袁枚与李贽在很多方面可引为同道，他俩都认为女子与男子同样有发挥自己才智的权利，人的见解之深浅不在于男女差别。他说："俗称女子不宜为诗，陋哉言乎！圣人以《关雎》《葛覃》《卷耳》冠三百篇之首，皆女子之诗。"[3]他认为，女子的诗少见于诗坛，主要是社会上男尊女卑观念作怪，由于妇女地位低下，因此难以发挥自己的才智。这个观点与李贽的思想也是相合的。他还特别厌恶强迫妇女裹足的陋习，在当时就公开自己的看法，向专制文化中的陋习挑战。他在《随园诗话》讲一桩轶事：有姓赵的官员在苏州买妾，那女子是大脚，赵姓官员故意戏弄那女子，遂以《弓鞋》为题目要女子写诗，女子则奋笔诗云："三寸弓鞋自古无，观音大士赤双趺。不知裹足从何起？起自人间贱丈夫！"[4]他用趣闻轶事来讽喻裹足，又直接地对此陋习愤怒指摘："女子足小有何佳处，而举世趋之若狂。"[5]他说，这样的陋习与"戕贼儿女之手足以取妍媚"无异，是一桩可悲之事！

袁枚去世后颇遭物议，一些道学之士攻击他是狂荡不羁之人，甚至包括以前向他执弟子礼的著名学者章学诚，也攻击他"非圣无法""以《六经》为

---

[1] 袁枚：《张巡杀妾论》，载《袁枚全集》第 2 册，第 359 页。
[2] 袁枚：《随园诗话》卷十二第四十四条，《袁枚全集》第 3 册，第 393 页。
[3] 袁枚：《随园诗话补遗》卷一第六十二条，《袁枚全集》第 3 册，第 570 页。
[4] 袁枚：《随园诗话》卷四第三十七条，《袁枚全集》第 3 册，第 111 页。
[5] 袁枚：《牍外余言》卷一第三十五条，《袁枚全集》第 5 册，第 11 页。

导欲宣淫之具"等。后世学者们也多将他看成文思敏捷的风流才子，认为其诗文作品虽然对古代文化专制主义是一种冲击，有着某种进步意义，但仍然有浮华之嫌。的确，袁枚处于文化钳制严酷的时代，内心痛苦难以疏解，且不愿意同流合污，从他年纪很轻就辞官即可看出其心境，但他也不可能公开去反抗当时的统治者，便只好以游戏人间的姿态行世，这是他不得已而为之的。著名作家李国文先生谈到袁枚写作《随园食单》的动机时说："袁枚一辈子为乾隆的臣民，而乾隆酷爱收拾文人，……时不时要收紧骨头，动不动要开刀问斩的特别嗜好，很可怕，很恐怖。所以，便可理解他宁可谈吃谈喝，不敢忧国忧民的缘由了。"[1] 应该说，李国文先生非常敏锐地看到了袁枚内心的痛苦与无奈，对其深层心态的准确分析是超越了很多学者的。关键就在于，他将袁枚的处世态度和清朝当时严酷的社会环境紧密联系在一起来看。

袁枚的文言小说《子不语》初编二十四卷，后又有续编十卷，此书初名《子不语》，后见元人说部已经有同名者，乃改名为《新齐谐》。不过，《子不语》之名目在读者中流传更广。此书内容表面是写阴间地狱、神狐鬼怪，荒诞不经，但在一个个小故事里，神鬼的影子其实与现实生活的画面是交织在一起的。各卷之首有"随园戏编"四字，袁枚特别强调"非有所感"的游戏性质，实则是在神鬼故事中寄寓愤世嫉俗之情，用曲笔写人间社会的残暴、丑恶、贪婪，将当时尔虞我诈的世道人心都揭露无遗。一些故事则是对腐朽社会的直接抨击。

袁枚对古代专制社会的官僚体制甚厌恶，也对官场之黑暗污浊深有所感，在很多故事里多有揭露与讥刺。例如，《江都某令》描写江都县的县令敲诈汪姓商人，因汪家的一仆人自缢，县令故意将汪家仆人尸首停在大厅内，不去验尸。尸首臭秽，县令先是要三千两，始行往验。后又榨取四千两银子，方肯结案。连其友人也以为太过，县令才道出秘密缘由是要为其子捐官，从汪家敲诈的七千两银子已送到京城，其子被选为甘肃某县县令，后又升为河州知州。[2]

---

[1] 李国文：《袁枚与〈随园食单〉》，载汪曾祺编、施亮补编《知味集》，湖南文艺出版社，2017年12月第1版，第442页。

[2] 袁枚：《子不语》，卷二十一，"江都某令"，岳麓书社，1985年11月第1版，第463—464页。

这个故事揭露了清官吏以权谋私、贪财纳贿、勒索商家的黑暗内幕。《地藏王接客》这个故事，既写了那些儒生以八股为荣耀，眼光短浅，借地藏王之口，讥讽他们心胸狭窄；同时又写了即使在阴间也难觅所谓公义原则，也不过是官僚横行的世界，借此讽喻其实阴间与阳世都是充满势利偏见的。[1]袁枚对当时的官僚社会很不满，他深刻地揭露那些贪官污吏互相勾结，压榨百姓，吸取民脂民膏，结果搞得整个社会是冤魂遍地，《狮子大王》描写鬼吏制造冤案，尹某的冤魂只好寻找狮子大王告状，其间的种种关卡，互相推诿，实质是当时人间社会的写照。[2]《饶州府幕友》则写饶州太守贪污赈粮，郡民聂某率三十余人赴京上告，官官相护，省巡抚将聂某等判为诬告，执行死刑。聂某等冤魂在阴间仍然告状，阎罗王遂将那太守烧死在火中。可司钱谷幕友在官署中也被连带烧死，那幕友冤魂遂又在官衙夜夜出现，新官上任后将幕友尸体安葬，此事方了。[3]这故事也是直接抨击官僚相互包庇、残民以逞的丑恶行径的。

古代中国是官本位社会，士大夫们竞相争逐，无论是科举登第，或是花钱捐官，他们的眼睛都盯住了升官发财。袁枚与那些启蒙思想家一样，担心士子们纷纷沉溺于八股文章中，不注重实学，难以学以致用，缺乏实际本领与知识，其思想是受到清初的实学之风浸染的。《秀民册》写儒生荆某做梦到阴间，发现自己不能登科甲大哭，阎王高吟："一第区区何足羡，贵人传者古无多。"最后荆某惊醒，终身不第。这则故事寓意明显，一是告诫士人们不要以为有文才便可登科甲，里面偶然成分居多；二是讽刺那些科举登第之人其实未必就有真才实学，连阴间都认为他们"何足羡"；三是讥刺世间的儒生士子们都奔科举而去，已经到失态的地步。[4]袁枚对那些官迷心窍的文人们是深为厌恶的，对他们进行了辛辣讽刺。《官癖》写了明朝南阳府一位太守死在官署，死后多年仍然恋栈不去，总是在黎明前穿官服上堂端坐，新任太守知道了此事，说此鬼魂有官癖，新太守则未黎明前即朝衣冠先上堂南坐，鬼魂见此状后不复再

[1] 袁枚：《子不语》卷九，"地藏王接客"，第204—206页。
[2] 袁枚：《子不语》卷十，"狮子大王"，第224—228页。
[3] 袁枚：《子不语》卷二十三，"饶州府幕友"，第539页。
[4] 袁枚：《子不语》卷十一，"秀民册"，第245—246页。

现。[1]《续子不语》卷二《枯骨自赞》写一具枯骨在棺中喃喃自语，众人惊疑，请来能通鬼语的禅师伏地倾听良久，禅师诤曰："不必睬他，此鬼前世作大官，好人奉承。死后无人奉承，故时时在棺材中自称自赞。"[2]这两则故事对那些腐朽官僚实在是挖苦得入骨三分，让人不禁失笑。

袁枚反理学的思想倾向也在故事中体现出来。他在《狐道学》里写笃信道学的胡姓一家寄居某富人宅中，胡家少年调戏富人家女婢，婢女去告状，胡家人其实是狐狸，羞愧留下租金三十两搬走，小狐狸被掐死在阶下。作者以"法子曰"趁机发议论："此狐乃真理学也，世有口谈理学而身作巧宦者，其愧狐远矣！"[3]袁枚在《淫诐二罪冥责甚轻》里写某老人赴阴间听那判官大发议论："况古来周公制礼以后，才有妇人'从一而终'之说。试问未有周公以前，黄农虞夏，一千余年，史册中妇人失节者为谁耶？"[4]袁枚用嬉笑怒骂的笔法，对古代专制社会的旧传统礼教发起挑战。他认为在周公制礼以前，妇女们还是有一定自由的，以后提倡礼教，就给妇女们加上了旧伦理道德的桎梏。他其实是在质疑统治者要求女子"三从四德"的贞节观念，认为这是不人道的。在乾隆时代，统治者仍然企图用程朱理学作为桎梏人们思想的精神枷锁，却不理会这副枷锁已经腐朽了，世道人心正在激烈发生变化。袁枚还对当时社会人心日坏、尔虞我诈的现象进行揭露。《子不语》卷二十一的《奇骗》和卷二十三的《骗人参》，都是描写骗子故意设局，骗取钱财和物品。还有《偷画》《偷靴》《偷墙》诸篇，也是描叙坑蒙拐骗的各类手法。读者感到在混乱世道里，真是步步陷阱，处处骗局。

袁枚的《子不语》和《续子不语》是当时很有影响的文言小说。小说文字质朴、灵动，率意成文，可惜仍停留在野史笔记的文学形式上，故事情节简单，人物描写则缺少性格，其艺术成就确实难以与文言小说《聊斋志异》相比肩。时人有评论，以为文言小说中蒲松龄的《聊斋志异》，袁枚的《子不语》

---

[1] 袁枚：《子不语》卷十一，"官癖"，第255—256页。

[2] 袁枚著、朱纯点校：《续子不语》，卷二，"枯骨自赞"，岳麓书社，1986年5月第1版，第539页。

[3] 袁枚：《子不语》卷二十二，"狐道学"，第517页。

[4] 袁枚：《续子不语》，卷十，"淫诐二罪冥责甚轻"，第172—173页。

和纪昀的《阅微草堂笔记》可谓三雄鼎足，互争雄长，这个说法并未被后世的学术界所认可。不过，袁枚在《子不语》的一部分故事中贯穿了作者的社会批判意识，且具有强烈的启蒙思想倾向，清朝乾嘉时代的社会生活，城镇乡村，民情风俗，官场内幕，三教九流，在他的具有浓厚"性灵"和率意风格的笔法下，都有极妙趣横生的描写，可说仍然是具有一定艺术价值和思想意义的作品。

袁枚的思想言论与作品对古代文化专制主义是一种冲击，也是有着进步意义和启蒙色彩的，从中可以看出受早期启蒙思潮浸润的一代努力探索的文人士大夫形象。他处于受到程朱理学文化钳制的专制社会，噤口难言，在所谓"忧国忧民"难以忧下去的严酷时代氛围中，以游戏笔墨的形式反理学、反专制，坚持自己的人文主义的思想立场。而在他那放荡不羁、率意行世间，我们也可以管窥他那种孜孜不倦的探索精神与痛苦无奈相交织的复杂心理。

四、指摘时弊的讽刺小说《儒林外史》

清代的白话长篇小说《儒林外史》是吴敬梓所作。吴敬梓创作此书，是深受时代精神之浸染，与早期启蒙思潮中反理学的颜元、李塨学派的思想影响有着密切关联。美国学者韦勒克与沃伦所著的《文学理论》有一段论述："当然，文学可以看作思想史和哲学史的一种记录，因为文学史与人类的理智史是平行的，并反映了理智史。不论是清晰的陈述，还是间接的暗喻，都往往表明一个诗人忠于某种哲学，或者表明他对某种著名的哲学有直接的知识，至少说明他了解该哲学的一般观点。"[1]吴敬梓与李塨的弟子程廷祚是好友挚交，程廷祚是江南有影响力的经学家，也是颜李学派的重要传人。梁启超评价其学术思想道："绵庄之学，以习斋为主，而参以梨洲、亭林，故读书极博而皆归于实用。"[2]程廷祚学宗颜、李，推崇实学，敢于批评程朱理学，认为"宋儒之学，

---

[1]（美）韦勒克、沃伦：《文学理论》，刘象愚、邢培明、陈圣生等译，第十章，生活·读书·新知三联书店，1984 年 11 月第 1 版，第 114 页。

[2]梁启超：《中国近三百年学术史》，天津古籍出版社，2003 年 5 月第 1 版，第 155 页。

根本既与三代有异，而复好为高论，与魏晋习尚似异而实同"[1]。他的思想学术主张对后来崛起的启蒙思想家戴震有着重要影响。

从吴敬梓一生经历及《儒林外史》所反映的主要思想倾向，可以看出其深受颜李学派实学主义的影响，同时也有着黄宗羲、顾炎武等人的早期民主主义意识的映照，他蔑视科举的八股制艺文章，厌恶程朱理学的僵化格套，同情贫穷落拓和出身微贱的下层人物，强有力地揭露与讽刺了那些献媚于清廷专制统治的士大夫阶层，刻画出他们的卑劣、无耻与虚伪。所以，鲁迅称赞《儒林外史》是"有以公心讽世之书"，其"公心"正是早期启蒙思潮的进步思想理论。

吴敬梓，生于清康熙四十年（1701年），卒于清乾隆十九年（1754年），字敏轩，一字粒民，号文木，亦号秦淮寓客，安徽全椒人。吴氏家族屡世行医，其曾祖父吴国对始入仕途，从此"家门鼎盛"，吴国对兄弟五人，四人皆为进士。吴国对官至翰林院侍读，在康熙年间曾经典试福建、提督顺天学政，清初巨宦李光地即出其门下。吴家的科举辉煌历经五十年，至吴敬梓一代已衰微。吴氏家族父兄辈十数人中，仅以吴敬梓嗣父吴霖起以拔贡生而出任江苏赣榆县教谕。吴霖起是吴国对长孙，由于无子女，吴敬梓自幼即被过继长房。

吴敬梓自幼聪颖，兴趣广泛，不拘泥记诵四书五经，而是"穿穴文史"，还一度沉溺于诗文词曲及"淫词小说"，极大地开拓了文学视野。他在14岁时，还随嗣父吴霖起至赣榆县任上，此地处苏北海滨。少年吴敬梓于海边写下了第一首诗《观海》。吴敬梓虽有文学才华，其文章却难合八股套路，他历经八年科举考场，仍然被拒于县学门外。康熙六十一年（1722年），吴敬梓22岁时总算得到考中秀才的进学喜报。也在此年，嗣父吴霖起获罪上司，被粗暴地无端罢任。翌年，吴霖起含恨辞世。自此，吴敬梓须担起家庭重担。嗣父吴霖起留下一笔丰厚遗产，引来家族中人觊觎。吴敬梓陷入宗族的长辈同胞围攻之中，索性用纵情声色来解脱内心郁闷。他很快挥霍尽了祖先留下的田产，家境也日趋衰败，仆人佣妇都纷纷散去。吴敬梓生性豪爽，遇贫即施，也曾经周

---

[1] 程廷祚:《青溪文集续编》卷七,《与家鱼门论学书》。

济不少贫困的邻里友人。一见他钱财散尽，那些人立即变笑脸为白眼，蓄意参与对他的怠慢侮辱，这群势利之徒更伤透了他的心。

雍正十一年（1733年）二月，他决意离开安徽全椒家乡，携新婚妻子叶氏迁居南京。吴敬梓觅得一处园宅名为"秦淮水亭"，处于秦淮河与青溪汇流处的淮青桥畔，占地三亩余，景色绝佳，为一方名胜之地。吴敬梓手头尚有余资，便在园宅内邀集诗文好友，日日聚宴，饮酒赋诗。"泥沙一掷金一担"，很快他的钱财就全部耗尽，以诗酒相娱的那些文人悄然散去，吴敬梓不得不自己面对贫穷困境，他发出"近市居原误，无由学灌园"的慨叹，又深悔自己离开家乡"残灯高枕夜，梦里故山遥"。[1]

乾隆元年（1736年），乾隆皇帝登基后，仿康熙帝诏举博学鸿儒事，颁谕旨要内外大臣荐举人才。江宁县的地方官员推荐吴敬梓。当年二月，吴敬梓在安庆预试，所作诗赋博得交口称赞，安徽巡抚赵国麟也颁文全椒县，令地方官绅出具保证。举荐之事正进行之时，吴敬梓却生了一场卧床不起的重病。行期迫在眉睫，他只好向安徽地方官员告病辞荐。安徽巡抚赵国麟也将他从荐牍中除名了。这一次失去荐举机遇，吴敬梓更冷静地反省了自己一生，他曾经花费很多精力拼搏科场，企图博取一官半职，值得吗？嗣父吴霖起在官场被黜之事，他犹感痛心。此次荐举可谓人才济济，如其好友程廷祚、从兄吴檠及好友江其龙等都被列入荐牍，却因无高官显宦奥援而尽被黜归。官场黑暗，官僚集团拉帮结派，贪污行贿，买官卖官，朝堂上岂容有真才实学、品行端正之君子的立足之地？乾隆四年（1739年）五月，正逢吴敬梓的39岁生日，他写下《内家娇》词一阙，词中云："壮不如人，难求富贵。老之将至，羞梦公卿。"且立下心志："恩不甚兮轻绝，休说功名。"[2]他下定决心斩断科场折桂的念头，去做一件很多士大夫所不屑的事情，写一部长篇白话小说。

吴敬梓拖着羸弱的病体，辛勤笔耕十年，终于在乾隆十四年（1749年）前后，完成了近38万字的长篇小说《儒林外史》。《儒林外史》的卷数，有

---

[1]陈祖武：《清代人物传稿》（上编），第九卷，吴敬梓：《文木山房集》卷二，《春兴八首》，中华书局，1995年7月第1版，第364页。

[2]陈祖武：《清代人物传稿》（上编），第九卷，吴敬梓：《文木山房集》卷四，《内家娇》，中华书局，1995年7月第1版，第364—365页。

五十回、五十五回、五十六回、六十回诸说。六十回本，经研究此书的学者判定，其中后四回系他人妄增续作，而通行本则是五十六回本。此书的初刊本，是乾隆年间吴敬梓的友人金兆燕于扬州所刻。

《儒林外史》是中国文学史上的一部奇书，也是深受早期启蒙思潮影响的社会小说。其一，作者深刻揭露了中国古代专制社会科举取士制度的弊病，讥刺了这一制度桎梏下士大夫阶层谋取功名的势利心态。吴敬梓抨击科举取士，要比蒲松龄更彻底，更直截了当。第一回写明朝初年制定了科举取士之法，"三年一科，用五经、四书、八股文"，作者借书中人物王冕之口批评道："这个法却定的不好！将来读书人既有此一条荣身之路，把那文行出处都看得轻了！"[1]读书人热衷举业，孜孜以求升官发财，科场得意便可瞬间改变自己的命运，由社会底层平步青云，可做"知县、推官"，可"坐堂，洒签，打人"，欺压在百姓头上。小说里有两个活标本，一是范进，再就是匡超人。穷困乡里的一介儒生范进，几乎像乞丐一样被邻里们瞧不起，甚至他考上秀才后也要被岳父胡屠户骂一顿，"现世宝""穷鬼"，他再去乡试，向岳父借盘缠没借到，又被骂得狗血喷头。可他一朝得中举人，原来的亲友邻舍们则由白眼冷脸换为阿谀奉承；胡屠户也口口声声称自己女婿为"文曲星"。尤其范进中举后，张举人便送他一套宅子，"有送田产的，有送店房的"，又有破落户投奔他来做奴仆的，范进转眼间家阔业大，奴仆成群，生活、地位变了，内心也就迅速变化。他跟着张静斋去高要县招摇撞骗，在汤知县摆的接风宴席上，装模作样称其母见背，遵制丁忧，不动银筷、象牙筷，汤知县正疑惑他可否亦不动荤酒，却见"他在燕窝碗里拣了一个大虾元子送在嘴里，方才放心"[2]，范进之虚伪情态由此可见。《儒林外史》写匡超人，原是流落在外的青年儒生，也做一些小生意，他孝顺卧病在床的父亲，对兄嫂友爱，性格朴实单纯，被邻里们称赞。可他考取秀才后即堕落，跑去认知县为座师，学会混社会混江湖，先帮助书商评点八股文刊刻成书发卖，又结交省衙门胥吏伪造文书，还充当枪手代富豪子弟应考，后混入京城太学，当上高官女婿，抛弃原来的结发之妻，更加为非作

---

[1] 吴敬梓：《儒林外史》，第一回，作家出版社，1954年9月第1版，第364—365页。
[2] 吴敬梓：《儒林外史》，第四回，作家出版社，1954年9月第1版，第45页。

歹，自吹自擂，说是读书人都供奉其神位，即所谓"先儒匡子之神位"，别人纠正他说"先儒"是已去世之儒者，他红着脸争辩，"不然！所谓'先儒'者，乃先生之谓也！"他还吹牛说自己编的八股文选本"外国都有的"。[1]以匡超人之行径，活画出一代文痞的恶劣猥琐形象。这些文人受到科举制度毒害后，人也变得品格低下，越来越贪婪和虚伪了，整个社会风气被污染得污浊不堪。

其二，吴敬梓也写到了程朱理学对一代文人思想的腐蚀。程朱理学成为科举考试所定的官方范本，与八股文相配合成为桎梏士人们思想的教条，也成为清王朝的道德伦理幌子。当时，清朝廷全面向程朱理学回归，道学气氛越来越浓厚。吴敬梓虽然没有直接抨击宋明理学的言论，但他在小说中用故事情节表明了自己的态度。程朱理学主张"存天理、灭人欲"，曾经有人问程颐，孤独的寡妇又家境贫穷，可以再嫁否？程颐答曰："只是后世怕寒饿死，故有是说。然饿死事极小，失节事极大。"[2]吴敬梓在《儒林外史》四十八回就描写了道学家王玉辉女儿殉夫的情节，艺术性地抨击了程朱理学的毫无人性。王玉辉是个"做了三十年的秀才"的迂腐儒者，他的三姑娘丈夫死后一心要自杀殉夫，公婆听了惊得泪下如雨，极力拦阻她。王玉辉却鼓励女儿"这是青史上留名的事"，他回家告诉老妻，老妻也骂他迂腐。无论周围的亲家、夫人如何乱腾，王玉辉在家依旧看书写字。直至女儿绝食八日后，婆家人报信说是去世了。老妻哭死过去，王玉辉却仰天大笑道："死的好！死的好！"但是，县中的官绅及友人送他女儿入烈女祠公祭时，王玉辉则转觉心伤，辞了不肯去。朋友们劝他出游散心，他已走不得旱路，只得乘船，虽然一路水色山光，可他的心情非常凄凉。"见船上一个少年穿白的妇人，他又想起女儿，心里哽咽，那热泪直滚出来。"他见苏州有一些"堂客船"，有女人穿鲜艳衣裳在船上吃酒，又怪此地的风俗不好。[3]吴敬梓极细致地描写道学先生的复杂心态，他的迂拙，他极力泯灭却又难以泯灭的亲情人性，他用道学的有色眼镜去看斑斓世界的可笑偏见，等等。吴敬梓讽刺艺术的高明处就在于并不多加评论，只在故事情节

---

[1]吴敬梓：《儒林外史》，第二十回，作家出版社，1954年9月第1版，第202页。

[2]程颢、程颐：《河南程氏遗书》，卷二二下，中华书局，1981年版，第301页。

[3]吴敬梓：《儒林外史》，第四十八回，第471页。

的发展中自然流露其思想，让客观事实在读者们面前自然地昭示其结论，使得读者们认识到"存天理、灭人欲"最终企图泯灭的是人性。吴敬梓还刻画了另一位道学家马二先生，原型是他的同乡冯粹中，亦是挚友，他迷恋于八股制艺文章，认为"'举业'二字，是从古及今，人人必要做的"，"就是夫子在而今，也要念文章，做举业"，"就日日讲究'言寡尤，行寡悔'，那个给你官做？孔子的道也就不行了"。又道："文章总以理法为主，任他风气变，理法总是不变。"[1] 这也就是"天不变，道亦不变"的翻版，但实质上，"道"又与"做官"紧密联系在一处。马二先生是忠厚人，却又是庸俗人。作者还描写马二先生游西湖，更写出其道学家的性格特征。湖光山色，风景旖旎，画舫如织，船艇似梭，苏堤白堤，游人姗姗，"马二先生身子又长，戴一顶高方巾，一幅乌黑的脸，腆着个肚子，穿着一双厚底破靴，横着身子乱跑，只管在人窝子里撞。女人也不看他，他也不看女人"[2]。吴敬梓用略带揶揄的笔法，写出马二先生"颇杀风景"的呆怔特点，他对西湖美景毫无会心处，茫茫然大嚼一顿而归，其人格已被道学教条所桎梏，性格全然迂腐僵滞了。

其三，吴敬梓还淋漓尽致地描绘了官僚社会的黑暗龌龊环境，刻画出一批贪官污吏及土豪劣绅的形象。那些贪官原都是儒者，做官后就变得无耻贪婪，例如王惠由京官调任南昌知府，慨叹"三年清知府，十万雪花银"也不确了，嫌可捞的油水不多，别人讥刺他的衙门可闻三样声息，戥子声、算盘声、板子声，他上任后尽显贪酷性格，"钉了一把头号的库戥"，所有钱财尽入私囊。审案子打人用的是头号板子，打人的皂隶若取那轻的，就认为皂隶收钱，取那重板子打皂隶。这些衙役百姓，一个个被他打得魂飞魄散。合城的人，无一个不知道太爷的厉害，睡梦里也是怕的。[3] 这位王太守却因此成了江西第一个能员。后来宁王造反，他附逆被缉捕，才算断绝了官运。高要县的汤知县也是贪酷刻薄的官僚，抓住一个偷鸡贼，就在那人脸上写"偷鸡贼"三字，把偷的鸡捆在他头上，上了枷锁押到县衙门前，结果鸡屙出一泡稀屎，淌得那贼满

---

[1] 吴敬梓：《儒林外史》，第十三回，第134页。
[2] 吴敬梓：《儒林外史》，第十四回，第147页。
[3] 吴敬梓：《儒林外史》，第八回，第82页。

脸满身。又一个回民，送知县五十斤牛肉，代表回民们恳请他不要严格执行禁宰耕牛的规定。汤知县为表白自己清廉，也把那个回民锁在县衙门前，还将那五十斤牛肉堆在木枷上。天气热牛肉生蛆，竟将那回民活活锁死，这便引发回民们的不平，一时聚众数百人，鸣锣罢市，闹到县衙前来。汤知县为把此事件镇压下去，又"把五个为头的回子问成奸民挟持官府，依律枷责"。[1] 贪官们如此暴虐，那些胥吏们更是如狼似虎，例如匡超人结交的布政司衙门的小吏潘三，俨然一方恶霸，把持官府，伪造文书，科场作弊，操纵赌场，包揽讼词，私和人命，而且还放高利贷，真是作恶多端。而另一些居乡的土豪劣绅如张静斋、严贡生之流，更是欺压农民，强行掠夺，盘剥百姓，鱼肉乡里。吴敬梓所写的时代，正是古代专制社会所谓的"康乾盛世"，"盛世"已充分显露了末世之兆，现实生活中是一片黑暗。

其四，吴敬梓在《儒林外史》里讥刺批判那些儒林丑类的同时，还赞颂了另一些品行清正的理想人物形象。士大夫中，吴敬梓开篇描写了卖画为生的名士王冕，他轻视功名富贵，远避权势豪门，朱元璋下诏请他去朝廷做官，他躲入会稽山中，这是作者所钦佩的儒者典范。小说中的主人公杜少卿，则多少有作者自身的影子。他生性豪迈，蔑视科场功名，厌恶官僚豪门，大官僚推荐他做官，他赶紧避开。他重义轻财，喜欢周济贫穷百姓，将银子"大把捧出来给别人用"，最后自己落魄穷困，把田园产业都卖掉了。他潇洒如故，携妻子游春，到雨花台饮酒赏花。另一位奇人荆元是裁缝，其实非"儒林"中人物，可他在人格上十分自尊，并不认为自己的职业比读书人低贱。他擅长写字赋诗，也精于弹奏乐曲，其知音是灌园农夫于老者，两人品茶弹琴，悠然自得。作者还描写了另一些品行优良的市井小民，比如靠卖字为生的季遐民，卖火纸筒子的小贩王太，茶馆的馆主盖宽。他们活得堂堂正正，不贪图富贵名利，不仰人鼻息，不伺候人的脸色，要比那些满腹经纶的腐儒和满嘴仁义道德的士大夫更让人钦佩。我们可以看到，吴敬梓的理念与颜元、李塨学派的实学理想是相通的，颜元主持漳南书院即大胆改制，要学生们多学实用知识，认为一艺一

---

[1] 吴敬梓：《儒林外史》，第四回，第五回，第47—48页。

技之能皆应造就性命，反对将"理"归于少数读书人所有，尤其反对那些道学家故弄玄虚，故作高深。吴敬梓将这些早期启蒙思潮的理念贯穿到小说的生活细节描写中，也浸润在他笔下的理想人物形象中。乾隆十一年（1746年）前后，江宁知县袁枚曾经审理松江才女张宛玉逃婚一案，张宛玉坚持不嫁富商，因逃婚而匿居于尼庵，这是当时轰动一时的新闻。吴敬梓与程廷祚等人都是很同情张宛玉的，他将张宛玉的形象与所见的另一特立独行女性沈瑶的故事结合，糅合为《儒林外史》中的新女性形象沈琼枝，也感动了很多读者。这个新女性形象在当时的时代背景下，也有着很积极的进步意义。

吴敬梓也是一位有着丰厚学识的学者。他深入研究过《诗经》，且有着不少创造性的学术见解，撰写了学术性的著述《诗说》。《诗说》这部经学论著有七卷（一说是八卷），可惜已经散佚。学者们只能从其友人沈大成的序言中得到片段材料。据沈大成介绍，此书超然于汉宋经学的门户之见，"提出了不同于郑玄、孔颖达等人的笺疏；又不盲从朱熹《诗集传》的治经主张"[1]。《诗说》有着独特的学术观点，吴敬梓甚至还打算将治经研究作为"安身立命"的事业。他在治经学术观点上更倾向于颜李学派的思想。乾隆十五年（1750年），吴敬梓年届50岁，此时乾隆帝又一次颁谕，让地方官员荐举经学学者，吴敬梓以其学术素养及名望，完全有资格名列荐牍的。可吴敬梓"企脚高卧向栩床"，对于荐举之事毫无兴趣，深藏不出。而其长子吴烺在乾隆帝南巡时献赋而获赐举人，授官中舍人。

吴敬梓一生不以功名利禄为意，心胸豁达，潇洒如故。他居住在南京时，经常出门游历，饱览江山秀色。他到过淮安、扬州，还有芜湖、宁国、宣城、溧水，以及苏州等太湖沿岸城市。稍晚一时期，他又游览了杭州城的秀丽山光水色。他尚有余资时，还常常捐钱，热心公益事业。晚年，吴敬梓仅存的家财如冰雪般融化掉了，家境穷困潦倒。冬夜，家中无钱买炭取暖，他便邀集友人月夜出游，奔走吟啸，且戏称为"暖足"。有一回，南京城秋雨连绵，城内的米价陡涨。他的一位挚友程丽山想起了吴敬梓，便指派家人送去米三斗，钱

---

[1] 陈祖武：《清代人物传稿》（上编），第九卷，吴敬梓：《文木山房集》卷二，《春兴八首》，中华书局，1995年7月第1版，第367—368页。

二千。此时，吴家已断炊二日了。吴敬梓得钱后，即买酒醋饮。糖尿病人最忌酒，可吴敬梓却嗜酒成癖，将自己的身体糟蹋了。

乾隆十九年（1754年）十月，吴敬梓携夫人及幼子游览杭州，客舍中恰遇好友程晋芳，两人欣喜地执手晤谈。程晋芳是程廷祚的族孙，原是富家公子，可此时也是穷困潦倒。吴敬梓老泪潸然地叹息："子亦到我地位，此境不易处也，奈何？"送别友人后，吴敬梓以酒解愁，又喝得酩酊大醉。未几日，其长子吴烺的同僚王又曾从京城南返，泊船杭州。吴敬梓遂登船见访，王又曾久慕吴敬梓文名，两人纵古论今，相见恨晚。吴敬梓从舟中归客舍，余兴未尽，自己又喝一壶酒，然后解衣上床睡觉。睡眠中，他忽患痰涌之症，猝然去世。

吴敬梓的著述，除了长篇小说《儒林外史》外，还有乾隆年初刻的《文木山房诗文集》十二卷，现今流传的仅有四卷。另有经学著述《诗说》等，俱已散佚。

五、划时代的天才巨作《红楼梦》与晚清文学

早期启蒙思潮在历史回流的旋转中被迫退潮，却并不是水过无痕，其思想余绪仍然在古代专制文化的禁锢氛围中悄悄发展，特别是在文学艺术领域发挥着它的影响。歌德说："人们逃避世界的最可靠方法莫过于通过艺术，人们与之相联系的最可靠方法莫过于通过艺术。"我们细细琢磨此语也就不难理解，划时代的人文主义巨作《红楼梦》为何产生了。如前所述，在古代中国，绝大多数人仅仅将小说、戏剧当作较低级的娱乐，小说话本直至明代才形成一个高峰。刘经庵先生在《中国纯文学史纲》中说："有清一代是中国长篇小说突飞猛进、发扬光大的时期，比《水浒传》和《三国演义》篇幅更长的大著作《红楼梦》，即出现于此时。明代以前的文人，向来不大重视小说，到了清代的文人，如袁枚、纪昀、金人瑞及李渔等，都知道欣赏小说，并进而创作，或批评小说了。由此可知道清代的小说，其势力已从民众社会，伸张到文人贵族的社会里了。通俗的白话文学，不仅为广大民众所欢迎，亦渐次为文人所认识，不

像以前鄙视小说了，因之清代的小说，在中国文学史上占了一个空前的发达时代。"[1]

《红楼梦》的作者曹雪芹，名霑，生于清康熙五十四年（1715 年），约卒于清乾隆二十七年（1762 年）[2]，字梦阮，号雪芹，又号芹圃、芹溪，镶黄旗汉军，其祖上曹振彦原是明军驻辽阳的下级军官，辽阳被攻陷后依附后金，后又随清军入关，屡立战功，曾任山西吉州知州、阳和府知府，浙江盐法道等职。曹振彦的儿媳，即曹玺之妻孙氏当过康熙皇帝的保姆。自此曹家几代人遂成为清皇室的亲信耳目。康熙二年（1663 年），曹玺以内工部郎中衔出任江宁织造，专差久任。21 年后在任上病故。其子曹寅又被任命为苏州制造，继任江宁织造、两淮巡盐御史等职务。曹寅最被康熙帝赏识与信任，康熙帝南巡时四次居住在织造府上。曹寅是一个藏书家，曾经主持篆刻《全唐诗》《佩文韵府》等书籍于扬州，其著作有《楝亭诗钞》等诗文著述及剧本。康熙五十一年（1712 年）七月，曹寅在扬州刻书时感受风寒，转成疟疾，康熙帝特命驿马星夜送药抢救。曹寅病故，康熙帝又特命曹颙、曹頫先后继任江宁织造。曹家三代在江宁织造任上约六十余年。

雍正五年（1727 年），曹雪芹之父曹頫因织造款项亏空、卷入皇室内争及骚扰驿站等罪名受到削职、抄家的处分。从此，曹家急遽衰落。次年，"曹雪芹约十二三岁，随家回北京，回京后的第一处住址当即崇文门外蒜市口"[3]。据说，曹家迁徙北京后，主要靠旗人的养赡口粮维持生活，从此更穷困不堪，遂又迁居北京西郊。俞平伯先生考证："至于知道雪芹住在北京西郊，也是从敦诚敦敏诗中看出来的。敦诚说：'不如著书黄叶村'，（《寄怀曹雪芹》）'日望西山餐暮霞'。（《赠曹芹圃》）敦敏说：'碧水青山幽径遐，薜萝门巷足烟霞。'（《赠曹雪芹》）又说：'野浦冻云深，柴扉晚烟薄。山村不见人，夕阳寒欲落。'

---

[1] 刘经庵：《中国纯文学史纲》，第四章第七节，东方出版社，1996 年 3 月第 1 版，第 209—310 页。

[2] 关于曹雪芹的生卒年问题，学术界尚有争论。曹雪芹的生年，另一种说法是清雍正二年（1724 年），曹雪芹的卒年，还另有两种说法，一说他卒于乾隆二十八年（1763 年），还有一种说法，认为他卒于乾隆二十九年（1764 年）初春。

[3] 李广柏：《曹雪芹评传》，附录，曹雪芹家世生平及创作简谱，雍正六年（1728），戊申，南京大学出版社，1998 年 12 月第 1 版，第 351 页。

（《访曹雪芹不值》）这些诗都成于一七五七之前后数年中，可见是时住在北京城外。京东无山，且敦诚明说西山，可证雪芹住在北京之西郊。"[1]敦敏与敦诚兄弟皆为英亲王阿济格（努尔哈赤第十二子）五世孙，是诗人，均系曹雪芹挚友。他们是在乾隆十二年（1747年）曹雪芹在右翼宗学当差时认识的。当时，敦敏、敦诚兄弟亦在此读书，也就在两年前，曹雪芹虽在穷困潦倒中，但已经开始写作《红楼梦》了。曹雪芹先写小说《风月宝鉴》，其弟棠村为此书写序。后来，曹雪芹又另起炉灶，创作《红楼梦》，将《风月宝鉴》溶入了新作中。[2]

乾隆十七年（1762年），曹雪芹写出了《红楼梦》初稿。脂砚斋抄阅且评论《石头记》（即《红楼梦》），他是曹雪芹至亲，具体身份后世研究学者众说纷纭。爱新觉罗·裕端在《枣窗闲笔》中说："曾见抄本卷额，本本有其叔脂砚斋之批语，引其当年事甚确。"[3]脂砚斋在"甲戌抄阅再评本"的《红楼梦》中，向曹雪芹建议删去"秦可卿淫丧天香楼"的部分文字，约有四五页。曹雪芹又根据故事情节发展的需要做一些修补，原来故事痕迹仍在，至他去世，此事未做完。这部著作，是曹雪芹在极度贫困的环境下写成的。他在第一回里写道："虽今日之茅椽蓬牖，瓦灶绳床，其晨夕风露，阶庭柳花，亦未有妨我之襟怀笔墨者。"[4]

乾隆二十五年（1760年）秋，曹雪芹将《红楼梦》前八十回写完，且修改、补写毕，此为"庚辰秋月定本"。八十回后亦有初稿，可惜这些初稿在曹雪芹生前被借阅者丢失了。同年，他在明琳住宅巧遇敦敏，敦敏写诗记之。诗题："芹圃曹君霑别来已一载余矣。偶过明君琳养石轩，隔院闻高谈声，疑是曹君，急就相访，惊喜意外，因呼酒话旧事，感成长句。"[5]曹雪芹在西山居住期间，与诗人张宜泉有交往，曾作有《西郊信步憩废寺》诗。次年，曹雪芹亦作有题敦敏《琵琶行》传奇诗，秋日与敦诚在槐园巧遇，敦诚解佩刀沽酒而饮

［1］俞平伯：《红楼梦辨》（中卷），《红楼梦》底年表，人民文学出版社，1973年8月北京第1版，第107—108页。

［2］李广柏：《曹雪芹评传》，附录，曹雪芹家世生平及创作简谱，乾隆十年（1745），乙丑，南京大学出版社，1998年12月第1版。第354页。

［3］裕端：《枣窗闲笔·后红楼梦书后》，文学古籍刊行社，1955年影印本。

［4］曹雪芹、高鹗：《红楼梦》（上），第一回，人民文学出版社，1982年3月第1版，第1页。

［5］见《懋斋诗钞》，乾隆二十五年（1760）庚辰。

之，曹雪芹亦作长歌以谢，可惜这些诗歌俱已散佚。

他在病中仍然修改、补写《红楼梦》，脂砚斋云："能解者方有辛酸之泪，哭成此书。壬午除夕，书未完，芹为泪尽而逝。余尝哭芹，泪亦待尽，每意觅青埂峰，再问石兄，奈不遇獭（癞）头和尚何？怅怅！"[1]

曹雪芹去世数年后，即有小说《石头记》在市坊流行，皆是手抄写本，价颇昂贵。清代野史笔记《樗散轩丛谈》中"石头记"条目称："红楼梦实才子书也。或言是康熙间京师某府西席孝廉某所作。巨家故间有之，然皆抄本。乾隆时，苏大司寇家因此书被鼠伤，遂付琉璃厂书坊装订。坊贾借以抄出付梓，世上始有刊本。惟止八十回，临桂倪云癯大令鸿言曾亲见之。其四十回不知何人所续？或谓高兰墅鹗所补，又谓无锡曹雪芹添补，皆无确据。"[2]作者亦提及"洞庭王雪香批本"及"龙潭厂云友批本"，认为是"泛论迂谈，无理取闹"。但是，这则笔记亦是多据传闻，将《红楼梦》的作者及续补者都闹混了，认为是"某府西席孝廉某所作"更讹谬百出。乾隆、嘉庆年间的文人郝懿行及尤凤真亦有记载，说是乾隆朝末期至嘉庆年初期的一段时间，《红楼梦》流传最盛行，或是"见人家案头必有一本《红楼梦》"，或是"每到一处，哄传有《红楼梦》一书"。[3]嘉庆二十二年（1817年）刊行的《草珠一串》，其中有京城所传的竹枝词："开谈不说《红楼梦》此书脍炙人口，读尽诗书是枉然。"至光绪年间，《红楼梦》更是风行一时，许多文人潜心研读，争相评论，遂有"红学"之说。

《红楼梦》被许多读者看成仅是一部爱情小说，以为其主题是写贾宝玉、林黛玉和薛宝钗三角恋爱的悲剧故事。这也是道学家们攻击《红楼梦》为"淫书"的借口。《清朝野史大观》引清人的一则野史笔记称："淫书以红楼梦为最，盖描摹痴男女情性，其字面绝不露一淫字，令人目思神游而意为之移，所谓大盗不操干矛也。"[4]这就是因为《红楼梦》与《金瓶梅》不同，它歌颂的不

---

[1]见《懋斋诗钞》，乾隆二十七年（1762）壬午。

[2]小横香室主人：《清朝野史大观》，卷十一，清代述异，石头记，上海书店，1981年6月第1版，第40页。

[3]《古典文学资料汇编·红楼梦卷》，中华书局，1963年版。

[4]小横香室主人：《红楼梦》之贻祸，上海书店，1981年6月第1版，第41页。

是情欲，而是人间的纯洁美丽爱情，爱情则是精神境界的升华。曹雪芹意识到了真正爱情是对庸常生活的超越，爱情的道路很少有阳关大道，通常是充满坎坷曲折的崎岖小路，信誓旦旦，正预示了危机随时可能降临。超越性的爱情也就是被结束的爱情，永远思念中的爱情。曹雪芹极聪明地选择了一个爱情悲剧故事。而中国人陈陈相因的习惯思维，却是有情人终成眷属，爱情故事几乎都是大团圆结局。《红楼梦》的爱情结局却是悲剧，则超出那些士大夫的意料，也增加了此书的艺术魅力。

曹雪芹在此书中塑造两个心心相印的青年恋人形象。写贾宝玉是口衔玉石而生，人们以为他来历不小，可他抓周时却只伸手抓来脂粉钗环，其父贾政大怒："将来酒色之徒耳！"至七八岁聪明绝顶，称："女儿是水作的骨肉，男人是泥作的骨肉。我见了女儿，我便清爽，见了男子，便觉浊臭逼人。"[1] 其实，曹雪芹是写出这个小说主人公的自主意识，他懂得人的价值与感情的价值，甚至他在与女奴的交往中也懂得同情人和尊重人。作者还借女仆春燕之口说："宝玉常说，将来这屋里的人，无论家里外头的，一应我们这些人，他都要太太全放出去，与本人父母自便呢。"[2] 这在古代专制社会是极难得的，可说是自由平等思想的萌芽。他虽有些纨绔习气，但对女孩子只是自然亲近与依恋，并没有丝毫的调戏与玩弄的邪恶念头。比如，当晴雯被赶出大观园时，宝玉悄悄去探望她，灯姑娘偷听他俩谈话，即感叹："谁知你两个竟还是各不相扰。可知天下委屈事也不少。如今我反后悔错怪了你们。"[3] 贾宝玉对女孩子们的迷恋、亲昵，其实是一片纯真之心。犹如李贽的"童心说"，是人的自主个性的呼唤，是具有启蒙性质的自由思想，也是对旧礼教"男尊女卑"的纲常伦理观念的反抗。宝玉的另一性格特征，就是蔑视功名富贵，厌恶科举及八股制艺文章，他不喜读那些"正经书"，如四书、五经和八股文选本之类的书。薛宝钗劝他进取功名，他看作沽名钓誉，将那些一心追求功名仕进的人看成是"国贼禄蠹"。史湘云劝他："也该常常的会会这些为官做宰的人们，谈谈讲讲

---

[1]《红楼梦》上册，第二回，第29页。
[2]《红楼梦》中册，第六十回，第339页。
[3]《红楼梦》中册，第七十七回，第1110页。

些仕途经济的学问，也好将来应酬世界。"他斥为"混帐话"，且说："林姑娘从来说过这些混帐话不曾？若他也说这些混帐话，我早和他生分了。"[1]

书中女主人公林黛玉出身于官宦人家，可她父母双亡，以孤女之身寄居贾府。她又是多愁善感的才女，才华横溢，敏感真率，她与贾宝玉一样，厌恶周围势利的人们，且蔑视那些功名富贵，那些皇亲国戚在她眼中不过是些"臭男人"。她和贾宝玉都喜欢《西厢记》《牡丹亭》，宝玉说："我就是个'多愁多病身'，你就是那'倾城倾国貌'。"林黛玉佯作怒意，说宝玉欺负她，要去舅舅舅母处告状。宝玉忙不迭告饶。她嗤的一声笑了，也引《西厢记》的话，说宝玉"是个银样蜡枪头"。[2]儿女间的拌嘴斗气写得极有风趣。作者通过这些细节表现出贾宝玉与林黛玉是知己，都在一定程度上有叛逆旧礼教的思想，且不自觉地浸润着人文主义的新意识。贾政站在旧传统礼教卫道者的立场上，敏感地察觉到儿子有企图挣脱旧专制文化桎梏的自由意识，父子两人的矛盾终于爆发。后来，贾政暴打贾宝玉，且说："倒休提这话。我养了这不肖的孽障，已不孝；教训他一番，又有众人护持；不如趁今日一发勒死了，以绝将来之患！"[3]贾宝玉挨打后林黛玉探望他，满腹言语却并成一句话："你从此可都改了罢！"她表现出愤懑与同情及无奈交织的深厚感情。宝玉则长叹一声："你放心，别说这样话。就便为这些人死了，也是情愿的。"[4]他所说的"这些人"，是指逃出忠顺王府的"戏子"蒋玉菡，还有被王夫人逼得跳井自杀的女婢金钏，他们都属于被侮辱与被损害的人。当然，在贾府里，贾宝玉与林黛玉的爱情必定是以悲剧告终的。贾母及王夫人等对他俩越来越显示出极明显的防范态度，对林黛玉不合淑良闺范的"脾性儿"愈加反感，甚至有恐惧感。最后在《红楼梦》续作中，由凤姐设"奇谋"，用"调包计"蒙蔽贾宝玉，换娶了薛宝钗。林黛玉得知后一边吐血，一边焚毁诗稿，悲愤地气绝身亡，告别了冷酷的世界。

---

[1]《红楼梦》上册，第三十二回，第445页。

[2]《红楼梦》上册，第二十三回，第325—326页。

[3]《红楼梦》上册，第三十三回，第457页。

[4]同上书，第464页。

林黛玉与薛宝钗是《红楼梦》中的"双美图"。用小厮兴儿的话形容，一个是"病西施"，吹一口气怕被吹倒了；一个是雪堆的，吹一口暖气，怕被吹化了。但是，两人的本质却完全不同。薛宝钗出身于皇商家庭，她爱慕富贵权势，这是她总劝贾宝玉看重仕途经济的缘由。如写贾妃"省亲应制"，薛宝钗揣摩贾妃的心理悄悄警告贾宝玉，说贾妃不喜欢用"玉"字，将"绿玉"改为"绿蜡"，且有古诗出典；宝玉感谢她，她又道："谁是你姐姐？那上头穿黄袍的才是你姐姐。"一句话，活脱脱地刻画出她那钦羡皇权富贵的心态。写婢女金钏被王夫人所逼投井自杀后，她诌事王夫人，轻描淡写地说："据我看来，他并不是赌气投井，多半他下去住着，或是在井跟前憨顽，失了脚掉下去的。"而且又说，即使金钏负气投井，"也不过是个糊涂人，也不为可惜"。然后，她又主动拿出衣服给死者金钏做妆裹，大大讨好了王夫人。不过，她虽然机巧圆滑，世故极深，却也有淳厚善良的一面。她有人缘，无论是夫人小姐或是仆人丫鬟，都称赞她。林黛玉几次讽刺她，她不过抿嘴一笑，转身而去，不给造成她俩直接冲突的机会。林黛玉行酒令时，引用了《牡丹亭》与《西厢记》词句，她并不当面揭发，却将林黛玉悄悄叫到屋中说一番"不可多看杂书"的规劝，甚至披露自己也迷恋"闲书"及思想发生转变，居然使林黛玉"心下暗伏"，这里面既有她挚情感人的原因，却也难掩其本性的浓厚道学气味。薛宝钗还给病中的林黛玉送去燕窝，黛玉也对她做了真心表白，这个情节既写出了薛宝钗性格中真诚的一面，亦衬托了林黛玉纯真烂漫的天性。《红楼梦》还描写了王熙凤病后，由李纨、探春、宝钗理事的时期，贾府已呈现衰颓之势，各类弊端累积渐深，能干的探春不得不改革家政。曹雪芹又写出薛宝钗的机伪圆滑，探春做出决定时，薛宝钗或欣赏墙壁上的字画，或不着边际讲一通朱子，或说几句奉承话。家政除弊时，她怕得罪人，尽量退后；兴利时则不嫌多事，勇于出面；把园子承包给那些婆子，施一些小恩小惠，她出面讲一大篇话，赚得家人们"欢声鼎沸"。她很明白，大观园中的那个"既得利益阶层"是得罪不起的，只可再给她们些利益，不可剥夺一点儿她们的利益。薛宝钗虽然乖巧乃至机巧，最后也遂心愿与贾宝玉结成夫妇，但是，"宝二奶奶"的地位其实演出的是另一出悲剧，虽然得到夫妻名分却未能够得到贾宝玉的爱情，随着贾宝玉的呆痴与出家，以及贾府被抄家后的凄惨光景，她面临的也是更为困窘痛苦的岁月。

德国作家托马斯·曼曾经引用弗洛伊德的话："我不得不对感情过程比对理智过程更感兴趣，对无意识的灵魂生活比对有意识的内心生活更感兴趣。"他认为，"这话极其朴素而又耐人寻味"。[1]后来，他又说："一切精神事物都具有复杂的、两面的、要求我们谨慎对待的特性。"[2]他多次说过，尤其是在当代——人的精神世界越来越复杂的背景下，文学艺术作品要比哲学著作更能够认识人的特性。《红楼梦》是中国古典文化的艺术高峰，又是新文学作品的开山引领之作，它是人文主义思想与现实主义创作手法相结合的天才作品。它彻底打破了仍然在伦理至上主义桎梏下的文学艺术的某种模式，作品中不再是坏人完全坏，好人完全好，而是写出了每个人物性格的复杂性，成为新文化的启蒙之作。"大观园"里齐聚了一大批青春少女，其中有小姐，也有婢女，曹雪芹精细描绘出她们各自不同的个性特征，而且还对某些性格相似的少女，将其彼此的微细差异也描写得栩栩如生。譬如，袭人与平儿有着相同的身份，她俩的性格都是贤淑温良型的，但她俩的心机却明显不同。又譬如，由于身世的差异，史湘云的豪爽就必定与尤三姐的豪爽又不同，虽然林黛玉与妙玉都有清高孤傲的性格特点，但这种清高孤傲也很不同，一种是入世的，一种则是出世的。这是一个"女儿国"的世界，她们之间也有种种不合，甚至钩心斗角，也有着不同性情，彼此间修养与操守也各不相同，但这却是一个"童心"世界，虽然是短暂的，却又代表了早期启蒙思潮的信仰者所理想的"净土"，最后这块净土必定会被污染，如李贽所言，"道理闻见日以益多"，则导致"童心失"。正是旧传统礼教与程朱理学如洪水般淹没了这块净土。我们看到，那一批热情少女被摧残、被毁灭的过程，也是大观园的这块所谓"净土"被污染、被破坏的过程。

这部作品还具有深沉的社会批判精神。曹雪芹敏感地预知，"康乾盛

---

[1]（德）托马斯·曼著：《托马斯·曼散文》，黄燎宇等译，人民文学出版社，2014年1月第1版，第107页。

[2]同上书，第93页。

世"——这个中国古代专制社会的最后"盛世"，其实也将是走向"衰世"的开始，整个社会已经腐朽不堪，如冷子兴所言，"如今外面的架子虽未甚倒，内囊却也尽上来了"[1]。曹雪芹用艺术笔法，写尽了古代专制黑暗末世的腐化堕落，营私舞弊，暴虐专横。薛蟠打死了人视为儿戏，以为花钱即可了事；贾赦为一柄扇子，与官府勾结，将石呆子一家搞得家破人亡；掌握荣国府经济实权的王熙凤，更是贪得无厌，心狠手辣，为了得到三千两银子，拆散了张金哥的婚姻，且害死两条人命。他在小说里还写了宫廷太监索求贿赂的场面，所揭示出的不仅仅是贾府一隅的腐败，腐败之风已浸透整个社会。尤其还描写贾政到任企图做清官不受贿赂，反倒引起社会上人们的怨恨，连那些打鼓的、抬轿子的也罢工了。曹雪芹所展示的社会画面告诉读者们所谓的"盛世"其实是末世，皇天就要塌下来，企图补天之人也就不要再做幻想了。曹雪芹以天才的艺术表现力，将中国古典小说的创作推上了文学的最高峰。他的人文主义理想是超越时代的，已经不是农本社会的平等思想，也不是儒者的"仁政"思想，而是具有趋向近代文明的强烈启蒙主义思想色彩了。红学专家冯其庸先生说："《红楼梦》是一部具有鲜明的历史进步性的伟大古典名著。在曹雪芹的时代，曹雪芹是属于反传统思潮的、反程朱理学的进步思想家行列里的重要一员。他是文学上的一个世界巨人。"[2]

《红楼梦》在中国知识分子心目中的艺术地位日渐提高，可抱有儒学旧传统观念的学者们则颇不以为然。如持有新儒学观念的钱穆先生即认为，学界研究《红楼梦》，是"西风东渐，学者乃竞倡新文学，群捧曹雪芹，一时有红学崛兴"[3]。但是，它的文学地位与《儒林外史》一样，并不像《三国演义》等具有"传统文学精神所在也"。这两部作品，"虽固脍炙人口，视此则为不类矣"，那是因为，《儒林外史》仅对当时知识界及官僚分子作讥刺，体不大，思不精，结构散漫，内容平俗，不够说部之上乘。《红楼梦》仅描写当时满洲

---

[1]《红楼梦》上册，第二回，第27页。

[2]叶君远：《冯其庸传》，第六章，江苏人民出版社，2010年8月第1版，第85页。

[3]钱穆：《中国文学史概观》，载《中国文学论丛》，生活·读书·新知三联书店，2002年8月北京第1版，第63页。

人家庭腐败堕落，有感慨，无寄托"。他还认为，"作者心胸已狭"，"雪芹乃满洲人，不问中国事犹可，乃并此亦不关心，而惟儿女私情亭榭兴落，存期胸间。"[1]他认为写出那些儿女情长的故事，不过是一名穷愁潦倒之士发一发牢骚而已。他的评论实质上是抱有儒家思想的学者们对《红楼梦》的有代表性看法。

近代著名学者王国维先生是真正领略《红楼梦》艺术魅力的第一人，著有《红楼梦评论》，他在文中先概述了生活本质即"欲"，而"艺术之美"全在于使人"忘物我之关系"，这是他的红学理论支点，也是他研读叔本华哲学后的领悟。然后，他评价《红楼梦》为"宇宙之大著述"，其基本精神是"描写人生之痛苦及其解脱之道"，体现了叔本华哲学的"宇宙一生活之欲而已"。他认为，《红楼梦》的艺术价值在于"具厌世解脱之精神"，与过去的那些庸俗乐天派作品相反，是"彻头彻尾之悲剧""悲剧中之悲剧"。而《红楼梦》的伦理学价值则恰恰在于反证拒绝"生活意志"是"能而不欲"，也就是说"生活之苦痛"难以解脱，"欲念寂灭"难以做到，唯有"厌世"而已。王国维先生在《红楼梦评论》中认为，对《红楼梦》过去"我国人之所聚讼者"，尤其是那些腐儒的评价皆不足取。倘若不能够认识其作品艺术的崇高悲剧精神，也就无从真正认识《红楼梦》的美学价值及伦理功能。[2]当代评论家李敬泽深刻继承了王国维先生的红学理论："但曹雪芹的伟大创造是，他的无比悲凉就在无比热闹之中，他使悲凉成为贯彻小说的基本动力而不是曲终人散的一声叹息。他是如此地深于、明于人情与欲望，他痴缠于爱欲，但是，他为中国叙事文学引入了感受生命的新向度：死，爱欲中的死。《金瓶》《三国演义》《水浒》，其中人谁是知死的呢？皆不知死，皆在兴致勃勃地活着，直到时间的镰刀收割，空留后人叹息。"[3]他还认为：《红楼梦》是一部现代主义的小说，贾宝玉的不动堪比加缪的《局外人》，但贾宝玉与局外人不同的是，他于一切有情。没有哪一

[1] 钱穆：《中国文学史概观》，载《中国文学论丛》，生活·读书·新知三联书店，2002年8月北京第1版，第62页。

[2] 引文摘引自陈鸿祥著：《王国维传》，团结出版社，1998年8月第1版，第89—90页。

[3] 李敬泽：《〈红楼梦〉影响之有无》，《国酒文萃》2018年第四期，光明日报出版社，2018年11月第1版，第36—37页。

部小说对此在的世界如此贪恋但又如此彻底地舍弃，这是无限的实，亦是无限的虚。"[1]

曹雪芹所著作品仅为八十回，当时均为写本，以《脂砚斋重评石头记》在极少数的上层社会人家流传。乾隆五十六年（1791年），程伟元以活字排印本出版，且改名为《红楼梦》，由八十回扩充为一百二十回，前有程伟元序言，称后四十四回为他"竭力搜罗"得来。次年，程伟元又印一版，对小说又做了全面修改与校定。高鹗不仅将程甲本的后四十回做了修改，且将前八十回亦做了修改，此为"程乙本"，此版本在清朝乾隆年间末期就由北方流传至南方，在读者中有较大影响，对传播《红楼梦》的故事起到很重要的作用。长期以来，许多读者亦以为后四十回确实为曹雪芹作品。但是后来，有红学学者考证，认为后四十回是程伟元友人高鹗补写的，后来更多学者则又质疑此说，认为续作者尚未完全搞清是谁。20世纪50年代，人民文学出版社经过校注，出版的是"程乙本"，署名为"曹雪芹、高鹗著"。进入21世纪后，人民文学出版社在2007年出版的《红楼梦》中，吸取了红学界多数学者的意见，作者署名遂更新为"曹雪芹著、无名氏续，程伟元、高鹗整理"。

高鹗，生于清乾隆二十三年（1758年），卒于清嘉庆二十年（1815年），字云士，号秋甫，别号兰墅、行一、红楼外史，属汉军镶黄旗。乾隆五十三年（1788年）顺天乡试举人，七年后又考中进士，授内阁中书，擢侍读，考选江南道御史刑科给事中，且在嘉庆年间任乡试同考官，著有《吏治辑要》《兰墅文存》《兰墅诗钞》《兰墅十艺》《砚香词》等。

无论《红楼梦》后四十回续作的真实作者是谁，高鹗都是《红楼梦》一书的整理者，或许还是部分章节的补写者，对《红楼梦》"程乙本"的出版与流行可谓功不可没。广大读者认为，后四十回续作的艺术质量，从各方面来说均不如前八十回。比如，邓云乡在《云乡食话》中即认为，《红楼梦》前八十回与后四十回描写饮馔时的笔法就不同，盖缘于作者经历不同，其饮馔用心亦不同。不过，后四十回的续作者仍然是基本按前八十回的悲剧主题线索完成了

---

[1] 李敬泽：《〈红楼梦〉影响之有无》，《国酒文萃》2018年第四期，光明日报出版社，2018年11月第1版，第37页。

故事，如贾宝玉与林黛玉的爱情悲剧，贾家的败落，一部分人物的悲剧性结局，等等，其中亦多有精彩篇章。笔者以为，曹雪芹在八十回后可能也仍然写有故事情节的残篇，只不过未完成全稿而已。或许，高鹗及程伟元在整理全书时也利用了残章片段。后世学者们多认为，高鹗较多地参与《红楼梦》后四十回创作，甚至包括最后贾宝玉及贾家的结局处理。由于其生活经历与心态所拘泥，减弱了这部作品的悲剧性主题。《红楼梦》风行一时后，即出现很多仿作与续作，如秦子忱的《续红楼梦》、临鹤山人的《红楼圆梦》、归锄子的《红楼梦补》等，据说有十多种，大都与高鹗续书的思路一样，力图将《红楼梦》改为"大团圆"结局，自然是思想艺术水平低劣，便湮没在历史文海之中了。

清代晚期长篇小说有《镜花缘》《官场现形记》《二十年目睹之怪现状》《老残游记》《孽海花》等，从它们的思想艺术特色中可以看出与早期启蒙思潮有着密切的联系，且颇具"理性批判"的人文主义色彩。这些作品与过去时代白话小说的不同之处在于，它们不仅在艺术上更为成熟，思想特色上都具有一股强烈的社会批判倾向，体现出早期启蒙思潮中"理性批判精神"的主旨，且贯穿着某种比晚明市民文学更成熟的新型人文主义精神。譬如，出现稍后的优秀长篇小说，即有李汝珍所作的《镜花缘》，用浪漫主义手法描绘了幻想中的海外世界，很多故事情节又是对社会现实的反映，作者揭露和讽刺了受到旧专制文化影响的各个社会层面的恶劣习俗。例如，迂腐酸臭的假斯文、假道学习气毒害社会各阶层；儒生们受到八股文毒害，越来越追逐功名利禄；主人家对奴仆们的残酷迫害与压榨，疯狂地追求不义之财；荒淫无耻的暴君沉溺于女色，不顾受水灾影响的难民百姓的生死；还有那些口称善却身行恶的伪君子，以及奢侈浮华风气弥漫在整个社会，等等。作者也描写了心目中的理想社会"女儿国"，其中的"女儿国"体现了一种要求男女平等的朴素的民主意识，小说描写中的男女社会地位同现实生活相反，女子可读书，可参加考试，甚至可当统治者；作者强烈反对女子缠足等陋习，要求尊重妇女的社会地位。当时即有人将《镜花缘》与《红楼梦》并列，认为它们都有主张男女平等的思想倾向。这其实正是新型的、趋向现代的新人文主义精神的体现。《镜花缘》中还描写了"君子国"，那个理想国度里顾客与卖主互相谦让，其主政者也是谦恭近人，他们讥刺生活奢侈和讲排场，反对妇女缠足，痛诋风鉴卜筮及算命合婚等。这里面有着浓厚的乌托邦理想气息，但却是具有某种启蒙思想色彩与民主意识的。

尤其至晚清，白话小说这种文学体裁也进一步繁荣。当代学者王德威先生所著《想象中国的方法》，其中有不少文章是晚清文学的面面观，他认为："晚清文学的发展，当然以百日维新（1898）到辛亥革命（1911）为高潮。仅以小说为例，保守的估计，出版当在二千种以上。其中至少一半，今已流失。这些作品的题材、形式，无所不包；从侦探小说到科幻奇谭，从艳情纪实到说教文字，从武侠公案到革命演义，在在令人眼花缭乱。它们的作者大胆嘲弄经典著作，刻意谐仿外来文类，笔锋所至，传统规模无不歧义横生，终而摇摇欲坠。"[1] 作者举出晚清小说的四个文类，说明当时文人作家们的丰沛创作成果。第一类是狭邪小说，杂糅了古典色情小说的感伤及艳情传统，又赋予新意。如《宝花宝鉴》，总结古典余桃断袖之主题，敷衍成一大型说部。又如《花月痕》，以"才子落魄，佳人蒙尘"为凄艳爱情故事主题，创造一个落魄畸零的男主人公形象，形成了颓废主义美学作品的基调。《海上花列传》，作者为百年前一群上海妓女作列传，朴素之笔写繁华旖旎之事，白描功夫令人称绝。又有《孽海花》，以花榜状元赛金花艳史为经，以庚子前后 30 年历史为纬，交织成一部政治小说。这部小说亦可脱"狭邪小说类"，是晚清之名作。第二类为公案侠义小说，如《荡寇志》《三侠五义》等，在民间颇有影响。另有清末的侠义革命小说，如《东欧女豪杰》《女娲石》《新中国未来记》等，志在排满革命，激扬斗志。第三类是谴责小说，揭露当时的社会和官场的黑暗，较为著名的有《二十年目睹之怪现状》《官场现形记》，"小说作者吴趼人、李伯元讽刺时事，笑谑人情，确是辛辣油滑"。王德威先生还考证，"吴李是近代中国第一批'下海'的职业文人"[2]。第四类则是科幻小说，这类小说作者既借鉴外国翻译作品的科幻文体新意，又继承古典神魔志怪小说的传统技巧，很受读者们欢迎。如

---

[1] 王德威：《想象中国的方法》，《被压抑的现代性——没有晚清，何来五四？》，生活·读书·新知三联书店，1998 年 9 月第 1 版，第 4 页。

[2] 同上书，第 14—15 页。

吴趼人所著的《新石头记》，描写贾宝玉漫游时光隧道；徐念慈所作的《新法螺先生谭》，描写法螺先生航行太阳系诸星球。此外，还有晚清作家借鉴西方科幻文学的"未来完成式"技巧，想象未来世界的生活。比如，《新中国未来记》写成于 1902 年，却落笔到 60 年后的 1962 年为时间坐标；《新纪元》则想象到 2000 年大中华民主国的盖世盛况。这类小说还有《月球殖民地》《乌托邦游记》等。王德威先生最后总结："即使前文对晚清小说的四个文类，仅做点到为止的回顾，我们应已了解那不只是一个'过渡'到现代的时期，而是一个被压抑了的现代时期。"[1] 他还认为，"五四"的新文学运动不过是"对中国现代性追求的收煞"，且是"极仓促而窄化的收煞，而非开端"。他的结论是意味深长的。其实，他所说的现代性，也就是指当代人文主义思想。

---

[1] 王德威:《想象中国的方法》,《被压抑的现代性——没有晚清, 何来五四? 》, 生活·读书·新知三联书店, 1998 年 9 月第 1 版, 第 16—17 页。

第十四章

龚自珍与魏源：但开风气不为师

一、龚自珍与魏源事略

清王朝的"康雍乾"盛世，至18世纪后期已露败象。乾隆王朝末期奢靡尤甚，乾隆帝的豪侈远超清代各皇帝，他仿效康熙帝六次南巡，游山玩水，挥金如土。同时又大兴土木，修造宫苑，如圆明园、清漪园、承德避暑山庄等，皆是花费巨资建造的。连乾隆帝自己也承认，"然究以频兴工作，引以为过"，说他"曾著'知过论'以自箴"[1]。可他一面悔过，另一面又奢侈之风丝毫未减。上有所好，下必甚焉。满族亲贵及汉族大官僚们个个夸豪竞富，"起居服食之美，昔以旗员为最。盖多供奉内廷，得风气之先"[2]。嘉庆四年（1799年），乾隆之宠臣和珅被嘉庆皇帝治罪，从和珅家查抄出财产值银八亿多万两，

---

[1]《钦定日下旧闻考》《御制〈日下旧闻考〉》题词二首。
[2]小横香室主人：《清朝野史大观》卷六，"阿财神"，上海书店出版，1981年6月第1版，第130页。

相当于那时国库二十年的收入，甚至和珅的两个仆人被抄没的家产也有七百万两，可见官场腐败已成风气。满族亲贵王公及大官僚因循苟且，只知求财纳贿，各级官吏更是横征暴敛，盘剥百姓，钱粮亏空，讼案山积。由于人口迅速增长，土地却集中在达官富户之家，"大抵豪家巨族田连阡陌，盈千累万"[1]，很多农民则失去土地，沦为佃户雇农。18世纪末社会发生动荡，先是维吾尔族、回族、苗族等少数民族聚居地区接连发生武装暴动。然后就是嘉庆元年（1796年）爆发的白莲教农民暴动，历时九年半，波及楚、豫、川、陕、甘五省。此后农民暴动连绵不断。嘉庆十八年（1813年）十月，信奉天理教的农民武装队伍甚至联系了宫内太监信徒，攻入北京城，几乎打到紫禁城，连嘉庆帝也在诗中震惊地哀叹，"从来未有事，竟出大清朝"[2]。

　　18世纪末到19世纪初，欧洲陷入法国大革命及拿破仑战争的动荡中，西方列强暂时无暇东顾。欧洲局势平定后，英国为首的西方列强频繁地与清帝国发生冲突，派军舰骚扰与炮击中国沿海的村庄和渔船。当时，西方国家对华贸易处于逆差中，英国东印度公司遂大量走私鸦片，以此为缺口打开中国门户。他们贿赂清朝各级官吏，鸦片畅通无阻地进入内地，中国的白银大量外流，银荒引起银价暴涨，清朝政府的财政陷入困境。上至王公贵族，下至八旗兵丁纷纷沾染吸食鸦片的恶习，如瘟疫传遍中国社会各阶层。嘉庆二十五年（1820年）即有人估算："即以苏州一城计之，吃鸦片者不下十数万人。"[3]在严峻的社会危机面前，士大夫中一批有识之士奋然疾呼，要求禁绝鸦片，呼吁改革政治，做好抵御西方列强侵略的准备，并求索变革旧制度的新途径。林则徐、龚自珍、魏源、张际亮、汤鹏、姚莹等人最为热情。林则徐升任湖广总督的次年，就给道光皇帝上奏折言，倘若不断然禁绝鸦片之害，"是使数十年后，中原几无可以御敌之兵，且无可以充饷之银"。他们强烈地意识到倘若不自强自救，古老的中华民族再继续沉睡下去，在虎狼环伺的世界中就有被亡国灭种之危险。所以，士大夫们难以平心静气地去钻故纸堆了，他们开始注重对现实社

---

[1]　李兆铭：《养一斋文集》卷九，"蒋氏义庄记"。

[2]　《清仁宗御制诗三集》卷十六，"有感五言"。

[3]　包世臣：《安吴四种》，《庚辰杂著二》。

会问题的研究。今文经学派也开始振兴，此学派亦称"公羊学派"，他们不主张固守儒家典籍中的陈言，亦反对考据求证的烦琐学风，是一个思想较活泼的儒学学派。而且，这一学派注重阐发经世致用之学，与求变革之风相契合，其学术宗旨对龚自珍、魏源等一批士大夫产生了深刻的思想影响。

龚自珍，生于清乾隆五十七年（1792年），卒于清道光二十一年（1841年），又名巩祚，字璱人，号定庵，浙江仁和（今杭州市）人。龚氏家族是一个世代书香望族，其祖父一代人皆任高官。其父龚丽正曾任军机处章京，调任徽州、安庆知府等职务，官至江南苏松太兵备道署江苏按察使，辞官回乡后在杭州紫阳书院主讲十余年，著述甚丰。其母段驯是朴学大师段玉裁之女，亦是女诗人，著有《绿华吟榭诗草》。

龚自珍受到家庭文化的熏陶，才华早露。他幼年时便随父亲在北京安家，9岁时过继祖父龚敬身逝世，他又随父亲南返杭州。他家居住在西湖的苏堤附近，龚自珍童年时期喜欢音乐，"尝于春夜，梳双丫髻，衣淡黄衫，倚阑吹笛，歌东坡《洞仙歌》词，观者艳之"[1]。两年后，龚丽正又携全家进京复职。家里又请了一位塾师宋璠，教导龚自珍读书。宋璠博学多才，教学时"总群书并进"，开阔了少年龚自珍的视野。龚自珍13岁，宋璠即以《辨知觉》为命题教龚自珍作文，引导他从宏观处考虑问题。宋璠还命题《水仙花赋》，刻意锤炼龚自珍的抒情文字。宋璠不过两年的教学，龚自珍一生受益。龚自珍父母尤其看重对他的培养，龚自珍才8岁，其父便抄《文选》亲自教授他。杭州守丧两年，龚丽正督促指导龚自珍读书写文章。家居北京，他还携龚自珍游太学，考察石鼓，研究金石学。其母段驯对龚自珍亦有着潜移默化的影响，龚自珍仅六七岁，母亲便教他念吴伟业诗。其外祖父段玉裁是戴震的入门弟子，曾撰《戴东原先生年谱》，亦是朴学大师，是汉学皖派代表人物之一。他看重外孙的才华，对龚自珍的教育培养更费尽心血，龚自珍的名字就是段玉裁所取。段玉裁老人79岁时，还亲笔写信勉励外孙："博闻强记，多识蓄德，努力为名儒，为名臣，勿愿为名士。何谓有用之书？经史是也。"[2]老人用心良苦，担心龚自

---

[1] 张祖廉：《定庵年谱外记》，载《龚自珍全集》，上海人民出版社，1975年版，第632页。

[2] 孙文光、王世芸：《龚自珍研究资料集》，黄山书社，1984年版，第4页。

珍成为徒有虚名的纨绔子弟。

龚自珍 19 岁首次应顺天乡试，仅中副榜贡生。嘉庆二十三年（1818 年），他 27 岁时已经第四次应乡试，方才中举。后又多次应会试，屡试不第，道光九年（1829 年），他第六次参加会试，38 岁时终于中了进士。他年轻时随父母游宦苏、浙、皖各地，广交朋友，目睹官场黑暗，亲见社会现状，且接触"田夫、野老、驹卒"等下层民众，增长了较深的阅历与见闻。他与散文家王昙结为挚友，王昙性慷慨，好谈经济，尤喜论兵，这些性格对青年龚自珍也有影响。他后随父亲在徽州参与修撰《徽州府志》之事，也认识了一批友人。他还至天文学家罗士琳家请教，学习天文算学知识。他在苏州，又认识了女词人归懋仪，彼此写诗词互相唱和。他在上海期间还结交了一批江南名士，如版本学家何元锡、文字学家钮树玉及袁琴南、李锐等。他与这些文友们相聚，高谈阔论，切磋诗文，剖析时弊，拓展了他的视野与胸襟。

嘉庆二十四年（1819 年），龚自珍首次入京参加会试，虽然会试落第，可他关心时政的热情更高。他认识了魏源，且结为好友。两人都倾心于今文经学，彼此思想相通，故时人称他俩为"龚魏"。这年，他师从著名今文经学家刘逢禄学习《公羊春秋》。龚自珍在京期间，还常常去王念孙家拜访求教。王念孙与段玉裁是同学好友，亦是戴震门下弟子。王念孙之子王引之是语言学家，也是龚自珍参加乡试的主考官，龚自珍与他们的关系也很亲密。他还与京中清流官员王鼎交好，时常往来过从。王鼎可算其父执一辈，是朝廷中少数几个有骨气的直臣，后来鸦片战争中，林则徐被冤戍伊犁，王鼎以死力争，尸谏朝廷，轰动京城。

道光元年（1821 年）春，龚自珍任内阁中书，后又任宗人府主事。他参加国史馆修订《清一统志》，又撰写《上镇守吐鲁番领队大臣宝公书》和《西域置行省议》，对西北新疆政略提出建议。他呈送两文给其乡试的房考官觉罗宝兴，并未得到重视。可龚自珍的文章在士子们中被传抄，倡言改革的名声也传播出去了。他结交了彭蕴章、顾广圻、邓传密、陈杰及佛学家江沅等一批友人，慷慨陈词，倡言禁烟，主张改革，形成了京师的清流舆论集团。龚自珍俨然为青年意见领袖，但遭到朝廷中顽固派嫉视，且被权贵们极力排斥，因此陷入极大苦闷中。道光三年（1823年）七月，段驯在上海去世，龚自珍随即赴沪奉母亲遗骸回杭州安葬。他的心情愈加郁闷，便随江沅学佛。他倾心于大乘的天台宗，后来还撰写了不少佛学文论。

道光六年（1826年），龚自珍携家眷重新入京供职。他更放言抨击朝廷弊政，多方上书言事。他与魏源在京师士大夫中有着很高声誉。三年后，他第六次参加会试，终于中式第九十五名。他在试卷中就政略、治河、择才、边防等方面提出建议，力倡政治改革，许多阅卷大臣拍案赞叹。可主考官害怕得罪朝廷内的守旧派权臣，以"楷法不中程"的理由不列优等，仅取三甲十九名，赐同进士出身。龚自珍不能入翰林院，也就断绝上升为言臣的仕途。此后，龚自珍与京师一群忧国忧民的年轻士大夫常在北京丰宜门外的花之寺雅集，约有四次，彼此唱和诗词，抒发政见。龚自珍继续向朝廷上书，递交《当世急务八条》《在礼曹日与堂上官论事书》等，重申改革倡议，呼吁整顿吏治，严禁鸦片，巩固边防。

道光十八年（1838年）冬，林则徐任钦差大臣赴广东禁烟。出京前，龚自珍撰文为他送行，坚定地支持其禁烟主张，提出一系列的建议与相关措施，给林则徐出谋划策。他还主动提出愿随林则徐南下效力。当时，朝廷内对实施禁烟有激烈分歧，龚自珍是士大夫清流中的言论领袖，遭到守旧派嫉恨。林则徐为了避免给对立派以口实，不得不婉辞龚自珍的请求，且派去心腹管家做解释。不过，龚自珍在京城中仍然动辄得咎，被权贵显宦视为官场异类。同年，他突然遭到处罚，剥夺俸钱。此年三月，龚自珍不得不辞官南归。他携家眷回杭州后，在苏州昆山置一座别墅，以便于往来苏杭间。道光二十一年（1841年）春，龚自珍任江苏丹阳云阳书院讲席。三月，其父龚丽正病逝。七月，龚自珍又赴丹阳。八月十二日，龚自珍暴卒于丹阳，终年50岁。后人曾将他的著作编为《定庵文集》《定庵诗集》，1959年，中华书局出版了《龚自珍全集》，其他出版社也出版了各类龚自珍著述。

魏源，生于清乾隆五十九年（1794年），卒于清咸丰七年（1857年），原名远达，字默深，湖南邵阳人。其祖父魏志顺仅是贡生，可务农经商挣下很大一笔财富。祖父乐善好施，在乡里修建万石谷仓。嘉庆八年（1803年），邵阳遭遇大饥荒，官府仍然催征赋税，其祖父慨然变卖家产，代缴全县田赋。从此魏家中落。据族谱记载，安化人陶澍早年家境困苦至魏家求助，魏源祖父慷慨解囊。后来陶澍为官，即派仆人备礼遣还债款。魏源祖父不受，只是称愿陶澍为官清廉与爱百姓即足矣。陶澍官至两江总督，也是道光皇帝的股肱之臣。魏源之父在他手下做官，魏源亦曾经任其幕僚。魏源父魏邦鲁，由国子监生捐了从九品的巡检，赴江苏任职，在华亭县、嘉定县、上海县等为吏，后在道光八年（1828 年）升任太仓州宝山县水利主簿。魏邦鲁为人正直，性慷慨，喜读书，且懂医术，时常免费为百姓治病。上司委任他管理苏州钱局，这是官场内的肥缺，他却破除积习陋规，不染贪腐，后任江苏布政使的林则徐对他极有好感。

魏源 7 岁始入魏氏家族的私塾读书。魏源自幼读书勤奋，时常苦读至深夜。母亲命他熄灯入睡，他却待母亲熟眠后，把灯笼藏在被窝里读书。嘉庆七年（1802 年），魏源 9 岁即应童子试，知县指着茶碗里的太极图考他："杯中含太极。"魏源怀揣麦饼做干粮，迅即应对："腹内孕乾坤。"满座皆惊，知县连声夸赞魏源"幼有大志"。魏源少年时喜读《高士传》，常忍俊不禁笑起来。嘉庆十二年（1807 年），他 14 岁，随父至江苏任所，江南的风土人情使少年魏源开阔了视野。同年，他又在邵阳县学爱莲书院研读四书五经。次年二月，他参加了邵阳县每年定期举行的"童试"，在考试中名列前茅。他与名列前五名的邹汉勋"均湛于学，同辈中有'记不清，问汉勋；记不全，问魏源'之语"[1]。魏源入县学读书，研修八股制艺文章，但他对王阳明心学更感兴趣，且喜读史书。他家中困窘，买不起书籍，便回到族塾中借阅。二伯父魏辅邦对子侄约束甚严，要求他们以科举为重，魏源只好趁伯父不在，抓紧时间抄书阅书。他学习成绩优秀，颇为学政李宗瀚器重。他 17 岁时为廪生，得以"食饩"，即享受政府奖学金。他回到家乡设馆授徒，写了《孔子年表》《孟子年表》等著述。嘉庆十七年（1812 年），魏源赴长沙就读岳麓书院。他对朱熹及吕祖谦编的《近思录》多有钻研，与李克钿、何庆元结为好友。次年，他参加

---

[1] 李抱一：《抱一遗著》，卷六，《乱楮杂忆》，载《魏源全集》第二十册，岳麓书社，2004 年版，第 685 页。

湖南的拔贡考试，榜上有名。嘉庆十九年（1814 年）春，魏源辞别家乡，与回江苏复职的父亲一起，启程赴北京求学。

魏源入京拜访了湖南的京官陶澍、周系英等人，拜见了拔贡的座师汤金钊，以及前湖南学政、时任左副都御史李宗瀚。在他们的引荐下，魏源在京城遍访名师，他拜谒胡承珙学汉儒家法，向姚克堁请教《大学》古本之渊源，又随刘逢禄习《公羊》之学。他在刘逢禄门下进行了深入系统的学习研讨，受其启发很大。他在京城勤学攻读，埋头整理《大学》古籍，五十余日未出屋，其座师汤金钊疑其生病，到他住处探望，魏源"垢面出迎，鬓发如蓬"，汤金钊为之感叹："君子勤学罕觏，乃深造至此，然而何不自珍爱乃尔也！"[1]魏源在京城苦读三年后归乡。嘉庆二十四年（1819 年），魏源又赴京城参加乡试，中顺天府乡试副贡生。他参加科举考试首次受挫，却结识了也来参加会试的龚自珍。龚、魏初逢就一见如故，他俩在刘逢禄处学习《公羊》之学，结为终生至交。他俩生前还约定"孰后死，孰为定集"，后来龚自珍暴病逝于丹阳，魏源急赴吊唁，且帮助魏家料理后事。次年夏天，魏源即协助龚自珍之子魏橙编定龚自珍文集，亲撰《定庵文录叙》，概括挚友的学术与诗文成就。

道光二年（1822 年），魏源第三次赴京城应顺天府乡试，考中举人第二名，时称"南元"。次年二月，他参加会试落第，后接连参与五次会试皆落榜。道光六年（1826 年）二月，魏源与龚自珍参加会试，适逢刘逢禄任分校，无意见邻房有浙江、湖南二卷"经策奥博"，以为必是其弟子龚自珍与魏源。但那一场科考，龚、魏二人均未被录取。刘逢禄写一首诗记述此事，预言二人不久必高中，但他的预言却落空，他俩皆是久未中式。此诗在京城流传，士人们都知道"龚魏"齐名，皆为才子。据说魏源中举后，陶澍曾经向军机大臣穆彰阿推荐魏源，穆彰阿亦企图收纳魏源为己用，但魏源不屑为其门下走狗，态度冷淡。穆彰阿深恨之。而更深层原因是，魏源与龚自珍都是性格坦荡的狂才，必为黑暗官场所嫉视。

道光十五年（1835 年）二月，42 岁的魏源第五次应礼部试，仍然未中。

---

[1]魏耆：《邵阳魏府君事略》，载《魏源集》（下），中华书局，2018 年 7 月第 1 版，第 930 页。

同年，他以票盐生意获得巨资，就在扬州买下一处别墅，命名为"絜园"。他下决心绝意科场，在此养老奉亲，读书著述，终此一生。但时局动荡，家中人口众多，生计日益艰难，其著述自资刊印，耗费巨大；鸦片战争后，两淮盐业遭破坏，票盐收入减少，他不得不重新参加科举考试，以谋得官职来养家糊口。他在给老友信中自嘲道："中年老女，重作新妇，世事逼人至此，奈何？"[1] 道光二十四年（1844年）春，魏源51岁，赴京参加会试。他的试卷获得房考官批语——"劲扫千军，倒倾三峡"，中礼部会试第十九名，可主考官却以"磨勘稿草模糊"之名义，罚其停殿试一年。魏源愤而作《都中吟》十三首，仿白居易的乐府诗体，怒斥那些庸官。他还在诗中论及边防、取才、治河方面等政治弊病，对科举制度埋没人才尤感切肤之痛！次年，魏源又赴京补行殿试，中式第三甲，赐同进士出身，以知州用，被分发江苏。他在京城候任到秋天，奉命暂署江苏东台知县，后又任兴化县知县、高邮知州。

　　魏源考中进士时已经年过半百，但他一生中多次担任高官幕僚，对政务并不生疏。譬如，道光四年（1824年）他在湖南常德杨芳署中任职，次年又至江苏布政使贺长龄处任幕僚，稍后即入两江总督陶澍幕府，后还在下任的两江总督伊里布及接任的裕谦处任幕僚等。魏源对官场的陋规积习都有洞察，但他仍然怀有忧民报国之志，希望能够切实地做一些事情。魏源入贺长龄幕府后，遵嘱编辑了一部《皇朝经世文编》，将清朝以来的经世文章汇编成一书，此书刊行后影响巨大，至光绪年间其版本已经达20余种。后来，魏源又编撰清朝战史《圣武记》，希望以此砥砺民气，注重军事改革，此书中不仅记录史实，且充满发奋图强的政论。而魏源编纂的《海国图志》，则是其编著中影响最大的一部书。此书受林则徐委托所编。道光十九年（1839年），林则徐赴广东禁烟，为了分析世界形势，即搜集翻译外国报刊，积累一批资料。两年后，林则徐被发往新疆伊犁充军，他与魏源在镇江相晤，将其在广州主持翻译的《四洲志》手稿及一大批资料转交魏源，叮嘱他编一部书以帮助中国人了解世界，魏源慨然应允。一年后，魏源即编撰成《海国图志》五十卷，后陆续修改

---

[1] 魏源：《致邓显鹤书》，《魏源集》（下），补录，第897页。

补充，又修订成《海国图志》的六十卷本及一百卷本。

道光二十六年（1846年），魏源任江苏东台县知县。他上任后面临一个烂摊子，不得不为前任知县赔垫四千两银子，以致全家数十口人生计艰难。次年，其母逝，他便去职归扬州守制三年。魏源迫于家境困窘，又入江苏巡抚李星沅及继任巡抚陆建瀛之幕府。两年后，他还有过历时半年的岭南之行，途经苏、皖、鄂、湘、桂、粤、赣、浙八省。此次岭南之行，其子魏耆所作的《邵阳魏府君事略》未记载，但根据魏源的一些记游诗及友人记述，学者们得知此行历时半年，他的主要目的是得偿多年夙愿，南游香港、澳门，实地了解西洋人的生活状况。他还从香港买回一批海外的地图、资料以补充《海国图志》。

道光二十九年（1849年）魏源复职奉命署理扬州府兴化县知县，此地紧靠高邮湖，大风雨后湖水暴涨威胁堤防，河道总督杨以增害怕堤溃影响运河漕运，拟开闸放水。当时早稻成熟，百姓闻讯群情激愤，担心一年收成化为乌有。魏源带领民众护堤，"河帅将启闸，源力争不能得，则亲击鼓制府，总督陆建瀛驰勘得免，士民德之"[1]。他亲自击鼓于巡抚衙门，可说是奋勇的行为。幸亏陆建瀛对他比较了解，且实地勘察堤防，才免于开闸。倾盆大雨下了两昼夜，河督又欲放水，魏源伏堤痛哭，愿献生命为民请命，十余万民众也随他护堤。"薄暮风浪息，始休。暑雨所激，（魏源）目赤肿如桃，见者感泣。陆公叹曰：'精诚所至，金石为开，岂不信然！'立秋后获毕，坝启，岁竟大丰。故民谓其稻曰魏公稻。"[2]

咸丰元年（1851年），魏源又任高邮知州。他已经年老病衰，却挣扎着在任所处理政务，还带领百姓在高邮湖边植树，改建书院，设义学，整饬育婴堂及慈善机构，传种牛痘，兴水利等，且孜孜不倦地著述。但时局激荡，太平军从广东兴起，不到数年江南地区被太平军攻入，已是处处烽火，遍地狼烟了。咸丰三年（1853年），太平军攻下扬州，高邮戒严。魏源擒斩入城掳掠的溃败官兵百余人，开仓赈贫，以稳定民心。恰巧，他得罪过的原任河督杨以增正在督办江北防剿事宜，竟然奏劾魏源，诬陷他"玩忽军务"，随即魏源被革职。

---

[1]《清史稿·列传·魏源传》，《魏源集》（下），附录，第941页。

[2]魏耆：《邵阳魏府君事略》，载《魏源集》（下），中华书局，2018年7月第1版，第937页。

虽然同年魏源复职，但他早已心灰意冷，无心仕宦。他晚年残生笃信佛教，彻底看破红尘，在战火纷飞中东奔西徙，由高邮又定居杭州。咸丰七年（1857年）三月初一，魏源病逝于杭州僧舍，终年64岁。"既卒，以生平爱杭州西湖，遂葬于南屏之方家峪。"[1]

二、龚自珍、魏源的启蒙哲学思想

长期以来，今文经学与古文经学是传习儒家经典的两派。自西汉以来即开始对立。今文经，即西汉儒生用当时的通行文字隶书写成的经书；古文经，则是秦代焚书前用六国古文字写成的经书，一些儒生在秦朝焚书坑儒时藏在墙壁中，被后世人发现。后来，今文经与古文经成为两种版本，同一经书，篇章、文字、内容及义理之解释各有不同。古文经学侧重名物训诂，而今文经学则重在探索经学之"微言大义"，尤其注重援经议政。今文经在汉以后不受重视，典籍多失传，仅有何休的《公羊解诂》较完整，被奉为经典，研究《公羊传》的学派被称为"公羊学派"。清代今文经学派创始人庄存与，与戴震是同时代人，撰有清代首部今文经学派著作《春秋正辞》，他不着重名物训诂，"不斤斤分别汉宋，但期融通圣奥，归诸至当，在乾隆诸儒中，实别为一派"[2]。今文经学另外两位学者则是刘逢禄和宋翔凤，都是庄存与的外孙。刘逢禄是龚自珍与魏源的老师，对龚、魏二人影响很大。当时，古文经学家推崇《左传》，今文经学家推崇《公羊传》，而刘逢禄尤其推崇汉代何休的公羊学，且著有《公羊何氏释例》《公羊何氏解诂笺》，申述"大一统""通三统""张三世"等"圣人微言大义之所在"。相对而言，公羊学派的思想较为灵动活跃，且不主张事事遵循儒家典籍的伦理教条主义，它与要求变革和主张经世致用的学风更加接近，自然也就受到了龚自珍与魏源的推崇。

龚自珍与魏源都对今文经学有着深入研究，二人可称当时今文经学的两大家。今文经学其实是二人以儒学旧瓶装其二人之精神新酒的某种形式，也

---

[1]魏耆：《邵阳魏府君事略》，载《魏源集》（下），中华书局，2018年7月第1版，第940页。

[2]《清儒学案》卷五十七，"方耕学案"。

是一种遮盖其早期民主主义思想的传统外衣。龚自珍借用今文经学的一些理论观点，尤其是历史观中的三世循环论，以及"张三世""通三统"等学说，从今文经学的微言大义中，感觉到其学术的巨大包容性。他所提出的"衰世论"，即是以此公羊三世说为理论基础的。公羊学派注释《春秋》，何休之将世道分为"衰乱""升平""太平"三世。龚自珍之"三世说"与何休稍异，他认为世有三等，即治世、衰世、乱世。他深刻省悟了自己所处的清代晚期正走向衰落的事实，因此勇敢地批判黑暗的社会现实，且宣扬自己的政治改革理想，认为统治者不改革就必将会从"衰世"走向"乱世"。他在《明良论》中大声疾呼："奈之何不思更法，琐琐焉，屑屑焉，惟此之是行而不虞其陊也？"[1]而他所处的正是还残留着"康乾盛世"余光的时代，还保持着一定程度的物质繁荣，因此整个社会都沉溺在琐屑的庸碌中，龚自珍大声疾呼这种现象正是走向危机的先兆，他后在《上大学士书》及一系列文章中都呼唤变革与更法，在《乙丙之际著议第七》的文章里引用《易经》之言"穷则变，变则通，通则久"来说明必须改革，"一祖之法无不敝，千夫之议无不靡，与其赠来者以劲改革，孰若自改革？"[2]也就是说，某朝代之弊政必定会被下一个朝代所改革，众人之议是难以压制的，与其将自己的弊政送给后来者去改，倒不如自己动手去改。他用世代相革的道理警告清统治者，倘若不去自动改革，别人就会代替你来改，那就是取而代之的"革命"了。今文经学强调事物变化，这样的思维方式最具吸引力，也使得中国近代史中的众多改革者找到思想支撑。今文经学的微言大义的思维形式对龚自珍有着很大影响，他曾经解释孔子作《春秋》初衷，又引申其天下必变之说："大哉变乎！父子不变，无以究慈孝之隐；君臣不变，无以穷忠孝之类；夫妇不变，无以发闺门之德。精义入神，以致用也；比物连类，贵错综也。"[3]他在强调事物变化过程时，且以此为观察、判断事物的根据与出发点，这也是龚自珍哲学思想中最具活力的因素。龚自珍以今文经学为其

---

[1] 龚自珍：《明良论四》，载《龚自珍诗文选》，孙钦善选注，人民文学出版社，1991年第1版，第286页。

[2] 龚自珍：《乙丙之际著议第七》，载《龚自珍诗文选》，第301页。

[3] 龚自珍：《春秋决事比答问第五》，载《龚自珍全集》，上海人民出版社，1975年版，第63页。

理性批判的思想武器，可他并不是无条件地全盘接受这个学派的所有观点。道光十三年（1833 年），龚自珍写下《六经正名篇》暨《答问五篇》，提出一个重要思想——"孔子之未生，天下有六经久矣"，他不赞成今文经学派称"孔子为素王"及过分神化孔子的观点，也反对过分圣化六经，他出入今文经学亦借鉴古文经学，不仅钻研孔孟之学，且对诸子百家的学说都有汲取，即所谓"事天地东西南北之学"，在当时保守的学术界看来是不守本分的。《清史稿》评价龚自珍："其文字瞀桀，出入诸子百家，自成学派。所至必惊众，名声藉藉，顾仕宦不达。"[1]

龚自珍对西汉以来流行的董仲舒的"天人感应"说很厌恶，认为是一些儒士把《周易》《尚书》《春秋》等古籍经典里毫无关系的名词、字句生硬地串到一起，予以牵强附会的解释，是很恶劣的学风。而这些牵强附会之说，其实撕裂了古籍经典，致使它们"身无完肤"。尤其是当时流行的"推步术"，以"天人感应"理论去预测天象变化及社会兴衰与人事吉凶。他认为，这种"借天象儆人君"的推步术，对专制君主是没有用的，暴君根本不理睬这一套说法，明智的君主也不相信这一套。所以，古代历史上以天象谏主的例子，常是大臣落个"诬谤"的罪名。他在给友人的信《与陈博士笺》中提起："近世推日月食精矣。"他本人有着较深厚的天文学知识，明白天象变化是有规律即"定数"的，他认为如果研究"彗星之出"，可以"取钦天监历来彗星旧档案汇查出，推成一书，则此事亦有定数，与日食等耳"，他相信编成此书可破除人们以为彗星即扫帚星，也就是不祥之兆的迷信心理。

龚自珍的人性论特别强调"天赋人性自私论"，这个思想学说是直接针对宋明理学的"存天理、灭人欲"的。他专门写了一篇文章《论私》，说自私即出于自然。"问曰：敢问私者何所始也？告之曰：天有闰月，以处赢缩之度，气盈朔虚，夏有凉风，冬有燠日，天有私也；地有畸零华离，为附庸闲田，地有私也；日月不照人床闼之内，日月有私也。"[2]他的这段话是针对旧传统伦理道德思想的，因为古代专制文化从来宣传的是"无我之大公"，且称"天无私

---

[1]《清史稿·龚巩祚传》卷四八六。

[2] 龚自珍：《论私》，《龚自珍全集》，第 92 页。

覆，地无私载，日月无私照"，而龚自珍却以为天地日月皆有私，私是天赋于人的。而且，他进一步分析，所谓伦理道德其实皆以人性之私为出发点，圣帝忠臣或孝子节妇等道德典范无不有私，皇帝之私是为了自己的统治，忠臣之私是他只忠于自己的君主，孝子之私是他所爱的是自己的父母，节妇贞妇之私是她们忠于自己的夫君。他说："圣帝哲后，明诏大号，劬劳于在原，咨嗟于在庙，史臣书之。究其所为之实，亦不过曰：庇我子孙，保我国家而已。何以不爱他人之国家，而爱其国家？何以不庇他人之子孙，而庇其子孙？"紧接着他又延伸至忠臣孝子节妇，继续追问道："忠臣何以不忠他人之君，而忠其君？孝子何以不慈他人之亲，而慈其亲？寡妻贞妇何以不公此身于都市，乃私自贞私自葆也？"[1]他甚至将有没有人性之私当作人与禽兽之辨的重要区别，认为人性之私即为文明开化，而无私则为禽兽。他又说："且夫狸交禽媾，不避人于白昼，无私也。若人则必有闺阁之蔽，房帷之设，枕席之匮，赪颒之拒矣。禽之相交，径直何私？孰疏孰亲，一视无差。"他以为禽兽交媾，可在光天化日下进行，就是因为它们没有隐私感，而人类与禽兽不同，也就因为他们有隐私感。最后，他又由此引申而大声疾呼："今日大公无私，则人耶？则禽耶？"[2]龚自珍为其理论寻找根据还引证孟子的话，称"人亲其亲，长其长而天下平"，而且引用孔子删定《诗经》来进一步为自己的观点辩护。他从古代经典中寻觅微言大义，或先私后公，或公而后私，或公私并举等都有合理处，却以为只有"大公无私"不合人性。其实是针对古代专制文化中要求臣民们灭掉自己的"私欲"，一心一意服从专制统治国家之"公"的。自晚明以来，江南地区的市民阶层商品经济思想逐渐发展和张扬起来，影响了一批具有启蒙意识的进步士大夫，由此，"新义利观"与传统义利观之间发生激烈矛盾，这也是要求个人经济权利的启蒙思想与旧的"存天理、去人欲"的宋明理学观念的价值冲突，更是新的商品经济意识与陈旧的小农经济观念的分歧。而龚自珍的"天赋人性自私论"，也就必然导致"天赋人权"论或"天赋自由"论，其批判矛头针对宋明理学和传统专制文化，具有浓厚的早期启蒙思想意识。

---

[1] 龚自珍：《论私》，《龚自珍全集》，第92页。

[2] 同上。

在人性善还是人性恶的问题上，龚自珍并不服膺孟子的性善论，可他也不信服荀子的性恶论，他的观点与告子的"性无善恶论"相合。他在《阐告子》一文中说："龚氏之言性也，则宗无善无不善而已矣，善恶皆后起者。夫无善矣，则可以为桀矣；无不善也，则可以为尧矣。知尧之本不异桀，荀卿氏之言起矣；知桀之本不异尧，孟氏之辩兴矣。"[1]他认为"无善无不善"之性又与人以后的行为是两码事儿，"治人耳，曾不能治人之性；有功于教耳，无功于性"，"是故性不可以名，可以勉强名；不可似，可以形容似"。[2]他认为，天赋予人的自私之性是人身上的必然存在，其中也就不能以善或恶来分，因为它可能导致善，也可能导致恶，这要看以后的具体社会环境而论，但其必然存在，却是任何刻意的教化都无济于事的。

龚自珍是一个人文主义者。他有一段名言："天地，人所造，众人自造，非圣人所造。圣人也者，与众人对立，与众人为无尽。众人之宰，非道非极，自名曰我。我光造日月，我力造山川，我变造毛羽肖翘，我理造文字言语，我气造天地，我天地又造人，我分别造伦纪。"[3]学者们都肯定他的这段话有否定圣贤、帝王创造世界的进步思想因素，但众学者对"我""众人"的解释则各不相同。有学者认为，这段话的"我""众人"有"物我"的意思，不宜理解为个人的主观精神；也有学者认为，"我""众人"都是指个人的精神活动，意即"心我"之意，这与他的"心力说"相符合。笔者以为，他的这个思想与李贽的个性解放与自由精神是很相似的。当时已经临近晚清时期，陈腐的程朱理学窒息着士人们的个性与思想，将士大夫们制造成庸碌猥琐的废人、庸人，又通过"戮心"之术使他们无感情、无欲望、无思想，龚自珍多次大声疾呼，认为这是明显的"衰世之病"之一。因此，龚自珍提倡"心力"之说也是有着个性解放的启蒙意义的。他说："心无力者，谓之庸人。报大仇，医大病，解大难，谋大事，学大道，皆以心之力。"[4]龚自珍的"心力"说，正针对清朝统治

---

[1] 龚自珍：《阐告子》，《龚自珍全集》，第 129 页。

[2] 同上。

[3] 龚自珍：《壬癸之际胎观第一》，《龚自珍全集》第 12—13 页。

[4] 龚自珍：《壬癸之际胎观第四》，《龚自珍全集》第 15—16 页。

者利用程朱理学所鼓吹的"戮心"之说。他希望这种基于主观能动性的自我意识，能够破除浑浑噩噩的精神颓状，能够与其面对的那股强大的顽固守旧的社会势力相抗衡，这反映了当时为数极少的启蒙思想家们寻求心理支持的一种努力。龚自珍为寻求其"心力"曾经求索于佛教哲学。他深入研究佛学，其文集中有佛学论文数十篇，而且论及印度佛学与中国佛学的各宗，尤其对天台宗和净土宗最为精研。他还写过《发大心文》，表示其"震旦苦恼众生"，不仅仅是为自己求得个人解脱，而是念念不忘受苦受难的众生。近代，企图从佛教汲取"心力"的启蒙思想家越来越多，这是因为中国近代风云激荡又迅速变幻，国家与民族深深陷入亡国危机和社会苦难中，而企图变革现实的力量却如此微弱并历尽失败的艰险，使得变革者不得不寻求某种宗教信仰来支持自己，龚自珍、魏源是如此，康有为、谭嗣同、章太炎等亦是如此。

龚自珍的个性解放思想，已经具有冲破古代专制文化罗网的近代民主主义性质。他的尊情说与童心论就是颇具时代特色的重要思想。尊情说是针对程朱理学的"理欲观"的，理学的核心主张是"存天理、灭人欲"，清初的很多启蒙思想家都激烈批判这一观点，如黄宗羲在《原君》中说，"有生之初，人各自私也，人各自利也"，他认为这种原始的"自私"与"自利"的权利，是应该得到保护的。王夫之也在《四书训义》里说："私欲之中，天理所寓。"龚自珍关于尊情说有很多议论，较为重要的是《宥情》一文，文中假设五人辩难，并参以己见，申明自己的观点。他认为情贵在纯真自然，不应该虚假矫饰。他反对理学的禁欲主义，也很厌恶虚伪的人情世态。他还在《长短言自叙》中说："情之为物也，亦尝有意乎平锄之矣；锄之不能，而反宥之；宥之不已，而反尊之。龚子之为长短言何为者耶？其殆尊情者耶？情孰为尊？无住为尊，无寄为尊，无境而有境为尊，无指而有指为尊，无哀乐而有哀乐为尊。"[1]也就是说，人的感情从锄到尊，从拒绝到原谅到推崇，正说明感情是人心难以割舍的。人的喜怒哀乐的具体情感是宝贵的。人之情感亦与个人物质精神生活密切相关，所以，尊情亦应该尊重人的物质、精神生活。这也与他

---

[1] 龚自珍：《长短言自叙》，《龚自珍全集》，第 232 页。

在《论私》中提出的观念是相一致的，他以为"天有私""地有私"，所以，人也应该有私。而传统的伦理道德观念中的"君臣父子"的关系，其实也都是建立在合乎人性的私心基础上的。因此，龚自珍反对锄掉人的情感，也反对以古代专制政治制度之"大公"来灭掉天赋人性之自私，更反对去除每个人所应当保持的人格自尊。他还公开表示欣赏李贽的"童心说"，因为"童心说"中的"赤子之心"是与理学之"戮心"相对立的，是争取人的个性解放的自由精神。他还在多首诗中歌颂"童心"，就是指在古代专制社会中被束缚的人的个性与天性。他写过一篇寓意深刻的散文《病梅馆记》，又题《疗梅说》。道光十九年（1839年），他被京城的那批守旧官僚排挤，抑郁地辞官南归，写下一篇抒发心志的妙文。他说，某些文人画士以自己之癖好，以"梅之欹，之疏，之曲"为美，故意将天然美的梅枝，"斫其正，养其旁条，删其密，夭其稚枝，锄其直，遏其生气"，使梅枝成为病态，丧失了自然姿态。他很不满意这种戕害梅树的行为，买了三百盆病梅，"乃誓疗之：纵之顺之，毁其盆，悉埋于地，解其棕缚"，使之复本全真。他宣称："予本非文人画士，甘受诟厉。"[1]此文是以"病梅"譬喻被专制文化培植的那些精神受摧残的人，又以"文人画士"影射掌权的当局，他们在选拔人才时按照程朱理学那一套教条来行事，其实质是束缚与扼杀人才。正是古代专制文化的高压，使得士子儒生们中的人才都成了病才，他们被统治当局用旧传统意识来"夭其稚枝"，又用专制权威来"锄其直，遏其生气"，最后这些士子儒生都成了丧失自然之心的"病梅"了。龚自珍的个性解放思想可说是其启蒙思想的最重要组成部分，尤其从当时的时代背景来看，他针对程朱理学弥漫的文化专制现象，更是具有振聋发聩的进步思想意义的。他的这部分思想言论，要比其政治与经济思想更先进，也更有一种痛快淋漓之感！

　　龚、魏二人实质上都是打着经学的招牌而作政论。而魏源的哲学思想则与颜李学派的实学主义思想颇有相近处。魏源在《海国图志叙》中特别提出

---

　　[1]龚自珍：《病梅馆记》，载《龚自珍诗文选》，孙钦善选注，人民文学出版社，1991年第1版，第379—381页。

"以实事程实功，以实功程实事"[1]的主张，一再反对玄谈相尚的学风，他对统治阶层的昏庸愚妄既厌恶又忧虑，中华民族正面临严重外患危机，如此发展下去，难以想象国家形势会溃烂到什么地步。魏源一生多次担任清廷大臣高官的幕僚，政治视野是很开阔的，看问题更加深入。他在贺长龄处任幕府时，应嘱所编的《皇朝经世文编》，可说是他思想转变的开始。他从早年醉心于理学和考据之学，转变为注重国计民生的经世致用之学，本人也从一个钻研经学的学者成了启蒙思想家与改革家。而魏源所著的《默觚》一书，则较为深入地反映了其哲学思想，也反映其政治思想、经济思想与人才思想，其中的认识论、世界观和人生观亦有发人深省的独特之处。

其一，魏源也从今文经学中汲取理论营养，他和龚自珍同样意识到，当时清王朝的政治经济形势已经即将从"衰世"转向"乱世"。他比龚自珍多活了 16 年，目睹太平军从湖广迅速攻入东南地区，他所居官的富庶江南一带，已是处处烽火了，这恰好是"乱世"开始。魏源为避时讳，较隐晦地从哲学角度来分析这个问题。他认为："君子之道，始于一，韬于一，积于一，优游般乐于一。一生变，变生化，化生无穷。"[2]其实，他也就是说，大一统之天下，也将会发生变化，必须重视国内外时局动荡、矛盾分化和乱象丛生的现实。他认为，社会矛盾是普遍存在的，而且各类的每对矛盾也都有主次之分。他说："天下物无独必有对；而又谓两高不可重，两大不可容，两贵不可双，两势不可同，重、容、双、同必争其功。何耶？有对之中必一主一辅，则对而不失为独。"[3]这一段颇含辩证法思想的精彩论说，具有浓厚的近代哲学意味。他意识到任何事物都不能孤立地存在，必然有其对立面，对立双方亦不可能长期地保有均衡之势，亦必会有主次之分；同一主体的主次双方又必然相争，也就推动了事物之转化。而"独"中有"对"，"对"中有"独"，正是事物变化的辩证因素。此外，事物发展到某一极端，又会向另一极端转化，"暑极不生暑而生寒，寒极不生寒而生暑。屈之甚者信必烈，伏之久者飞必决，故不如意之事，

---

[1] 魏源：《海国图志叙》，《魏源集》（上），第 201 页。

[2] 魏源：《默觚上·学篇十一》，《魏源集》（上），第 29 页。

[3] 同上。

如意之所伏也；快意之事，忤意之所乘也"[1]。事物运动之转化，亦是历史发展的辩证法。亦即由事物运动内部的矛盾相激相荡的推动，事物会向对立面转化，并向前发展。"消与长聚门，祸与福同根，岂惟世事物理有然哉？"[2]他又暗示"衰世"向"乱世"的变化，应该引起人们的变法改革之志，否则便达不到治乱的目的。"不乱离，不知太平之难；不疾痛，不知无病之福；故君子于安思危，于治忧乱。"[3]

其二，魏源主张"及之而后知"的认识论，提倡"重行"的知行观，否定"生而知之"的天才论。他说："'及之而后知，履之而后艰'，乌有不行而能知者乎？"[4]他主张不仅应该从书本中获取知识，而且应该从那些具有实践经验的"师友"处获得知识。在他看来，那些樵夫、海商、厨师都具有各自行业的专业知识，也都有着旁人未及的实际才干。所以，他说："披五岳之图，以为知山，不如樵夫之一足；谈沧溟之广，以为知海，不如估客之一瞥；疏八珍之谱，以为知味，不如庖丁之一啜。"[5]与那些袖手高谈阔论"义理"的士大夫不同，他更注意尊重下层的劳动者民众。他说："人有恒言曰'学问'，未有学而不资于问者也。"[6]而"资于问者"，不但要向有直接实际经验的人们请教，更要注意躬行实践，实地调查研究。这一点，他又与顾炎武的性格相近，喜欢"用脚做学问"。他一生喜游历，东临宁波、定海，西莅甘肃嘉峪关，南游香港、澳门，北至山海关。他考察了黄河、永定河、淮河、长江、汉水、洞庭湖等地，写出了河防水利方面的专业文章及专著；他亲赴香港、澳门考察，搜集很多图书资料，增长了关于西方社会文化、政治、经济的很多近代知识，后来都陆续补充进《海国图志》一书中。他认为，"夫士而欲任天下之重，必自其勤访问始"，尤其是政治家，否则，"一旦身预天下之事，利不知孰兴，害不知

---

［1］魏源：《默觚上·学篇七》，《魏源集》（上），第20页。
［2］同上。
［3］同上书，第21页。
［4］魏源：《默觚上·学篇二》，《魏源集》（上），第8页。
［5］同上。
［6］魏源：《默觚下·治篇一》，《魏源集》（上），第39页。

靮革，荐黜委任不知孰不肖，自非持方柄纳圆凿而何以哉？"[1]他甚至大胆地跳出儒家经典的桎梏，质疑"圣人生而知之"的古训，发出一连串质问："圣其果生知乎，安行乎？孔何以发愤而忘食？姬何以夜坐而待旦？文何以忧患而作《易》？孔何以假年而学《易》乎？"[2]魏源对这些疑问其实已有答案，圣人之所以能够成就后来的功业，不在于他们"生而知之"，而是他们比旁人更加勤奋学习，因此他说，"故志士惜年，贤人惜日，圣人惜时"[3]。志士、贤人、圣人各自不同的差距，在于他们的学习勤奋程度不同，也在于他们"及之而后知"的程度不同。魏源"及之而后知"的认识论与"重行"的知行观，继承了顾炎武和颜李学派的实学主义传统，这是他编撰《皇朝经世文编》并提倡经世致用之学的思想基础。他比龚自珍更富有实际政治经验，更加注重推行改革国计民生的具体措施，因此，他的政治改革思想也就更脚踏实地，政治视野也更加开阔。

其三，魏源年轻时除了钻研程朱理学，也涉猎了王阳明心学。王阳明的"心外无物"、"心外无理"、人心便是宇宙本体的学说对他有深刻影响。他曾经说："何谓大人之学格本末之物？曰：意之所构，一念一虑皆物焉；心之所构，四端五性皆物焉；身之所构，五事五伦皆物焉；家国天下所构，万几百虑皆物焉；夫孰非理耶？性耶，上帝所以降衷焉？"[4]他的观点与王阳明的"心外无物""心外无理"之说相合，他认为心物是合一的，与王阳明所称"心者，天地万物之主也"[5]的观念也是相合的。他又说："图诸意，而省察皆格焉；图诸心，而体验皆格焉；图诸身，而阅历讲求皆格焉；图诸家国天下，而学问思辨识大识小皆格焉。"[6]在他看来，心也就是思想意识，即是天体本体，所以他说，"人知地以上皆天，不知一身内外皆天也"[7]。魏源的思想哲学中，特别强

---

[1]魏源：《默觚下·治篇一》，《魏源集》（上），第40页。

[2]魏源：《默觚上·学篇三》，《魏源集》（上），第10页。

[3]同上书，第11页。

[4]魏源：《默觚上·学篇一》，《魏源集》（上），第5页。

[5]《王文成公全书》卷六，《答季明德》。

[6]同注[4]。

[7]魏源：《默觚上·学篇五》，《魏源集》（上），第15页。

调心的作用，与龚自珍的"心之力"观念是相合的。在早期启蒙思潮中，有相当一批启蒙思想家都信奉王阳明的心学，他们是为了由此而得到从自我意识到自由精神的理论基础，也是为了由此而获得个性解放精神的思想源泉。如上文所述，这也是在当时压抑的专制社会气氛里，极少数的先知先觉者为了战胜顽固守旧势力而刻意寻求的一种支撑身心的精神力量。他的哲学思想是矛盾复杂的。一方面，他提倡"及之而后知"的认识论，主张"重行"的知行观，且推崇"经世致用"实学主义；另一方面，他同时也赞同王阳明的"心外无物"之说，且认为人心即是宇宙本体，他和龚自珍晚年都沉浸于佛教中，佛教既给他们以思想支撑，也使他们消沉避世。他们的哲学思想是斑驳复杂、新旧杂陈的，常常难以摆脱旧观念的重负，处于充满对立矛盾的相互纠结缠绕中。

其四，魏源的哲学思想中有很多新时代因素，其文化视野也较之清初启蒙思想家们更为开放与开阔，这主要得益于他编撰《海国图志》，此书出版后他又继续补充内容，且注重汲取西学，更新知识。魏源在汲取新知识方面是走在时代前列的，他具备以下四方面的近代知识。首先是近代的天文宇宙知识。在《海国图志》中，《地球天文合论》便有五卷，介绍了如哥白尼的太阳中心说、地球形状、日月食原理、潮汐理论等，使得他的宇宙观远胜他人。其次是世界地理知识。他在《海国图志》中介绍了当时中国学术界最先进的世界地理知识。魏源感慨地批评当时的儒者们："徒知侈张中华，未睹寰瀛之大。"果然《海国图志》出版后，给一代士大夫的思想震撼是极大的。再次是机械原理知识。魏源在《海国图志》中用六卷篇幅，介绍了大炮、枪支等军工器械的生产制作方法，也涉及某些机械原理和光学原理知识。他反驳那些迂腐道学家认为这些机械是"奇技淫巧"的谬论，极力主张发展工业，生产这些"西洋奇器"。最后是大量的社会科学知识。魏源在《海国图志》中也介绍了西方国家传来的许多近代社会科学知识，如西方各国的工业状况、商业与银行设施、股票流通及保险公司等方面的知识，还介绍了一些西方国家的政治体制常识，比如议会、三权分立、民主选举、党派竞争、社团活动、新闻自由等。这些大量的自然科学知识与社会科学知识，当然不能不深刻影响魏源的思想观念，他的自然宇宙观、政治社会观和哲学观都激烈地发生变化，他既是宣传西学新知识的启蒙思想家，同时自己又处于不断被启蒙的过程中，而他还处于当时战乱的社会环境中，所以，前文所述的他本人对事物矛盾及转化的精辟分析，亦可说这也反映了他自身思想矛盾与变化的启示与证明。

三、龚自珍的辛辣社会批判与改革更法思想

龚自珍对晚清社会的理性批判是非常尖锐和勇敢的，也是富于远见的。他将敏锐的目光射向社会的各个角落，尖锐地揭示了很多人习以为常的社会问题。当时，多数士大夫仍然沉浸于乾嘉盛世的迷梦中，他却极清醒地对社会形势做出判断，敏锐地察觉到清王朝的形势已成累卵之危。龚自珍的"衰世说"即是其社会批判的主要思想。"衰世"之概念，是他从今文经学引申而来，却赋予新的解释。今文经学的公羊学派诠释《春秋》，也有所谓"三世说"，为"所见""所闻""所传闻"为三世。何休的注解进一步发挥，根据治乱情况，将世道分成三等，即"所传闻之世见治起于衰乱之中"，"于所闻之世见治升平"与"所见之世著治太平"，因此何休分为"衰乱""升平""太平"三等之世。龚自珍之"三世说"与何休之说稍异，他认为世道有三等，即治世、衰世、乱世。他根据自己所处时代的状况与特点，对于将要爆发社会危机的"衰世"进行剖析。

龚自珍认为"衰世"之特点一，便是社会上表面类似于"治世"，内里则埋伏了衰败因素。他说："衰世者，文类治世，名类治世，声音笑貌类治世。黑白杂而五色可废也，似治世之太素；宫羽淆而五声可烁也，似治世之希声；道路荒而畔岸隳也，似治世之荡荡便便；人心混混而无口过也，似治世之不议。"[1]也就是说，"衰世"之人的文辞、名声及言谈容态与"治世"之人相似，"衰世"之昏暗无色又与"治世"朴实无华相近，甚至"衰世"之沉寂无声亦与"治世"之和平宁静相同。但是，在这浑浑噩噩的迷梦中，一场大的动乱即将来临。因为当前的"衰世"，也就是政治制度、经济状况、军事实力、文化

---

[1] 龚自珍：《乙丙之际著议第九》，《龚自珍诗文选》，第 304 页。

思想和社会风气的实质性衰败时期。仅从外表及形式上来看似乎并无太大问题，可在整个社会内部则已经酝酿着深刻的崩溃危机。

龚自珍认为"衰世"之特点二，"衰世"社会是一个王朝正走向没落的历史阶段，它是没有前途的，亦不可能突然再转向"治世"。他深刻地明白，或许拯救"衰世"的办法只有进行政治、经济、军事各个方面的彻底改革。但因为是"衰世"，衰落腐败的统治阶层如王公显宦及贵族阶级都不愿意放弃自己的既得利益，也不会自动地进行彻底改革，即使开明派也不过企图通过改良措施来挽救"衰世"，但这些小小的政治修补措施却也是很难做到的。龚自珍的心情很悲哀，他曾经说自己是"未雨之鸟，戚于飘摇"[1]。他的诗歌作品中时常有"黄昏""暮气""日夕"等词句，即表明他的"衰世"之感慨。他在少年时代所写的《尊隐》一文云："日之将夕，悲风骤至，人思灯烛，惨惨目光，吸饮暮气，与梦为邻，未即于床。"[2] 其实所写正是清王朝的时代景象，西方列强的大炮就要轰开国门，偌大的中国却仍然沉睡于梦，无精打采，日暮昏昏，哪里知道祸乱将至。龚自珍很得意其此篇"少作"，他在《己亥杂诗·其二四一》中云："少年《尊隐》有高文，猿鹤真堪张一军。"由此可见，他肯定此文绝不是无病呻吟，是针对时局的。他那时已经敏锐地直感清王朝正处于阴风惨暗、危机四伏的"衰世"中。

他认为"衰世"的特点三，其社会各方面的专制统治将越来越变本加厉。由于贫富两极分化严重，社会充满了政治危机，统治者更极力扼杀人才，害怕有思想、有个人见解的人出现，怕他们会危及自己的专制统治，所以，整个社会被禁锢得浑浑噩噩、默无声息、毫无生气，人才极度匮乏衰竭。"左无才相，右无才史，阃无才将，庠序无才士，陇无才民，廛无才工，衢无才商；抑巷无才偷，市无才驵，薮泽无才盗；则非但鲜君子也，抑小人甚鲜。"[3] 也就是说，朝廷中无有才智的宰相大臣，军中无有才智的将领，学界无有才智的学者，农村无有才智的农民，作坊中无有才智的工匠，市场中无有才智的商贾，甚至里

---

[1] 龚自珍：《乙丙之际著议第九》，《龚自珍诗文选》，第305页。
[2] 龚自珍：《尊隐》，《龚自珍诗文选》，第312页。
[3] 龚自珍：《乙丙之际著议第九》，《龚自珍诗文选》，第304页。

巷中无有才能杰出的小偷，市肆中无有才能杰出的市侩，山林水泽中无有才能杰出的盗贼，所有的人几乎都是庸庸碌碌、猥琐浅薄，国家和社会处于毫无生气的窒息衰竭状态。他还进一步分析，人才缺乏其实是由社会政治文化专制引起的，是统治阶级人为造成的。统治者扼杀一切有头脑的人才，害怕听到清醒和理智的呼声，因为"高居政要"的官僚显宦们只知自保其禄位，个个好像是行尸走肉，他们自己缺乏才智，便嫉视与恐惧才智之士，"当彼其世也，而才士与才民出，则百不才督之，缚之，以至于戮之"[1]。"百不才"的统治者害怕才智之士有思想，因为有思想就可能看出"衰世"的弊病，就可能打破其专制统治。

他的学说最精彩处即其认为"衰世"的特点四，也就是统治者为了维持其"衰世"统治，采用"戮心"之术。他深刻指出，那"百不才"的统治阶级迫害"才士与才民"的手段，"戮之非刀，非锯，非水火，文亦戮之，名亦戮之，声音笑貌亦戮之。……其法亦不及要领，徒戮其心，戮其能忧心，能愤心，能思虑心，能作为心，能有廉耻心，能无渣滓心"[2]。因为这些正直之心，爱国家爱民族的良心，也是"百不才"的统治者们最终恐惧的精神力量。龚自珍的"戮心"之说非常精彩，一针见血地指出古代专制文化的要害，此说与戴震的"理学杀人"之说有异曲同工之妙。他认为，这种"戮心"的专制文化手段，"又非一日而戮之，乃以渐"，也就是统治阶级以潜移默化的形式戮之，其实也就是使用宋明理学的文化工具来进行。

他最后预言"衰世"的特点五，即"衰世"的历史命运必定要发展到"乱世"。它代表着一个王朝必然覆灭的命运。统治者企图用"戮心"之术，还有其他各类手段来维持统治。但是，才智之士们并非甘心就戮。他又进一步分析："才者自度将见戮，则夜号以求治；求治而不得，悻悻者则夜号以求乱。"[3]也就是说"才者"，那少数的有识之士希望通过改良政治来拯救"衰世"，但他们的改革"求治"之心未必会被理解，也不可能真正获得成功。"求

---

[1] 龚自珍：《乙丙之际著议第九》，《龚自珍诗文选》，第304页。

[2] 同上。

[3] 同上书，第304—305页。

治而不得”，就是通过体制内进行改革不成，其结局则必定“悖悍者则畜夜号以求乱”。“悖悍者”，即造反者、革命者，他们计划在社会动乱中彻底推翻“衰世”中的统治者，于是“乱世”就来了。他说：“然而起视其世，乱亦竟不远矣。”[1]龚自珍对时局的分析是冷酷清醒的，也是具有历史预见性的。他明白自己暂时处于“衰世”之中，且不久即将面临“乱世”，清王朝之命运犹如“痹瘵之疾，殆于痈疽，将萎之华，惨于槁木”[2]，这个王朝也必定会在“乱世”中走向其末日。他的这番议论可说是切身体会，其实是对社会生活与黑暗官场中所见所闻有感而发。但他同时也已经明白改革求治之不可得，只好苦涩地眼睁睁地看着“乱世”将至。

龚自珍在嘉庆十九年（1814年）曾经写过四篇政论文章《明良论》，从一论至四论，才气横溢，锋芒毕露，讥刺了清朝的专制统治与腐朽官僚制度，颇得其外祖父段玉裁的激赏。龚自珍在《明良论三》中指出，官僚制度用人之常例，由进士至翰林，一步一个台阶，“而凡满洲、汉人之仕宦者，大抵由其始宦之日，凡三十五年而至一品，极速亦三十年。贤智者终不得越，而愚不肖者亦得以驯而到。此今日用人论资格之大略也”[3]。那些极少数升官至一品大臣的老官僚“其齿发固已老矣，精神固已惫矣”[4]，几乎已经成为老朽昏庸的僵尸，他们占据权势要位，必定是玩忽职守，贻误国事，却都又“仕久而恋其籍，年高而顾其子孙，偊然终日，不肯自请去”[5]。这些老朽官宦又连成一气，把持政务，“而英奇未尽之士，亦卒不得起而相代，此办事者所以日不足之根原也”[6]。他还说，这种论资排辈的制度，使得那些资格浅的官员不求有功，但求无过，只要“安静以守格”，早晚必能挣得尚书、侍郎，“奈何资格未至，哓哓然以自丧其官为？”[7]而资格深的官员更不愿意多嘴多舌，他们好不容易熬

---

[1] 龚自珍：《乙丙之际著议第九》，《龚自珍诗文选》，第305页。

[2] 同上书，第304页。

[3] 龚自珍：《明良论三》，《龚自珍诗文选》，第278页。

[4] 同上。

[5] 同上。

[6] 同上。

[7] 同上书，第279页。

成资格，又怎能"哓哓然以自负其岁月为"[1]？所以，官场上实质没有人负责地讲真话了。如此腐朽的官僚制度必定扼杀人才，压制新进，"此士大夫所以尽奄然而无有生气者也"[2]。

龚自珍在《明良论四》一文里，还大胆地对君主专权表示不满，皇帝用"一切琐屑牵制之术"、各样的制度条例、各种的胥吏监督来束缚百官手脚，也必定造成一批庸庸碌碌的官僚。"天下无巨细，一束之于不可破之例，则虽以总督之尊，而实不能以行一谋、专一事。"[3]而更多官员仅是被动地"奉公守法畏罪"，便没有主动性；手中无权，也没有机会去做事情，"权不重则气不振，气不振则偷，偷则敝"[4]。这也是君主专制造成的下层官员无所作为、怠工怠政，亦是"衰世"之社会特点之一。他主张改革束缚百官的苛细制度条例，否则不足以振作衰颓之气，"待其敝且变，而急思所以救之，恐异日之破坏条例，将有甚焉者矣"[5]。他警告道，此时若不变更那些苛细的制度条例，必定会引起社会的动乱，整个制度都会被破坏。年轻时所写的四篇《明良论》，龚自珍抨击时事尚有催促统治者改革之意，而他后来所写的《古钩沉论一》的社会批判色彩、辛辣味道更浓厚，在文中直接抨击专制君王，"去人之廉，以快号令；去人之耻，以嵩高其身；一人为刚，万夫为柔，以大便其有力强武"[6]。由于皇权是以古代专制君王的暴力来维护的，那就必定是"震荡摧锄天下之廉耻"，于是造出一批批只知道谄媚逢迎的官僚，难以容下正直刚正的官员。

龚自珍还在《乙丙之际塾议三》中彻底揭露当时地方吏治的败坏。他叙述自己回南方的所见所闻，举出那些胥吏办理讼狱、写判牍时的丑恶腐败内幕，共举出七种现象。例如，本来刑事案件是复杂多样，可这些办案胥吏笔下，所有案件的判词都千篇一律，千人同面，这是因为胥吏们以主观意志判案，不惜歪曲事实。又如，地方官倘若审案并亲自书写判案公文，会无端遭到

---

[1] 龚自珍：《明良论三》，《龚自珍诗文选》，第278页。
[2] 同上。
[3] 龚自珍：《明良论四》，《龚自珍诗文选》，第285页。
[4] 同上。
[5] 同上。
[6] 龚自珍：《古钩沉论一》，《龚自珍全集》，第20页。

上级官府驳斥，因为各级官府办案的胥吏都连成一气，倘若不知底细便寸步难行。那些腐败权势官僚与胥吏已经织成一张大网。恶吏们有一些便是权势官员的幕客，还有一些则是土豪劣绅的代理人，他们主办刑事判牍以牟取私利，胥吏们彼此勾结，而且与腐败官僚们相互勾结，"豺踞而鸮视，蔓引而蝇孳"[1]，上通京城高官，下联豪强缙绅，控制了地方司法权力，各级官员们反而成了其傀儡。这些恶吏在腐败官僚权势集团的庇护下，营私舞弊，巧取豪夺，草菅人命，制造冤案，欺压百姓，是一股恶势力。而统治当局明明知道民愤极大，却睁一只眼闭一只眼，纵容恶吏肆意作恶。统治者其实是为了加强专制统治，故意扶植一批胥吏以束缚各级地方官手脚，利用胥吏来分散各级官员的专擅之权。这些胥吏实质上真正握有各级行政实权，从佐杂到督抚高官都对他们心存畏惧，他们靠敲诈勒索、贪污贿赂所得不义之财而暴富，平日生活腐化，荒淫糜烂，"宫室车马衣服仆妾备"，骄横跋扈，"挟百执事而颠倒上下，哀哉！"[2]《乙丙之际塾议三》与《明良论四》恰成参照，痛快淋漓地尽情揭露官场的种种腐败弊政黑幕。他在京师放言抨击朝廷弊政，力倡改革求治，必定被那些掌权的官僚贵族所嫉视，不断受到官场的打击，而且也引起了不少亲朋好友的忧虑。龚自珍在一首诗里说，"常州庄四能怜我，劝我狂删乙丙书"[3]，指好友庄绥甲，即今文经学家庄存与之孙，担心《乙丙之际塾议三》会给龚自珍引来无端祸患。

龚自珍虽然对统治者进行改革来挽救"衰世"不存幻想，可他仍然提出一系列的消除弊政的"更法"政治主张。道光九年（1829年），龚自珍会试中式。他在廷试对策时，以王安石的《上仁宗皇帝言事书》为范本，比较完整地提出了政治改革的设想。首先，他提出政治改革的指导思想是打破教条，既主张从"学古"中汲取经验，从儒家经典中"学考诸古"，又强调"学古"而不应当拘泥于古。"至夫展布有次第，取舍有异同，则不必泥乎经、史。"[4]他的

---

［1］龚自珍：《乙丙之际塾议三》，《龚自珍诗文选》，第295页。
［2］同上。
［3］龚自珍：《杂诗，己卯自春徂夏在京师作，得十有四首》，其二，《龚自珍诗文选》，第15页。
［4］龚自珍：《对策》，《龚自珍全集》，第114页。

改革对策具有强烈的社会改革色彩，主张改革措施及方针应当适应时代变化，改革者应当具有新思维与新的改革措施。其次，他还力主改革腐败的官僚制度，认为重视和选拔人才是推动改革的关键，"制策又以一代之治，必有一代之人材任之"[1]。当时的科举制度是以程朱理学为考场范本，以八股文章为思想桎梏，因此埋没了很多人才。他再次大声疾呼应该改革这种扼杀人才的制度，在其他文章中也一再呼吁，希望朝廷注意广泛网罗人才，用人不拘资格。他在《西域置行省议》一文里，在谈到选拔人才时还提出"应颁制西洋奇器，物小受多利行者"，提醒朝廷应该注意吸收西洋技术，且敏感地注意到选拔科技专门人才的重要性。

他还特别强调重农，认为发展农业生产为强国之路。他在《平均篇》中指出，一个朝代的盛衰兴亡与贫富分化及豪强兼并土地有关，社会财富的两极分化是引发政治大动乱的原因。"小不相齐，渐至大不相齐；大不相齐，即至丧天下。"他认为土地财产严重失衡是"衰世"的关键问题，调整与重新分配土地财产、抑制贫富不均的趋势是治乱之本。"浮不足之数相去愈远，则亡愈速，去稍近，治亦稍速，千万载治乱兴亡之数，直以是券矣。"[2]他虽然在文章中提出这个严重问题，解决方法却是抽象又空洞的，无非是"此贵乎操其本源，与随其时而剂调之"[3]。再有，便是整顿"人心世俗"，"人心者，世俗之本也；世俗者，王运之本也"[4]。归根结底，还是希望专制君主能做到"王心"平，"王心"平就总有办法做到"民心"平了，用所谓的"四挶四注"之法将天地君臣民统一起来，"而乃试之以至难之法，齐之以至信之刑，统之以至澹之心"[5]。后来，龚自珍也意识到这种抑制贫富两极分化之法在当时社会难以实行。他又写《农宗篇》提出全然不同的新解决办法，他主张以血缘之宗法制度将人们分为大宗、小宗、群宗和闲民四类人，按宗授田。大宗是有继承权的长子，可继承父田一百亩；小宗是次子，群宗为三子、四子等，可分田二十五

---

[1] 龚自珍：《对策》，《龚自珍全集》，第114页。
[2] 龚自珍：《平均篇》，《龚自珍全集》，第232页。
[3] 同上。
[4] 同上。
[5] 同上。

亩；闲民则是兄弟最末者，只能成为佃户。他认为佃户是不能没有的，"虽尧舜不能无闲民，安得尽男子而百亩哉？"所以，百亩之家的大宗可有五家佃户，而二十五亩的小宗与群宗则可有一户佃户。他是承认贫富差别的，只是主张在宗法制度下，当局须采取限制贫富分化后两极对立的行政措施，所谓大宗至多只能有百亩土地，即是以此来限田，防止恶性的土地兼并。他还认为应当鼓励正当的私产积累，"上古不讳私，百亩之主，必子其子"，同时在自给自足的自然经济条件下，也应当鼓励小规模商品交换，"有能以尺土出谷者以为尺土主，有能以倍尺若十尺、百尺出谷者，以为倍尺、十尺、百尺主"[1]。龚自珍受儒家长期以来重农思想影响，强调"食固第一，货即第二"，害怕蓬勃发展的商品经济会冲垮古老的农业经济社会，希望尽可能减少货币流通，较多地以物易物来代替货币流通，这也与当时的时代背景分不开。鸦片战争前夕，清帝国的白银大量外流，墨西哥银圆等又流入中国市场，龚自珍担心货币流通会危及中国农村的自然经济，其实这正是他的思想局限性，亦是儒者的陈腐观念。在经济思想方面，龚自珍远不及林则徐、魏源等人通达开明。他自言道："何敢自矜医国手，药方只贩古时丹。"[2]这倒很贴切地说明其更法改革思想的基础与依据也仅是古代儒家经典。龚自珍的改革更法思想远远逊于其尖锐泼辣的社会批判学说。

龚自珍是个爱国者，尤其关心边防海防安全，主张大量移民至西北以加强国防建设，提醒朝廷要警惕西方列强对我国的阴谋窥视。他在《御试安边绥远疏》中，论及巩固西北边疆问题，再次提出应该在新疆设行省，要注意沙俄对这一大片土地的侵略野心。他提出的安边之策有重要两策：一策是"足兵足食"。"今欲合南路，北路而胥安之，果如何？曰：以边安边。以边安边如何？曰：常则不仰饷于内地十七省，变则不仰兵于东三省。何以能之？曰：足兵足食。"[3]推行此策就要团结各民族百姓，积极发展边疆经济。另一策，"治平不忘武备"，也就是要以充足的军事力量来防守边疆，必要时可采取军事行动击

---

[1] 龚自珍：《农宗》，《龚自珍全集》，第 49 页。
[2] 龚自珍：《己亥杂诗·其四四》，《龚自珍诗文选》，第 185 页。
[3] 龚自珍：《御试安边绥远疏》，《龚自珍全集》，第 112 页。

退侵略者。龚自珍具有预见性地注意到，要防止列强侵略和瓜分中国，要注意巩固国防。在鸦片战争爆发前夕，京城官场对是否禁绝鸦片烟有两派不同主张。一派是以军机大臣穆彰阿为首的守旧派官僚集团，他们反对禁烟，害怕惹恼西方列强；另一派则以林则徐为首，有龚自珍、魏源、黄爵滋等清流士大夫们，坚决主张禁烟，且要求朝廷做好抵御西方列强侵略的准备。龚自珍专门写《送钦差大臣侯官林公序》一文，坚定地支持林则徐的广东禁烟之行，且提出重要建议，认为当局此刻当备重兵，以武力防止西洋列强的侵略。他对鸦片战争的局势发展是有着敏锐的预见性的。鸦片战争爆发以后，摇摆不定的道光皇帝因清军御敌失败，又倒向了投降派一边，将林则徐革职充军至新疆，龚自珍在京城的官场也受尽那些顽固派官僚的排挤和打击，他怀着抑郁失望的心情辞官南归。不久，龚自珍即暴病逝于讲学的丹阳书院。

龚自珍在《己亥杂诗》中称："河汾房杜有人疑，名位千秋处士卑。一事平生无齮齕，但开风气不为师。"[1] 龚自珍所开创的风气即社会批判与政治改革之风，确实是时代所迫切需要的。当然，他的思想中也是新旧杂陈的，既有辛辣社会批判的"猛药"，也有保守陈腐的"古时丹"，这些学说对后世都不无影响。但龚自珍思想中归根结底最重要一点是，"衰世"之社会病态必须进行揭露，旧的政治制度也必须进行改革，这对一代先进知识分子来说是有着重要的思想启蒙作用的，而且引来了近代社会一波又一波壮阔汹涌的新思潮。

四、魏源的政治改革新思维

如果说，龚自珍所经历的时代还仅仅是清朝的"衰世"时期，其"更法"求改革政治的思想仍然停留在"农宗"的"古时丹"，企图以儒家经典中倡导的政治措施去平衡与解决社会矛盾，其中必定有着较多的保守迂见；那么，魏源则已经是身处清朝的"乱世"时代了，鸦片战争的硝烟尚未散去，太平天国运动的烽火已经燃遍江南大地。他的政治改革思想必然要比挚友龚自珍更进

---

[1] 龚自珍：《己亥杂诗·其一零四》，《龚自珍诗文选》，第216页。

一步，他不得不抛弃"古时丹"，而主张"变古"以革新政治。魏源的改革思想是先进的，他反对侈谈什么"三代之法"，主张改革就要创立合乎时代特点的新法。他说："庄生喜言上古，上古之风必不可复，徒使晋人糠秕礼法而祸世教；宋儒专言三代，三代井田、封建、选举必不可复，徒使功利之徒以迂疏病儒术。君子之为治也，无三代以上之心则必俗，不知三代以下之情势则必迁。"[1]迂腐之道，必定是害民祸国之道；变法之路，才是利民兴国之路。魏源又举税法变更为例："租、庸、调变为两税，两税变为条编。变古愈尽，便民愈甚，虽圣王复作，必不舍条编而复两税，舍两税而复租、庸、调也。"[2]他又举了变法的一系列例证，如科举、差役、军兵等方面的制度都在不断变更中。他认为变法是不可阻挡的历史潮流，关键在于是否"便民""利民"，其"变古"之原则是"圣人举事，无一不根柢于民依而善乘夫时势"[3]，"故知法不易简者，不足以宜民，非夷艰险而勇变通者，亦不能以易简"[4]。魏源与其他启蒙思想家一样，是具有某种早期民主意识的，他不仅认为"变法"应该"根柢于民依"，而且是历史潮流所趋，且认为，"'天地之性人为贵。'天子者，众人所积而成，……人聚则强，人散则尪，人静则昌，人讼则荒，人背则亡，故天子自视为众人中之一人，斯视天下为天下之天下"[5]。也就是说，天子也是众人之一，其权威由众人所积而成，众人背离天子，天子便亡；众人信任天子，天子便昌。魏源尤其强调变法应该是变烦冗祸民之法，立易简利民之法，民心向背才是变法革新的重要根底。

魏源平生多次在清朝的高官衙署任幕僚，他熟悉官场的黑暗内幕，对社会腐败情形、种种政治积弊都有极深刻认识。他曾经揭露那些官僚"以持禄养骄为镇静，以深虑远计为狂愚，以繁文缛节为足黼太平，以科条律例为足剔奸蠹，甚至圚熟为才，模棱为德，画饼为文，养痈为武，头会箕敛为富，'出话不然，为犹不远'，举物力、人材、风俗尽销铄于泯泯之中，方以为泰之极

[1] 魏源：《默觚下·治篇五》，《魏源集》（上），第53页。
[2] 同上。
[3] 魏源：《海运全案跋（代）》，《魏源集》（上），第423页。
[4] 魏源：《海运全案序（代贺方伯）》，《魏源集》（上），第421页。
[5] 魏源：《默觚下·治篇三》，《魏源集》（上），第48页。

也"[1]。如此的官场陋规已经成为积习，官僚又怎么能够认真地做事情，造福于民众百姓呢？那些官僚只为自己的仕途富贵着想，不惜媚上压下，残民以逞，"而鄙夫胸中，除富贵而外不知国计民生为何事，除私党而外不知人材为何物"，他们之所能，无非是"以宴安酖毒为培元气，以养痈贻患为守旧章，以缄默固宠为保明哲，人主被其薰陶渐摩，亦潜化于痿痹不仁而莫之觉"[2]。真是字字都是痛切之言，句句都是悲愤之语。这也是他对所见闻的晚清政治生态的概括总结。

魏源与林则徐可称知心好友，林则徐因查禁鸦片烟反而被穆彰阿等权势官僚陷害流戍伊犁，魏源较深入地了解禁烟事件前后的一部分内幕、真相，写成了《道光洋舰征抚记》，彻底得罪了穆彰阿、琦善等权臣，为他后来被革职埋下伏笔。他完全明白，鸦片战争的失败是清朝政府的腐败造成的，失败后又不汲取教训，将使中华民族都面临巨大的生存危机。他后来将"人心之寐"和"人材之虚"列为整个社会的两大弊端："人心之寐"是指举国上下，民智未开；由于统治者的文化专制政策，民众昏昧无知，浑浑噩噩，庸庸碌碌，愚妄糊涂，他提出应该"去伪，去饰，去畏难，去养痈，去营窟，则人心之寐患祛其一"[3]。再有就是"人材之虚"。他对这个问题的看法与龚自珍是一致的，他俩都认为科举的八股文考试制度造就了一大批庸才、劣才、谄媚之才、玄虚之才、迂腐之才，而朝廷从上到下却急需应变之才、科技之才、贤明之才、事功之才。他说："以实事程实功，以实功程实事，艾三年而蓄之，网临渊而结之，毋冯河，毋画饼，则人材之虚患祛其二。"[4]他真诚地希望鸦片战争的失败教训引起朝廷重视，也引起举国上下的士大夫们与民众的觉醒，团结一致，发奋振作，迅速实行变法改革。但他的真诚愿望却并没有被当国者和大多数人理解。

在当时具有先知先觉意识的少数士大夫中，魏源对清朝腐败政治积弊的认识至为深刻。他在咸丰三年（1853年）所写的《拟进呈元史新编表》中总

[1] 魏源：《默觚下·治篇十一》，《魏源集》（上），第71页。

[2] 同上。

[3] 魏源：《海国图志叙》，《魏源集》（上），第201页。

[4] 同上。

结引发元朝灭亡的三大政治弊端：其一，实行不平等的民族政策，将人分为几等，如蒙古人、色目人、汉人、南人，朝廷中要职尽归蒙古族人，汉人、南人则被歧视；其二，蒙古族贵族以其权势掠夺江南财富，后来，造反起事的韩山童就有"贫极江南，富归塞北"之言，代表了江南地区的民怨；其三，行政设置失调，导致中央政权难以控制全国形势，蒙古族诸王叛乱，以致元朝政府连年征讨，国内疲敝。这三大弊端也正是清政府的病症。他对清政府的态度是复杂的，希望通过呼吁"变古"来推动当局革新政治，迅速变法；同时，他根据自己丰富的官场政治经验，对当局又充满怀疑与失望，他明白这是一个腐朽政权，从上到下都是积弊丛生，顽固守旧，宁肯走向坟墓也不愿意变法图强。尤其是他被革职之事，使他更意识到这就是守旧派的挟嫌报复。他们无时无刻不企图置他于死地。他对整个社会的形势发展心灰意懒，对清王朝更是绝望，他后来对太平天国运动则是抱冷眼旁观态度。当然，他不可能赞成太平军颁布的政治纲领，也难以理解太平军反对孔孟之道的政治口号。他在本质上仍然是儒者，但是，他又与曾国藩、左宗棠、胡林翼等人不同，又对农民暴动持有某种理解甚至同情，他认为这是贪官污吏豪强劣绅鱼肉农民百姓的必然结果。而且他一直认为，这种社会动乱必定给国家和人民造成灾难，只有进行政治改革才是解决社会矛盾的根本方法。他在晚年也把清朝与太平军的战争看成是"蚌鹬相争"。恰值西洋列强虎视眈眈欲瓜分中国之际，中华民族儿女不思改革变法、振作图强，却内讧不已，必然使得国势蹙弱。这又怎能不让一位爱国志士忧思重重？

当时，甚至很多有学问有威望的士大夫也都不了解世界局势，更看不到鸦片战争后积贫积弱的中国已经面临即将被西方列强吞噬、瓜分的危机。一些人仍然是满脑袋"天朝大国"的虚妄之见，顽固不化，愚昧守旧；只有极少数的先知先觉者才直感地意识到这是一场历史大变动的风雨先声。道光二十年（1840年）秋，魏源在满人伊里布任两江总督时在其幕府佐政，他随伊里布往宁波视师，被友人邀至军营，亲自审讯英国俘虏安突德，得知了许多他过去闻所未闻的知识，他后来根据安突德供词并"旁采他闻"，写成了《英吉利小记》一文，其内容涉及英国地理概况、物产税收、军队建制、岁饷，以及其国都伦敦、民族人种、婚俗礼仪和英国女王的相关资料，全文约两千多字，此文后来收入《海国图志》。与英国人的此次亲身接触，亦在魏源心内埋下了渴求了解西方、认识西方的一颗求知种子。次年，他与林则徐在镇江相晤，通宵长谈，慨然接受林则徐所赠的《四洲志》及其他资料，并且下决心完成林则徐所叮嘱的编撰《海国图志》一事。

魏源在《海国图志叙》中，先声明此书以林则徐主持翻译的欧罗巴人原著《四洲志》为基础扩编而来。西洋人的材料在此书占主要部分，"此则以西洋人谈西洋人也"，他又说，"是书何以作？曰：为以夷攻夷而作，为以夷款夷而作，为师夷长技以制夷而作"[1]。《海国图志》一书大量地征引西洋书籍，后世学者在研究后指出，当时魏源在编撰、修订《海国图志》这部巨著时，尽了一切可能地搜集使用了各种能够得到的西洋书籍，尽力发掘那些尚未出版的中译抄本，且密切注意西洋书籍的出版动向，随时吸收新出西洋书籍的内容。魏源后来又连续进行三次修订，将《海国图志》扩展到一百卷的88万字，增添了更多的西书资料。《海国图志》从书名上看应该是志书，实质上却并不仅仅是地理书籍，与传统的史地志的体例并不完全符合，编辑体例可说有创新处。可以说，它就是一部集世界地理、历史、风俗、政治、经济、军事、科技为一体的百科全书式的著作。

《海国图志》内容庞杂，篇幅巨大，主旨为"师夷长技以制夷"，这在中国近代学术思想史上是一个很重要的贡献。如著名史学家章开沅先生就认为，魏源对中华民族发展的重要贡献就在于，最起始就将人们对外来侵略的义愤情绪引向理性思考。他使得带有血气的激愤与"祛窜"启蒙联系到一起，与提高整个民族的觉悟与智慧联系到一起，实乃抓住鸦片战争后关系中国存亡的根本问题。

其一，"师夷长技以制夷"的观念，使得中国人开始建立新的世界观念。清代长期以来闭关锁国，由于中国疆域辽阔，物产丰富，其自然经济发展程度高，优于周边的亚洲小国，统治者自以为是"天下中心""天朝上国"，以野

---

[1] 魏源：《海国图志叙》，《魏源集》（上），第200页。

蛮的夷狄之邦来看待外国，士大夫们长期以来也持有这种观念。如乾隆与嘉庆年间的两部《大清会典》，竟然把欧洲的荷兰、葡萄牙、意大利等国家都算作朝贡国。清乾隆五十八年（1793年），英使马戛尼来华见乾隆皇帝，拒绝磕头跪拜就成为礼仪问题，上下朝野皆斥责英国人不懂礼法。中国古代专制统治者在对外交往时从来把外国视为藩属下邦，是"治夷"，绝不可能"师夷"。魏源的《海国图志》，冲破了"中国中心论"的虚妄观念，用图表如实说明世界状况，客观地介绍各国的国情及地理位置，尤其注意特别介绍英、法等工业强国概况，这在帮助中国士大夫们更新观念起到了某种启蒙作用。

其二，魏源的《海国图志》中大量地传播了近代自然科学知识，使得一批士大夫开始主动改变其知识结构与思维方式。他在编撰《海国图志》一书时，其实也是改变自己思想的过程。他原是苦读宋明理学的儒生，后又成为今文经学家，又转变为一个启蒙思想家，由此可见其艰苦又曲折的心路转变历程。《海国图志》一书中所包含的近代自然科学知识，从西洋的历法天文知识到机械制图、测量方法、蒸汽机工作原理，以及诸行星与地球的远近关系和各自运行轨道，还有海潮与月球运行的关系，光的折射性质，等等，这些最新的自然科学知识在当时的中国是"世所鲜见"的。《海国图志》传播了这些新知识，且使它们逐步深入中国学子的心中，也激起了一代又一代年轻学子追求科学和追求民主的热情与信心。自清初以来，一批启蒙思想家艰难地求索真理，虽然也有某些收获，但他们因为时代的局限，其思维定式较多地囿于旧传统文化的先贤典籍，其学说往往是新旧杂陈的，难以彻底突破古代专制文化的"围城"，而魏源的《海国图志》所传播的这些近代自然知识及一部分社会科学知识，则必定在中国的旧士大夫们中引起震动，促使他们开始接受新的思想启蒙和新的思想突围。

其三，魏源的《海国图志》所开创出的新风气，必定开辟出中国新一代知识分子向西方求索真理的新道路，也进一步促进中西方文化的交流与融合。魏源"师夷长技以制夷"的思想，虽然"师夷"的范围仅限于"长技"，但其"长技"则必然包含着思想观念的深刻变化。比如，师法"战舰"与"火器"类的军事"长技"，新式武器之使用必然涉及"养兵练兵之法"的革新，又进一步牵涉到军事教育、管理与提高官兵素质等一系列问题，也必定引起军事编制、军工后勤保障等诸方面的军事体制改革，物质文明也就必然通向心性文明。任何局部之变革终将引起社会整体改革，古今中外概莫能外。一些清朝的顽固保守分子反对"师夷长技"，说那些新式武器不过是"奇器淫巧"，魏源在《筹海篇三》一文中斥责其谬说："古之圣人，刳舟剡楫以济不通，弦弧剡矢以威天下，亦岂非形器之末？而《睽》《涣》取诸《易·象》，射御登诸六艺，岂火轮、火器不等于射御乎？指南制自周公，挈壶创自《周礼》，有用之物，即奇技而非淫巧。今西洋器械，借风力、水力、火力，夺造化，通神明，无非竭耳目心思之力，以前民用，因其所长而用之，即因其所长而制之。"[1]他还认为，"风气日开，智慧日出"，东方文明与西方文明必定走向融合。魏源"师夷长技以制夷"的内容在早期还是集中在军事火器方面，后来，随着《海国图志》的编撰，他不断深入阅读西方国家的资料，也就越来越多方面地深入认识西方文明。例如，他对英国的"兵贾相资"的致富政策很关注，以为中国可有所借鉴，亦是他"师夷"的内容之一。他对美国的联邦制政治制度很感兴趣，以为其制宪民主章程"可垂奕世而无弊"[2]，他当时对西方资产阶级民主制度是有着某种向往之情的。

《海国图志》及书中主旨"师夷长技以制夷"，可以说是魏源启蒙思想的核心。作为近代"开风气"之人，魏源的"师夷"思想中很多观念虽然还是初步与表层的，但是，其启蒙作用却具有很深远的时代价值。它是符合历史潮流的中国近代改革变法思想运动的先声，它引导了一批先进知识分子突破程朱理学的桎梏，突破古代专制文化所形成的思想"围城"，也使得一代又一代知识分子由苦读钻研儒家典籍去寻找"古时丹"的救世良方，转变为求索西学新知与求索新时代的启蒙思想。

魏源与龚自珍都是今文经学家，但他俩都不是为学术而学术的，而是利用公羊学派的微言大义，以阐发经世致用之学，以宣扬变法革新的思想。龚自珍也深受经世致用的务实之风浸染，注意研究"天地东西南北之学"。如前

---

[1] 魏源：《筹海篇三》，《魏源集》（下），第 847 页。
[2] 魏源：《海国图志·外大西洋墨利加洲总叙》。

所述，他很注意对西北史地沿革的研究，撰述《西域置行省议》《北路安插议》等论文；他对水利农田的问题也颇有卓见，撰写了《蒙古水地志序》《最录帮畿水利集说》等论文；他通晓蒙古语，且精研探究蒙语文字音韵的源流；他还对金融历史与现实的变革、行政制度的改革、国防建设等问题有很切实的建议，尤其坚定地支持魏源"师夷长技以制夷"的观点，坚定不移地主张进行社会改革。而魏源不仅在理论上为变法革新造舆论，且做了许多切实的改革工作。他在陶澍及贺长龄处任幕僚期间，就助力他们改革漕粮海运，后在水利工程、盐政等各方面改革都有许多具体改革措施。而他所编纂的《皇朝经世文编》则对经世致用之学所做的广泛传播更有重要贡献。

道光五年（1825年），魏源加入了江苏布政使贺长龄幕府。贺长龄有革除时弊之志，他聘请魏源入幕，一是请魏源参与筹划漕粮海运事宜，再就是委托魏源编纂一部本朝人有关经世的文选，即《皇朝经世文编》。魏源编辑此书花了一年多的时间，以审取、广存、条理、编校和刊刻为原则，将清朝以来的有关经世文章汇编成一书。他尤其注重"审取"，确定几种文章不入遴选范围，适用于古代不适用于今日之文，不选；泛泛而论之文，不选；前朝有用，当代无用之文，不选；同时注重"广存"，也就是对经世文章取材广泛，符合选录条件之文，各种观点都应该收入，集思广益，容纳百家。他以"书各有旨归，道存乎实用"为标准，《皇朝经世文编》共选文章2236篇，涉及作者702人，文献内容主要是清初至道光五年的各家奏议、文集、方志等，魏源自己的文章亦有17篇编入此书。这部书共分为学术、治体、吏政、户政、礼政、兵政、刑政、工政八大门类，每个门类则分若干子目，譬如，"户政"门类下即分12则子目，有理财、养民、赋役、屯垦、八旗生计、农政、仓储、荒政、漕运、盐课，榷酤（酒业管理）、钱币。而每则子目下都选取几篇或几十篇内容相关的文章。魏源还特别注重择选户政、工政、兵政门类的文章，这三类文章分量最重最多，也正是当时最迫切需要关注的现实问题。《皇朝经世文编》于道光六年（1826年）刊行后影响巨大且深远，直至光绪一朝仍然是刊刻不止，其版本达二十余种。

经学大师俞樾评价此书："数十年来风行海内，凡讲求经济者，无不奉此书为矩矱，几于家有其书。"[1] 它极大地扭转了学界空疏烦琐的考据之风，引导士人们关注时事，且使得经世致用之风成为主流。如晚清名臣左宗棠早年在家乡时便熟读此书，后来在家信中称此书"体用俱备，案头不可一日离也"。《明代食兵二政录》完成于道光十七年（1837 年），此书未见传本，已佚。但据《魏源集》所存的《明代食兵二政录叙》及《（附）明代食兵二政录叙》两文来看，此书的性质与《皇朝经世文编》相同。他在序言中称："源前以道光五载为长沙贺方伯辑《皇朝经世文编》，又仿宋臣鉴唐、汉臣过秦之谊，故集有明三百年文章议论言食政之类十有三，兵政之类二十有四，凡为卷七十有八。"[2] 所谓"食政"，即财政内容为理财、养民、赋役、税课、屯政、仓储、荒政、盐法、宗禄、水利、运河、河防；"兵政"即国防治安，内容为兵制、京营、亲军招募、战车、屯饷、茶马、防守九边形势、蓟镇、宣、大边防、辽东边防、西番、西南土司、朝鲜御倭、款贡、盗贼。他编辑明朝"食政"与"兵政"的文章，也是为了借鉴前朝经验教训，解决当时的现实问题。他认为，清朝"凡中外官制、律例、赋额、兵额，大都因明制而损益之，故其流极、变迁、得失、切劘之故，莫近于明"[3]。既然清朝"食政"与"兵政"的政策大都因袭明朝，就应该深入研究明亡的教训以挽救时艰。

魏源的政治改革新思想是随着时代的变化而前进的，他主张"更法"就要创立合乎时代特点的新法，因此他走上一条充满坎坷曲折的思想求索道路。他从一个忧时忧民的儒者转而成为放眼世界的启蒙思想家，从一个通读经书的书生转为关心水利盐漕的实干者，尤其是编纂《海国图志》与《皇朝经世文编》两书，历史影响深远，皆具有开一代风气的作用。

五、龚自珍和魏源的诗歌艺术成就与其他学术成就

龚自珍和魏源都是被列入中国文学史的伟大诗人，开创了具有近代民主

---

[1] 俞樾：《皇朝经世文新增续编集序》。

[2] 魏源：《（附）明代食兵二政录叙》，《魏源集》（上），第 164 页。

[3] 魏源：《明代食兵二政录叙》，《魏源集》（上），第 160 页。

思想色彩的一代新诗风。

龚自珍的诗歌艺术成就是举世公认的。《清史列传》将其诗文与当时文坛的主流派相比较，"自珍文如徂徕、新甫，相与揖让俯仰于百里之间，不自屈抑，盖一代文字之雄云"[1]。也就是承认，其诗文之风是桐城派以外独立的一派。当时，以祁寯藻、曾国藩为首的江西派诗人，刻意模仿宋代黄庭坚等人生硬晦涩的诗风，语言玄虚深奥，引经据典，提倡"合学人诗人之诗二而一"，诗坛流行的仍然是复古派艺术风格。而龚自珍、魏源则与他们完全不同，诗歌作品中颇具近代民主的启蒙思想色彩，诗风昂扬激愤，文字纵放抒情。龚、魏二人是好友，都有着才华横溢的诗情，他俩常畅谈至深夜。后来，魏源定居扬州絜园，龚自珍前来相会，两个人高谈阔论，竟然坐到桌子上。送客时，龚自珍却找不到自己的靴子。又过几日，魏家仆人在蚊帐顶上得之。原来两人谈笑兴起时，龚自珍居然不觉自己的靴子已经脱脚而飞了。由此可见，他俩诗人情怀之狂放。龚、魏二人的诗歌风格虽然并不完全相同，但是，诗歌中都有着强烈的社会批判精神与个性解放精神，这是二人诗歌主要基调中的相同之处。

尤其是龚自珍，犀利辛辣的社会批判精神可说是其诗歌的重要特色。譬如，龚自珍的《己亥杂诗·其一二三》："不论盐铁不筹河，独倚东南涕泪多。国赋三升民一斗，屠牛那不胜栽禾！"[2]他怒斥官场黑暗，那些官僚集团腐朽无能，只知道盘剥百姓民众，无休止地增加苛捐杂税，以至于农民们宰杀自己的耕牛都要胜过栽禾种田。他描写了一幅农村凋敝破败的景象。还有《己亥杂诗·其八三》："只筹一缆十夫多，细算千艘渡此河。我亦曾廉太仓粟，夜闻邪许泪滂沱。"[3]龚自珍写南归抵淮浦，目击漕运纤夫辛苦劳作，不仅饱含忧国忧民之情思，且为自己"曾廉太仓粟"而愧疚，其实是痛斥那些尸位素餐的庸官与贪官。这些诗歌在他的诗集中有很多。他主张直抒胸臆，反映民间疾苦和现实黑暗，在诗歌作品中毫不掩饰地抨击官场丑类。他尤其厌恶那些所谓"温柔敦厚"的诗教，以及吟风弄月的粉饰文字。他在《歌筵有乞书扇者》中云：

---

[1]《清史列传·龚自珍传》卷七十三，中华书局，1982年版。

[2]龚自珍：《己亥杂诗·其一二三》，《龚自珍诗文选》，第222页。

[3]龚自珍：《己亥杂诗·其八三》，《龚自珍诗文选》，第206页。

"天教伪体领风花，一代人材有岁差。我论文章恕中晚，略工感慨是名家。"[1]
这是一首在歌筵上应人情所写的题扇诗。他在歌筵上听到被梨园伶师篡改的前
人唱本，随即联想文坛士大夫们粉饰太平的虚伪作品，其实已经成了时代风
气；他认为中晚唐诗人那种重感慨、重批判现实的精神才是应该效法的，而那
些专事雕琢、附庸风雅的文字则是他特别厌恶的。与其主张个性解放思想的
思想相同，他在诗歌中也追求纯真坦诚，鄙弃虚伪与矫饰，在诗歌《伪鼎行》
里，他以一个冒牌伪鼎比喻那些伪装斯文、腹中空空的文人，他们宣称的复
古仅为窃取虚名，其实什么学问都不懂的。他在《咏史》诗中云："金粉东南
十五州，万重恩怨属名流；牢盆狎客操全算，团扇才人踞上游。避席畏闻文字
狱，著书都为稻粱谋。田横五百人安在，难道归来尽列侯。"[2]此诗道是咏古实
为讽今，诗人认为江南繁华之地其实是金粉虚饰，真正垄断权位、滥施淫威的
是那些名流权宦，也是统治者左右的佞臣，就连这些权贵的门客与幕僚都能操
纵权力，而真正的文人士大夫在专制文化压迫下，只好躲避现实与放弃自己的
理想，其著书立说也不过是为了谋求温饱利禄。他最后呼唤如同田横五百壮士
的精神，希望士大夫们能够为理想而抗争和坚守节操。他不满意当时众多士大
夫个个都附庸风雅、歌功颂德，全无一丝豪气。

　　在那个黑暗沉闷的时代，龚自珍的内心充满了强烈的抑郁孤独感，这是
极少数的先知先觉者所必定怀有的思想情绪，他的诗歌中亦伴随着由抑郁孤
独所生发的悲怆情调，从某种意义上说，他的诗歌继承了屈原的《离骚》的优
秀传统。比如，龚自珍所写的第二首《秋心》七律："忽筮一官来阙下，众中
俯仰不材身。新知触眼春云过，老辈填胸夜雨沦。天问有灵难置对，阴符无效
勿虚陈。晓来客籍差夸富，无数湘南剑外民。"[3]这是他致仕之后抑郁心态的体
现，他当时在京师礼部任内阁中书，却是闲曹孤馆，无所作为，所见是同僚们
猥琐卑污地安于现状，对那些高官显宦们极尽阿谀奉承、卑躬屈膝之能事，而
屈原的那种呵天呼地的激越气概，还有古代兵书《阴符经》的济世拯民、抗击

---

[1]龚自珍：《歌筵有乞书扇者》，《龚自珍诗文选》，第144页。
[2]龚自珍：《咏史》，《龚自珍诗文选》，第91页。
[3]龚自珍：《秋心三首》，其二，《龚自珍诗文选》，第96页。

外敌的韬略抱负，又到哪里去追寻呢？他更寄托希望于在野的"湘南剑外民"，他们倒可能是一股新兴的力量呢。诗人傲岸的性格，不仅是他贵性重情，也不单是厌恶那些卑污的世俗，他的个性解放精神实质上是与其批判社会、追求改良的政治理想分不开的，他不仅是因为怀才不遇而苦闷，更多是担心国家与民族的存亡，他凭借着政治敏感察觉到清王朝已经面临"衰世"，不久就可能出现社会动乱，这正是他忧国忧民情感的体现。同时，他的心境又充满了迷惘与悲凉，他的"古时丹"的改良之策根本就不会被统治者重视，他身处新旧两个时代的门槛之内，孤愤徘徊，心潮汹涌，思绪万千。诗歌里时常可见其雄烈悲怆情调随即被凄凉颓唐所代替，壮志报国的情怀又被退隐江湖的失意情绪所遮掩。譬如他的《又忏心一首》："佛言劫火遇皆销，何物千年怒若潮？经济文章磨白昼，幽光狂慧复中宵。来何汹涌须挥剑，去尚缠绵可付箫。心药心灵总心病，寓言决欲就灯烧。"[1]他预感到乱世来临，销毁万物的劫火将熊熊燃烧；他的救世拯民抱负与包含激情的经济文章终归于无用，他的充满了"箫心剑胆"的侠骨柔情也随之付于一掷，自己忧国情深，却反招来黑暗官场丑类们的嫉视与迫害，出于万般无奈就索性根除这一"心病"，将那些惹是生非的诗文都付之一炬吧！龚自珍在诗中表达了某种强烈的孤独与激愤，类似的诗作还有很多。他并不是与那些士大夫玄谈相尚，空言禅理，而是间接地抒发对时局的失望与对清王朝统治者的极大愤慨。龚自珍曾经多次表示要"戒诗"，要焚稿，要退隐家园，要出世解脱，但是，这只是他表达"孤愤"心怀的某种方式而已。

道光十九年（1839年），也就是鸦片战争前夕，他辞官南归之后，在这一年写了315首绝句，这就是他的《己亥杂诗》组诗。组诗内容丰富，体裁多样，述怀、记事、言志、讽世、忆往、赠答等几乎无所不包，抚今追昔，思绪翩翩，慷慨意气，可说是充分地体现了诗人前半生的心路历程。他在次年给友人的信中说："弟去年出都日，忽破诗戒，每作诗一首，以逆旅鸡毛笔书于帐簿纸，投一破篓中，往返九千里，至腊月二十六日抵海西别墅，发篓数之，得

---

[1] 龚自珍：《又忏心一首》，《龚自珍诗文选》，第30页。

纸团三百十五枚，盖作诗三百十五首也。中有留别京国之诗，有关津乞食之诗，有忆虹生之诗，有过袁浦纪奇遇之诗。刻无抄胥，然必欲抄一全分寄君读之，则别来十阅月之心迹，乃至一坐卧、一饮食，历历如绘。"[1]这一组诗也是自叙诗的一种形式，是诗人一生事业、身世和思想的梗概。他似乎是随意写来，随感而发，诗作的编次亦是按照创作时间先后编定，但是，这一组作品却体现出其诗歌艺术的深刻性与思想的完整性。诗人在南北往返的路途中，感慨万端，激情难抑，因为这是他仕途中"动触时忌"、屡遭迫害的最后顶峰，也是他在自己一生的关键时期和特定遭遇中写成的。这一组诗亦体现了他的诗歌作品中雄奇与哀艳并存的艺术风格，可说大都是上乘之作。

龚自珍在《己亥杂诗》中论及自己的诗风说："少年哀艳杂雄奇，暮气颓唐不自知。"这也是诗人对诗歌艺术风格的美学追求。他的诗歌既蕴涵着哀艳清丽的风格，恰似晚唐杜牧之诗况味；又有着雄奇纵放之美，仿佛李白的豪情洋溢。在诗歌内容与形式上，龚自珍采用互相渗透、精严巧化的艺术构思，使述怀与议论巧妙结合，具有某种独特的艺术美感。例如，他的《己亥杂诗·其二五二》，是诗人辞官南归遇青楼女子灵箫，为其创作的二十七首诗之一。诗曰："风云材略已消磨，甘隶妆台伺眼波。为恐刘郎英气尽，卷帘梳洗望黄河。"[2]梁启超最为叹赏此诗，认为雄奇变幻间，亦有哀艳感伤，可称绝妙好诗。此诗借刘备的故事述怀。三国历史中，刘备滞留东吴娶孙权妹妹，贪恋美色不思进取，孙夫人"卷帘梳洗望黄河"以砥砺刘备。而龚自珍借此典故以自况，他在极度失意中心情颓唐，灵箫也不时设法激励他，唯恐他英气消磨。后来，龚自珍的另一女友程金凤评价此诗："声情沉烈，恻悱遒上，如万玉哀鸣，世鲜知之。抑人抱不世之奇材与不世之奇情，及其为诗，情赴乎辞，而声自异，要亦可言者也。"又云："至于变化从心，倏忽万匠，光景在目，欲捉已逝，无所不有，所过如扫，物之至也无方，而与之为无方，此其妙明在心，世乌从知之？"[3]这两段话亦被龚自珍附录于《己亥杂诗》之后，看来他也认可

---

[1] 龚自珍：《与吴虹生书（十二）》，《龚自珍诗文选》"己亥杂诗"说明，第168页。
[2] 龚自珍：《己亥杂诗·其二五二》，《龚自珍诗文选》，第228页。
[3] 程金凤评《己亥杂诗》，《龚自珍全集》第583页。

程金凤的评语。程金凤总结了龚自珍诗歌从语言形式到艺术内涵的两大特色，即阳刚雄烈之美与奇幻变化之美。阳刚雄烈之美，表现在龚自珍诗歌语言中蕴藉着浓烈的情感色彩，节奏明快强烈，且富于力度与动态，恣肆洋溢，沉郁深邃。奇幻变化之美，则是其诗浪漫主义特色的基本要素，如《寒月吟》《桐君仙人招隐歌》等作品，委婉多姿，清丽含情，也就是"情赴乎辞，而声自异，要亦可言者也"，便形成了"变化从心"与"其妙明在心"的艺术效果，龚自珍尤其善于将眼前变幻的动态景象与其丰富复杂的心理感受结合在一起，凝练成激扬的文字与沉郁的吟咏，使其诗歌作品在艺术上具有独创性与开拓性。

　　龚自珍是一位启蒙思想家，也是旧时代的士大夫，其双脚也是一脚在"衰世"的旧时代门槛里，另一只脚则跨进了风雷电闪的新时代中。他的思想是新旧杂陈、复杂多样的，其艺术观也必定既丰富又芜杂，既雄奇又哀艳，既激扬又颓唐，既昂奋又沉郁。所以，他好似有着几副笔墨同时显示着不同的美学追求，而这些美学追求却又互相融合、彼此渗透，这也就使得他的诗歌艺术风格开创了一股新的风气。他所开创的诗风在近代中国是影响巨大的，影响了晚清和民国初年的诗风，如南社诗人柳亚子即称赞龚自珍的诗歌是"三百年来第一流"，而近代诗人如谭嗣同、苏曼殊等人也受其艺术风格的感染。很多人不断地吟诵着龚自珍的诗歌，且仿效和发扬其诗风。

　　魏源的诗名，略逊于龚自珍。可魏源也名列优秀的近代诗人之林，他的诗歌作品中也有不少精品。他诗学白居易，诗风朴素笃实，雄浑奔放，其诗歌内容同样具有强烈的社会批判精神与个性解放精神，有不少作品揭示了当时的政治腐败现象，反映了民众生活痛苦及西方列强侵略带来的苦难。作为著名诗人，他认为诗歌反映社会现实是一个重要原则。他在致友人的信中说："诗以言志、取达性情为上，拟古太多，则蹈明七子习气。古人如陶、阮、陈、杜，皆抒胸臆，独有千古。太白、青田乐府，一时借古题以述时事；东坡和陶，借古韵以寄性情，字字皆自己之诗，与明七子优孟学语，有天渊之别。此诗家真伪关，不可滥借。"[1]魏源对明七子李梦阳、何景明的复古陈习之风是很厌恶

[1] 魏源：《致陈松心信》，《魏源集》（下），第907页。

的，称他们是"优孟学语"，即那些插科打诨、学人说话的戏剧丑类，认为他们是伪诗人；他赞扬阮籍、陶渊明、陈子昂的直抒胸臆之风，认为他们借古韵寄托自己的性情，字字句句都是心里话，所以才是真诗家。

魏源的《江南吟（十首）效白香山体》可谓经典作品，"种田花首"生动地反映了当时社会的黑暗，他举出了"稻田贱价无人买，改作花田利翻倍"的奇事，揭露了苛捐杂税逼迫得稻农无法生存的现状，最后说，"呜呼，城中奢淫过郑卫，城外艰苦逾唐魏。游人但说吴民娇，花农独为田农泪"[1]。而"阿芙蓉首"，他尖锐地批评："语君勿咎阿芙蓉，有形无形瘾则同。边臣之瘾曰养痈，枢臣之瘾曰中庸，儒臣鹦鹉巧学舌，库臣阳虎能窃弓。"他揭露洋人与贪官污吏相互勾结使得鸦片泛滥的真相，且定论，"中朝但断大官瘾，阿芙蓉烟可立尽"[2]。这十首诗，效法白居易老妪能解的诗风，用通俗易懂的大众语言反映清王朝已经由"衰世"走向"乱世"的情形，揭露了种种黑暗腐败乱象。譬如农民们饱受汛期泄洪之害，治理河患的官员却虚报政绩；还有众多漕船装载私货，"战舰苦瘦，粮艘苦胖"，军费兵饷皆被权臣武将贪蚀；缉私盐也是弊端重重，贪官们"即挖官包作私用"，"奈何尽夺中饱餍"；官僚体制中所谓清查新旧款目，却是"前亏未补后亏继"；乱政中清官难做，贪官猖獗。他甚至还指斥了清统治者耗费民力到处修建行宫的淫靡生活，"离宫卅六象天极，金碧楼台山水国"；同时哀叹当时的民风颓败，"吴民生女喜，楚女生女悲"，因吴女可做富贵人家的妾姬，而"楚女虽贫妾不为"，由此楚人溺女婴之风盛行。其中充满血泪斑斑！

他在《都中吟（十三首）效白香山体》中，还尖锐讽刺朝廷养了一群"屠龙竟技雕虫仿，谁道所用非所养"的士大夫，只会"小楷书，八韵诗"，并无真正济世安民的本领；他还揭露"吏兵例，户工例，茧丝牛毛工会计，全恃舞文刀笔吏"，上下官府几乎全被那些贪婪的胥吏控制；他批评腐朽的科举制度，更厌恶输粟的捐官制度，且大声疾呼改革取士制度，"开科开捐两无益，何不大开直言之科筹国计，再开边材之科练边事？"他主张改革漕运为海运，

---

[1] 魏源：《江南吟（十首）效白香山体》，《魏源集》（下），第665页。
[2] 同上书，第668页。

且提醒朝廷注意海防，惩治靠仓廒之利发财的豪吏；他讥刺朝廷只顾自己过纸醉金迷的享乐生活，"西苑闭，西苑开，缠头金帛如云堆"。诗中还对朝廷统治者秋季行猎的木兰狝围场、罢南府女乐伶工，以及宗室学堂、清朝国教喇嘛教、苦于借债过活的穷京官，还有无定河水患等，都有较精彩的描写。尤其是他还直接讥刺那些"未敢议攻且议守"的投降派昏庸官僚："船炮何不师夷技，惟恐工费须倍蓰；江海何不严烟禁，惟恐禁严激边衅。"他提出"师夷长技以制夷"的方略，"题本如山译国书，何不别开海夷译馆筹边谟。夷情夷技及夷图，万里指掌米沙如。知己知彼兵家策，何人职司典属国"[1]。

魏源生活的时代，是中国开始遭受列强侵略的苦难时期。他的很多诗歌作品都描写了当时的社会景象与状况，比如，《寰海（十首）》《寰海后（十首）》都反映了民众百姓反抗外国侵略的情绪，"同仇敌忾士心齐，呼市俄闻十万师"[2]。他大胆地批评清朝统治者进退失据的无能政策："争战争和各党魁，忽盟忽叛若棋枚。"还愤慨地讥刺投降派的无耻嘴脸："揖寇原期寝寇氛，力翻边案撤边军。"[3]他非常钦佩和同情力主抗敌、销毁鸦片的爱国志士林则徐。林则徐被投降派陷害，被发往新疆伊犁充军，流徙途中两人在镇江会面。魏源在《江口晤林少穆制府（二首）》中庄重又悲愤地记载了当时情景："万感苍茫日，相逢一语无。风雷憎蠖屈，岁月笑屠龙。方术三年艾，河山两戒图。乘槎天上事，商略到鸥凫。"[4]这是此诗"其一"，他还在诗后注明"时林公属撰《海国图志》"。而在"其二"中，他还写了与林则徐对榻夜话的情景。正是林则徐激发了他的爱国热情，也启发了他运用"师夷长技以制夷"策略以抵御外侮的决心。这些诗都可称史诗，记录了一批先知先觉的少数知识分子的爱国热忱，也记录了他们开始走向民众、追求新理想的心路历程。

魏源的诗作中还有不少山水记游诗，他自负地说："太白十诗九言月，渊明十诗九言酒，和靖十诗九言梅，我今无一当何有！惟有耽山情最真，一丘一

　　[1]魏源：《都中吟（十三首）效白香山体》，《魏源集》（下），第669—672页。

　　[2]魏源：《寰海（十首）》，《魏源集》（下），第782页．

　　[3]同上书，第781页。

　　[4]魏源：《江口晤林少穆制府（二首）》，《魏源集》（下），第671页。

壑不让人，昼夜所历梦同趣，贮山胸似贮壶冰。"又道："昔人所欠将余俟，应笑十诗九山水。"[1]他认为自己的诗歌最大的艺术特色即是描写山水，体现了胸中的丘壑。当然他的山水诗中的确有些佳作，如《三湘棹歌》《黄山绝顶题文殊院》《扬州画舫曲》等，诗风多受陶渊明、谢灵运影响，清新婉丽，隽永耐读。不过，由于他作诗重在言意，亦追崇真、厚、重相参与的华实结合的艺术风格，具体描写山水景物时有平铺直叙之嫌，且多用典，笔触下所绘的奇险景物，却未能淋漓尽致地体现出水光山色的大自然美感，也未能达到他所追求的"清妙之气，勃勃腕下"的诗境。他的诗歌艺术技巧上还有着不足之处。

若论龚、魏二人的学术成就，龚自珍则稍逊于魏源。如前文所叙，龚自珍的学术思想是兼容并蓄、自成一家的。他自小就受到考据学派的家庭环境影响，12岁跟随外祖父段玉裁学习《许氏说文部目》，运用"以经说字，以字说经"的治学方法，对朴学很有兴趣。晚年，他曾经因自己未能在考据学上卓有成就而自责。其实他的一生始终保持着对考据学的兴趣，他对古代典章、古今官制、目录学、历史学、地理学、金石学、版本学等各门学问均有涉猎，且有文章论证。龚自珍学习今文经学，既有继承亦有创新，他将考据学的治学方法与今文经学的微言大义思维相结合，赋予公羊学托古改制的新历史内涵，他于道光三年（1823年）撰述的《五经大义终始论》暨《答问九篇》，是其运用今文经学观念阐述儒家经典的尝试。十年后，即道光十三年（1833年），他所撰述的《六经正名篇》暨《答问五篇》，则开始突破今文经学派，否定"孔子为素王"的观点，有了自己独特的学术观念。道光十八年（1838年），他又撰写《春秋决事》六卷（已佚）及《春秋决事比答问》，则是进一步用"测《春秋》"的考据学方法，来阐述其司法、历史政治的观念，又寓以微言大义的逻辑推理手法，来阐述自己的思想观点。他还撰写了《古史钩沉论》《尊史》《六经正名》等史学论文，以"六经皆史"的观点研究及阐发儒家经典，企图恢复它们的本来面目。

龚自珍倾心于佛学的大乘宗，且对《华严经》等典籍有较深入的研究，

---

[1] 魏源：《戏自题诗集》，《魏源集》（下），第739页。

写过不少阐述教义的论文。譬如，诠释南岳慧思说《大乘止观法门》四卷的佛学论文《南岳大师〈大乘止观〉科判》，还有阐说天台宗智者大师《六妙法门》的佛学文章《〈六妙门〉科判》与《重辑〈六妙门〉序》，体现了他对大乘各宗派兼容并蓄的融合态度。他还熟练地掌握佛教因明学的逻辑推理方法，在《中不立境论》《法性即佛性论》等论文中，都采取按照"宗""因""明"三支进行演绎的因明学方法。有学者认为，龚自珍的佛学研究另一特色是将考据学的治学方法运用到佛教典籍整理上，"在《正译》一至七、《妙法莲华经四十二问》等文章中，用正统考据学的'家法'，着重研究、考证佛经的源流演变，并且把这项工作与整理研究儒学经典相提并论"[1]，这正充分体现了龚自珍的儒释合一、兼容并蓄的学术思想。

魏源的学术成就要比他的诗名影响更大，他的主要经学著作是《诗古微》与《书古微》，其中的《诗古微》在道光元年（1821 年）写成了两卷本，后又不断增订，至咸丰五年（1855 年）重订为二十卷本。魏源在自序中言："《诗古微》何以名？曰：所以发挥齐、鲁、韩三家《诗》之微言大谊，补苴其罅漏，张皇其幽渺，以豁除《毛诗》美、刺、正、变之滞例，而揭周公、孔子制礼正乐之用心来世也。"他为破除《毛诗》的"美刺说"，提出了古代诗歌"自道其情"的新观点，此说后来在学界引起争论。《书古微》共十二卷，则是他另一部重要的经学著述。魏源亦在序言中说明："《书古微》何为而作也？所以发明西汉《尚书》今古文之微言大谊，而辟东汉马、郑古文之凿空无师传也。"也就是说，写作《书古微》之目的是辨明两汉《尚书》学的异同，既要阐发西汉《尚书》今古文的微言大义，也要辟除东汉马融、郑玄注解的《古文尚书》的学说观念。这两部书可说是魏源作为晚清今文经学骁将的立论之作，其经学学术实质上"喜以经术作政论"，他是另有深意的。他的另一部重要著作是《默觚》，此书是他的读书笔记，分上下两篇，上篇《学篇》十四，下篇《治篇》十六，各篇下隶子目，分若干条，全书共 165 条。每条最短仅数十字，较长的也有七百字左右，此书多引诗经语句，大概是他研究《诗经》时顺便写的笔记

---

[1] 陈铭：《龚自珍评传》，南京大学出版社，1998 年 12 月第 1 版，第 92 页。

札录。《默觚》内容丰富，且多联系社会实际，反映了他对哲学、政治、经济、法律、教育、选材、文学等诸方面的深刻见解。

魏源一生嗜读史书，其主要著作深深打上史学的印记。他著有三部史书，《圣武记》《道光洋舰征抚记》及《元史新编》。《圣武记》成书于道光二十二年（1842年），写作此书与他目睹鸦片战争失败而精神深受刺激有关，他对西方列强将大举入侵中国有所预感，因此翻检过去积累的资料，将其中涉及军事的内容及自己谈兵的文论辑成一书。《圣武记》共十四卷，卷一至卷十记载清朝开国至道光朝历代朝廷对内外征伐的赫赫武功，将清代战史总结为34个事件，按事立篇，采用纪事本末体；后四卷为《武事馀记》，叙述作者对国防、军事、外交等方面的改革弊政之策，分为兵制兵饷、掌古考证、事功杂述及议武五篇，此书是以古鉴今，希望展示清初诸帝武功来激励后者，寻找御侮图强之策。因此，他不单单着眼军事，更是通过此书探究清朝由盛转衰的原因，总结历史教训，并提出拨乱反正之策。这是他提出"师夷长技以制夷"的思想酝酿之作。他建议朝廷改革弊政，整顿军事，"洞悉夷情"，"师夷长技"，并对练兵整军、兴利筹饷、应敌之策都有极其独到的见解，且提出的各项策略都具有可行性。此书初版后，又在道光二十四年（1844年）和道光二十六年（1846年）进行两次修订，书出版后便出现畅销盛况，"索观者众，随作随刊"。

《道光洋舰征抚记》约完成于道光二十二年，后又有修订。它原来以《道光夷舰征抚记》为标题，注明"补刊"于《圣武记》后，但书中并没有此文的文字。直至光绪四年（1878年），上海申报馆才将此文正式补刊于《圣武记》中。此前，道光末年及咸丰、同治年间，多有抄本流传，书名和文字各异，且没有作者署名。现代学界曾经对此书作者有过争议。后经专家们考证，确定为魏源所作。此书记录了鸦片战争之史实，其中对道光皇帝和当朝达官显宦都有批判与揭露，恐触犯时忌，这大概是此书作者未署名及迟迟未公开刊印的原因。当时朝廷钳制舆论，投降派散布林则徐禁烟启衅的谬论喧嚣一时，很多士大夫不明真相。此书则披露了很多鲜为人知的真相材料，林则徐、邓廷桢等爱国志士的沉冤得以辩白昭雪，也使得穆彰阿、琦善等权臣的卖国丑行被揭露，这是极有历史意义的一份近代史的重要文献。

　　魏源编著的《元史新编》是另一部重要的史学著作，基本成书于咸丰三年（1853年）。此书虽未彻底完成，其中几章尚有目无文，但已经大致草成全书。魏源逝世后，此书稿未刊刻而落入龚自珍后人之手，后又辗转至他人处。魏源的族人魏光焘任清朝官吏，他得知此事后重金购回，遂委托两位文人欧阳辅之和邹代过整理校刊，至光绪三十一年（1905年）始完稿刊刻。旧《元史》是明初仓促修撰的，疏漏错误之处甚多。魏源一直立志广搜史料重编《元史》，他以《四库全书》中元朝的各种著述百余种为基础史料，且参考《元秘史》《元典章》《元文类》等各类旧史料，其中较多地参照清康熙年间邵远平的《元史类编》，但做了大量的增删改订。他对《元史》的很多资料进行了整理和考订，且广泛搜集西域状况的新史料，填补了不少历史空白。《元史新编》共九十五卷，其中《本纪》十二（十四卷），《列传》四十二（四十二卷），《表》五（七卷），《志》十一（三十二卷）。魏源将列传置于表、志之前，编写列传时，也未取"一人一传"的写法，首创"以类相从"法，即以开国、世祖、中叶、元末四个重要时期的人物及事迹，以功臣、相臣、武臣、文臣等类重新编次，有机地把叙事和人物事迹结合到一处。魏源在书中总结元亡的教训，元统治者全面推行民族歧视政策，划分蒙古人、色目人、汉人、南人几等，且在经济上剥削江南地区的民众，官吏贪污腐败，政以贿成，行政设置则"鞭长驭远"，最后导致其统治的全面崩溃。这些历史状况与清朝何其相似！魏源草成此书后，曾经拟表托浙江巡抚何桂清奏进，此事未成。他在奏表中说："前事者，后事之师。元起塞外有中原，远非辽、金之比。其始终得失，固百代之殷鉴也哉！"[1]此时，太平军已攻入江南并定都南京，大半个中国已是处处烽火了。

　　魏源最重要的学术成果，当然还是编纂《海国图志》与《皇朝经世文编》两书，有开一代风气的巨大贡献。尤其是他花尽一生心血编撰的《海国图志》。关于《海国图志》，还要再说几句它在海内与海外的影响。甚至可以说，此书在某种程度上还关系到清王朝的国运兴衰及东亚政治格局的变化。魏源逝世次年，清咸丰八年（1858年）五月，兵部左侍郎王茂荫奏请咸丰帝重印此书，

---

[1] 魏源：《拟进呈元史新编序》。

殷切希望朝廷了解世界形势，以制定抵御西方列强的办法。王茂荫还建议应该将此书"使亲王大臣家置一编，并令宗室八旗以是教，以是学，以是知夷难御，而非竟无法之可御"[1]。但是，清朝廷并没有理睬这个奏折。两年后，英法联军即侵入北京，火烧圆明园，咸丰皇帝逃亡且病死于承德避暑山庄。清朝廷与英、法两国签订了割地赔款的条约。清朝政府在西方列强的侵略面前连连败北，可仍然抱着闭关锁国的政策不放，自然也就不会重视《海国图志》，更不会采用魏源所建议的"师夷长技以制夷"的方略。与之相反，《海国本图志》刻印不久，咸丰元年（1851 年）即有三部六十卷本传入日本，且受到日本统治集团德川幕府的欢迎。三年后，又有《海国图志》十五部传入日本，七部留于皇室御用，另外八部允许公开翻印和发售。此书迅速翻印销售后，受到日本各界人士极大欢迎，他们不断地翻译、注解、刊刻此书，1854 年至 1869 年的 15 年间，翻刻的各种版本达二十三种之多。日本人热衷此书是因为 1846 年英、法、美等列强闯入日本后，东洋列岛亡国之祸即在眼前，日本举国上下深受刺激，日本人企望借此书了解世界，迅速变法图强以自救。他们同时也为魏源在中国被冷落而抱不平。例如，日本长洲藩的吉田松荫在读书笔记中写道，假若清政府能够采用魏源的《筹海篇》里建议的战略战术，便足以制英寇、驭法俄。他后来将《海国图志》的内容编入日本教材，希望新一代人能够认清世界形势。而日本人盐谷世弘则在《翻刻〈海国图志〉序》中说："自古国家积衰之际，非无勇智之士、筹策之臣也，不胜其孤愤，则入山林，或隐于屠钓，或慷慨赴死，或诡激买祸，而最下为敌国之用。今清方有朱氏、凌氏之乱，而社稷殆将墟，而默深之进退存亡亦未可知也。……呜呼！忠智之士，忧国著书，其君不用，而反被琛之他邦，吾不独为默深悲焉，而并为清主悲之！"[2]他在文中，为魏源而悲，亦为清朝而悲，恰体现了唇亡齿寒的强烈危机感。从尊王倒幕至明治维新，日本人迫不及待地进行政治、经济、军事等各方面的变法，迅速推进一系列制度改革措施，正是《海国图志》一书，让日本一批有识之士

---

[1]《王侍郎奏议》卷九，《请刊发海国图志并论求人才折》，《魏源全集》第七册，第 2253 页。

[2]（日）盐谷世弘：《翻刻〈海国图志〉序》，见《宕阴存稿》卷四，转引自夏剑秋著《魏源传》，岳麓书社，2006 年 9 月第 1 版，第 160 页。

得到了警醒。

现代学者钱基博先生说："日本之平象山、吉田松阴、西乡隆盛辈，无不得《海国图志》，读之而愤悱焉。攘臂而起，遂以成明治尊攘维新之大业，其源有以发其机也。"[1]明治维新运动促成了近代日本迅速强大。等到清朝廷的诸公们也想起这部书——光绪二年（1876年）《海国图志》百卷本重印，《海国图志》在中国已经被冷落了二十年，而且恰恰也是丢失了历史机遇的二十年，此后，古老的中国在近代化道路上历经坎坷，这正是我们民族的一段沉痛和严重的历史教训。中国人提到近代史，往往便想起《海国图志》。这以后的近代史，从魏源的《海国图志》到甲午战争后严复编译评介赫胥黎的《天演论》，中国新一代知识分子所面临的已经不是突破旧思维方式的"围城"了，而是奔赴寻求真理的滚滚历史潮流。

---

[1] 钱基博：《近百年湖南学风》，湖南人民出版社。

第十五章

结语：未完成的思想启蒙

梁启超曾经在《清代学术概论》一书中提出早期启蒙思潮的概念，认为清代学术的两百年可命为中国的文艺复兴时期。这一时期，"简单言之，则对于宋明理学之一大反动，而以'复古'为其职志也。其动机其内容，皆以欧洲'文艺复兴'绝相类"[1]。而后又有学者注意研究晚明的思想史，认为早期启蒙思潮发源于王阳明心学，从左派王学及泰州学派始，一批批思想家不愿意再因袭旧的学说和旧的理论，在晚明与清初激烈动荡的时代里，纷纷寻求与探索新的思想道路，形成早期的思想启蒙运动。国内部分学者后来还发展了中国启蒙思想运动的历史概念，且将鸦片战争后晚清的一批改革思想家如王韬、容闳、康有为、梁启超、谭嗣同、严复等，以及民主革命家孙中山、黄兴、章太炎等的一系列活动，称为近代的思想启蒙运动。而五四运动后，学界涌动起提倡科

---

[1]梁启超：《清代学术概论》，东方出版社，1996年3月第1版，第4页。

学与民主的思潮，尤其是陈独秀、胡适等发起的新文化运动，这股争取彻底挣脱古代专制文化桎梏的思想洪流则被称为现代的思想启蒙运动。

对于明清时代的早期启蒙思潮是否在中国古代社会存在的问题，学界直至目前还存在着不同看法。大多数信奉新儒学的学者不赞成中国古代社会存在着"启蒙思想"的说法，他们认为，古代中国社会的神权统治并没有覆盖一切的绝对化倾向，因此也没有文化意义的"俗世化"问题，何须对大众的思想启蒙？便依此做出推断，启蒙思想没有必要，更没有"着落"。由此进一步推论，早期启蒙思潮与五四运动都是没有必要的，更是没有文化历史基础的。例如海外著名学者余英时先生说："中国的现代化根本碰不到'俗世化'的问题，因为中国没有西方教会的传统，纵使我们勉强把六朝隋唐的佛教比附于西方中古的基督教，那么禅宗和宋明理学也早已完成了'俗世化'的运动，中国的古典研究从来未曾中断，自然不需要什么'文艺复兴'，中国并无信仰与理性的对峙，更不是理性长期处在信仰压抑下的局面，因此，'启蒙'之说在中国也是没有着落的。"[1] 对于此说，20 世纪 50 年代中国史学界的多数学者持有不同看法。他们大都认为，尤其自晚明时期始，中国古代社会末期已经含有某种资本主义的萌芽，城镇的工商企业化，个人自主意识的加强，士人们悖逆纲常礼教思想的滋长，古代专制王朝已经潜伏了政治、经济与文化的多重危机，以自然经济为主导的社会机制也出现了濒于解析的某种趋势，其母胎中已孕育出向商品经济倾斜的新变动趋势。在这种新经济、新意识的影响下，中国古代专制社会出现了启蒙思想的涌动，是一种历史的必然性。这种思想观点，就是在海外也有一些学者表示某种程度的赞同和响应。

就笔者个人来讲，当然也不赞同新儒家学者们及余先生的总体结论。中国的思想启蒙运动虽然没有"俗世化"问题，也没有神权文化的问题，但是，中国的思想启蒙运动与欧洲 18 世纪思想启蒙运动所面对的问题却有相似处，那就是面对旧传统的文化专制主义的问题。18 世纪欧洲启蒙运动的一些思想家譬如孟德斯鸠、康德及黑格尔等，都曾对中国古代专制文化进行过深刻批

---

[1] 余英时：《从价值系统看中国文化的现代意义——中国文化与现代生活总论》，《文化：中国与世界》（第一辑），生活·读书·新知三联书店，1987 年 6 月第 1 版，第 54 页。

判。例如孟德斯鸠研究了很多资料后认为："中国是一个专制的国家，它的原则是恐怖。"他还认为，即使是伦理道德，倘若与专制权力的掌握者发生联系，最后仍然会变得有名无实，丧失其真正的价值。由于专制文化对自由言论的钳制，更加会突出体现一个专制政权的凶暴和不人道。后来，中国的近代启蒙思想家严复在翻译孟德斯鸠的《法意》（今译为《论法的精神》）时，特别在这段话附加按语称："君主之必无德，专制之必无礼。"[1]德国哲学家康德则对老庄哲学、禅宗哲学和宋明理学的神秘主义持否定和批判态度，他对于中国之所以形成强大的专制文化和专制政治制度也有自己的看法，认为是因地理环境封闭而形成的。他说："我们只消看一看中国，中国由于它的位置大概是只须害怕某种无从预见的突袭而无须害怕什么强大的敌人，因此在它那里自由就连一点影子都看不见了。"[2]德国哲学家黑格尔对古代中国的看法，可说是融合了一群欧洲启蒙思想家的观念。他认为，历史的初期，"东方文明"——中国即是其中的佼佼者，曾有一个辉煌时期。但这个时期已经属于过去。中华帝国是建立在家族关系基础上的不含诗意的帝国。所以，他将东方国家表述为仅仅属于空间而非历史的持久、稳定的国家，中国的各代王朝的历史，不过是专制统治者内部各自争夺及战乱的历史，一个个王朝不断地毁灭和兴起，成为一种循环往复的历史现象，东方历史的停滞主要是因其生存原则缺乏变化。黑格尔由此提出了"亚细亚社会"的概念，认为这是一种特殊的社会体制。这种看法，曾经对19世纪欧洲的很多思想家有着很深的影响，后来马克思、恩格斯即提出"亚细亚生产方式"的观念。在20世纪80年代，中国学界的很多学者也曾经对此进行深入的探讨与研究。

这些欧洲启蒙思想家的看法实质与中国早期启蒙思潮中一部分思想家的观念有某种相似处，尤其与黄宗羲、唐甄等人的早期民主意识也有异曲同工之妙，他们都严厉地批判君主专制和皇权至上的观念，提倡个性解放及自由、民主的思想，因此，如何说"启蒙"之说在中国是"没有着落"的呢？笔者认

[1] 张广达：《中国传统文化在西方——略论西方对中国传统文化认识的变化（中）》，刊于《文史知识》1987年第2期，中华书局，1987年2月13日出版，第110页。

[2]（德）伊曼努尔·康德：《历史理性批判文集》，何兆武译，《人类历史起源臆测》，天津人民出版社，2014年10月第1版，第74页。

为，首先，我们提出"早期启蒙思潮"的概念时，确实不应该将中国古代社会历史状况与西欧近代社会生硬地比附，用一些僵化的概念来套历史，必然沦于教条主义，也必然无法解释很多历史现象，而是应该将中西社会两种历史状况互相进行比较。其实，中国早期启蒙思潮的"殊相"在某种程度上亦多于欧洲启蒙运动的民主自由观念的"共相"。譬如中国的启蒙思想家们对于传统文化的迷恋，甚至在思想启蒙过程中仍然念念难忘"三代之法""六经之旨"，常常让许多现代学者索然难解，由此质疑那些思想家的启蒙倾向，甚至认为他们也不过是一些标新立异的"新儒家"而已。所以，他们的"殊相"即是启蒙思想依然是新旧杂陈、方生未死的，甚至还可以说，他们的自由精神还有着更多的传统旧思想桎梏因素，而他们的理性批判精神也有着很大的保守倾向。但这些启蒙思想家对中国古代专制文化的批判精神则是难以否认的，而且，这种启蒙精神具有前所未见、破旧立新的反专制、反传统、反理学的立场，倡导人的自主性与个性解放，这股早期启蒙思潮当然在历史上应该占有重要的一席地位。其次，笔者虽然并不完全赞成黑格尔"世界精神"的观点，但认为他对中国古代社会的很多认识是精辟的，例如他认为东方的所谓"理性"实质并没有发展到"主观的自由"，甚至是限制了人们的思想自由，如此的东方专制文化垄断与思想桎梏必定会使得社会处于停滞与衰败。这一点，实质上也是人类社会历史发展的"共相"原理。各国和各地区的历史发展模式既有"共相"，亦有"殊相"，"殊相"常常多于"共相"，但并不能否认其本质上的"共相"存在。最后，笔者也认为中国古代的专制制度是建立在家族关系的伦理主义基础上的，可说是东方传统农业社会中发展发育比较成熟的，其政治制度、经济形态及文化等甚至不乏某种"现代性"的因素，可如此的所谓"现代性"却并非一定会引导中国的历史进程走向现代，反而使得中国近代史走了一大段曲折的弯路，这正是历史的诡异之处，也是需要我们进行深入研究探讨的重要课题之一。

那么，我们总结一下，明清时代的早期启蒙思潮的重要学说都有哪些，且有着怎样的具有中国特色的思想文化特点呢。

其一，追求自由的个性解放精神。由于儒家思想奉行伦理道德至上主义，将其视为人类社会的最高层次，人的价值要由伦理道德程度的高低来决定，也就是"立德"。其"三纲五常"的学说被专制君主所利用，最明显的后果之一，就是将人变成古代专制政治和文化的工具。君臣关系、家庭关系等方面上，要求每个人通过自我克制、自我泯灭来消除社会矛盾，保证纲常礼教的稳固。其主张纲常伦理的礼教也就必定会被专制君主所利用，使得人的道德完善与主观修养都围绕着"忠义"来转，让每一个臣民都成为心甘情愿的奴才，结果是桎梏了人性，使得自我实现反倒成了自我泯灭，从根本上限制了人的全面自由发展。因此，早期启蒙思潮的"自由精神"阶段，从左派王学到泰州学派，其主导精神也必然是反专制、反理学，倡导人的自主性与个性解放精神，从泰州学派罗汝芳、何心隐等人主张"天地之性，民为贵"和追求社会平等，到李贽的"尧舜与途人一，圣人与凡人一"的天赋平权思想，反对尊卑等级观念，主张人人平等，且认为每个人有不同的个性，应该充分得以发扬，并努力地使个性的思维摆脱礼法名教的束缚。到了清初时期的"理性批判精神"的第二阶段，黄宗羲主张士人们应该具有"清议"精神，有批评专制统治的舆论自由；顾炎武也主张要有独立的人格和独立的思考精神，并提倡以保障个人权利"自私""自为"为基础的"保天下"豪杰精神；王夫之的充满近世色彩的人性论，也认为"饮食男女之欲"是"天之仁也"，坚决反对程朱理学的"惩忿""窒欲"之说；另有李颙主张平民儒学的观念，唐甄等人反对男尊女卑的思想，实质都有着反专制、反理学的个性解放精神。在这一时期，清初的那些具有理性批判精神的思想家汲取了晚明启蒙思想家过分强调个人价值的教训，较多地强调社会价值并注重正确引导个性发展，两者虽有所异，但追求个人自主性的自由精神大方向是相同的。

其二，启蒙思想家们主张"新义利观"，反对程朱理学的"灭欲"思想。程朱理学提出"存天理，去人欲"的主张，将伦理道德与人的欲望视为不可两存的对立之物，要求人们都"清心寡欲"。他们忽略了人的最基本特性，人是有七情六欲的，也是有血有肉的，是有着物质欲望的。程朱理学实质上是把人变成畸形的人，变成只剩下道德空壳的人，也就使每个人不成为人，或变成言行不一的虚伪的人。早期启蒙思潮中的思想家们提倡"新义利观"，其思想意识绵远流长，逐渐形成。从泰州学派的何心隐、焦竑等人开始，即反对"无欲""绝欲"的禁欲主义，提出应当培养与满足个人合理欲望的"育欲"主张。而李贽的"新义利观"的论述更为详尽，也具有系统性和逻辑性，他明确地反对董仲舒"正其谊而不谋其利，明其道而不计其功"的观点，认为所谓的"不谋其利""不计其功"，其实是谎言。他甚至提出"好色好货"的主张，替新兴的工商业阶层与市民阶层大作翻案文章，这种"新义利观"受到当时初步形成的江南市民阶层的欢迎，一种新的思想与道德意识很快即浸染到了晚明市民文学的作品中。到清初，具有理性批判精神的启蒙思想家们，在理欲观上也基本继承了这种"新义利观"，他们都主张尊重人们的正当感性欲求，如黄宗羲、顾炎武都有"工商皆本"的思想，并不认为商贾之牟利是低人一等。启蒙思想家唐甄自己就做过商人，而顾炎武、傅山也亲自经营山西票号，规章制度即为二人手订。王夫之的"人欲之大公即天理之至正"的理欲观则更为细密，他既反对禁欲主义，也反对纵欲主义的极端，其主张与顾炎武的"转私为公"的公私观颇有异曲同工之妙。包括后来的戴震等人的理欲观也都是更趋向于理性主义色彩的近世观念。

其三，开始了中西文化会通的潮流。明代中叶及末期，由于一些西方传教士采取尊孔联儒策略，用原始儒学的观念来解释基督教义，迎合了士人们的求新求变的社会时尚。西学东渐后，出现了一小批由儒入耶的新型士大夫，如徐光启、李之藻、杨廷筠及王徵等，他们追求与探索西学知识，研究科学技术，崇尚理性，成为早期中西文化会通中的一批有识之士。他们大量翻译西方的自然科学著作，且有意识地企图以近代西学来诠释、融合与重构中国的儒家传统文化，努力使刚传入的西学与中国文化相会通。他们在接受新知识、新道德、新思想等方面走在了时代前列。这种文化动向在当时的士林中还引起一定的思想震动，当时的启蒙思想家们大都对此抱有浓厚兴趣。例如，李贽与传教士利玛窦有过交往，且欣赏其文章；王夫之也曾主动拜访过西方传教士，与利玛窦有过亲密谈话，甚至谈论过上帝、宇宙地球形态等问题，王夫之与另一位启蒙思想家方以智过从甚密，两人都极重视和推崇当时的"质测之学"。这些启蒙思想家是时代的先导，他们的中西文化会通的精神到了晚清，终于引来了魏源、林则徐、龚自珍等人的"师夷长技以制夷"的主张，实质是近代中西文化会通精神的重新开启。当然，对于中西文化会通的问题，比如，那些欧洲传教士带来的宗教思想与科技知识，究竟给明清时代的中国思想界和士大夫们带来了多大的影响？其中有多少东西经过移形换位，最终变成了中国思想界的资源？它在晚清民初国门重启时又起到了怎样的作用？这些学术问题，都是很多学者争执不已的学术问题，实际上已经够写好几本书了。笔者个人认为，东方文化与西方文化确实有着很大差异，应该在东西方文化比较中汲取彼此的文明精华，尤其是当今之际，故意过分强调东方文化与西方文化的势不两立，且刻意美化所谓的东方精神，那其实是会走向复古与守旧的错误立场的。我们要反对狭隘民族主义，反对故步自封、自我禁锢等错误倾向，尤其是一些西方国家对我国采取敌对措施时，更要坚持中西文化会通的精神。

其四，推动了早期民主意识的发扬。早期启蒙思潮中的思想家们对专制旧文化的批判精神与政治上的革新要求，形成了早期民主主义意识的一个新的思想浪峰。早期民主政治思想学说建树中有两块主要的理论丰碑，一是黄宗羲的《明夷待访录》，再就是唐甄的《潜书》，深刻犀利地批判了君主专制制度与旧法统，提出了早期市民阶层影响下的社会政治主张，起到"破块启蒙"的作用。他们对古代君主专制制度的批判是严厉的，某种程度上已经挣脱了儒家道统的束缚。黄宗羲认为专制君主"为天下大害者"，百姓们"视之为寇仇，名之为独夫"，专制君主们对人民群众敲骨吸髓，残民以逞，是为了保护自己的"家天下"。唐甄则在《潜书·室语》里，尽情揭露中国古代专制社会数千年历史真相，"自秦以来，凡为帝王者皆贼也"。这些痛快淋漓的揭露已经具有近世色彩，不仅仅是个人的单方面激进之言，更是早期启蒙思潮中多数思想家的共识。他们强烈地代表了部分进步的士大夫革新政治的要求，也多少反映了新兴市民阶层发展自由经济与争取个人权利的自主愿望。黄宗羲还企图以阐述儒家经典的形式提出他所设想的新国家模型，其中的虚君政治、责任内阁，民意机关监督政府议政，改革科举制度，等等，皆从当时的实际出发，可说是新颖和进步的政治改革方案。顾炎武热烈称赞这些政治改革措施使"百王之弊可以复振"，他也赞成"众治"的早期民主思想，反对君主独裁专制，还提出了地方自治、复兴工商业等改革主张。王夫之的著作《黄书》《噩梦》《搔首问》等对古代专制制度的批判尤为深刻，他是从进步的自然史观和人类史观的视角来抨击"私天下"陋制的，其社会政治理想更具近世色彩，思想理论也更为深厚扎实。在清初时期，我们可以看到黄宗羲、顾炎武、王夫之及傅山、李颙和唐甄等人，从儒家的民本学说开始逐渐发展到阐述和发扬早期民主意识的阶段，已经形成了较为清晰的思想哲学脉络，这是与明清易代之变的惨痛教训分不开的。他们都看到了时代潮流的变化，倘若不进行彻底的政治改革，独夫专制的"私天下"必定会贻害整个民族与国家，因此不能不进一步思考民本学说与政治制度的关系。

其五，提倡实学主义。在诸多的启蒙思想家中，黄宗羲、顾炎武、王夫之等人对宋明理学虽然皆有抨击和批判，但实质上却又有某种藕断丝连的联系，这也体现了他们的思想理论新旧杂陈的复杂性。颜元、李塨学派，却对宋明理学的学说进行了一系列的大胆批判，要比黄、顾、王等人更加直接和毫无保留。尤其是颜元，他将理性批判精神发挥得淋漓尽致，重实践，反玄虚，提倡富国强兵，主张功利主义，抨击宋明理学空谈心性的腐朽学风，他代表着相当一部分士大夫企望革新政治、革新思想文化的强烈要求。颜李学派主张在士人们中推行经世致用的实学之风，恰好与顾炎武的经验主义哲学相映成趣，他们都看到士大夫们中流行的"知而不行"的恶劣风气，认为此风在社会上继续滋长，必定贻害无穷。颜李学派还特别针对社会时弊，希望进行教育改革，激励士人们摆脱程朱理学与八股制艺文章的桎梏，推行其"实文、实行、实体、实用"的实学主张，使经世致用之学能够大行其道。颜李学派的哲学思想，又与"新义利观"有着相互呼应之处，甚至也是其思想学说系统的重要组成部分。颜李学派虽然披了复古之外衣，表面似乎是主张恢复原始儒学，实质却是具有墨子学说内涵，其思想锋芒直指程朱理学，已具有近世思想的雏形。

其六，理性主义思想的初步形态。儒家的伦理道德至上主义，将伦理道德视为人类社会的最高层次，人的价值也要由此决定。自然，伦理道德是维系社会正常生活所必需的，但在复杂的社会生活中，它的内容是变动的。在社会活动中，最具有意义的是生产与经济生活。儒家的伦理道德至上论颠倒了社会生活里的关系，其纲常伦理的礼教也就必定会被专制君主所利用，宋明理学之理，其实就是被古代专制文化所利用的伦理道德至上之理。早期启蒙思想家们认识到这一点，但是，由于长期受到旧思想、旧传统的桎梏，他们的认识也是参差不齐的，有的认识更深刻一些，有的仍然保留了旧的传统思维。"自由精神"阶段的一批由儒入耶的士大夫如徐光启、李之藻、杨廷筠等已具有初步的"自然理性"，他们注意批判神秘玄思，也注意变革狭隘的经验论意识，尝试使用西方哲学的公理演绎方法，努力将其贯穿于"质测之学"的研究中。在一批启蒙思想家中，方以智是一位博通中西古今的思想家，他的"质测通几"理论明显地摆脱了儒家道统的束缚，且对王夫之的哲学思想也形成一定影响。而真正继承了公理演绎法的另一位主要哲学家是戴震，他推崇徐光启和利玛窦合译的《几何原本》，尤其赞赏其逻辑推导的严谨分析方法。这也使得他提出了"理"即是具体事物具体分析的"分理"说，因此，"理"不再是程朱理学的"得于天而具于心"的"天理"，而成为由自然至必然的事物法则之理。戴震的"神明照物论"也与康德的理性哲学中的知性精神有相似处。当然，戴震思维哲学中的认识论，还只是形式逻辑较为粗浅的认知，很多还是直感和简单的。可是，他对宋明理学的尖锐批判锋芒，对古代专制文化"私"与"蔽"的揭露和指斥，提倡新人文主义的"仁智之论"，在当时程朱理学腐朽学风已经弥漫社会之际，都具有振聋发聩的历史意义。

其七，新人文主义思想的逐渐形成。当代的很多学者认为，中国古代传统文化中确实包含了浓厚的人文思想，主要体现在先秦主要思想家的言论中，其中孔子与老子即是两位巨擘，他们已经形成了一些早期的人文思想理论，"老子把人还给自然，孔子把人还给社会，从而奠定了中国传统人文思想的根基"[1]。但并不能说，以儒家为代表的传统人文思想是可以走向现代科学与民主的政治基础。过去，我们曾经将人文主义教条化和理想化，认为人文思想似乎就必定走向民主、自由，却并没有认识到专制主义与人文思想实质上并不是对立的政治价值体系，它们有时候是融合在一起的。从中国古代历史上看，中国

---

[1] 刘泽华：《中国传统政治思想反思》，《中国传统的人文思想与王权主义》，生活·读书·新知三联书店，1987年10月第1版，第58页。

人文思想有所发展，君主专制主义也有所发展，很长的一段历史时期内，儒家的纲常伦理至上的传统人文思想依附于王权主义，形成了具有东方色彩的古代专制文化，宋明理学则是集大成者。早期启蒙思潮中的一代代思想家，他们"破块启蒙"的任务并不仅仅是"俗世化"的问题，也不仅仅是重启古典文化研究的复古问题，甚至从根本上说也不是理性与信仰的对峙问题，而是解除那种"使人不成为人"的古代专制文化桎梏，将被扭曲、被异化的传统人文思想进行重新改造与更新，这才是其思想启蒙任务的核心问题。它所面对的最大敌人是古代文化专制主义，而在当时的中国社会里，文化专制主义就是由儒家中最保守、最顽固的程朱理学与王权专制主义相结合而形成的。从左派王学到泰州学派，再到清初的一批启蒙思想家如黄宗羲、顾炎武、王夫之及颜元、李塨等，早期启蒙思潮的第二波"理性批判精神"阶段重新复起。他们的主要思想启蒙贡献就是将过去的旧传统伦理化身的抽象人，真正转化为有情感、有欲望、有知觉的活生生的人；将形而上学的宋明理学的超理性本体，转化为形而下的人性的真实生命关怀；将被专制制度异化、扭曲的传统人文思想，转化为趋向近代的新型的人文主义思想。在早期启蒙思潮中，两位重要的启蒙哲学思想家王夫之与戴震在思想理论建树上做出了非常有历史意义的铺垫，很多思想观念颇具近代启蒙哲学的议题。当然，早期启蒙思潮的第二波也很快被阻遏了，可它退潮后却并非水过无痕，而是在往后的思想文化领域尤其是文学艺术领域里悄悄发挥着影响。譬如，中国第一部讽刺小说《儒林外史》的作者吴敬梓，他与颜元、李塨学派的传人程廷祚是挚友，其小说主题无疑也是受到启蒙思想理论中实学精神影响的；此外，还有文言小说《聊斋志异》、戏曲《桃花扇》等一批文艺作品，都浸染了反对古代文化专制的启蒙精神；尤其是中国古典名著《红楼梦》，它与过去的文学作品卓然不同，在人物刻画与社会场景描写上更为成熟深入，在思想特色上其社会批判精神也更为强烈，可说完全体现出了早期启蒙思潮的"理性批判精神"的主旨，又贯穿着比晚明市民文学更加成熟的新型人文主义精神。

回顾早期启蒙思潮的两次迅速退潮的历史教训，早期启蒙思潮的"自由精神"阶段所遭遇的历史挫折，已经在前文中综述。简而言之，就是禅学的空疏起到消极作用，在士人们中反而引起了心灵畸变，未能够使得反理学的个性解放精神得到进一步发展。而早期启蒙思潮第二波"理性批判精神"阶段又一次退潮的历史教训主要是什么呢？

首先，清王朝加强政治专制，对士人进行酷烈的镇压。特别是 18 世纪的清朝雍正乾隆时代，对外实行闭关锁国政策，对内强化文化专制，全面回归程朱理学，以达到消灭思想异端、钳制自由舆论的目的。清统治者为了震慑汉族士大夫们残存的民族情绪，制造一系列文字狱案件，以此震慑思想文化界，维持专制独裁统治。他们血腥地屠杀士人，轻则将其逮捕入狱，重则"立斩""立绞""寸磔"，还常常株连九族，连族人亲友也不放过，甚至已死的人也要开棺戮尸。这种血腥镇压使得士大夫们噤不敢言，写诗作文战战兢兢，更不敢读那些思想启蒙的禁书，因此，早期启蒙思想的火花很快被扑灭。清代专制君主极力制造文字狱，仅康熙、雍正、乾隆王朝见于文字记载的就有八十余起。《南山集》案即从康熙年间始；而雍正年间则开了极其恶劣的先例，乖谬断案，故意罗织罪名；乾隆王朝更为暴虐，为了禁锢思想、巩固皇权专制，望文生义，捕风捉影，竟然兴起了七十多起文字狱案件。清朝文字狱可说是中国古代专制社会有史以来次数最频繁，处罚最酷烈，株连最为广泛的。这是早期启蒙思潮的第二波在历史回流的旋转中被迫退潮的主要原因。学者许倬云认为："明、清之交，国破家亡，顾炎武、黄宗羲痛心之余，对于中国的文化，包括政治制度与思想方式，均有深刻的检讨，其破陈立新的精神对嘉靖、万历以来的文化风气有传承，但也有批判。这种精神，堪称中国近古以来的一段启蒙精神，如果没有清廷严酷的威权压制，斩断了这样的反思检讨与创新尝试，中国文化后来的演变，或未必再有三百年的僵化。"[1]

其次，中国旧传统文化的僵滞，士大夫阶层的蒙昧、保守，也是早期启蒙思潮被迫夭折的重要原因之一。作家柏杨先生认为，中国古代传统文化自公元前 2 世纪西汉王朝罢黜百家、独尊儒学以后，百家争鸣的文化黄金期就不得不结束了，过早开始了平淡时期。尤其宋朝以来，儒家的程朱理学兴起，古代

---

[1] 许倬云：《江河万古：中国历史文化的转折与开展》，湖南人民出版社，2017 年 11 月第 1 版，第 309 页。

专制统治利用它压制思想活力，又用科举考试扼杀文人的创造性，士大夫们只在闱墨中模拟八股文章，加深他们的保守性与奴性，士大夫阶层结构也更加凝固与僵化，古代专制文化犹如河流淤塞成为一个大泥沼。清朝的"雍乾盛世"，也不过是腐朽的古代专制文化的历史回光返照而已，一代士人学子在那种专制与封闭的文化氛围中，总体处于庸碌懵懂和猥琐浅薄的状态，没有自己的思想和感情，也没有人性尊严，更不愿意去探索新的知识和新的思想，甚至不知道世间还有别的知识体系与优良情操。整个国家和社会处于毫无生气的窒息衰竭状态。但是，他们却仍然死死抱住了旧传统文化的僵尸不放。当代学者曹聚仁先生曾举一例，晚清《辛丑条约》签订后，北京城实行新政，马路亮起路灯，一位御史竟然给朝廷上奏折谏阻，说其世代祖先都不点灯，如今街灯照到他家窗口，有违祖训，请皇帝明令拆除。这个昏聩的御史被皇帝训斥一顿，传为笑谈。诸如此类的笑话，在清代野史笔记中可以看到很多，却都是当成"好人好事"来宣扬的。如此之传统旧学，如此昏聩愚昧的士大夫，实在让人哭笑不得。难怪鲁迅、曹聚仁等新一代学者都有不读古书的激愤呼吁，因为一整套的传统旧学已经成为闭塞耳目、遮蔽民智的麻醉药了！

再次，将早期启蒙思潮中一批启蒙思想家与欧洲启蒙运动的哲学家们相比，我们也看到了这些启蒙思想家的软弱和局限性。他们仅仅将自己的思想学说放入"六经之旨"与"三代之法"的狭窄思维格套中，仍然是翻来覆去也摆脱不了那些古老传统思维的局限。即使是那一批最激进的思想家，他们真诚地寻求自己理论的新突破，可他们的那些新启蒙思想的萌芽，依然还是以阐述与解释儒家经典的形式出现，难以突破旧传统伦理道德的怪圈，更难以找到自己新思想的定位。这些早期启蒙思想家的理论中固然有着很多"别开生面"的内容，如汲取古代传统的人文思想精华，而又加以翻新改造的以自然人性论为出发点的新理欲观、新情理观和新义利观，有着充满个性解放的自由精神，批判君主专制制度的早期民主意识，以及对旧伦理道德异化的罪恶进行斗争等思想特点。他们的这些"更新趋时"的启蒙思想理论，既萌生了不少新思想的幼芽，也间杂混入了更多旧传统的残渣，他们企图对旧传统文化进行彻底改造，且敏锐地抨击腐朽的旧专制制度及其意识形态的种种弊端，他们勇敢地揭露那些旧专制制度和旧传统文化的弊病，却不可能去勾画新世界的蓝图，所谓政治理想国的构思仍然难脱"古时丹"的传统臆想。新意识与旧传统的纠葛是如此之无奈，这些启蒙思想家感觉到深深的痛苦与迷惘，这是难以突破自己思维格局的时代痛苦，很多人不得不无奈地重新回到佛教幻界中。美籍华裔学者黄仁宇先生在《万历十五年》中说："李贽的悲观不仅属于个人，也属于他所生活的时代。传统的政治已经凝固，类似宗教改革或者文艺复兴的新生命无法在这样的环境中孕育，社会环境把个人理智上的自由压缩在极小的限度之内，人的廉洁和诚信，也只能长为游木，不能形成丛林。"[1] 其实，也不仅仅是李贽，几乎所有的早期启蒙思想家都是如此，他们艰苦探索的早期启蒙思想学说"也只能长为游木，不能形成丛林"，既难以冲破旧专制政治制度的凝固环境，也无法形成彻底改革社会的思想启蒙运动。

最后，笔者认为 20 世纪 80 年代学界曾经热烈讨论马克思"亚细亚生产方式"的理论仍然应该值得大家注意。马克思提出的"亚细亚生产方式"的概念，实质就是指长期与欧洲历史发展平行的东方国家，那种以农村公社、土地国有及专制主义三位一体为特征的另一种社会形态。马克思认为，劳动密集型、效率偏低的传统农业生产方式，是亚细亚生产方式的特征，也是东方专制主义产生的经济基础。由于东方的自然气候与地理状况，建设大规模的水利灌溉工程设施成为农业生产的首要条件，当时的生产劳动力水平低下，所以必须由一个高度集权的中央专制政府领导和组织成千上万的民众去完成。这是东方专制主义产生的缘由和基础，所以，民主、自由的思想很难在东方国家产生。应该说，这也是早期启蒙思潮两起两落，最终退潮的重要历史原因。也有一些学者、作家认为，黄河孕育的文明是人类历史上一种很早熟的文明，如神话传说大禹治水记录了民族先贤们同恶劣气候与洪水泛滥所做的斗争，因此，中国人的治水、历算、土地测量及农业耕作、家畜饲养、制陶冶炼等技术远远领先于西方社会，同时也使得中华民族在历史演变、社会机制、政治组织等方面走上一条纯粹东方式的道路。但无可讳言，我们民族的文明也长期地被掩盖在

---

[1]（美）黄仁宇：《万历十五年》，第七章，中华书局，1982 年 5 月第 1 版，第 205 页。

"亚细亚生产方式"的历史阴影之中，东方专制主义影响深远，民主、自由、平等这些启蒙思想也就很难在社会上得到广泛普及。虽然，15世纪后，中国晚明以来都市和工商业迅速发展及市民阶层崛起，甚至在士大夫们当中，具有反对文化专制色彩的早期启蒙思潮也在不断涌动，倡导人的自主性与个性解放，倡导一系列新思想、新道德、新意识，可是，这股生气勃勃的启蒙精神，却由于自身新旧杂陈意识所呈现的种种纠结、矛盾与局限性，更由于中国古代专制统治者的强力镇压，也就注定了这股启蒙思潮最终退潮的局面。腐朽的东方专制主义又卷土重来，中国历史将要跨入近代门槛时，整个社会却处于被专制文化禁锢的停滞、衰败的局面，也就是龚自珍、魏源所称的"衰世"时期。

鸦片战争后所发生的一连串巨变，使得中国知识分子们再难以持续那种浑浑噩噩的懵懂旧梦了，可是近代涌现出的一批启蒙思想家的哲学理论未必比早期启蒙思想家们高超多少，其启蒙哲学的理论仍然是新旧杂陈的。龚自珍与魏源既是早期启蒙思潮的最后二人，也可以说是近代启蒙思想家的开山人物，笔者阅读他俩的诗文著述时，深深感受到作者身不由己的无奈与迷惘，还看出他们俩自身那种新旧意识形态既互相对立、又互相渗透的奇特性，还从中理解两人最后都不得不身溺佛学的迷茫破灭之心态。龚自珍、魏源的"公羊三世说"，后又被改良派启蒙思想家康有为所继承，演化成"托古改制"的维新变法思想。龚自珍的"心力说"，也被另一位近代启蒙思想家谭嗣同所继承，成为其"仁学"理论的重要部分。魏源的"师夷长技以制夷"观念，亦被严复、王韬、容闳等人所阐发，形成了初步的西学思想体系。就近代启蒙思想总的发展趋势来说，启蒙学说理论形态虽已超出传统儒家思想的藩篱，但是，启蒙思想的主旨也还是仅仅在经世致用及实学主义等理论范畴转圈子，远未达到西方近代哲学的成熟发展水平。

李泽厚先生认为，由于中国近代的特殊历史进程，启蒙思想则是传播得很差，"无论是改良派的自由主义，或邹容呐喊的平等博爱，或孙中山的民权主义，都远远没有在中国广大人民的意识形态上生根。相反，民族自尊和爱国义愤压倒了一切，此外，从洪秀全到章太炎的种种小生产者的空想和民粹主义，具有深厚的社会土壤，享有广泛市场和长久影响"[1]。可以这样比喻，中国近代史犹如一列高速列车，从一个历史阶段迅速转入另一个历史阶段，前一阶段的参与者，常常又变成后一阶段的反对者，因此，先进者转眼变成落后者，革命派瞬间又成为保守派，如此的政治人物真是不可胜数，他们大多是由于自身利益或思想观念的局限，难以超越自己原来的"自我"。历史变局如此缭乱，各样的社会矛盾又是如此的交汇激荡，一个事件接着一个事件出现，一场运动又连接着另一场运动到来，这就使得思想启蒙者也眼花缭乱，在历史戏剧的舞台上搞不清楚自己的位置，转眼间自己又处于受启蒙的地位。不过，中国近代思想启蒙运动及五四运动以后的现代思想启蒙，其实质仍然是"华夷"互动，注重汲取现代西方文化的优良处，重新塑造中华民族的新文化。但是，此夷与彼夷则大不相同了。当代学者雷颐先生讲得更为具体："海通以还，中国传统价值体系就受到'西学'的步步紧逼，但最先的反应是'师夷长技以制夷'，并未意识到价值的危机。稍后的'中学为体，西学为用'，却已经是意识到价值危机的一种保守反应。再后，便有'采西学'直至用'民主科学'重铸中国价值系统的努力。近八十年间，中国人对价值系统的重建做出了不懈的努力。"[2]这其实说的是整个中华民族文化的革新过程。

陈乐民先生多次引用钱锺书先生的名句，"东海西海，心理攸同；南学北学，道术未裂"，尤其赞成钱先生的学术旨趣及追求，即打通中西文化的藩篱，同时也打通古今文化的藩篱，使这两个"打通"为现代中华民族文化的更新与变革服务。陈先生提出一个重要观点，即中国古代传统文化为得到启蒙的新一代知识分子提供了吸收西学的"消化力"和"反应力"，他还认为，一个真正的学者对中国古代传统文化了解越深，越能够更深入地汲取西学。但是，陈先生对某些学者重新搬出"中学为体、西学为用"的理论也表示反感，指出他们将"中学"改为"国学"，而且囊括经史子集、宋明理学、乾嘉朴学等，企图用"国学"来与西学对立，自以为弘扬了民族精神，其实此类鼓吹倒退守旧

---

[1] 李泽厚：《中国近代思想史论》，后记，人民出版社，1979 年 7 月第 1 版，第 476 页。

[2] 雷颐：《孤寂百年：中国现代知识分子十二论》，导论：中国现代知识分子的"沧海一粟"，广西师范大学出版社，2015 年 4 月第 1 版，第 6 页。

的事件在近现代史上早已发生过多次了。他还认为，某些大吹大捧"国学"的人，未必真正继承和深刻认识了传统文化，更不用说打通中西古今之学了。[1]他还写过《前贤可畏》一文，提到一批先贤学者，他们"把中西学问吃得很饱，消化得很透"，从严复始即可开出很长的名单。尤其是王国维，他有着深刻的旧学根基，又研究过康德、叔本华、尼采等人的哲学思想，他认为在哲学等社会科学领域，中国非济以西学不可，"居今之世，讲今日之学，未有西学不兴，而中学能兴者；亦未有中学不兴，而西学能兴者"。因此，中西学是可以融合的，也是能够互相打通的。陈寅恪先生作为国学大师，他也很明白中国传统文化的缺陷。吴宓在《雨僧日记》中记陈寅恪先生之语说："中国之哲学美术，远不如希腊；不特科学为逊于泰西也。"[2]陈乐民先生是赞成这些观点的，他自己也一直寻索着中西文化的打通之道。

陈乐民先生晚年尤其对当代不少青年学者轻视18世纪欧洲启蒙运动的状况表示担忧，那些青年学者以为启蒙思想理论已经过时了，并没有意识到这些启蒙思想家的理论学说实质上是互相交汇的，虽然错综复杂，却又是博大精深的。启蒙思想理论在今日仍然有很重要的现实意义。要想真正打通中西文化，如果我们不去理解那些启蒙思想理论，就无法改造中华传统文化，使之更新，使之成为具有现代形态的新思想新文化。大约在15年前，一位年轻朋友和笔者谈及启蒙思想运动时说，如今人们普遍使用互联网等新科技工具，已经不需要思想启蒙了。只要打开电脑上网，便能够汲取新知识，而那些大厚本的思想启蒙理论书籍都被扔一边了，将成为陈旧的知识。网络文化推进了现代化，还需要什么启蒙？后来，笔者将这位青年朋友的话转述给陈乐民先生，他温和地微笑说，这是时论啊。可这些年轻人不明白，数字新科技仅仅是工具，它还是要由人类来掌握，不可能代替思想理论，人类的思想启蒙之路还很长。在当代，有些新理论未必就是进步思想，有些被想明白的道理也未必人人都明白，有些被认为陈旧的理论也未必已经过时。笔者那时基本信服陈先生的这番

---

[1] 陈乐民：《"国学"热，所热何来？》，载陈丰编《给没有收信人的信：陈乐民文存》，广西师范大学出版社，2010年8月第1版，第189页。

[2] 陈乐民：《前贤可畏》，载陈乐民著《一脉文心：书画中的陈乐民》，生活·读书·新知三联书店，2010年4月第1版，第90—92页。

话，可内心仍然保留着某种疑惑。但现代生活的事实，却证明了陈先生的这一番话。譬如，当我们过分地迷信网络文化时，却又常看到那些所谓的"网络新闻"瞬间变成了网络谣言；又譬如，那位美国的"推特总统"特朗普，曾经是世界上绝无仅有的"推特治国"的政治家，却又是在任期间被推特所禁言的总统，这本身就是极具讽刺的事件。当前，当欧洲各国开始纷纷热议数字新科技与言论自由立法之关系时，笔者不禁想起陈先生当年的那番话。又譬如，在很多人以为已经无须谈启蒙思想的当代美国，前一时期（2020 年）发生了轰动一时的"弗洛伊德事件"，即一位黑人平民被白人警察虐杀，引发了整个美国社会"黑人的命也重要"抗议运动，各个城市的抗议示威游行此起彼伏。它正说明了即使是当代美国社会，"自由、民主、平等"的启蒙精神仍然远远未落实到人们生活中，据美国《华盛顿邮报》及美国广播公司新闻部的联合民调，大多数美国人都支持这个运动，他们表示黑人与其他少数族裔在刑事司法系统没有受到与白人平等的待遇。

此外，如今美国社会中，"政治正确"一词不绝于耳，这是一种嘲讽讥刺之语。也就是说，某些政客将正确原则，也就是启蒙原则，作为空洞口号，为某些利益集团装一装门面，为他们的私利服务，这就必定出现很多荒谬之事，实质是扭曲与异化了"民主、自由、平等"的启蒙原则，真正的启蒙思想理论则遭到了抛弃。这样的事情并不少见，且在 20 世纪至当今的世界各地频频发生。因此，仅仅有正确的原则和口号还不够，还要防止它在社会生活中被某些人扭曲与异化。特别是某种"政治正确"的口号被政客所利用时，启蒙的思想理论必定又会走向反面，它会从左翼极端或右翼极端来破坏启蒙精神，它会使得启蒙精神受到玷污和扭曲异化，它更会使思想启蒙转化成新的蒙昧。

即使是现代的西方社会，思想启蒙运动也还远远没有完成。比如英国学者马修·泰勒在《21 世纪的启蒙》一文中说，18 世纪的启蒙运动并不是融贯的运动，没有确定的起点与终点。它的很多思想在古代哲学中可以找到，也包含在宗教改革与文艺复兴中，但它并没有完全在工农间普及。后来，"启蒙运动被它的改良派和激进派之间的冲突撕成了碎片。至于启蒙运动事业的完成，可以说我们仍在等待"。他认为，启蒙思想理论被后来者异化了，或者是转化为极端右翼的理论，或者是变异为极端左翼的学说，而真正的启蒙精神则被抛弃。法国哲学家茨维坦·托多洛夫认为启蒙运动精神遭到扭曲，其核心原则也被颠倒了，他为了给启蒙运动正名，撰写了《保卫启蒙运动》一书。他认为，思想启蒙运动有三个核心，自律、普遍主义和我们行为的人道目的。但是，这三个目的并未完全达到。[1] 这些英法学者们的看法恰与陈乐民先生的思想相合。陈先生在《对话欧洲：公民社会与启蒙精神》中提到，他特别想了解"启蒙精神"的发展过程，"了解别人，可以更准确地了解自己"，所以，"有时听到一些对'启蒙'的带有菲薄性的歪道理，我更想把这方面的问题弄得更清楚些，以证明在我们中国还需要'启蒙'，'启蒙'并没有过时"[2]。与陈先生对话的法国教授史傅德先生也说，启蒙后期一部分知识分子也认为当代欧洲已经无须启蒙，"因为启蒙运动后来被简单地引导到物质和消费进步"，但是，从文化思想史的意义上来讲，"其实启蒙的意义就在于启蒙主义总是在进行自我批判，在公民社会中起到了很大作用。就此意义而言，启蒙永远没有结束。启蒙结束的说法太简单化了"。[3] 这又使笔者想起本书"绪论"中所提到的那篇门德尔松的谈启蒙的文章，门德尔松认为启蒙重在理论，文化重在实践，而教养则是二者的综合。也就是说，真正的启蒙主义要将理论与实践结合，才能最终形成教养，才能够把启蒙主义浸润到人们的社会生活中去。

---

[1] 薛巍：《保卫启蒙运动》，载《三联生活周刊》2010 年第 33 期。
[2] 陈乐民、史傅德对话，晨枫编译：《对话欧洲：公民社会与启蒙精神》，生活·读书·新知三联书店，2009 年 1 月北京第 1 版，第 146 页。
[3] 同上书，第 143 页。

后　记

　　我长期对中国思想史感兴趣，源自先父施咸荣一席话的启迪。他临去世前两年与我随意谈论，说起中国当代文学的发展为何总是底气不足。他以为，这与旧传统文化的某种缺陷有关，由于古代专制文化的影响，古代文人中犬儒主义气息浓厚，他们对社会的认识浅薄，对人的生命意识也缺乏领悟。他说，以最后的封建盛世清朝为例，诗人龚自珍悲愤地说，整个社会浑浑噩噩、一片愚昧，人们都懵懵懂懂，连一个聪明的小偷都找不到。先父当时建议我可多读一些思想史，或许能够找到走出文学创作困窘的突破口。我当时对他的这番话不以为然，甚至认为他有点儿学究气。我认为，文学创作是讲究艺术直觉的，读太多的理论书籍没有好处。我那时还对青年作家中流行的"潜意识写作"颇迷恋，轻视甚至抵制思想理论，所以，我将学术与创作分成了不可逾越的鸿沟，以为彼此是不相干的，并不懂得学术思潮其实是文学创作的思想先导。先父去世后，我的文学创作久久走不出思想困境，我感觉到自己的思想陷入一个又一个迷圈中，对历史、文化的浅薄认识，必定影响我对时代生活的进一步认识与开掘。由此，我开始更多地读文化类书籍，而且特别关注中国思想史，尤其对晚明至清初时期的思想史流变颇感兴趣，这个领域的大师先贤尤其是梁启超、钱穆以及侯外庐等先生的思想史学术著作，使我受益匪浅。之后，我又买了王夫之、黄宗羲等人的全集，阅读了李贽、顾炎武、颜元等启蒙思想家的原著，写了一批阅读笔记，这使我对明清时期早期启蒙思想史产生了浓厚兴趣，经过了一段时间的学术积累后，我逐渐产生了写作此书稿的愿望。诚如叶君远老师在序中所言，这其实是一种"跨界行为"。我也承认，由文学创作到学术研究，其间的"界"之悠远，又岂止是阻隔了万重山！

今年年初，这部书的初稿完成后，我邀请自己所尊敬的长辈资中筠先生阅读了书稿，资先生也谈到了"跨界行为"的问题，并且善意地提醒我，思想史研究是一块"硬骨头"，需有较为深厚的学术积淀与严谨求实的学术探索精神才行。后来，她将我的书稿转给一位治思想史的专家审读。这位专家提出了一些坦诚的意见，直率地批评我在初稿中对名家典籍引证过多，考据气息浓厚，学术上的问题意识不强，缺乏自己个人的新观点，有点儿像是思想史的笔记……我汲取了这些意见，自今年三月始又花数月时间，将初稿修改重写了一遍，删了过于冗长的引经据典文字，更增加了较多的个人见解，最终完成了这部书稿。因此，我要向这位治思想史的专家表示感谢，也向一直关心爱护我的资中筠先生表示感谢！

在这里，我也衷心地感谢广东人民出版社的编辑向继东老师和钱飞遥老师，他们为这部书出版花费了很多心血！同时，还要向李景端先生表示感谢，他也曾经为此书出版四处奔走。这些朋友们的深厚情谊让我感动！

最后，更要感谢我的挚友与师长叶君远老师和赵庆培老师！叶老师自始至终支持我的写作，还为此书写作了序言。他作为明清史的专家，也主动给我提供了许多参考书籍，他和赵老师认真阅读了初稿后，还向我提出了很好的指导修改意见，鼓励我，支持我，帮助我，使得我鼓起勇气最终完成了修改稿。

这部书稿能够出版，其实是包含着很多朋友、师长与前辈的共同心血的，我将铭记在心。我深深地感谢大家。我也深知自己学识浅陋，学问积淀不足，学理认知薄弱，对明清启蒙思想史的很多看法肯定还是浅薄的，要真正地啃下这块"硬骨头"，其实还需要花更大力气，做更多的学术探索与研究。因此，我企望本书出版后，有更多的学者和朋友能够对此书稿不吝指正，也希望有更多的读者提出宝贵的意见。

2021 年 10 月 29 日写于北京泰康燕园